中国戏曲文化研究丛书

湖北黄梅
采茶戏剧本

HUBEI HUANGMEI CAICHAXI JUBEN

张金梅　编著

武汉大学出版社

图书在版编目(CIP)数据

湖北黄梅采茶戏剧本/张金梅编著. —武汉：武汉大学出版社,2017.12
中国戏曲文化研究丛书
 ISBN 978-7-307-19863-0

Ⅰ.湖… Ⅱ.张… Ⅲ.采茶戏—地方戏剧本—作品集—黄梅县—当代 Ⅳ.I236.63

中国版本图书馆 CIP 数据核字(2017)第 290376 号

责任编辑:白绍华　　　责任校对:李孟潇　　　版式设计:汪冰滢

出版发行：武汉大学出版社　　(430072　武昌　珞珈山)
　　　　　(电子邮件：cbs22@whu.edu.cn　网址：www.wdp.com.cn)
印刷：虎彩印艺股份有限公司
开本：787×1092　1/16　　印张:26　　字数:615 千字　　插页:1
版次:2017 年 12 月第 1 版　　2017 年 12 月第 1 次印刷
ISBN 978-7-307-19863-0　　定价:89.00 元

版权所有,不得翻印;凡购我社的图书,如有质量问题,请与当地图书销售部门联系调换。

前 言

  黄梅采茶戏，又名采茶调、采子，形成于以湖北黄梅为中心的蕲春、黄梅、广济地区，是黄梅戏的前身。作为一种优秀的地方戏戏曲剧种，采茶戏演尽了世间百态：贪官贪赃枉法，终受应有惩处；父母嫌贫爱富，饱受良心谴责；才子佳人自由恋爱，几经坎坷磨难终成百年之好……这些都描写得淋漓尽致，曲尽衷肠，深受黄梅百姓喜爱。平日里，田头地边，茶余饭后，唱上一段，逗众一乐，疲劳顿消。

  作为湖北黄梅人，我从小耳濡目染采茶戏，并被其质朴细致、真实活泼的表演，淳朴流畅、明朗高昂的节奏，浓郁的生活气息，清新的乡土风味深深折服。尤其是每年二三月农闲，当家父家母都在戏台上演出时，我幼小的心灵瞬间爆棚，幸福感和自豪感油然而生。求学后，坐在舞台下倾心聆听采茶戏的日子虽渐行渐远，但每每哼唱、偶尔听到时，仍开心异常。工作后，家父家母辗转随我由湖北黄梅来到湖北恩施，但二老的采茶戏情结并未因远离黄梅而减弱丝毫，相反则愈来愈深。他们每天一人拉着二胡，一人和声吟唱。夫唱妇和，怡然自乐！

  2006年5月20日，黄梅戏经国务院批准列入第一批国家级非物质文化遗产保护名录，安徽安庆、湖北黄梅同时被列为保护单位。我将消息告诉二老，他们激动莫名。看着二老对黄梅采茶戏的钟爱和痴迷，结合其口传心授，没有文字版本的传承历史，我逐渐萌发了编纂黄梅采茶戏剧本的想法。这样，黄梅采茶戏作为我一个业余爱好的课题就应运而生了。

  作为黄梅戏的前身，黄梅采茶戏在业界并未引起足够的重视。截至目前，其代表性的成果主要有：

  其一，唱腔。《黄梅采茶戏唱腔集》是湖北黄冈专区人民出版社于1959年编印的内部资料，计131页。该书收有传统唱腔与小调共130段，由余海仙、乐柯记、项雅颂等九位艺人口述，王民基记录整理，黄梅县黄梅戏剧团编，是一部较为精要的唱腔曲谱资料。

  其二，剧本。湖北地方戏曲丛刊编辑委员会曾在20世纪50年代末发起了编辑《湖北地方戏曲丛刊》的大胆设想，并将"丛刊"分为两个部分：一部分是编选的优秀传统剧本和经过演出的获有定评的整理本或改编本，由湖北人民出版社出版；一部分是不宜公开出版而又有研究价值的传统剧本，由编委会作为内部参考资料陆续编印。但涉及黄梅采茶戏剧种的主要是内部参考资料本，且面世得稍晚。如1983年7—10月，《湖北地方戏曲丛刊》第58—61辑连续推出了黄梅采茶戏42个剧本。其中，第58辑收录了14个剧本：《乌金记》《金钗记》《秀英采桑》(本书剧本《赶子》中的小戏)《打哈叭》《逃水荒》《卖棉纱》《挑牙虫》《二龙山》《送同年》《捏儿捡柴》《夫妻观灯》《王婆骂鸡》《叶五辞院》《汪氏劝夫》；第

59辑收录了10个剧本：《葵花井》《两世缘》《硃砂记》《白扇记》《瞧相》《毛师娘捉奸》《孔瞎子闹店》《张古董借妻》《王瞎子捉奸》《王一虎抢亲》；第60辑收录了8个剧本：《菜刀记》(本书剧本《辞店》是其中的小戏)《双插柳》《锁阳城》《牌环记》《罗裙宝》《十不清》《打豆腐》《钓蛤蟆》；第61辑收录了10个剧本：《失子图》《青风岭》《曹正榜》《清官册》《海林州》《白布楼》《天仙配》《红袍记》《苦媳妇》《英台祭坟》(本书剧本《山伯访友》中的小戏)。这42个剧本以艺人述录为主，间有三藏本(如《硃砂记》《王一虎抢亲》选用了黄梅采茶戏剧团藏本，《锁阳城》选用了张心财藏本)一录本(《曹正榜》选用了黄梅采茶戏剧团录本)，在内容上未作改动，只改正了错别字和个别不通顺或不堪入目的字句，未经过艺术整理或改编，故仅作内部参考。

其三，志书。《黄梅采茶戏志》，黄梅县文化局编，中国戏剧出版社，1991年版，计152页。着重介绍了黄梅采茶戏的源流沿革、剧目、音乐、表演、舞台艺术、机构、演出场所、演出习俗、轶闻传说、行话谚语、楹联、传记、附录，是一部弥足珍贵的黄梅采茶戏案头史料。其中，剧目简要介绍了18种，包括董永卖身、上天台、湘子化斋、赵五娘自叹、夫妻观灯、二龙山、花魁自叹、苦媳妇、蔡鸣凤辞店、白扇记、赶子图、姑嫂望郎、告经承、告坝费、於老四与张二女、掰竹笋、计歼敌酋、羊入虎口。

其四，音乐。为配合国家艺术科研重点项目《中国戏曲音乐集成》的顺利开展，20世纪80年代初湖北省文化厅和湖北省戏工室与黄梅县协商安排吴淑林和刘孟德负责完成黄梅采茶戏的采编任务。经多年对黄梅采茶戏艺人的深入调查，他们挖掘、整理的文字、唱腔曲谱近百万字，录音磁带数十合。于1997年编成，选入《中国戏曲音乐集成·湖北卷》(上下册)之上册，1998年由中国ISBN中心出版。该书从概述、唱腔、器乐三方面对黄梅采茶戏进行了全面介绍。其中，概述部分，着重介绍了黄梅采茶戏主要唱腔板式简表、黄梅采茶戏传统乐队座位示意图。唱腔部分，主要介绍了七板、二行、火工、花腔、高腔、还魂腔、小调。器乐部分，主要介绍锣鼓谱，如十三锤、二行锣、火工锣、花腔锣、冲天炮、凤点头(总谱)，并附录了锣鼓字谱说明。将原有的内部资料《黄梅采茶戏唱腔集》的研究成果切实向前推进了一步。

其五，综论。湖北人民出版社2013年推出了湛志龙主编的《黄梅采茶戏》(上下册)，作为湖北省非物质文化遗产丛书中的一种。该书共分三部分，包括黄梅采茶戏的唱腔选集、经典剧目和文论史料。其中，唱腔选集部分主要介绍了正调(包括七板、二行、花腔、火工、高腔、还魂腔)、小调、新腔唱段；经典剧目部分主要介绍了四种，即《过界岭》《送香茶》《陈姑追舟》《於老四与张二女》；文论史料部分介绍了《毛泽东看黄梅戏》《门外汉谈民歌》《黄梅采茶戏》《文曲戏》《黄梅采茶戏常见腔体锣谱简介》《1949—1959年大事记》，是一部较为完整的黄梅采茶戏史料汇编。

由上可知，湖北黄梅采茶戏在唱腔、剧本、音乐、志书、综论等方面已有部分成果，有的还做得较为全面、细致，如志书。但相较其他研究，剧本则略显不足。其一，《湖北地方戏曲丛刊》选辑的黄梅采茶戏42个剧本都是内部资料，知之者甚少，流传度欠广；其二，作为内部资料，《湖北地方戏曲丛刊》选辑的黄梅采茶戏42个剧本大多都较为粗糙，缺少应有的艺术加工和整理；其三，湖北人民出版社的《黄梅采茶戏》虽涉及剧本，但只有4种，远不能表征黄梅采茶戏曾经的盛况。有鉴于此，凭着零星散乱的记忆，家父家母的现场展演，乡间的田野调查，以及少量的残存资料，我开始了黄梅采茶戏剧本的编纂。

编写过程中，由于水平有限，考虑不周和处理不当的地方在所难免。如《辞店》和《叶春发辞院》原是两个剧本，但主人公的唱词有不少相近之处；《荞麦记》中徐文进、《赶子》中张宝童和《清风岭》中薛定安的科举试场也似曾相识。这些都与中国古典戏曲的程式有一定关联，且是黄梅百姓茶余饭后的喜闻乐见，故不宜更改。另，黄梅采茶戏的唱词和说白中夹杂着不少方言，为不影响其发音，具体编写时会对其略作转化并加以简单注释。是非对错，望广大读者朋友批评指正。

目 录

一、李英卖女 1
二、辞店 7
三、荞麦记 16
四、方卿借银 40
五、秦秀英出家 68
六、陈氏起解 73
七、游四门、城脚会 103
八、血掌记 110
九、访友 139
十、白牡丹点药 170
十一、赶子 178
十二、白扇记 212
十三、借妻 246
十四、秦雪梅吊孝 275
十五、叶春发辞院 309
十六、上河洲 314
十七、青天记 320
十八、清风岭 340
十九、罗裙记 370
二十、卖花记 393
后记 409

一、李英卖女

【剧情简介】

　　这是一部现实题材剧，取材真实，故事发生在乾隆年间。穷秀才李世懿家住湖北省黄梅县新开镇李英村。时年，逢洪水之灾，汪洋洪水冲破江堤，冲垮房屋，人畜死亡不计其数，百姓苦不堪言。乾隆皇帝拨发灾银八十三万两，用以整修江堤和灾后重建工作。岂料，湖北巡抚、黄州知府、黄梅知县、黄梅八大坝长将下拨灾银贪污三分之二，并摊派百姓修堤，以便省劳工、敛钱粮。百姓身无御寒衣，家无隔夜粮，只得背井离乡，沿家乞讨，甚至卖儿卖女，落得骨肉分离。

　　李秀才家贫如洗，夫妇商量卖女度日。于是，秀才携女来至黄梅界岭，巧遇贡生徐员外。员外膝下无子，用纹银三十两，将女买回。分别之际，父女抱头痛哭，员外大为感动，顿生恻隐之心。员外提议，与李氏女当堂结拜，认其做义女，身价银两不退，并送盘缠和衣服让秀才父女归家。父女感动莫名，与员外依依拜别。

【剧中人物】

　　李世懿　　　徐敦厚　　　李　女　　　童　儿

＊　　　　＊　　　　＊

　　（前幕启，二幕前。郊外，黄梅界岭。秋末，凉亭外，北雁南飞，微风迷雨，枯叶飘零，一片凄凉景象。李秀才父女衣衫褴褛，悲惨地上。）

李世懿：（唱）父女好似两只鸡，　　　　　朝朝暮暮去觅食。
　　　　　　　　半边褴衫遮不住体，　　　　扯盖东来露了西。
　　　　　　　　手带女儿上路踏，　　　　　父女俩好一似雨打百花。

李　女：（白）爹爹呀，你带女儿去哪里呀？

李世懿：（白）儿哇，我带你到你外婆家里去呀。

李　女：（白）爹爹呀，我跟我娘到外婆家走的是下大路，那里有个土地庙，我在那里还尿过尿呢。

　　　　　　（李秀才心酸无奈地。）

李世懿：（白）儿呀，事到如今，不得不说，不得要讲。我在家中和你娘商量，我要卖儿呀！

　　　　　　（女儿伤心哀求地。）

李　女：（白）啊！爹爹呀！
　　　　　（唱）爹爹说出卖儿话，　　　　　好似狼牙箭当奴心杀！

|　　　　　|　　|走上前来屈膝跪下，　　　　　　　拜拜家中疼儿的妈，
不能灵前把孝挂，　　　　　　　不能坟前把香插。
燕子衔泥费力大，　　　　　　　长大毛干飞往天涯。
女儿生来是女子，　　　　　　　若是男子汉爹卖谁家？
问得爹爹咽喉哑，　　　　　　　这也是年成荒爹无办法。
（李世懿此时哽咽在喉，低头无语，眼泪夺眶而出。）

李　女：（唱）卖东卖西由爹发卖，　　　　　　切莫卖做丫鬟侍水奉茶。
李世懿：（唱）女儿说出伤心话，　　　　　　　倒让为父两脸羞煞。
手拾草标儿头上插，
（李世懿颤抖的手在地上捡起一两根稻草插在女儿头上。）
李世懿：（唱）这也是年成荒无有办法。
带住了女儿手长亭踏……　　　　但不知有何人来买女娃。
（李世懿父女在长亭一角坐下，女儿靠在父亲身上，李世懿呆呆地眺望远处。）
（徐员外手挂鹿头拐杖，童儿肩背包裹，手拿雨伞，主仆满面春风地上。）
徐敦厚：（白）叫童儿。
（童儿轻声地答。）
童　儿：（白）有。
徐敦厚：（白）哎？
（童儿大声地回。）
童　儿：（白）有哇！
徐敦厚：（白）啊！哈哈哈！……
（唱）前把路引……　　　　　　主仆俩在乡间收租回程。
表家乡住徐黄两搭界岭，　　　　我姓徐字敦厚老年贡生。
我二老俱都有七旬已满，　　　　并没有儿和女接代后根。
我也曾为儿女常把香敬，　　　　修桥梁补破庙一概不灵。
该莫是我前生坏了德行，　　　　到今生儿和女贵如黄金。
童儿带路长亭进……　　　　　　啊！
长亭上打坐着男女二人。　　　　观男子大概四旬已满，
观女子两鬓发还在闺门。　　　　老汉不知童儿动问？
（白）童儿哇，那长亭打坐一男一女，在做什么呢？
童　儿：（白）我哪里晓得呀。
徐敦厚：（白）嗳，你也不晓得呀？
（唱）童儿不知老汉动问，　　　　有老汉上前去盘问一盘。
你男女坐长亭该莫是拐骗？
（李世懿父女立刻站起。）
李世懿：（唱）穷秀才岂能做拐骗之人。
徐敦厚：（唱）你身旁带的是你的什等？

李世懿：（唱）我身旁带的是女儿娇生。
徐敦厚：（唱）你带你女儿攀亲还是攀眷？
李世懿：（唱）实只为年成荒将女儿发卖别人。
徐敦厚：（唱）你将你女儿卖与老汉？
李世懿：（唱）但不知老长者高姓大名？
徐敦厚：（唱）表家乡住徐黄两搭界岭，　　我姓徐字敦厚老年贡生。
　　　　　　（李世懿急忙上前施礼。）
李世懿：（唱）听说是徐老爷把礼来敬，　　贫李懿随老爷登府拜门。
　　　　　　（李女此时取下了头上草标，并整理秀发。）
徐敦厚：（唱）童儿带路回家奔……
　　　　　　（四人圆场，二幕启。徐府客厅朱红色桌椅一尘不染，光亮照人。条几雕刻着"龙凤呈祥"，栩栩如生，活灵活现，条几上铜鼎香烟缭绕。精品陶瓷三星佛像放至中央，侧角书案上文房四宝一应俱全。）
李世懿：（唱）贫李懿进府来以礼相迎。
徐敦厚：（唱）叫童儿你与我奉茶一瓶。
　　　　　　（童儿下，侍茶上。）
　　　　　　你老爷有言来细听分明。
　　　　　　眼观着这女子身上寒冷，　　带到后房调换衣襟，
　　　　　　好水饭你与她饱吃一顿，　　伙房内燎炭火赏她一盆，
　　　　　　安人面前多报喜讯，　　　　你只说你老爷救济寒贫。
　　　　　　（童儿领李女下，秀才喝茶介。）
　　　　　　喝了茶我就把尊兄动问，　　问尊兄家住何所高姓大名。
李世懿：（唱）施一礼徐老爷容我诉禀，　　细听我贫李懿诉表家门。
　　　　　　我家住黄梅县新开镇，　　　李英庄前有我的家门。
　　　　　　都只为我黄梅天年不顺，　　发洪水冲破了大小堤城。
　　　　　　高楼大厦随水打，　　　　　鸡豚鹅鸭被水来纷。
　　　　　　老者们无力气水中丧命，　　少者们带儿女远乡逃生。
　　　　　　好一个乾隆皇有道明君，　　发灾银八十三万整修堤城。
　　　　　　头名坝长石大驾，　　　　　二名坝长石仕尊，
　　　　　　三名最坏黎明五，　　　　　四名坝长余尚珍，
　　　　　　五名坝长梅千万，　　　　　六名坝长瞿学斌，
　　　　　　七名坝长柳有义，　　　　　八名坝长郭怀仁，
　　　　　　他八人将银子贪污一半，　　修一座假堤坝哄骗当今。
　　　　　　饥寒交迫我缴不起坝费，　　因此上将女儿发卖别人。
　　　　　　（徐员外激愤地。）
徐敦厚：（唱）听尊兄出此言把八狼恨，　　骂一声黎明五太不是人。
　　　　　　可叹我住徐黄两搭界岭，　　我若是住黄梅打一个抱不平。
　　　　　　开言来我就把尊兄动问，　　你女儿卖与我多少价银？

3

(李秀才抬起手用衫袖遮住面颊羞惭地。)

李世懿：（唱）徐老爷问得我含羞得很，　　　不要多不要少卅两纹银。
徐敦厚：（唱）卅两纹银确是小事，　　　　　李尊兄你可曾写起卖契？
李世懿：（唱）写卖契缺少了文房四宝。
徐敦厚：（唱）文房四宝桌案现成。
李世懿：（唱）徐老爷传为内堂进。
徐敦厚：（唱）李尊兄写完成高叫一声。
　　　　　　　（徐员外下。）
李世懿：（唱）有只见徐老爷内堂来进，　　　贫李懿上书位写起卖契。
　　　　　　　含悲忍泪书位进……
　　　　　　　（李女急上扯住父亲衣衫。）
李　女：（唱）扯住爹爹儿有话明，　　　　　今日爹爹将儿卖，
　　　　　　　是做妻或做妾纸上写明。
　　　　　　　（李女欲哭低头下。）
李世懿：（唱）我女儿虽年幼聪明不蠢，　　　说出话来胜爹十分。
　　　　　　　转面来我就把老爷相请，
　　　　　　　（徐员外慢步上。）
　　　　　　　贫李懿有言来细听分明，　　　今日我将女儿卖，
　　　　　　　是做妻或做妾对我说明。
徐敦厚：（唱）李尊兄出此言差错得很，　　　老汉有言你实听。
　　　　　　　抬头看我老汉七旬已满，　　　不做妻不做妾只当亲生。
李世懿：（唱）好一个徐老爷施开恻隐，　　　倒让我贫李懿欣慰在心。
　　　　　　　请老爷传为内堂进，
　　　　　　　（徐员外摇头下。）
　　　　　　　我上书位写起卖契，　　　　　含悲二次书位进，
　　　　　　　拿起了羊毫笔写起卖契。
　　　　　　　（李世懿此时悲痛万分，握笔的手不住地颤抖。）
　　（叫头①）说是笔！唉，笔呀！
　　　　（唱）先前进学就是你，　　　　　　今日发卖小娇生。
　　　　　　　再次我把书位进，　　　　　　磨动了香花墨写起卖契。
　　　　　　　上写着贫李懿顿首百拜，　　　实只为年成荒发卖婴孩。
　　　　　　　长亭偶遇徐员外，　　　　　　买我女儿只当少怀。
　　　　　　　卅两纹银纸上载，　　　　　　高山下石永不回来。
　　　　　　　写卖契我不把字押来盖，　　　我量徐老爷解不开怀。
　　　　　　　（李秀才小人之心，度君子之腹。）
　　　　　　　转面来我就把老爷请待，　　　徐老爷到客厅听你安排。

---

① 叫头：行话，指悲痛到极致的一种语言表达。后文同，不再一一标注。

（徐老爷、童儿、李女上，员外将契约细观一番。）

徐敦厚：（唱）李尊兄虽寒贫笔迹还在，　　可算得黄梅县明白秀才。
　　　　　　　叫童儿平银子卅两开外。

徐敦厚：（白）童儿哇，你给我平足些呀，多平一点。

童　儿：（白）知道了。
（童儿下，取银子上。将银付秀才，秀才接银介。）

徐敦厚：（唱）你得银我得人父女离开。
（童儿将李女拉到徐员外一边。）

李世懿：（唱）这银子好似一杀人宝剑！　　斩断了父女俩不得团圆。
　　　　　　　转面来我就把女儿叫喧，　　有什么好口信爹带回还。

李　女：（唱）走上前来屈膝跪拜，　　　　拜拜母亲娘幼怀，
　　　　　　　女儿好比一棵菜，　　　　　青禾绿叶成长起来，
　　　　　　　长大成人爹爹发卖，　　　　可是不可该是不该？
　　　　　　　爹爹回家把信带，　　　　　拜上了疼儿的母少问安排。

徐敦厚：（唱）他父女只哭得人心难忍，　　铁石人心也泪淋。
　　　　　　　转面来我就把尊兄叫应，　　你带领你女儿一路回程。

李世懿：（唱）多蒙了徐老爷施开恻隐，　　他叫我带女儿一路回程，
　　　　　　　手带女儿回家奔……
（李女将父亲扯至一边，背着员外旁唱。）

李　女：（唱）扯住爹爹儿有话明，　　　　爹爹带儿回家转，
　　　　　　　现有契约在老爷身，　　　　若是老爷将爹告，
　　　　　　　一骗他的人，二拐他的银。　知法犯法，爹爹呀！罪犯不轻。

李世懿：（唱）我女儿虽年幼聪明不蠢，　　思考问题胜爹十分。
　　　　　　　转面来我就把老爷相请，　　贫李懿有言来细听分明。
　　　　　　　卅两纹银原封未动，　　　　我带女儿卖与别人。

徐敦厚：（唱）李尊兄你不要疑心太很，　　老汉我岂是那无赖小人。
　　　　　　　叫童儿将契约当面细粉，
（徐员外将契约付与童儿，童儿将契约在李世懿面前撕毁。）

徐敦厚：（唱）看你放心不放心。

李世懿：（唱）多蒙了徐老爷施开恻隐，　　银子不要叫我回程。
　　　　　　　转面来我就把女儿叫应，　　拜结了徐老爷干父相称。

李　女：（唱）走上前来屈膝跪定，　　　　拜一拜徐老爷干父相称。
　　　　　　　孩儿辞父回家转，　　　　　回家做？

李世懿：（白）儿呀，回家做什么呀？

李　女：（白）爹爹呀，我想回家做……　　唉！我又不会做。

李世懿：（白）儿呀，回家叫你娘教你做。

李　女：（白）喔！
　　　　（唱）孩儿辞父回家转，　　　　　做一双丝棉鞋干爹过冬。

徐敦厚：	（唱）	好一个贤干女伶俐聪明， 拜结老汉干父相称。
		手上取下金戒指， 拿与我儿作拜金。
		顺手随身摸一把， 摸出一把散碎银。
		日后成人来出嫁， 全副嫁妆我家来搬。
		借儿口传父言多多带信， 拜上了疼儿的母问候安宁。
		童儿与我捯好衣服捆上一大捆， 你带你女儿一路回程。
		（童儿下，背一捆衣服上。李世懿接衣服介。）
李世懿：	（唱）	好人，好人！天大的好人。 他叫我带女儿一路回程。
		倘若是我黄梅天年不顺， 到来世变犬马报答您恩。
		倘若是我黄梅天年顺， 我一本一利送上您门。
		（李女扯父衣衫，秀才肩背一大捆衣服倒退，一步一叩地下。）
徐敦厚：	（唱）	前面走的贤干女， 后面跟随无志父亲。
		童儿带路内堂进， 我要学张公艺暗里藏金。
		（灯暗。徐员外、童儿下。）
		（幕落。）

全剧终

后　　记

　　当年《李英卖女》演出后，反响空前，黄梅县成千上万知识分子和良知百姓义愤填膺。瞿学富、邓文滨、邢绣娘、江湖豪侠吴荣等人不顾个人安危荣辱，决定共议告坝一案。瞿学富、邓文滨乃邢绣娘父亲得意门生。瞿学富志入仕途，邓文滨意欲编剧，邢绣娘喜爱歌唱，且歌喉婉转，唱腔甜美，音韵悠扬。

　　恰逢乾隆皇帝下江南，下榻安徽两淮总商、安徽布政使江春府邸。几人思虑再三，决定用唱曲方式告御状。天遂人愿，吴荣保护邢绣娘冲破重重险阻来到安徽时，在行宫前偶遇随皇伴驾的黄梅籍京官陈东浦。陈侍郎将此事与纪晓岚、江春商议。

　　是夜，乾隆皇帝与文武官员饮酒作乐，观赏夜景。突然一阵美妙绝伦的唱曲声传来，乾隆大感兴趣，纪晓岚撺掇和珅将邢绣娘带到皇上面前。邢绣娘在纪晓岚的帮助下，从容不迫地将一切实情唱给乾隆听了。乾隆皇帝御笔一挥，赐邢绣娘"黄梅名伶"四个大字，并密派内臣前往湖北彻查此案，终将和珅爪牙湖北巡抚罢免治罪，黄州知府罢官流放，黄梅知县和八大坝长斩首示众。这就是黄梅戏传统剧目《瞿学富告坝费》的由来。

二、辞　　店

【剧情简介】
　　此剧全名《菜刀记》,《辞店》乃其剧中选场。年轻英俊的蔡鸣凤新婚燕尔,辞别娇妻,贸易他乡。一日,蔡鸣凤下得饭店,店姐柳凤英接待,二人一见钟情,相见恨晚。三年时光,你侬我侬,忒煞情多。不料,蔡家家书来到,妻催夫归。无奈之下,鸣凤只好忍痛割爱,辞别店姐归家。店姐百般挽留,但是鸣凤心意已决。念在二人相爱一场的情分上,店姐不但不收鸣凤多年住宿和酒饭之资,反送盘缠助其归家。一路上,凤姐好言相劝,送至十里,二人依依不舍,含泪相望,离愁别绪,溢于言表。

【剧中人物】
　　柳凤英　　　　　　蔡鸣凤

＊　　　　＊　　　　＊

（幕启、大街旁一饭店,门边挂一招牌"饮宿客商"。蔡鸣凤忧闷地上。）

蔡鸣凤：（唱）路隔家乡有数千,　　　　　行人路途眼望穿。
　　　　　　　本人家住浠水小县,　　　　我姓蔡字鸣凤大户人烟。
　　　　　　　二爹娘生下我凭媒作选,　　朱某清亲生女许我姻缘。
　　　　　　　男大婚女大嫁将亲娶转,　　娶朱莲未一月贸易外边。
　　　　　　　厅堂上办美酒夫妻饮宴,　　朱莲妻叮嘱我早回家园。
　　　　　　　辞过了朱莲妻越走越远,　　半行旱路一半搭船。
　　　　　　　人讲道此处银钱好赚,　　　既有银子又有花边。
　　　　　　　店姐生得好我才下店,　　　出门人遇佳人鸣凤有缘。
　　　　　　　昨日里在大街将账取转,　　偶遇着家书信找我回还。
　　　　　　　我本当辞店姐归回家转,　　又恐怕凤姐她将我阻拦。
　　　　　　　凤姐她能说鸣凤会辩,　　　露水妻挡不住一马行原。
　　　　　　　转面来我就把店姐叫喧,　　店乖姐来前店我有话言。
　　　　　　　（凤姐衣着整齐,光彩照人,春风满面地上。）

柳凤英：（唱）牡丹开芍药放花红一遍,　　三阳天春光好百鸟音喧。
　　　　　　　柳凤英十字路开座饭店,　　招牌上四大字饮宿客商。
　　　　　　　到春来宿的客广东福建;　　到夏来宿的客云南四川;
　　　　　　　到秋来宿的客各府州县;　　到冬来宿的客回家过年。
　　　　　　　来千千去万万奴心不愿,　　并没有一个客合奴心间。

也只有湖广客来得路远，	哥爱奴奴爱哥缠住三年。
我爱哥在店房能写会算；	我爱哥在店房里方外圆；
我爱哥在店房能说会辩；	奴爱哥在店房野花不贪。
人讲道我店房烟花巷院，	世间上不过是人赚人钱。
有等人为奴家不嫌路远；	有等人为奴家来打长年；
有等人为奴家妻埋子怨；	有等人为奴家拆散姻缘。
耳听得前店房人声叫喧，	但不知何贵客来到店前。
该莫是行路客下奴饭店，	该莫是欠账客还奴饭钱。
慢金莲动秋步斜观一眼，	却原是蔡郎哥打坐店前。
往日里哥进店欢容笑脸，	为什么今日里面带愁颜？
莫奈何与蔡郎凉风长扇，	客人哥心纳闷诉对我言。

蔡鸣凤：（唱）店姐您休长扇一旁坐起，　　蔡鸣凤有言来向姐表提。
　　　　　　　进姐店三年载百事顺遂，　　　三年满无病痛世间少稀。
　　　　　　　我心想还个佛酬谢天地，　　　店房内缺少了鱼肉和鸡。
　　　　　　　一敬佛二叩佛总不忘您，　　　总不忘我和姐三载夫妻。
　　　　　　　昨日里在大街将账来取，　　　遇着了家书信找我回归。
　　　　　　　书上写的是痛哭流涕，　　　　抛妻不顾礼义所欲何为。
　　　　　　　岳丈骂我我无味，　　　　　　宾朋骂我无有话回。
　　　　　　　男人失妻家无主，　　　　　　女人失夫靠的是谁。
　　　　　　　失夫守节应分道理，　　　　　望夫守节理不依。
　　　　　　　这就是蔡鸣凤真心话比，　　　望乖姐开金锁斩玉龙放我回归。
　　　　　　　（凤姐顿时泪流满面，伤感至极，渐陷入沉思。追忆当初情感，如梦非梦，时喜时忧。）

柳凤英：（唱）听客人出此言泪如水洒，　　好一似狼牙箭当奴心杀。
　　　　　　　曾记得我的哥初把店下，　　　我也曾问哥做什么生涯。
　　　　　　　哥讲道出门人行本不大，　　　随带着几百银贩卖翠花。
　　　　　　　见我哥生得好心中想下，　　　瞒公婆和丈夫与哥勾搭。
　　　　　　　初相交我送哥绣花手帕，　　　金戒指银边簪哥送奴家。
　　　　　　　进店来三年载未说此话，　　　为什么今日里突起归家。
　　　　　　　该莫是二公婆待哥有假，　　　该莫是蠢丈夫得罪冤家。
　　　　　　　二公婆得罪哥是他年大，　　　蠢丈夫得罪哥不怪奴家。
　　　　　　　卖饭女得罪哥任哥打骂，　　　跑堂的得罪哥叫他回家。
　　　　　　　莫不是众街邻说哥坏话，　　　来来来我二人前去问他。
　　　　　　　十问九不应你装聋作哑，　　　难道说年轻人耳聋哑巴。
　　　　　　　用手儿端木椅拦门坐下，　　　卖饭女不开口，哼！谁敢归家。
　　　　　　　（蔡鸣凤眼见凤姐生气，自觉有负凤姐，只得以表古人安慰伊人。）

蔡鸣凤：（唱）错出一言未想惹姐生气，　　一刹时惹得姐哭哭啼啼。
　　　　　　　莫奈何端木椅挨姐坐起，　　　蔡鸣凤有古人向姐表提。

二、辞　店

　　　　　　昔日里杨四郎沙滩赴会，　　　　　失番邦十五载未转回归。
　　　　　　杨延辉坐宫院愁眉不展，　　　　　铁公主猜着了四郎心机。
　　　　　　公主盗令回营母子相会，　　　　　五更天犯王法萧后不依。
　　　　　　杨四郎捆法场问成死罪，　　　　　铁公主抱亲生誓死不离。
　　　　　　姐好比铁公主有情有义，　　　　　我难赶杨四郎足踏污泥。
　　　　　　这就是蔡鸣凤真心话比，　　　　　蔡鸣凤无义男别姐回归。
　　　　　　（凤姐极度痛心，悔恨当初……）

柳凤英：（唱）听客人出此言泪如水掉，　　　好一似狼牙箭当奴心绞。
　　　　　　看起来亲丈夫丑也是好，　　　　　双线缝衣破也比较经劳。
　　　　　　是琵琶断了线无人搂抱，　　　　　是风筝断了线无有下梢。
　　　　　　（对　唱）

柳凤英：（唱）转面来问我哥有什取巧？
蔡鸣凤：（唱）来就来去就去没有取巧。
柳凤英：（唱）莫不是二公婆待哥不好？
蔡鸣凤：（唱）出门人岂能怪二老年高。
柳凤英：（唱）莫不是蠢丈夫待哥不好？
蔡鸣凤：（唱）姐丈夫待鸣凤胜如同胞。
柳凤英：（唱）莫不是奴店房吃喝不好？
蔡鸣凤：（唱）店乖姐弄吃喝百味佳肴。
柳凤英：（唱）莫不是奴店房穿着不好？
蔡鸣凤：（唱）热穿绸冷摆缎黄丝系腰。
柳凤英：（唱）莫不是客人哥另把缺来跳？
蔡鸣凤：（唱）除却了朱莲妻姐路一条。
柳凤英：（唱）莫不是客人哥嫌奴容颜老？
蔡鸣凤：（唱）我若是有此意雷打火来烧。
柳凤英：（唱）我心想跟我哥回家做小。
蔡鸣凤：（唱）嫌一个爱一个怎么开销！
柳凤英：（唱）我心想留住哥奴才不吵。
蔡鸣凤：（唱）迟不免早不免总有一遭。
柳凤英：（唱）看起来卖饭女好不糊涂，　　　客人哥要起程何必苦留。
　　　　　　壶中有酒好留客，　　　　　　　壶中无酒客难留。
　　　　　　纵然是留住哥也不长久，　　　　怕的是到后来男人担忧。
　　　　　　转面来问我哥何日赶路？
蔡鸣凤：（唱）蔡鸣凤急起程店姐少留。
柳凤英：（唱）听说是客人哥即刻就走，　　　倒让我卖饭女珠泪双流。
　　　　　　客人哥暂时前店等候，　　　　　卖饭女转二店行囊捡收。
　　　　　　（凤姐下，收拾衣物提包袱、雨伞上，蔡鸣凤接包袱、雨伞介。）
　　　　　　有行囊和包裹交与哥手，　　　　带住了哥的手细说从头。

		有纹银一锭锭俱不差数，	有热褂和小衣都在里头。
		哥行程妹未办钱行美酒，	一路上休道我情理不周。
蔡鸣凤：	（唱）	多蒙了店乖姐行囊来捆，	你把我出门人看得不轻。
		用手解开了包裹钮扣，	拿银子算饭钱望姐收留。

（蔡鸣凤付银，凤姐接银介，左右为难，欲送佛送上天。）

柳凤英：	（唱）	客人哥提饭钱忘却朋友，	三年载算饭钱算不清由。
		我本当接哥银忘却朋友，	我本当不接银丈夫打奴。
		来也难去也难难在一路，	上也难下也难难在当初。
		罢罢罢将银子付与哥手，	一路上买茶吃洗澡剃头。
蔡鸣凤：	（唱）	多蒙了店乖姐情高义盛，	三年载不要钱反送银纹。
		曾记得蔡鸣凤初到贵镇，	多蒙了店老板看得我真。
		今日里蔡鸣凤归回原本，	店老板不在家告辞一声。
柳凤英：	（唱）	客人哥休要提那个冤家，	提起冤家有些恨他。
		日出东山他出去玩耍，	日落西山还未回家。
		自那日与我哥说句笑话，	背前背后打骂奴家。
		打在身忍住痛思想几下，	比不得哥在店百事由他。
		若不是二爹娘有点牵挂，	我情愿送我的哥一路归家。
蔡鸣凤：	（唱）	店乖姐聪明人说出蠢话，	讲什么亲丈夫口叫冤家。
		我二人露水夫妻不过玩耍，	到后来终身事还是靠他。
		说什么二爹娘有点牵挂，	说什么送鸣凤一路归家。
		店乖姐你送我十字路下，	有人问无话答两脸羞煞。

（凤姐极爱情面，好言相劝蔡鸣凤告辞街邻。）

柳凤英：	（唱）	客人哥聪明人有些愚蠢，	进店来年三载谁不知闻。
		是知者他不将你我来问，	不知者有谁知我送客人。
		曾记得我的哥初到敝镇，	多蒙得众老板看得哥真。
		今日里我的哥归回原本，	理应当到大街告辞街邻。
		也只说出门人能知礼信，	卖饭女到后来好把气争。
蔡鸣凤：	（唱）	店乖姐这一言将我提醒，	提醒我蔡鸣凤梦中人。
		店乖姐转二店花容整顿。	
柳凤英：	（唱）	客人哥你起程叫我一声。	

（凤姐下，整顿花容，相送情郎。）

蔡鸣凤：	（唱）	有只见店乖姐花容整顿，	我到大街告辞街邻。
		速来至大街边一声相请，	请一声众老板各店先生。
		曾记得蔡鸣凤初到贵镇，	多蒙得众老板看得我真。
		今日里蔡鸣凤归回原本，	特地与众街邻告辞一声。
		告辞街邻店房进，	请一声店乖姐鸣凤起程。
柳凤英：	（唱）	我在后店梳妆打扮，	一梳妆二打扮相送客官。
蔡鸣凤：	（唱）	店乖姐你送我走出店口。	

二、辞　店

柳凤英：（唱）尊一声众牌官看顾店楼。
　　　　（凤姐对众人揖介。）
蔡鸣凤：（唱）店乖姐你送我走出街口。
柳凤英：（唱）青山绿水眼底尽收。
　　　　（阳春三月，百花吐蕊，蝴蝶飞舞，蜜蜂嗡嗡，景色宜人。路无行人，二人无心观赏春色，时而挽手并肩同行，时而转走绕线弓路。凤姐含羞带露，诉说从前，悬想未来。）

无行人羞答答带住哥手，	带住了哥的手细说从头。
曾记得我的哥初到店口，	身背包裹手拿雨伞投宿。
我将我的哥接进店门后，	我亲手倒香茶问哥情由。
我曾问我的哥家住哪路，	哥讲道家住在湖北黄州。
我曾问我的哥何事为路，	哥讲道贩翠花苏杭二州。
我曾问我的哥久住就走，	哥讲道生意好久住店头。
我曾问我的哥父母可有，	哥讲道无父母早把哥丢。
我曾问我的哥昆仲几首，	哥讲道无兄弟独占鳌头。
我曾问我的哥妻子可有，	哥讲道朱莲嫂年方十六。
见我哥生得好心中想就，	瞒公婆和丈夫暗配鸳俦。
实指望配夫妻天长地久，	有谁知死良心将奴抛丢。
哥去后奴好比风筝失手；	哥去后奴好比孤灯无油；
哥去后奴好比孤雁独守；	哥去后奴好比龙困沙洲；
哥去后奴好比航海迷路；	哥去后妹好比霜打荒丘；
哥去后奴好比贵妃醉酒；	哥去后妹好比望月犀牛；
哥去后奴店房能持多久；	哥去后妹好比乱丝无头。
哥要学松柏木四季常有，	哥莫学杨柳木有春无秋；
哥要学那寒梅雪骤倍茂，	莫要学露水霜日出就收；
哥要学红灯笼映前照后，	哥莫学蜡烛芯点不到头；
哥要念露水妻恩爱长久，	莫学东海水一去不回头。
哥要学韩湘子长把妻渡，	莫学陈世美负香莲女流；
哥要学梁山伯赴约访友，	妹难比英台女困守杭州。
为我哥娘家路三年未走，	亲戚朋友们做下了对头；
为我哥与公婆常常角口；	为我哥蠢丈夫打骂不休。
哥好比屋檐水不得长久，	天未晴路未干水就断流；
哥好比顺风船扯篷就走，	妹好比拨浪鼓无舵之舟；
哥好比春三月发青杨柳，	妹好比路边草无有出头。
道千言说万语诉不清楚，	妹是自食苦果错在当初。
高山突发大火远水难救，	眼睁睁好夫妻不得到头。
观四下无有人重带哥手，	有酒色和财气细说从头。
好酒人有一个三思刘秀，	酒席前宠郭妃误把国丢。

　　　　　　满朝中好大臣一众斩首，　　　太庙里归天台二十八宿。
　　　　　　好色人有宋江乌龙院走，　　　乌龙院阎雪娇配合鸾俦。
　　　　　　阎雪娇死良心宋江丢手，　　　私通了张文远暗配鸾俦。
　　　　　　阎雪娇归阴府死不放手，　　　活捉张三郎暗配人鬼俦。
　　　　　　好财人有包勉贪官来做，　　　包老爷做清官是他幺叔。
　　　　　　包老爷听此言心中带怄，　　　用铜铡铡侄男尸首不留！
　　　　　　好气人楚霸王深入李后，　　　与光武和韩信做了对头。
　　　　　　有韩信半空中气球抛就，　　　只气得楚霸王自把江投。
　　　　　　弥勒佛不好酒西天坐就；　　　韩湘子不好色神仙洞游；
　　　　　　包老爷不好财清官来做；　　　张公艺不好气久居同族。
　　　　　　世间上无酒不成宴席，　　　　世间上无色路绝人稀，
　　　　　　世间上无财不成礼义，　　　　世间上无气反被人欺。
　　　　　　酒色财气哥要权衡宜取，　　　恰如其分更需相适相宜。
　　　　　　今日里我的哥归回故里，　　　实指望我的哥来走二回。
　　　　　　（凤姐娇羞地问。）
柳凤英：（白）哥呀，你来呗？
　　　　　　（此时蔡鸣凤泪盈满眶，哽咽在喉，欲言无声，点头示意。凤姐手执绣帕
　　　　　　替蔡鸣凤拭泪，四目相对，低头无语。）
柳凤英：（唱）来与不来单凭于你，　　　　你我还要念三载夫妻。
蔡鸣凤：（唱）店乖姐你劝我难行难走，　　怪只怪蔡鸣凤将姐抛丢。
　　　　　　劝乖姐回家转别行道路，　　　看起来这饭店没有开头。
　　　　　　清早起把大米淘下几斗，　　　到傍晚各店房点灯上油。
　　　　　　老实客吃了饭开钱就走，　　　爱玩客吃饭钱要姐来收。
　　　　　　见几多爱玩客动脚动手，　　　店乖姐赔笑脸假卖风流。
　　　　　　蔡鸣凤在一旁心中带怄，　　　不是姐亲丈夫不敢出头。
　　　　　　凤姐您待鸣凤情高义厚，　　　愿盟誓与店姐同到白头。
　　　　　　今日里蔡鸣凤归回原走，　　　待下秋和八月再把店投。
　　　　　　倘若是秋八月不来店口，　　　忘约定回家转菜刀割头！
　　　　　　（柳凤英急忙用绣帕捂住蔡鸣凤嘴巴。）
柳凤英：（白）呸！呸！呸！
　　　　　　（凤姐此时抛开杂念，声情并下，百般相劝，愿哥归家多行正道，莫贪
　　　　　　邪念。）
柳凤英：（唱）见冤家盟重誓我心欣喜，　　不由我卖饭女泪湿罗衣。
　　　　　　今日里我的哥回归故里，　　　一路上凡百事哥且听知。
　　　　　　哥坐船你莫坐桅杆舱里，　　　恐怕是篷过脚反把舵推。
　　　　　　说一句不彩话哥失水内，　　　朱莲嫂不晓得妹又不知。
　　　　　　妹不能到坟前清明二祭，　　　更不能到孝堂穿哥孝衣。
　　　　　　哥若下店你要早下店内，　　　下店时切莫等红日落西。

二、辞 店

哥下店你要下老实店内，
好姑儿好妹儿将言哄你，
打排环并首饰胭脂点起，
印花被好一似将人撩起，
象牙床好一似鬼门关内，
倘若我的哥走下了脉水，
这就是烟花事相劝与你，
赌博场诸人都光棍赖痞，
上半年输了钱还不问你，
我的哥想人钱粜谷买米，
我的哥想人钱买田置地，
常言道赌博人十赌九死，
哥归家闲无聊莫染恶习，
这就是赌博事相劝与你，
那洋烟它本是外国兴起，
有钱人吃洋烟走进店内，
无钱人吃洋烟走进店内，
店老板一见面心头有气，
只骂得无钱人心不过气，
有钱人吃洋烟位子摆起，
无钱人吃的是过龙水纸，
有钱人吃洋烟褥子垫起，
有等人吃洋烟袜子无底；
有等人吃洋烟懒把头剃；
做官人吃洋烟失了官体，
读书人吃洋烟懒把文习，
生意人吃洋烟亏了本利，
庄稼人吃洋烟荒了田地，
长工人吃洋烟无人瞧起，
妇女们吃洋烟不顾羞耻，
转面来对君子深施一礼，
万岁爷吃洋烟龙床睡起，
今日里我的哥归回故里，
今日里我的哥归回故里，
来与不来单凭于你，
有风花和雪月哥莫跟随。
她讲道不要哥花费毫厘。
她用了哥银子犹如山堆。
红罗帐比判官差不分厘。
鸳鸯枕好一似刮哥骨髓。
生下了儿和女认哥是谁。
有一派赌博事哥且听知。
输会被打赢要拦路剥衣。
到下年输了钱利上加息。
有人想我的哥袍褂小衣。
有人想我的哥足下卖妻。
哪看见靠赌博持家度日。
狐朋狗友切莫相和相随。
有一派洋烟事哥且听知。
兴到了中华国将人命逼。
叫一声店老板开灯就吃；
鸦片烟发了作鼻孔流涕。
前三天吃我烟偷我烟泥。
摸几个沙皮角二下折一。
好春香泡细茶腹内充饥。
过龙纸熬膏水腹内充饥。
无钱人吃洋烟门板硬垒。
有等人吃洋烟摸狗偷鸡；
有等人吃洋烟凿墙挖壁。
民喊冤官不究枉着朝衣。
也不想到后来金榜名题。
到下年算一账扯东拉西。
到下年无收成埋怨成堆。
不驮日过岭就望日落西。
不分男不分女睡在一起。
吃洋烟也有好也有歹的。
做高官吃洋烟身着朝衣。
劝我哥百事干洋烟莫吃。
实指望我的哥来走二回。
哥哇！你我还要念三载夫妻。

蔡鸣凤：（唱）柳凤姐你劝我难行难走，
今日里蔡鸣凤归回原走，
昔日里王金龙打扮玩友，
怪只怪蔡鸣凤将姐抛丢。
有一派前朝古姐听从头。
身背着三万六院行行游。

三万六在院行俱一花费，	四九天恨王八撵赶外头。
王公子出院行无有道路，	只落得关王庙点灯上油。
金哥卖花偶往关王庙走，	送一信玉堂春才知情由。
玉堂春念旧情关王庙走，	假装着疯魔病去把神求。
佛龛后那顾得肮脏羞丑，	将公子抱在怀互诉情由。
好一个玉堂春情高义厚，	夜送银王金龙去把名求。
王金龙得中了五经魁首，	督察院审案情夫妻到头。
姐好比玉堂春情高义厚，	我难赶王金龙将姐收留。
苍天爷降下了宝剑一口，	斩断了露水妻不得到头。

（此时，蔡鸣凤与凤姐顾不得有无行人，情到深处，二人抱头痛哭。）

蔡鸣凤、柳凤英：（合唱）流泪眼观流泪眼，　　断肠人送断肠人！

蔡鸣凤：（唱）柳凤姐您送我长亭路口，　　姐转店前我回浠水。

（蔡鸣凤伤心至极，一步三回头。猛然来至凤姐面前，向凤姐深深一揖，扬长而去。）

（凤姐爱恨交加，欲哭无泪。）

柳凤英：（唱）
湖北男子不可相交，	十个相交九个跑！
谷来吃了多和少……	开开龙门展翅飞跑。
我适才送我哥阳关大道，	一刹时足疼痛寸步难摇！
挨挨擦擦①店门到，	客人哥不在店心内烦焦！
挨挨擦擦店门口，	走进店叫一声心肝痛肉！
往日叫哥声叫声就，	今日里叫不应所为情由。
取下招牌二店走，	客人哥不在店没有开头！
手端招牌二店走，	思客人想客人要到夏秋……

（灯暗，柳凤英心灰意冷有气无力地下。）

（幕落。）

剧终

后　记

　　蔡鸣凤与柳凤姐十里长亭挥泪告别，孤身一人回归故里。岂料，一小偷窥见他身带银两不少，尾随其后，伺机下手。鸣凤行至家乡，巧遇岳父。翁婿相见，悲喜交加，岳父置酒相待。时至三更，鸣凤别翁回家，小偷仍尾随其后。

　　话分两头，夫妻分别数载，朱莲儿不守妇道，早与本地屠夫勾搭成奸。正当奸夫淫妇鱼水合欢之际，蔡鸣凤叩门。朱莲儿慌忙之余藏好屠夫，自己整理衣衫开门让夫进宅。小偷跟随他俩进门，并躲进暗处。夫妻相逢办酒接风，朱莲儿与奸夫商议，借炒菜之由，骗鸣凤入厨房，屠夫用菜刀将其杀死。朱莲儿勾结奸夫谋害亲夫之前后过程，小偷尽收眼

---

　　① 挨挨擦擦：黄梅方言，指一步三回头、极不情愿地往前走。后文同，不再一一标注。

底。害死蔡鸣凤后，朱莲儿和屠夫定计，将鸣凤之死嫁祸其父朱茂清，诬告其父图财害命，将其父告往县衙。太爷升堂将朱茂清严刑拷打，收监下狱。

蔡鸣凤死后，鬼魂飘荡，托梦店姐。凤姐一觉醒来，汗湿罗衫。想起梦中所托，凤姐起床整顿花容，带足盘费，来至浠水县衙击鼓鸣冤，义偷出堂作证。案情真相大白，太爷宣判朱茂清无罪，当堂释放；朱莲儿和屠夫狼狈为奸，杀害亲夫，嫁祸其父罪加一等，判处死刑，立即执行。

案情了结后，柳凤姐来至蔡郎坟前祭奠，情到深处，痛不欲生。凤姐誓愿生同罗帐死同穴，悲切之余，碰碑而逝。此一故事，广为流传，成为佳话。

三、荞麦记

【剧情简介】

　　秀才徐文进家境贫寒，娶妻王三姐。三姐又名金花萍，所生一子取名宝宝(三宝宝)。一家三口，居住破窑，清贫度日。岳父王百万六十寿诞，三姐瞒着秀才，带上娇儿奔回娘家祝寿。岂料，事与愿违，势利父母嫌贫爱富，只认钱财，不念骨肉，当夜将三姐及娇儿赶出府门。三姐无奈，数九寒天，携子回转寒窑。

　　王百万鱼肉百姓，大秤进，小斛出，天理难容。神仙作法，王家连年遭受火灾，家中片瓦无存，一贫如洗，落得二老沿街乞讨。秀才徐文进时来运转，得中状元，三姐受封一品夫人，尽享人间富贵荣华。王百万乞讨荒郊，生死不明；其妻闻婿得中状元，来至徐府，百般哀求，终感动三姐。三姐收留母亲，让其在徐府安度晚年。

【剧中人物】

徐文进	金花萍	三宝宝
王百万(外公)	百万妻(外婆)	大　姐
大宝宝(大姐儿子)	二　姐	二宝宝(二姐儿子)
太白金星	考　官	陪考生
家　人	丫　鬟	衙　役

*　　　　*　　　　*

　　(前幕启，二幕开。一座寒窑，窑内摆放破旧桌椅，徐文进悠闲地上。)

徐文进：(念)　磨穿石砚，坐破寒毡。
　　　　(赋)　春夏秋冬四季天，风花雪月紧相连。太公时迟甘罗早，苍天莫灭我贫寒。
　　　　(白)　徐文进家住津平府，新栾县人氏，娶妻王三姐，所生一子取名宝宝。今日天气晴和我不免训子上学，话说一言宝宝哪里走来。
　　　　(三宝宝手拿书本，斯文慢步地上。)
三宝宝：(白)　爹爹一声唤，慢步到窑前。孩儿见过爹爹，这厢有礼！不知爹爹唤出孩儿有何训教。
徐文进：(白)　打坐寒窑你就听了。
　　　　(唱)　宝宝儿坐寒窑用心细听，　　你为父有古人儿听分明。
　　　　　　　头悬梁锥刺股儿需要听，　　若梁灏八十二得中头名。
　　　　　　　凡训蒙须讲究儿需要听，　　赵中令读鲁论曾做公卿。

	朝于斯夕于斯莫离书本，口而诵心而惟谨记在心。
	教五子名俱扬孝悌忠信，养不教父之过混乱乾坤。
	家虽贫学不辍攻读勤奋，父望子子成龙光耀门庭。
	天气晴我的儿圣堂来进，男儿汉谁不想金榜题名。
三宝宝：（唱）	老爹爹训教儿哪敢违抗，世哪有为子者不听爹娘？
	施一礼老爹爹上学听讲，男儿汉谁不想至大至刚。
	（宝宝怀抱书本下。）
徐文进：（唱）	好一个宝宝儿听我教训，倒让为父喜之在心，
	望不见孩儿后窑进，一心心转后窑攻读书经。
	（徐文进欣喜地下。）
	（二幕落。）
	（二幕启，大姐华丽客厅，大姐身着华饰上。）
大　姐：（唱）	王氏女打坐在客堂之上，忽然间想起了大事一桩。
	今来是二爹娘六旬寿诞，我心想带宝宝庆贺高堂。
	转面来我将宝宝儿叫上，宝宝儿到客堂细听端详。
	（大宝宝身患残疾，驼背弯弓，在后园贪玩上。）
大宝宝：（唱）	人得残疾前世冤，嘴对胸前耳对肩。
	要想仰面观日月，百年棺木用犁弯。
	到客堂见母亲开言问暄，老母亲唤儿来有何话言？
大　姐：（唱）	宝宝儿不知情一旁且听，你为娘有言来细听分明。
	今来是老外公六旬寿庆，我心想带宝宝前去赶生。
	叫出了宝宝儿非为别论，取过了貂毛袄一路前行。
	（大宝宝下。取貂毛袄复上。）
大宝宝：（唱）	老母亲吩咐我孩儿遵命，取过了貂毛袄请娘同行。
大　姐：（唱）	好一个宝宝儿听娘教训，倒让为娘喜之在心。
	此一番随母亲外婆家奔，酒席前莫吵娘才算儿能。
大宝宝：（唱）	老母亲您不要叮嘱言警，嘱咐言语谨记在心，
	此一番随母亲外婆家奔，酒席宴前不吵娘亲。
大　姐：（唱）	好一个宝宝儿听娘教训，倒让为娘喜笑在心。
	来在外婆家提足进……
大宝宝：（唱）	拜请了老外婆儿来赶生。
	（王百万客厅，百万妻身着华饰上。）
外　婆：（白）	哎哟喂！我的大姐儿来了哇！
大宝宝：（白）	外婆哇，我也来了。
外　婆：（白）	哎哟喂！我的儿哇，你也来了哇！
大宝宝：（白）	外婆哇，我给您拜寿来了，我送一件貂毛袄您老人家过六十大寿。
	（轻声关心地说。）
	您要小心，莫等发火烧了。

外　　婆：	（白）	儿哇，你讲点儿好话撒。
大宝宝：	（白）	外婆，我是好话。外婆，我走累了，我要您驮！
外　　婆：	（白）	哎哟喂，儿哇，我偌大年纪，我驮不起。
大宝宝：	（白）	驮不起，我也要您驮。

（二幕落，外婆无奈驮着宝宝跌跌撞撞地，和大姐齐下。）
（二幕启，寒窑内，金花萍忧闷地上。）

金花萍：	（唱）	金花萍坐寒窑自思自论，	忽然间想起了一桩事情。
		今来是二爹娘六旬寿庆，	我心想带宝宝前去赶生。
		低下头来心中仔细裁论，	这桩事我还要商量夫君。
		转面来我就把相公相请，	请一声相公夫听我说明。

（徐秀才由后窑手拿书本慢步上。）

徐文进：	（唱）	有颜回和子路深入陋巷，	一箪食一瓢饮休怨爹娘。
		到前窑见三姐开言问上，	三姐妻请为夫有何量商？
金花萍：	（唱）	相公夫不知情一旁且听，	你的妻有言来细听分明。
		今来是二爹娘六旬寿庆，	我心想带宝宝前去赶生。
		请出了相公夫非为别论，	行不行去不去回答一声。

（秀才假装专心看书，不予理睬。）

徐文进：	（念诗）	君子固穷，小人穷斯滥矣！
金花萍：	（白）	相公。
徐文进：	（白）	哎。
金花萍：	（白）	你听到没有？

（三姐用手轻敲桌子。）

徐文进：	（白）	啊，没有听到哇，不知三姐你讲些什么？
金花萍：	（白）	你就听了。
	（唱）	相公夫你不要装聋不听，	你的妻有言来细听分明。
		今来是二爹娘六旬寿庆，	我心想带宝宝前去赶生。
		世间上也只有天地为大，	除了天地父母双亲为尊。
		相公夫若不把生寿来庆，	旁边人道我夫枉读诗文。
		请出了相公夫非为别论，	行不行去不去回答一声。
徐文进：	（念诗）	穷儿无犬，富儿无娇。

（王三姐无名火起，将徐文进手上书抢过来，抛至在地，徐文进捡书介。）

金花萍：	（白）	穷读，滥读。世间只有挑箩借谷借米，哪有挑箩借字？
徐文进：	（白）	哎，三姐好曾无礼，将圣贤书抛之在地。圣贤在上，文进这厢有礼。请问三姐，你说的该莫是那赶生之事？
金花萍：	（白）	正是。
徐文进：	（白）	依为夫看来么？去也罢，不去也罢。
金花萍：	（白）	相公怎见得去也罢，不去也罢呢？

（徐文进若有所思，回忆从前，气不打一处来。）

徐文进：（白）　打坐寒窑你就听了。
　　　　（唱）　三姐妻你坐寒窑用心细听，　　你为夫有言来细听分明。
　　　　　　　　曾记得他二老四旬寿庆，　　　三个姨丈庆贺长生。
　　　　　　　　大姨丈二姨丈他佳宾相敬，　　徐文进到府他另眼瞧人。
　　　　　　　　在寒窑我二人夫妻来论，　　　我讲道不发达不上他门。
　　　　　　　　三姐妻一人去大不要紧，　　　切不可带宝宝一路前行。
　　　　　　　　作践了三姐妻是他本分，　　　作践了宝宝儿痛煞夫心。
　　　　　　　　这等蠢妻无可教训……　　　　怕的是有脸去无脸回程！
　　　　（徐文进很不高兴，甩袖昂然地下。）
金花萍：（唱）　有只见相公夫他不答应，　　　倒让我金花萍好不伤心。
　　　　　　　　低下头来心中细细裁论，　　　我不免叔婆家前去借饼。
　　　　　　　　权为我只得叔婆家奔，
　　　　（二幕落。）
　　　　（寒窑外。）
金花萍：（唱）　请一声叔婆婆儿到此今。
　　　　（白）　叔婆请了。
叔　婆：（内白）请了何事？
金花萍：（白）　今来是我爹娘寿诞之期，我心想到您老人家来借个饼子前去娘家赶生？
叔　婆：（内白）哎，你这穷鬼！你今天借，明天借，你走是不走？
金花萍：（白）　我不走怎样？
叔　婆：（内白）你莫过我穷气。
金花萍：（白）　哎，叔婆！
　　　　（唱）　有只见叔婆婆不将儿认！　　　倒让我金花萍好不伤心。
　　　　　　　　低下头来心中细细裁论，　　　我何不到伯婆家去借饼。
　　　　　　　　来之在伯婆家一旁站定，　　　请一声伯婆婆儿到此今。
　　　　（白）　伯婆婆请了。
伯　婆：（内白）请了何事？
金花萍：（白）　今来是我爹娘寿诞之期，我心想到您家借个饼子前去娘家赶生？
伯　婆：（内白）哎，你这个穷鬼！你前天借我盐，昨天借我油还没还。你今天借，明天借，哪有那么多借给你哟！你走是不走？
金花萍：（白）　我不走怎样？
伯　婆：（内白）我唤狗咬你的脚！
　　　　（金花萍气愤已极，狠狠一跺脚，以泄心中愤怒和世态炎凉。）
金花萍：（唱）　叔婆伯婆俱一样！　　　　　　倒让我金花萍好不惨伤。
　　　　　　　　低下头来心中暗想，　　　　　家中还有荞麦粮。
　　　　（二幕启，寒窑。）
　　　　　　　　含悲忍泪寒窑往……　　　　　荞麦籽做馍馍庆贺高堂。
　　　　（金花萍含泪低头下。）

(灯暗。)

(幕启,二姐豪华客厅,高档家具应有尽有,二姐上。)

二　　姐:(唱)　翠花萍打坐在客堂之上,　　　　忽然间想起了大事一桩。
　　　　　　　　今来是二爹娘六旬寿诞,　　　　我心想带宝宝庆贺高堂。
　　　　　　　　转面来我就把宝宝叫上,　　　　宝宝儿休贪玩速来客堂。

(二宝宝蹦蹦跳跳,手执一枝含苞待放梅花,一甩一甩顽皮地上。)

二宝宝:(唱)　我在花园贪玩戏耍,　　　　　　耳听得老母亲口叫娇娃。
　　　　　　　　到客堂见母亲开言问话,　　　　老母亲有何事吩咐娇娃?

二　　姐:(唱)　宝宝儿不知情一旁且听,　　　　你为娘有言来细听分明。
　　　　　　　　今来是老外公六旬寿庆,　　　　我心想带宝宝前去赶生。
　　　　　　　　叫出了宝宝儿非为别论,　　　　取过了百褶裙一路前行。

二宝宝:(唱)　老母亲吩咐我孩儿遵命,　　　　取好了百褶裙请娘前行。

(二宝宝高兴下,取百褶裙速上。)

二　　姐:(唱)　好一个宝宝儿听娘教训,　　　　倒让为娘喜笑在心。
　　　　　　　　此一番随母亲外婆家奔,　　　　酒席前莫吵娘才算儿能。

二宝宝:(唱)　老母亲您不要叮嘱言警,　　　　嘱咐言语谨记在心,
　　　　　　　　此一番随母亲外婆家奔,　　　　酒席宴前不吵娘亲。

二　　姐:(唱)　好一个宝宝儿听娘教训,　　　　倒让为娘喜笑在心。
　　　　　　　　来在外婆家进府门。

二宝宝:(唱)　拜请了老外婆儿来赶生。

(外婆上。)

外　　婆:(白)　哎哟喂,我的二姐儿来了哇。

二宝宝:(白)　外婆喂,我也来了。

外　　婆:(白)　哎哟喂,儿哇,你也来了!好,好!

二宝宝:(白)　外婆,我是给您贺寿来的,您老人家六十大寿,我送您百褶裙,您要好好收藏。祝愿您二老福如东海,寿比南山。

外　　婆:(白)　谢谢你!我儿聪明能干,好好好,客厅侍茶。

(二姐挽着母亲手腕,三人齐下。)

(二幕落。)

(二幕前,金花萍、三宝宝高兴地上。三宝宝提着装满荞麦馍馍的竹篮子,上面盖着印花手帕,时而揭开,手摸馍馍,哽咽口水。母亲示意三宝宝不要……)

金花萍:(唱)　宝宝儿你与我前把路带,　　　　你为娘有古人儿听开怀。
　　　　　　　　秦甘罗十二岁封为太宰,　　　　说赵王立奇功拜相登台。
　　　　　　　　三国中周公瑾名扬四海,　　　　七岁上学兵法人称将才。
　　　　　　　　在赤壁用火攻神鬼难解,　　　　烧曹兵八十万尸无葬埋。
　　　　　　　　这一派前朝古非天下界,　　　　难道说宝宝儿不是娘怀?
　　　　　　　　今日里随为娘外婆家踩,　　　　酒席前不吵闹才算儿乖。

三、荞麦记

三 宝 宝：（唱）　老母亲您不要叮嘱言警，　　　嘱咐言语谨记在心，
　　　　　　　　此一番随母亲外婆家奔，　　　酒席宴前不吵娘亲。
金花萍：（唱）　好一个宝宝儿听娘教训，　　　倒让为娘喜笑在心，
　　　　　　　　来在外婆家进府门。
三 宝 宝：（唱）　拜请了老外婆儿来赶生。
　　　　　　　（二幕启，外婆精神抖擞地上。）
外　　婆：（唱）　贫居闹市无人问，　　　　　　富在深山有远亲。
　　　　　　　　到客堂见三姐儿开言动问，　　三姐儿到我家事为何情？
金花萍：（唱）　老母亲您不要将儿来问，　　　您女儿有言来娘听分明。
　　　　　　　　今来是二爹娘六旬寿庆，　　　因此上带宝宝前来赶生。
　　　　　　　（百万妻大声讥笑，并直言不讳讨取寿礼。）
外　　婆：（唱）　好一个三姐儿真有孝心，　　　到如今还记得赶生事情。
　　　　　　　　开言来我把三姐儿叫应，　　　为娘有言来你细听分明。
　　　　　　　　你大姐送的是貂毛皮袄；　　　你二姐送的是百褶罗裙；
　　　　　　　　众宾友送的是寿桃寿果；　　　送寿匾四大字松柏长青。
　　　　　　　　开言来我把三姐儿来问，　　　有什么好礼物送上娘门？
金花萍：（唱）　老母亲提礼物见笑得很，　　　荞麦籽做馍馍庆贺长生。
外　　婆：（唱）　一见馍馍心头有气！　　　　骂一声穷鬼细听端的。
　　　　　　　　不是娃娃抓周米①，　　　　　要你馍馍做甚的？
　　　　　　　　忙将馍馍抛在地，　　　　　　那黄犬不吃你穷鬼东西。
　　　　　　　（百万妻怒从心起，随手抢过三宝宝手中竹篮，将馍馍抛之在地，并用脚践踏，险些跌倒。金花萍上前欲扶，百万妻将她一把甩开。三宝宝趁机连抢几个馍馍怀中收藏。）
金花萍：（唱）　有只见老母亲不将儿认，　　　倒让我金花萍好不伤心！
　　　　　　　　宝宝带路内堂进……　　　　　到后堂会过了姊妹之情。
　　　　　　　（金花萍、三宝宝闷闷不乐地下。）
外　　婆：（白）　哎……丫鬟你帮我看管那个穷鬼，她到我家不是偷我的盐就是偷我的油喔。
　　　　　　　（百万妻很不解气地下。）
　　　　　　　（大姐、大宝宝、二姐、二宝宝、金花萍、三宝宝上。）
金花萍：（白）　大姐、二姐来了哇。
大　　姐：（白）　二妹、三妹你们也来了，你们该不是为了二老生寿？
二姐、金花萍：（同白）　正是为了爹娘添福添寿。
　　　　　　　（大宝宝见三宝宝衣衫褴褛，上前扯起他的衣角，向二宝宝一阵怪笑。三宝宝一推，大宝宝当即倒地，三宝宝挥拳欲打。大姐发现儿子被欺辱，欲打三宝宝。二宝宝见状，拉起大宝宝，与三宝宝分下。）

① 抓周米：黄梅方言，指初生婴儿满月设宴庆贺的一种礼节性活动。

大　姐：（白）　好！既如此，家人、丫鬟！
　　　　　（家人、丫鬟上。）
家人、丫鬟：（白）　有！
大　姐：（白）　你们与我打扫寿堂。
家人、丫鬟：（白）　遵命！
　　　　　（家人、丫鬟下。）
大姐、二姐、金花萍：（齐白）　女儿拜请一双爹娘！
　　　　　（王百万、百万妻高兴地上。）
外　公：（白）　前堂灯烛明亮。
外　婆：（白）　后堂喜笑洋洋。
外公、外婆：（同白）　我儿铺毡结彩，该莫是为了二老生寿？
大姐、二姐、金花萍：（齐白）　正是为了爹娘添福添寿。
外公、外婆：（同白）　年年生寿，要儿挂怀。
大姐、二姐、金花萍：（齐白）　养儿何用？理所当然！
外　公：（白）　好一个理所当然，家人！
　　　　　（家人上。）
家　人：（白）　有！
外　婆：（白）　丫鬟！
　　　　　（丫鬟上。）
丫　鬟：（白）　有！
外　公：（白）　酒宴可办齐备？
家人、丫鬟：（同白）　齐备已久。
外　公：（白）　你与我先拜寿，后摆盏，毡条铺开！
家人、丫鬟：（同白）　遵命！
　　　　　（家人、丫鬟下，抬毡条上，二人铺毡。）
　　　　　（音乐起，大姐整妆先拜，依次而行。轮到三姐拜时，百万妻身体一扭，不情愿受拜。家人、丫鬟拜过，收毡下。丫鬟复上。）
大姐、二姐、金花萍：（齐唱）　五福堂前生寿庆。
　　　　　（家人跑步上。）
家　人：（白）　报报报！
外　公：（白）　家人！报者何来？
家　人：（白）　启禀员外、安人，大小姐公子啼哭！
外　婆：（白）　家人，你把厨房好精料瓷碗陪他多砸几个玩。
家　人：（白）　遵命！
　　　　　（家人急下。）
大姐、二姐、金花萍：（齐唱）　荣华富贵万年春，但愿三星来供照。
　　　　　（家人跑步上。）
家　人：（白）　报报报！

外　　公：（白）　家人！报者何来？
家　　人：（白）　启禀员外、安人，二小姐公子啼哭！
外　　婆：（白）　家人，你到后面多拿些好果好饼给他吃。
家　　人：（白）　遵命！
　　　　　　　　（家人急下。）
大姐、二姐、金花萍：（齐唱）　天官赐福报五位。
　　　　　　　　（家人跑步上。）
家　　人：（白）　报报报！
　　　　　　　　（三宝宝上。）
外　　公：（白）　报者何来？
家　　人：（白）　启禀员外、安人，三小姐公子肚子饿了，想讨一碗羊肉水饭充饥。
　　　　　　　　（百万妻闻言，双眉紧锁，默默点头。）
外　　婆：（白）　家人，厨房还有一碗豆腐汤，你去给我端来！
　　　　　　　　（家人急下，双手端豆腐汤上。）
家　　人：（白）　付与安人。
外　　婆：（白）　哎哟喂，上面还有一层油，穷人从未见过荤。我呀，还是把它吹下来，免得吃坏肚肠，家人拿过去。
家　　人：（白）　是，付与三公子，公子慢用。
　　　　　　　　（宝宝觉得味道不对，连碗带汤一起抛丢！）
三宝宝：（白）　哎，馊了！吃不得！
家　　人：（白）　报！启禀员外、安人，三公子讲道，馊了！不能吃，吃了会死人，连碗丢抛！
　　　　　　　　（百万妻闻报，大发雷霆，怒视宝宝。）
外　　婆：（唱）　一见穷鬼心恼恨！　　　骂声穷鬼了不成！
　　　　　　　　你们哪是生寿庆，　　　砸我碗盏为何情？
外　　公：（唱）　走上前来三巴掌！
外　　婆：（唱）　走上前来四筷子头！
　　　　　　　　（二姐旁观情况不妙，急忙跪在父母面前讨保。）
二　　姐：（唱）　且动手来慢动手！　　　女儿有言听从头。
　　　　　　　　公院门前正好修，　　　何必在此结怨仇。
　　　　　　　　我劝宝宝回家去，　　　免得在此受耻辱！
金花萍：（唱）　千看万看看他年纪小！　母亲饶恕这一遭。
　　　　　　　　（王百万、大姐、二姐、家人、丫鬟同下。）
外　　婆：（唱）　奴才人小心不小！　　说出话来比天高，
　　　　　　　　狠心肠我只得母子赶了，
　　　　　　　　（百万妻手执家法怒打母子！赶出府外。）
　　　　　　　　（接唱）从今以后你莫走二遭！
　　　　　　　　（百万妻余怒未息，双目怒视母子下。）

(二幕落。)
(三姐悔恨交加，母子圆场。)

金花萍：（唱）我心中只把母亲恨！　　　　大不该四九天撵赶出门。
　　　　　　世间上并没有骨肉情分，　　　势利人金银财宝远胜亲情。
　　　　　　我本当回寒窑路远不近，　　　我本当宿招商身无半文。
　　　　　　莫奈何母子俩到马房睡醒，　　到马房宿一晚明日回程，
　　　　　　(二幕启，王百万马房。)
　　　　　　手带宝宝儿马房进，　　　　　仿古人卧薪尝胆慰我心情；
　　　　　　叹不尽心中苦马房睡醒，　　　等只等樵楼上鼓起初更。
　　　　（叹）马房多冷清，怎能到天明。
　　　　　　(金花萍、三宝宝被百万妻赶出府外，身无分文，只好暂宿马房。隐约传来寿堂更鼓声。)

金花萍：（唱）夜宿马房冷清清，　　　　　耳听得寿堂上……
　　　　　　(金花萍失声痛哭。)
　　　　　　哎！我的狠心娘哎！　　　　　鼓催初更。
　　　　　　在寒窑我不听相公教训，　　　一心想带宝宝前来赶生。
　　　　　　早知道狠心娘不将我认，　　　大不该到她家寻死窜魂。
　　　　　　叹不尽心中苦侧耳听……
　　　　　　(三宝宝睡梦中呼喊。)

三宝宝：（白）好冷！
金花萍：（唱）耳听得宝宝儿口叹冷声。
　　　　　　儿也冷来娘也冷。　　　　　　难道说你为娘多穿几层。
　　　　　　我这里扯稻草遮儿寒冷，　　　母子俩何曾有这等伤心。
　　　　　　叹不尽此时苦马房睡醒，　　　等只等樵楼上鼓催二更。
　　　　　　(金花萍抱紧三宝宝相互取暖，渐渐进入梦乡。)
　　　　　　(百万妻手拄拐杖，丫鬟提灯笼随上。)

外　婆：（唱）听樵楼打罢了二更时分，　　耳听得府门外黄犬高声。
　　　　　　丫鬟带路出府门，　　　　　　见黄犬对着了马房高声。
　　　　　　丫鬟带路马房进……
　　　　　　(丫鬟站在百万妻前面，左遮右挡，挡住外婆视线。百万妻用拐杖把丫鬟戳开。)

外　婆：（白）丫鬟！你与我站过来，你与我站过去，你与我死过去！
　　　　（接唱）月光下照见了穷鬼二人，　开言来我就把穷鬼叫应，
　　　　　　二穷鬼醒转来我有话明。

金花萍：（唱）听樵楼打罢了二更时分，　　耳听得马房外人喧高声。
　　　　　　莫奈何睁昏花①举目观定，　　却原是老母亲来到此今。

---

① 睁昏花：指睁开眼睛。后文同，不再一一标注。

	低下头来心中裁论，
	金花萍在马房一旁坐定，
外　婆：（唱）	一见穷鬼心中烦恼，
	你莫作践我的黄丝稻草，

　　　　　　低下头来心中裁论，　　　　　　该莫是老母亲有了回心。
　　　　　　金花萍在马房一旁坐定，　　　问我一言回答一声。
外　婆：（唱）一见穷鬼心中烦恼，　　　　骂声穷鬼细听根苗。
　　　　　　你莫作践我的黄丝稻草，　　　要留到四九天骡马喂膘。
　　　　　　（此时，金花萍还抱希望，不愿把事情弄成僵局，好言相劝母亲。）
金花萍：（唱）老母亲您良心实在太坏，　　您女儿有言来细听开怀。
　　　　　　这几年我的夫时衰运败，　　　时不济运未通官发未来。
　　　　　　倘若是我的夫宫花顶戴，　　　怕的是老母亲悔不转来。
外　婆：（唱）徐文进戴纱帽倒转来戴，　　死丫鬟戴凤冠转世投胎。
金花萍：（唱）老母亲您量人何不自量？　　您好比老鼠眼寸目之光。
外　婆：（唱）穷鬼说话令人好笑，　　　　自描自画心比天高，
　　　　　　怒恼娘用拐杖将草抄了，　　　骂一声二穷鬼如犬同槽！
　　　　　　（百万妻越想越气，破口大骂，并用拐杖将稻草抄飞。）
金花萍：（唱）母亲做事心太狠，　　　　　金花萍从此死了心，
　　　　　　叫宝宝捡石块将娘打！
　　　　　　（此时金花萍彻底死心，三宝宝已醒。金花萍呼唤宝宝忙捡石块朝百万妻乱砸乱打。）
外　婆：（白）哎哟！你这个穷鬼，你打我，哎哟喂！
　　　　　　（百万妻跛着腿，丫鬟提灯搀扶百万妻下。）
　　　　　　（二幕落。）
　　　　　　（郊外。夜色朦胧，大雪纷飞，寒风刺骨。）
金花萍：（唱）母子双双转回家！
　　　　　　三更天下大雪找路不到，　　　娘搀儿儿搀娘跌倒几跤。
　　　　　　行来在中途路宝宝叫，　　　　为娘有话儿听根苗。
　　　　　　倘若回家爹爹问，　　　　　　儿只说想爹爹吵娘回程。
三宝宝：（唱）老母亲您不要叮嘱言謷，　　嘱咐言语谨记在心，
　　　　　　倘若回家爹爹问，　　　　　　我只说想爹爹吵娘回程。
金花萍：（唱）好一个宝宝儿听娘教训，　　倒让为娘好放宽心。
　　　　　　（二幕启，寒窑外风紧雪骤。）
　　　　　　来之在寒窑外一旁站定。
三宝宝：（唱）请一声老爹爹开开窑门。
　　　　　　（徐文进战战兢兢地提灯上。）
徐文进：（唱）四九寒天冰冻寒冷，　　　　耳听得寒窑外口叫开门。
　　　　　　为人不做亏心事，　　　　　　半夜叫门心不惊。
　　　　　　人讲道徐文进命生苦，　　　　叫门人比文进更苦十分。
　　　　　　我这里开窑门寒风一阵，
　　　　　　（徐文进急忙一手捂住灯火，扫视对方，母子二人不住颤抖。）
　　　　　　却原是三姐妻宝宝回程。

金花萍：（唱）	开言来我就把三姐妻问，	自古道国家大事决不夜行。
徐文进：（唱）	相公夫你不要将我来问，	宝宝儿想爹爹吵娘回程。
徐文进：（唱）	听三姐出此言心中恼恨，	大骂奴才了不成！
	恨不得走上前丧你的命！	

（徐文进手举家法欲打宝宝介，金花萍上前拦阻。）

金花萍：（白）	相公息怒！
三宝宝：（白）	爹爹饶命！
徐文进：（唱）	徐文进年半百一个娇生，	三姐妻身寒冷后窑睡醒。
金花萍：（唱）	相公夫莫作践宝宝娇生。	

（金花萍胆怯地目视宝宝下。）

|徐文进：（唱）|三姐妻转后窑脸色不正，|此事必定有隐情。|
||自古前朝道得有，|娃娃口内吐真情。|

徐文进：（白）　宝宝我来问你，此次随你母亲外婆家赶生。外公、外婆待儿可好？

（金花萍担心事情败露，故意端茶上。）

金花萍：（白）　相公喝茶。
徐文进：（白）　此番不用！你与我下去！

（金花萍心怯地下。）

徐文进：（白）　宝宝站过一旁，我来问你，此次随你母亲外婆家赶生，外公、外婆待儿可好？
三宝宝：（白）　外公、外婆呗？

（金花萍焦急地上，并打手势示意宝宝。）

金花萍：（白）　相公请坐！
徐文进：（白）　大胆！下去！

（金花萍怯怯懦懦地下。）
（徐文进见状，无名火起，兀地站起，大声呵斥！）

徐文进：（白）　你这个奴才！老父问你，你要言不言，要语不语，你今天若不好好直言对为父讲来，难免为父一顿暴打！

（徐文进高举家法，宝宝顿时嚎啕大哭，双膝跪地，欲言又止，慢慢倾诉。）

三宝宝：（唱）	哎，我的爹爹呀……！	
	老爹爹且息怒容儿禀告，	您孩儿有言来禀告年高。
	都只为他二老六旬寿到，	三个姨娘庆贺年高。
	大姨娘送的是貂毛皮袄，	二姨娘百褶裙丝带两条。
	也只有老爹爹家穷不好，	荞麦籽做馍馍庆贺年高。
	老外婆见馍馍心中烦恼，	将馍馍抛在地被犬来糟。
	您孩儿抢几个怀中搂抱，	老外婆她骂我穷鬼养娇。
	大姨娘公子哭砸碗陪笑，	二姨娘公子哭尝他饼糕。
	您孩儿来啼哭肚子饿了……	

（宝宝此时已泣不成声，慢慢一跪一擦地靠近父亲。徐文进手抚宝宝肩膀，以示安慰。）

唉！我的爹呀……　　　　　　　她骂我老爹爹穷鬼养娇。
赏儿的光骨头不如不要，　　　　赏儿的酸豆腐汤连碗丢抛。
富家奴那老狗轻事重报，　　　　他二老似猛虎未曾长毛。
老外公三巴掌还说打少，　　　　老外婆四筷子头下下起包。
喜的是二姨娘前来讨保，　　　　适才有宝宝儿回转寒窑。
大姨娘二姨娘厅堂饮肴，　　　　老母亲到厨房把火来烧。
大姨娘二姨娘楼台睡觉，　　　　她把我母子俩撵赶荒郊。
母亲道到如今世态变了，　　　　骨肉情不如那寿果寿桃。
母本当回寒窑路远不少，　　　　母本当宿招商身无分毫。
莫奈何母子俩马房睡觉，　　　　在马房睡一晚明日回窑。
此时间身寒冷扯她稻草，　　　　惊动了富豪犬吵闹喧高。
老外婆带丫鬟马房来找，　　　　她骂我母子俩怒气未消。
她骂我莫作践她黄丝稻草，　　　要留到冬天骡马喂膘。
千骂万骂儿不计较，　　　　　　将人比畜骡马同槽。
狠心外婆把草抄了，　　　　　　她把我母子俩撵赶荒郊，
三更天下暴雪找路不到，　　　　儿扶娘娘挽儿回转寒窑。
这就是您孩儿直言诉表，　　　　老外婆做的事惨无人道！

（徐文进无名火起，只气得吹胡子干瞪眼，扶起宝宝，站立一旁。）

徐文进：（唱）听我儿出此言心中来恨，　　　骂一声王百万太不是人。
作践三姐妻是他的本分，　　　　作践了宝宝儿痛煞父心。
宝宝儿身寒冷后窑睡醒。

三宝宝：（唱）老爹爹莫作践苦命娘亲。

（三宝宝以恳求的眼光望着父亲下。）

（接唱）有只见宝宝儿后窑睡醒，　　思思想想满腔怒火一盆。
恨不得走上前暴打一顿，　　　　大丈夫我要学三思而行。

（白）三姐哪里走来！

（金花萍胆怯地上。）

金花萍：（白）见过相公，这厢有礼！
徐文进：（白）王三姐，金花萍，秀才不出户，能知天下事。昔日霸王不听亚父之言，被韩信所害。像你在寒窑不听为夫之言，被你爹娘所害！

（唱）一见贱人怒冲牛斗！　　　　为夫有言听从头。
你哪是为了赶生寿，　　　　　　分明是母女俩一伙同谋。
开笼放雀天下有，　　　　　　　留在家中结冤仇。
越思越想心越怄，　　　　　　　一心想上书位贱人来休。
怒气不息书位走……

（三宝宝觉得不妙，急匆匆上，跪在父亲面前代母求饶。）

三宝宝：	（唱）	宝宝屈膝将爹阻拦，	有人知道是母不是，
		人不知老爹爹卖母荣生。	
徐文进：	（唱）	宝宝儿这一言将我提醒，	提醒为父懵懂人。
		有人知道是贱人不是，	人不知穷秀才卖妻荣生。
		宝宝免跪一旁站。	
三宝宝：	（唱）	哪有子站母跪不成？	
徐文进：	（唱）	好一个宝宝儿真有孝心，	哪有子站母跪不成，
		宝宝儿转为将娘搀。	
三宝宝：	（唱）	徐宝宝搀起来苦命娘亲。	
徐文进：	（唱）	宝宝儿身寒冷后窑睡醒。	
三宝宝：	（唱）	老爹爹莫作践苦命娘亲。	
		（宝宝忧闷担心地下。）	
徐文进：	（唱）	有只见宝宝儿后窑睡醒，	心中好似打翻五味瓶。
		开言来我就把三姐妻问，	下二回娘家路行与不行？
		（三姐此时羞愧难当，抬衫袖遮挡面颊，愧对夫君。）	
金花萍：	（唱）	相公夫问得我心中惭愧，	问得我金花萍无有话回。
		金花萍知错作揖赔礼，	从今后娘家路不走二回。
徐文进：	（唱）	妻有回心夫有转意，	你为夫有言来细听端的。
		一家人住寒窑无柴无米，	明日里到南山砍柴度日。
金花萍：	（唱）	相公夫出此言差错得很，	讲什么到南山砍柴荣生。
		我的夫离娘怀未离书本，	明日里到大街去卖字文。
徐文进：	（唱）	三姐妻这一言将我提醒，	夫妻同心顽石成金。
		三姐妻身寒冷后窑睡醒，	天明亮到大街去卖字文。
		（徐文进、金花萍下。）	
		（灯暗。）	
		（幕启，北风呼啸，天空灰蒙蒙的，飘着雪花，寒冷刺骨，太白金星上。）	
太白金星：	（白）	耳听天河水响，眼观日月双光，站在云端观看，单查善恶昭彰。我乃太白金星，领了玉帝旨意。眼观徐文进官星不能出现，命我下凡搭救。祥云生足下，即刻下凡尘。来至铁板桥，我不免设一卦篷。天灵灵，地灵灵，卦篷何在？	
		（太白金星拂尘一弹，舞台一角呈现一卦篷。）	
太白金星：	（白）	远望徐文进来也。	
		（徐文进手拿代写书信，出售字画招牌，肩背文书袋上。）	
徐文进：	（唱）	在寒窑辞别了三姐妻，	我到大街去卖字文。
		南街卖到北街转，	东街卖到西街村，
		四面八方都卖到，	并没有一个人买我字文。
		来到铁板桥举目观定，	只见卦篷在此今。
		老先生坐卦篷手拿书本，	但不知看的是哪朝古人。

三、荞麦记

徐文进进卦篷深施一礼……

太白金星：（唱）有贫道在卦篷礼上相迎。
太白金星：（白）相公请坐。
徐文进：（白）谢座。
太白金星：（白）请问相公，该莫是测算字命？
徐文进：（白）唉，可叹我囊中无钞！
太白金星：（白）贫道不爱财，爱财就不下山来，相公请。
徐文进：（白）既如此，一旁谢过！
（徐文进起身一揖，太白金星还礼介。二人重新落座。）
太白金星：（唱）徐相公在卦篷一旁坐定，　　细听贫道测算字命。
　　　　　　你家住津平府新栾县，　　　　徐家庄前有你的家门。
　　　　　　娶妻名叫王三姐，　　　　　　尚有一子宝宝娇生。
徐文进：（唱）你算我何年何月才交大运，　何年何月大运行？
太白金星：（唱）我算你四十岁才交大运，　　四十岁上大运行。
　　　　　　火烧竹子节节爆，　　　　　　脚踏楼梯步步高。
徐文进：（白）先生此卦如此灵验。
太白金星：（白）徐相公，今乃皇上放榜招考，相公何不进京赶考？
徐文进：（白）想我家道贫寒，无有盘缠。
太白金星：（白）好说，这有纹银一锭，送与相公权作路费之资。
徐文进：（白）无功不受禄！
太白金星：（白）受禄必有功，得中回来，铁板桥损坏一墩，重修三墩。此桥改为合人桥。
（太白金星付银，徐文进接银并深深一拜，诚表谢意。）
徐文进：（白）慢说是三墩，三十墩那又怎样，老先生真乃灵验。
太白金星：（白）不见得，那边少先生比我灵验多了。
徐文进：（白）啊！辞别老先生，迎接少先生。
太白金星：（白）贫道不把凡人渡，误了世间几多人。天机不可泄露，仙凡不便，上天缴旨。
（太白金星收拾所带物品下。）
徐文进：（白）少先生不见了，再见老先生，老先生也不见了。该莫是神仙将我搭救，待我望空一拜。
　　　　（唱）走上前拜过了大罗仙长，　　拜过日月并双光。
　　　　　　徐文进后来有好处，　　　　满幅红旗谢上苍。
　　　　　　拜过之后回家往，　　　　　三姐妻到前窑夫有商量。
（金花萍笑容满面地上。）
金花萍：（白）我夫一声唤，慢步到前窑。见过相公，这厢有礼。
徐文进：（白）休要见礼，一旁打坐，听夫道来。今乃皇上放榜招考，我心想进京赶考。今日行至铁板桥，遇一老先生，赐我纹银一锭，作为凭证和路费。为夫讲道无功不受禄，老先生讲道受禄必有功，得中回来，铁板桥损坏一墩，重修三墩，此桥改名为合人桥。

金花萍：	（白）	相公，慢说三墩，就是三十墩，三百墩又有何妨？
徐文进：	（白）	三姐真会讲话，三姐打水为夫洗脸。
金花萍：	（白）	相公请稍候。
		（金花萍下，端水上，徐文进洗脸，水影出现状元衣帽，夫妻相视对笑。）
徐文进：	（白）	三姐盛饭为夫充饥。
金花萍：	（白）	相公只有一碗稀饭。
徐文进：	（白）	哎，岂不是打坏了为夫彩头？
金花萍：	（白）	哎，相公说哪里话来，昔日吕蒙正吃稀饭上京赶考，得中头名状元。
徐文进：	（笑）	哈哈哈！三姐真乃会讲话！
		（夫妻相视对笑。）
金花萍：	（唱）	尊声相公将妻等……　　　我办行囊夫进京城，
		今日里我的夫京城来进，　　但愿得相公夫得中头名。
徐文进：	（唱）	多蒙了三姐妻行囊来捆，　　我到京城去求功名。
		寒窑事还要妻多加照应，　　勤督促宝宝儿多读诗文。
		夫妻俩家常话一言难尽，　　我若是高科中报马回程。
		（徐文进肩背包裹，手拿雨伞下。）
金花萍：	（唱）	富豪家进京城骡马车装，　　我的夫进京城自背行囊。
		望不见相公夫后窑往，　　　但愿得高科中报马回乡。
		（金花萍站在寒窑前望夫远去下。）
		（灯暗。）
		（前幕启，二幕开。京城内做买做卖，人群熙熙攘攘。人们忙碌备办年货，举子赶赴科场，热闹非凡。考官、众衙役上。）
考　官：	（白）	八月桂花香，九月菊花黄，人群乱纷纷，举子入科场。人来！
衙　役：	（白）	有！
考　官：	（白）	将宫门打开，龙门开放。
衙　役：	（白）	是！
		（两衙役慢慢推开宫门。）
考　官：	（白）	有传天字号上前交卷！
		（徐文进手持考卷上。）
衙　役：	（白）	有传天字号上前交卷！
徐文进：	（白）	参见大人，考卷呈上。
考　官：	（白）	好一个天字号，文采好，才学高，一撇如枪，一捺似刀，一点似樱桃。往年专考三篇文章，七篇锦绣。今年圣上用人太急，单考吟诗对对。对得着，高官任做，骏马任骑；对不着，赶出宫门院外，三年不许入科场。天字号上前受对！
徐文进：	（白）	谢过大人，请大人出题！
考　官：	（白）	"南来孤雁，月中带影一双飞！"
徐文进：	（白）	学生对曰！

考　官：（白）　对曰何来？
徐文进：（白）　"北斗七星，水底连天十四点！"
考　官：（白）　好一个天字号，早年该发该中，一名一甲，拜过下去，龙虎观榜！
徐文进：（白）　谢过大人。
　　　　　　　　（徐文进欲下，陪考生左手执扇，边走边扇；右手拿着牙签，边上边签牙。）
陪考生：（白）　老哥！你中了！恭喜！恭喜！
徐文进：（白）　同喜！同喜！
陪考生：（白）　你回家乌纱两顶，蟒袍两件，蟒靴两双……哎，在下的不送。
徐文进：（白）　老哥，少陪了。
　　　　　　　　（徐文进高兴地下。）
考　官：（白）　有传地字号上前交卷！
衙　役：（白）　有传地字号上前交卷！
陪考生：（白）　传地下的，交卷！
衙　役：（白）　传你的！
陪考生：（白）　啊！卖米的，喂！卖米的上前交卷！
衙　役：（白）　传他的！
陪考生：（白）　卖粑的，卖粑的上前交卷！
衙　役：（白）　传你这个馊舅子！
陪考生：（白）　哎哎哎！今年人不多，一传就传到姐夫我的头上来了！见过襄衣大人！
衙　役：（白）　宗师大人！
陪考生：（白）　我还不晓得，襄衣还不是棕做的！
衙　役：（白）　总还是宗师大人！
陪考生：（白）　好好好，争你不赢，就是宗师大人。宗师大人，你老哥在上，学生见礼，丢礼乎也！
　　　　　　　　（地字号考生双手合拢，面对主考大人意思一下。）
　　　　　　　　（一衙役看不过去，大声呵斥考生。）
衙　役：（白）　见了大人，不下全跪，讲什么丢礼乎也！
陪考生：（白）　哎，我在乡下见人一礼，人家还我一礼。我见你一礼，你老哥坐在上面昂然而不动，我岂不是丢礼乎也！
考　官：（白）　怎奈我有皇命在身，不能还礼！
陪考生：（白）　那我就不怪你老哥！
考　官：（白）　地字号交卷，哎，观你的试卷一墨糊涂，不知你口才如何？
陪考生：（白）　啊！口才呀，口才好得很。清早起，洗了脸，漱了口，斤把肉，壶把酒，拉起屎来一点都没有！
考　官：（白）　哪个问你吃喝拉撒！我乃是问你腹内文才！
陪考生：（白）　请大人弹蹄！
考　官：（白）　我乃是题目之题！

陪考生：	（白）	我乃是足脚之足！
考　官：	（白）	总还是题目之题！"白粉墙，写白字，墙白，字白，白白对白白！"
陪考生：	（白）	学生对曰："黑瓦窑，烧黑炭，窑黑，炭黑，黑黑对黑黑！"
考　官：	（白）	你哪许多黑？
陪考生：	（白）	你哪许多白？
考　官：	（白）	人来！
衙　役：	（白）	有！
考　官：	（白）	此人无才，赶出宫院门，三年不许入科场！
衙　役：	（白）	赶了！赶了！
陪考生：	（白）	呸呸呸！我三年考两场，四年考三场，牙齿考掉了，胡须考翘了，我知道进来，我还不晓得出去。哎呀呀！好闭人，把我的一点文才都闭过去了。我不晒一点文，还说我是个黑先生。上大人，狗咬人，打一棍，钻竹林。两边是我舅，中间是我的曾外孙。 （陪考生吊儿郎当地下。）
考　官：	（白）	人来，有事无事？
衙　役：	（白）	无事！
考　官：	（白）	将考卷密封，打入四轮车上，上殿缴旨，掩上宫门。
衙　役：	（白）	遵命！ （考官、衙役收拾文卷同下。） （灯暗。） （幕启，徐文进身着状元衣帽，四衙役抬着轿，中军随上。）
徐文进：	（引）	中状元名扬天下，琼林宴帽插宫花。
	（赋）	白马紫金鞍，卿出万人观。若问谁家子，读书人做官。
	（白）	人来，打道回府！ （徐文进、中军、众衙役下。） （金花萍笑容满面，步伐轻盈地上。）
金花萍：	（白）	报子报我家，我夫插宫花！ （徐文进乘轿，中军、众衙役随上。）
衙　役：	（白）	启禀状元公，来到状元府！
徐文进：	（白）	落轿！ （徐文进下轿，中军、众衙役下。）
金花萍：	（白）	相公为何这等荣耀！
徐文进：	（白）	多蒙圣上点我头名状元。
金花萍：	（白）	谢主隆恩，吾皇万岁！万岁！万万岁！夫哇，为妻还是民妇一般。
徐文进：	（白）	三姐不必如此，转为受过冠戴！
金花萍：	（白）	老爷可曾到铁板桥参拜？
徐文进：	（白）	多蒙三姐提醒，为夫我倒忘却了参拜铁板桥，还要参拜百官。府内一切事务，还需夫人料理！

三、荞麦记

金花萍：（白）妾身自应料理！
徐文进：（白）人来！
（中军、四衙役上。）
衙　役：（白）有！
徐文进：（白）开道铁板桥！
衙　役：（白）遵命！
（徐文进、衙役下。）
金花萍：（白）恭送老爷！
（唱）有只见我老爷百官候问，　　　　倒让我金花萍喜笑在心，
望不见老爷内堂进，　　　　　　等只等我老爷拜客回程。
（金花萍大摇大摆地下。）
（徐文进乘轿，衙役上。）
衙　役：（白）禀告状元公，来至铁板桥。
徐文进：（白）落轿。下面听了，昔日铁板桥损一墩，今日重修三墩，此桥改名为合人桥。
内：（白）启禀状元公，无有经费。
徐文进：（白）现拨纹银三千两，如果不够，状元府去领！
内：（白）感谢状元公！
徐文进：（白）来人，阁老府参拜！
衙　役：（白）遵命！
（徐文进乘轿，众衙役下。）
（太白金星手执拂尘上。）
太白金星：（念）耳听天河水响，眼观日月双光，站在云端观看，单查善恶昭彰。眼观王百万大秤秤进，小斛量出，横行乡里，鱼肉百姓。玉帝命我将他四门紧闭，放火烧光，火神哪里？
（火神星奉命上。）
火　神：（白）见过星君！
太白金星：（白）你与我将王百万家四门紧闭，放火烧光，一概不剩！
（太白金星上天缴旨。）
火　神：（白）遵命！
（火神口中念念有词，王百万庄园熊熊大火燃烧，风助火势，火借风威，顷刻之间化为乌有。火神眼观一座庄园被火吞噬，上天缴旨。）
（家丁、众人、丫鬟提木桶、脸盆过场上。）
家人、丫鬟：（白）发火了！发火了！打火！打火！
（灯暗，幕落。）
（前幕启，二幕前。王百万老夫妇俩衣衫褴褛，肩背破絮稻草，手拄木棍，拿着破碗破瓢，战战兢兢上。）
外　公：（唱）可怜可怜真正可怜，　　　　大船改做小小渔船。

33

	先前我在人前走，	到如今流落在回流岸边。
	昨日里我还是家财万贯，	一瞬间烈火吞噬缺吃少穿。
	该莫是我前生良心作贱，	到如今白发人求乞庄前。
	劝世人多积德多行良善，	也免得到老来不得安然。
外　婆：（唱）	开言来我把老头子叫喧，	你老伴有言来细听心间。
	耳闻言徐文进高官发显，	我心想到他家求乞身安。
外　公：（唱）	听老伴出此言心中气恼，	讲什么到他家去走一遭。
	曾记得我二老六旬寿到，	三个女儿庆贺年高。
	大女儿二女儿你当珠宝，	你把我三女儿不当分毫。
	骨肉亲母女情全都不要，	贪富贵昧良心心比天高。
	讲什么徐文进高官发了，	讲什么到他家快乐逍遥。
	我二人在荒郊把家分了，	你得破絮我得稻草，
	你得破碗我得破瓢，	狠心肠我只将老伴推倒！
	我情愿讨百家饿死荒郊。	

（王百万气急败坏，手拄木棍，肩背稻草，颤抖地下。）

外　婆：（哭）	唉，我的老头子喂……	
（唱）	老头子他生来倔强性情，	他宁愿饿死不上徐门。
	怨当年贪富贵骨肉不认，	作贱了她母子悔恨终身。
	实无奈摇摇晃晃徐门奔，	好不容易战兢兢到徐门。
	来之在府门外一旁站定，	请一声徐宝宝我的外孙。

（百万妻倚靠府门，怀抱破絮，手拿破碗，竹棍放在一旁，一副乞婆尊容，不堪入目。）

（二幕启，状元府。府门前一对玉狮子屹立两旁，侧面上马石洗刷得干干净净。）

（三宝宝手拿白扇，逍遥自在，一边观景一边悠闲地上。）

三宝宝：（唱）	闲暇无事观花草，	懒坐书房把琴摇。
	求乞婆倚府门我却失照，	本少爷上前来细看根苗，
	前影遮住看不到，	观后影好一似老母年高。
	心明亮装不知开言问道，	求乞婆到我家事为哪条？
外　婆：（唱）	宝宝儿你不要假装不认，	我就是儿外婆求乞府门。

（三宝宝捧腹大笑，只笑得前仰后合，大失少爷之态。）

三宝宝：（唱）	听外婆求乞讨哈哈大笑，	看起来富豪人也有今朝。
	只管吃来不要愁，	不如当年光骨头，
	只管吃来不要慌，	不如当年馊豆腐汤，
	爹爹不打三巴掌，	母亲不打四筷子头。
	本该在此多把话诉，	内面还有娘亲骨肉。
	转面来我就把母亲请就，	老母亲到客堂细说从头。

（金花萍头戴凤冠，身穿凤蟒，端庄大气，丫鬟陪上。）

金花萍：（唱）	金花萍在徐家受尽磨难，	夫做高官来为妻享荣华。
	到客堂见宝宝开言问话，	宝宝儿不攻读面带喧哗。
三宝宝：（唱）	老母亲不知情一旁且听，	您孩儿有言来娘听分明。
	闲无事出府门游玩散闷，	观见了求乞婆立站府门。
	前影遮住看不见，	观后影好一似老母娘亲。
	孩儿年幼不识认，	老母亲到客堂观看假真。
金花萍：（唱）	听说是娘讨饭欢喜一阵，	看起来富豪人也有如今。
	宝宝转为书房进……	
三宝宝：（唱）	老母亲赶生事取笑她人。	

（三宝宝大摇大摆下。）

金花萍：（唱）	有只见宝宝儿书房来进，	倒让为娘喜之在心。
	丫鬟带路出府门，	观见了求乞婆立站府门。
	前影遮住看不到，	观后影好似狠毒娘亲。
	明知晓装不知假意来问，	呔！求乞婆到我的家事为何情？
外　婆：（唱）	三女儿你不要假装不认，	娘不说来儿不知情。
	我王家三年就发二界火，	一派家财烧得干净。
	大姐盐船被风打坏，	二姐当铺也被火焚。
	这就是你为娘直言禀诉，	因此上到你家求乞府门。
金花萍：（唱）	求乞婆出此言胆大无影！	来在府门冒充官亲！
	我娘家王百万谁不奉敬？	不可能到外乡求乞荣生。
	这句话喜的是这里来论，	我狠心的娘知道了决不容情！
外　婆：（唱）	三姐儿不认娘不为过分，	我确是儿的娘乞讨府门。

（金花萍大笑，斥责乞婆。）

金花萍：（唱）	听说是娘讨饭哈哈大笑，	看起来富豪人也有今朝。
	叫一声求乞婆马石坐靠，	我有言来细听根苗。
	曾记得您二老六旬寿到，	三个女儿庆贺年高。
	大姐送的是貂毛皮袄，	二姐送的是百褶裙丝带飘飘。
	您不穿大姐的貂毛皮袄，	二姐的百褶裙丝带飘飘；
	思思想想明白了，	想必是老骨头穿得发烧。

（丫鬟下。）

外　婆：（白）	儿哇，一场大火烧了，哎！烧得干干净净，一点东西都没有！
金花萍：（唱）	也只有我老爷家穷不好，	荞麦籽做馍馍庆贺年高。
	狠心的娘见馍馍心中烦恼，	将馍馍抛在地被犬来糟。
	宝宝儿抢几个怀中搂抱，	您骂我徐老爷穷鬼养娇。
	我这里有馍馍您要还是不要？	
外　婆：（白）	儿哇，有没，有就拿几个我吃。
金花萍：（唱）	到如今变成了百味佳肴。	
	大姐公子哭您砸碗陪笑，	二姐公子哭您赏他饼糕。

| | | 我的儿来啼哭肚子饿了，
| | | 赏儿的光骨头儿啃不到，
| | | 家奴老狗轻事重报！
| | | 老爹爹三巴掌还说打少！
| | | 喜的是二姐姐前来讨保，
| | | 大姐二姐庭堂饮肴，
| | | 大姐二姐楼台睡觉，
| | | 左思右想马房来到，
| | | 此时间身寒冷扯您的稻草，
| | | 狠心娘带丫鬟马房来找，
| | | 您骂我糟蹋您黄丝稻草，
| | | 狠心娘当时把草抄了，
| | | 风紧雪骤找路不到，
| | | 来之在寒窑外一旁听到，
| | | 宝宝儿上前把门来叫，
| | | 宝宝儿不知事真情来告，
| | | 彼时间提羊毫把我卖了……
| | | 幸亏是宝宝儿上前讨保，
| | | 你看我徐老爷好是不好？
| | | 您骂我徐老爷穷鬼养娇！
| | | 赏儿的馊豆腐汤连碗丢抛。
| | | 您二老似猛虎未曾长毛！
| | | 狠心娘四筷子头下下起包！
| | | 适才有宝宝儿回转寒窑。
| | | 可怜我转厨房把火来烧。
| | | 您把我母子俩赶出富豪①！
| | | 在马房宿一晚明日回窑。
| | | 惊动了富豪犬吵闹喧高。
| | | 您骂我母子俩如犬同槽！
| | | 要留到四九天骡马喂膘。
| | | 把我母子撵赶荒郊。
| | | 母子搀扶回转寒窑。
| | | 耳听得我老爷口读寒箫。
| | | 我老爷战兢兢开开寒窑。
| | | 相公夫听此言怒比天高。
| | | 宝宝儿跪尘埃痛哭嚎啕。
| | | 险一险②好夫妻一旦丢抛。

外　　婆：（白）好哇！儿啊！好哇！
金花萍：（唱）头戴乌纱身穿蟒袍。
　　　　　　　您看我金花萍好是不好？　　戴凤冠做夫人快乐逍遥。
　　　　　　　您看我宝宝儿好是不好？　　读诗书做少爷大摆大摇。
　　　　　　　您要讨饭别家去讨，　　　　我不是王三女你莫叫娇娇。
　　　　　（此时百万妻不敢面对女儿，低头思过，恨地无缝。）
外　　婆：（唱）三女儿诉衷肠娘心不忍，　想一想过往事点点是真。
　　　　　　　悔当年做的事太过心狠，　　嫌贫爱富伤透人心。
　　　　　　　世间无后悔药用来治病，　　到如今想起来无脸见人。
　　　　　　　前思后想外乡奔……
　　　　　（金花萍此时，既痛恨母亲，又可怜她。天性使然，情不自禁地喊了
　　　　　声娘。）
金花萍：（白）唉，娘喂……
外　　婆：（唱）耳听得三女儿哭喊娘亲。
　　　　　　　边走边想心下明，　　　　该莫是三女儿有了回心。
　　　　　　　下头来心中思论，　　　　我不免诉怀胎打动她心。

---

① 富豪：此处指富豪之家。
② 险一险：指非常危险。

倘若是诉怀胎打动她心，就在她家度过后半生。
请一声三姐儿皮椅坐稳，你为娘诉怀胎儿听分明。
正月怀胎正月正，好似露水洒花芯。
露水洒在花芯上，不知娇儿假和真。
二月怀胎在娘身，好似半天起浮云。
清水面上湖畔草，浪来浪去未生根。
三月怀胎三月三，三餐茶饭吃两餐。
三餐茶饭不想吃，只想酸桃口内含。
四月怀胎麦吊黄，插秧割麦两头忙。
放下梿筒①是扫帚，放下扫帚是箩筐。
五月怀胎五月五，哎！儿喂……
乖巧儿、聪明儿、玲珑儿……娇儿腹内分男女。
是男分在左边去，是女分在右边存。
六月怀胎是炎天，烧茶弄饭娘近前。
好心妯娌帮一把，关系不好都不近前。
七月怀胎谷吊黄，五谷丰收大满仓。
跨过天井如过海，步过门槛如上高山。
八月怀胎八月八，儿父收租转回家。
儿父回家要吃饭，为娘房中还未起身。
恶言恶语骂一顿，拳打足踢不容情。
打坏了大人倒不要紧，就怕打坏了小娇生。
九月怀胎九月九，心想娘家走一走。
心想娘家走一走，又恐怕娇儿落在外头。
十月怀胎怀胎满，乖巧儿、聪明儿、玲珑儿……
哎！儿喂……娇儿腹内要降生。
紧一阵来慢一阵，痛得为娘十指连心。
口内咬得铁钉断，足下蹬得地皮穿。
送子娘娘早送子，催生娘娘早催生。
一盆清水送房去，一盆红水送出房门。
娇儿落地哭一声，一家大小放宽心。
娇儿落地哭二声，儿父堂前把香焚。
打破冰块洗尿片，冻得为娘十指连心。
左边湿了右边睡，右边湿了左边存。
倘若两边都湿了，怀抱娇儿到天明。
（金花萍此时憎恶母亲心情早已抛向九霄云外，眼睛有些湿润。）

外　婆：（接唱）一周两岁吃娘奶，三周四岁娘担心。

---

① 梿筒：一种干农活的工具，主要用来打麦子、打黄豆。

		五周六岁贪玩耍，	七周八岁渐渐能。
		养儿养到十六春，	挑花绣朵样样精。
		养儿养到十六春，	天天不断做媒人。
		东说东来东不就，	西说西来西不成。
		人言徐家多豪富，	又无兄弟独自一人。
		百般嫁妆儿挑选，	才把我娇儿许徐门。
		这就是你为娘怀胎诉禀，	还有几句儿听分明。
		我儿今日将娘认，	就在你家过一生。
		我儿不将为娘认，	为娘就往别处寻。
		讨一盏来我就吃一盏，	讨一饼来吃一饼。
		倘若一餐未讨到，	为娘饿死荒郊村。
		一张芦席两根藤，	一抬抬到荒郊外。
		猪拉头狗拖心，	乌鸦头上啄眼睛。
		过路君子看见了，	状元的岳母我儿的娘亲。
		千错万错娘做过分，	从今后每日里祈祷徐门。
		开言来我就把三姐儿动问？	乖巧儿、聪明儿、玲珑儿……
		哎！儿喂……	何人所生。

（金花萍此时再也抑制不住，泪如泉涌。纵然母亲当年万般不是，做子女懂报恩，行孝道，要大度，不计前嫌。拿得起，放得下，乃君子所为。）

金花萍：（唱）　听母亲诉怀胎泪珠难忍，　　　倒让我金花萍纳闷在心。
　　　　　　　当年留儿宿一晚，　　　　　　　到如今也有见面之情。
　　　　　　　耳旁又听得人声沸腾，　　　　　该莫是状元公拜客回程？
　　　　　　　母亲转为马房进。

（外婆退避一角，低首静候发落。）

外　　婆：（唱）　状元公回家转哀告人情。

（徐文进、众衙役上。）

衙　　役：（白）　启禀状元公，来至状元府。

徐文进：（白）　落轿，尔等退下！

衙　　役：（白）　是！

（衙役下。）

徐文进：（白）　宝宝哪里？

（三宝宝急上。）

三宝宝：（白）　参见爹爹！

徐文进：（白）　罢了，宝宝，为父不在府中，可有公文和家务？

三宝宝：（白）　无有公函，

（三宝宝与徐文进耳语……）

三宝宝：（白）　只是外婆来了。

（徐文进追忆当年他们两次生寿，受尽屈辱，气不打一处来。）

徐文进：（白）赶！赶！赶出府门！
金花萍：（白）老爷呀！我母如今发白如霜，怎忍心让她乞讨受苦……
徐文进：（白）既有今日，何必当初呢？
金花萍：（白）老爷呀，常言道：百事孝为先，我母当年确有万般不是，可怜她老迈无靠，愿老爷不计前嫌，赐她一个温饱和遮风挡雨之处，让她安度晚年，闭门思过。望老爷开天恩收留我母，那我代我母赔过不是，叩谢老爷，看在你我夫妻多年情分，老爷……
徐文进：（白）唉，收留吧，想起从前一场怄气；不收吧，三姐跟我受苦多年。罢！罢！罢！
　　　　　　将她送往十里调庄，一日升米把柴，吃了莫管我府闲事！
外　婆：（白）儿呀，你爹收留我没有哇？
三宝宝：（白）收是收留了，收留在十里调庄。
外　婆：（白）唉呀，儿啊，我多大年纪，怎么吊得呢？
三宝宝：（白）调庄是个屋，一日升米把柴，吃了莫管我府闲事！
外　婆：（白）儿哇，升米倒够，柴就少了点，你能不能帮我捡点柴？
三宝宝：（白）哼！我做少爷帮你捡柴！
外　婆：（白）捡柴回来再做少爷行不？
三宝宝：（白）哎，你走还是不走！啰嗦！
外　婆：（白）我走，我走，哎！老头子我倒是安顿好了，不晓得你是哪阴沟死，还是哪阳沟埋，哎，老头子哎……！
　　　　　　（百万妻悔恨交加，失声痛哭下。）
徐文进：（白）陈府送亲上门。
　　　　　　（二轿夫抬着蒙着盖巾，身穿喜服的新娘，伴娘随上。）
金花萍：（白）大登科我夫金榜题名。
徐文进、金花萍：（白）小登科我儿洞房花烛，办炷清香，叩谢上苍。一同拈香。
　　　　　　（灯暗，幕落。）

全剧终

四、方卿借银

【剧情简介】

　　小生方卿因家父被奸贼陷害斩首，与母亲逃至河南避难。母子同住一破窑度日，穷困潦倒，一贫如洗。一日，母命方卿前往襄阳陈府姑爹家借银，以缓解家困。姑爹知恩图报，礼遇侄儿，欲慷慨相助。岂料，姑母嫌贫爱富，反倒耻笑侄儿。于是，姑侄二人发生争执。狠心姑母于四九寒天剥下方卿衣衫，将其逐出府外。方卿被迫无奈，只得留宿陈府花园。表妹知情后，命家人将方卿接至绣楼，盛情款待，代母赔罪。表妹对方卿爱慕有加，修书与之私许终身。次日，方卿不辞姑爹而别，知情的家人报知老爷。老爷带领家人赶往九松亭与方卿会面，亲口将小女许配侄男，并厚赠银两。方卿坚辞不受，空手归家。

　　归家后，方卿攻读度日。大考之年，方卿得中头名状元。于是，方卿母子来至陈府，将姑母奚落一番，姑母无地自容。姑爹从中周旋，赔礼道歉，两家重归于好。方卿与表妹拜堂成亲，修百年之好。

【剧中人物】

方　卿	方　母	姑　爹
姑　母	陈翠娥	陈　先（家人）
蔡　萍（丫鬟）	毕仁显	观　音
船　家	衙　役	书　童（两人）
老　尼	宾　相	

* 　　*　　 *

（幕启，天色朦胧，北风呼啸，远见一座寒窑，方卿手拿诗书上。）

方　卿：（念）家道寒贫，难过光阴。爹爹为官在朝中，可恨奸贼是罗通。爹爹午门犯斩首，母子困苦寒窑中。

　　　　（白）方卿，家住河南上泽县。昔日爹爹在朝为官，被奸贼所害。母子逃出皇城，困守寒窑，无衣少食，思想起来好不烦闷人也。

　　　　（唱）小生生来命运薄，　　　　好似破船落江河。
　　　　　　船行江中失了舵，　　　　但不知有何人渡我上坡。
　　　　　　怀抱诗书后窑过，　　　　虽然是家寒贫苦把墨磨。

　　　　（方卿前往后窑读书下。）

　　　　（方母衣着俭朴慢步上。）

方　母：（念）阴天不知时光早晚，雪深哪知路平高低。瞎子吃汤圆心有数，哑巴吃黄連苦自知。望梅止渴渴还在，画饼难充腹内饥。

|（白）|老身，杨氏，配夫方天爵。昔日在朝为官，被奸贼罗通所害，午门斩首。多蒙四太子送信，母子黑夜逃出皇城。来在寒窑，无衣少食，只有姑爷在襄阳为官，我不免命方卿儿前往借银度日。话说方卿儿哪里？|

（方卿闻听母亲呼唤急上。）

方　卿：（白）母亲一声唤，慢步到前窑。见过母亲，孩儿这厢有礼！
方　母：（白）我儿，休要见礼，一旁打坐。
方　卿：（白）谢过母亲，唤出孩儿有何训教？
方　母：（白）打坐寒窑，你就听到。
　　　　（唱）方卿儿坐寒窑恭耳细听，　　　你为娘有言来细听分明，
　　　　　　　儿的爹在朝中为官极品，　　　罗通贼害儿爹斩杀午门。
　　　　　　　多蒙了四太子情高义盛，　　　黑夜里开皇城母子逃生。
　　　　　　　母子俩在寒窑饥饿难忍，　　　身无衣口无食难过光阴。
　　　　　　　儿姑爹在襄阳为官极品，　　　娘命儿到襄阳前去借银。
方　卿：（唱）老母亲出此言差错得很，　　　讲什么到襄阳前去借银。
　　　　　　　姑爹豪富我贫困，　　　　　　怕的是姑爹爷不认贫亲。
方　母：（唱）求官不到秀才在，　　　　　　借银不到空手回程。
方　卿：（唱）老母亲苦逼儿襄阳城奔，　　　好汉无钱路远难行。
方　母：（唱）方卿儿这一言将娘提醒，　　　提醒为娘梦中人。
　　　　　　　方卿儿转为是眼色迈①……
　　　　（方卿背过身，方母脱衣裙，付方卿，方卿接裙介。）
　　　　（接唱）你为娘脱腰裙儿当押银，
　　　　　　　借儿口传娘言多多带信，　　　拜上了姑爹爷问候安宁。
方　卿：（唱）老母亲脱腰裙人心难忍，　　　铁石人心也泪淋。
　　　　　　　四九天也只有添衣之份，　　　老母亲脱腰裙天地寒心。
　　　　　　　辞别母亲襄阳城奔，　　　　　不孝子早晚间少问安宁。
　　　　（方卿向母亲一揖，手拿雨伞、腰裙，辞别母亲下。）
方　母：（唱）有只见方卿儿襄阳城奔，　　　倒让为娘纳闷在心。
　　　　　　　望不见方卿儿后窑进，　　　　但愿得姑爷搭救贫亲。
　　　　（方母忧闷下。）
　　　　（灯暗，幕落。）
　　　　（幕启，陈府客厅，音乐起。陈翠娥衣着光艳照人，脚步轻盈地上。）
陈翠娥：（白）罗裙扫地，绣带飘香，雨洒芭蕉树，风吹梅桂香。
　　　　　　　爹爹为官在朝中，皇恩浩荡乐无穷。生下小女名唤翠娥，哎！无兄无弟，好不孤单。今乃是二爹娘生寿之时，做女儿应该给爹娘上寿。话说家人、丫鬟！

---
① 眼色迈：指转移视线。后文同，不再一一标注。

（家人、丫鬟上。）

家人、丫鬟：（白）　有！
陈翠娥：（白）　你与我打扫寿堂！
家人、丫鬟：（白）　遵命！

（家人、丫鬟打扫寿堂介。）

陈翠娥：（白）　女儿拜请一双爹娘！

（姑爹、姑母齐上。）

姑　爹：（白）　前堂灯烛明亮！
姑　母：（白）　后堂喜笑洋洋！
姑爹、姑母：（同白）　我儿铺毡结彩，该莫是为了二老生寿？
陈翠娥：（白）　正是为了爹娘添福添寿！
姑爹、姑母：（同白）　年年生寿，要儿挂怀。
陈翠娥：（白）　养儿何用，理所当然。
姑　爹：（白）　好一个理所当然，家人！
姑　母：（白）　丫鬟！
家人、丫鬟：（白）　有！
姑　爹：（白）　你与我先拜寿，后摆盏，毡条铺开！
家人、丫鬟：（白）　遵命！

（家人、丫鬟下，二人抬毡条上，相互铺开。音乐起，陈翠娥整妆大礼参拜毕。家人、丫鬟依次拜过，二人收毡下，复上。）

姑　爹：（白）　家有黄金聚宝盆！
姑　母：（白）　有钱难买孝儿孙！
陈翠娥：（白）　今日寿堂双敬酒，但愿爹娘寿百春。
姑　爹：（白）　好一个寿百春，夫人带领女儿内堂饮宴。
姑　母：（白）　女儿带路。
陈翠娥：（白）　丫鬟带路。
丫　鬟：（白）　跟随我来。

（丫鬟前引，姑母、陈翠娥下。）

姑　爹：（白）　曾记当年卖字画，飘飘荡荡走天涯。多蒙舅台来提拔，镇守襄阳戴乌纱。今日乃是老夫生寿，多少文武百官过府拜寿，却未见河南侄男方卿。喜鹊临门，必有贵客到此。家人！
家　人：（白）　有！
姑　爹：（白）　你与我府门侍候！
家　人：（白）　遵命！

（方卿衣着朴素，身背包袱，手拿雨伞上。）

方　卿：（白）　马行无力该因瘦，人不风流只为贫。不觉来到姑爹府前，府门哪位？
家　人：（白）　你是哪里来的？喔，原来是方少爷。
方　卿：（白）　喔，原来是陈先哥，相烦你通报一声，只说是河南方卿侄男过府求见！

四、方卿借银

家　人：（白）　方少爷请候站一时，待我启禀老爷。
家　人：（白）　启禀老爷！
姑　爹：（白）　禀者何来？
家　人：（白）　河南方少爷过府求见。
姑　爹：（白）　老夫正在思念他，陈先你观他衣帽如何？
家　人：（白）　衣帽呗，哎！不过褴褛得很！
姑　爹：（白）　唉，疼煞我儿。家人，你与我传话出去，将方少爷带到后堂调换衣帽，乘骏马一匹，转到十里长亭，披挂整齐，报进府来！这才是二家为官风范，前堂姑父不嫌，转到后堂会会姑母才是。
　　　　　　　　（姑爹摇头，唉声叹气下。）
家　人：（白）　方少爷你姑父传话出来，方少爷随我转到二堂更换衣帽，乘骏马一匹，转到十里长亭，披挂整齐，报进府来。前堂姑父不嫌，转到二堂会会姑母才是。
方　卿：（白）　既如此，陈先哥带路。
家　人：（白）　随跟我来。
　　　　　　　　（家人、方卿同下。）
　　　　　　　　（姑母盛气凌人，小人得志地上。）
姑　母：（白）　夫受皇王爵，妻沾雨露恩。
　　　　　　　　（家人、方卿乘马上，来至府门下马。）
家　人：（白）　报！报！报！
姑　母：（白）　报者何来？
家　人：（白）　方少爷，过府求见。
姑　母：（白）　家人，你与我传话出去，大不接小，叫他自进。
家　人：（白）　是，方少爷你姑母传话出来，大不接小，叫你自进。
　　　　　　　　（家人下。）
方　卿：（白）　姑母在上，侄男这厢有礼！
姑　母：（白）　休要见礼，一旁打坐。
方　卿：（白）　谢座！
姑　母：（白）　方卿，我来问你。
方　卿：（白）　问我何来？
姑　母：（白）　千里迢迢来到府中，该莫是为了二老生寿？
方　卿：（白）　正是为了姑父姑母添福添寿。
姑　母：（白）　慢来，人讲道，人在时中又红又白，人在难中又瘦又黑。观这奴才又瘦又黑，看来无有出头之日，我不免将礼物耻笑他几句。
　　　　　　　　（姑母顿起嫌贫爱富之心，全不念骨肉亲情，羞辱侄儿。）
姑　母：（白）　家人！
　　　　　　　　（家人上。）
家　人：（白）　有！

姑　母：（白）　将方少爷礼物抬上！
家　人：（白）　哎，一点东西都没有！
　　　　　　　（家人摇头叹气下。）
方　卿：（叹）　哎，姑母娘啊！
　　　　（唱）　姑母娘提礼物含羞自带，　　　　　羞得我小方卿难把头抬。
　　　　　　　转面来见姑母恭身下拜，　　　　　您侄男有言来禀告尊台。
　　　　　　　老爹爹在朝中为官太宰，　　　　　罗通贼害儿爹斩杀玉街。
　　　　　　　多蒙了四太子恩如山海，　　　　　黑夜里开皇城逃奔出来。
　　　　　　　逃难时逃亡在河南地界，　　　　　上泽县破瓦窑隐姓名埋。
　　　　　　　母子俩在寒窑商量一派，　　　　　母命我到襄阳看望尊台。
　　　　　　　也只要姑母娘不将儿怪，　　　　　礼稍后补也是应该。
　　　　　　　我这里讲好话她伴伴不睬，　　　　我还有借银事心口难开。
姑　母：（唱）　听奴才出此言胆大无影，　　　　骂一声无志小方卿！
　　　　　　　既然是你的爹午门丧命，　　　　　是孝子你应该搬尸回程。
　　　　　　　家贫寒你应该安守本分，　　　　　大不该到我家丢丑庄村！
方　卿：（唱）　姑母娘这一言将我气坏！　　　　气得我小方卿难把头抬。
　　　　　　　转面来见姑母恭身下拜，　　　　　您侄男有言来细听开怀。
　　　　　　　曾记得姑爷字书画来卖，　　　　　也本是我的爹提拔起来。
　　　　　　　带之在兵部郎填写三载，　　　　　皇王爷重爱爹官封起来。
　　　　　　　娘好比吃黄连苦味还在，　　　　　儿好比夜明珠土内藏埋；
　　　　　　　儿好比满天星浮云遮盖；　　　　　儿好比泥里船行走不开。
　　　　　　　俺方卿这几年时衰运败，　　　　　时未至运未通官发未来。
　　　　　　　老天爷保佑我宫花顶戴，　　　　　到那时姑母娘悔不转来。
　　　　　　　（姑母财迷心窍，早已将亲情抛至九霄云外，百般奚落侄男。）
姑　母：（唱）　奴才不要将志比，　　　　　　　高官哪怕出身低。
　　　　　　　奴才若想凌云志，　　　　　　　　除非是那太阳日出在西！
　　　　　　　（方卿忍无可忍，早对姑母言行不满，决定与姑母较量打赌一番。）
方　卿：（唱）　姑母娘这一言将我小量，　　　　气得我战兢兢立站府堂！
　　　　　　　人心不足蛇吞象，　　　　　　　　海水岂能用斗量，
　　　　　　　姑母娘您量人何不自量，　　　　　您好比老鼠眼寸目之光！
姑　母：（唱）　小奴才出此言胆大无影，　　　　骂声无志小方卿！
　　　　　　　奴才若是功名有份，　　　　　　　你姑母变黄犬爬上你门！
　　　　　　　（姑母言行恶毒无比，方卿无奈，真诚对苍天一揖。）
方　卿：（唱）　苍天爷保佑我功名有份，　　　　怕的是姑母娘变犬不赢！
姑　母：（唱）　奴才不服人抬敬，　　　　　　　越讲好话越拢身①。
　　　　　　　低下头来心裁论，　　　　　　　　我不打他他不回程。

---

① 拢身：指靠近身体。

		怒恼娘举家法奴才训，	哼！从今以后莫上我门。

（姑母手执家法，剥去方卿衣衫，并赶出府门，双手叉腰余怒未息地下。）
（二幕落，郊外，月明星稀，寒气露重，朔风刺骨。）

方　卿：	（唱）	可恨姑母起毒意，	四九寒天往外逼！
		本当庭堂寻自缢，	唉！寒窑老母靠是谁？
		含悲忍泪花园进……	夜宿花园寒风吹。
	（叹）	花园恨姑母！流泪想亲娘！	
	（唱）	夜宿花园冷清清，	耳听得寿堂上鼓起初更。
		在寒窑领却了母亲严命，	母命我到襄阳前来借银。
		千里路忘却了姑爹寿庆，	我未办好礼物庆贺长生。
		姑爹爷倒还有隔山照应，	十里亭换衣帽冒充富人。
		陈先带路二堂来进，	在二堂会过了姑母娘亲。
		寒窑困苦一概不问，	寿堂上提礼物面带火焚。
		我不该出气言与姑争论，	四九天先剥衣后赶出门。
		我本当回寒窑路远不近，	我本当宿招商身无分文。
		左思右想花园来进，	在花园宿一晚明日回程。
		早知道姑母娘不将我认，	大不该到她家寻死窜魂。
		千不怨万不怨怨我苦命，	怨爹娘大不该生下我方卿。
		今夜晚叹苦愁何人来听，	等只等樵楼上鼓催二更。

（此时方卿饥困交加，坐在假山石上沉沉入睡。换景。）
（陈府小姐闺房。更鼓响，陈翠娥娇滴滴轻盈盈地上。）

陈翠娥：	（唱）	听樵楼打二更送过老母，	寿堂上走出了陈府翠娥。
		老爹爹庆生寿蜡烛未过，	我寿堂俱都是文武官多。
		文武官一个个寿堂拜过，	未曾见河南省方卿大哥。
		手扶栏杆上绣阁，	丫鬟女不点灯却是为何？
		用手儿推纱窗用目观过，	观见了满天星未曾坠落。
		织女星一出世回家看母，	牛郎星儿随后跟着。
		跟着王母娘娘红了脸，	取下金簪划成了银河。
		牛郎隔在河东岸，	织女隔在河西坡。
		七月初七会一面，	真是人和意不和。
		观过了满天星花园观过，	观见了后花园大祸来落。

（陈翠娥看见花园假山石一团大火，乃是方卿在花园睡觉。方卿原是白虎星投胎，沉睡后白虎星附体。）

		该莫是我陈家灭门大祸，	该莫是老爹爹加官晋爵。
		翠娥女心害怕纱窗掩过，	丫鬟女来来来有话所托。

（蔡萍哈欠连天，疲劳困倦地上。）

蔡　萍：	（唱）	一枝腊梅靠粉墙，	打扫前堂和后堂。
		有福之人人侍奉养，	无福之人侍奉姑娘，

		手抚栏杆绣楼上……	我小姐唤了丫鬟事为哪桩?
陈翠娥:	(唱)	丫鬟女不知情休将我问,	你小姐有言来细听分明。
		樵楼上打二更我未睡醒,	观见了后花园大火来焚。
		该莫是我花园不洁不净?	该莫是我花园藏躲歹人?
		叫出了丫鬟女非为别情,	你与我到花园去观假真。
蔡 萍:	(唱)	我小姐吩咐我丫鬟遵命!	
陈翠娥:	(唱)	带住了丫鬟手我有话明,	今夜晚你一人花园来进。
		一要大胆二要小心,	或是凶还是吉速报楼门。
		(陈翠娥胆怯地下。)	
蔡 萍:	(唱)	有只见我小姐绣楼睡醒,	倒让我丫鬟女纳闷在心,
		低下头来心中裁论,	我不免叫陈先去看假真。
		转面来我就把陈先哥叫应,	陈先哥来来来我有话明。
		(陈先精神不佳,慢步上。)	
陈 先:	(唱)	看起来为奴人枉活百岁,	呼过来唤过去哪敢偷为。
		到楼下见萍妹开言动问,	蔡萍妹唤老奴却是为谁?
蔡 萍:	(唱)	陈先哥不知情一旁且听,	蔡萍妹有言来细听分明。
		樵楼上打二更姑未睡醒,	观见了后花园大火来焚。
		该莫是我花园不干不净,	该莫是我花园躲藏歹人。
		叫出了陈先哥非为别论,	她命我我命你去观假真。
陈 先:	(唱)	蔡萍妹吩咐我老奴遵命。	
蔡 萍:	(唱)	带住了陈先哥我有话明,	今夜晚你一人花园来进。
		一要大胆二要小心,	或是凶还是吉速报楼门。
		(蔡萍担心地下。)	
陈 先:	(唱)	有只见蔡萍妹侧屋来进,	我到花园去观假真。
		手提灯笼花园进……	却原是方少爷瞌睡沉沉。
	(白)	喔,我道是谁?原来是方少爷在此打瞌睡。此事不能隐瞒,待我报与小姐知道。回家一走,蔡萍妹哪里?	
		(蔡萍急上。)	
蔡 萍:	(白)	陈先哥,花园有什么邪影?	
陈 先:	(白)	花园并没有什么邪影,乃是方少爷在花园打瞌睡。	
蔡 萍:	(白)	陈先哥在此等候,待我报与小姐知道。启禀小姐!	
		(陈翠娥脚步轻悄地上。)	
陈翠娥:	(白)	丫鬟,花园没有什么邪影?	
蔡 萍:	(白)	小姐!花园并没有什么邪影,乃是方少爷在花园打瞌睡。	
陈翠娥:	(白)	呀!丫鬟,你与我将方少爷轻轻悄悄,悄悄轻轻带上绣楼兄妹一会。此事切莫让太夫人知晓!	
蔡 萍:	(白)	那我遵命!小姐请进内面。	
		(陈翠娥兴奋地下。)	

蔡　萍：（白）陈先哥哪里？陈先哥，小姐传话出来，叫你二次前往花园，将方少爷轻轻悄悄，悄悄轻轻带上绣楼兄妹一会。此事切不可被太夫人知晓。
陈　先：（白）蔡萍妹请进里面。
（蔡萍下。）
二次花园一走，方少爷醒来，方少爷醒来呀！
（方卿兀地站起，不禁打了一个寒战。）
方　卿：（白）说是好睡，唉！好冷！喔，我道是谁，原来是陈先哥到此。
陈　先：（白）四九寒天哪里有不冷之理！方少爷，我来问你？
方　卿：（白）陈先哥，你问我何来？
陈　先：（白）方少爷，千里迢迢来在府中，不在府中安宿，夜宿花园是何道理？
方　卿：（白）陈先哥，此事不提也罢……
陈　先：（白）怎见得不提也罢？
方　卿：（白）哎！陈先哥实不相瞒，我乃是被我姑母撵赶在外！
陈　先：（白）喔，原来是被你姑母撵赶在外。哎！你何不上绣楼会会表妹？
方　卿：（白）陈先哥此言差矣，自古道"家有其母，必生其女"。一次脏村，二次少脸。不去也罢！
陈　先：（白）哎！方少爷此话老奴不敢苟同。你表妹聪明贤惠，与你姑母大大不同！
方　卿：（白）既然如此，有劳陈先哥带路！
陈　先：（白）方少爷，跟随我来，蔡萍妹哪里？
（蔡萍急忙上。）
蔡　萍：（白）陈先哥，方少爷可曾带到？
陈　先：（白）现在楼台之下！
蔡　萍：（白）有劳陈先哥，你且退下！
（陈先拖着沉重脚步，有气无力地下。）
蔡　萍：（白）那厢该是方少爷？
方　卿：（白）正是小生！
蔡　萍：（白）见过方少爷，随跟我来！有请小姐！
（陈翠娥欣喜地上。）
陈翠娥：（白）丫鬟，方少爷现在何所？
蔡　萍：（白）现在楼台之上！
陈翠娥：（白）丫鬟，你且退下！
（蔡萍舒畅地叹了一口气下。）
陈翠娥：（白）表兄请进。
方　卿：（白）表妹，愚兄这厢有礼！
（方卿对陈翠娥深深一揖，陈翠娥还礼介。）
陈翠娥：（白）还礼！绣楼有椅，方兄请坐！
方　卿：（白）一同有座。
陈翠娥：（白）方兄，未曾坐下，就来问兄。

方　　卿：（白）	问兄何来？
陈翠娥：（白）	舅母在家可曾安泰？
方　　卿：（白）	我也不知道安泰不安泰，有劳表妹动问！
陈翠娥：（白）	再来问兄！
方　　卿：（白）	问兄何来？
陈翠娥：（白）	诗书一向可好？
方　　卿：（白）	诗书？浪荡荒没！
陈翠娥：（白）	万里鹏程终有道，男儿汉何须闷乎？
方　　卿：（白）	感谢表妹夸奖！
陈翠娥：（白）	表兄高才！再来问兄！
方　　卿：（白）	问兄何来？
陈翠娥：（白）	请问方兄，千里迢迢来至府中，不在府中安宿，夜宿花园是何道理？

（方卿一肚子苦水，无处发泄。此时陈翠娥一提，便将满腹冤枉全盘托出。）

方　　卿：（白）唉……表妹呀！
　　　　　（唱）你愚兄满腹事妹不知晓，　　　　提起来你愚兄好不生焦。
　　　　　　　老爹爹在朝中为官不小，　　　　罗通贼害我爹午门开刀。
　　　　　　　多蒙了四太子情高义好，　　　　黑夜里开皇城母子出逃。
　　　　　　　逃难时逃之在河南地界，　　　　上泽县破瓦窑隐姓名渺。
　　　　　　　母子俩寒窑商量一道，　　　　　母命我到襄阳来借银宝。
　　　　　　　千里路忘却了姑爹寿到，　　　　我未办好礼物庆贺年高。
　　　　　　　姑爹爷倒还有隔山之照，　　　　十里亭换衣帽充当富豪。
　　　　　　　陈先带路二堂来到，　　　　　　在二堂会过了姑母年高，
　　　　　　　寒窑困苦一概不表，　　　　　　寿堂上提礼物面带火烧。
　　　　　　　悔不该出气言与母争吵，　　　　四九天先剥衣撵赶荒郊。
　　　　　　　我本当回寒窑路远不少，　　　　我本当宿客店身无分毫。
　　　　　　　左思右想花园来到，　　　　　　在花园宿一晚明日回窑。
　　　　　　　多蒙了贤表妹情高义好，　　　　命陈先将愚兄接上楼高。
　　　　　　　回家转母面前直言来表，　　　　贤表妹好情义永不丢抛。
陈翠娥：（唱）听方兄出此言母亲来怪，　　　　背地里怨母亲做事不该。
　　　　　　　曾记得老爹爹字书来卖，　　　　也本是老舅爷提拔起来。
　　　　　　　带之在兵部郎填书三载，　　　　皇王爷重爱舅官封起来。
　　　　　　　到如今身荣贵襄阳地界，　　　　难道说从前事一概丢开？
　　　　　　　叫丫鬟你与我酒席安排……
陈翠娥：（白）丫鬟哎！
　　　　　　　（丫鬟双手搓着眼睛，极不情愿地上楼。）
丫　　鬟：（白）请问小姐又有何吩咐？
陈翠娥：（白）丫鬟，你与我安排丰盛酒宴。
丫　　鬟：（白）是！

四、方卿借银

    （丫鬟下楼，用托盘端菜、酒壶、碗碟筷等应用之物上楼，摆好酒菜餐具，侍立一旁。）
    （陈翠娥示意丫鬟，丫鬟如同大赦一般，疲倦地下楼。）

陈翠娥：（唱）方卿哥大量人愁眉展开。
    （方卿心想，表妹与姑母天壤之别，只是一时难以接受。）

方　卿：（唱）贤表妹做的事胜比姑母， 赛过了男子汉智广才多。
    我本当来吃酒怨恨姑母， 我本当不饮酒表妹轻落。
    忍住了心头火席前打坐， 怪只怪做贫亲牵连太多！

陈翠娥：（唱）方卿哥不吃酒母亲怨恨， 背地里怨母亲做事不仁。
    叫丫鬟撤小盏换大瓶……

陈翠娥：（白）丫鬟哎！
    （丫鬟愁眉苦脸地上楼。）

丫　鬟：（白）请问小姐有何吩咐？
陈翠娥：（白）丫鬟！你与我撤去小盏，换大瓶，将酒斟满。
丫　鬟：（白）是！
    （丫鬟重新摆酒，将小杯酒倒在大杯里，拿起酒壶把大杯斟满。收捡、处理妥当，侍站一旁。）
    （陈翠娥示意，丫鬟轻舒一口气下楼。）

陈翠娥：（唱）带住了方卿哥我有话明，
    曾记得在任上兄妹一阵， 哥回家妹转舍各长成人。
    耳闻言老舅台午门丧命， 但不知哥母子何处安身？
    我心想到外乡哥母子打听， 怎奈是闺阁女未出远门。
    千里路方卿哥生寿来庆， 有谁知老母亲不认贫亲。
    母得罪妹赔情一礼奉敬， 哥本是大丈夫饶恕妹的娘亲。
    这一杯单薄酒不为加敬， 不过是表一表兄妹之情。
    （方卿听其言，观其行，无言以对，此时心里舒畅多了。）

方　卿：（唱）贤表妹待愚兄情高义盛， 倒让方卿欣慰在心。
    自古酒从欢乐饮…… 一霎时醉得我昏昏沉沉。
    （方卿冷饿交加，饮酒过猛，渐渐昏昏入睡。）

陈翠娥：（白）方卿哥醒来，方卿哥醒来！
  （唱）方卿哥吃醉酒绣楼睡醒， 倒让我陈翠娥喜笑在心。
    方卿哥生得好男人极品， 到后来必定是人上之人。
    我心想与表兄同罗共枕， 又恐怕方卿哥道奴轻身。
    低下头来心中裁论， 我不免修书信自配终身。
    高高兴兴书位进…… 磨动了香花墨修起书文。
    （陈翠娥磨墨、摆纸，手拿羊毫一挥而就。）
    上写着陈翠娥一十六春， 无媒无证许哥为婚。
    妹不嫌方卿哥家单贫困， 哥莫嫌你的妹自选轻身。

		自选才郎天下广盛，	也非是你的妹一人所新。
		四姐自配崔文瑞，	七仙姑娘配董永。
		低下头来心裁论，	我不免将宝塔许哥为凭。
		珍珠塔他本是哥家之宝，	也本是老母亲陪嫁陈门。
		水流长江归大海，	原物付与旧主人。
		内藏书信外包果饼，	我谅方卿哥解不开情。
		一封书修完成封皮封，	等只等樵楼上五鼓天明。
		（陈翠娥经一番折腾，身已疲倦，坐在绣楼沉睡介。）
		（金鸡报晓，天已大亮。丫鬟边揉睡眼，边上楼。）

蔡　萍：（白）启禀小姐！天已明亮！
陈翠娥：（白）丫鬟，你在怎讲？
蔡　萍：（白）启禀小姐，天已明亮！
　　　　　　　（丫鬟下楼。）
陈翠娥：（白）啊！天已明亮，天已明亮，方兄醒来，方兄醒来！
方　卿：（白）说是好酒，好睡呀！
陈翠娥：（白）请问方兄，你是在此攻读？还是回家侍母？
方　卿：（白）正要回家看母！
陈翠娥：（白）方兄，这有银子一锭，拿与表兄回家专作为路费，望表兄收下。
方　卿：（白）多谢表妹，愚兄人穷志不穷，恕愚兄不能受领！
陈翠娥：（白）既如此就依表兄。这有果饼一封，拿与表兄带回，迎接舅娘！
方　卿：（白）那是果饼？
陈翠娥：（白）正是果饼！
方　卿：（白）既如此，愚兄愧领了！
　　　　（唱）胜读十年诗书倒不如与君一夜话，贤表妹比奇男智广不差！

		在绣楼叙不尽衷肠话，	思念老母要回家。
		辞别表妹绣楼下……	思思想想咬紧牙！
		初进府来姑母骂，	她骂方卿无发达。
		倘若方卿有发达，	姑变黄犬我家爬！
		回头还要讲大话，	非是愚兄吃醉了酒，
		酒后无德出此狂言夸大话，	俺方卿不高魁不到你陈家！
		（古人云："酒壮英雄胆。"方卿自恃才高，目中无人，趾高气扬地下楼。）

陈翠娥：（唱）方卿哥下绣楼昂然气爽，　　倒让我陈翠娥喜笑在心旁。
　　　　　　　但愿得方卿哥得中皇榜，　　方卿哥做高官我做新娘。
　　　　　　　（陈翠娥目视方卿去远，欣喜若狂地下。）
　　　　　　　（二幕落。）
　　　　　　　（二幕启，客厅，姑爹若有所思地上。）
姑　爹：（白）滴水之恩涌泉报，雪中送炭酬贫亲。
　　　　　　　（家人慌慌张张地上。）

四、方卿借银

家　人：（白）报！报！报！
姑　爹：（白）家人，报者何来！
家　人：（白）启禀老爷，方少爷，不辞而别！
姑　爹：（白）家人，方少爷是清晨出府？还是黄昏出府？
家　人：（白）正是清晨出府！
姑　爹：（白）家人！听我吩咐，你与我取银一包，备快马一匹。
家　人：（白）遵命！
　　　　　　　（家人下，取银、带马上。）
　　　　　　　（二幕落。）
姑　爹：（白）侄男过府，姑侄话也未叙，我儿为何去心太急？此事必有隐情！
　　　　（唱）家人带过了马坐骑！
　　　　（白）马来！
　　　　（唱）赶上了侄男儿问他来历。
　　　　　　　（姑爹、家人急急匆匆地下。）
　　　　　　　（二幕前，郊外。天色朦胧，乌云密布，北风呼啸，方卿酒醉未醒地上。）
方　卿：（唱）在绣楼一夜未曾合眼，　　　　　瞌睡迷离五更天，
　　　　　　　来之在长亭提足撑……
　　　　　　　（姑爹骑马，家人随后，急上。）
家　人：（喊）方少爷……等候了！
方　卿：（唱）后面喊叫好像陈先。
姑　爹：（唱）四九寒天北风陡长，　　　　　行人路途马蹄忙。
　　　　　　　有恩不报非君子，　　　　　　时来当报有恩人。
　　　　　　　坐在马上用目观定，　　　　　长亭上打坐着侄男方卿。
　　　　　　　来到长亭下能行①，　　　　　家人带过马缰绳。
　　　　（白）家人，你与我将马带至柳林饮水。少时，老爷呼唤即到。
家　人：（白）遵命！
　　　　　　　（家人会意，带马退下。）
姑　爹：（白）那厢该是侄男方卿？
方　卿：（白）正是！姑爹大人，侄男这厢有礼！
姑　爹：（白）休要见礼，长亭各搬石块打坐！
方　卿：（白）侄男，告座！
姑　爹：（白）儿哇，未曾坐下，为父就来问儿。
方　卿：（白）问儿何来？
姑　爹：（白）儿母在家可曾安泰？
方　卿：（白）我也不知安泰不安泰，有劳姑爹大人动问！
姑　爹：（白）我哪有不问之理，再来问儿。

---

① 能行：指坐骑。后文同，不再一一标注。

方　卿：	（白）	问儿何来？	
姑　爹：	（白）	诗书一向可好？	
方　卿：	（白）	诗书呗，不过浪荡荒没。	
姑　爹：	（白）	鹏程万里终有道，男儿汉何须闷乎！	
方　卿：	（白）	谢谢姑爹夸奖！	
姑　爹：	（白）	乃是侄男高才，再来问儿。	
方　卿：	（白）	再问儿何来呢？	
姑　爹：	（白）	我儿，千里迢迢来到府中，姑侄话也未叙，我儿为何去心太急？	
方　卿：	（白）	唉……姑爹呀！	

（方卿暂忍内心伤痛，有礼有节地说道。）

	（唱）	先只说姑爹爷跨马追赶，	赶到了九松亭问儿来历。
		我本是姑母娘将我作践，	我岂肯失志量姑爹台前。
		转面来施一礼姑爹当面，	侄男儿有言来禀告尊颜。
		千里路庆生寿不嫌路远，	挂牵了疼儿的母要回家园。
姑　爹：	（唱）	侄男儿出此言脸色改变，	难道说为官人不解此言。
		侄男儿今日随父转，	一心心转任所攻读圣贤。

（方卿闻言一阵心酸，泪盈满眶，再也按捺不住，直言不讳地禀告姑爹。）

方　卿：	（唱）	姑爹爷出此言少有高见，	讲什么转任所攻读圣贤，
		我本当随姑父任所来转，	怕的是姑母娘二次弃嫌。

（姑爹顿感痛心疾首，忆从前，诉衷肠，并用好言安慰。）

姑　爹：	（唱）	侄男儿出此言泪流满面，	早知道方夫人做事不贤！
		侄男儿在长亭把泪抆……	姑侄俩坐长亭叙叙从前。
		曾记得你姑父官星未显，	也本是儿的爹提拔为官。
		到如今身荣贵襄阳地面，	难道说为官人不记从前。
		耳闻言老舅兄朝中遇难，	但不知儿母子何处安园。
		我心想到外乡母子打探，	怎奈是为官人不敢偷闲。
		站在长亭用目观看，	侄男儿好贵相顶平额宽。
		来来来所托儿大事一件，	儿的表妹叫翠娥许儿姻缘。
方　卿：	（唱）	姑爹爷出此言少有高见，	怕的是为官人反悔之言！
姑　爹：	（唱）	儿拜着九棵松凭媒作选，	儿拜着天和地东岳泰山。

（家人庄严慎重地上。）

		泰山不倒姻缘不散，	你姑父永葆儿婚姻百年。

（姑爹亲口许婚，方卿闻言欣喜至极。立拜九棵松为媒，并拜陈先哥为证。）

方　卿：	（唱）	拜一拜九棵松凭媒作选！	拜一拜天和地东岳泰山。
		拜一拜陈先哥亲眼瞧见！	我姑父将表妹许我姻缘。
陈　先：	（白）	是！是！不错！有这个事，老奴作证！	
方　卿：	（唱）	辞姑父，别岳丈回家转。	

四、方卿借银

姑　爷：（唱）带住了侄男儿父有话言。　　叫家人马鞍轿取银出现……
　　　　（家人下，取银子复上。）
　　　　拿与了我的儿转回家园。　　　　回家转多买些纸笔墨砚。
　　　　用心用意把书来观。　　　　　　大考年我的儿京城内面。
　　　　但愿和我的儿头戴生元，　　　　但愿得我的儿高官发显。
　　　　儿要把杀父仇一笔勾全！　　　　但愿得我的儿随父心愿。
　　　　一半子一半婿我心才安，　　　　借儿口传父言多多拜见。
　　　　（姑爷、方卿相互拜介。）
　　　　拜上了疼儿的母稍问安宁。

方　卿：（唱）多蒙了姑爹爷情高义大，　　您拿银子我转回家。
　　　　意迟迟将银子腰边收下……
　　　　（方卿此时左右为难，深思后，将银子取下还与陈先，决不失志他人。）
　　　　思思想想咬紧牙，　　　　　　　初进府来姑母骂！
　　　　她骂方卿无发达，　　　　　　　倘若方卿有发达？
　　　　我岂肯将志量失与她！　　　　　这银子我不要陈先哥收下……

陈　先：（白）方少爷！拿去！拿去！唉！
方　卿：（唱）姑爹爷你看我空手回家！
　　　　（方卿两手互拍，慷然而下。）

姑　爷：（唱）侄男他生来倔强情性！　　银子不要空手回程。
　　　　陈先带过了马缰绳……　　　　　回家埋怨了方氏夫人。
　　　　（陈先带马，姑爷上马，陈先跟随下。）
　　　　（灯暗。）
　　　　（幕启，宫院正堂。毕仁显、众衙役上。）

毕仁显：（念）奉旨出朝，地动山摇，遇龙拔角，遇虎拔毛，要把狼烟扫！
　　　　（赋）曾记当年换紫衣，受尽风霜人不知。
　　　　　　本院打坐宫院内，雀鸟不能腾空飞。
　　　　（白）毕仁显，身奉圣命，巡查白河！左右！打马下河！
　　　　（众衙役、毕仁显下。）
　　　　（幕落）
　　　　（幕启，郊外。乌云密布，北风呼啸，观音菩萨下凡。）

观　音：（白）受戒，受台，苦磨难挨，吾神不渡，等待谁来！
　　　　吾乃观音大师，站在云端观望。观见方卿身有大难，我不免下凡搭救与他。
　　　　祥云生足下，即刻下天庭。刚好落在旷野荒郊，我不免遣一只猛虎。天灵灵，地灵灵，猛虎下凡尘。
　　　　（猛虎下凡）

观　音：（白）猛虎何在！远望方卿来也！
　　　　（观音菩萨、猛虎下。）

（方卿肩背包袱，急上。）

方　卿：（唱）在长亭与姑父两把手并，　　　姑爹爷好恩情难舍难分。
　　　　　　　行来在中途路饥饿难忍，　　　我不免拆果饼权当点心。
　　　　　　　对寒窑施一礼拆娘果饼……　拆开看却原是一封书文。
　　　　　　　上写着陈翠娥一十六春，　　　未凭媒未凭证许哥为婚。
　　　　　　　妹不嫌方卿哥家单贫困，　　　哥莫嫌你的妹自选轻身。
　　　　　　　自选才郎天下广盛，　　　　　也非是你的妹一人所新。
　　　　　　　四姐下凡配文瑞，　　　　　　七仙姑娘配董永。
　　　　　　　这封书信写得好缺少媒证，　　我不免拿宝塔哥作为凭。
　　　　　　　珍珠塔也本是舅娘所赠，　　　赠与了老母亲陪嫁陈门。
　　　　　　　水流长江归大海，　　　　　　原物付与旧主人。
　　　　　　　看书信看得我把表妹恨，　　　吃也难吃吞也难吞。
　　　　　　　起程时离陈府红日照顶，　　　抬头看西北角堵起浮云。
　　　　　　（霎时风紧雪骤，天寒地冻，分不清东南西北。路无行人，方卿衣单饥饿，眼看性命不保。）
　　　　　　　一霎时苍天变得快，　　　　　鹅毛大雪落下来。
　　　　　　　乌云反被白雪盖，　　　　　　冻得方卿口难开！
　　　　　　　遍地俱是冰石块，　　　　　　冻得方卿跌倒尘埃！
　　　　　　　对着寒窑声声拜，　　　　　　拜拜母亲养幼怀。
　　　　　　　不能灵前把孝挂，　　　　　　不能坟前把香插！
　　　　　　　燕子衔泥费力大，　　　　　　长大毛干飞往天涯。
　　　　　　　阎王注定三更死，　　　　　　并不留人到五更。
　　　　　　　无常一到，万事休罢！
　　　　　　（方卿冻饿交加，人事不省，顷刻倒地。）
　　　　　　（观音菩萨、猛虎上。）

观　音：（白）猛虎千万不要伤害他的性命，远望毕仁显来也！
　　　　　　（观音菩萨下。）
　　　　　　（毕仁显、众衙役、船家摇官船上。）

毕仁显：（唱）坐在船舱浪波涛，　　　　　　背笠渔翁把橹摇。
　　　　　　　长江后浪推前浪，　　　　　　江水一发涌波涛。
　　　　（白）船家！将船纱窗推开，
　　　　　　（船家推纱窗介。）
　　　　（白）我道这么寒冷？原来天降一场大雪，我不免借雪吟诗一首。
　　　　（念）远望青山起白颢，　　　　　　对面杨柳折断腰。
　　　　　　　朵朵梅花齐作揖，　　　　　　大雪纷飞落逍遥。
　　　　　　　一派雪景呵……！
　　　　（白）啊！好大一只猛虎！哎！四九寒天，只有猛虎上山，哪有猛虎下山之理？恐防伤害儿女百姓，船家将船靠岸，各带兵器，上岸打虎！

四、方卿借银

船　家：（白）遵命！打虎！打虎！
　　　　（观音菩萨上，示意猛虎齐下。）
　　　　哎！老虎不见了？啊！原来冻死了一个人！
　　　　上船报与老爷知道！启禀老爷！老虎不见了，冻死了一个人！
毕仁显：（白）船家，此人远看是虎，近看是人，必有大富大贵！你再去看看，看那人是否有气？
船　家：（白）要是有气呢？
毕仁显：（白）有气抬上官船！
船　家：（白）要是无气呢？
毕仁显：（白）要是无气，赏他棺木一口！
船　家：（白）是！伙计，你要是死就死得快一些，莫要打坏我的官船，
　　　　（船家用手指放在方卿鼻子上探查。）
船　家：（白）哎！有气。抬上官船！
毕仁显：（白）衙役们，姜汤伺候！
船　家：（白）喂，伙计醒来哟！
　　　　（方卿喝完姜汤，渐渐苏醒。）
方　卿：（唱）千层浪里翻身转，　　　　　百尺高竿活命还。
　　　　　　　睁开了……　　　　　　　　为何落在大人官船？
　　　　（白）参见大人！
毕仁显：（白）你这书生家住哪里？姓甚名谁，从头讲来！
方　卿：（白）大人！提起我的家乡，一言难尽……
毕仁显：（白）啊！你……
方　卿：（白）大人！你认得我，你是何人？
毕仁显：（白）我是你爹发放门生，名叫毕仁显！
方　卿：（白）有劳毕仁兄搭救！
毕仁显：（白）搭救来迟，休要见怪。世弟，听你口中之言，该莫是被你姑母作践？
方　卿：（白）正是！
毕仁显：（白）既如此，随愚兄上任，同享荣华，共守富贵。船家，开船！
　　　　（毕仁显、方卿、衙役、船家摇船下。）
　　　　（灯暗。）
　　　　（幕启，破瓦寒窑，方母手挂竹杖上）
方　母：（念）泪湿衣衫袖，拭干不断流。泪如眼前雨，一点一声愁。
　　　　（白）老身，杨氏，自那日命我方卿儿前往襄阳借钱度日，许久杳无音信，我不免出外望子一回。
　　　　（方母手挂竹杖，倚靠窑门，手搭凉篷，向远处瞭望。）
　　　　（唱）望一望方卿儿还未回来，　　这厢望不见那厢观望。
　　　　　　　望一望方卿儿还未回来，　　转为我只得寒窑进……
　　　　（方母后窑收拾衣物，肩背包袱，蹒跚地复上。）

封好寒窑门找子回程，　　　　身背包裹往前奔……
一心心到外乡找子回程。
（方母拄着竹杖慢慢地下。）
（幕落）
（幕启，宫院正堂，毕仁显、方卿并排上。）

毕仁显：（白）箭矢乱箭入！
方　卿：（白）急难见故朋！
毕仁显：（白）世弟请！
方　卿：（白）世兄请！
毕仁显：（白）世弟，愚兄问你，你为何来到任上终日愁眉不展？
方　卿：（白）世兄，实不相瞒，家有七旬老母久未侍奉！
毕仁显：（白）世弟，不必如此，有愚兄担待。今乃是大考之年，世弟何不上京求取功名？
方　卿：（白）心想进京求名，缺少路费！
毕仁显：（白）世弟，这有银子一锭，拿与世弟专作路费。起程之时，许你一个彩头。"大办行宫，即刻就起程，去是春三月……"
方　卿：（白）"回头满地金。"未必？
毕仁显：（白）有准！老母之事，有愚兄担承！
方　卿：（白）有劳仁兄，拜托了！
（方卿感激地拜揖下。）
毕仁显：（白）人来！
（衙役上。）
衙　役：（白）有！老爷有何差遣？
毕仁显：（白）磨墨伺候！
衙　役：（白）遵命！
毕仁显：（白）毕仁显有书拜上：杨老太太金安可？……有传下书人！
（书童上。）
书　童：（白）见过老爷！为了何事？
毕仁显：（白）这有书信一封，前往河南省上泽县破瓦寒窑杨老太太庄前投落。
书　童：（白）老爷请进内面。
（毕仁显、衙役下。）
（二幕落。）
书　童：（白）河南省上泽县一走。快马加鞭！……不觉到了。此地朋友请了！
　内　：（白）请了何事？
书　童：（白）此地可有一位杨老太太？
　内　：（白）是有一杨老太太，前三天外出找子去了！
书　童：（白）谢谢朋友，唉！杨老太太真是来得无缘，回家报与老爷知道，回家一走。
（童子唉声叹气下。）

四、方卿借银

（二幕前，郊外。方母手拄竹杖，肩背包袱上。）

方　母：（唱）一日离家一日深，　　　　　好似孤雁宿沙墩。
　　　　　　　只说在家千日好，　　　　　谁知思家一片心。
　　　　　　　身背包裹往前奔……　　　　那前面钟鼓响必有乡村。
　　　（白）待我前去看来，我说是大户人烟，原来是个寺庙。不知是僧寺，还是尼庵。
　　　　　　　哦！原来是白云庵，拜请师傅！
　　　（二幕启，白云庵，老尼上。）

老　尼：（念）扫地不伤蝼蚁命，飞蛾扑火纱罩灯。来在大佛殿。
方　母：（白）师傅，有缘人。
老　尼：（白）讲什么有缘人，该莫是烧香了愿？
方　母：（白）人行中途，前不依村，后不靠店。心想在师傅宝刹借宿一晚？
老　尼：（白）尼僧不敢执留，长者请进！
方　母：（白）请师傅带路。
　　　（二人进庵，相互落座。）

老　尼：（白）看你脚踏黄土，该是远路而来。你家住哪里？姓甚名谁？从头讲来。
方　母：（白）唉！师傅呀，提起我的家乡，一言难尽……
老　尼：（白）哦，原来是杨老太太。失敬了！今晚庵堂借宿一晚，改日打探少爷下落。
方　母：（白）多蒙师傅施恻隐！
老　尼：（白）搭救婆婆难中人。太太请！
方　母：（白）请！方卿你这个奴才！为娘为你做了尼僧，看你怎样吃罪得起哟。
　　　（老尼、方母同下。）
　　　（灯暗。）
　　　（幕启，陈府客厅。陈翠娥满怀心思，蔡萍随上。）

陈翠娥：（念）只为方兄事，时刻挂在心。
　　　　　　　奴乃翠娥女多娇，爹爹为官压富豪。
　　　　　　　暗里修书兄曾晓，白云庵里把香烧。
　　　（白）丫鬟，我心想到白云庵酬神了愿！你与我叫书童，备办车轮前往。
蔡　萍：（白）是！书童！书童哎……
　　　（书童蹦蹦跳跳地上。）

书　童：（白）书童，书童，做事懵懂，好事不做，害人祖宗！见过丫鬟姐姐，为了何事？
蔡　萍：（白）小姐前往白云庵烧香，叫你备一车轮赶路！
书　童：（白）遵命！
　　　（二幕落，郊外。书童下，赶车上，蔡萍扶陈翠娥上车，主仆圆场。）

陈翠娥：（唱）人生在世命如灯，　　　　　一寸光阴一寸金。
　　　　　　　失掉寸金还有可，　　　　　失掉光阴无处寻。
　　　　　　　来在白云庵下车……

　　　　　　　　　　（二幕启，白云庵前，蔡萍扶小姐，翠娥缓缓下车。）
蔡　萍：（白）　拜请师傅！
　　　　　　　　　　（方母身着尼僧打扮上。）
方　母：（白）　扫地不伤蝼蚁命，爱惜飞蛾纱罩灯，来在大佛殿。
陈翠娥：（白）　师傅，有缘人！
方母、陈翠娥：（同白）啊！好像我的舅娘？好像我的外甥女？
　　　　　　　　　　（方母疑似外甥女来庵，以避尴尬急转身下。陈翠娥茫然。）
陈翠娥：（白）　师傅请了。
　　　　　　　　　　（老尼手执拂尘上。）
老　尼：（白）　请问小姐，为了何事？
陈翠娥：（白）　我心想与少师傅讲话？
老　尼：（白）　尼僧不敢执留，徒弟哪里？
　　　　　　　　　　（方母无奈，低着头慢慢地上。）
方　母：（白）　见过师傅，为了何事？
老　尼：（白）　这位小姐想与你讲话，你要小心伺候才是！
　　　　　　　　　　（老尼担心下。）
书童、蔡萍：（白）　我们俩到后殿看菩萨去哟。
　　　　　　　　　　（书童、蔡萍齐下。）
方　母：（白）　见过小姐。
　　　　　　　　　　（陈翠娥示意方母请坐，自己落座。）
陈翠娥：（白）　你这位少师傅，我来问你？
方　母：（白）　小姐，问我何来？
陈翠娥：（白）　请问师傅，不知师傅家住何所？姓甚名谁？从头讲来！
方　母：（白）　小姐，不厌其烦，你就听了……
　　　　（唱）　尊小姐打坐在白云宝刹，　　细听老身诉表故郊。
　　　　　　　　家住河南地名不小，　　　　我的夫方天爵为官在朝。
　　　　　　　　我的夫在朝中被奸贼害了，　罗通贼害我夫午门开刀！
　　　　　　　　多蒙了四太子情高义好，　　黑夜里开皇城母子出逃。
　　　　　　　　逃难时逃之在上泽县道，　　上泽县破瓦窑隐姓名渺。
　　　　　　　　母子俩在寒窑商量一道，　　我命方卿儿襄阳来借银宝。
　　　　　　　　一去借银无音信，　　　　　一去借银未见回程。
　　　　　　　　为娘在家心放不稳，　　　　因此上到外乡寻找娇生。
　　　　　　　　找娇生找之在白云庵进，　　为娘为儿做了尼僧！
陈翠娥：（唱）　查得清楚问得明，　　　　　却原是舅娘来到此今。
　　　　　　　　我本当将舅娘带回家转，　　怕的是老母亲不认贫亲。
　　　　　　　　丫鬟你与我拿银子一锭……
　　　　　　　　　　（丫鬟拿银子，书童随上。蔡萍付银陈翠娥，陈翠娥转付与方母，方母接银介。）

陈翠娥：	（唱）	拿与了少师傅遮遮寒身。
方　母：	（白）	拜请师傅！
		（老尼急上。）
老　尼：	（白）	徒弟，为了何事？
方　母：	（白）	这位小姐，看我叹苦一番，拿银一锭，拿与师傅收捡。
		（方母付银师傅，老尼不受。）
老　尼：	（白）	那还是你自己收捡，也是一样。
方　母：	（白）	师傅，这位小姐是个善门之家，不然叫她上个愿簿。
		（老尼由佛案取来愿簿和笔，付与陈翠娥。）
老　尼：	（白）	小姐请！
陈翠娥：	（白）	陈翠娥提笔一十五两。
老　尼：	（白）	阿弥陀佛。丫鬟，你不免也上个愿簿！
蔡　萍：	（白）	蔡萍女提笔四两！
老　尼：	（白）	请问是银子还是票儿呢？
蔡　萍：	（白）	我在人家为奴做仆，哪有银子票儿呢？
老　尼：	（白）	那是四两么东西呢？
蔡　萍：	（白）	是四两香油喂！
老　尼：	（白）	哦！我佛前点灯也是要的。这个书童鬼头怪脑，我不免也叫他上个愿簿！书童过来，你也上个愿簿！
书　童：	（白）	过来何事？
老　尼：	（白）	你也过来上个愿簿！
书　童：	（白）	我呀，不上就不上，上就上一大捆！
老　尼：	（白）	那是银子还是票儿呢？
书　童：	（白）	我在人家为奴做仆，哪有银子票儿呢！你欠①钱？你想钱！我嚇你一钱②啰！那是一捆黄丝稻草喂！
老　尼：	（白）	稻草？那要它何用呢？
书　童：	（白）	你呀，你就不晓得吧。要是香客来多了，来不及打个地铺也是好的！
老　尼：	（白）	啊！那你怎么样才能送来呢？
书　童：	（白）	你呀，买点儿鱼，买点肉，我呀吃得饱饱的！就帮你驮来。
老　尼：	（白）	我说，书童哎，我那不是秤钩打铁两拉直？
书　童：	（白）	两拉弯咯！
老　尼：	（白）	总还是两拉直，恭送小姐。
		（方母、老尼下。）
		（蔡萍扶陈翠娥乘车，书童推车圆场。）
陈翠娥：	（唱）	我只道白云庵把香来敬，　　　观见了老舅娘做了尼僧。

---

① 欠：黄梅方言，指想念。
② 嚇你一钱：黄梅方言，指吓唬人。

| | | 我本当将舅娘带回家转， | 又恐怕老母亲不认贫亲。 |
| | | 来在府门下车轮， | |

（蔡萍扶陈翠娥下车。）

陈翠娥：（唱）陈翠娥转绣楼改换衣巾。

（陈翠娥、蔡萍、书童推车下。）

（幕落。）

（幕启，陈府官邸。方卿手拿渔鼓减板，身着小衣小帽，大摇大摆地上。）

		方　卿：（唱）	在芦林改换了小衣小帽，	炮响三声状元出朝。
			曾记得姑母娘将我视貌，	她量我小方卿不能官高。
			斯文慢步陈府到，	打听了姑母娘巧计笼牢。

（姑爹兴致高昂地上。）

姑　爹：（白）眼观新考毕，耳听好消息。
方　卿：（白）行来三步远，不觉来到姑爹门前。门上无人，待我自进！
姑　爹：（白）那厢莫该是侄男方卿？
方　卿：（白）那厢该是姑爹大人，侄男这厢有礼！
姑　爹：（白）休要见礼，一旁打坐！
方　卿：（白）谢座！
姑　爹：（白）未曾坐下，就来问儿。
方　卿：（白）问儿何来？
姑　爹：（白）儿母在家可曾安泰？
方　卿：（白）回禀姑爹，我也不知安泰不安泰！
姑　爹：（白）再来问儿，诗书可好？
方　卿：（白）姑爹，侄儿我没有读书！
姑　爹：（白）哪里营生？
方　卿：（白）姑爹，看招牌讲话！
姑　爹：（白）唉！本当叫你二堂会会姑母，想起从前一场怄气。自儿回转家中，你的表妹在绣楼常常思念与你，且到绣楼会会表妹！
方　卿：（白）既如此，堂前辞姑父，绣楼会表妹。

（方卿大摇大摆地下。）

姑　爹：（白）且慢，自古道人在时中又红又白，人在难中又瘦又黑。眼观这个奴才，又红又白。耳闻人言，状元出在河南，榜眼出在四川，该莫是点在这个奴才头上。说是方卿，你这个奴才！哪怕你用尽千方百计，老父待你并无二心。

（姑爹摇头下。）

（灯暗。）

（幕启，陈翠娥闺房，陈翠娥忧郁地上。）

陈翠娥：（白）方兄下绣楼，奴家常担忧。

（方卿手抱渔鼓减板，洋洋得意地上。）

四、方卿借银

方　卿：（白）堂前辞姑父，绣楼会表妹。绣楼无人，待我自进！
陈翠娥：（白）那厢该是方兄？
方　卿：（白）那厢该是表妹，愚兄这厢有礼！
陈翠娥：（白）小妹这厢还礼，绣楼有椅请坐！
方　卿：（白）一同有坐！
陈翠娥：（白）未曾坐下，就来问兄？
方　卿：（白）问兄何来？
陈翠娥：（白）舅娘在家可曾安泰？
方　卿：（白）我也不知安泰不安泰？
陈翠娥：（白）再来问兄？诗书可好？
方　卿：（白）唉呀，我现在没有读书！
陈翠娥：（白）哪里营生？
方　卿：（白）看招牌讲话！
陈翠娥：（白）该莫是赶唱的？
方　卿：（白）正是！
陈翠娥：（白）唉！冤家哎……
方　卿：（白）对头喔！

（陈翠娥闻言，如身陷深渊，心灰意冷。）

陈翠娥：（唱）听方兄出此言泪珠垂掉，　　骂一声方卿哥细听根苗。
　　　　　　　曾记得二爹娘生寿来到，　　方卿哥到我家来借银宝。
　　　　　　　那时节老母亲见哥烦恼，　　四九天剥衣饰赶出富豪。
　　　　　　　哥本当回寒窑路远不少，　　哥本当宿招商身无分毫。
　　　　　　　左思右想花园来到，　　　　在花园宿一晚明日回窑。
　　　　　　　樵楼上打二更妹未睡觉，　　观见了后花园大火来烧！
　　　　　　　我也曾命陈先花园来到，　　接上绣楼兄妹相交。
　　　　　　　方卿哥口声声怨母不好，　　你的妹办美酒赔礼代劳。
　　　　　　　珍珠塔和书信未必不晓，　　男儿汉无气量两次三遭！

（方卿见计谋得逞，越发得意，继续编谎。）

方　卿：（唱）这一言谎得妹泪湿衣袖，　　中下了为官人腹内计谋。
　　　　　　　用手儿敲木鱼绣楼口，　　　你愚兄有言来细听从头。
　　　　　　　自那日辞表妹回家走，　　　你愚兄冻死在雪丘。
　　　　　　　多蒙了众花郎将我搭救，　　愚兄做了叫花子头。
　　　　　　　峨眉山中嫩笋出土，　　　　王母娘娘困守城州。
　　　　　　　太公钓鱼得竹杪，　　　　　文王卜卦得竹筅。
　　　　　　　高怀德得竹枝仙山赶狗，　　韩湘子得中筒神仙洞游。
　　　　　　　三块云板当田土，　　　　　渔鼓减板当耕牛。
　　　　　　　一年四季不下种，　　　　　别人无收我有收。
　　　　　　　贫寒之家我不走，　　　　　单去王子并诸侯。

		你爹只说做官好，	我说做官不如我打流。
		浪子朝朝醉总是吃酒，	农夫昼夜忙长年为奴。
		老年人喜的是唐朝古；	少者们喜的是宋朝曲；
		姑娘们喜的是贵妃醉酒；	嫂嫂们喜的是金莲调叔。
		贤妹不嫌愚兄道路丑，	跟随愚兄江湖上唱曲。
		要想愚兄诗书读，	哀求了狠心母将我收留。

（陈翠娥此时伤心至极，恨铁不成钢。）

陈翠娥：（唱）听方兄出此言泪珠难忍，　　尊一声方卿哥细听分明。
　　　　　　　曾记得在绣楼打赌发狠，　　你讲道不高魁不到陈门！
　　　　　　　到如今当花郎这般光景，　　有何脸面见我母亲？
　　　　　　　这也是陈翠娥活该苦命……　失误了你年幼我的青春。

（方卿觉得计谋得逞，越觉有趣。）

方　卿：（唱）这一言谎得妹泪如水洒，　　倒让为官人哈哈笑煞。
　　　　　　　回头来见表妹兄讲直话，　　你愚兄有言来细听根牙。
　　　　　　　自那日辞了表妹归回家，　　你愚兄在外乡当了叫花。
　　　　　　　渔鼓减板外带打卦，　　　　莲花落打过头以莫落莲花。
　　　　　　　前朱雀后玄武俱是喜卦，　　左青龙右白虎喜到妹家。
　　　　　　　恭喜表妹下年就出嫁，　　　嫁一个状元公帽插宫花。
　　　　　　　还望贤妹早打发，　　　　　打发了你愚兄好往别家。

（陈翠娥越听越气，并卑视方卿。）

陈翠娥：（唱）听方兄出此言泪珠垂掉，　　骂一声方卿哥细听根苗。
　　　　　　　妹望你回家转头戴纱帽，　　妹望你回家转身着紫袍。
　　　　　　　妹望你回家转苦把书造，　　妹望你回家转面会当朝。
　　　　　　　到如今你还是沿门乞讨，　　有何脸面见我年高！

（方卿见表妹信以为真，痛心疾首，不再胡闹打趣，实话相告。）

方　卿：（唱）我本是龙门客被妹辱骂，　　骂得我为官人两颊羞煞！
　　　　　　　我本当在绣楼不讲直话，　　绣楼上哭坏了贤妹冤家。
　　　　　　　回头来见贤妹兄讲直话，　　你愚兄衷心话妹听根牙。
　　　　　　　自那日辞了表妹回家踏，　　蒙圣恩点状元帽插宫花。

（陈翠娥背向方卿，不予理睬。）

陈翠娥：（唱）方卿哥到如今说白扯谎，　　花言巧语虚骗娘行，
　　　　　　　你即是进京城得中皇榜，　　头无顶足无靴求乞花郎。
方　卿：（唱）曾记得与姑母打赌发狠，　　姑母娘她量我永不得翻身！
　　　　　　　到如今你愚兄高官发奋，　　改小衣换小帽打探娘亲。

（陈翠娥闻言转悲为喜。）

陈翠娥：（唱）听说是方卿哥功名有份，　　陈翠娥在绣楼叩谢神灵。
　　　　　　　开言就把表兄动问，　　　　你可知老舅娘何处安身？
方　卿：（唱）临行所托毕仁显，　　　　　他迎接老母亲安享太平。

陈翠娥：	（唱）	看起来为官人忘了根本，	把一个太夫人不放在心。
		我也曾为冤家白云庵进，	观见了老舅娘做了尼僧！
		（方卿闻言脸色霎变，冷汗淋淋，不知所措。）	
方　卿：	（唱）	这一言吓得我遍身流汗！	方卿做了不孝男。
		倘若圣上知道了，	岂不是为官人罪恶万刀！
		回头就把贤妹埋怨，	埋怨贤妹几句言。
		你既去白云庵酬神了愿，	应该接母来团圆。
		愚兄知道大恩感，	方卿岂是忘恩负义男。
		不辞贤妹下楼前……	白云庵堂会母慈颜。
		（方卿心急火燎地下。）	
陈翠娥：	（唱）	方卿哥上绣楼不讲直话，	倒让我闺阁女哈哈笑煞。
		那一日辞母亲绣楼玩耍，	观见了后花园大火焚花。
		我命蔡萍丫鬟接驾，	方卿哥貌堂堂必定高发！
		方卿哥到如今衙门走马，	我的母亲怎样对他？
		方卿哥到如今随王伴驾，	这也是陈翠娥眼力不差。
		喜洋洋我只得绣楼踏，	方卿哥中状元妹享荣华。
		（陈翠娥喜不自胜地下。）	
		（二幕落。）	
方　卿：	（内喊）走！		
		（二幕前，郊外，方卿急匆匆地上。）	
	（唱）	走一步跌一跤找路不到！	但不知白云庵路向哪条？
		来在白云庵提足到……	拜请母亲细说根苗。
	（白）	拜请母亲！	
		（幕启，白云庵，方母手执拂尘上。）	
方　母：	（白）	忽听人言语，近前看分明。	
方　卿：	（白）	孩儿见过母亲！	
方　母：	（白）	那厢该是方卿儿，来来来，为娘有话讲！	
方　卿：	（白）	有何话讲？	
方　母：	（白）	奴才，你就坏了。	
		（方母一掌打在方卿脸上！方卿立刻跪拜母面前。）	
	（唱）	一见奴才心恼恨，	大骂奴才了不成！
		曾记得在寒窑为娘教训，	娘命儿到襄阳前去借银。
		为什么许久不回转？	为什么一去杳无音讯？
		为娘在家你放心不问，	因此上到外乡寻找娇生。
		找娇儿找之在白云庵进，	为娘为儿做了尼僧！
		走上前来咬一口，	看你心疼不心疼！
方　卿：	（唱）	母亲且发雷天恨，	恕儿无罪小方卿。
		曾记得寒窑蒙母教训，	命儿到襄阳前去借银。

		千里路忘却了姑爹寿庆，	我未办好礼物庆贺长生。
		姑爹爷倒还有隔山照应，	十里亭换衣帽冒充富人。
		陈先带路二堂来进，	在二堂会过了姑母娘亲。
		寒窑困苦一概不问，	寿堂上提礼物脸带火焚！
		悔不该出气言与母争论，	四九天先剥衣后赶出门。
		儿本当回寒窑路远不近，	儿本当宿招商身无分文。
		含悲忍泪花园进，	在花园宿一晚明日回程。
		多蒙了贤表妹情高义盛，	命陈先将孩儿接上楼门。
		自那日辞表妹回家奔，	您孩儿冻死在雪坑。
		多蒙了毕仁兄走马上任，	搭救孩儿任上行。
		自那日辞仁兄京城进，	孩儿得中头一名。
		母亲快把人情准，	孩儿还有圣命在身。
方　母：	（唱）	小奴才到如今说白溜谎，	花言巧语虚哄为娘。
		你既是进京城得中皇榜，	头无顶足无靴求乞花郎。
方　卿：	（白）	请母亲不必如此。	
内　：	（喊）	铜锣响亮，状元出朝！	
		（方母示意方卿起身。）	
		（众衙役捧状元服饰上。）	
方　卿：	（白）	人来！	
衙　役：	（白）	有！	
方　卿：	（白）	与爷改换冠带！	
衙　役：	（白）	遵命！	
		（方卿背朝外，众衙役给方卿穿戴状元服。）	
		（方卿示意众衙役下。）	
方　卿：	（白）	孩儿见过母亲！	
方　母：	（白）	我儿为何这等荣耀！	
方　卿：	（白）	母亲哪里知道，多蒙圣上点我头名状元！	
方　母：	（白）	谢主隆恩！吾主万岁！万岁！万万岁！儿呀，为娘还是尼僧一般。	
方　卿：	（白）	母亲不必如此，转为受过冠戴。	
		（方母下，受冠戴毕。喜不自胜，复上。）	
方　卿：	（白）	有请当家师傅！	
		（老尼上。）	
老　尼：	（白）	爱惜蝼蚁命，飞蛾扑火纱罩灯。见过杨老太，他是何人？	
方　母：	（白）	他就是我朝思暮想的方卿儿。	
老　尼：	（白）	见过状元公，失敬了！	
方　卿：	（白）	师太！我心想接我母亲回家团圆，不知师太意下如何？	
老　尼：	（白）	贫尼不敢执留，就依状元公！	
方　母：	（白）	儿呀！为娘在此多蒙师太关照。	

方　卿：（白）	多谢师太！
	（方卿面对师太一揖，师太还礼介。）
方　卿：（白）	请问师太，庵堂如此破旧。何不重修？
老　尼：（白）	回禀状元公，庵堂缺少经费！
方　卿：（白）	这有龙票一角，财政部领银千两。如果不够，状元府去领！
老　尼：（白）	多谢状元公！
	（方母、方卿、老尼同下。）
	（灯暗。）
	（幕启，陈府官邸客厅。姑爹春风满面，步伐轻快地上。）
姑　爹：（白）	报子报我家，侄男插宫花！
	（陈先三步并两步急上。）
陈　先：（白）	报报报！
姑　爹：（白）	报者何来！
陈　先：（白）	启禀家爷，状元公过府参拜！
姑　爹：（白）	家人，大开中门动乐有请！
陈　先：（白）	遵命！大开中门动乐有请状元公进府！
	（陈先屁颠屁颠地下。）
	（音乐起，方卿身着状元服饰，方母衣冠鲜丽，健步上。）
姑　爹：（白）	见过杨老太太，太太不觉年迈了？
	（姑爹施礼，方母还礼介。）
方　母：（白）	少年子弟江湖老，红粉佳人不如先。姑爹大人！我来了大半天未见我那贤德的姑母哪里去了？
姑　爹：（白）	她没脸见你们呀！
方　母：（白）	那迟早还是要见的！
姑　爹：（白）	我那方府的贵客哪里走来！
	（姑母羞愧低头上。）
姑　母：（白）	先前做事错，如今后悔迟！见过老爷。他是何人！
姑　爹：（白）	他呀！他就是你害不死的方卿！
姑　母：（白）	见过杨老太太！见过状元公！
	（姑母此时恨地无缝，把头偏向一边，对状元公见礼介。）
方　母：（白）	姑爹大人！我母子进得府来，有几句话，容我讲，我就讲！不容我讲，我就带领方卿儿回转寒窑！
	（姑爹对方母一揖，方母立刻还礼介。）
姑　爹：（白）	杨老太太，单凭于你，还望抬手让过！
方　母：（唱）	姑爹台前把罪请！　　　　转面来见贱人我有话明。
	我的夫在朝中为官极品，　罗通贼害我夫斩杀午门。
	母子们在寒窑饥饿难忍，　我命方卿儿来襄阳借银。
	银子不借是你本分，　　　大不该四九天撑赶出门！

		儿本当回寒窑路远不近，　　　儿本当宿招商身无分文。
		自那日我的儿归回家奔，　　　跌雪坑呼天不应叫地不灵。
		倘若是我的儿雪坑丧命，　　　岂不是断绝了方家后根。
		在生你怎对得为嫂面，　　　　你死后怎对得你哥鬼魂？
		曾记贱人当年来出嫁，　　　　百般嫁妆陪嫁陈门。
		你思一思来想一想，　　　　　为嫂有哪一点对不住人？
		恨不得走上前与你拼命……
		（方母欲与姑母拼命，姑爹赔礼拦阻。）
姑　爹：	（白）	杨老太太……
方　母：	（唱）	百般事我还看姑爹面情。　　　转面来我就把那方卿儿叫应，
		你姑母待儿好快来填情！
		（方卿会意，向姑爹深深一揖。）
方　卿：	（唱）	姑爹台前把罪请，　　　　　　转面来见姑母我有话明。
		曾记得与孩儿打赌发狠，　　　你量我小方卿世不能翻身，
		倘若是我方卿高官发奋，　　　姑母娘变黄犬爬上我门。
		到如今我方卿宫花头顶，　　　姑母娘是变犬还是变人？
姑　母：	（唱）	子一篇母一篇把我气坏，　　　羞得我方氏女难把头抬。
		（姑母无地自容，与方母、方卿赔礼道歉介。）
		转面来施一礼杨老太太，　　　近前来施一礼状元乖乖。
		我先前做错事儿莫见怪，　　　儿本是龙门客海阔量开。
姑　爹：	（唱）	子一篇母一篇羞煞与我，　　　羞得我为官人脸如血泼！
		转面来怨夫人做事有错，　　　大不该寿堂上蔑视吾儿。
		不是你当初一点做错，　　　　也不至今日里受他啰嗦。
		走上前施一礼太太容我……
		（姑爹再次道歉赔礼介。）
		转二堂办酒宴姑嫂起和。
	（白）	杨老太太，事到如今，话也说明了，鼓也打响了。我有一言出唇不便！
方　母：	（白）	姑爹有何金言，请当面吩咐！
姑　爹：	（白）	家有小女，心想许配状元公铺床叠被，不知杨老太太意下如何？
方　母：	（白）	哎，姑爹大人，说哪里话来？你家千金小姐，岂能许配我家求乞花郎？
姑　爹：	（白）	哎！杨老太太，说哪里话来？昔日九松亭有言在先！
方　母：	（白）	喔！儿啊，九松亭那有言在先哪？
方　卿：	（白）	启禀母亲，九松亭确实有言在先。
方　母：	（白）	儿呀！既是九松亭有言在先，一来呀是姑父姑母，二来是岳父岳母。我儿上前多拜几拜。
		（姑爹、姑母上坐，方卿大礼参拜。姑母摆出一副受拜的架子，把刚才的委屈和脸面挽回来。）
方　母：	（白）	姑爹大人，我们母子告辞了！

姑　爷：	（白）	哎！杨老太太讲什么告辞了，回家修状元府不及，就在我家团圆大会。
方　母：	（白）	就依姑爷大人！
姑　爷：	（白）	丫鬟！请出小姐。
内：	（喊）	来了！

（蔡萍搀扶陈翠娥，陈翠娥身着喜服，头蒙盖巾。陈先等齐上。）

姑　爷：	（白）	有传宾相！

（宾相上。）

宾　相：	（白）	宾相，宾相，喉咙响亮，既会敲锣，又会撒帐。见过杨老太太、老太爷、太夫人、状元公、少夫人！
方　母：	（白）	宾相，你与我多讲吉言！
宾　相：	（白）	遵命！一拜天地，二拜高堂，夫妻对拜，站立两厢，宾相讨赏！
姑　爷：	（白）	后面领银十两。
宾　相：	（白）	喜哈哈！笑哈哈！生个儿子卖发粑！
方　母：	（白）	中探花！
宾　相：	（白）	喜洋洋！笑洋洋！生个儿子卖板糖！
姑　母：	（白）	状元郎！

（宾相下。）

姑　爷：	（白）	大登科我儿金榜题名。亲家冤仇已报！小登科洞房花烛。办炷清香，叩谢上苍。一同拈香！

（灯暗，幕落。）

全剧终

五、秦秀英出家

【剧情简介】

　　此剧全名《破明镜》,《秦秀英出家》乃是本剧中选场。秦小姐家道豪富,幼许张公子为妻。二人原是门当户对,后因公子家道败落,大比之年,张公子不得已前往岳父家借银,以作上京赶考求取功名之资。小姐父亲良心突变,嫌贫爱富,只将铜银付与公子,并借机陷害公子。管家得知此事,送信小姐。小姐闻言,命管家将公子追回,用纹银换回铜银。公子与小姐会面,二人抱头痛哭。离别之际,小姐将明镜一破为二,一人各执一半,留作纪念。

　　小姐父亲背弃前约,强迫小姐改嫁;小姐忠贞不渝,由此父女争执起来。父赐女死,小姐自尽了断。多蒙丫鬟相救,小姐才幸免于难。丫鬟将此事禀告太夫人,太夫人命管家带领小姐外乡逃难。经此事,小姐看破红尘,决意落发出家,管家百般劝阻。后来张公子得中状元,与小姐破镜重圆,二人喜结连理。

【剧中人物】

　　管　家　　　　　秦秀英

*　　　　*　　　　*

　　（幕启,郊外。星月无光,管家手携小姐急快奔上,二人圆场。）
管　家：（内白）走!
管　家：（唱）　黑夜三更找路不到。
秦秀英：（唱）　小足疼痛寸步难挨。
　　　　　　　　（秦秀英官家小姐足不出户,经受不起如此奔波,跌坐在地。）
　　　　（白）　哎哟!管家。我的小足疼痛。我实在走不动了!
管　家：（白）　小姐!
秦秀英：（白）　嗯!
管　家：（白）　小姐,我来问你。
秦秀英：（白）　管家,你问我何事?
管　家：（白）　是逃难事大,还是小足疼痛事大?
秦秀英：（白）　当然是逃难事大!
管　家：（白）　既是逃难事大,老奴搀扶一把,我们主仆缓缓行走……
秦秀英：（白）　既如此,有劳管家前面带路。

（秦秀英、管家艰难慢步前行。）

|（唱）| 老管家你与我前把路带，| 你小姐有言来细听开怀。
| | 心中只把狼心爹怪，| 大不该拆散我幼年同偕。
| | 你小姐看破了红尘世界，| 一心心到庵堂落发吃斋。

管　家：（唱）我小姐提吃斋老奴吓坏，　　有一派吃斋古姑听开怀。
　　　　　　　吃斋要学黄氏女，　　　　　　三十二岁女转男胎。
　　　　　　　吃斋莫学刘十四，　　　　　　阎君面前挂戒牌。
　　　　　　　正月吃斋还未满戒，　　　　　等不到二月里把犬开斋。
　　　　　　　犬骨头埋之在葵花山地界，　　有司命和土地奏本上天台。
　　　　　　　玉帝爷听此言怒冲天外，　　　撒雷公和电母降下凡来。
　　　　　　　刘十四跪尘埃焚香八拜，　　　雷打那葵花树显出骨来。

秦秀英：（唱）老管家你道我吃斋有错，　　有一派吃斋古说与原过。
　　　　　　　付落古吃长斋地狱找母，　　他也曾见过了十殿阎罗。
　　　　　　　观音母吃长斋莲台打坐，　　到后来修满功千手千脚。
　　　　　　　你小姐被爹爹打骂不过，　　年轻人落青丝无计奈何。

管　家：（唱）我小姐你休要苦谈修炼，　　有一派修炼古姑听心间。
　　　　　　　唐王爷游地府许下了心愿，　午朝门出榜文远游西天。
　　　　　　　唐玄奘离娘怀苦把经念，　　午朝门接榜文愿游西天。
　　　　　　　群臣们在沙桥美酒行饯，　　唐王爷与僧道把马来牵。
　　　　　　　唐玄奘去西天取经回转，　　午朝门摆銮驾迎接朝纲。
　　　　　　　四、五老祖黄梅县，　　　　披发祖师五台山。
　　　　　　　万发镇守马衣县，　　　　　小姑娘娘打坐在江边。
　　　　　　　黎山老母竹隐寺，　　　　　白衣寿旗守阳山。
　　　　　　　南海观音威灵显，　　　　　九华山地尊王永把名传。
　　　　　　　吃斋之人错不得半点，　　　打下了万恶地狱永不得身翻！

秦秀英：（唱）对面山上一道家，　　　　日卖仙酒夜卖仙茶。
　　　　　　　有人吃到仙茶味，　　　　三岁孩童也要出家。

管　家：（唱）观音老母去修行，　　　　身背包裹上山林。
　　　　　　　大树见了纷纷乱，　　　　小树见了乱纷纷。
　　　　　　　只有樟树修得好，　　　　雕得佛像装得金。
　　　　　　　只有桐树叶条不整，　　　桐籽打桐油点不得佛前神灯！

秦秀英：（唱）观音老母坐桥头，　　　　似水飘飘向东流。
　　　　　　　有佛之人桥上过，　　　　怕的是凡夫子要把道修。

管　家：（唱）六月炎天似水开，　　　　八洞神仙把海飘。
　　　　　　　都只为王母娘生辰来到，　八洞神仙庆贺蟠桃。
　　　　　　　海龙王在龙宫掐指算到，　他算到众小鬼海水来潮。
　　　　　　　打湿了八洞仙无价至宝，　失落了蓝采和罪责难逃。
　　　　　　　吕成阳背宝剑龙宫到，　　铁拐李药火瓶放火来烧。

|众兵海将俱一烧掉，|只烧得海龙王无处脱逃。
|玉帝殿前把状告，|斩将台前要把人交。
|喜的是王母娘前来讨保，|适才有八洞仙快乐逍遥。
|铁拐李仙山采药草，|汉钟离去修行辞过汉朝。
|吕成阳他本是凡人得道，|何仙姑花篮里现出仙桃。
|蓝采和吃仙酒长生不老，|张阁老骑骡子快乐逍遥。
|曹国舅运云板天空热闹，|韩湘子半空中口吹玉箫。
|他八人俱都是凡人得道，|怕的是我小姐修炼不高。
秦秀英：（唱） |对面山上一只鸡，|口含仙草念阿弥。
|扁毛也有修行意，|再不修行等待何时。
管　家：（唱） |对面山上一清泉，|流来流去几千年。
|世人吃了清泉水，|愚者愚来贤者贤。
秦秀英：（唱） |对面山上一庙堂，|庙堂打坐四大金刚。
|殷大王弹琵琶神鬼惊慌；|殷二王握宝剑境边执掌；
|殷三王撑雨伞遮住天亮，|殷四王手持蜃耳听八方。
|他四人俱都是莫家兵将，|保住了商纣王镇守家邦。
|商纣王那昏君他有功不赏，|将他四人攆出朝纲。
|他四人出朝纲芦林打抢，|观音母变凡夫点化金刚。
|他四人回山冈弥陀来讲，|一个个在庵堂各受烟香。
管　家：（唱） |日出东山又转西，|大船靠在小桥西。
|渔翁睡在船舱里，|吩咐山鸡莫乱啼。
|缓缓等到风云起，|自有良缘在一世。
秦秀英：（唱） |老管家你与我把前路带，|你小姐有十愁细听开怀。
|一愁世间人眼浅，|二愁光阴似流水；
|三愁秦门无有后；|四愁老母白了头；
|五愁难过鬼门关口；|六愁阎王把笔勾；
|七愁奈何桥难以行走；|八愁尖刀山血往下流；
|九愁张郎功名没有，|十愁避难女何日出头。
|千愁万愁愁不尽，|昔日有个小三春。
|酒能戒来肉能忍，|忍酒忍肉难忍色性。
|有人忍得酒色性，|必是西天佛一僧。
|管家待我情义深，|我带管家一路修行。
管　家：（唱） |我小姐你不要十愁来讲，|你老奴有十叹叹叹我的姑娘。
|一叹你在家中娇生惯养；|二叹你怎舍得白发老娘；
|三叹你小金莲怎舍得开放；|四叹你怎舍得颜色衣裳；
|五叹你去青丝改为和尚；|六叹你无儿女断了烟香；
|七叹你思家乡不能来往；|八叹你好荤汤不能来尝；
|九叹你在庵堂怎熬得天亮；|十叹你怎舍得年青张郎。

	这就是你老奴十叹来讲，	切莫把好言语抛往长江。
秦秀英：（唱）	自幼未出闺阁门外，	小足疼痛寸步难挨。
	远望前面一土台，	打坐土台不能起来。

（秦秀英筋疲力尽。跌坐在土台上，急促喘气不停。）

管　家：（唱）	有只见我小姐打坐土台，	倒让老奴泪洒胸怀。
	我本当背一程可叹我年迈，	又恐怕主仆俩跌到尘埃。
	不辞小姐各走一块……	
秦秀英：（哭）	唉！管家啊……	
管　家：（唱）	哎！耳听得我小姐痛哭悲哀……	
	为人在世留名在，	人死无名枉费投胎。
	转面来见列位躬身下拜。	细听老奴诉表上来。
	昔日里曹天官为官太宰，	被馋臣来陷害斩杀玉街。
	好一个老曹夫恩如山海，	黑夜里将小姐带出外来，
	将小姐带之在葵花山地界，	天上鹅毛大雪降下来。
	冻死了老曹夫白发年迈，	哭坏了曹玉莲二八裙钗。
	可叹我家爷唯小姐未生男胎，	自幼小许配张姑爷到老结发又同偕。
	开亲时一派家财美，	遇危难遭陷害散尽家财。
	大考年张姑爷我家借银求官戴，	我家爷给铜银陷害姑爷该是不该？
	有老奴送一信绣楼上踩，	我小姐听此言痛哭悲哀。
	我小姐她还念结发恩爱，	叫老奴将姑爷追赶回来。
	我小姐她还念夫妻恩爱，	用纹银将铜银调换下来。
	他二人在月墙难舍恩爱，	破明镜一人一块各带身怀。
	未料到我家爷良心变改，	逼小姐改嫁许郭家该是不该？
	我小姐她本来是烈性一派，	此时间与家爷争执起来！
	我家爷他本是狼心肺坏，	此时间逼小姐命丧阳台。
	多亏了丫鬟女前来救解，	带到上房会过萱台。
	多蒙了太夫人恩如山海，	叫老奴将小姐带出外来。
	转面来我就把小姐请待，	你老奴有言来细听开怀。
	头上取下金凤钗，	脚下脱落红绣花鞋。
	白绫缠脚当绑带，	内面现出俊俏来。
	八幅维裙紧绑带，	脱落新鞋换旧鞋。
	有老奴搀扶你一步一步缓缓前挨……	
秦秀英：（唱）	眼观着老管家白须白发，	好一似狼心爹半点不差。
	倘若是到后来身不能动下，	你小姐与管家侍水奉茶。
管　家：（唱）	世间上主侍仆该遭雷打，	讲什么与老奴侍水奉茶。
	倘若是到后来口不能讲话，	四块长两块短遮遮土巴。
	这就是你老奴真言直话，	夫妻们做好事修者不差。
秦秀英：（唱）	管家说的哪里话，	讲什么吃一碗现饭剩茶，

家　管：（唱）　倘若是到后来黄泉丧下，
　　　　　　　我二人在路途空讲白话，
　　　　　　　带住了小姐转一个山凹，
　　　　　　　（管家挽小姐下。）
　　　　　　　（灯暗，幕落。）
　　　　　　　你小姐与管家戴孝披麻。
　　　　　　　但不知今夜晚借宿谁家。
　　　　　　　那前面灯火闪亮必是大户人家。

剧终。

六、陈氏起解

【剧情简介】

本剧又名《烟毡记》。主人公赵成论家住辉州,其门县人氏。娶妻陈氏,生下一儿一女。女名玉莲,男名玉龙。因其门县年荒数载,赵成论一家四口外乡逃难。逃至吴家坡口,承蒙周百万收留。赵成论心怀感恩,遂拜周百万为义父。周百万赠银赵成论,让其在吴家坡前开一酒店,借此养家度日。

此地袁东生家道豪富,仗势欺人,霸人房田,夺人妻房,为非作歹,无恶不作。一日,袁东生出外游玩,来至吴家坡口,观见赵成论之妻陈氏生得貌美,心想强霸为妻。为达此目的,袁东生心生一计,借邀赵成论下江贸易为由,暗杀赵成论。赵成论不知就理,满心欢喜答应。船行岳州渡口,袁东生用美酒将赵成论灌醉,然后将其推入江中。次日,袁东生来酒店送信,并扬言要抢陈氏回家成婚。多蒙义父周百万定计,命陈氏三更天将袁东生杀死。刺杀袁东生后,周百万带领儿媳平论县投告。县太爷不能立案,行文平论府裁断。

苍天佑人,赵成论被袁东生推下江中,并未丧命。赵成论醒来后,发现自己竟卧沙滩。起身踉跄奔走时,忽见前方什物光闪耀眼。赵成论拾取观看,原来是烟毡宝。时逢圣上张榜寻宝,赵成论揭榜献宝。皇上龙心大喜,御封赵成论解宝状元,平论府上任为官。

赵成论奉旨于平论府上任,有平论县上书,陈述陈氏一案。赵成论命提牌前往平论县,单提陈氏到案。陈氏到府后,夫妻相认。案情大白后,赵成论命全府文武百官披红挂彩,前往十里长亭,迎接恩公周百万进府。从此,一家团圆,尽享天伦之乐。

【剧中人物】

赵成论	陈　氏	周百万
袁东生	赵玉莲	赵玉龙
书　童	陈　大	陈　妻
县太爷	禁　子	众衙役
伯　伯	庄娃甲	庄娃乙
太　监	走文人	提　牌

* * *

(前幕启,二幕开,吴家坡前一酒店。人少客稀,生意萧条,赵成论心事重重上。)

赵成论:(念) 浪迹天涯,不知何日归家。

　　　　(白) 一家逃难到平论,多蒙恩公来看承。多蒙恩公周百万,赐我银钱度日生。

赵成论，家住辉州府，其门县人氏。娶妻陈氏，所生一男一女。只因其门县年荒数载，一家人逃难到此。多蒙恩公赐我银钱，开座酒店，养家度日。耳闻人言，恩公身体有病。我心想前去看病，要与贤妻告别一声。话说一言，贤妻哪里？
（陈氏从后边走边弹灰尘，急匆匆上。）

陈　氏：（白）忽听我夫唤，近前问分明，见过我夫这厢有礼！
（陈氏见礼介，赵成论示意免礼。）

赵成论：（白）贤妻休要见礼，打坐店房你就听了。
（唱）陈氏妻不知情一旁且听，　　你为夫有言来细听分明。
耳闻言周恩公身体有病，　　我心想到他家看望年尊。
因此来与贤妻一同商论，　　行不行去不去回答一声。

陈　氏：（唱）相公夫这一言真当要紧，　　你应该到他家看望年尊。
世间上也只有天地为大，　　除了天地父母为尊。
借夫口转妻言多多带信，　　拜上了周恩公稍问安宁。

赵成论：（唱）好一个陈氏妻能知礼性，　　倒让为夫喜之在心。
辞别贤妻恩公家奔……　　陈氏妻你与我训女闺门。
（赵成论放心下。）

陈　氏：（唱）有只见相公夫恩公家奔，　　倒让陈氏女喜笑在心。
望不见相公夫店房进……　　我女儿到前店娘有话明。
（赵玉莲放下针线上。）

赵玉莲：（唱）井底青蛙未见天，　　每日里在绣房把花来缠。
到前店见母亲施礼问喧，　　老母亲唤孩儿有何话言？

陈　氏：（唱）我女儿打坐在店房之地，　　你为娘有言来训教儿知。
清早起打扫堂地，　　放出鹅鸭鸡。
梳头裹脚要紧细，　　烧茶弄饭公婆吃。
做女儿要学三从四德义，　　也免得到婆家姒娌们欺。
无事莫经闹市过，　　谨守闺门牢记心机。
这就是你为娘教训与你。　　乖巧儿转上房习绣花枝。

赵玉莲：（唱）老母亲训教女儿遵命，　　世哪有做儿女不听娘亲。
施一礼老母亲内店进，　　转内店去绣花免娘担心。
（赵玉莲施礼下。）

陈　氏：（唱）有只见我女儿后店来进，　　倒让为娘喜之在心，
转为只得内店进，　　从今后我还要训女闺门。
（陈氏满意地下。）
（灯暗。）
（幕启，袁东生庄园。袁府客厅富丽堂皇，应有尽有。袁东生趾高气扬地上。）

袁东生：（念）家财万贯，骡马成群。

	（白）	人无横财不富，马无夜草不肥。为人不用心巧计，要想富贵不周全。
	（唱）	云淡风轻尽午天，　　　　　　　　傍花溪流过前川。
		时人不识余心乐，　　　　　　　　将为偷闲学少年。
		（换景，吴家坡酒店。赵玉莲上，坐在酒店做针线活，弟弟赵玉龙摇头晃脑地念书。）
赵玉龙：	（念）	人之初，性本善，性相近，习相远，苟不教，性乃迁……
		（袁东生一边游玩，一边观景，不觉来至吴家坡酒店。观见一少女貌美多姿，意欲进店欣赏一番。）
袁东生：	（唱）	来在吴家坡提足撵，　　　　　　　只见绝色女子坐店前。
	（白）	家有绝色女子，必有绝色母亲，待我进店观看。
赵玉莲：	（白）	请问客官，想是吃酒的？
袁东生：	（白）	想我正是吃酒的，内店还有何人？
赵玉莲：	（白）	内店还有母亲。
袁东生：	（白）	既有母亲，请你母亲前来。
赵玉莲：	（白）	女儿拜请母亲！
		（陈氏上。）
陈　氏：	（白）	女儿一声请，近前问分明，女儿请出为娘何事？
赵玉莲：	（白）	店前来了一位客官！
陈　氏：	（白）	见过客官，该莫是吃酒的？
袁东生：	（白）	正是吃酒的，动问娘子家住何所，配夫何人？
陈　氏：	（白）	家住辉州，其门县人氏，配夫赵成论。
袁东生：	（白）	原来是赵娘子，失敬了！
陈　氏：	（白）	敢问客官哪里人氏，高姓大名？
袁东生：	（白）	家住本城人氏，姓袁字东生。
陈　氏：	（白）	原来是袁员外，失敬了！
袁东生：	（白）	好说，请问娘子，那厢何人？
陈　氏：	（白）	一双儿女！
袁东生：	（白）	原来是令郎令爱！
陈　氏：	（白）	有劳请讲！
袁东生：	（白）	我心想与令郎令爱拜为盟论之子，不知娘子意下如何？
陈　氏：	（白）	手长袖短，不敢高攀！
袁东生：	（白）	该莫有嫌弃？
陈　氏：	（白）	并无嫌弃！
袁东生：	（白）	当面拜过，这有银子一锭，专作拜金。亲家母我心想邀请亲家下江贸易，你与我做个见证，亲家母请进内店，
		（赵玉龙、赵玉莲、陈氏面带忧虑地下。）
		（二幕落。）
袁东生：	（大笑）哈！哈！哈哈哈！回家一走……

(二幕启，袁东生庄园，袁府客厅。)
（白）眼观赵娘子有几分姿色，心想与她成婚不能够得，我不免接亲家过府饮宴。小子哪里！
(书童上。)

书　童：（白）见过家爷！
袁东生：（白）你与我磨墨伺候！
书　童：（白）遵命！
袁东生：（白）袁东生有书拜上赵亲家金安可……小子这厢有书信一封，吴家坡前酒店投落！
书　童：（白）一笔轻言语！
袁东生：（白）就在此书中！
书　童：（白）人去书也去！
袁东生：（白）人归书也归。
(书童送信下。)
袁东生：（白）小子送书信，等候信回程。
(袁东生高兴地下。)
(二幕落。)
(郊外，赵成论看望恩公，转回店房。)
赵成论：（白）恩公家看病，急忙转回程。
(二幕启，吴家坡酒店，赵成论回家刚落座。)
(书童急匆匆地上。)
书　童：（白）见过赵相公！
赵成论：（白）哪府所差？
书　童：（白）袁员外请您过府饮宴，这有书信一封，拿去观看！
赵成论：（白）转为后店休息。
(书童下。)
袁东生：（白）袁员外与我平无来往，素无知交。修书前来，不知为了何事？待我拆书观看便知分晓。哦！原来是袁亲家请我过府饮宴，有传袁府来人！
(书童上。)
书　童：（白）见过赵相公，怎样发落？
赵成论：（白）你回家，回禀你家员外，修书不及，原话带转，随后就到！
书　童：（白）是！回家一走。
(书童下。)
赵成论：（白）陈氏哪里？
(陈氏面带忧愁地上。)
赵成论：（白）娘子你与我料理店房！
陈　氏：（白）相公，你要到哪里去？
赵成论：（白）袁亲家请我过府饮宴。

陈　　氏：（白）　相公你要早去早回啊！
　　　　　　　　　（陈氏再三嘱咐地下。）
赵成论：（白）　那我知道，莫道无亲求富贵，时来赶人真巧奇！
　　　　　　　　　（赵成论信步悠悠地下。）
　　　　　　　　　（灯暗。）
　　　　　　　　　（幕启，袁府客厅。家具齐全，古画、古瓷应有尽有。袁东生信步上。）
袁东生：（白）　小子到店房，未见转回乡。
　　　　　　　　　（书童急上。）
书　　童：（白）　参见家爷！
袁东生：（白）　小子，赵亲家怎样发落？
书　　童：（白）　赵相公讲道，修书不及，原书带转，随后就到！
袁东生：（白）　小子，你与我门前侍候！
书　　童：（白）　遵命！
　　　　　　　　　（赵成论快步上。）
赵成论：（白）　行来三步远，不觉来到袁亲家府前，门上哪位？
书　　童：（白）　赵相公过府来了，请在此等候，启禀家爷！
袁东生：（白）　禀者何来？
书　　童：（白）　赵相公驾到！
袁东生：（白）　小子，你与我开开中门，动乐有请！
书　　童：（白）　是！打开中门，动乐有请！
　　　　　　　　　（乐声起，袁东生施礼相迎，书童下。）
袁东生：（白）　不知赵亲家驾到，未曾远迎，多有得罪！
赵成论：（白）　好说！想我来得匆忙，还望亲家恕罪。亲家修动象牙，请我过府，必有所为！
袁东生：（白）　我心想与亲家下江贸易，不知你意如何？
赵成论：（白）　想我无有本钱！
袁东生：（白）　本钱我有，赚了我二人均分，亏了算我一个人的！
赵成论：（白）　可叹我店房无人料理。
袁东生：（白）　这有银子，拿与了亲家母料理店房！
赵成论：（白）　稍时哪里相见？
袁东生：（白）　码头相见！请！
赵成论：（白）　请！
　　　　　　　　　（赵成论高兴地下。）
袁东生：（白）　眼观赵娘子，有几分姿色，心想与她成婚不能够得。有了！我不免叫陈大驾只小舟，一更不提，二更不讲，三更之时，用美酒灌得酩酊大醉，抚水而亡！陈大家一走。
　　　　　　　　　（二幕落，袁东生圆场。）
袁东生：（白）　陈大哪里走来！

（二幕启，郊外。袁东生的各式庄园，专供下人居住。陈大上。）

陈　大：（白）听说叫陈大，急急忙忙踏，陈大是我，我是陈大。喔！员外过庄来了，不知为了何事？

（陈大急忙倒茶，侍烟，搬凳请袁东生上坐。）

袁东生：（白）陈大哪曾知道，昨日在吴家坡前游玩，观见了赵娘子有几分姿色。心想与她成婚不能够得，我想邀赵亲家下江贸易。我命你夫妻二人，驾只小舟。船行岳州渡口，用美酒将他灌得酩酊大醉，抚水而亡！你可愿去？

陈　大：（白）员外！你让我做什么事我都愿去。只是叫我做这缺德之事……我就不愿去！

袁东生：（白）陈大，我来问你！

陈　大：（白）员外，问我何来？

袁东生：（白）你住的是谁家的房子？

陈　大：（白）是员外家的！

袁东生：（白）你驾的是哪家船？

陈　大：（白）也是员外家的！

袁东生：（白）你种的是哪家园？

陈　大：（白）还是员外家的！

袁东生：（白）哦！一是员外的，二是员外的，三还是员外家的！叫你帮员外做事，你推三阻四，你要是去就千好万好。

陈　大：（白）我要是不去呢？

袁东生：（白）要是不去呗？两个字讲话！

陈　大：（白）该莫是请进？

袁东生：（白）哼！哼！滚出！

陈　大：（白）哎呦喂！这就是难倒人。哎，自古道："杀人只怪拿刀的。"员外那我愿去……稍时哪里相见？

袁东生：（白）码头相见！

陈　大：（白）什么相称？

袁东生：（白）客官相称！

（袁东生得意下。）

陈　大：（白）我那七十二个铜钱，讨来的破货哪里走来哟！

（陈大老婆打扮得花枝招展上。）

陈　妻：（白）离开清净厨房，来到客堂，有人不知，我是陈大老娘！

陈　大：（白）陈大婆娘！

陈　妻：（白）老娘！老娘！老娘！

陈　大：（白）好好好。老娘！老娘！

陈　妻：（白）哎哟！当家的，请出为妻，为了何事？

陈　大：（白）唉哟喂！出大事了！老婆你哪曾知道，员外昨日吴家坡游玩，观见了赵娘子有几分姿色，心想霸占为己有，定计将赵相公诓来。他命我夫妻二人驾一只小舟，船行岳州渡口，一更不提，二更不讲，三更之时，用美酒灌得酩酊大醉，抚水而亡！我说，员外啊！你叫我做什么事都可以，叫我夫妻做这种缺德绝后之事，我就不愿去！员外讲道，你住的房子是我家的！驾的船是我家的！种的园是我家的！你去就千好万好。我说，我要是不去呢？他说，哼！哼！那就滚出！

陈 妻：（白）当家的，自古道："杀人只怪拿刀的。"我们愿去！

陈 大：（白）既如此，我们各办各的家业哦！发洪水了哟，船搁滩了，推下去啊……

（陈大夫妻面不改色下。）

（灯暗。）

（幕启，吴家坡前酒店。赵成论满心欢喜上。）

赵成论：（唱）
久旱无雨时未知，　　　　　　　这是平地一声雷。
莫道无亲求富贵，　　　　　　　时来赶人真巧奇。
提足来到店房内，　　　　　　　陈氏妻来前店细说端的。

（白）陈氏哪里？

（陈氏双眉紧锁，内心忧烦地上。）

陈 氏：（唱）
一家人有四口忍饥挨饿，　　　　清早起来无米下锅。
到前店见我夫开言问过，　　　　袁员外待我夫情意如何？

赵成论：（唱）
陈氏妻不知情店房坐定，　　　　你为夫有言来细听分明。
多蒙了袁员外情高义盛，　　　　他邀我到下江贸易荣生。
因此来与贤妻一同商论，　　　　行不行去不去回答一声。

陈 氏：（唱）
相公夫出此言差一得紧，　　　　讲什么到下江贸易荣生。
自那日袁亲家店房来进，　　　　见你妻生得好发笑回程。
我怕他学三国孔明借箭，　　　　汉刘备借荆州有借无还。
鲁肃过江来将荆州讨转，　　　　周瑜明取西川暗夺荆州。
小周郎借风台失掉令箭，　　　　诸葛亮拾此宝留到此间。
小周郎接刘备过江饮宴，　　　　诸葛亮猜透了腹内机关。
君臣们过江来提心吊胆，　　　　诸葛亮赐锦囊带在身边。
君臣们接之在楼台上面，　　　　小周郎要杀他哪怕飞天。
在楼台拆锦囊现出令箭，　　　　有五营和四哨谁敢阻拦！
君臣们下楼来欢容笑脸，　　　　只气得小周郎血涌胸前！
害人心事我夫莫干，　　　　　　防人心事夫记心间。
劝我夫扳筝①镇守冷店，　　　　夫莫去着人来原书带转。

（赵成论很不高兴地。）

赵成论：（唱）
陈氏妻出此言差错得紧，　　　　讲什么袁员外不是好人。
明明好意当恶意，　　　　　　　反将好人当恶人。
你既知道袁员外人不好，　　　　就不该将儿女结拜他人。

---

① 扳筝：一种捕鱼的动作，无论筝里是否有鱼，都得用力拉起。在这里借指坚持。

		这句话喜的是夫妻来论，	袁亲家知道了打冷人心。
		这有银子贤妻收顿，	拿与贤妻料理店门。
		告辞贤妻下江奔……	等下秋和八月望夫回程。

（赵成论慨然而下。）

陈　氏：（唱）　相公夫他生来情性倔犟，　　在店房劝不醒要走一遭。
　　　　　　　千错万错是我错了，　　　　苍天爷保佑夫回转故郊。
　　　　　　（陈氏倚门眺望丈夫去远下。）
　　　　　　（二幕落。）
　　　　　　（郊外，某江边渡口。袁东生、赵成论并排上。）

袁东生、赵成论：（同唱）一位迁客去长沙，　　西望长安不见家。
　　　　　　　黄鹤楼中吹玉笛，　　　　江风五月落梅花。

袁东生：（唱）　来到河坡提足下，　　　　　叫声船家把跳搭。
　　　　（白）　船家哪里？
　　　　　　（二幕启，某江边停靠帆船一只，陈大撑船上。）

陈　大：（白）　听说叫渡子，急忙拿篙子。赚几个铜钱，买几个肉包子。请问客官，该莫是过河的？

袁东生：（白）　正是过河的！这到岳州渡口，需要多少船资？

陈　大：（白）　这到岳州渡口？顺风顺水，船价四串八百。

袁东生：（白）　即刻开头，就是四串八百！

陈　大：（白）　这位客官，真好讲话。可惜我开细了口。搭跳上船，慢点，慢点！客官小心！坐稳了！开船了啰！
　　　　　　（陈大解缆，撑船离岸，扯篷，拴好篷索，就船头坐下。）

袁东生：（唱）　四十年前运不通，　　　　　今朝不比往时中。
　　　　　　　人行中途遇战马，　　　　　船行江中遇顺风。
　　　　（白）　船家将船靠岸！

陈　大：（白）　客官！顺风顺水，正好赶路，为何将船靠岸？

袁东生：（白）　船家哪里知道，我与我亲家坐在船上冷清得很，将船靠岸。打点美酒，与我亲家饮酒散心。岂不甚好？

陈　大：（白）　客官，刚才在码头不讲，现在顺风顺水，正好跑风，不行！

袁东生：（白）　一定是要的！

陈　大：（白）　一定不行！

袁东生：（白）　一定是要的！嗯！

陈　大：（白）　唉！有了，我船上有一罐大麦烧。我自己喝的，不知是否可以？

袁东生：（白）　你拿来我尝尝看，
　　　　　　（陈大下，取一罐酒、酒杯上。）

袁东生：（白）　嗯，倒还可以。船家还要将船靠岸！

陈　大：（白）　怎么还要将船靠岸呢？

袁东生：（白）　船家哪曾知道，我与我亲家在此饮酒寂寞得很。将船靠岸，买来一两名

		红尘女子，唱上几段曲子，与我亲家下酒。
陈　大：	（白）	我说客官呐，刚才在码头不讲，只要有钱，莫说买美女，就是买那千年人参也能买得到。现在正好行船，不行！
袁东生：	（白）	一定是要的！
陈　大：	（白）	一定不行！
袁东生：	（白）	一定是要的！哼！
陈　大：	（白）	哎哟喂！这就难倒人！哎，有了！客官，我叫我老婆唱上几段曲子，不知可不可以？
袁东生：	（白）	只要唱得有板有韵倒也可以。那你老婆竟在何所？
陈　大：	（白）	现在后舱。老婆喂……快来哟。

（陈妻衣着艳丽，脸上浓色胭脂水粉，大红口红，曼妙地上。）

陈　妻：	（白）	见过客官！
袁东生：	（白）	纱窗推出一朵花，可惜插在牛屎巴！
陈　大：	（白）	没有我这个牛屎巴，那里长出一朵好鲜花。老婆哎！你有什么好歌好曲，你就唱起来吧！
陈　妻：	（白）	得罪了！

（陈妻向二位客官一揖。）

	（唱）	八月十五月放光，　　　　　　一阵仙风一阵凉。
		叫奴，叫奴好不思量，　　　　唉哎哟叫奴叫奴好不思量。
袁东生：	（白）	亲家吃酒。请！请！
赵成论：	（白）	亲家请！请！
陈　妻：	（唱）	昨日无事到荒郊，　　　　　　只见洪水打断桥。
		叫奴叫奴好不生焦！　　　　　唉哎哟叫奴叫奴好不生焦。
袁东生、赵成论：	（同白）	亲家请！请！
陈　妻：	（唱）	脱下一只鞋，当作一小舟。　　取下金簪当橹摇，这个主意高。
		撑的只管撑，嘿嘿！　　　　　摇的只管摇，嘿嘿！
		撑撑摇摇摇过来了，　　　　　这个主意高。唉哎哟，一起得罪了。

（陈妻对袁东生、赵成论一揖下。）

袁东生：	（白）	来来来，亲家我们吃酒。
赵成论：	（白）	吃够了，吃不下了。
袁东生：	（白）	再吃一杯？
赵成论：	（白）	实在吃不下了！
袁东生：	（白）	船家，前面是何所在？
陈　大：	（白）	岳州渡口。
袁东生：	（白）	樵楼鼓起几更？
陈　大：	（白）	三更三点！
袁东生：	（白）	再不下手就迟了！

（陈大动手，袁东生帮忙将赵成论推往江中介。）

| 陈　大： | （白） | 有鬼！有鬼！鬼来了。 |
| 袁东主： | （白） | 快跑！ |

（袁东生惊慌失措，陈大解松篷索落篷，颤抖地撑篙下。）
（赵成论由河沙滩爬起，晕头转向，站立不稳。）

赵成论：	（唱）	我适才与亲家同把酒饮，	一霎时醉得我昏昏沉沉。
		睁开了昏花眼用目观定，	为何落在浅水沙滩？
	（白）	该莫是神人将我搭救，待我望空一拜！哎……

（赵成论揉眼，手搭凉篷瞭望。）

那厢是何物霞光绽放？待我拾取观看。原来上面有诗句，待我照诗念来。
烟毡宝贝不可当，内有龙凤在中央。有人拾取无价宝，必是朝中一栋梁。

	（唱）	走上前拜过了大罗仙长，	拜拜日月并双光。
		成论后来若有好处，	满幅红旗谢上苍。
		拜过之后回家往……	可叹我的好亲家失水而亡。
	（白）	亲家阴魂莫散，随我赵成论一同回家去也。

（赵成论痛心疾首地下。）
（灯暗。）
（幕启，吴家坡酒店。袁东生心怀忐忑地上。）

袁东生：	（唱）	亲家岳州丧了命，	报与亲家母得知情。
		来在店房提足进，	叫声亲家母我有话明。
	（白）	亲家母哪里？

（陈氏母女惊慌地上。）

陈　氏：	（白）	忽听人言语，近前问分明。亲家为何这等慌忙？
袁东生：	（白）	亲家母事到如今，不得不说，不得要讲。我与亲家下江贸易，船行岳州渡口，亲家失水而亡！
陈　氏：	（白）	你在怎讲？
袁东生：	（白）	亲家失水而亡。
陈　氏：	（白）	不好了！
袁东生：	（白）	亲家母醒来！
陈　氏：	（唱）	忽听亲家报一信，	冷水浇头怀抱冰！
		睁开了……	只见亲家在我跟。
		低下头来心裁论，	不免假意套真情。
		我夫岳州丧了命，	子小女幼，亲家哎！靠何人？
袁东生：	（唱）	亲家母你不要哭声不尽，	我有言来你实听。
		亲家岳州丧了命，	子小女幼我担承。
陈　氏：	（唱）	贼子一言出了声，	做了谋夫夺妻人！
		要想老娘同床共枕，	除非海枯石烂！贼呀！龙现身！
袁东生：	（唱）	听罢言来心恼恨，	骂声娘子不是人！
		好好与我来应允，	要想逃脱万不能！

陈　氏：	（唱）	开言就把贼子叫骂，	骂声贼子不尊王法！
		你家姐妹可曾出嫁？	留在家中贼呀！做结发！
袁东生：	（唱）	听罢言来火冒三千丈，	太阳顶上冒红光！
		肯与不肯单凭你，	何必将我姐妹伤。
		怒气不息回家往，	三天之后抢你回乡！
		（袁东生愤怒地下。）	
陈　氏：	（唱）	只见贼子回家奔，	好似狼牙箭穿心。
		女儿带路后店进，	母女俩转后店哀守孝灵。
		（陈氏母女痛哭流涕下。）	
		（周百万踉跄地上。）	
周百万：	（白）	老汉年迈，白发苍苍似银条。	
	（唱）	人生在世水面波，	管人闲事受折磨。
		知恩报恩天下少，	翻脸无情世间多。
	（白）	老夫，周百万，自那日收留一子，吴家坡前开座酒店。今日天气晴和，吴家坡一走。	
	（唱）	闲暇无事自从容，	睡觉东窗日已红。
		万物静观皆自得，	四时佳兴与人同。
		来在吴家坡两足移动，	成论儿来店前有话相逢。
		（陈氏身穿孝服，头扎孝布，形容枯槁，伤心至极地上）	
陈　氏：	（唱）	我夫岳州丧了命，	子小女幼靠何人。
		到前店见公公施礼请进，	塌天大祸！哎……公公啊！怎么着？
周百万：	（唱）	只见儿媳头戴重孝，	头戴重孝为哪条？
		开言就把儿媳叫，	儿媳从头说根苗。
周百万：	（白）	儿媳，想你为公虽然年迈，倒还康健，你头戴重孝所为哪条？	
陈　氏：	（白）	公公事到如今，不得不说，不得要讲。此地袁东生邀您儿下江贸易，船行岳州渡口，失水而亡！	
周百万：	（白）	此话怎讲？	
陈　氏：	（白）	失水而亡！	
周百万：	（白）	不好了！	
		（周百万闻听噩耗，顿时晕倒在店房椅子上。陈氏急促呼喊。）	
陈　氏：	（白）	公公醒来，公公醒来！	
周百万：	（唱）	忽听儿媳报一信，	好似狼牙箭穿心，
		睁开了……	只见儿媳在我跟。
	（白）	儿媳，我儿一死，可有孝灵？	
陈　氏：	（白）	设在后堂！	
周百万：	（白）	儿媳带路……	
陈　氏：	（白）	公公随我来！	
		（周百万睹见血灵，放声大哭。）	

周百万：	（唱）	见血灵不由人我心好痛，	好似狼牙箭穿心！
		这才是黄叶不落落青叶，	白头人送黑头人。
		先只说收留儿送我的老，	谁知你做了短命人。
		吴家坡开酒店有何不美？	为什么到下江去走一行？
		此处生来此处长，	此处黄土好埋人。
		我哭哭一声成论，儿啊……	带住了儿媳我有话问。
		我的儿去贸易你未必不晓，	你应该提醒他阻挡为高。
陈　氏：	（唱）	我哭哭一声相公，夫啊……	带住公公有话答。
		在店房我好言语苦劝不醒，	一心心到下江要走一行。
周百万：	（唱）	我哭哭一声成论儿，啊……	带住儿媳我有话问，
		我儿岳州丧了命，	子小女幼靠何人？
陈　氏：	（唱）	我哭哭一声相公夫啊，	带住公公有话答。
		我夫岳州丧了命，	子小女幼，哎，公公喂……靠何人？
周百万：	（唱）	我哭哭一声成论，儿啊……	带住儿媳我有话问，
		我儿岳州丧了命，	何人送信到此今？
陈　氏：	（唱）	我哭哭一声相公，夫啊……	带住公公有话答。
		我夫岳州丧了命，	袁东生送信到此今。

周百万：（白）　他还在人世？

陈　氏：（白）　公公，他讲道，他有渔船搭救。

周百万：（白）　他有渔船搭救，难道我儿就没有渔船搭救？儿媳，那老贼来到店房讲什么？

陈　氏：（白）　他讲道，要与儿媳配合百年之好。

周百万：（白）　儿媳，你就应该答应与他！

陈　氏：（白）　公公，你和贼子是一样之人！

周百万：（白）　哎，并非我和贼子一样之人。我是打探我儿心事，儿呀！他临行讲些什么？

陈　氏：（白）　那贼讲道，三天之后，抢您儿媳回家！

周百万：（白）　别人说得到，做不到。那老贼本是酒色之徒，三天之内，必有花红彩礼前来，儿媳一概不收。吴家坡酒店，子小女幼，望员外开一线之恩，前来酒店招夫养幼，那老贼一定要来。他不来便罢，倘若来了……，一更不提，二更不讲，三更用美酒灌得酩酊大醉，就这一……

（话说这里，周百万和陈氏分别出门探望，确定无人，转回店房。）

陈　氏：（白）　公公，这一什么？

周百万：（白）　就这一刀！

陈　氏：（白）　公公，儿媳早有此意！

周百万：（白）　我却不信，对天表过！

（陈氏双膝跪地，对天盟誓。）

陈　氏：（唱）　走上前来屈膝跪，　　　　　　祝告神人听明白。

六、陈氏起解

周百万：（唱）	陈氏杀贼有假意，	肉化清风骨化灰。
	儿媳盟誓令人难忍，	铁石人心也泪淋。
	转面来就把孙儿孙女叫应，	拜拜血灵好动身。

（赵玉龙、赵玉莲着孝服，眼泪汪汪地上。）

赵玉莲：（唱）　爹爹呀！
　　　　　　　　一见血灵屈膝跪起，　　　　　　拜一拜爹爹听端的。
　　　　　　　　一家逃难到此地，　　　　　　　多蒙公公来抚持。
　　　　　　　　多蒙公公情高义，　　　　　　　赐爹银钱酒店开。
　　　　　　　　此地袁东生店房内，　　　　　　邀爹贸易无尸回，
　　　　　　　　贼子二次店房内，　　　　　　　要与母亲配娇妻。
　　　　　　　　多蒙公公定一计，　　　　　　　三更之时杀强贼！
　　　　　　　　母亲杀贼只为你，　　　　　　　还要爹爹暗里扶持。
　　　　　　　　本当在此多把话叙，　　　　　　公公一旁候站多时。
　　　　　　　　辞母亲别血灵走出店内，　　　　你看我母女俩好不孤凄。

（周百万、赵玉龙、赵玉莲下。）

陈　氏：（唱）　只见公公回家到，　　　　　　好似狼牙箭把心绞。
　　　　　　　　望不见公公店房到，　　　　　　那贼子他若来难免一刀！

（二幕落，陈氏咬牙切齿地下。）
（二幕启，员外庄园，袁东生上。）

袁东生：（白）　只为娘子事，时刻挂在心，小子哪里？

（书童急上。）

书　童：（白）　见过家爷，有何吩咐？
袁东生：（白）　小子，这有花红彩礼。吴家坡酒店投落，速去速回。
书　童：（白）　那我知道！

（书童包好花红彩礼下。）

袁东生：（白）　小子进店房，等候信回乡。

（二幕落，袁东生愉快地下。）
（书童双手托着花红彩礼上。）

书　童：（白）　行来三步远，来到吴家坡前。赵娘子哪里？

（二幕启，吴家坡酒店，陈氏身着孝服上。）

陈　氏：（白）　忽听人言语，近前看分明。请问哪府所差？
书　童：（白）　袁员外所差。命我送花红彩礼前来，望赵娘子签收！
陈　氏：（白）　花红彩礼一概不收。回禀员外，吴家坡酒店，子小女幼，望员外开一线之恩，前来吴家坡招夫养幼。
书　童：（白）　这是你亲口直话，满口真言？
陈　氏：（白）　正是！
书　童：（白）　回家禀告家爷。回家一走！

（书童把花红彩礼托回下。）

陈　氏：（白）那贼子不来便罢。若来了，难免老娘一刀！
　　　　（二幕落，陈氏下。）
　　　　（二幕启，员外庄园，袁东生焦虑地上。）
袁东生：（白）小子到店房，未见转回乡。
　　　　（书童双手托花红彩礼上。）
书　童：（白）参见家爷！
袁东生：（白）小子，赵娘子怎样发落？
书　童：（白）回禀家爷，赵娘子讲道，花红彩礼一概不收。望员外开一线之恩，吴家坡酒店，子小女幼，前往吴家坡招夫养幼。
袁东生：（白）选日不如撞日。今日就去！
书　童：（白）今日去，明日归！
袁东生：（白）明日客多不能归。
书　童：（白）往后不回，就托梦回！
　　　　（二幕落，书童观袁东生脸色不对，急下。）
袁东生：（白）岂不是打坏了老夫彩头！吴家坡一走。
　　　　（唱）喜洋洋来笑洋洋，　　　　今日打扮做新郎。
　　　　　　　来在酒店提足往……　　　拜请娘子有量商。
　　　　（白）娘子哪里？
　　　　（二幕启，吴家坡酒店，陈氏身换素服上。）
陈　氏：（白）忽听人言语，近前问分明，员外过来了。
袁东生：（白）娘子，我来问你？
陈　氏：（白）员外问我何来？
袁东生：（白）花红彩礼，为何不收？
陈　氏：（白）花红彩礼不收，是望员外看在子小女幼，开一线之恩，前来酒店，招夫养幼。
袁东生：（白）喔！原来如此。喜鹊临门，必有贵客到此。娘子请进内店。
　　　　（二幕落，袁东生、陈氏同下。）
　　　　（郊外，庄娃甲、乙上。）
庄娃甲：（白）伙计，员外在吴家坡招妇养幼。我们庄前庄后的娃子，前去叫恭喜。送礼邀伯伯去，要是喝酒就不邀伯伯去。
庄娃乙：（白）伯伯不在家！
庄娃甲：（白）门锁了，就不在家，门要是没有锁就在家，你说在家不在家？
庄娃乙：（白）等我把门推开！
　　　　（伯伯假装哭得很伤心，手里拿着香烛纸炮上。）
伯　伯：（哭）唔！唔！唔！
庄娃甲：（白）伯伯你哭什么呢？
伯　伯：（白）我哭呀！我哭我八十三岁曾外孙。
庄娃甲：（白）十三岁外孙？

六、陈氏起解

伯　　伯：（白）喔！十三岁曾外孙，昨夜得了缩阳症。这一缩，那一缩，缩死了！
庄娃乙：（白）你手里拿的什么呢？
伯　　伯：（白）我呀，手里拿的香烛纸炮。前庄娃子邀我去叫员外恭喜，我要去吊香！
庄娃甲：（白）伯伯，你太不禁忌。自古道亡人为大，红喜事在先，白喜事在后！
伯　　伯：（白）依你之见呢？
庄娃甲：（白）要去！
伯　　伯：（白）要去，我顺便把这个也带去！
庄娃乙：（白）把这个带去做什么呢？
伯　　伯：（白）要是员外死了，我顺便吊个香。
庄娃甲：（白）伯伯要不得！
伯　　伯：（白）那就放落。
庄娃甲：（白）一定要放落！
　　　　　　　（伯伯放下香烛纸炮介。）
庄娃乙：（白）开场大道，老狗上前！
伯　　伯：（白）哎，你这娃儿好不会讲话。老手上前，走走走！
　　　　　　　（三人有说有笑，圆场。）
伯　　伯：（白）啊！到了。
　　　　　　　（二幕启，吴家坡酒店，袁东生身着喜服，高兴地上。）
伯　　伯：（白）员外，你在吴家坡前招亲，我们庄前庄后娃子来叫恭喜。娃儿们，我们给员外见礼要一刀齐！
袁东生：（白）哎！要一班齐。
伯　　伯：（白）员外，我们敬你一杯死酒！
袁东生：（白）哎，应该是一杯喜酒！
庄娃乙：（白）员外，捅你一捅！
袁东生：（白）封我一封。
伯　　伯：（白）当头一刀！
袁东生：（白）一品当朝！
庄娃甲：（白）头要分家！
袁东生：（白）两朵金花。娃儿们今天回去，明天前来喝杯喜酒，不送！
伯伯、庄娃甲乙：（白）告辞！回家。回家。
　　　　　　　（伯伯、庄娃甲乙三人下。）
袁东生：（白）娘子哪里？
　　　　　　　（陈氏上。）
陈　　氏：（白）员外刚才跟何人答话？
袁东生：（白）娘子哪里知道，庄前庄后娃子，知道我在吴家坡招亲。前来叫我恭喜！
陈　　氏：（唱）尊声员外将我等……
　　　　　　　（陈氏转内店托酒，杯盏上。）
　　　　　　　我办美酒员外接风。

		心带忧怨面带喜，	陈氏心事有谁知。
		打落银牙吞腹内，	哑巴吃黄连苦自知。
		到前店见员外施下一礼，	陈氏有言听端的。
		我的夫他一死我心还喜，	我与你做一对美满夫妻。
袁东生：	（唱）	多蒙娘子有情有义，	你办美酒我接风。
		但愿娘子生一子，	到后来也有人接代宗枝。
陈　氏：	（唱）	尊声员外将我等……	

（陈氏此时假献殷勤，改换大杯大盏介。）

		撤去小盏换大瓶，	
		这一杯单薄酒不为加敬，	不过是表一表夫妻之情。
袁东生：	（唱）	多蒙娘子情高义盛，	专为我撒小盏换大瓶。
		自古酒从欢乐饮，	一刹时醉得我昏昏沉沉。
陈　氏：	（白）	员外再吃一杯？	
袁东生：	（白）	吃够了。吃不下了！	

（陈氏端着满杯酒给袁东生灌下。）

| 陈　氏： | （白） | 员外该莫是要睡？ |
| 袁东生： | （白） | 想我正是要睡。 |

（陈氏将袁东生像拖死狗一样拖下，喘着粗气复上。）

陈　氏：	（白）	自古道酒后吐真言。我何不套出他的真言直话……员外啊，员外啊！我夫岳州是怎么而死？怎样而亡？
袁东生：	（内白）	娘子，我怕讲不得吧？
陈　氏：	（白）	有道是夫妻，夫妻，有话同知。讲得的！
袁东生：	（内白）	讲得呀？好，我就讲，我与你夫下江贸易，搭跳上船，行至岳州渡口。一更不提，二更不讲，三更用美酒灌得酩酩大醉，抚水而亡！
陈　氏：	（白）	这是你的真言直话？
袁东生：	（内白）	真言直话，并无虚言。娘子你来睡啊！
陈　氏：	（白）	稍时老娘陪你睡！
	（唱）	胆大的袁东生！　　　　　　　说是贼啊！你把老娘当谁人。
		今日犯了老娘手。说是贼啊！　要你一命见阎君。

（陈氏此时怒从心头起，恶向胆边生，口咬头发，手持利刃杀贼介。）
（二幕落。）
（二幕前，庄娃甲、乙上。）

| 庄娃甲： | （白） | 伙计，昨天送礼邀伯伯去。今日喝酒就不邀伯伯去啊！ |

（伯伯腰插利刃上。）

伯　伯：	（白）	你这两个娃子，好桂花良心。送礼邀伯伯去，喝酒就不邀伯伯去！
庄娃乙：	（白）	伯伯，你这耳朵七八十斤，听事听不真，我们说邀您去。
伯　伯：	（白）	喔！邀我去呀？
庄娃甲：	（白）	是呀！

伯　　伯：（白）好好，走走！
　　　　　　　（三人圆场，二幕启，吴家坡酒店。）
伯　　伯：（白）哎，到了。莫道君行早，总有早行人。啊！开门了，来了总是要进去的。
庄娃甲：（白）伯伯，新房门开了！
伯　　伯：（白）新房三天不分大小，进去看看。
　　　　　　　（三人进新房，房内无灯，反复查看。）
伯　　伯：（白）哎，分庄！
　　　　　　　（再查看。）
伯　　伯：（白）是猪，有毛！
　　　　　　　（三人仔细查看。）
伯　　伯：（白）啊！是员外，有血，头放在一旁睡！
庄娃乙：（白）是何人将员外杀了？跑哇！
伯　　伯：（白）跑不得！跑了和尚，跑不了庙。你们跑的脱，家里人跑不脱。娃子们，我来问你？
庄娃甲：（白）问我何来？
伯　　伯：（白）袁员外是好人还是坏人？
庄娃乙：（白）我说员外是好人！
伯　　伯：（白）哼！你种了他的田，住了他的房。你就说他是好人？
庄娃甲：（白）依你之见呢？
伯　　伯：（白）依我看来，员外是一百个好人中，提出来的总好人！
庄娃甲：（白）依你说，员外就是坏人！
伯　　伯：（白）当然是坏人，我拿个东西给你们看！
　　　　　　　（伯伯从腰中取出利刃介。）
庄娃乙：（白）喂！伯伯杀人！
伯　　伯：（白）你这娃儿，这东西也能杀得死人，你们知道这叫什么？
庄娃甲：（白）不知道？
伯　　伯：（白）这叫解手刀！
庄娃乙：（白）喔！我知道了，伯伯要是拉屎不出来，拿来割屁股。
伯　　伯：（白）你这娃子，这是三更半夜来不及，就是一刀。我来做个样子，你们看！
　　　（唱）胆大的袁东生，说是贼！　　　你把老娘当谁人。
　　　　　　今日犯了老娘手，　　　　　要你一命见阎君！
　　　　　　　（伯伯描述陈氏杀袁东生概况，顿时倒地介。）
庄娃甲乙：（白）伯伯死了！到伯伯家去抢棉花絮哟！
　　　　　　　（庄娃甲乙同下。）
　　　　　　　（伯伯慢慢爬起来。）
伯　　伯：（白）列位，这东西也能要人命的，娃儿们要抢我的棉花絮，我要回家照看我的棉花絮哟！
　　　　　　　（伯伯快步下。）

（周百万急促地上。）

周百万：（白）儿媳哪里？
（陈氏头发蓬松，跌跌撞撞地上。）

陈　氏：（白）杀！杀！杀！
周百万：（白）儿媳醒来！
（陈氏仍是神志不清。）

周百万：（白）儿媳！该莫是杀昏了眼？
陈　氏：（白）公公，想儿媳正是杀昏了眼。那贼子被儿媳三更之时一刀刺杀。公公如何是好？
周百万：（白）儿媳不必惊慌，我带你去县衙投告！
陈　氏：（白）儿媳有些害怕！
周百万：（白）儿媳不用害怕，有为公与你壮胆，县衙一走！
（周百万、陈氏同下。）
（灯暗。）
（幕启，平论县。县衙门前，一衙役坐在衙前看守堂鼓。）

衙　役：（白）领了大人令，命我看守堂鼓，鼓架脚下一走。
（衙役左顾右盼，远近无人，不觉瞌睡沉沉。）
（周百万、陈氏同上。）

周百万：（白）这个小哥，好不小心，大人命他看守堂鼓，他在打瞌睡。击鼓！
（衙役吓了一跳，兀地站起。）

衙　役：（白）哎，哪个击鼓？喔，原来是周伯伯。
周百万：（白）小哥，大人令你看守堂鼓，你在打瞌睡？
衙　役：（白）周伯伯，您老是吃公门饭的，敢闯进公门。要是哪个乡下老头，纵然他进了头重门、二重门、三重门，鼓架下纵然到了。数一数我这个鼓钉子、长挂角都吓得战战兢兢，我这老虎皮他闻也不敢闻。我这老虎毛，他摇也不敢摇。拿起来四两，落下去……
周百万：（白）多少？
衙　役：（白）千斤！
周百万：（白）我就做一个乡下老头，那我就落下去！
衙　役：（白）伯伯落不得，你要落下去。小人屁股遭殃！
周百万：（白）小哥，大街之上有个卖米的。一个要买，一个不卖，争执起来。你去搞个把酒钱！
衙　役：（白）好倒是好，这个……
周百万：（白）有我担待！
衙　役：（白）在哪里？
周百万：（白）在那里，击鼓！
（周百万猛击堂鼓。县太爷、众衙役急上。）

县太爷：（白）堂鼓一声响，衙役立两旁。人命四大案，本县断吉祥。人来！将看鼓人

衙　役：	（白）	带上，拖下责打二十棍！
衙　役：	（白）	是！
		（二衙役拖着看鼓儿郎用刑介。）
衙　役：	（内喊）	一五、一十、十五、二十！
		（二衙役拖看鼓儿郎上。）
衙　役：	（白）	启禀大人，刑杖已毕。
县太爷：	（白）	看鼓儿郎，是谁击动本县堂鼓？
衙　役：	（白）	启禀老爷，是前辈周百万！
县太爷：	（白）	将周百万带上！
周百万：	（白）	小哥，这回照顾了你，挨了廿下。
衙　役：	（白）	你好比神仙，多一下也没有打。大人传你！
周百万：	（白）	参见大人！
县太爷：	（白）	下跪该是前辈周百万？
周百万：	（白）	正是老朽！
县太爷：	（白）	前辈传为站立讲话！
周百万：	（白）	谢大人！
县太爷：	（白）	周百万你还在人世？
周百万：	（白）	阎王不勾笔，判官不要命，不总在人世？
县太爷：	（白）	你为何击动本县堂鼓？
周百万：	（白）	带领儿媳前来投告！
县太爷：	（白）	将你儿媳带来！
周百万：	（白）	儿媳过来。
陈　氏：	（白）	公公，儿媳有些害怕！
周百万：	（白）	不用害怕，有为公与你壮胆！
陈　氏：	（白）	参见大人！
县太爷：	（白）	你是告状人？
陈　氏：	（白）	正是！
县太爷：	（白）	有状，无状？
陈　氏：	（白）	有状！
县太爷：	（白）	将状呈上，
		（一衙役接状，转呈老爷。）
县太爷：	（白）	一张白纸？你那是告天？
陈　氏：	（白）	天字出头！
县太爷：	（白）	告夫？
陈　氏：	（白）	正是，告后夫为前夫申冤！
县太爷：	（白）	周百万，你可曾知道此女下落？
周百万：	（白）	小老儿不知，哪个知道？
县太爷：	（白）	那你就讲来！

周百万：	（白）	回大人，这女子家住辉州，其门县人氏！
县太爷：	（白）	那你呢？
周百万：	（白）	本城人氏。
县太爷：	（白）	掌嘴！
周百万：	（白）	大人，小老儿未曾开言，为何掌嘴？
县太爷：	（白）	这女子家住辉州，其门县人氏，你是包揽还是词讼？
周百万：	（白）	启禀大人，小老儿正是包揽词讼！
县太爷：	（白）	该莫有亲？
周百万：	（白）	非亲！
县太爷：	（白）	有故？
周百万：	（白）	为故而上堂。启禀大人，这女子家住辉州，其门县人氏，她公爹名叫赵德昌。昔日小老儿在她公爹麾下当一名捕快，解十八名江洋大盗，上司起解，因天气炎热，热死了二名。多蒙她公爹保奏一本，消灭了项，小老儿有恩未报。可叹其门县年荒数载，赵德昌之子赵成论一家四口逃奔到此，是小老儿收其为义子，吴家坡前开座酒店，养家度日。本地袁东生来到店房，邀儿贸易无归回。二次进店房，要与我儿媳配合百年之好。是小老儿定下一计，三更天将那贼子一刀杀死。亲口禀，望求大人，叩天，叩天，叩断！叩断！
县太爷：	（白）	周百万你可愿写保状？
周百万：	（白）	小老儿不保，谁个愿保？
县太爷：	（白）	当堂写来！
周百万：	（白）	大人坐大堂，百万写保状。陈氏杀东生，一笔来承担。周百万亲押！
县太爷：	（白）	有传禁子走上！
		（禁子上。）
禁　子：	（白）	参见大人！
县太爷：	（白）	将陈氏押下！
陈　氏：	（白）	公公，儿媳有些害怕！
周百万：	（白）	人胆下去，为公与你壮胆。禀太爷，男有男牢，女有女监，男女不可混杂！
		（陈氏、禁子下。）
县太爷：	（白）	想我正是男有男牢，女有女监，男女不可混杂，周百万你可知一字入公门？
周百万：	（白）	九牛拖不出！
县太爷：	（白）	人心似铁非是铁！
周百万：	（白）	官法如炉却是炉！
县太爷：	（白）	一张好利嘴！
周百万：	（白）	满盆都是礼。
县太爷：	（白）	爬将下去！

| 周百万： | （白） | 要走就走，何必多言，见了大人，这几句话都讲不出来，这算什么好汉。 |

（周百万大笑。）

哈哈哈……！哎，这是王法之地，下次不可！

（周百万心有余悸地下。）

县太爷：	（白）	陈氏杀东生，本县难以落案，我不免修书上司发落。人来！
衙 役：	（白）	有！
县太爷：	（白）	磨墨伺候，有传走文人！

（走文人上。）

走文人：	（白）	参见大人！
县太爷：	（白）	下跪该是走文人？
走文人：	（白）	正是！
县太爷：	（白）	这有文书一封，平论府投落！
走文人：	（白）	遵命！

（走文人下。）

县太爷：	（白）	人来！
衙 役：	（白）	有！
县太爷：	（白）	有事无事？
衙 役：	（白）	无事！
县太爷：	（白）	掩门转堂！

（县太爷、众衙役下。）

（灯暗，幕落。）

（幕启，京城皇宫外，帝王贴身太监、两衙役随上。）

太 监：	（白）	头戴金冠礼帽，身穿国家蟒袍。有事上金殿，无事走一遭。我乃传宫太监，领了万岁旨意，招尽天下稀奇国宝。人来！
衙 役：	（白）	在！
太 监：	（白）	骑到午朝门，将榜挂！
衙 役：	（白）	遵命！

（衙役挂榜介。）

（赵成论手捧烟毡宝上。）

| 赵成论： | （白） | 手捧烟毡宝，把宝进当朝。来在午朝门，皇上有榜，待我接榜。 |

（赵成论接榜介。）

衙 役：	（白）	启禀公公，有人接榜！
太 监：	（白）	何人接榜？
赵成论：	（白）	草民赵成论接榜。参见公公！
太 监：	（白）	下跪该莫是接榜汉子？
赵成论：	（白）	正是！
太 监：	（白）	是何宝物？将宝呈上。传为公馆居住，老夫奏往圣上，必有好言到来。
赵成论：	（白）	公公把本奏当今？

太　　监：（白）　你在公馆等信音。
　　　　　　　　（赵成论信步下。）
太　　监：（白）　脚踏金阶地，把本奏君知。吾皇，老奴有本上奏。
皇　　帝：（内白）爱卿上殿有何本奏？
太　　监：（白）　有一本不敢冒奏龙颜！
皇　　帝：（内白）当面奏来，照本荣封！
太　　监：（白）　容臣奏可……
皇　　帝：（内白）爱卿一本奏来，寡人龙心大喜。昔日老王西河游玩，失掉烟毡宝贝。后宫娘娘至今染病在榻，见了烟毡宝贝，病体痊愈。赐他解宝状元，平论府带管一任。领旨下去！
太　　监：（白）　叩拜三呼，吾主万岁！万岁！万万岁！人来！
衙　　役：（白）　在！
太　　监：（白）　骑到封官亭。
　　　　　　　　（太监上马，衙役带路，圆场。封官亭太监下马。）
太　　监：（白）　圣旨下。赵成论接旨！
　　　　　　　　（赵成论急上。）
赵成论：（白）　参见公公，赵成论接旨！
太　　监：（白）　圣上有旨，皇帝诏曰。昔日老王西河游玩，失掉烟毡宝。后宫娘娘至今染病在榻，见了烟毡宝，病体痊愈。赐你解宝状元，平论府带管一任。
赵成论：（白）　吾皇万岁！万岁！万万岁！有劳公公奉旨前来！
太　　监：（白）　圣上旨意，哪有不来之意！
赵成论：（白）　公公传为公馆留宴！
太　　监：（白）　上殿缴旨，不能奉陪！
　　　　　　　　（太监乘骑，两衙役下。）
赵成论：（白）　送公公！
　　　　　　　　（二幕落。）
　　　　　　　　（赵成论下，穿戴府尹官服欣喜地上。）
赵成论：（白）　多蒙圣上赐我解宝状元，平论府带管一任。人来！
　　　　　　　　（众衙役上。）
赵成论：（白）　骑到平论府！
众衙役：（白）　遵命！
　　　　　　　　（赵成论乘马，众人圆场。二幕开，平论府正堂。）
赵成论：（赋）　烟毡宝贝世间稀，解宝状元谁不知。本院打坐银安地，雀鸟不能腾空飞！
　　　　（白）　今乃三六八日，必有文书上下。人来，府门伺候！
　　　　　　　　（走文人身背公文，骑马上，下马。）
走文人：（白）　一路多辛苦，来到平论府。参见大人！
赵成论：（白）　哪里文书？
走文人：（白）　平论县来的文书。

赵成论：（白）将书呈上，后面休息。
　　　　　　（走文人下。）
赵成论：（白）平论县的文书，不知为了何事？待我拆开观看，便知明白。喔！原来是十八江洋大盗不提，单提陈氏到案，啊！该莫是我家大遭不幸？人来！
衙　役：（白）有！
赵成论：（白）有传提牌走上！
衙　役：（白）有传提牌走上！
　　　　　　（提牌急上。）
提　牌：（白）参见大人！
赵成论：（白）下跪该是提牌？
提　牌：（白）正是！
赵成论：（白）这有提票一角，前去平论县。十八江洋大盗不提，单提陈氏到案！当堂发提牌！
提　牌：（白）即刻就提来！
　　　　　　（提牌下。）
赵成论：（白）平论县差哪里？
　　　　　　（平论县走文人上。）
走文人：（白）参见大人！
赵成论：（白）回复平论县，修书不及，已发提牌前往贵县。
走文人：（白）是！回复县太爷。
　　　　　　（平论县走文人骑马下。）
赵成论：（白）提牌到平论，等候信回程。人来！有事无事？
衙　役：（白）无事！
赵成论：（白）无事，退堂！
　　　　　　（赵成论、众衙役下。）
　　　　　　（灯暗，幕落。）
　　　　　　（前幕启、二幕前。平论县后衙角，男女监牢，凄凉无比。）
　　　　　　（提牌身背公文，乘骑快马上。）
提　牌：（白）身背皇王印，怀抱白纸文。手拿无情棍，单打犯法人。我乃平论府提牌，大人命我前往平论县，十八名江洋大盗不提，单提陈氏到案。快马加鞭，平论县一走，来到监牢。
　　　　　　（提牌下马介。）
　　　（白）禁子哪里？
　　　　　　（禁子滑稽地上。）
禁　子：（白）外面鬼叫！该莫是坐牢？
提　牌：（白）呸，我乃平论府提牌，奉府台大人命，十八江洋大盗不提，单提陈氏到案！
禁　子：（白）可有公文？

提　牌：（白）公文在此！
　　　　　　（提牌取出公文付禁子。）
禁　子：（白）有劳！有劳！陈氏哪里走来？
　　　　　　（陈氏身穿罪衣、罪裙，披枷带锁上。）
陈　氏：（白）禁大哥何事？
禁　子：（白）我和你的事落地，也不当禁子！
陈　氏：（白）禁大歌为了何事？
禁　子：（白）为了何事？上司提你上路！
陈　氏：（白）禁大哥，天气炎热，我不愿去！
禁　子：（白）连说三个不去，我还不叫你去！
陈　氏：（白）一个不去，二个不去，加上一个不去！
　　　　　　（禁子用力推出陈氏介。）
禁　子：（白）滚出去！
　　　　　　（提牌举起水火棍欲打介。）
提　牌：（白）照打！
　　　　　　（陈氏双膝跪地，哀求提牌。）
陈　氏：（唱）且动手来慢动手，　　　　上差老爷听从头。
　　　　　　　公院门前正好修，　　　　陈氏还有口信留。
　　　　（白）上差老爷，陈氏有一口信。
提　牌：（白）有何口信？
陈　氏：（白）吴家坡有一位恩公名叫周百万，他若念公媳之情，带领孙子孙女长亭一会；他若不念公媳之情，就此罢休。
提　牌：（白）禁子听了，陈氏有一口信。吴家坡有一位恩公名叫周百万，他若念公媳之情带领孙儿孙女长亭一会；他若不念公媳之情就此罢休。
　　　　　　（禁子下。）
　　　　（白）陈氏上路啊……
　　　　　　（陈氏慢慢起身。提牌牵马，陈氏圆场。）
　内　：（白）列位你看，陈氏今日上司起解，岂不是好笑，哈！哈！哈！
陈　氏：（唱）哎！列台啊！笑口不收……
　　　　　　　站之在大街上一言禀诉，　　尊一声众列台细听从头。
　　　　　　　一非是陈氏女孝心没有，　　二非是陈氏女卖弄风流；
　　　　　　　三非是与邻舍争角转口；　　四非是与丈夫结下冤仇。
　　　　　　　都只为其门县年荒数久，　　一家人有四口逃奔外头。
　　　　　　　逃难时逃之在吴家坡口，　　蒙恩公收留夫把酒店开。
　　　　　　　此地袁东生店房一走，　　　邀我夫去贸易无尸回头。
　　　　　　　二次袁东生店房来走，　　　要与我陈氏女配合鸾俦。
　　　　　　　多蒙恩公将计定就，　　　　三更天杀强贼与夫报仇。
　　　　　　　杀了贼我应该外乡逃走，　　大不该平论县自把监投。

		上司文书提我赶路，	怕的是有命去无命回头。
		转面来见上差出膝跪就……	天气炎热缓赶路途。
提　牌：	（白）	陈氏为何停步不走？	
陈　氏：	（白）	上差老爷，天气炎热，能否暂歇一时，再往前走？	
提　牌：	（白）	也罢，暂歇一时，再往前走！	
		（提牌、陈氏下。）	
		（周百万手提竹篮，内盛水饭上。）	
周百万：	（唱）	可恨苍天瞎了眼，	横强霸道没有天。
		成论儿去贸易无尸回转，	陈氏儿媳因押在监。
		我这里办得有水饭一盏，	拿与了陈氏儿媳饱食一餐。
		来在监牢一旁站。	叫声监牢牢头禁官。
	（白）	禁子小哥哪里？我与我儿媳送饭来了！	
		（禁子摇头晃脑地上。）	
禁　子：	（白）	你可是周老前辈？	
周百万：	（白）	正是！	
禁　子：	（白）	你儿媳上司起解去了！	
周百万：	（白）	她可留下口信？	
禁　子：	（白）	有一口信。	
周百万：	（白）	什么口信？	
禁　子：	（白）	你儿媳言道，吴家坡有位恩公名叫周百万。他若念公媳之情，带领孙子孙女长亭一会；他若不念公媳之情，就此罢休。	
		（周百万闻言，万念俱灰，顿时连篮带饭甩了出去。）	
周百万：	（白）	拿将过去！	
		（禁子伸出舌头装鬼脸下。）	
	（唱）	听说儿媳上司起解，	好似狼牙箭穿心怀。
		急急忙忙回家踩……	孙儿孙女你俩速来有话安排。
		（二幕启，吴家坡酒店。赵玉莲、赵玉龙惶恐不安地上。）	
玉莲玉龙：	（唱）	眼跳肉颤心又惊，	不知为了何事情？
		到客堂见公公开言问，	公公慌忙为何情？
	（白）	公公为何这等慌忙？	
周百万：	（白）	孙女儿，事到如今，不得不说，不得要讲，你的母亲今日上司起解去了！	
赵玉莲：	（白）	公公，你在怎讲？	
周百万：	（白）	起解去了！	
赵玉莲：	（哭）	不好了！	
		急听公公报一信，	冷水浇头怀抱冰。
		睁开了……哎，公公呃！	还要公公定计行。
周百万：	（唱）	你二人不要哭声不尽，	为公有言听分明。
		你今若念母女情分，	为公带你赶长亭。

		带住了……	我带你们长亭会娘亲。
		（周百万、赵玉莲、赵玉龙悲伤下。）	
		（灯暗。）	
提　牌：	（内喊）	陈氏赶路啊！	
		（前幕启，二幕前，陈氏、提牌上。）	
陈　氏：	（白）	陈氏女出监牢回头观望，	望一望儿女一双两块骨肉。
		起程时我曾对禁哥来讲，	叫公公带儿女来会为娘。
		该莫是禁大哥未对公讲，	该莫是老公公染病在床。
		老公公您不来儿媳不望，	儿和女你不来死了心肠。
		转面来对上差屈膝跪上，	天气炎热歇时阴凉。
陈　氏：	（白）	上差老爷，天气炎热，暂歇一时？	
提　牌：	（白）	也罢，暂时一歇。	
		（郊外，一长亭，陈氏、提牌长亭落座。）	
		（周百万、赵玉莲、赵玉龙急急忙忙地上。）	
周百万：	（唱）	手带孙儿女缓缓前趋。	
赵玉莲：	（唱）	我到长亭会亲娘。	
周百万：	（唱）	来在长亭举目望，	那厢打坐儿的亲娘。
		转面来叫二人剖开胆量，	大胆前去会亲娘。
赵玉莲：	（唱）	公公与我壮胆量，	姐弟到长亭会亲娘。
		不顾生死往前闯……	
提　牌：	（白）	吓！	
		（赵玉莲、赵玉龙惊吓得坐在地上。）	
周百万：	（唱）	她她她，就是亲生儿女前来会娘。	
	（白）	上差小哥……	
提　牌：	（白）	你该不是想打劫我的犯人？	
周百万：	（白）	哎，小哥，岂敢打劫你的犯人，她是我的亲生孙儿孙女，前来长亭会娘。容许一会，就一会。不容许一会，带领孙儿孙女即刻就转。	
提　牌：	（白）	既是亲生儿女，只许一会，不许久停！	
周百万：	（白）	多谢小哥，请你将我儿媳唤醒。	
提　牌：	（白）	陈氏醒来，陈氏醒来啊！	
陈　氏：	（白）	儿啊！	
提　牌：	（白）	你叫哪个叫儿啊？	
陈　氏：	（白）	上差老爷，我是思儿掉泪啊！	
提　牌：	（白）	你的儿女前来会你！	
陈　氏：	（白）	那容许我一会呀！	
提　牌：	（白）	只许一会，不许久停！	
陈　氏：	（白）	既如此，闪开了，儿女哪里？	
		（提牌下。）	

玉莲玉龙：	（白）	母亲哪里？	
		（玉莲玉龙一眼就望见母亲，急扑上前大哭。）	
玉莲玉龙：	（哭）	哎，娘喂……	
	（唱）	一见母亲披枷带锁，	好似狼牙箭穿心窝。
		母亲转为苏醒过，	母亲醒来说风波。
陈　氏：	（唱）	一刹时不由人心惊肉跳，	霎时空虚人缥缈。
		睁开了……	儿喂啊，来在长亭。
		开言就把儿女来问，	何人带你赶长亭？
玉莲玉龙：	（唱）	母亲不要将我问，	公公带我赶长亭。
陈　氏：	（唱）	听说来了白发年迈，	这就是不孝媳连累尊名。
		儿女带路往前踩……	我到前面会尊台。
	（白）	那厢该是公公？	
周百万：	（白）	那厢该是儿媳？	
		（周百万顿觉悲感交加，力不从心晕倒在地。）	
陈　氏：	（白）	公公醒来，公公醒来！	
	（哭）	公公喂……	
	（唱）	只见公公昏迈了，	好似狼牙箭心绞。
		尊声公公苏醒到，	公公醒来说根苗。
周百万：	（唱）	一刹时不由人死而未丧，	三魂渺渺又回阳。
		醒来了，睁开了……	唉儿媳呀！来到长亭，
		不想相见又相见，	不想相逢又相逢。
		开言来我就把儿媳来问，	你就把起解事细说分明。
陈　氏：	（唱）	尊一声老公公长亭坐靠，	儿媳有言禀告尊台。
		实可叹其门县年荒数载，	一家人有四口逃奔外来。
		逃难逃至在吴家坡地界，	蒙公公收留夫酒店来开。
		此地衰东生店房来踩，	邀我夫去贸易无尸回来。
		二次那老贼店房来踩，	要与你儿媳到老同偕。
		多蒙恩公将计定核，	三更天杀贼子命丧阳台。
		杀了贼儿应该逃出乡外，	大不该平论县自投网来。
		上司文书平论县踩，	怕的是到上司不得回来。
		倘若是有此事怎么辩解，	抬头看子小女幼白发苍苍似银条……
		哎，公公喂……	
周百万：	（哭）	哎，儿媳啊……	
陈　氏：	（唱）	叫不应的天啊……如何安排？	
周百万：	（唱）	转面来我就把孙女叫应，	拜拜母亲好回程。
赵玉莲：	（唱）	走上前来屈膝跪起，	拜拜母亲听端的。
		一家逃难到此地，	多蒙公公来扶持。
		多蒙公公情高义，	赐爹银钱酒店开。

		此地袁东生店房踩，	邀爹贸易无尸回来。
		二次袁东生店房内，	要与母亲配娇妻。
		多蒙公公定一计，	三更之时杀强贼。
		杀了贼子应该匿，	不该县衙把鼓击。
		上司文书到此地，	要把母亲往上提。
		但愿清官将母赦，	儿在家中谢红旗。
		说一句不彩话母亲下世，	叫不应的天天也惘然！
陈　氏：	（唱）	近前带住儿女手，	为娘有言听从头。
		舍不得儿爹的好朋好友，	舍不得其门并辉州。
		舍不得和公公一起活，	实实难舍两块骨肉。
		（陈氏跪拜公公面前。）	
		转面来见公公屈膝跪，	儿媳有言听明白。
		一双儿女要您照待，	早晚茶饭要您安排。
		但愿得养我的儿成长易代，	到后来也有人祭扫坟台。
		倘若是到上司恩施格外，	儿媳回家报答尊台。
		说一句不彩话将儿杀害，	愿公公带儿女搬尸回来。
		愿苍天保佑公公福寿山海，	到来世我变犬马报答尊台。
		（提牌上。）	
提　牌：	（白）	陈氏赶路哇！	
陈　氏：	（唱）	本当与公公叙话一派，	上差老爷要离开。
		辞别公公上司踩，	望公公设良计救儿回来。
		（陈氏凄风苦雨地跟随提牌下。）	
周百万：	（唱）	只见儿媳上司踩，	好似狼牙箭穿心怀，
		手带儿女回家踩，	但愿得遇清官放儿回来。
		（周百万、赵玉龙、赵玉莲忧心下。）	
		（灯暗。）	
		（前幕启、二幕开。紧接上场，平论府正堂，赵成论、众衙役上。）	
赵成论：	（白）	提牌到平论，未见转回程。	
		（提牌、陈氏上。）	
提　牌：	（白）	参见大人！	
赵成论：	（白）	下跪该是提牌？	
提　牌：	（白）	正是！	
赵成论：	（白）	陈氏可曾提到？	
提　牌：	（白）	现在堂口。	
赵成论：	（白）	带上堂来！	
提　牌：	（白）	陈氏上堂！	
陈　氏：	（白）	参见大人！	
赵成论：	（白）	下跪该是陈氏？	

陈　氏：（白）正是犯妇。
赵成论：（白）何不抬头？
陈　氏：（白）有罪！
赵成论：（白）恕你无罪！
陈　氏：（白）谢大人！
赵成论：（白）你！
（赵成论拉陈氏下。）
衙　役：（笑）哈哈哈……我们这大人真是好玩，见了穿红衣服，一把就扯走了。伙计你也穿红衣服，我把你也扯下去。
（提牌、众衙役下。）
（赵成论挽陈氏上。）
陈　氏：（白）大人你认我，你是？
赵成论：（白）我是你夫赵成论！
陈　氏：（白）相公为何这等荣耀？
赵成论：（白）多蒙圣上赐我解宝状元，平论府带管一任。
陈　氏：（白）吾皇万岁！万岁！万万岁！相公，为妻还是犯妇打扮！
赵成论：（白）贤妻不必如此，转为受过官戴。
陈　氏：（白）相公，公公和一双儿女怎么安排？
赵成论：（白）有我担待，贤妻请转后衙改换冠戴。
（陈氏高兴地下。）
赵成论：（白）人来！磨墨伺候。
（衙役上。）
衙　役：（白）遵命！
赵成论：（白）赵成论有书拜上，周家太老爷金安可……有传走文人！
衙　役：（白）有传走文人！
（走文人上。）
走文人：（白）参见大人！
赵成论：（白）下跪该是走文人？
走文人：（白）正是！
赵成论：（白）这有书信一封，吴家坡前投落。不得有误！
走文人：（白）得令！
（走文人下。）
赵成论：（白）小子送书信，等候信回程。
（赵成论、衙役下。）
（灯暗。）
（前幕启、二幕前。远处平论县吴家坡，走文人跨马上。）
走文人：（白）领了大人命，命我前往吴家坡前迎接周家太老爷进府。马上加鞭，吴家坡一走，不觉到了。喂！列位请了！

（周百万上。）

周百万：（白）小哥，请了何事？

走文人：（白）请问老伯，此地可有周百万，周老太爷？

周百万：（白）小哥，此地只有周百万小老儿，并没有周百万老太爷！

走文人：（白）老伯，您该莫就是周百万周老太爷？

周百万：（白）老汉正是！

走文人：（白）有请老太爷！

周百万：（白）小哥，你该莫是下错了书信？

走文人：（白）哪有下错之理，这有书信一封，拿去看来。

周百万：（白）待我看来，喔，原来是我成论儿得中解宝状元，平论府带管一任。小哥，是乘骑，还是轿去？

走文人：（白）乘骑！

周百万：（白）既是乘骑，你与我驯马侍候！

（周百万下，走文人备马。）

走文人：（白）有请太老爷！

（周百万、赵玉莲、赵玉龙同上。）

周百万：（白）侍候了！

（走文人、周百万、赵玉莲、赵玉龙同下。）

（灯暗。）

（前幕启、二幕开。平论府正堂，赵成论上。）

赵成论：（白）小子下书信，等候信回程。

（走文人上。）

走文人：（白）参见大人！

赵成论：（白）周家太老爷可曾请到？

走文人：（白）回老爷，现在十里长亭！

赵成论：（白）下面听到了。前后营，左右营，五营四哨，三班文房，个个披红挂彩。前往十里长亭迎接太老爷进府！

（陈氏、周百万、赵玉莲、赵玉龙、衙役全部上。）

赵成论：（白）见过太老爷！

（赵成论面对太老爷大礼参拜，周百万急忙扶起。）

周百万：（白）我儿为何这等荣耀？

赵成论：（白）太老爷哪曾知道，多蒙圣上赐我解宝状元！

周百万：（白）吾皇万岁！万岁！万万岁！大登科金榜题名，小登科冤仇已报。办炷清香，叩谢上苍，一同拈香。

（灯暗，幕落。）

全剧终

七、游四门、城脚会

【剧情简介】

　　此剧全名《张朝宗告京臣》，《游四门、城脚会》是本剧选场。张朝宗家住湖北，广济县人氏。娶妻陈氏，生下一儿一女。一家四口，开座米行，平平度日。怎奈黄梅县、广济县贪官污吏合谋私涨国家钱粮、赋税，一两银加三分，一担米加三升。百姓身在水火，苦不堪言。以张朝宗为首的英雄好汉状告八大京官强权弱民之行，被黄梅、广济两县贪官买通的黄州知府昧着良心，不但不伸张正义，除暴安民，反将张朝宗打入监牢，判处死刑。

　　八大京官买通狱卒，让张朝宗大游四门。借游四门，贪官污吏极尽戏弄之能事，扫尽英雄脸面，灭尽好汉威风。李财万乃朝宗之子干父。一日，李财万来黄州贸易，观见榜文，得知朝宗大游四门，急回广济米行给朝宗之妻陈氏送信，着他们前往黄州相会。日落黄昏，朝宗一家人相会城脚，抱头痛哭。

　　古人云："龙生龙子，虎生豹儿。"朝宗之子年仅十六，却誓死救父。父子俩商量，着其子身背黄包，乘骑白马，假传圣旨，直闯湖北巡府上告，呈诉黄梅县、广济县、黄州府官吏贪赃枉法之事和朝宗告状受刑经过。经巡抚陆大人侦察访问，真相水落石出。张朝宗无罪释放，贪官污吏斩首示众。经此事，朝宗看破人世炎凉。遂带家人退居深山，隐姓埋名，过着无忧无虑的日子。

【剧中人物】

张朝宗	陈　氏	张元公
周克思	马玉鸣	众衙役

　　　　　　　　　　*　　　　*　　　　*

　　（幕启，黄州府监狱隐隐传来叫骂声和呻吟声。二衙役手执水火棍，凶神恶煞上。）

衙　役：（白）　身背皇王印，怀抱白纸文，手执无情棍，单打犯法人。府台大人有令，命我押解张朝宗大游四门！张朝宗哪里走来！

　　（张朝宗披枷戴锁，肩背包裹艰难上。）

张朝宗：（唱）　耳旁边又听得人声叫我，　　　该莫是冬囚犯将我行囊送脱。

张朝宗：（白）　禁大哥何事？

衙　役：（白）　老子和你事落地，也不当禁子！

张朝宗：（白）　禁大哥为了何事？

衙　役：（白）　府台大人有告示在外，命张朝宗今天大游四门。

张朝宗：（白）　禁大哥，要是八大奸臣用银钱买我去，我就不愿去。

衙　役：	（白）	连说三个不去老子不要你去！	
张朝宗：	（白）	好说，一个不去，两个不去，加上一个不去。	
衙　役：	（白）	张朝宗找打！	
张朝宗：	（白）	禁大哥，我去就是。	
衙　役：	（白）	我何愁你不去？	
张朝宗：	（唱）	张可恨赃官太不良，	无才人怎做得四品皇堂。
		有罪之人一概不讲，	他把我无罪人拿来遭殃。
		身背行囊大街往……	
内：	（白）	列位，你们看，张朝宗今日大游四门，岂不是好笑！哈哈哈……	
张朝宗：	（唱）	唉，列台呀！口发笑洋！	

站之在大街上容我诉讲，　　细听我犯罪人诉表家乡。
我家住广济县吴镇下港，　　我姓张字朝宗开座米行。
一非是在家中不敬长上；　　二非是在家中打爷骂娘；
三非是当喽啰拦路打抢；　　四非是当强贼坐地分赃；
五非是杀了人另把火放；　　六非是贩私盐外带硝磺；
七非是放银钱利息不让；　　八非是占人田土夺人洞房；
九非是打了人外把祸闯；　　实只为广济县不公钱粮。
一两银加三分黄州解上，　　一担米加三升龙坪上苍。
周光武袁绍新把银还上，　　在柜房与客思争斗一场。
周光武在柜房争斗来饯，　　回家转起议论要告钱粮。
告钱粮无有人呈词保状，　　想起了我张朝宗口发笑洋。
袁国良他与我素有来往，　　修书信着蒙童送往我的米行。
在米行拆书信从头观望，　　南山寺修庙宇佛要金装。
此时间随蒙童南山寺往，　　众宾朋见我到喜笑洋洋。
一个个他扯我首席坐上，　　讲什么要我出头告钱粮。
那时间我也曾把话来讲，　　摇摇头摆摆手不敢承当。
内有个小和尚出言太饯，　　他讲道我广济无犬咬獐。
我此时听此言怒冲往上，　　斩雄鸡喝血酒跪地焚香。
上前者一个个大发大旺，　　有一名退后者男盗女娼。
广济县第一纸四十刑杖，　　连人带纸打出县府公堂。
那时间不告状转回家往，　　长亭上遇好友再把量商。
吴国良袁绍新再筹银两，　　他要我到黄州再告钱粮。
我也曾不归家黄州一往，　　住之在招商店等候告粮。
三八日我也曾把纸递上，　　等只等府大人出批上墙。
先前是府大人明明朗朗，　　发提牌提奸臣前来过堂。
八奸臣听此言斗起银两，　　斗银子八百两匿案不详。
三八日府大人把堂坐上，　　八十板两夹棍差进班房。
多蒙了李亲家监牢探望，　　我也曾修书信带回米行。

	元公儿你不来为父不望，	陈氏妻你不来死了心肠。
	挨擦擦我只得一字门往，	但不知哪一门得会儿郎。

内：（白）列位，你们看，张朝宗游二门去了！

（二衙役狗仗人势，大声呵斥！）

衙　役：（白）走！

张朝宗：（唱）
游二门游得我汗如水涌，	气得我脚蹬地两手捶胸。
南山寺起议论人多嘴众，	到如今犯了法我一人朝宗。
先只说有福同享有祸同共，	到如今犯了法哪见宾朋。
日出东方一点红，	劝人行善莫行凶。
行善人种田地子孙受用，	纵然是受困穷也有兴隆。
作恶人在外乡挑唆弄讼，	堕落了儿和女咒骂祖宗。
享荣华贪富贵不过是做梦，	人生在世一场空。
列位莫听众人哄，	三十年河西四十年河东。
我难赶深山虎能成大用，	旱蛟龙无风云怎能腾空。
我难赶汉吕布能成大用，	贪酒色戏貂蝉饥困牢笼。
我难赶秦始皇能成大用，	转二世楚汉争失掉了龙宫。
我难赶黄氏女能成大用，	吃长斋三十二岁女转男童。
汉高祖哭的是樊太勇，	韩信哭的是蒯文通。
诸葛亮哭的是凤雏庞统，	刘皇叔哭的是二弟关公。
张朝宗不哭别一个，	哭只哭我陈氏妻儿叫元公。
挨擦擦我只得两足移动，	但不知哪一门亲人相逢。

（张朝宗、衙役下。）

（陈氏、张元公急上。）

陈　氏：（白）列位请了！

内：（白）请了何事？

陈　氏：（白）张朝宗游哪门去了？

内：（白）游三门去了！

陈　氏：（白）母子赶上三门去了！

（陈氏、张元公急忙下。）

（张朝宗、衙役上。）

张朝宗：（唱）
游三门游得我泪如水放，	思思想想心内焦烦。
曾记得李亲家监牢来到，	我也曾修书信带回故郊。
在南门来打斗爷是好汉，	到如今犯了法囚押监牢。
来在南门举目瞧，	

（八大奸臣周克思，马玉鸣衣着华饰，戴着黑镜，手执纸扇，大摇大摆地上。）

只见克思把路拦。	
周克思在一旁凉风长扇，	袖手旁观把人来烦。

| | | 本当上前把礼见， | 想起南门心不耐烦。 |
| | | 转为我只得一旁站， | 等客思过了身再去游门。 |

马玉鸣：（白）大哥请！哈，哈哈哈……
周克思：（白）贤弟请！哈，哈哈哈……
（二人相视大笑。）
马玉鸣：（白）大哥，今日张朝宗大游四门，我们看看去？
周克思：（白）喔，看看！好，走！
马玉鸣：（白）大哥你看，大街边好像是一堆水牛屎？
周克思：（白）哎，贤弟是否看差了，多不雅观，要是水牛屎别人早弄去喂王八了。
马玉鸣：（白）喔，再看看，大哥，不是水牛屎，是拴马桩。
周克思：（白）哎，是拴马桩？大游之上岂能埋拴马桩呢，行人多不安全，赶快叫人把它挖掉当柴烧！
马玉鸣：（白）那我们再瞧瞧。
周克思：（白）好，仔细瞧瞧。
（马玉鸣用纸扇托起张朝宗下巴，墨镜趴在鼻尖上。）
马玉鸣：（白）咦，这不是张二哥吗？啧啧啧！好可怜，你怎会是这副尊容，兄弟我竟认不出来。张二哥你一双儿女和你那漂亮贤惠的老板娘也没来看你？哎，正应了那句古话，夫妻好比同林鸟，大难来时各自飞哟。
周克思：（白）哎，贤弟你不是认错人了吧？张二哥乃是广济县头名讼棍，米行大老板，怎会披枷戴锁，大游四门？
马玉鸣：（白）哎，真是张二哥。张二哥你们不是斩雄鸡，喝血酒，跪地盟誓告我们八大京臣私涨钱粮和赋税！多么威风，多么伟大！怎么不去告啊？喔，他们斗银子给你，你倒好，躲在这里享清福来了。你亲戚朋友省吃俭用那都是血汗钱，你良心何忍？你在生怎对得起广济县百姓；你死了又怎么对得起你张家祖先的鬼魂呢？唉，这也是你张家的现世报呀！
周克思：（白）我说张朝宗呀，你也不撒泡尿照照你自己，你有几斤几两，你好比蚂蚁撼泰山，自不量力！我呸！你鼻孔插大葱假充象，屁股插扫帚自称伟大！斩雄鸡喝血酒盟誓告八大京臣。哎哟喂，你告呀！你怎么不告呢？在这里做缩头乌龟，张二哥我将你好有一比，好比一只小臭虫放在我的脚下轻轻一碾，你就粉身碎骨。
马玉鸣：（白）哎，大哥！张二哥的好日子马上就到了。我们不沾他的光，不费口舌。我们到茶馆吃茶，酒馆喝酒去。
周克思：（白）好，走！
（周克思，马玉鸣神气十足，大摇大摆地下。）
（张朝宗面对周、马二人的侮辱，气灌满顶。兀地站起，跺脚蹬地，以泄心中气愤。）
张朝宗：（白）呸！人渣！
（接唱）远望螃蟹过前崖， 看儿横行几时来。

	爷在儿在冤仇在，	爷死儿亡两分开。
	如今讲什么刚强话，	讲什么浪言海口夸。
	劝人行善莫逞强，	逞强赛不过楚霸王。
	霸王逞强乌江东，	韩信逞强丧未央。
	挨擦擦我只得四门往，	但不知哪一门得会妻房儿郎。

（张朝宗、衙役下。）
（陈氏、张元公母子匆匆追上。）

陈　氏：（白）列位请了！
　　内：（白）请了何事？
陈　氏：（白）张朝宗游哪门去了？
　　内：（白）游四门去了！
陈　氏：（白）母子赶上四门！

（陈氏、张元公母子下。）
（张朝宗、衙役上。）

张朝宗：（唱）游四门游得我心内焦躁，　　思思想想心内烦焦。
　　　　　　曾记得李亲家监牢来到，　　　我也曾修书信带回故郊。
　　　　　　该莫是李亲家书信失掉，　　　该莫是在途中偶遇波遭。
　　　　　　来在城脚用目瞧，　　　　　　只见告示贴城壕。
　　　　　　上写着张朝宗一名犯了，　　　诬告了八京臣锁押监牢。
　　　　　　倘若有人传书带保，　　　　　拿住了带信人同押监牢。
　　　　　　罢罢罢元公儿不来也好，　　　那狗官知道了斩草除苗。
　　　　　　挨擦擦我只得城脚坐靠，　　　稍一时日落西又要坐牢。

（张朝宗手镣脚铐，蓬发垢面，肩背包裹，折磨得不成人形，靠在城脚打瞌睡。）
（张元公急上。）

张元公：（唱）黄州四门找三门，　　　　　三门未见我的爹尊。
　　　　　　来在城脚举目看，　　　　　城脚打坐一犯人。
　　　　　　前影遮住观不见，　　　　　观后影好一似我的爹尊。
　　　　　　回头就把母亲请，　　　　　母亲前来儿有话明。

（陈氏急上。）

陈　氏：（唱）黄州四门找三门，　　　　　三门未见我的夫君。
　　　　　　来在城脚一旁站定，　　　　元公儿请为娘所为何情？
张元公：（唱）黄州四门找三门，　　　　　三门未见我的爹尊。
　　　　　　来在城脚举目观定，　　　　城脚好像儿的父亲。
　　　　　　孩儿年幼不识认，　　　　　母亲前去看分明。
陈　氏：（唱）骂一声元公儿胆大无影，　　自己的父亲认不真。
　　　　　　来在城脚举目看，　　　　　城脚打坐一犯人。
　　　　　　前影遮住观不见，　　　　　观后影好一似我的夫君。

（陈氏见夫如此狼狈不堪，骨瘦如柴，说不出悲惨，直扑张朝宗。）

陈　氏：（唱）不顾生死将夫认……

张朝宗：（唱）呸！一足踢你地埃尘，　　　你是谁家疯婆女？
　　　　　　　来在城脚错认人，　　　　　此处不是叙话所。
　　　　　　　要想叙话到城脚，　　　　　带住了……
　　　　　　（张朝宗身感疲惫，心情激动，顿时晕倒。）

陈　氏：（白）儿爷醒来！

陈　氏：（唱）只见儿爷昏迈了，　　　　　好似狼牙箭心绞。
　　　　　　　叫声儿爷苏醒到，　　　　　儿爷醒来说根苗。

张朝宗：（唱）一刹时不由人死而未丧，　　三魂渺渺又回阳。
　　　　　　　睁开了，哎，不想相见又相见。不想相逢又相逢。
　　　　　　　开言来我就把贤妻问过，　　你就从黄州起细说风波。

陈　氏：（唱）哭一声儿爷夫城脚打坐，　　你的妻有言来细听根着。
　　　　　　　在米行夫不听母女劝过，　　一心告奸臣把贼灭脱。
　　　　　　　周光武袁绍新做事有错，　　将我的夫哄上桥把跳抽落。
　　　　　　　夫好比深山虎独自一个，　　奸臣儿好一似饿犬一伙。
　　　　　　　夫好比穿蓑衣上山打火，　　夫好比金丝鲤自投网罗。
　　　　　　　倘若是夫一死妻靠哪个，　　儿与女好一似无娘鸡儿。
　　　　　　　我的夫李亲家交结不错，　　一路上为我夫受尽风波。
　　　　　　　多蒙了李亲家带信与我，　　米行上看书信哭坏娇儿。
　　　　　　　今日里城脚会父子两个，　　有什么衷肠话说与娇儿。

张朝宗：（唱）陈氏妻元公儿城脚坐下，　　你为夫有言来细听根牙。
　　　　　　　在米行我不听母女好话，　　一心心告奸臣要灭冤家。
　　　　　　　先只说告奸臣百告百发，　　有谁知到如今不得回家。
　　　　　　　倘若是夫一死妻要守寡，　　丢下了儿与女被人欺压。
　　　　　　　陈氏妻回家转行莫开罢，　　带领女儿学会纺线织麻。
　　　　　　　元公儿回家转书莫读罢，　　找一个小买卖供眷养家。
　　　　　　　二女儿到如今人长人大，　　做几件粗布衣送往婆家。
　　　　　　　你为父养我的儿人长人大，　难道说无良计救父回家。

张元公：（唱）老爹爹您不要将儿来问，　　您孩儿有言来爹听分明。
　　　　　　　老爹爹在监牢耐耐忍忍，　　您孩儿告上状救爹回程！

张朝宗：（唱）小奴才出此言胆大无影，　　小小年纪一出口就告人。
　　　　　　　你为父广济县头名讼棍，　　到如今告奸臣难以脱身。
　　　　　　　恨不得用行囊追你的命……

张元公：（白）爹爹饶命！

张朝宗：（唱）抬头看我张家一条后根。

张元公：（唱）老爹爹您不要将儿拷打，　　孩儿有言来您细听根牙。
　　　　　　　告上状只不过千刀万剐，　　难道说我张家罪犯全家。

张朝宗：（唱）　好汉出自好汉后，　　　　　强将足下无弱兵。
　　　　　　　　龙生龙子凤生凤，　　　　　虎生豹儿又伤人。
　　　　　　　　骂一声奸臣儿将爷等，　　　张家出了报仇人。
　　　　　　　　但愿我的儿上状告准，　　　八奸臣不斩头也要充军。
　　　　　　　　观四下无人元公儿叫应，　　为父有言听分明。
　　　　　　　　告状不到别处告，　　　　　湖北来了陆大人。
　　　　　　　　大人为官多清正，　　　　　只爱良民不爱银。
　　　　　　　　早堂接纸审到午，　　　　　午堂接纸审到黄昏。
　　　　　　　　夜晚接纸审冤状，　　　　　一对蜡烛到天明。
　　　　　　　　讼语头书信尾上写的有，　　我儿回家用纸修。
　　　　　　　　这样打扮告不得状，　　　　假冒圣旨闯进城。
　　　　　　　　身背黄包骑白马，　　　　　一马双鞭闯进府门。
　　　　　　　　大人只当圣旨到，　　　　　四跪八拜接圣文。
　　　　　　　　大人拆开包裹看，　　　　　才知我儿是告状人。
　　　　　　　　倘若大人将儿斩，　　　　　自有中军讲人情。
　　　　　　　　倘若大人将儿问，　　　　　儿就把黄梅县，广济县，黄州府，
　　　　　　　　三名赃官，八大户分，　　　解换戥斗，重秤重银。
　　　　　　　　你爹受苦刑，　　　　　　　儿呀！说与陆大人！
　　　　　　　　本当在此多把话论，　　　　禁哥一旁收监门。
　　　　　　　　嘱咐你的言和语，　　　　　叫你牢牢记在心。
　　　　　　　　禁哥问他哪一个，　　　　　他他他是广济好乡邻。
　　　　　　　　叫他回家多带信，　　　　　带来银子谢你恩。
　　　　　　　　悲切切辞乡邻监牢进，　　　实实难舍好乡邻。
　　　　（张朝宗、衙役下。陈氏、元公含泪眺望张朝宗去远。）
陈　氏：（唱）　只见儿父监牢到，　　　　　好似雀鸟入笼牢。
　　　　　　　　元公儿带路回家到，　　　　回家转设良计救夫出牢。
　　　　（陈氏、张元公母子下。）
　　　　（灯暗，幕落。）

剧终

八、血掌记

【剧情简介】

　　林忠德家住祥符县破瓦寒窑，母亲早逝，父亲健在，父子相依度日。时年，八月十五，岳父黄春华生寿，林忠德过府拜寿。怎知岳父嫌贫爱富，藐视门婿，让其打从边门而进。林忠德虽然贫寒，傲骨仍在。面对侮辱，不辞而归。归家途中，林忠德误入花园，偶遇未婚妻黄秀英，二人相互倾诉衷肠。黄秀英约夫君三更花园取银，资以进京赶考。

　　黄府仆夫皮赞夜晚回家路过花园，顺道进园查看。丫鬟不知就理，发出接头暗号。皮赞误打正着，接上暗号，丫鬟误抛银子与仆夫。仆夫接银后仰天大笑，丫鬟发现错抛银两，立即向皮赞索还。仆夫哄骗丫鬟下亭取银，借机一刀杀死。三更时分，夜黑园静。林忠德赴约花园取银，不小心碰到丫鬟尸首，双手沾血，惊吓得魂不附体，跟跄回家。回到家，林忠德双手推门，一双带血的手印留于门上。

　　次日天明，黄府家人巡查花园，发现丫鬟被杀，报知家爷。家人带领黄春华前往林忠德家，将其血掌套对，认定丫鬟为林忠德所害。黄春华又取三百两纹银，书信一封，白扇一柄，命家人前往祥符县投递。祥符县令收受黄春华之贿，按黄春华之意，将林忠德缉拿归案，并屈打成招，囚押监牢，秋后斩首。林友安从边亭回家，闻儿杀人，囚押在监，立马前往县衙探监。监狱探儿，林友安弄清事情原委，立即前往黄府论理。至此，小姐方知林郎消息，前往监牢，叙清误会，并带丫鬟跟随公公回寒窑居住度日。

　　林忠德冬至斩首，三刀不入，祥符县衙将人犯收监，并将此事上书南衙包大人台前。同时，林友安、黄秀英、丫鬟三张大状俱告黄春华。包大人查明事情真相，当堂宣判林忠德无罪释放；皮赞见钱眼开，无辜杀人，斩立决；祥符县令贪赃受贿，草菅人命，发配边关，永不录用；黄春华嫌贫爱富，谋婿另配，借尸投赖，贿赂官员，削职为民，并罚银千两，助女出嫁，以示后人。

【剧中人物】

林忠德	林友安	黄秀英
黄春华	皮　赞	皮赞妻
县太爷	包　拯	丫　鬟（甲、乙）
太白金星	骗子	家　人
禁　子	县衙役	府衙役
包　兴	张　龙	赵　虎
王　朝	马　汉	

＊　　＊　　＊

（前幕启、二幕开，破瓦寒窑。桌凳虽旧，非常整洁，林忠德健步上。）

林忠德：（念）幼小寒窗苦读文，磨穿石砚费心勤。但愿得中龙虎榜，不忘圣贤留下文。
　　　　（白）小生，林忠德，家住凤翔府，祥符县人氏。父亲昔日在朝为官，早年隐退，母亲早逝。今乃是爹爹寿诞之期，为子者应该与爹爹上寿。话说一言孩儿拜请爹爹！
　　　　（林友安慢步上。）

林友安：（白）我儿一声请，慢步到前窑。我儿请出为父有何家事商论？
林忠德：（白）爹爹哪曾知道，今乃是爹爹寿诞之期，为子者应该与爹爹上寿。爹爹请受儿一拜。
　　　　（林忠德拜介，林友安以手示意免。）
林友安：（白）哎！我儿说哪里话来，昔日在朝为官倒还罢了，如今削职为民，我儿一提，孝心已到，打坐寒窑你就听到。
　　　　（唱）忠德儿坐寒窑一旁且听，　　　你为父有言来儿听分明。
　　　　　　　昔日里在朝中为官极品，　　　到如今你为父削职庶民。
　　　　　　　父子俩坐寒窑饥饿难忍，　　　我心想到边亭去看门生。
　　　　　　　因此上与孩儿一同商论，　　　行不行去不去回答一声。
林忠德：（唱）老爹爹出此言差错得很，　　　讲什么到边亭去看门生。
　　　　　　　由此处到边亭路远不近，　　　父在外子在家儿心何安？
林友安：（唱）你为父到边亭成心有准，　　　忠德儿你休挡为父路程。
林忠德：（唱）老爹爹去边亭成心有准，　　　倒让为子者难挡路程。
　　　　　　　尊一声爹爹将儿等……
　　　　（林忠德下，取包袱、雨伞上。）
　　　　　　　我办行囊父亲启程。
　　　　　　　借父口传儿言多多带信，　　　拜上了十仁兄稍问安宁。
林友安：（唱）多蒙了忠德儿行囊来捆，　　　倒让为父喜之在心。
　　　　　　　父子俩家常话一言难尽……　　回头嘱咐又叮咛。
　　　　　　　八月十五黄春华六十寿庆，　　我的儿到他家庆贺长生。
　　　　　　　倘若是儿不把生寿来庆，　　　旁边人道我儿枉读书文。
　　　　　　　转为只得边亭奔，　　　　　　等下秋和八月望父回程。
　　　　（林友安下。）

林忠德：（唱）有只见老爹爹边亭来奔，　　　倒让我为子者纳闷在心。
　　　　　　　望不见爹爹后窑进，　　　　　待下秋和八月望爹回程。
　　　　（林忠德望父去远，摇头下。）
　　　　（灯暗，幕落。）
　　　　（幕启，黄府官邸。黄春华客厅富丽堂皇，灯花结彩，一派喜庆。黄秀英身着华饰，轻盈地上。）

黄秀英：（念）罗裙扫地，绣带飘香。绣阁绣鸳鸯，停针出绣房。雨洒芭蕉树，风吹玫瑰香。

　　　　　　　（白）　奴家黄秀英，今日乃是爹爹六十大寿，做女儿应该与爹娘上寿。说话一言，家人、丫鬟！
　　　　　　　（家人、丫鬟上。）
家人丫鬟：（白）有！
黄秀英：（白）　你们与我打扫寿堂！
家人丫鬟：（白）遵命！
　　　　　　　（家人、丫鬟打扫寿堂介。）
黄秀英：（白）　女儿拜请一双爹娘！
　　　　　　　（黄春华、黄夫人、家人、丫鬟随上。）
黄春华：（白）　前堂灯烛明亮。
黄夫人：（白）　后堂喜笑洋洋。
黄春华：（白）　我儿铺毡结彩，该莫是为了二老生寿？
黄秀英：（白）　正是为了二老生寿！
黄春华：（白）　年年生寿要儿挂怀！
黄秀英：（白）　养儿何用，理所应当！
黄春华：（白）　好一个理所应当。家人、丫鬟，酒宴可曾齐备？
家人丫鬟：（同白）早就齐备！
黄春华：（白）　你们与我先拜寿，后摆盏，毡条排开！
家人丫鬟：（白）遵命！
　　　　　　　（家人、丫鬟下，互抬毡条上，铺开。）
　　　　　　　（音乐起，黄秀英整妆叩拜，家人、丫鬟依次拜毕。家人、丫鬟收毡下，复上。）
黄春华：（白）　夫人，带领女儿内堂饮宴！
黄夫人：（白）　女儿带路！
黄秀英：（白）　丫鬟带路！
丫　鬟：（白）　跟随我来。
　　　　　　　（黄夫人、黄秀英、丫鬟下。）
黄春华：（白）　老夫生寿，多少文武百官过府拜寿。家人，你与我门前侍候！
家　人：（白）　遵命！
　　　　　　　（林忠德满面春风上。）
林忠德：（白）　行来三步远，来到岳丈门前，门上哪位？
家　人：（白）　你是哪里来的？
林忠德：（白）　相烦通报一声，祥符县林忠德过府求见！
家　人：（白）　啊！原来是林姑爷。有劳候站一时，启禀家爷，林姑爷求见！
黄春华：（白）　家人，他的衣帽如何？
家　人：（白）　衣帽，哎！褴褛得很！
黄春华：（白）　家人，你与我传话出去。你叫他打从边门而进！
家　人：（白）　遵命。林姑爷，你岳丈传话出来，叫你打从边门而进！

林忠德：	（叫头）	说是岳丈，哎，岳丈呀！想我乃初进府门婿，不算你们的贵客，也算你们的娇客。不打开中门，动乐有请，讲什么打从边门而进。回转寒窑攻读去了。
		（林忠德气愤地下。）
家　人：	（白）	启禀家爷！
黄春华：	（白）	禀者何来！
家　人：	（白）	林姑爷讲道，他乃初进府门婿，不算我们贵客，也算得我们的娇客。不开开中门动乐有请，讲什么打从边门而进，回转寒窑攻读去了。
黄春华：	（白）	说的是林忠德，哎，林忠德呀！老夫将儿好有一比，儿好比杯中之酒，量儿掀不起多大波浪！
		（黄春华气急败坏甩袖，家人下。）
		（灯暗，幕落。）
		（幕启，黄府绣楼。黄小姐闺房，黄秀英轻盈上。）
黄秀英：	（唱）	黄秀英在绣楼把花习绣，　　　　想起了家中事半喜半忧。 老爹爹在朝中一品爵侯，　　　　生下我黄秀英一个女流。 自幼小二爹娘凭媒定就，　　　　许配了林郎夫百年鸳俦。 老爹爹庆生寿空前未有，　　　　宾客盈门热闹不休。 林郎夫他为何不来庆寿？　　　　莫不是老公公染病床头？ 越思越想无心习绣，　　　　　　我不免到花园散心解愁。 转面来我就把丫鬟叫就，　　　　丫鬟女来来来细说从头。
		（丫鬟上。）
丫鬟甲：	（唱）	一枝腊梅靠粉墙，　　　　　　　打扫前堂并后堂。 有福之人人侍奉养，　　　　　　无福之人侍奉姑娘。 到绣楼见小姐以礼敬上，　　　　我小姐唤丫鬟事为哪桩？
黄秀英：	（唱）	丫鬟女不知情一旁且听，　　　　你小姐有言来细听分明。 我一人坐绣楼心中烦闷，　　　　我心想到花园游玩散心。 叫出了丫鬟女非为别论，　　　　你陪小姐我一路前行。
丫鬟甲：	（唱）	我小姐吩咐我丫鬟遵命，　　　　我情愿随小姐花园散心。
		（二幕落，郊外。金秋气爽，桔绿橙黄，彩蝶翩翩起舞，景色宜人。）
		主仆双双出府门，　　　　　　　青山绿水真可爱人。
		（二幕启，黄府花园。百花盛开，香气扑鼻。）
		来在花园将身进，　　　　　　　满园花开得好绿叶盈盈。
黄秀英：	（白）	叫丫鬟。
丫鬟甲：	（白）	有！
黄秀英：	（唱）	丫鬟带路花园进，　　　　　　　满园花开得好绿叶盈盈。 转面来我就把丫鬟叫应，　　　　满园中好百花报上花名。
丫鬟甲：	（唱）	我小姐坐花园容我诉禀，　　　　细听我丫鬟女报上花名。 春季桃花盈盈红，　　　　　　　夏季荷花满池中。

秋风丹桂香十里，	冬雪腊梅不老松。
满园中好百花报之不尽，	摘一朵月月红小姐散心。

黄秀英：（唱）好一个丫鬟女报上花名，　　倒让我黄秀英喜之在心。
　　　　　　丫鬟带路上花亭，　　　　　　主仆俩上花亭歇足凉亭。
　　　　　（黄秀英、丫鬟下。）
　　　　　（二幕落，郊外。太白金星手执拂尘上。）

太白金星：（白）耳听天河水响，眼观日月双光。站在云端观看，单查善恶召彰。我乃太白金星，观见黄春华嫌贫爱富，林忠德夫妻不能相见了，我不免下凡搭救于他。祥云生足下，即刻下天庭。远望林忠德来也……
　　　　　（林忠德气急败坏地上。）

林忠德：（唱）我适才岳父家生寿来庆，　　老岳丈貌视我打从边门。
　　　　　　忠德人穷志不贫，　　　　　　岂肯失志走边门？
　　　　　　神志不清往前奔，　　　　　　老公公捧何物游玩散心。
　　　　　（林忠德发现一老翁手捧一物，上前询问介。）

林忠德：（白）公公手捧何物？
太白金星：（白）此乃鹦哥雀鸟。
林忠德：（白）小生心想借观欣赏，不知公公意下如何？
太白金星：（白）有借有还，再借不难，拿将过去。
　　　　　（太白金星付鸟，林忠德伸手刚接。太白金星撒手，雀鸟腾空而飞。）
太白金星：（白）哎，你这书生，此鸟乃是老夫养身之鸟。现在腾空而飞，如何是好？
林忠德：（白）公公不必如此。眼观此鸟，脚戴铜铃，跑也只多远，飞也只多高，小生撵赶就是。
　　　　　（林忠德追鸟下。）
太白金星：（白）贫道不把凡人渡，误了世间几多人。仙凡不便，吾神去也。
　　　　　（太白金星下。）
　　　　　（鹦哥鸟在前面飞，林忠德后面赶。二幕启，不觉赶到黄府花园，鹦哥鸟霎时不见。）

林忠德：（唱）鹦哥鸟进花园霎时不见，　　倒让忠德左右为难。
　　　　　　站在花园举目看，　　　　　　只见小姐打坐花亭。
　　　　　　转为我只得一旁站定，　　　　问我一言回答一声。
　　　　　（黄秀英、丫鬟上。）

黄秀英：（唱）调转面来换转身，　　　　　我花园来了一位书生。
　　　　　　转面来我就把丫鬟叫应，　　　小姐有言你听分明。
　　　　　　我花园一非是跑马路径，　　　我花园二非是歇足凉亭。
　　　　　　谁不知人不晓花园门禁，　　　一般不许陌人过身。
　　　　　　家住哪州哪府哪县镇？　　　　自己排行第几名？
　　　　　　说得清楚饶他过境，　　　　　一字有假难出园门。

丫鬟甲：（唱）我小姐吩咐我丫鬟遵命，　　转面来对书生我有话明。

	我花园一非是跑马路径，
	谁不知人不晓花园门禁，
	家住哪州哪府哪县镇？
	说得清楚饶你过境，

林忠德：	（唱）	对小姐施一礼容我禀诉， 我家住凤翔府祥符县镇， 老爹爹名字我不敢禀， 但不知你小姐驾到此， 在圣堂与学友同把酒饮， 这就是来路人直言诉禀。
丫鬟甲：	（唱）	尊相公在此等丫鬟回音， 他家住凤翔府祥符县镇， 他爹爹名字他不敢禀， 但不知我小姐驾到此， 在圣堂与学友同把酒饮， 这就是来路人直言诉禀。
黄秀英：	（唱）	查得清楚问得明， 此处不把林郎夫认， 上前来羞答答林郎夫认……
林忠德：	（唱）	小姐你认我，你是何人？
		（二人含羞，互不近前。丫鬟见状作鬼脸下，黄秀英慢慢上前。）
黄秀英：	（唱）	林郎夫你不要将我来问， 开言来我就把林郎动问， 今乃是老爹爹六旬寿庆，
林忠德：	（唱）	我适才在你家生寿来庆，
黄秀英：	（唱）	听林郎出此言爹爹来恨， 门婿儿家贫寒应该照应， 开言来我就把林郎动问， 今乃是大考年皇榜招聘，
林忠德：	（唱）	大考年我也想京城来进，
黄秀英：	（唱）	也只要林郎夫京城来进，
		（黄秀英取出金钗，侧身递过，林忠德接钗介。）
黄秀英：	（白）	林郎，这有金钗一枝，伴随妹妹多年，今日相赠与你，林郎呀！
	（唱）	一枝金钗赠郎君， 愿它陪你京都进， 金钗变铜心不变。
林忠德：	（唱）	海枯石烂不离分， 难买你我恩爱情。

对应右栏：

我花园二非是歇足凉亭。
一般不许陌人过身。
自己排行第几名？
一字有假，嘿！难出园门。

细听我来路人诉表家门。
林家庄前有我的家门。
我姓林字忠德身入黉门。
但不知你小姐打坐花亭。
多喝了几杯酒闯进园门。
望小姐饶恕我好出园门。

转面来对小姐我有话明。
林家庄前有他的家门。
他姓林字忠德身入黉门。
但不知我小姐打坐花亭。
多喝了几杯酒闯进园门。
望小姐饶恕他好出园门。

却原是林郎夫来到此今。
奴家终身靠何人？

我是你结发妻黄氏秀英。
你的妹有言来夫听分明。
林郎哥不庆寿所为何情？

你的爹貌视我打从边门！

背泣泪怨爹爹做事不仁。
为什么做一个爱富嫌贫？
你的妹有言来细听分明。
林郎哥你何不进京求名？

两手无钱怎求功名？

银子之事有妹担承！

金钗虽小寄妹心。
愿它陪君度晨昏。

就是金山和银海，
辞别小姐出园门……

黄秀英：	（唱）	带住了林郎夫我有话明。	我的夫今夜晚花园来进，
		我命丫鬟来送考银，	拍掌为号谨记在心。
林忠德：	（唱）	但愿小姐诚信有准，	倒让忠德喜之在心。
		辞别小姐回家奔，	等只等三更天花园拿银。

（林忠德欣喜下。）

黄秀英：	（唱）	只见林郎出园门，	倒让我黄秀英喜之在心。
		丫鬟带路回家奔，	

（主仆圆场。换景，黄府小姐闺房。主仆上绣楼，黄秀英落座。）

你小姐有言来细听分明。
在花园与姑爷商量约定，　　送银子林姑爷上京求名。
今夜晚你一人花园来进，　　一要大胆二要小心。
事成后小姐我厚礼相赠，　　拍掌为号谨记在心。

丫鬟甲：	（唱）	我小姐吩咐我丫鬟遵命，	世哪有为奴仆不听主人。
		辞别小姐银两办，	等只等二更天花园送银。

（丫鬟下。）

黄秀英：	（唱）	有只见丫鬟女办事把稳，	倒让我黄秀英喜之在心。
		但愿得林郎夫高官发奋，	林郎夫中状元我做夫人。

（黄小姐高兴地下。）
（二幕落。）
（二幕前，灯暗。星昏月暗，秋虫唧唧，皮赞醉状上。）

皮　赞：	（念）	睡又睡不着，眼又睁不开。伸直脚又冷，缩着尿又来。
	（白）	在下皮赞，配妻贾氏，人称皮氏，世居祥符县。自幼二爹娘曾送我读了"人之初"、"赵钱孙李"、"学而时习之"。就这样上了几年学，认识了四个字"天下大平"。二爹娘见我读书不成，用三斤熟铁打了一把菜刀，将小子送到满春楼学手艺，使我朝于斯，夕于斯，就成了一个有名的红案厨师。八十岁老太婆出嫁，三岁的小祖宗归山，红白喜事，都离不了我。今日黄员外生寿之期，请我整酒下厨。师兄师弟敬酒的敬酒，吃肉的吃肉，把我弄得晕头晕脑。酒醉饭饱，正欲安睡，忽然想起我的老婆没人暖脚，故而回家走走。
	（唱）	我当厨师真豪强，　　杀猪宰羊我先尝。
		那位老表真好抢，　　筷子落碗上战场，
		你也抢来我也抢，　　中间抢了个大精光，
		美酒止不住老子量。

（皮赞向内喊介。）

皮　赞：	（白）	朋友请了。
内：	（白）	请了何事？
皮　赞：	（白）	樵楼鼓打几更了？
内：	（白）	鼓打二更了。

皮　赞：	（白）	前门可曾关闭？
内：	（白）	早已关闭。
皮　赞：	（白）	后门呢？
内：	（白）	尚未加锁。
皮　赞：	（白）	我不免从后门一走。

（皮赞踉跄地下。）
（丫鬟惊慌失措，胆怯地上。）

| 丫鬟甲： | （唱） | 在绣楼领却了小姐严命， | 她命我到花园去送考银。 |
| | | 二更天我一人花园来进， | 风吹草动好不惊人。 |

（二幕启，黄府花园。）

| 丫鬟甲： | （唱） | 转为我只得上花亭， | 等只等林姑爷来拿考银。 |

（皮赞醉醺醺上。）

| 皮　赞： | （白） | 行行走走，走走行行，来到花园门。哎！花园门半掩半开，莫不是偷花贼。我不免进去捉贼，搞个把酒钱！哎！有点吓人！咳！ |

（丫鬟闻听脚步和咳嗽声，误认是林姑爷发出暗号。）

皮　赞：	（白）	哎！花亭上拍巴掌，我就来个应巴掌。
丫鬟甲：	（白）	哎！你该莫是林姑爷？
皮　赞：	（白）	原来是丫鬟，她问我是否是林姑爷，这回我就不做皮赞，我就做回林姑爷。（皮赞捏着鼻子，学林姑父的声音。）喂！丫鬟，我是林姑爷！
丫鬟甲：	（白）	喂！林姑爷，小姐命我送银子与你进京赶考，你牵袍接银子哟。
皮　赞：	（笑）	哈哈哈……
丫鬟甲：	（白）	你不是林姑爷，你是皮赞哥哥。
皮　赞：	（白）	我不是皮赞，我哪是赞皮呀！
丫鬟甲：	（白）	皮赞哥，你把银子还我，千好万好。
皮　赞：	（白）	我不还你便怎样？
丫鬟甲：	（白）	皮赞哥，你要是不还呗，我回家报与小姐，小姐报与夫人，夫人报与相爷，要你在我家出进不能方便。
皮　赞：	（白）	慢来，本当把银子还她，可我这黑眼珠子见不得白银子。我要是不还她，她回家报与小姐，小姐报与夫人，夫人报与相爷，要我在他家出进不得方便。这个，这个，有了，我不免将她哄下花亭，就这！丫鬟！自古道银子往下抛就好抛，往上抛就难抛，你下来我就给你！
丫鬟甲：	（白）	皮赞哥，你说话可要算数！
皮　赞：	（白）	当然算数，你下来我就给你！

（丫鬟误信皮赞真诚，速下花亭索银。）
（"皮赞握刀"在手。）

| 皮　赞： | （白） | 照刀！ |

（皮赞杀死丫鬟，惊慌失措，失落菜刀。）
（二幕落。）

皮　　赞：（白）回家一走！
　　　　　　　（皮赞此时酒醒，急步圆场，来至家门。）
　　　　　　　（二幕启，皮赞家。皮赞急促拍门。）
皮　　赞：（白）老婆！老婆！开门！
　　　　　　　（皮妻揉着睡眼上。）
皮赞妻：（白）三更半夜，鬼叫，鬼叫！谁呀？
皮　　赞：（白）老婆，是我！赶快开门！
皮赞妻：（白）来啦来啦！原来是皮赞哥！
皮　　赞：（白）老婆，我头可在颈上？
皮赞妻：（白）头在颈上啊！这不是长得好好的，皮赞哥三更半夜你慌慌张张究竟发生何事？
皮　　赞：（白）老婆哪曾知道？想我睡到半夜三更忽然想起你来了，回家一走。我刚走到花园门口，花园门半掩半开，我心想捉个把偷花贼搞个把酒钱。谁知道花园里有人拍巴掌，我就应巴掌。她说你该莫是林姑爷。喔，原来是黄府丫鬟。那时我就不做皮赞，我就做林姑爷。我说丫鬟，我是林姑爷。丫鬟说林姑爷，小姐命我送银子你进京赶考，你牵袍接银子哟！我接着银子哈哈哈大笑三声。丫鬟说你不是林姑爷，你是皮赞哥，皮赞哥你把银子还我千好万好。
皮赞妻：（白）我要是不给你怎样？
皮　　赞：（白）她说，你不给我，我回家报与小姐，小姐报与夫人，夫人报与相爷，要你从此在我家出进不能方便。
皮赞妻：（白）这就难倒人！以后呢？
皮　　赞：（白）我说丫鬟，银子往下抛就好抛，往上抛就难抛。你下来我就给你，于是我就这一刀！
皮赞妻：（白）不得了，我皮赞哥杀人啰！
　　　　　　　（皮赞急忙捂住老婆嘴巴。）
皮　　赞：（白）说不得，说不得，说了要杀头！
皮赞妻：（白）我皮赞哥没有杀人！
皮　　赞：（白）没有杀人也说不得！
皮赞妻：（白）我皮赞哥是好人。皮赞哥，那银子呢？
皮　　赞：（白）老婆，你看！
　　　　　　　（皮赞掏出银子光闪闪地耀眼，贾氏看见银子，双脚蹦跳起来。）
皮赞妻：（白）哇！好多银子！皮赞哥我要一件毛兰褂！
皮　　赞：（白）我帮你买，老婆喂！
皮赞妻：（白）皮赞哥我还要！
皮　　赞：（白）老婆，你还要什么？
皮赞妻：（白）我还要一条百褶裙，我的皮赞哥喂……
皮　　赞：（白）老婆喂！我也给你买！哎，老婆，这么多银怎么办呢？

皮赞妻：	（白）	这个？有了，将我那马桶挪下来，底下挖一个洞，把银子放在洞里，再把马桶撂在上面，神不知鬼不觉，你说好不好？
皮　赞：	（白）	好！好！
皮赞妻：	（白）	妙不妙？
皮　赞：	（白）	妙！妙！
	（同白）	好！藏银喽！

（夫妻欣喜若狂下。）

（二幕落。）

（二幕启，黄府花园。林忠德胆怯轻悄悄上，远处传来几声犬吠。）

林忠德：	（唱）	听樵楼打罢三更时分，　　　　　黄小姐她约我花园拿银。
		来在花园将身进，　　　　　　　拍掌为号谨记在心。

（林忠德进园拍掌数次，并无回应。）

	（白）	这厢没有，那厢看看。哎，这丫鬟好不小心，小姐命她送银子我进京赶考，她在这里打瞌睡。丫鬟醒来！哎！丫鬟醒来！哎呀！不好啦！是何人将丫鬟一刀刺杀？

（林忠德吓得魂不附体，失落白扇，慌忙逃出花园。换景，林忠德家。林忠德回家一双血手推门而进。）

林忠德：	（白）	嗨哞！嗨哞！哆哆哆！

（林忠德慌慌张张下。）

（幕落。）

（次日天亮，前幕启。老家院上。）

家　人：	（白）	昨夜黄犬吵吵闹闹，不知为了何事？待我出门观看，府外没什么，花园一走。

（二幕启灯，黄府花园。）

家　人：	（白）	啊！是何人将丫鬟一刀刺杀。此事不能掩瞒，回府报与相爷知道。回府一走，启禀相爷！

（换景，黄府客厅，黄春华上。）

黄春华：	（白）	何事惊慌！禀者何来？
家　人：	（白）	不知何人将丫鬟一刀刺杀！
黄春华：	（白）	尸首竟在何所？
家　人：	（白）	尸首竟在花园。
黄春华：	（白）	带路花园！

（二幕落，主仆圆场。二幕启，黄府花园。）

家　人：	（白）	启禀家爷，来至花园。
黄春华：	（白）	仔细探查！
家　人：	（白）	是！

（家人仔细寻找，发现菜刀、白扇和血迹。）

家　人：	（白）	启禀家爷，发现白扇一柄，菜刀一把，现有血迹！

黄春华：（白）照迹验来！
家　人：（白）是！
（二幕落，郊外，主仆圆场。林忠德家，家人发现门上有血掌一双。）
家　人：（白）启禀家爷！血掌一对！
黄春华：（白）割袍套下，说是林忠德！林忠德呀！想老夫生寿，老夫藐视你几句。你心怀不服，想盗取我家金银财宝。丫鬟阻拦，竟将丫鬟一刀刺杀！回府！
（主仆圆场。二幕换景，黄府客厅。）
黄春华：（白）有了，家人与爷磨墨侍候！黄春华有书拜上祥符县金安可……家人，这有书信一封，银子三百两，白扇一柄，菜刀一把，血掌一对，祥符县投落。
家　人：（白）小人遵命，祥符县一走！
（家人急下。）
黄春华：（白）家人送书信，等候信回程。
（黄春华得意下。）
（灯暗，幕落。）
（幕启，祥符县正堂，案桌后高挂一匾"明镜高悬"。县令、众衙役上。）
县太爷：（念）做法官如民父母，积阴功后代儿孙。
　　　　（赋）堂鼓一声响，衙役站两厢。人命四大案，本县断吉祥。
　　　　（白）本县王虎谋，可恨那些无知刁民，把虎谋二字叫做"糊涂"。蒙圣恩封我祥符县正堂，自上任以来，所办案件赃证俱全，真是清如水，明如镜。今乃三六八日，必有文书上下。人来！衙门侍候！
衙　役：（白）遵命！
（黄府家人上。）
家　人：（白）行来三步远，来到祥符县。小哥相烦通报一声，黄府相爷有书信求见！
衙　役：（白）候站一时！启禀大人，黄府相爷有书信求见！
县太爷：（白）带领上堂。
衙　役：（白）是，随跟我来！
家　人：（白）参见大人，我家老爷有物证和书信呈上！
县太爷：（白）呈上来！
（家人从怀中掏出银子，遮挡众衙役视线，将银子付与县太爷。）
县太爷：（白）喔！原来是黄府丫鬟被杀一案。黄府来人听了，修书不及，照书行事。
家　人：（白）谢过大人，回家报与相爷，回家一走。
（家人下。）
县太爷：（白）来人，这有提票一角，速去林家庄提林忠德到案，当堂发提牌！
衙　役：（白）即刻就提来！
（二衙役下。二衙役带林忠德上。）
林忠德：（白）人在家中坐，祸从天降落！
衙　役：（白）参见大人。

县太爷：（白）　林忠德可曾提到？
衙　役：（白）　启禀大人，林忠德现在堂口！
县太爷：（白）　带上堂来！
林忠德：（白）　不知身犯何罪，捉我来到大堂。父台请了。
县太爷：（白）　林忠德，见了老夫为何不下全跪呢？
林忠德：（白）　父台坐大堂，衙役立两厢。生员未犯罪，不跪又何妨。
县太爷：（白）　哼！看你口称生员，难道说你用生员压制本县不成？
林忠德：（白）　生员不敢。
县太爷：（白）　请儒学老师罚下一名。
衙　役：（白）　是！启禀儒学老师，林忠德盗财杀人，请将功名革掉。
　　内：（白）　事大事小，问过清楚明白，不要误了门生。
县太爷：（白）　人来，摘下林忠德功名。
衙　役：（白）　是！
　　　　　　　（衙役上前摘林忠德功名介。）
林忠德：（叫头）儒学老师，儒学老师呀！想我十年寒窗之苦付与东流。参见父台！学生跪下了！
县太爷：（白）　林忠德何愁你不跪，八月十五刺杀黄府丫鬟，从头招来！
林忠德：（白）　启禀大人，小生乃文弱书生，无有缚鸡之力，焉有杀人之心。杀死丫鬟，盗窃家财，乃是黄春华诬告。件件是假，请大人详察！
县太爷：（白）　花言巧语，强词夺理。你杀死丫鬟，慌忙逃走，杀人菜刀失落花园。人证物证俱在。
林忠德：（白）　我乃一介寒儒，伴随者只有文房四宝，从不身藏利器，何况菜刀，更不是小生所带之物，大人详察。
县太爷：（白）　好一张利嘴。还有你亲笔提名的白扇，落在死者身旁。这难道也不是你身藏之物么？
林忠德：（白）　这……
县太爷：（白）　人来，血掌套对！
衙　役：（白）　是！
　　　　　　　（衙役拉林忠德对血掌介。）
衙　役：（白）　启禀大人，血掌相符，丝毫不差！
县太爷：（白）　林忠德你可愿招？
林忠德：（白）　大人，学生冤枉！
县太爷：（白）　老夫不用大刑，量你不招。人来，大刑侍候！
衙　役：（白）　遵命！
林忠德：（白）　大人，冤枉事你叫我从何招来？
县太爷：（白）　状词上写得清楚明白，有凭有据，怎么说是冤枉呢？
林忠德：（白）　大人，公堂之上，不能光听一面之词，也应该让我说个清楚明白。
县太爷：（白）　只能据实招供，不能强词夺理。讲！

林忠德：（白）	大人，小生一向安守本分，怎能杀人呢，父台详察。
县太爷：（白）	不用大刑，量你不招。来呀，给我用刑。
衙　役：（白）	是！

（衙役用大刑介。）

县太爷：（白）	有招，无招？
衙　役：（白）	无招。
县太爷：（白）	无招？加刑！

（众衙役把拶越收越紧，林忠德汗如雨下。）

林忠德：（唱）　小生生来命运差，　　　　不该庆寿惹波渣。
　　　　　　　　不该花园来相会，　　　　不该花园会娇娃。
　　　　　　　　黄府丫鬟被人杀，　　　　蒙冤受屈受刑罚。
　　　　　　　　凶手逍遥刑法外，　　　　昏官酷刑口诛笔伐。
　　　　　　　　不招供来难挨打，　　　　罢罢罢黄府丫鬟是我一刀刺杀。

县太爷：（白）	人来，有招无招？
衙　役：（白）	有招！
县太爷：（白）	松刑，叫他画押！
衙　役：（白）	林忠德画押！
林忠德：（白）	大人坐法堂，忠德写招状。刺杀丫鬟事，一笔来承当。林忠德亲押。
衙　役：（白）	供词呈上！
县太爷：（白）	人来，将林忠德打入死牢，严加看管！
林忠德：（白）	冤枉啊！
衙　役：（白）	哪个冤枉你，下去！

（林忠德、衙役下。）

县太爷：（白）	待本官修动书文上司投落，等候回复，秋后问斩！人来，有事无事？
衙　役：（白）	无事。
县太爷：（白）	掩门退堂！

（祥符县令、众衙役下。）

（灯暗，幕落。）

（前幕启、二幕前。林友安身背包袱，手拿雨伞上。）

林友安：（唱）　辞过了店老板走出店外，　　这回饶恕下回再来。
　　　　　　　　昨夜晚得一梦真真奇怪，　　倒让老夫思解不开。

（骗子鬼头怪脑上。）

　　　　　　　　该莫是忠德儿乌纱顶戴，　　该莫是我老汉目下有灾。
　　　　　　　　神志恍惚往前踩……

（骗子故意撞林友安一膀。）

林友安：（唱）	小哥走路眼目睁开。
林友安：（白）	小哥，你走路何不带鼻子啊？
骗　子：（白）	莫不是不带眼睛？

林友安：	（白）	你带了眼睛，不就瞧见了本人，你为何撞了老夫一膀？
骗　子：	（白）	老伯，实在对不起，小的这厢赔礼。
林友安：	（白）	罢罢罢，我也是个慈母心，既如此，请！
骗　子：	（白）	请！

（林友安欲走，骗子把他包袱托介。）

骗　子：	（白）	呀，这老头包裹好沉，没有一千，也有八百。哎，哎，老伯，转来！
林友安：	（白）	小哥，我小老儿去得好好的，你叫我转来何事？
骗　子：	（白）	哎，这个，老伯，我好像认得你呀！
林友安：	（白）	小哥，你既然认得我。好！那老汉家住哪里，姓甚名谁？你从头讲来。
骗　子：	（白）	老伯你家住？家住？……
林友安：	（白）	哎，小哥不要急坏了，我家住凤翔府祥符县林家庄。老夫林友安，所生一子林忠德。
骗　子：	（白）	且住！耳闻人言林忠德八月十五刺杀黄府丫鬟，捉拿归案，囚在狱中，活命难逃！管他是不是，上前冒他一冒。林家伯伯大事不好！
林友安：	（白）	小哥何事惊慌？
骗　子：	（白）	耳闻人言，八月十五林忠德刺杀黄府丫鬟，现已缉拿归案，囚押在监，斩首有准，活命难逃！
林友安：	（白）	你在怎讲？
骗　子：	（白）	活命难逃！
林友安：	（白）	不好了！

（林友安闻听噩耗，顿时晕倒。）

骗　子：	（白）	林家伯伯醒来！

（骗子取林友安包袱下。）

林友安：	（唱）	忽听小哥报一信，　　　　　冷水浇头怀抱冰。
骗　子：		醒来，睁开了……　　　　　不知小哥何方寻？
	（白）	待我拾起包裹、雨伞，哎！包裹、雨伞怎么不见了，喂！那厢朋友请了。
内：	（白）	请了何事？
林友安：	（白）	我适才与那小哥搭话，那小哥是好人，还是坏人呢？
内：	（白）	大大的拐骗！
林友安：	（白）	谢谢朋友！呸！
	（唱）	听说小哥是拐骗，　　　　　大不该路途中与他来缠。
		急急忙忙祥符县……

（林友安急步圆场。）

（二幕开，祥符县衙监狱。）

	（唱）	叫声监牢牢头禁官。
	（白）	喂，监牢可有禁子？

（禁子吊儿郎当上。）

禁　子：	（白）	禁子，禁子，叫坏名字，舅子坐牢也要银子。喂，你该莫是坐牢的？

林友安：	（白）	呔！清平世界，哪有许多坐牢的。我来问你，监牢可有一林忠德？
禁　子：	（白）	对呀，有一个名叫林忠德。
林友安：	（白）	你与我将他唤醒，就说他爹爹前来会会与他！
禁　子：	（白）	只许一会儿，不许久停！林忠德哪里走来哟！

（林忠德披枷戴锁上。）

林忠德：	（白）	禁大哥何事？
禁　子：	（白）	老子和你的事落地，我也不当禁子！
林忠德：	（白）	禁大哥为了何事？
禁　子：	（白）	为了何事，你爹爹前来会你。
林忠德：	（白）	谢谢禁大哥，闪开了！

（禁子下。）

林忠德：	（白）	那厢该莫是爹爹？
林友安：	（白）	那厢该莫是吾儿！来来来为父有话讲。
林忠德：	（白）	爹爹，有何话讲？
林友安：	（白）	奴才坏了！

（林友安一巴掌打在林忠德脸上，林忠德跪在父亲面前。）

（唱）一见奴才心烦恼，　　　骂声奴才听根苗。
　　　曾记得为父边亭到，　　叫你圣堂苦把文抄。
　　　谁知奴才不学好，　　　为什么黑夜来持刀？
　　　黄府丫鬟被你杀了，　　春华岂能将儿饶！
　　　好好直言对父表，　　　若不然要你奴才，奴才，性命一条！

| 林忠德： | （唱） | 爹爹休发雷霆恨，　　　你孩儿有言来禀告爹尊。
　　　曾记得老爹爹边亭进，　你孩儿在寒窑苦读书文。
　　　八月十五黄春华生寿来庆，你孩儿到他家庆贺长生。
　　　寒窑困苦一概不问，　　大不该貌视儿打从边门。
　　　忠德人穷志不贫，　　　岂肯失志走偏门！
　　　怒气不息归回家奔，　　遇公公捧鹦哥游玩散心。
　　　此时想借鹦哥欣赏一阵，借鹦哥未到手展翅飞腾。
　　　随撵鹦哥鸟花园来进，　误入花园遇着了黄氏秀英。
　　　她言来我去语相互诉禀，叙起来结发妻不差毫分。
　　　她问儿她的爹生寿庆，　儿何不去她家庆贺长生？
　　　儿讲道适才去你家生寿庆，你的爹爹貌视我打从边门。
　　　她问儿大考年皇榜招聘，她问儿何不去求取功名？
　　　儿讲道也曾想京城来进，困蛟龙无风雨怎能腾云？
　　　她讲道只要儿京城来进，银子之事由她担承。
　　　她约我三更天花园进，　命丫鬟到花园去送考银。
　　　三更天儿也曾花园来进，是何人将丫鬟一命残生。
　　　天明亮那老贼血掌套印，三百两一封书儿押监门。 |

林友安：（唱）这就是你孩儿真言诉禀，望爹爹设良计救儿回程。
听我儿出此言心中有火，骂一声黄春华做事作恶，
我的儿庆生寿礼当不错，为什么开边门藐视吾儿？
（林友安俯身扶起林忠德。）
我的儿借鹦哥错上加错，鹦哥鸟就是儿催命阎罗。
我的儿转为是监牢来坐，你为父到他家斗起风波。

林忠德：（唱）老爹爹出此言差错得很，讲什么到他家碰死妾生。
黄春华那老贼高官一品，我的爹到如今削职为民。
讲什么到他家把理来论，岂不是做一个送肉上砧。

林友安：（唱）骂一声忠德儿胆大无影，长他人志气灭你爹尊。
哪怕他黄春华官高一品，哪怕是你的爹削职为民。
我的儿在监牢耐耐忍忍，你为父到他家斗起风云。
（林友安愤恨下。）
（禁子上。）

禁　子：（白）收监！收监！

林忠德：（唱）有只见我的爹黄府来进，倒让我为子者好不担心。
望不见爹爹监牢进，但愿得老爹爹平安回程。
（林忠德、禁子下。）
（二幕落。）
（二幕前，郊外。林友安跌跌撞撞地上。）

林友安：（唱）走一步来恨一声，大骂老贼不是人。
怒气不息来到黄府门，老匹夫你出来我有话明。
（白）里面有人没？爬将个把出来！
（二幕启，黄府客厅。老家院急上。）

家　人：（白）喔，原来是林家伯伯来了。

林友安：（白）叫那黄春华老匹夫出来见我！

家　人：（白）启禀老爷。
（黄春华做慢上。）

黄春华：（白）禀者何来？

家　人：（白）回老爷，林家伯伯来了，我观他气色不对，家爷小心才是！

黄春华：（白）那我知道，林友安呀，林友安！你来作甚？想老夫生寿，你儿来我家庆寿，是老夫我藐视他几句，他心怀不服，想打劫我家金银财宝。丫鬟阻拦，他将丫鬟，一刀刺杀，是老夫将他送入狱中，活命难逃！你便怎样？嗯！哼哼！

林友安：（白）黄春华哇，黄春华！你这个老匹夫，曾不记当年在朝为官，你狼子野心，触犯龙颜，将你推出午门问斩！是老夫保奏一本，才保住你官复原职。你生一女，我生一男，将你女儿许配吾儿足下为妻。如今老夫告老还乡，削职为民。你的生寿吾儿前来祝寿，吾儿错在哪里？为何藐视吾儿打从

　　　　　　　　　边门？你这个老匹夫，嫌贫爱富，以德报怨。想我中年丧妻，老夫跟你
　　　　　　　　　拼了。今天我要在你家碰呀！碰呀！
　　　　　　　　　（林友安晕倒。）
黄春华：（白）家人哪里？
　　　　　　　　　（黄春华见状下，家人不知所措。）
家　人：（白）丫鬟哪里？
　　　　　　　　　（家人看见丫鬟，急忙溜下。）
　　　　　　　　　（丫鬟急匆匆上，急忙扶起林友安。）
丫鬟乙：（白）有请小姐！
　　　　　　　　　（黄秀英惊慌失措地上。）
黄秀英：（白）丫鬟何事？
丫鬟乙：（白）林家伯伯来了！
黄秀英：（白）啊！公公醒来，公公醒来！
林友安：（白）碰呀！
黄秀英：（白）公公为何这等匆忙？
林友安：（白）儿媳，事到如今，不得不说，不得要讲。不知何人将丫鬟一刀刺杀，忠
　　　　　　　　　德儿被你爹告到县衙，因在监牢，活命难逃！
黄秀英：（白）公公你在怎讲？
林友安：（白）活命难逃！
黄秀英：（白）不好啦！
　　　　　　　　　（噩耗传来，小姐闻听顿时晕倒。）
林友安：（白）儿媳醒来！
丫　鬟：（白）小姐醒来！
　　　　　　　　　（丫鬟忙掐人中。）
黄秀英：（唱）忽听公公报一信，　　　　　冷水浇头怀抱冰。
　　　　　　　　　睁开了……　　　　　　　　还要公公定计行。
林友安：（唱）儿媳不要哭声不尽，　　　　为公有言听分明。
　　　　　　　　　你若念夫妻结发情分，　　去到监牢走一巡。
黄秀英：（唱）公公此言将我提醒，　　　　提醒奴家梦中人，
　　　　　　　　　丫鬟与我银两办，　　　　　我到监牢会夫君。
　　　　　　　　　（丫鬟下，取银上。）
　　　　　　　　　（二幕落。）
林友安：（白）带住了……
　　　　（唱）手带儿媳缓缓往前奔，　　　　我带儿媳会夫君。
　　　　　　　　　来在监牢提足进，　　　　　叫声监牢牢头禁军。
　　　　（白）禁子哪里走来！
　　　　　　　　　（二幕启，祥符县监狱，禁子上。）
禁　子：（白）禁子，禁子，叫坏名字，舅子坐牢也要银子。喂！该莫是坐牢的？

| 林友安：（白） | 吓！清平世界，哪有许多坐牢的？这是黄小姐前来会郎！ |

（禁子目视黄小姐，黄秀英向丫鬟示手势，丫鬟会意，付银禁子，禁子点头哈腰接银介。）

禁　子：（白）	喔！原来是黄小姐，请，请！
林友安：（白）	你与我将林忠德唤醒，就说黄小姐前来会他。你与我放麻利一些！
禁　子：（白）	这老倌偌大年纪还不熄火气，难怪他儿子会杀人。林忠德走来！

（林忠德披枷戴锁上。）

林忠德：（白）	禁大哥为了何事？
禁　子：（白）	黄小姐前来会你。
林忠德：（白）	那容许一会儿？
禁　子：（白）	只许一会儿，不许久停！
林忠德：（白）	既如此，闪开了。那厢该是小姐！

（禁子、林友安、丫鬟下。）

黄秀英：（白）	那厢该是林郎！
林忠德：（白）	来来来为夫有话讲！
黄秀英：（白）	有何话讲？
林忠德：（白）	贱人！

（林忠德一巴掌打在小姐面颊上，小姐跪拜在地，手摸面颊。）

（唱）　一见贱人心恼恨，　　　　　骂声贱人了不成。
　　　曾记得你的父生寿庆，　　　你的父貌视我打从边门。
　　　忠德人穷志不贫，　　　　　岂肯失志走边门。
　　　怒气不息归回家奔，　　　　花园遇着了你小贱人。
　　　你来言我去语相互话禀，　　叙起来结发夫妻不差毫分。
　　　你说是大考年皇榜招聘，　　你问我何不进京求功名。
　　　我也想大考年京城进，　　　两手无钱怎求功名？
　　　你说道只要我京城进，　　　银子之事有你担承。
　　　你约我三更天花园来进，　　命丫鬟送银子我进京城。
　　　三更天我也曾花园进，　　　是何人将丫鬟一命残生？
　　　天明亮你的爹血掌套印，　　三百两一封书夫押监门。
　　　到如今你的夫死在狱准，　　你好比猫儿哭鼠贱人贱人一派假心。

| 黄秀英：（唱） | 林郎休发雷霆恨，　　　　　你的妹有言来夫听分明。 |

　　　曾记得老爹爹六旬寿庆，　　老爹爹貌视夫打从边门。
　　　我的夫受屈辱回家奔，　　　在花园遇着了你妹秀英。
　　　夫来言我去语相互诉禀，　　叙起来结发妻不差毫分。
　　　妹讲到大考年皇榜招聘，　　林郎夫你何不进京求名。
　　　哥讲道也曾想京城进，　　　两手无钱怎求功名。
　　　妹讲道只要哥京城来进，　　银子之事有妹担承。
　　　我约哥三更天花园进，　　　命丫鬟二更天去送考银。

		三更天我的哥花园进，	是何人将丫鬟一命残生。
		天明亮老爹爹血掌套印，	三百两一封书哥押监门。
		你的妹在绣楼习绣为本，	每日里在绣楼祷告神明。
		保佑哥进京城平安风顺，	保佑哥进京城求取功名。
		多蒙公公送一信，	才知我夫受监刑。
		今日里我的夫死在狱准，	拿住了杀人贼勾他的生魂。
林忠德：	（唱）	到如今话叙明休将妹怨，	事临头埋怨妹也是枉然。
		方才言语是我错，	妹妹休要记心间。
		跪尘埃所托妹大事一件，	家中还有白发慈严。

（林忠德自知冒失，错怪小姐，下跪赔礼道歉，并托后事。）

		贤小妹你若念夫妻情面，	转到寒窑侍奉慈严。
		早晚茶饭要妹应点，	百年之后送上祖先。
		倘若是你为夫冬至取斩，	买口棺木搬尸回还。
		守周年和半载要妹心愿，	回家转叫你爹另许儿男。
黄秀英：	（唱）	林郎说的哪里话，	生是人死是鬼总是林家！
林忠德：	（白）	我却不信！	

（林友安、丫鬟上。）

| 黄秀英： | （唱） | 不怪林郎不相信， | 祝告空中过往神。 |
| | | 秀英倘若有假意， | 肉化清风骨化灰尘。 |

（夫妻相互搀起。）

| 林友安： | （唱） | 儿媳盟誓人心谁忍， | 铁石人心也泪淋。 |

（禁子上。）

禁　子：	（白）	收监！收监！	
林友安：	（唱）	本当在此多把话论，	禁哥一旁收监门。
		儿媳带路回家奔……	
林忠德：	（唱）	望爹爹设良计救儿回程。	
禁　子：	（白）	收监！走！走！	

（林忠德、林友安、黄秀英、丫鬟无限痛苦，不忍离开。禁子推林忠德……）

林友安：	（唱）	只见我儿监牢到，	好似雀鸟入笼牢。
		儿媳带路回家到……	不觉到了岔路两条。
林友安：	（白）	儿媳来至岔路，这条路前往相府；这条路是公公我回转寒窑。儿媳带领丫鬟回转相府去罢。	
黄秀英：	（白）	公公，儿媳我不回相府，跟随公公回转寒窑侍奉公公。	
丫鬟乙：	（白）	伯伯，丫鬟我也不回府，跟随伯伯回转寒窑侍奉小姐。	
林友安：	（白）	唉，儿媳呀，说在哪里，想我家贫如洗，寒窑肮脏得很。	
黄秀英：	（白）	公公如此就见外了，公公住得了一世，难道儿媳就住不得一时？	
林友安：	（白）	儿媳啊！	
	（唱）	儿媳说话令人可爱，	可以挂得忠孝牌。

		来在寒窑把头迈，	叫声儿媳低头进来。

（林友安、黄秀英、丫鬟低头进寒窑下。）
（灯暗，幕落。）
（幕启，祥符县正堂。上差上。）

上　差：	（白）	行来三步远，来至祥符县，待我击动鼓堂。

（堂鼓响，县太爷、众衙役急上。）

县太爷：	（白）	堂鼓一声响，衙役立两厢。人命四大案，本县断吉祥。人来，何人击动本县堂鼓？
衙　役：	（白）	启禀老爷，上差行文到此！
县太爷：	（白）	恭迎上差。
上　差：	（白）	罢了，祥府县上封有令，今乃冬至，令你将十八名江洋大盗和杀人凶犯林忠德押往法场，斩首示众！
县太爷：	（白）	请回复上封，祥府县依照办理！
上　差：	（白）	回衙复命。

（上差下。）

县太爷：	（白）	不送，人来，这有提案一角，去到监牢提取林忠德并十八名江洋大盗前往法场斩首示众！
衙　役：	（白）	遵命！

（衙役下，衙役押林忠德上。）

衙　役：	（白）	启禀老爷，一众犯人全部带到。
县太爷：	（白）	人来，押到法场！

（祥府县令，林忠德、众衙役下。）
（二幕落。）
（二幕前，林友安急步上。）

林友安：	（唱）	我在大街得一信，	我儿今日犯斩刑。
		到寒窑我将儿媳叫应，	儿媳到前窑我有话明。

（二幕启，黄秀英、丫鬟急上。）

黄秀英：	（唱）	眼跳肉颤心又惊，	不知为了何事情。
		到前窑见公公开言问，	公公慌忙为何情？

林友安：	（白）	儿媳，事到如今，不得不说，不得要讲，我儿今日法场斩首。
黄秀英：	（白）	公公你在怎讲？
林友安：	（白）	我儿今日法场斩首！
黄秀英：	（白）	不好了！

（黄秀英顿时晕倒。）

林友安、丫鬟乙：	（白）	儿媳醒来，小姐醒来。

黄秀英：	（唱）	忽听公公报一信，	冷水浇头怀抱冰。
		睁开了……	还要公公定计行。
林友安：	（唱）	儿媳不要哭声不尽，	为公有言听分明。

		倘若念夫妻结发情分，	为公带你祭夫君！
黄秀英：	（唱）	公公这言将我提醒，	提醒奴家梦中人。
		丫鬟转为祭礼办，	我到法场祭夫君。
林友安：	（唱）	带住了。	

（林友安、黄秀英、丫鬟下。）
（县太爷、众衙役、刀斧手押解林忠德上。）

县太爷：	（白）	天上冷悠悠，地下鬼神愁。号炮三声响，本县要人头。来呀！
衙　役：	（白）	有！
县太爷：	（白）	盼咐下面，今乃林忠德处决之期。有亲攀亲，有眷攀眷。稍时号炮一响，人头落地。悔之晚矣！
衙　役：	（白）	下面听到，今乃林忠德处决之期。有亲攀亲，有眷攀眷。稍时号炮一响，人头落地。悔之晚矣！
林友安：	（内白）	有人讨祭。
县太爷：	（白）	只许一祭，不许久停。

（县太爷，衙役下，留一衙役看押林忠德。）

|林友安：|（内白）|知道了。|

（林友安、黄秀英、丫鬟乙提香篮急上。）

林友安：	（唱）	手带儿媳匆忙前行。	
黄秀英：	（唱）	我到法场祭夫君。	
林友安：	（唱）	来到法场举目望，	刀枪剑戟排两厢。
		那边捆绑江洋大盗，	那边捆绑打爷骂娘。
		江洋大盗应该斩，	打爷骂娘应该亡。
		一二三四从头数，不好了！	那边捆绑忠德儿郎。
		可叹中年儿母丧，	老来无辜白发苍苍儿又亡。
		我儿今日把命丧，	可怜林家断烟香。
		转面来叫儿媳剖开胆量，	大胆前去祭情郎。
黄秀英：	（唱）	公公与我壮胆量，	大胆前去祭情郎。
		不顾生死往前闯……	

（黄小姐双膝跪地向前擦。）

衙　役：	（白）	呸！你该莫是打劫我的犯人！
林友安：	（唱）	她她她就是黄小姐前来祭郎。
林友安：	（白）	她乃黄府小姐前来祭郎，容许一祭就祭；不容许一祭带领儿媳即刻就转！
衙　役：	（白）	上前一祭，不许久停！

（林友安老泪纵横，衙役下。）
（黄秀英敬酒，丫鬟烧香化纸祭奠介。丫鬟烧香化纸毕，下。）

黄秀英：	（叫头）	林郎，我夫！唉，哥喂……！
黄秀英：	（唱）	白衣素服尽啼痕，	拼着生死祭郎君。
		祭酒三杯把香敬，	尊声林郎我夫君。

曾记爹爹生寿庆，　　　　　我的爹藐视哥走边门。
怒气不息回家奔，　　　　　花园遇着了你妹秀英。
哥来言妹去语相互诉禀，　　叙起来结发妻不差毫分。
我不该约哥花园进，　　　　不该约哥花园拿银。
我的哥三更天花园进，　　　是何人将丫鬟一命残生。
叹林郎冤枉比天大，　　　　铺开大地写不清。
实只望夫妻俩妇随夫唱，　　又谁知未披嫁衣先穿孝裙。
哥好比三更灯火五更月，　　油尽灯残月色昏。
妹好比牡丹遭风打，　　　　风雨无情落埃尘。
哥好比马到悬崖缰难挽，　　遥望西风哭断魂。
妹好比风筝断了线，　　　　天涯海角独飘零。
今生难遂鸳鸯愿，　　　　　再结来生未了情。
到如今我的哥斩首有准，　　叫不应的天天也惘然。
哭林郎哭得我人事不省。

（黄秀英哭晕在地。霎时天昏地暗，北风飕飕。林友安、丫鬟急上。）

林友安丫鬟乙：（白）小姐醒来！儿媳醒来！
黄秀英：（哭）唉！公公喂……！
（县太爷、众衙役急上。）
衙　役：（白）午时三刻已到，走开走开！
黄秀英：（唱）回家转买棺木收殓夫君！
（林友安、黄秀英、丫鬟哭下。）
县太爷：（白）人来！
衙　役：（白）有！
县太爷：（白）午时三刻已到，开刀问斩！
衙　役：（白）遵命！启禀老爷，头刀不入！
县太爷：（白）调刀再斩！
衙　役：（白）启禀老爷，二刀卷口！
县太爷：（白）调刀再斩！调刀再斩！
衙　役：（白）是！启禀老爷，三刀苍蝇护住刀口！
县太爷：（白）啊！此人必有大大冤枉，将人犯懵懂进监。人来，打道回衙。
（两衙役押林忠德下。）
（灯暗。）
（换景，祥符县正堂。）
县太爷：（白）此事本县难以落案，我不免修动文书上司投落，人来。
衙　役：（白）有！
县太爷：（白）磨墨侍候，祥符县有书拜上包拯大人金安可……人来，这有书信案卷前往南衙包大人台前投落！
衙　役：（白）遵命！

　　　　　　　（衙役下。）
县太爷：（白）人来！
衙　役：（白）有。
县太爷：（白）有事无事？
衙　役：（白）无事！
县太爷：（白）无事，掩门转堂。
　　　　　　　（县太爷、众衙役下。）
　　　　　　　（灯暗。）
　　　　　　　（前幕启，二幕前。林友安悲中带笑上。）
林友安：（笑）哈！哈！哈！
　　　　　　　（二幕启，林友安进窑。）
林友安：（白）儿媳哪里？
　　　　　　　（寒窑内，黄秀英、丫鬟上。）
黄秀英：（白）公公为何忧中带笑？
林友安：（白）儿媳哪曾知道，我儿法场斩首。头刀不入，二刀卷口，三刀苍蝇护住刀口。
黄秀英：（白）那我谢天谢地！
丫鬟乙：（白）我谢菩萨！
林友安：（白）儿媳事到如今，我要告你爹爹！
黄秀英：（白）公公告我爹爹何来？
林友安：（白）我告你爹爹嫌贫爱富！
黄秀英：（白）想林郎就犯在我爹爹嫌贫爱富这四个字上！公公，我也要告我爹爹谋婿另配！
林友安：（白）哎！女儿告父，该当以下犯上之罪！
黄秀英：（白）公公，他没有翁婿之情，我哪有父女之义！
林友安：（白）我儿就犯在黄春华谋婿另配这四个字上！
丫鬟乙：（白）林家伯伯，我也要告，我告我家老爷借尸投赖！
林友安：（白）哎！奴仆告主，该当凌迟碎剐之罪！
丫鬟乙：（白）伯伯，我家老爷他没有父女之情，我哪有主仆之义！
林友安：（白）告的好！告的好！我儿就犯在黄春华借尸投赖这四个字上，想我儿媳忠义一门，好！我们公媳主仆前往包大人台前叩告！走！
　　　　　　　（林友安、黄秀英、丫鬟下。）
　　　　　　　（灯暗。）
　　　　　　　（幕启，南衙开封府正堂。包文拯上。）
包文拯：（引）执法严正，　　　　　节义廉明。
　　　　（赋）执掌南衙威风凛，　　一片丹心保宋君。
　　　　　　　清风明月作见证，　　秉公理事为黎民！
　　　　（白）包拯，官封龙图阁大学士，兼开封府尹之职。月前祥符县送来林忠德案卷未曾观阅，包兴将林忠德案卷呈上。
（包兴呈案卷上。）

包　兴：（白）林忠德案卷呈到。
包文拯：（白）下去歇息去吧。
包　兴：（白）是。
（包兴下，包公评阅案卷，细心分析。）

包文拯：（唱）为到祥府查冤情，　　　　满帆风月出汴京。
　　　　　　　官府不贤黎民恨，　　　　哀声遍野哭呻吟。
　　　　　　　桩桩冤案须重审，　　　　青红皂白要分明。
　　　　　　　查冤屡带三更月，　　　　阅卷常伴五更灯。
　　　　　　　作官不与民作主，　　　　枉受朝廷爵禄恩。
　　　　　　　林家冤案须明断，　　　　千头万绪乱纷纷。
　　　　　　　若说林家有冤案，　　　　白扇血掌作为凭？
（包公念状介。）

包文拯：（白）白扇一柄，血掌一对，菜刀一把。
（包公见原状有菜刀一把，反复推敲。鸡叫天亮。）

包文拯：（白）菜刀？家用菜刀，不！家用菜刀没有那么重？厨师？对，红案厨师！人来升堂！
（张龙、赵虎、王朝、马汉、众衙役上。）

衙　役：（白）启禀大人！
包文拯：（白）禀者何来？
衙　役：（白）堂鼓上面沾满苍蝇，赶也赶不走，赶走了又飞回来了！
包文拯：（白）待老夫看来，啊！这么多苍蝇，莫非为此案而来，提醒老夫，有了，苍蝇神，苍蝇神，若与此案有关，老夫一拜你就飞出堂口，果然飞出堂口。对了，杀人凶犯定是厨师，不是姓赞就是姓皮，不是皮赞就是赞皮，张龙赵虎！
张龙赵虎：（白）卑职在！
包文拯：（白）这有提案一角，凡有姓皮名赞或者姓赞名皮捉拿归案！
张龙赵虎：（白）启禀大人，不知此犯家住何处？
包文拯：（白）多嘴！捉拿不到此人，小心尔等的狗头。
张龙赵虎：（白）遵命！
（张龙、赵虎下。张龙、赵虎带皮赞上。）
皮　赞：（白）昨夜一梦梦的差，梦见人头滚西瓜。
张龙赵虎：（白）启禀大人！
包文拯：（白）人犯可曾带到！
张龙赵虎：（白）现在堂口。
包文拯：（白）带上堂来！
张　龙：（白）皮赞上堂！

皮　　赞：（白）　小人皮赞，参见大人。
包文拯：（白）　你可是皮赞？
皮　　赞：（白）　正是！
包文拯：（白）　什么营生？
皮　　赞：（白）　黄府厨师，杀猪宰羊。
包文拯：（白）　你可会杀？
皮　　赞：（白）　会杀。
包文拯：（白）　你可会宰？
皮　　赞：（白）　会宰。
包文拯：（白）　皮赞，家中还有何人？
皮　　赞：（白）　老婆贾氏！
包文拯：（白）　皮赞，这回老夫错拿与你，后面设有酒宴与你压惊，自斟自饮！
皮　　赞：（白）　事大事小，见官就了。
　　　　　　　　（皮赞长舒一气下。）
包文拯：（白）　王朝、马汉这有提票一角，去提贾氏到案！
王朝马汉：（白）遵命！
　　　　　　　　（王朝、马汉下，王朝、马汉带皮赞妻上。）
王朝马汉：（白）大人，交令！
包文拯：（白）　贾氏可曾带到啊？
王朝马汉：（白）现在堂口。
包文拯：（白）　带上堂来！
王朝马汉：（白）贾氏上堂！
衙　　役：（堂号）威武……！
皮赞妻：（白）　我乡下之人，还没有见过大人，待我过去看看。哎呦喂！那不是我们乡下人腊月二十四送灶王爷爷上天，还没有送上去？
衙　　役：（白）　那是我大人容像！
皮赞妻：（白）　大人穷像！
衙　　役：（白）　穷如你的像，贾氏还不下跪！
皮　　氏：（白）　哎呦喂，我三寸金莲，一路走来，脚鸡眼都走发了。
包文拯：（白）　贾氏，我来问你，皮赞哥待你可好？
皮赞妻：（白）　我皮赞哥待我哇，吃虱子留只腿！
包文拯：（白）　嗯，你待你皮赞哥呢？
皮赞妻：（白）　一样！
包文拯：（白）　既然如此恩爱，你皮赞哥为什么说你八月十五将黄府丫鬟一刀杀死！你可招认？
皮赞妻：（白）　哪个说是我杀的？
包　　拯：（白）　你皮赞哥说是你杀的！
皮赞妻：（白）　哎呦喂！大人冤枉啊，那个砍头的皮赞哥，明明是他杀的，还赖上我！

八、血掌记

包　拯：（白）贾氏，你说是你皮赞哥杀死黄府丫鬟，你可有凭证？
皮赞妻：（白）当然有凭有证！
包　拯：（白）当堂讲来！
皮赞妻：（白）剐千刀的！大人，我从头到尾一五一十说出来。八月十五皮赞他睡到半夜三更，忽然想起我来了，回家一走。走到花园，花园门半掩半开，我皮赞哥想捉个偷花贼，搞几个酒钱。到花园后，花亭拍巴掌，他就应巴掌。丫鬟就说，林姑爷，我小姐命我送银子你进京赶考，你牵袍接银子。我皮赞哥接了银子哈哈哈大笑三声。丫鬟言道，你不是林姑爷，是皮赞哥。我皮赞哥说，我不是皮赞，我哪是赞皮？丫鬟道，皮赞哥你把银子还我千好万好，我皮赞哥说，我不还给你怎样？丫鬟道，你不还我回家报与小姐，小姐报与夫人，夫人报与相爷，要你从此在我家出进不能方便。我皮赞想，还给她吧，黑眼珠子见不得白银子；不还她，从此在她家出进不得方便。于是皮赞就说，丫鬟，银子往下抛好抛，往上抛难抛，你下来就给你。丫鬟说，说给就给。等丫鬟下来，我皮赞哥就这一刀。
包　拯：（白）贾氏，我来问你，你看这把菜刀可是你家的？
皮赞妻：（白）这把菜刀是我皮赞整酒下厨用的，他长期带在身边，怎么在这儿呢？
包　拯：（白）那么多的银子呢？
皮赞妻：（白）银子在我那马桶下面！
包　拯：（白）贾氏！这可是真言直话？
皮赞妻：（白）真言直话！
包　拯：（白）满口直言？
皮赞妻：（白）满口直言！
包　拯：（白）贾氏你可敢当堂画押？
皮赞妻：（白）有何不敢？
包　拯：（白）王朝、马汉，去到皮氏家取回赃银！
王朝马汉：（白）遵命！
　　　　　（王朝马汉二人下，王朝马汉取银上。）
王朝马汉：（白）启禀大人，物证取到！
包　拯：（白）人来，带皮赞上堂！
衙　役：（白）是，皮赞上堂！
　　　　　（皮赞大嚷大喊地上。）
皮　赞：（白）哪个说我杀人？哪个说我杀人？
皮赞妻：（白）我说的！你杀人！
包　拯：（白）皮赞！还不跪下！皮赞，如今人证物证俱在，招是不招？
皮　赞：（白）小人愿招！
包　拯：（白）当堂画押！皮赞无辜杀人，图财害命。人来，将皮赞打入狗头铡下，斩首示众！斩讫报来！
衙　役：（白）遵命！

（衙役、皮赞下。衙役复上。）

衙　　役：（白）回禀大人，皮赞已斩！

皮赞妻：（白）大人，你怎么把我皮赞哥斩了呢？我要我的皮赞哥喂！哎……

包　　拯：（白）贾氏，不必如此，皮赞触犯了国法，应当斩首。我堂上衙役任你选一个做你的丈夫可好？

（贾氏左瞧右看，众衙役不屑一顾。）

皮赞妻：（白）嗯！你瞧我不起，我还看你不惯，哎，我的皮赞哥喂……

（贾氏哭下。）

（林友安、黄秀英、丫鬟同上。）

林友安：（白）行来三步远，来在南衙府。击鼓！冤枉！

衙　　役：（白）启禀大人！有人击鼓喊冤！

包　　拯：（白）带上堂来！

林友安：（白）小老儿林友安叩见大人！

（林友安、黄秀英、丫鬟跪在大堂之上。）

包　　拯：（白）前辈林友安转为立站讲话。

（林友安起身。）

林友安：（白）谢大人！

黄秀英：（白）民女黄秀英参见大人！

丫鬟乙：（白）黄府丫鬟参见大人！

林友安：（白）启禀大人，小老儿带领儿媳前来台前叩告！

包　　拯：（白）有状无状？

林友安：（白）有状！

包　　拯：（白）状词呈上！

（张龙收取三张状纸，呈上公案，包拯观状。）

包　　拯：（白）林友安状告黄春华嫌贫爱富，民女黄秀英状告父亲谋婿另配。黄秀英老夫问你，女儿告父，以下犯上，该当何罪？

黄秀英：（白）启禀大人，我父没有翁婿之情，我哪里来得有父女之义？

包　　拯：（白）好一个谋婿另配！民女黄府丫鬟状告家爷黄春华借厂投赖，呸！丫鬟！我来问你，奴仆告主该当凌迟碎剐之罪，你可知道？

丫鬟乙：（白）启禀大人，我家爷他没父女之情，我与家爷哪里有主仆之义呢？

包　　拯：（白）好厉害的一张嘴！

丫鬟乙：（白）满盆都是理。

包　　拯：（白）三张大状都是告黄春华，前辈林友安你们三张大状可都属实？

林友安：（白）启禀大人，如有不实，小老儿甘当受罚！

包　　拯：（白）黄秀英你们站过一旁，张龙！赵虎！

张龙赵虎：（白）卑职在！

包　　拯：（白）这里有提票一角，将祥符县令提来到案！当堂发提牌！

张龙赵虎：（白）即刻就提来！

　　　　　　　　（张龙、赵虎下。张龙赵虎带王虎谋上。）

张龙赵虎：（白）启禀大人，祥符县令提到！
包　拯：（白）现在何处？
张龙赵虎：（白）现在堂口！
包　拯：（白）带上堂来！
张龙赵虎：（白）祥符县令上堂！
衙　役：（堂号）威武……！
王虎谋：（白）下官叩见大人！
包　拯：（白）你祥符县令为官一任，一塌糊涂。黄府丫鬟刺杀一案，不但不慎重断案，为民做主，反而草菅人民，受贿纹银三百两，可曾属实？
王虎谋：（白）全部属实！
包　拯：（白）当堂画供！祥符县令听判，受贿纹银全部充公！摘掉乌纱，剥去朝服，发往边疆充军，永不录用，下堂去罢！
王虎谋：（白）谢大人，哎！黄老匹夫你害得我好苦哇。
　　　　　　　　（祥符县令垂头丧气下。）
包　拯：（白）王朝、马汉！
王朝马汉：（白）卑职在！
包　拯：（白）这有提票一角，速提黄春华到案，当堂发提牌！
王朝马汉：（白）即刻就提来！
　　　　　　　　（王朝、马汉下。王朝马汉带黄春华上。）
王朝马汉：（白）启禀大人！黄春华提到。
包　拯：（白）现在何处？
王朝马汉：（白）现在堂口！
包　拯：（白）带上堂来！
衙　役：（白）带黄春华上堂！
衙　役：（堂号）威武……！
黄春华：（白）包相在上，老夫这厢有礼！
包　拯：（白）黄春华，曾记当年触犯龙颜，万岁将你推出午门斩首？是林老前辈保你一本，官复原职。谁知你死不悔改，你府丫鬟被杀一案，行贿祥符县令纹银三百两，陷害林忠德，牵连祥符县令发配充军！老夫堂上现有三张大状俱告你黄春华，第一状：嫌贫爱富，第二状：谋婿另配，第三状：借尸投赖。三桩大状，哪一状都可致你发配充军，人来！
衙　役：（白）有！
包　拯：（白）摘下黄春华纱帽，剥去蟒袍！
衙　役：（白）黄春华还不下跪！
黄春华：（白）草民参见大人！
包　拯：（白）黄春华，老夫问你，以上所述可否属实？是否有诬告之嫌？
黄春华：（白）句句属实，并无诬告之嫌！

| 包　拯：（白） | 当堂画押！将供呈上！黄春华听判！按大宋法律，重则斩首，轻则发配。念你年纪已高，削职为民，罚银千两，以助女儿出嫁之资。回家安分守己，下堂去罢！ |

黄春华：（白）　叩谢大人从轻发落！唉！当时做事错，如今后悔迟。

（黄春华低头下。）

包　拯：（白）　人来，带林忠德！

衙　役：（白）　遵命！

（衙役下，带林忠德上。）

衙　役：（白）　启禀大人，林忠德带到！

林忠德：（白）　参见包大人！

包　拯：（白）　免跪，站立一旁，人来！去掉刑具，归还功名和白扇。林忠德众人听判！黄府丫鬟刺杀一案，林忠德实属冤枉，沉冤昭雪，无罪当堂释放！

林忠德：（白）　叩谢包大人！

包　拯：（白）　免跪！请起，林友安老前辈刚直不阿，抗拒强权，加以表彰。黄秀英告父救夫，忠贞不渝！人之楷模！黄府丫鬟，舍己救主，虽然仆女，独有侠女之称！待老夫奏明圣上，必有好言道来！

林友安、林忠德、黄秀英、丫鬟：（白）　叩谢大人！

包　拯：（白）　不用多礼，下堂去罢！

（林友安、林忠德、黄秀英、丫鬟欢喜下。）

包　拯：（白）　人来，有事无事？

衙　役：（白）　无事！

包　拯：（白）　掩门退堂！

（包拯、张龙、赵虎、王朝、马汉俱下。）

（林友安、林忠德、黄秀英、丫鬟上。）

林友安：（白）　大登科我儿沉冤昭雪，复还功名；小登科洞房花烛。办炷清香，叩谢上苍，一同拈香。

（幕落。）

全剧终

九、访　　友

【剧情简介】
　　书生梁山伯家住越州，三阳县人氏，父亲梁思懿早逝，母亲将其抚养成人。梁山伯早年辞别母亲到杭州读书，长亭遇一好友祝英台，二人八拜拈香，结为异姓兄弟。三年后，杭州话别，英台约山伯秋八月访友会面。
　　是日，天气晴和，山伯带着四九高高兴兴地前往祝家访友。英台闻兄前来，高兴至极，询问母亲如何打扮。母亲吩咐英台，在家不同在外，归还女妆。英台堂前放下珠帘，与山伯会面。山伯见英台竟是女流，不敢相信自己的眼睛。兄弟久别重逢，喜不自胜。追忆当年，话短情长。当英台诉说父母作主婚嫁一事，山伯闻言如雷轰顶，突然鲜血上涌，吐血归家。
　　山伯归家病渐沉疴，不久辞世。四九送信，英台前往梁家吊香，并亲守血灵，以表结拜之情。佳期渐至，英台出嫁。花轿路过山伯坟地，英台决意下轿祭拜。祭拜之时，天色骤暗，墓裂三尺，英台就势钻进坟墓。英台入坟后，天色复明。坟墓上一对蝴蝶双舞双飞，直向碧云蓝天。

【剧中人物】

梁山伯	祝英台	四　九
人　心	梁　母	王　强
马员外	马官保	祝员外
祝　母	家　人	披发祖师
黎山老母		

　　　　　　　　＊　　　　＊　　　　＊

（幕启，梁家庄，梁府，梁山伯上。）
梁山伯：（赋）幼小寒窗，　　　　　　读不尽圣贤文章。
　　　　　　八月秋分白露，　　　　　路逢阶梯溪柳，
　　　　　　小桥流水桂花香，　　　　日夜正好读文章。
　　　　（白）梁山伯，家住越州，三阳县人氏，父亲早逝，母亲抚养成人。自那年辞别母亲杭州读书，长亭遇一好友，八拜之交。弟约我秋八月访友会面，今日天气晴和，我不免叫四九搭伴前行。话说一言，四九哪里走来。
　　　　（四九蹦蹦跳跳上。）
四　九：（白）听说叫四九，急急忙忙走。四九是我，我就是四九。见过大相公何事？

梁山伯：（白）休要见礼，四九哪曾知道，今日天气晴和，我心想祝家访友，你与我驯马侍候。

梁山伯：（白）马来！

（二幕落，四九下，带马上，梁山伯上马。）

（唱）一马行辕晓谕贤，　　　　　杭州攻书有三年。
家住越州三阳县，　　　　　　我姓梁字山伯头戴生员。
老爹爹梁思懿阎罗早见，　　　老母亲一直抚养多年。
自那年辞母亲杭州内面，　　　长亭上遇好友八拜占先。
弟约我秋八月访友会面，　　　因此带上四九到弟家园。
坐马上我就把四九叫喧，　　　一路上某地名诉对我言。

四　九：（唱）大相公坐马上容我诉禀，　　细听我小四九报上地名。
行过三里桃花酒店，　　　　再行四里杏花村。

梁山伯：（唱）桃花店出的是什么美景，　　杏花村出的是什么新闻。

四　九：（唱）桃花店出的是高粱美酒，　　杏花村出的是二八佳人。

梁山伯：（唱）有钱莫落桃花酒店，　　　　无钱休落杏花村。
梁山伯坐马上迷失路径，　　三条路但不知哪条路行。
四九带过马缰绳……　　　　你与我到前去问过路程。

四　九：（白）大相公为何下马不走？

梁山伯：（白）四九哪曾知道，来至三岔路口，不知走哪条路而去。你与我前去问过路程，方好前往。

四　九：（白）那我遵命，大相公转为那边休息。待我前去问来。

（梁山伯下马，站立旁边。）

四　九：（白）喂……对面舅子请了，这到祝家庄三条大路不知走哪条路而去？

内：（白）呸！你这个舅子，三分不像人，七分全像鬼。前门不叫，后门蹦跳。可惜我当家不在家！

四　九：（白）你当家在家又能怎么样？

内：（白）要是我当家的在家……一拔火棍将你打死，拖到后花园喂花猫吃。

四　九：（白）我怕你就不出世？

内：（白）我出世哪就会碰到你呀？

四　九：（白）呸！问道没有问到，反而惹了一肚子怨气，见过大相公。

梁山伯：（白）四九可曾问来？

四　九：（白）问道没有问来，倒惹了一肚子怨气！

梁山伯：（白）怎见得惹了一肚子怨气？我来问你，什么相称？

四　九：（白）自古道，除了劈柴无好火，除了郎舅无好亲，当然是舅子相称喏。

梁山伯：（白）非也，奴才！

四　九：（白）喔，奴才相称。

梁山伯：（白）转来。

四　九：（白）转来何事？

梁山伯：（白）你我出门之人，要以朋友相称，方好行事，还不与我再去问来。
（梁山伯牵马下。）
四　九：（白）那我再去试试，哎……对面朋友请了喔！
内　：（白）请了何事？
四　九：（白）……哎，这到祝家庄三条路不知由哪条路而去？
内　：（白）唉，你这个朋友先前有多好的话早就到了。这到祝家庄，不走左，不走右，单走中间一条路，眉毛转弯，鼻子下坎，一溜就溜到了八斗丘……
四　九：（白）八斗丘上有些什么呢？
内　：（白）八斗丘上有个爬楼。
四　九：（白）那爬楼上又有些什么呢？
内　：（白）有三个大字。
四　九：（白）三个什么大字？
内　：（白）我又不识字，我二哥识字。
四　九：（白）你二哥现在何所呢？
内　：（白）我二哥在对面山上放牛。
四　九：（白）喂……对面山上放牛的朋友请了。
内　：（白）请了何事？
四　九：（白）这到祝家庄，爬楼上三个什么大字？
内　：（白）入你娘，入你娘！
四　九：（白）唉，人不走运遇过吃糠的。有请大相公！
（梁山伯带马上。）
梁山伯：（白）四九可曾问来？
四　九：（白）问倒是问来了，我将它好有一比。
梁山伯：（白）比作何来呢？
四　九：（白）好比大水牛拉屎。
梁山伯：（白）此话怎讲？
四　九：（白）蛮大一堆。
梁山伯：（白）缓缓讲来。
四　九：（白）这到祝家庄，不走左，不走右，单走中间一条路，眉毛转弯，鼻子下坎，一溜就溜到了八斗丘……
梁山伯：（白）八斗丘上有些什么呢？
四　九：（白）八斗丘上有个爬楼。
梁山伯：（白）该莫是牌楼？牌楼上又有些什么呢？
四　九：（白）牌楼上有三个大洞。
梁山伯：（白）该莫是三个大字？
四　九：（白）你读书认得字，就是三个大字，我没有读书不就是三个大洞。
梁山伯：（白）总还是三个大字。那是三个什么大字呢？
四　九：（白）他说他也不认得字，要问他二哥。

梁山伯：（白）他二哥现在何所呢？
四　九：（白）他说，他二哥在山上放牛。我就问他二哥，他二哥说，
　　　　　　　（四九手捏鼻子，用鼻声。）
　　　　　　　入你娘，入你娘！
梁山伯：（白）非也！该莫是定心坊，四九带过马绳缰。
　　　　（唱）多蒙了众列台把话来讲，　　　才知贤弟家住定心坊。
　　　　　　　眉毛转弯鼻子下坎，　　　　　下坎八斗丘定心坊。
　　　　　　　四九带过马绳缰……　　　　　你与我到前去通禀祝郎。
　　　　　　　（梁山伯下马，四九接缰绳拴马介。）
四　九：（白）大相公为何二次下马不走？
梁山伯：（白）四九哪曾知道，不觉到了，你与我前去通禀一声。
四　九：（白）遵命！大相公请到那厢休息，稍时相请。
　　　　　　　（梁山伯下。）
　　　　　　　（二幕启，祝员外庄园。）
四　九：（白）啊！好大一个牢门！
　　　　　　　（人心天真地上。）
人　心：（白）乃是好大一个豪门。
四　九：（白）管你是牢门，还是豪门，有人没有？有人就爬将个把出来。
人　心：（念）豪门深似海，不许外人来。开开门来看，王八舅子来。
四　九：（白）姐夫来，姐夫来！
人　心：（白）舅子来！舅子来！
四　九：（白）好好好。争你不赢就这样来。
人　心：（白）哎，我们好像是熟人。
四　九：（白）熟人，你就把我吃了吧。
人　心：（白）面熟。
四　九：（白）那就从面上吃起。
人　心：（白）人面之熟，好像在哪里见过？
四　九：（白）床上见过？
人　心：（白）嗯！长亭见过。
四　九：（白）熟人，见过，那你晓得我叫什么？
人　心：（白）水桶哥，木桶哥？
四　九：（白）不是，不是！
人　心：（白）铁桶，木桶？
四　九：（白）呸！去你的桶啊桶！哎，你会猜谜不？
人　心：（白）倒有溜子一二，八九不离十。
四　九：（白）你听着，六六三十六，四九三十六，去掉重头六，你去猜，你去想。
人　心：（白）我和姑娘在绣楼学珠算，六六三十六，四九三十六，去掉重头六，喔，该莫是四九，管他是也不是，上前冇他一冇。哎，你是四九哥不？

四 九：（白）啊！那我将你好有一比。
人 心：（白）比作何来呢？
四 九：（白）好比神仙。
人 心：（白）多对耳朵。
四 九：（白）拼相呗。
人 心：（白）哎，四九哥你晓得我叫什么？
四 九：（白）我哪晓得你叫什么？
人 心：（白）四九哥你会猜字谜不？
四 九：（白）我倒有个溜字一三！
人 心：（白）你听了，人身除了上下左右，当中一点，你去猜，你去想。
四 九：（白）裙子？裤子？
人 心：（白）不是，不是！四九哥你往皮内猜。
四 九：（白）你怎么不早说，我在皮外老想，老想。原来还在皮内呀，肠？肚？慢着，我和我大相公在花园剥狗，狗总只有许多，是肝？
人 心：（白）肝隔壁。
四 九：（白）啊！是肺？
人 心：（白）肺相连。
四 九：（白）慢着，将只差多远，肝、肺……啊，是心！管她是也不是上前冇她一冇，对，对，你是人心姐姐。
人 心：（白）四九哥，你好比神仙。
四 九：（白）我是什么，我是猜谜高手。
人 心：（白）四九哥我来问你，你到我家何事？
四 九：（白）我到你家……牵狗骑狗。
人 心：（白）该莫是查亲访友？是单码头，还是双码头？
　　　　　（四九用手比画。）
四 九：（白）看招牌讲话！
人 心：（白）他是你的什么人？
四 九：（白）他是我的柱子。
人 心：（白）是主子！他姓什么？
四 九：（白）他姓冷。
人 心：（白）该莫是姓梁哦？
四 九：（白）怕不晓得，梁不还是冷起的。
人 心：（白）总还是姓梁。那他叫什么呢？
四 九：（白）他叫四伯。
人 心：（白）他叫山伯吧？
四 九：（白）多一伯拿与你人心姐姐买胭脂水粉。稍时哪里相见？什么为号？
人 心：（白）放哨子为号，隔帘相见。
四 九：（白）呸！放倒你的，隔年相见，我还得回家挑担米来吃。

人　　心：（白）四九哥，不是隔年相见，是堂前放下珠帘相见。

四　　九：（白）那还差不多，那就各请各的相公。

（四九摇头晃脑下。）

人　　心：（白）拜请姑娘。

（祝英台上。）

祝英台：（白）杭州攻书是奴家，女扮男装是奴家。人心何事？

人　　心：（白）启禀小姐，前堂来了一位好友，特来报知小姐。

祝英台：（白）丫鬟，你与我禀告安人，前堂来了一位好友，小姐是男打扮还是女梳妆，请安人示下。

人　　心：（白）是。启禀安人，前堂来了一位好友，小姐是男打扮还是女梳妆，请安人示下。

安人内：（白）丫鬟听了，在家不比在外，若是男子男打扮，若是女子女梳妆。梳妆打扮，打扮梳妆，堂前放下珠帘相见，这才是姑娘的闺阁道理。

人　　心：（白）是。小姐，安人传话出来，在家不比在外，若是男子男打扮，若是女子女梳妆，梳妆打扮，打扮梳妆，堂前放下珠帘相见，这才是姑娘的闺阁道理。

英　　台：（白）知道了。

（此时母亲要她归还女装相会学友，英台高兴得手舞足蹈。）

英　　台：（唱）听说是梁兄哥前来访友，　　　　倒让我英台女又喜又忧。
　　　　　　　　往日里见梁兄大摇摆手，　　　　今日里见梁兄缩手缩足。
　　　　　　　　丫鬟带路梳妆厅走……　　　　　打开了梳妆柜好梳油头。
　　　　　　　　打开了青丝发分为三绺，　　　　拿起了乌木梳梳起油头。
　　　　　　　　前梳三把弯弯扭扭，　　　　　　后梳三把擦上香油。
　　　　　　　　左梳一个插花戴朵，　　　　　　右梳一个风波云斗。
　　　　　　　　十指尖尖嫩笋出土，　　　　　　擦水粉点胭脂迎接当初。
　　　　　　　　上穿着毛蓝褂时兴大袖，　　　　下系着百褶裙罩住小足。
　　　　　　　　前行三步如风摆柳，　　　　　　后行三步压赛当初。
　　　　　　　　我本当梳妆厅多了时候，　　　　怕的是梁兄哥道奴不足。
　　　　　　　　人心带路客堂走……　　　　　　放下了珠帘帐迎接当初。

（人心来至客堂，放下珠帘，安排坐椅等。）

人　　心：（放哨子）嘘……

（四九调皮地上。）

四　　九：（白）哎呀，好大的南风，吹俏乌龟哼。

人　　心：（白）呸！去你的，哪有乌龟七八十斤。

四　　九：（白）喔，原来是人心姐姐你呀。

人　　心：（白）各请各的相公！

四　　九：（白）有请大相公。

（梁山伯上。）

九、访友

梁山伯：（唱）听四九一声请衣帽整顿，　　　　　　　想必是祝贤弟出府相迎。
　　　　　　梁山伯走上前深施一礼……
　　　（白）非也！你这奴才，我叫你请他的相公，谁叫你请他小姐前来？
四　九：（白）这哪能怪我哇？
梁山伯：（白）这还不怪你，难道说还怪我不成么？还不与我快去问来！
四　九：（放哨子）嘘……
人　心：（白）唉呀呀，好大的南风，吹骚乌龟哼！
四　九：（白）人心，人心，你好比害人坑。
人　心：（白）四九哥何事？怎见得我是害人坑呢？
四　九：（白）你看见我杭州来了一对公的，你牵出一对母的前来对和哇？
人　心：（白）四九哥，你晓不晓得你头戴什么呢？
四　九：（白）四九爱俏头戴一枝花。
人　心：（白）就把花为题。四九爱俏头戴一枝花，杭州攻书不是我和你，就是她和她。
四　九：（白）我见我相公照你原话啰……见过大相公。
梁山伯：（白）四九可曾问来？
四　九：（白）问倒是问来了，你晓得小人头戴什么呢？
梁山伯：（白）四九爱俏头戴一枝花。
四　九：（白）就把花剥皮。
梁山伯：（白）就把花为题。
四　九：（白）啊，就把花为题。四九爱俏头戴一枝花，杭州攻书不是我和你，就是她和她。
梁山伯：（白）四九，如此说来我好悔呀。
四　九：（白）你好悔，我还好差呢？
梁山伯：（白）奴才！你差者何来呢？
四　九：（白）相公你悔者何来呢？
梁山伯：（白）我悔英台是女流之辈，长亭不该与她八拜之交。奴才你差者何来呢？
四　九：（白）我差呀……我差，我要是知道人心姐姐是女流之辈。长亭上拜了堂成了亲。生个儿子唱小生喏。
梁山伯：（白）非也！
　　　（唱）礼上相迎……
　　　　　　祝贤弟有贵事何方去了，　　　　　　有劳了祝九姑出府相迎。
祝英台：（唱）梁兄哥来路远隔帘打坐，　　　　　你愚弟有言来哥细听根着。
　　　　　　落花有情随流水，　　　　　　　　　流水无情淹落花。
　　　　　　杭州攻书就是奴家。
　　　　　　（四九、人心蹦蹦跳跳同下。）
梁山伯：（唱）听说是祝贤弟隔帘答话，　　　　　倒让我梁山伯难猜难画。
　　　　　　自古道画虎画皮骨肉难画，　　　　　知人知面不知心下。
　　　　　　用白扇挑珠帘观看真假……　　　　　果然是祝贤弟半点不差。

祝英台：（唱）你既是祝贤弟兄要问话，　　　　在杭州年三载细说根牙。
　　　　　梁兄哥来路远隔帘打坐，　　　　　你愚弟有言来哥听根着。
　　　　　曾记得在绣楼挑花绣朵，　　　　　我大嫂上绣楼拨奴的针脚。
　　　　　百样花绣得好不差不错，　　　　　凤凰头缺三针却是为何？
　　　　　我大嫂她带有残线一段，　　　　　凤凰头添三针好看得多。
　　　　　我大嫂此时间把话讲过，　　　　　姑绣花不如我幼年贱婆。
　　　　　我彼时在绣楼把话讲过，　　　　　我绣花不如你幼年针脚。
　　　　　我若是男子汉不在此学，　　　　　一心心往杭州苦把墨磨。
　　　　　我大嫂在绣楼把话气我，　　　　　姑若想胜大哥重睡摇窝。
　　　　　杭州城好朋友多交几个，　　　　　到下年抱外孙来见外婆。
　　　　　你愚弟听此言怒气不过，　　　　　连接三掌窖下了绫罗。
　　　　　那绫罗不窖在别处地所，　　　　　单窖在后花园牡丹树脚。
　　　　　我若是在杭州有差有错，　　　　　那红绫见我面烂成泥团。
　　　　　我若是在杭州无差无错，　　　　　那红绫一见我鲜艳得多。
　　　　　高堂上辞别了一双父母，　　　　　圣堂上辞别了手足大哥。
　　　　　人心女扮做了书童一个，　　　　　你愚弟扮秀才差不几多。
　　　　　一马行来长亭走过，　　　　　　　在长亭偶遇着山伯大哥。
　　　　　我曾问梁兄哥家住何所，　　　　　哥也曾问愚弟家住何坡。
　　　　　哥讲道住越州梁家庄所，　　　　　弟讲道住宜县祝家庄落。
　　　　　（男女对唱）

祝英台：（唱）　　　　　　　梁山伯：（唱）
（梁、祝二人渐渐陷入回忆，唱腔时高亢时低落。）
　　我二人叙起来美不美我的兄，　　乡中水我的弟。
　　乡邻会乡亲，　　　　　　　　　无亲却有亲。
　　二人长亭，　　　　　　　　　　长亭来结拜。
　　犹如同娘，　　　　　　　　　　同娘共母生。
　　哥叫四九，　　　　　　　　　　四九挑担子。
　　弟叫人心，　　　　　　　　　　挑担随后跟。
　　逢山不看，　　　　　　　　　　不看山中景。
　　过河不看，　　　　　　　　　　不看打渔人。
　　二人上了，　　　　　　　　　　高头烈马。
　　快马加鞭，　　　　　　　　　　竟往杭州城。
　　不觉到了，　　　　　　　　　　王婆婆饭店。
　　王婆婆饭店，　　　　　　　　　饭店且安身。
　　清晨起来，　　　　　　　　　　起来打一望。
　　杭州不远，　　　　　　　　　　就在眼前存。
　　二人又上，　　　　　　　　　　高头烈马。
　　快马加鞭，　　　　　　　　　　来到杭州城。

九、访友

二人同把，杭州城来进。
杭州城热闹，热闹人挤人。
二人同把，同把圣堂门来进。
众位学友，一齐笑盈盈。
上前三步，一齐拜孔子。
又拜两边，七十二贤人。
众位学友，一齐来嘲笑。
谁家一男，一男一女人。
先生堂上，开口把话讲。
新到学友，细听我言章。
隔壁瓦屋，无有人来住。
拿你二人，打扫做书房。
愚弟上前，上前把话讲。
尊一声梁兄哥，细听我言章。
凉床要打，要打长丈二，
帐子要缝，要缝丈二长。
长的长丈二，丈的丈二长。
两头好放，你我鸳鸯枕，
中间好放，你我书和箱。
二人睡醒，分开两头睡，
不准足手，足手乱忙忙。
倘若足手，足手忙忙乱，
禀告先生，打你我戒方。
睡醒睡到，三更交半夜，
梁兄哥问愚弟，怎不脱衣裳。
愚弟上前，上前把话讲，
尊一声梁兄哥，细听我言章。
在家许了，不脱衣裳愿，
三年不许，不许脱衣裳。
上身三百，三百排环扣，
下身四百，四百纽扣环。
脱衣解带，岂不是天了光①。
三月天气，阳气往上，
众位学友，打扮去乘凉，
忽然一阵，一阵旋风起，
吹得愚弟，身做女花香。

---

① 天了光：黄梅方言，指天亮。

愚弟上前，把话来讲，
尊一声众学友，细听我言章。
想必前生，前生是女子，
今生还做，还做女花香。
众位学友，齐把话来讲，
劝你讲话，讲话莫颠狂。
别人解手，解手站着解，
你却为何，蹲在地埃尘。
愚弟上前，上前把话讲，
众位学友，细听我言章。
蹲着解手，真君子，
站着解手，狗淋墙。
笑了一场，又笑二场，
又笑愚弟，一对大乳膀。
愚弟上前，上前又把讲话，
尊一声众学友，细听我言章。
男人乳大，朝中为宰相，
女人乳大，早早配才郎。
问得众学友，无有话来讲，
各人上位，各做各文章。
七月阴来，八月阳，
后园枣子，枣子一起黄。
众位学友，一齐打枣子，
打的打来，抢的抢。
别人手上，手上三五粒，
愚弟袖笼，袖笼五七双。
三的三五粒，五的五七双。
惊动丁老先生，发怒在圣堂。
喊叫一声，齐来跪，
各人罚枣，罚枣五寸长。
众位学友，无有话来讲，
梁兄哥跪一旁，两眼泪汪汪。
愚弟上前，把话来讲，
尊一声老先生，细听我言章。
自从盘古，盘古分三皇。
哪有枣子，枣子五寸长。
先生能写得，写得天大字。
学生罚枣，罚枣五寸长。

九、访友

```
              纵然写得，            写得天大字，
              难买地大，            地大纸一张。
              先生堂上，            无有话来讲，
              各人上位，            各做各文章。
              梁兄一日，            一日七张纸，
              愚弟十五，            十五不找忙。
              八月是中秋，          九月是重阳，
              九月里来菊花黄……
```

梁山伯：（唱）燕子双双绕高粱，　　　　　　燕子也有双父母，
　　　　　　难道说我二人没有爹娘。　　　　兄回乡来弟回乡，
　　　　　　兄弟双双看爹娘。
　　　　　　（男女对唱）

梁山伯：（唱）　　　　　　　　祝英台：（唱）
　　　　　　我送贤弟出学门，　　　　　　　弟在学门比过麒麟。
　　　　　　我送贤弟一墙头，　　　　　　　弟在墙头比过石榴。
　　　　　　我送贤弟一庙堂，　　　　　　　弟在庙堂比过神皇。
　　　　　　我送贤弟古井边，　　　　　　　手挽手儿照过容颜。
　　　　　　我送贤弟一池塘，　　　　　　　弟在池塘比过鸳鸯。
　　　　　　我送贤弟一山凹，　　　　　　　弟在山凹比过庄稼。
　　　　　　我送贤弟紫竹林，　　　　　　　弟在竹林比过观音。
　　　　　　我送贤弟一河边，　　　　　　　弟在河边比过渔船。
　　　　　　我送贤弟独木桥，　　　　　　　恰似牛郎织女渡鹊桥。
　　　　　　我送贤弟一花台，　　　　　　　弟比蜜蜂采花来。
　　　　　　我送贤弟一坂坡，

祝英台：（唱）梁兄休提一坂坡，　　　　　　提起坂坡话语多。
　　　　　　坂坡来了一对鹅，　　　　　　　口口声声叫哥哥，
　　　　　　我叫哥哥认公母，　　　　　　　哥哥说愚弟太啰嗦，
　　　　　　到如今来访友抬头看，　　　　　把眼梭俊男人变成女娇娥，
　　　　　　是你啰嗦还是我啰嗦，　　　　　我的梁兄哥弟还是娇娥。
　　　　　　（人心、四九上。）
　　　　　　（祝英台示意，人心卷起珠帘。）

梁山伯：（唱）有前言和后语一概休讲，　　　多蒙了贤弟妹许我洞房。
　　　　　　请出了二爹娘拜为岳丈，　　　　拜岳丈和岳母山伯回乡。
祝英台：（唱）两河岸许姻缘不却是我，　　　假一个将小妹虚哄大哥。
梁山伯：（唱）多蒙了祝贤弟许我姻缘，　　　喜得我梁山伯叩谢苍天。
　　　　　　弟若不嫌愚兄文才学浅，　　　　选良辰并吉日结蒂团圆。
祝英台：（唱）约哥早来哥不早来，　　　　　爹娘得过马家彩。
　　　　　　约哥早娶哥不早娶，　　　　　　爹娘得过了马家彩礼，

梁山伯：（唱）听罢一言怒满怀，　　爷是天来娘是地，　　二爹娘做的事儿敢不依？
　　　　　　井边打水江边卖，　　　　　　　　　　　　近前大骂祝英台。
　　　　　　马家不过多豪富，　　　　　　　　　　　　可是不可该是不该？
　　　　　　前面走的马公子，　　　　　　　　　　　　我山伯不过穷秀才。
　　　　　　二人同把岳丈拜，　　　　　　　　　　　　后面跟随梁山伯。
　　　　　　用手儿端木椅打坐屏风外，　　　　　　　　看你祝家有几个英台。
　　　　　　　　　　　　　　　　　　　　　　　　　　看你怎样开消我黉门秀才？
祝英台：（唱）哥莫愁来哥莫忧，　　　　　　　　　　如今水落二三秋。
　　　　　　日落西山还有可，　　　　　　　　　　　　水流东海不回头。
　　　　　　早来三天人心一路，　　　　　　　　　　　迟来三天怨当初。
　　　　　（山伯闻言，怒斥英台，口不择言。）
梁山伯：（唱）转面来骂四九烦闷吐口，　　　　　　　英台女耻笑你好不害羞。
　　　　　　转面来骂英台不顾羞丑，　　　　　　　　　山伯有言听从头。
　　　　　　你既贞节一女流，　　　　　　　　　　　　不该打扮往杭州。
　　　　　　不该与我来结拜，　　　　　　　　　　　　不该与我拜手足。
　　　　　　不该约我来访友，　　　　　　　　　　　　更不该将小妹虚哄鸾俦。
　　　　　　不该将兄当玩偶，　　　　　　　　　　　　不该将兄当蹴鞠。
　　　　　　先前结拜你是我的好友，　　　　　　　　　到如今你是我冤家对头。
　　　　　　叫四九办能行府门等候，
　　　　　（四九下，带马上。）
　　　　　　稍一时大相公即刻回头。　　　　　　　　　话不辞无义人跨马走！
　　　　　（梁山伯不得释怀，血涌胸前，一口喷出。）
祝英台：（哭）梁兄，大哥！唉，哥喂……
梁山伯：（唱）一霎时惹得我鲜血倒流。
　　　　　（唱罢，梁山伯晕倒在地！）
四　九：（哭）我的大相公喂……唉唉唉……
　　　　　（人心在一旁做鬼脸，示四九好不害羞。四九欲打人心，人心躲闪！）
祝英台：（唱）只见梁兄鲜血吐，　　　　　　　　　　倒让我英台女难作计谋。
　　　　　　阎王判官早放手，　　　　　　　　　　　　早放梁兄早回头。
祝英台、四九：（同哭）梁兄醒来，唉，哥喂……
　　　　　　　大相公醒来！唉唉唉……
梁山伯：（唱）一霎时不由人死而未丧，　　　　　　　三魂渺渺又还阳。
　　　　　　醒来睁开了……
　　　　　（哭）唉，弟呀啊……
　　　　　（唱）气尽力微。
　　　　　　好贤弟搀扶兄兄有话叙，　　　　　　　　　你愚兄有言来弟且听知。
　　　　　　弟不该与大嫂打赌执气，　　　　　　　　　弟不该将红绫埋之在泥。
　　　　　　弟不该女人男人装备，　　　　　　　　　　弟不该往杭州攻读吟诗。

九、访友

　　　　　　　弟不该长亭拜为兄弟，　　兄弟双双朝夕未离。
　　　　　　　日同茶饭夜晚同被，　　　到夜晚共灯光攻读吟诗。
　　　　　　　听说是弟归家山伯送弟，　梁山伯送贤弟一路回归。
　　　　　　　一路上打探兄是弟好意……兄本是迷路人一概不知。
　　　　　　　送贤弟送至在两河之地，　弟不该将小妹虚哄为妻。
　　　　　　　弟不该听爹娘一旁裁理，　弟不该许马洪足下为妻。
　　　　　　　弟不该约愚兄访友会弟，　因此上带四九马未停蹄。
　　　　　　　来至在府门外一旁站起，　一来造府二来避讳。
　　　　　　　先只说来访友洋洋得意，　到如今看愚兄吐血如凝。
　　　　　　　抬头看你愚兄这般残体，　有什么衷肠话宜早莫迟。
　　　　（祝英台见梁山伯吐血，吓得六神无主，手搓手，急得身子直打转。）
祝英台：（唱）有只见梁兄哥这等模样，　倒让我英台女难作主张。
　　　　　　　低下头来心中暗想，　　　我还要用好言劝哥回乡。
　　　　　　　劝我的哥回家转东游西荡，荡散了心头火好读文章。
　　　　　　　大考年我的哥京城一往，　但愿得我的哥报马回乡。
　　　　　　　但愿得我的哥得中皇榜，　又何愁好美女哥配妻房。
　　　　　　　我的哥着媒婆将妻娶上，　到后来也有人接代烟香。
　　　　　　　我的哥着媒婆将妻娶上，　要比你无智弟强上加强。
梁山伯：（唱）哪怕是天仙女腾空下降，　也难比祝贤弟腹内文章。
　　　　　　　倘若是回家转病体快爽，　叫四九送一信宽弟心肠。
　　　　　　　倘若是回家转病体倔犟，　叫四九带老母来描药方。
　　　　　　　说一句不彩话兄把命丧，　祝贤弟到我家前去吊香。
　　　　　　　我死后不埋祖坟山上，　　埋在马家出路旁。
　　　　　　　上立一块碑牌石，　　　　下写三字梁一郎。
　　　　　　　贤弟你若马家往，　　　　轿内多带纸和香。
　　　　　　　走到坟前拜几拜，　　　　拜过几拜哭声郎。
　　　　　　　拜与不拜单凭你，　　　　哭与不哭各凭心肠。
　　　　　　　本当在此多把话讲，　　　心中记挂白发娘。
　　　　　　　叫四九办能行府门等上，　稍一时大相公即刻回乡。
　　　　　　　弟若念结拜情扶兄上马，　弟不念结拜情各凭心下。
　　　　　　　话不辞无义人把马跨……
　　　　（祝英台泪如雨下，四九带马，祝英台、四九一同搀扶山伯慢慢上马。）
祝英台：（哭）梁兄，大哥，唉，哥喂……
梁山伯：（唱）兄弟俩想相逢铁树开花。
　　　　（梁山伯猛一挥鞭急驰下，四九随后。）
祝英台：（唱）马上去了山伯哥，　　　倒让我英台女泪如抛梭。
　　　　　　　哥在马上思想我，　　　我在绣楼思想哥。
　　　　　　　各思各想各有错，　　　想死心肝又如何？

　　　　　　　人心带路转绣阁，　　　　　　　怕的是伯母娘前来描药。
　　　　　　（祝英台、人心无精打采地下。）
　　　　　　（灯暗。）
　　　　　　（前幕启，郊外。秋风飕飕，暮雾蔼蔼，叶染霜林，北雁南飞，一片凄凉景象。梁山伯乘马上，四九随后。）
梁山伯：（唱）望高山白云飞家乡还在，　　　　回头来望一望，
　　　　　　　唉，好友哇，名叫英台。
　　　　　　　梁山伯得相思英台所害，　　　　害得我年轻人吐血回来。
　　　　　　　坐马上我就把四九叫待，　　　　大相公有言来细听开怀。
　　　　　　　倘若是回家转安人问待，　　　　切莫说在祝家访友回来。
　　　　　　（经过访友一事，观大相公如此模样，四九好像成熟多了。）
四　九：（唱）大相公你不要叮嘱言警，　　　　嘱咐言语谨记在心。
　　　　　　　倘若是回家转安人来问，　　　　我只说在杭州攻书回程。
梁山伯：（唱）好一个小四九听我教训，　　　　倒让梁山伯大放宽心。
　　　　　　　来在自家屋下能行……
　　　　　　（二幕启，梁府客厅。）
四　九：（唱）拜请了老安人相公回程。
　　　　　　（四九搀扶山伯落座，四九侍奉在侧，梁母慢步上。）
梁　母：（唱）昨夜晚得一梦大不吉祥，　　　　梦见了好朋友我家吊香。
　　　　　　　该莫是山伯儿功名往上，　　　　该莫是我老身目下遭殃。
　　　　　　　耳旁边又听得人声喧嚷，　　　　但不知何贵客来到客堂。
　　　　　　　转为我只得客堂往……　　　　　却原是山伯儿四九回乡。
　　　　　　　山伯儿坐一旁昂然气爽，　　　　见为娘不下礼枉读文章。
梁山伯：（唱）坐马上晃得我腰酸气胀，　　　　睁昏花却原是白发老娘。
　　　　　　　四九搀扶我一礼奉上……
　　　　　　（四九搀扶相公施礼介。）
　　　　　（唱）不孝子三年载未奉茶汤。
梁　母：（唱）山伯儿下杭州桃红模样，　　　　到如今观脸色菜子花黄。
　　　　　　　该莫是杭州诗书难讲，　　　　　该莫是老先生磨灭儿的文章。
　　　　　　　该莫是小四九不会调养，　　　　该莫是挂牵了白发老娘。
　　　　　　　是与不是快对娘讲，　　　　　　庭堂上急坏了白发老娘。
梁山伯：（唱）先只说访友事不对娘讲，　　　　有谁知老母亲问儿的病详。
　　　　　　　回头来问四九讲与不讲……
　　　　　　（白）四九哇，讲得呗？
四　九：（白）讲不得，讲了安人要打你呀！
梁山伯：（唱）讲不得我还要禀告我的老娘。　　一非是杭州诗书难讲；
　　　　　　　也非是老先生磨灭儿的文章；　　也非是小四九不会调养；
　　　　　　　也非是挂牵了白发老娘。　　　　自那年辞母亲杭州一往，

九、访友

		长亭上遇好友八拜拈香，	弟约我秋八月把友来访。
		祝贤弟是……唉，娘呀，	是女人……吐血回乡。
梁　母：	（唱）	听奴才出此言怒冲往上，	骂一声山伯儿不孝儿郎。
		先只说杭州诗书难讲，	有谁知在杭州贪恋娘行。
		怒恼娘举家法一来一往！	

（四九扑通一声跪在安人面前。）

| 四　九： | （白） | 安人饶命。 |
| 梁　母： | （唱） | 我梁家也只有一枝苗秧。 |

（安人以手示意，四九站起，靠在山伯身边。）

梁　母：	（唱）	恶言去了好言来讲，	转面来山伯儿细听端详。
		我的儿回家后东游西荡，	荡散了心头火好读文章。
		好美女出之在大户庄上，	我的儿着媒婆迎娶一房。
		我的儿着媒婆将妻娶上，	到后来也有人接代烟香。
		我的儿娶贤妻妇随夫唱，	要比你无义弟强上加强。
梁山伯：	（唱）	哪怕是天仙女腾空下降，	也难比祝贤弟腹内文章。
		老母亲若想儿病体快爽，	除非是到祝家去描药方。
梁　母：	（唱）	听我儿出此言话也难讲，	这就是不孝子连累为娘。
		四九搀相公病房往……	
梁山伯：	（唱）	老母亲去描药急早回乡。

（四九搀相公下，四九复上。二幕落，郊外，景色依然。）

梁　母：	（唱）	有只见山伯儿内堂来往，	倒让老身纳闷心上。
		四九带马把马上……	一路上某地名诉对为娘。
四　九：	（唱）	老安人坐马上听我诉禀，	细听我小四九报上地名。
		行过三里桃花酒店，	再行四里杏花村。
梁　母：	（唱）	有桃花和杏花无心观望，	一心心到祝家去描药方。
		来到祝家下士象①……	

（四九扶梁母下马，四九接缰绳拴马。）

| 四　九： | （唱） | 拜请了祝九姑速到客堂。 |

（二幕启，祝家庄。祝府客厅，祝英台上。）

祝英台：	（唱）	曾记得梁兄哥把友来访，	倒让我英台女常挂心上。
		到客堂见四九开言问上，	英台女有言来细听端详。
		梁兄哥回家转病情怎样，	今日里到我家事为哪桩？
四　九：	（唱）	祝九姑你休问我家大相，	大相公回家转病倒木床。
		今日里到你家非为别样，	带安人来你府描取药方。
祝英台：	（唱）	听说是梁兄哥病倒木床，	倒让我英台女泪落两行。
		四九带路府门往……	我到前处迎接伯娘。

---

① 士象：指坐骑。后文同，不再一一标注。

		伯母娘来路远客堂往……	人心女不在家自奉茶汤。
梁　　母：	（唱）	祝九姑她生来聪慧漂亮，	有老身一见面口叫伯娘。
		青丝发柳叶眉口似樱桃样，	瓜子脸秋波眼齿白如霜。
		怪不得山伯儿将她思想，	有老身一见面不想回乡。
祝英台：	（唱）	这杯香茶敬奉伯娘手上，	
		（祝英台端茶梁母，梁母喝茶介。）	
祝英台：	（唱）	梁兄哥回家转病可安康。	
梁　　母：	（唱）	祝九姑你休问你的兄长，	你兄长回家转病倒木床。
		今日里到你家非为别样，	因此上带四九描取药方。
祝英台：	（唱）	听说是梁兄哥病倒木床，	倒让我英台女泪落两行。
		伯母娘来路远内堂往……	
梁　　母：	（唱）	祝九姑你描药急急忙忙。	
		（四儿搀扶梁母，忧虑下。）	
祝英台：	（唱）	有只见伯母娘内堂来往，	倒让我英台女泪落两行。
		含悲忍泪书位上……	拿起了药单书细看端详。
		有痰痨和火咳百味药样，	并没有相思病一味药方。
		低下头来心中暗想，	我不免描假药娘带回乡。
		用手儿磨动了香花墨草，	拿起了羊毫笔白纸一张。
		一要点老龙王头上角；	二要点那凤凰尾上浆；
		三要点那鳖鱼头脑髓；	四要点那蚂蟥眼睛一双；
		五要点那无风自动草；	六要点那炎天瓦上霜；
		七要点七仙姑头上发；	八要点八十岁婆婆奶浆；
		九要点那千年陈腊酒；	十要点那万年不老姜。
		点齐了十味药俱不一样，	我不免修书信娘带回乡。
		上写着英台女顿首拜上，	拜上了梁兄哥细看端详。
		劝我的哥回家转休将弟想，	想成了病害成痨空费一场。
		劝我的哥回家转东游西荡，	荡散了心头火好读书章。
		大考年我的哥京城一往，	但愿得我的哥报马回乡。
		但愿得我的哥得中皇榜，	又何愁好美女哥配妻房。
		我的哥娶贤妻妇随夫唱，	到后来也有人祭扫家邦。
		我的哥着媒婆将妻娶上，	要比你无志弟强上更强。
		一封书修完成封皮封……	请一声伯母娘速到客堂。
		（梁母、四九急上。）	
梁　　母：	（唱）	人在外心在家将儿思想，	祝九姑你可曾描起药方？
祝英台：	（唱）	这药单付与伯娘手上，	梁兄哥吃此药病可安康。
梁　　母：	（唱）	人讲道祝九姑真正停当①，	用白纸写药单大不吉祥。

---

① 停当：能干。

九、访友

祝英台：（唱）开言来我把九姑问上，　　　　　　有什么好口信娘带回乡。
　　　　　　伯母娘讨口信话也难讲，　　　　　　倒让我英台女纳闷心上。
　　　　　　低下头来心中暗想，　　　　　　　　我不免取排环娘带回乡。
　　　　　　我本当将排环与娘带上，　　　　　　怕梁兄见排环雪上加霜。
　　　　　　我若不把排环带上，　　　　　　　　岂不是伯母娘空跑一场。
　　　　　　罢罢罢将排环付娘手上……　　　　　拿与了梁兄哥熬药煎汤。
　　　　　（祝英台取下排环，付与梁母，梁母接排环介。）

梁　母：（唱）有老身将排环接在手上，　　　　　　倒让老身纳闷胸膛。
　　　　　　四九搀扶我把马上……
　　　　　（四九带马，搀扶梁母上马介。）
　　　　　　马不停蹄细说端详。
　　　　　　我的儿吃此药病体快爽，　　　　　　叫四九送一信宽姑心肠。
　　　　　　说一句不彩话儿把命丧，　　　　　　祝九姑到我家前去吊香。
　　　　　　本当在此多把话讲，　　　　　　　　怕的是山伯儿望娘回乡。
　　　　　　四九带路回家往……　　　　　　　　你为娘做一个来忙去忙。
　　　　　（梁母骑马，四九匆忙随下。）

祝英台：（唱）有只见伯母娘回家一往，　　　　　　倒让我英台女泪洒胸膛。
　　　　　　望不见伯母娘绣楼往……　　　　　　怕的是到梁家前去吊香。
　　　　　（英台拭泪下）
　　　　　（二幕落。）
　　　　　（二幕前，郊外。秋风飕飕，树叶凋零，梁母骑马，四九急忙上。）

梁　母：（唱）人在外心在家将儿思想，　　　　　　怕的是山伯儿望娘回乡。
　　　　　　来在自家屋下土象……
　　　　　（四九搀扶梁母下马介。）

梁　母：（唱）叫四九搀相公走出病房。
　　　　　（二幕启，梁府客厅，四九下，搀扶梁山伯上。）

梁山伯：（唱）老母亲去描药未曾回转，　　　　　　倒让我梁山伯两眼望穿。
　　　　　　到客堂见母亲开言问喧，　　　　　　老母亲您可曾描药回还。
梁　母：（唱）这有药单付儿手上，　　　　　　　　拿与了山伯儿细看端详。
梁山伯：（唱）人讲道祝贤弟真正停当，　　　　　　用白纸写药单大不吉祥。
　　　　　　四九搀扶我客堂就亮……　　　　　　拿起了药单书细看端详。
　　　　　　一要点老龙王头上角，　　　　　　　二要点那凤凰尾上浆；
　　　　　　三要点那鳖鱼头脑髓；　　　　　　　四要点那蚂蟥眼睛一双；
梁山伯：（白）四九哇，此药有没有啊？
四　九：（白）没有，大相公这世上也找不到呀！
　　　　　　五要点那无风自动草；　　　　　　　六要点那炎天瓦上霜；
　　　　　　七要点七仙姑头上发；　　　　　　　八要点八十岁婆婆奶浆；
梁山伯：（白）四九哇，这些药总该有吧？

四　九：（白）没有，没有哇，听都没有听说过，世上难寻。
　　　　　九要点那千年陈腊酒；　　　　十要点那万年不老姜。
　　　　　点齐了十味药俱不一样……
四　九：（白）那边还有小字啊。
梁山伯：（唱）拿起了小字细看端详。
　　　　　上写着英台女顿首拜上，　　拜上了梁兄哥细看端详。
　　　　　劝我的哥回家转休将弟想，　想成了病害成痨空费一场。
　　　　　劝我的哥回家转东游西荡，　荡散了心头火好读书章。
　　　　　大考年我的哥京城一往，　　但愿得我的哥报马回乡。
　　　　　但愿得我的哥得中皇榜，　　又何愁好美女哥配妻房。
　　　　　我的哥娶贤妻妇随夫唱，　　到后来也有人祭扫家邦。
　　　　　我的哥着媒婆将妻娶上，　　要比你无志弟强上更强。
　　　　　转面来我就母亲问上，　　　有什么好口信娘带回乡？
梁　母：（唱）山伯儿讨口信话也难讲，　倒让为娘纳闷胸膛。
　　　　　我本当将排环付儿手上，　　怕的是山伯儿雪上加霜。
　　　　　我本当将排环身旁收藏，　　岂不是辜负了九姑心肠。
　　　　　罢罢罢将排环付儿手上……
　　　　　（梁母摸出排环，付与梁山伯。）
梁　母：（唱）拿与了山伯儿熬药煎汤。
　　　　　（梁山伯接排环，气不打一处来。既有今日，何必当初。）
梁山伯：（唱）见排环不由人火冒千丈！　这排环好一似催命阎王。
　　　　　在杭州年三载为何不讲，　　今日里显排环所为哪厢？
　　　　　这排环我不要付娘手上，　　祝贤弟到我家带转回乡。
　　　　　（梁山伯将排环还回母亲。）
　　　　　四九搀扶我出外观望……　　望一望祝贤弟哪条路来。
　　　　　哪条路往杭州明明朗朗，　　哪条路去的是贤弟家乡。
　　　　　四九搀扶我那厢观望……　　望见了老爹爹立站一旁。
　　　　　老爹站一旁昂然气爽，　　　稍一时梁山伯同见阎王。
　　　　　四九搀扶我那厢观望……　　望见了接递神立站一旁。
　　　　　接递神你不要昂然气爽，　　稍一时梁山伯同见阎王。
　　　　　四九搀扶我客堂往……　　　转面对母亲诉表衷肠。
　　　　　实可叹老爹爹早年命丧，　　老母亲含辛茹苦抚育儿郎。
　　　　　儿是娘的寄托和希望，　　　娘望儿长成人成为栋梁。
　　　　　儿不能为我娘百年送葬，　　积谷未曾防饥荒。
　　　　　到如今不孝子这等模样，　　辜负了老母亲教养一场。
　　　　　但愿得老母亲不将儿想，　　但愿得老母亲福寿绵长。
　　　　　叫四九跪前来我有话讲，　　大相公有言来细听端详。
　　　　　三岁半来我家我娘抚养，　　滴水恩涌泉报理所应当。

　　　　　　　　　我死后不埋祖坟山上，　　　　埋在马家出路旁。
　　　　　　　　　上立一块碑牌石，　　　　　　下写三字梁一郎。
　　　　　　　　　我死后好家财付你手上，　　　切不可在人前做事猖狂。
　　　　　　　　　待我母要像待尔母一样，　　　切不可待我母两样心肠。
　　　　　　　　　倘若是待我母心有两样，　　　我死九泉勾你的生魂！
　　　　　　　　　阎王注定三更死，　　　　　　并不留人到五更。
　　　　　　（白）无常已到，万事休罢！
　　　　　　　　（梁母、四九大哭介。）
梁　母：（哭）山伯，我儿！唉，儿喂……
四　九：（哭）哎，我的大相公喂！唉，哎……
梁　母：（唱）只见我儿丧了命，　　　　　　好似狼牙箭穿心。
　　　　　　　　　黄叶不落落青叶，　　　　　　白头人送黑头人。
　　　　　　　　　忙把尸首来抬下，
　　　　　　　（四九、梁母抬梁山伯尸体下，复上。）
梁　母：（唱）四九送信到祝家。
四　九：（唱）辞过安人把马跨……
　　　　　　　（四九急忙出门上马，挥鞭急下。）
梁　母：（唱）只见四九祝家奔，　　　　　　倒让老身泪淋淋。
　　　　　　　　　含悲忍泪内堂进……　　　　到后堂与儿安设血灵。
　　　　　　　　　中年丧夫黄连苦，　　　　　到晚年死了儿绝了后根。
梁　母：（哭）唉，我的山伯儿喂……哎哎哎……
　　　　　　（梁母踉跄地哭着下。）
　　　　　　（灯暗。）
　　　　　　（前幕启，郊外。乌云滚滚，秋风扫落叶，乌雀哀鸣，四九急驰上。）
四　九：（唱）远望燕子飞过江，　　　　　　人为才死鸟为食亡。
　　　　　　　　　蜜蜂采花花心丧，　　　　　　我大相为的是祝九姑娘。
　　　　　　　　　来在祝家下士象……　　　　　拜请了祝九姑速到客堂。
　　　　　　（二幕启，祝家庄园。员外客厅，祝英台急上。）
祝英台：（唱）桅杆杪上两盏灯，　　　　　　一盏暗来一盏明。
　　　　　　　　　到客堂见四九开言问，　　　　四九慌忙为何情？
祝英台：（白）四九你为何这等慌忙？
四　九：（白）九姑呀，事到如今，不得不说，不得要讲，我大相公昨日一命身亡！唉唉……
祝英台：（白）你在怎讲？
四　九：（白）一命身亡！
祝英台：（白）不好了！唉，梁兄哥喂……
　　　　　　（英台闻讯晕倒。）
四　九：（白）九姑醒来，九姑醒来呀！

祝英台：（唱）忽听四九报一信，　　　　　冷水浇头怀抱冰。
　　　　　　　醒来睁开了……　　　　　　　还要四九定计行。
四　九：（唱）九姑你不要哭声不尽，　　　我有言来你听分明。
　　　　　　　你若念长亭结拜情分，　　　去到我家走一行。
　　　　　　　结拜之情忘干净，　　　　　稳坐绣楼莫离身。
祝英台：（唱）四九这言将我提醒，　　　　提醒奴家急难人。
　　　　　　　本当后堂辞儿母，　　　　　儿母阻拦不能行。
　　　　　　　不辞儿母四九带过马缰绳……
　　　　　　（四九带马，英台上马。二幕落，郊外。天色朦胧，秋风飕飕，细雨淅沥，凄楚无比。）
祝英台：（唱）一路上某地名对我说明。
四　九：（唱）祝九姑坐马上听我诉禀，　　细听我小四九报上地名。
　　　　　　　行过四里桃花酒店，　　　　再行三里杏花村，
祝英台：（唱）有桃花和杏花无心观望，　　一心心到梁家前去吊香。
　　　　　　　来在梁家下士象……
　　　　　　（英台下马，四九带缰拴马。二幕启，梁府客厅。）
　　　　　　　进府门请一声伯母亲娘。
　　　　　　（梁母极度伤心地上。）
梁　母：（唱）二十岁死丈夫老身守寡，　　四十岁死娇儿绝了宗华。
　　　　　　　来在客堂提足踏……　　　　只见九姑到我家。
　　　　　　　我儿为你丧了命，　　　　　看你心疼不心疼。
祝英台：（唱）伯母娘你不要将我埋怨，　　到如今埋怨我也是枉然。
　　　　　　　开言来我就把伯母动问，　　梁兄哥他一死可有血灵？
祝英台：（白）请问伯母，梁兄他一死可有血灵？
梁　母：（白）现在内堂。
祝英台：（白）带路内堂。
　　　　　　（梁母、祝英台、四九等含泪下。）
　　　　　　（内幕开，梁山伯灵堂。白幡素帏，烟雾缭绕。）
　　　　　　（王强提香烛纸炮上。）
王　强：（白）好人不在世，祸害几千年。我乃王强，在杭州读书，结拜一好友，名叫梁山伯。耳闻人言，梁山伯害相思病死了，也不知是真还是假？我买了三个钱的香，两个钱的炮，前往他家悼念一番，聊表同窗之谊。行行去去，去去行行，不觉到了。唉呀！怎么这般悄静？我带来香烛纸炮到他家里去，万一要是梁山伯没有死，人家可不高兴。这个，这个……有了，待我进去瞧瞧。要是真的死了，我这个也就就派上用场。要是谣传，我把它带回去，逢年过节也还用得上。列位，不要笑话我，常言道，吃不穷，穿不穷，算计不通一世穷。我把它放在这里，麻烦列位帮我看管。唉呀！好恶的鬼。青天白日鬼叫，不怕，不怕！既然来了总要进去看看。哎，有人在

哭相公。是四九吗？四九哪里？

（四九头戴孝帽，身穿孝服上。）

四　九：（白）打鬼，打鬼！

王　强：（白）哪里有鬼？

四　九：（白）鬼在那里。

王　强：（白）你是鬼子？

四　九：（白）你是鬼孙。

王　强：（白）四九呀，你打扮得这等模样，爱俏呀？

四　九：（白）喂呀……我的大相公死了。

王　强：（白）啊！你大相公死了。喂，四九呀，你可认得我哇？

四　九：（白）我不认得你。

王　强：（白）哎，我与你大相公在杭州读书，我在河边钓鱼，回家吃饭没有找到碗，吃了八大瓢饭，就是我呀。

四　九：（白）喔，你是王先生？

王　强：（白）妥妥妥。哎，四九呀，你大相公死了能吃饭不？

四　九：（白）人死了怎么能吃饭呢？

王　强：（白）不能吃饭，能吃粥不？

四　九：（白）死了怎么能吃粥呢，埋了。

王　强：（白）埋了，我不信。

四　九：（白）黄金归库，死脱了气。

王　强：（白）哎哟喂，我那香烛纸炮打水漂了哟。四九呀，我是染匠送礼拿不出手。

（王强出门，拿上香烛纸炮进门，跪到孝桌前，四九陪跪，烧香化纸放鞭炮，王强作揖，四九扶起王强。）

四　九：（白）王先生你就不必多礼，大相公呀，王先生吊香来了，你保佑王先生手脚先硬！

王　强：（白）哎，四九呀，那是手脚灵便，身体康健。

四　九：（白）大相公，王先生是个好人，你把他带去啊。

王　强：（白）唉呀，四九你真不会讲话，我与你大相公是同窗好友，我来吊香，你莫吓我。喔，四九是你寻王先生开心呐？

四　九：（白）王先生休要见怪，我寻你玩的，王先生我拿个鸡蛋你吃。

王　强：（白）我不要，我二回没有礼还得。

四　九：（白）吃一个还一个撒。

王　强：（白）哎呀！

（王强在供桌上拿鸡蛋吃，自以为不算是礼尚往来。）

四　九：（白）王先生，你搞什么鬼，那个是我大相公吃的。

王　强：（白）我晓得，你大相公吃得，我也吃得撒。

四　九：（白）那是死人吃的，你吃了就会死的。

王　强：（白）呸呸呸！我不吃。

四　九：（白）你还是吃一点。

王　强：（白）我不吃！

（王强把鸡蛋放在孝桌上，将灵牌拿在手上看。）

王　强：（白）故见孝梁公山伯……

四　九：（白）王先生，你在那里做么事呀？

王　强：（白）我看看好友的粉牌。

四　九：（白）那是灵牌，上面不是故见孝，而是故显考……

王　强：（白）我来问你。

四　九：（白）问我何来？

王　强：（白）你家哪个主事？

四　九：（白）我家安人主事。

王　强：（白）她是妇道人家，我也不怪她，请问道士姓什么呢？

四　九：（白）道士姓何。

王　强：（白）这个何道士真是吃屎长大的，往日在杭州读书，人家来了张请柬，有梁山伯的名字，也有我王强的名字，这上面为什么只有你相公一个人的名字？

四　九：（白）王先生，你不要哑哑绊绊①，你的名字写在孝单上。这灵牌上只写死人的名字，你要写，我给你加上就是。

王　强：（白）怎么？我的名字在孝单上。

四　九：（白）这不是吗，孝男王强。

王　强：（白）哎，乃是契友王强。

梁　母：（内哭）我的山伯儿喂……

王　强：（白）四九哇，你家死崽，死得很高兴哩。

四　九：（白）怎见得？

王　强：（白）那还请了唱高腔戏班子唱戏呢？

四　九：（白）王先生，那是我安人在哭喂！

王　强：（白）四九，你安人哭得好好听喏，四九哇，你安人有几个儿子呀？

四　九：（白）一个崽。

王　强：（白）你家安人好没志气，一个崽死了就不要哭。无拦一身轻，要是崽多了就要哭。死了老大，又怕死了老二，死了老二又怕死了老三，死了老三又怕死了老四，死了老四更怕死了老五。

四　九：（白）死了老四，还有你这个五崽！

王　强：（白）四九，我又吃亏了，四九呀，我本当到后堂看望安人，不好，她见了我王强前来吊香，又要伤情，越发心酸，你代我辞过安人。那我就告辞了。

四　九：（白）送送王先生。

王　强：（白）不要你送！

四　九：（白）还是送送吧。

---

① 哑哑绊绊：黄梅方言，意为胡搅蛮缠。

王　　强：（白）四九你这一送，送出我一肚子武来了。
四　　九：（白）乃是一肚子文呗。
王　　强：（白）有文就有武？
四　　九：（白）总还是文。
王　　强：（白）怕不晓得是文，往日在杭州有人会文就是文，今日没有人会文，不就是武吗？
四　　九：（白）我与你会文。
王　　强：（白）你头上开了孔呀？
四　　九：（白）说也不该，自古道，强将足下无弱兵。我家相公三阳县有名的才子。我跟他十多年，一天学半个字，也学到千把两千个字，怎么不能会文呢？
王　　强：（白）四九呀，我将你好有一比。
四　　九：（白）比作何来呢？
王　　强：（白）门背后十八斤鳊鱼！
四　　九：（白）此话怎讲？
王　　强：（白）侧看了。
四　　九：（白）侧看了也不要紧，走！
王　　强：（白）哪里去？
四　　九：（白）到孝堂！
王　　强：（白）把什么为题？
四　　九：（白）就把我家相公孝灵为题！
王　　强：（白）咳，咳，咳！
四　　九：（白）王先生你吃糠了哇？
王　　强：（白）你莫打断我的文章尾。
四　　九：（白）文章头呗。
王　　强：（白）有头必有尾。
四　　九：（白）总还是文章头。
王　　强：（白）就算是文章头，咳，颜回好学，不幸三十二岁死也……
四　　九：（白）死者！
王　　强：（白）死者必亡！
四　　九：（白）我把你好有一比哟。
王　　强：（白）比作何来呢？
四　　九：（白）孔夫子倒墨，狗屁冲天乎。
王　　强：（白）有文不赛，人道我腹中无才，有屁不放，肚子作胀。四九呀，你走路舞一舞，我怕你死的难过端午！
四　　九：（白）王先生你走路扭一扭，我怕你死的难过中秋。王先生走路中一中，我怕你死的难过今年冬。我急忙走起来，我怕王先生死了无棺材。
王　　强：（白）四九，你说得好，我死了无棺材，天当棺材盖，地当棺材底，死了狗拖四十里，还在棺材里。

（王强、四九下。）
（梁母、祝英台身穿孝服上。）

祝英台：（哭）梁兄，大哥！唉，哥喂……
（祝英台见山伯血灵触景生情，跪在供桌前痛哭流泪，焚香化纸边哭边诉。）

（唱）见血灵不由我泪悲啼，　　　　　好似霸王别虞姬。
在杭州读书你兄我弟，　　　　　日同茶饭夜晚共灯吟诗。
听说是弟归家弃书送弟，　　　　梁兄哥送小妹一路回归。
悔不该约梁兄访友会弟，　　　　听说是许马家吐血如凝。
在灵前哭得咽喉气息，　　　　　哀告了伯母娘儿要休息。

梁　母：（白）祝九姑娘，我儿既死，不能复生，跟随老身上房去睡吧。
祝英台：（白）伯母说哪里话，梁兄为我死得凄惨，原应当守灵一番。
梁　母：（白）这才是樵楼鼓乐咚。
祝英台：（白）西方月影斜。
梁　母：（白）庄前无客店。
祝英台：（白）梁兄阴魂落谁家。

（梁母眼观白幡素帏和娇儿灵牌，想起中年丧夫、老来丧子，失声痛哭。）

梁　母：（唱）听樵楼打初更鼓咚咚，　　　哭一声山伯儿两手捶胸。
先只说养娇儿成龙成凤，　　　　跳板搭桥一场空。
儿好比山林一棵松，　　　　　　儿好比半空中一阵风。
高山下石汲水难涌，　　　　　　菜篮打水一场空。
多蒙了祝九姑情高义重，　　　　来到我府哭泣梁兄。
在灵前哭得我泪如水涌，　　　　山伯儿有阴灵梦里相逢。

祝英台：（唱）听樵楼打二更清醒了我，　　哭声梁兄手把胸摸。
在杭州读诗书兄弟两个，　　　　日同茶饭夜晚同窝。
说一句弟归家弃书送我，　　　　梁兄哥送愚弟十里长河。
不该约哥访友会我，　　　　　　悔不该将假小妹虚哄大哥。
哥归家病沉重牵连伯母，　　　　伯母娘带四九我家描药。
左思右想把药点错，　　　　　　我不该描起了十味假药。
先只说取排环权当是我，　　　　书呆子见排环命见阎罗。
多蒙了小四九送信与我，　　　　来在孝堂哭拜大哥。
在灵前哭得我咽喉气脱，　　　　梁兄哥有阴灵梦里望托。

（梁母、英台疲倦已极，就灵堂沉睡，梁山伯阴魂上。）

梁山伯：（唱）年幼书生命不长，　　　　　二十一岁短命亡。
高堂哭坏年迈母，　　　　　　　灵前哭坏九姑娘。

（白）我乃梁山伯鬼魂，只为嘲笑王母娘娘梳妆不正，处罚不仁，打下凡间二十余载，今乃期满。命我迎接贤弟赴蟠桃盛会，仙风驾起。

（唱）梁山伯在天空下眼观瞧，　　　金钟响玉旨催降下云霄。

|||| 在天宫领下了王母旨到，|||| 她命我接贤弟同赴蟠桃。
仙风一阵灵前到，老母亲睡梦中痛哭嚎啕。
用手托开母亲眼罩，尊一声老母亲细听根苗。
来魂非是别一个，我就是山伯儿鬼魂一道。
儿本是金童星梁门为后，祝英台玉女星祝家投胎女娇。
都只为王母娘梳妆不好，将儿打下凡受苦一遭。
二十一岁灾难满了，您孩儿领旨意上了天朝。
儿死后愿母亲长生不老，儿死后愿母寿比蟠桃。
此时间付还了娘的眼罩，尊一声祝贤弟细听根苗。
来魂非是别一个，我就是梁山伯鬼魂一道。
我本是金童星梁门接后，弟本是玉女星祝家娇娇。
都只为王母娘梳妆不好，将你我打下凡受苦一遭。
二十一岁灾难满，祝贤弟也不久要上天朝。
早到三刻有座位，迟到三刻关了天朝。
用手儿付还了贤弟眼罩，在孝堂见血灵怒冲天高。
怒气不息血灵打倒出门去了，兄弟情慈母恩相逢只有这一遭。
（梁山伯鬼魂下。）

梁　母：（唱）听樵楼打五鼓天已明亮，
梁　母：（哭）山伯，我儿，唉，儿喂……
祝英台：（哭）梁兄，大哥！唉，哥喂……
梁　母：（唱）醒转来不由人大梦一场。
　　　　　　三更天我的儿曾对我讲，他讲道金童星降下凡堂。
　　　　　　这条老命要它扒幌①，不免落发去庵堂。
祝英台：（唱）伯母娘说的哪里话，讲什么落发去出家。
　　　　　　眼观着小四九年纪半大，养老送终还要靠他。
　　　　　　本当在此多叙话，怕的是二爹娘望我回家。
　　　　　　辞别伯母把孝衣脱下……
　　　　　　（四九上。）
祝英台：（唱）四九带马把马跨……
　　　　　　（四九带马，英台上马。）
祝英台：（唱）梁兄哥有阴灵就去我家。
　　　　　　（祝英台悲伤欲绝下。）
梁　母：（唱）只见九姑把马跨，好一似狼牙箭把心杀。
　　　　　　含悲忍泪二堂踏……有老身死娇儿绝了宗华。
　　　　　　（四九、梁母哭下。）
　　　　　　（灯暗。）

---

①　要它扒幌：黄梅方言，意指没有用。

（幕启，祝家庄。英台闺房，祝英台上。）

祝英台：（唱）想梁兄思学友珠泪难忍，　　　想起了梁兄哥好不伤心。
　　　　　　　　梁兄哥那日里归阴丧命，　　　倒让我英台女内疚一生。
　　　　　　　　今来是三月三清明时分，　　　我心想到荒郊去祭新坟。
　　　　　　　　老母亲这几天身体有病，　　　我心想到庵堂去问神明。
　　　　　　　　转面来我就把人心叫应，　　　人心女来来来我有话明。
　　　　　　　　（人心上。）
人　心：（唱）这几天老安人身体有病，　　　忙得我丫鬟女昼夜不停。
　　　　　　　　到绣楼见姑娘开言动问，　　　我姑娘唤丫鬟事为何情？
祝英台：（唱）丫鬟女不知情休将我问，　　　你姑娘有言来细听分明。
　　　　　　　　都只为老安人身体有病，　　　我心想到庵堂去问神明。
　　　　　　　　丫鬟与我香盘办……
　　　　　　　　（丫鬟下，取香盘、香篮上。）
人　心：（唱）请一声我姑娘急速起程。
祝英台：（唱）好一个丫鬟女听我教训，　　　倒让英台女宽慰在心。
　　　　　　　　丫鬟带路出府门……
　　　　　　　　（二幕落。）
　　　　　　　　（郊外。清明时分，青山绿水，油菜花香，蜜蜂嗡嗡飞翔，桃花盛开，百鸟争鸣，蝴蝶双飞双舞。路上行人不断，有的欢声笑语，有的长吁短叹，耐人寻味。）
祝英台：（唱）青山绿水热闹沉沉。
人　心：（唱）主仆俩到郊外游玩散心。
祝英台：（唱）骂一声丫鬟女胆大无影，　　　讲什么到郊外游玩散心。
　　　　　　　　先前是出府门红日照顶，　　　抬头看西北角突起浮云。
　　　　　　　　丫鬟你与我躲雨一阵……
　　　　　　　　（祝英台、人心下。）
　　　　　　　　（梁山伯阴魂上。）
梁山伯：（唱）一霎时乌云散尽现天晴。
　　　　　　　　梁山伯在天空下观一阵，　　　观见了英台女去祭新坟。
　　　　　　　　本不想下凡去将她指引，　　　又怕她祭错了别人新坟。
　　　　　　　　梁山伯在天空腾云一阵，　　　将将落在地埃尘。
　　　　　　　　在路途我只得将身变化……
　　　　　　　　（梁山伯进二幕，换装，复出。）
梁山伯：（唱）嗯，变一个老头子挡她路程。
　　　　　　　　（祝英台、人心上。）
祝英台：（唱）一霎时躲过了大雨一阵，　　　风停雨住好赶路程。
　　　　　　　　人心带路朝前奔……　　　　老公公挡我路所为何情？
梁山伯：（唱）小姑娘站一旁恭耳细听，　　　老汉有言细听分明。

九、访友

      你来祭坟莫往别处祭，   那前面未长草山伯新坟。
祝英台：（唱）多蒙了老公公指我路引，   那前面未长草山伯新坟。
梁山伯：（唱）那后面是何人跟随一阵，   一霎时变成了无影无形。
      （梁山伯鬼魂下。）
祝英台：（唱）那后面无有人跟随一阵，   回头不见年迈人。
      丫鬟带路朝前奔……   那前面未长草山伯新坟。
      叫丫鬟与我祭品摆……   你姑娘有言来细听分明。
      双膝跪定把香敬，   祭奠时三叩首可要心诚。
      （英台、人心跪地焚香化纸，点烛，摆祭品，放鞭炮，三叩首。）
      （哭）梁兄，大哥！唉，哥喂……
      （唱）焚香纸点白烛躬身下拜，   放大声哭梁兄好不悲哀。
      曾记得在杭州攻书三载，   弟归家兄送弟一路回来。
      父不知母不晓兄弟结拜，   我的爹将小妹许配马文才。
      到如今兄归天愚弟还在，   三月三清明节祭扫梁兄坟台。
      千思万想无有救解，   祝英台与山伯永不分开。
      十殿君错拿兄莫将弟怪，   愿来世与梁兄再配鸾偕。
      生不能与梁兄同床被盖，   誓同死也不能守哥灵牌。
      九姑娘哭大哥无法救解，   待来日同大哥合墓葬埋。
      七夕前我的哥你应该我家踩， 八月归配鸳鸯转世投胎。
      在坟前说不出把妹哭坏，   你应该坟裂口现出棺来。
      哭梁兄不由我举目观望，   蓦然见那河边一对鸳鸯。
      那鸳鸯展翅飞情侣一样，   难道说我与哥不能成双。
      哭梁兄不由人气息不畅，   昏昏沉沉跌倒坟场。
人 心：（白）姑娘醒来，姑娘醒来！
祝英台：（唱）一霎时不由人人事不省，   醒转来有只见侍女人心。
人 心：（唱）我姑娘你不要太过悲伤，   丫鬟有言细听端详。
      梁相公害相思黄泉命丧，   我姑娘去吊香来扫墓未负情郎。
祝英台：（唱）丫鬟女出此言错把话讲，   你姑娘有言来细听端详。
      梁兄虽然不是亲兄长，   也要念在杭州结拜一场。
      丫鬟带路回家往……
      （人心收捡香篮，搀小姐，英台边走边唱。）
      你姑娘有言听端详。
      回家莫对哥嫂讲，   哥嫂知道耻笑你姑娘。
      回家莫对我爹娘讲，   我爹娘知道打你姑娘。
      说话时不由人鲜血涌上，   该莫是阎君要我命亡。
      丫鬟带路回家往……   思梁兄想大哥命不久长。
      （人心搀扶祝英台下。）
      （灯暗。）

（幕启，马家庄。马府客厅，马玉明员外上。）

马员外：（白）家财万贯，骡马成群。家有千担粮，前仓压后仓。人人称员外，可算得富甲一方。我姓马字玉明，所生一子马官保。祝英台许配我儿足下为妻，今乃黄道吉日，命我儿迎亲回府。家人！
（家人上。）

家　人：（白）有！

马员外：（白）叫你少爷出堂！

家　人：（白）有请少爷。
（马官保上。）

马官保：（白）家人一声请，近前问分明。家人为了何事？

家　人：（白）老爷叫你。

马官保：（白）见过爹爹，孩儿这厢有礼。

马员外：（白）休要见礼，一旁打坐。

马官保：（白）谢过爹爹，爹爹叫出孩儿有何训教？

马员外：（白）我儿哪曾知道，今乃黄道吉日，命我儿迎亲回府。

马官保：（白）一切听从爹爹安排。家人，马来！
（家人带马，马官保跨马下。）

马员外：（白）人来，磨墨侍候，马玉明有书拜上祝亲家金安可……家人，这有书信一封，祝家投落。

家　人：（白）是！
（家人持书下。）

马员外：（白）人来！将红色纱灯挂在高堂之上，只等我儿媳回家拜堂。
（马玉明、家人下。）
（灯暗，幕落。）
（幕启，祝家庄。祝员外客厅，祝员外上。）

祝员外：（白）昨夜灯花重结彩，今朝喜鹊报喜音。人来，府门侍候。
（家人上。）

家　人：（白）是！
（马官保，家人骑马上，来至府前下马，家人拴马。）

马官保：（白）行来三步远，不觉来到岳丈府前。门上哪位？

家　人：（白）你是哪里来的？

马官保：（白）相烦通报一声，马官保求见。

家　人：（白）候站一时，启禀家爷，马姑爷求见。

祝员外：（白）有请！

家　人：（白）姑爷，有请！

马官保：（白）岳父在上，受小婿一拜。

祝员外：（白）免礼，请坐。

马官保：（白）爹爹修书前来，家人，将书呈上。岳父大人观看便知。

九、访友

祝员外：（白）转到后堂看望岳母。
马官保：（白）前堂辞岳父，后堂看岳母。
（马官保、家人下。）
祝员外：（白）马亲家修书前来，不知为了何事？待我拆开观看便知明白可……哦，原来迎娶英台儿过府完婚。安人哪里？
祝　母：（白）后堂别佳婿，前堂见员外。见过员外，老身这厢有礼。
祝员外：（白）免礼，一旁请坐。
祝　母：（白）谢座，员外唤出妻子为了何事？
祝员外：（白）安人哪曾知道，马亲家修书前来，女婿过府迎娶女儿回家完婚。不知安人意下如何？
祝　母：（白）此事还须告知女儿才是。
祝员外：（白）安人言之有礼，女儿哪里？
（祝英台情绪低落上。）
祝英台：（白）梁兄归阴后，心中无限愁。叩见爹娘，唤出女儿有何训教？
祝员外：（白）休要见礼，一旁打坐。女儿哪曾知道，我儿已许马官保足下为妻。如今男长女大，马家修书前来，迎娶我儿过府侍奉公婆。不知我儿意下如何？
祝英台：（白）这个……爹爹要儿出嫁，父命难违。不过，要依儿三件小事！
祝员外：（白）哪三件？
祝英台：（白）第一件不锁轿门，第二件人心伴随，第三件花轿经过梁山伯的坟前容我下轿祭奠。
祝员外：（白）哎，我儿说哪里话。你乃闺阁幼女，怎能在山伯坟前祭奠呢？
祝英台：（白）爹爹呀！也要念儿在杭州读书三载的结拜之情。
祝员外：（白）罢罢罢，就依我儿，转到后面梳妆起来。
祝英台：（白）女儿拜别。
（祝英台郁郁寡欢下。）
祝员外：（白）门婿走上。
（马官保精神抖擞上。）
马官保：（白）叩见岳父、岳母。什么时辰发轿？
祝员外：（白）即刻发轿。人心搀扶姑娘上轿。
（人心搀扶英台上。）
祝英台：（白）女儿拜见二老爹娘。
马官保：（白）小婿拜别。马来！
祝员外、祝母：（白）女儿……
祝英台：（白）爹娘，二老保重！女儿去了。
（祝英台、人心、马官保、家人、轿夫下。）
祝员外：（白）栽松栽柏莫栽花，
祝　母：（白）养儿莫养女娇娃。
祝员外：（白）娇生惯养来养大，

祝　　母：（白）花轿一顶到婆家。
　　　　　　（祝员外、祝母下。）
　　　　　　（灯暗，幕落。）
　　　　　　（前幕启，二幕前。郊外，鸦雀哀鸣，放眼望去，路窄人稀，远处隐约一片墓地，让人顿生不祥预感。）
　　　　　　（马官保、家人、轿夫抬着英台上，人心随轿。）
人　　心：（白）启禀姑娘，已至梁相公坟前。
祝英台：（白）丫鬟，回禀马家来人，后退百步之遥，姑娘要下轿祭坟。
人　　心：（白）是！马府来人听着，你们后退百步之遥，姑娘要下轿祭坟。
马官保：（白）是！众人后退。
　　　　　　（马府众人下。）
　　　　　　（英台下轿，跪地焚香，烧纸，摆祭品。天色转暗，阴风飕飕，令人毛骨悚然。）
祝英台：（唱）一见兄坟躬身下拜，　　　哭声梁兄细听开怀。
　　　　　　　有灵有应坟开口，　　　　无灵无应坟莫开。
　　　　　　　忽然裂开三尺口，　　　　舍身钻坟祝英台。
　　　　　　（英台钻坟下。）
　　　　　　（英台钻坟后天空复明。）
人　　心：（白）有请马家来人！
　　　　　　（马官保领着众人上。）
人　　心：（白）我家姑娘钻进坟墓，我那苦命的姑娘喂……
　　　　　　（人心痛哭下。）
马官保：（白）有这等事？家人！
家　　人：（白）有！
马官保：（白）与我回到家中，驮来铁锄，掘开坟墓。
家　　人：（白）是！
　　　　　　（众人下，驮工具上，挖掘坟墓。）
众　　人：（白）啊！一对蝴蝶双飞双舞，直向蓝天。
马官保：（白）尸首可曾腐坏？
众　　人：（白）不曾腐坏。
马官保：（白）与我多办桐油，干柴焚烧尸首。我要他俩化骨扬灰。
众　　人：（白）是！
　　　　　　（众人备办引火之物复上。）
　　　　　　（披发祖师、黎山老母上。）
披发祖师：（白）披发祖师到！
黎山老母：（白）黎山老母到！
众　　人：（白）启禀公子，天昏地暗，日月无光，火烧不着。
　　　　　　（披发祖师、黎山老母下。）

马官保：（白）暂等一时。
众　人：（白）天气明朗，尸首不见。
马官保：（白）哎呀，这也奇怪，气煞我也！唉，英台与我无缘。回家禀告爹爹知道。
　　　　　　（马官保众人下。）
　　　　　　（披发祖师、黎山老母、梁山伯、祝英台上。）
披发祖师：（白）梁山伯。
黎山老母：（白）祝英台。
披、黎：（同白）你二人是灵霄殿上金童玉女临凡，梁祝尘缘已尽，现带你二人前往仙山学道。
梁、祝：（同白）谢谢披发祖师、黎山老母！
披、母：（同白）随我来。
　　　　　　（披发祖师、黎山老母、梁、祝同下。）
　　　　　　（幕落。）

全剧终

十、白牡丹点药

【剧情简介】

　　八洞神仙之一吕成阳云游四海，以才高八斗自诩。一日，他与徒弟来至一家药店，观见"万药俱全"四个招牌大字，便点出了四味有名无实的药材，故意刁难、戏弄老板。老板白云龙不知所措，假以三日为限，支走师徒二人。

　　白云龙之女白牡丹聪明伶俐，才智过人。三日后，吕成阳师徒重来药店，故伎重施，千方百计刁难白牡丹。面对道长的刁难，白牡丹由天对天，由地对地，以树对树，以物对物，以人对人，无不恰到好处。最后道长以点药为名，调戏白牡丹。白牡丹以其人之道还治其人之身，痛斥道长。道长万般无奈，欲骂不能，欲罢不成。白牡丹乘胜追击，全胜而归。道长师徒悔恨交加，悻悻而去。

【剧中人物】

　　白牡丹　　　白云龙　　　吕成阳　　　童　儿

*　　　　　*　　　　　*

　　（幕启，铁板桥头。市场繁华，人声沸腾。集市街边，一铺药店。店前打扫得干干净净，廊檐挂一招牌"万药俱全"。吕成阳手执拂尘，童儿肩背药箱上。）

吕成阳：（念）莫道修行，四海为家。贫道下山来，黄花遍地开。渔鼓一声响，引动众仙来。

　　　　　（白）贫道吕成阳，站在云端掐指一算。铁板桥头有一名药师，名叫白云龙。开座药店，所生一女取名白牡丹。她聪慧过人，有半仙之道，我不免下凡逗她一番。

　　　　　（唱）三十三天天外天，　　　　八洞神仙下凡间。
　　　　　　　　仙人本是凡人修炼，　　　怕只怕凡人修炼不全。
　　　　　　　　叫童儿前带路南天门撑……　我要到铁板桥会会婵娟。
　　　　　　　　（吕成阳、童儿下。）
　　　　　　　　（药师白云龙上。）

白云龙：（念）人老白发似银条，　　　　树老根枯怕风摇。
　　　　　　　　老汉今年七十多，　　　　好似路旁草一棵。
　　　　　　　　见过几多残冬月，　　　　不知逢春又如何。

　　　　　（白）老汉，白云龙，所生一女，取名白牡丹。在这铁板桥边开座药店，济世救人，生意倒还不错。今日天气晴和，不免将招牌挂起。

(唱) 八十岁公公进花园，　　　　　　手攀花枝泪涟涟。
　　　花开花谢年年有，　　　　　　　人老何曾转少年。
　　　今日天气晴又晴，　　　　　　　我不免将招牌悬挂廊檐。
　　　上写着白云龙新开药店，　　　　下落款四个字万药俱全。
　　　倘若是有一味药不够点，　　　　愿将招牌砸碎廊檐。
　　　挂起招牌后店内面……　　　　　接待来往客礼义当先。
　　　（白云龙下。）
　　　（吕成阳、童儿上。）

吕成阳：（唱）我好睡来我好眠，　　　　　一觉醒来五百年。
　　　　　睡觉时好一似两国交战，　　　醒转来汉刘备驾坐西川。
　　　　　驾起祥云天空站，　　　　　　将将①站之在半空中间。
　　　　　驾起红云红似火，　　　　　　驾起白云白如棉。
　　　　　驾起黄云似黄绢，　　　　　　驾起乌云雾气腾翻。
　　　　　云端起来云端落，　　　　　　将将落在铁板桥边。
　　　　　站之在铁板桥举目观看，　　　有只见红漆招牌口气冲天。
　　　　　上写着白云龙新开药店，　　　下落款四个字万药俱全。
　　　　　若是有一味药不够点，　　　　愿将招牌砸碎廊檐。
　　　　　观此人在此地海口呈现，　　　岂能比三国中华佗先贤。
　　　　　我本当将招牌来摘下，　　　　出家人还需要礼义当先。
　　　　　叫童儿前带路药店内面，　　　店老板来前店我有话言。

童　儿：（白）哎，师傅，师傅喂！你来药店做么事哟？
吕成阳：（白）买药哇！
童　儿：（白）师傅喂，你我无病无痛买什么药呢？
吕成阳：（白）哎，童儿，哪曾知道，你看那招牌上写的什么？
童　儿：（白）万药俱全。
吕成阳：（白）对呀，观见这小小药店，如此夸下海口，我们进店，点上几味药材，戏弄她一番。
童　儿：（白）师傅喂，人家开药店总不能写万药不全吧？
吕成阳：（白）你懂什么，还不与我进去。
童　儿：（白）有请店老板！
　　　　（白云龙上。）
白云龙：（白）原来是二位道长，老汉白云龙这厢有礼了。
吕成阳：（白）老板，贫道这厢稽首！
白云龙：（白）天长地久！
吕成阳：（白）老板，你怎么知道天长地久呢？
白云龙：（白）哎，我不知道天长地久，怎么能在铁板桥边开药店呢？二位道长请坐！

---

①　将将：黄梅方言，指刚好，恰好。后文同，不再一一标注。

吕成阳：（白）老板，想我们出家之人哪有座位呀？
白云龙：（白）但坐无妨。
吕成阳：（白）谢过老板，告坐。
白云龙：（白）道长，未曾坐下，老汉请问道长。
吕成阳：（白）老板问我何来？
白云龙：（白）请问道长，由哪座仙山而来？
吕成阳：（白）贫道我由天台山而来。
白云龙：（白）喔，又由哪座仙山而归呢？
吕成阳：（白）昆仑山而归。
白云龙：（白）嗯，由天台山而来，昆仑山而归。哎，请问道长，你们来我小小药店又做什么呢？
吕成阳：（白）唉，老板哪曾知道，想我随身童儿得了蹊跷古怪的病。肚子饿了不想吃饭，身子冷了不想添衣，想在你药店点上几味药材。不知是否可有哇？
白云龙：（白）道长，我这药店九洲八府的药材，应有尽有。不知道长要点哪几味药材？何不将药单拿来，容老汉一观。
吕成阳：（白）唉，老板，三岁孩儿吃长斋。
白云龙：（白）喔，原来是口诉。
吕成阳：（白）正是。
白云龙：（白）那你就诉来。
吕成阳：（白）你就听了。
（唱）一要点药名家父子；　　　　二要点药名七宝丹；
　　　三要点药名长来往；　　　　四要点药名七仙丸。
（白云龙闻此药名，顿时懵了，不知所措。）
白云龙：（白）唉呀！这四味药……我听都未听人说过。哎哎，道长，我呀，我店中陈药卖完，新药还未到。道长你到别的药店看看。是否可好哇？
吕成阳：（白）喂！老板，我来问你，你招牌上写的是什么呢？
白云龙：（白）小小药店……万药俱全。
吕成阳：（白）是哇！贫道点的这四味药材只不过是常用之药。你一味俱无，还称什么万药俱全。童儿与我将他的招牌砸碎！
童　儿：（白）是！
白云龙：（白）道长，道长。
吕成阳：（白）老板，这经商买卖？
白云龙：（白）行药为先。
吕成阳：（白）好！哈哈哈……
白云龙：（白）道长，请到茶馆吃茶，酒馆吃酒，稍等三五天再来取药就是。
吕成阳：（白）一言为定！稍等三五天，再来取药，童儿带路。
（唱）八洞神仙下凡来，　　　　　量他凡人解不开。
（笑）哈哈哈……

童　儿：（白）师傅，你笑什么呢？
吕成阳：（白）刚才师傅我点的那几味药材乃是有名无药，我看他拿什么与我交待。走！我们到那边喝茶、吃酒，稍时再来取药。
（吕成阳、童儿得意地下。）
白云龙：（唱）有只见道长走出店门，　　倒让我白云龙纳闷在心。
　　　　　　　转面来我只得女儿叫应，　　牡丹儿来前店细说分明。
（白牡丹、丫鬟上。）
白牡丹：（唱）白牡丹在上房挑朵绣花，　　二八佳人就是奴家。
　　　　　　　丫鬟带路前店踏……　　　　老爹爹唤女儿有何话答。
　　　　（白）爹爹在上，女儿万福。
白云龙：（白）休要见礼，一旁打坐。
白牡丹：（白）谢谢爹爹！女儿未曾坐下，请问爹爹？
白云龙：（白）我儿问我何来？
白牡丹：（白）爹爹往日在店中欢容笑脸，今日为何面带忧愁？
白云龙：（白）女儿哪曾知道，适才来了两位道长，在店中点了几味古怪药材，我家店中一味都没有哇！
白牡丹：（白）爹爹，不知他点的是哪几味药材呀？
白云龙：（白）女儿你就听了。
白云龙：（唱）一点药名家父子；　　　　二点药名七宝丹；
　　　　　　　三点药名长来往；　　　　四点药名七仙丸。
白牡丹：（白）爹爹他点是有名无药！
白云龙：（白）女儿，你怎么知道是有名无药呢？
白牡丹：（白）女儿在绣楼绣花，药书上看得真切，故而知道是有名无药。爹爹请到后面歇息，那道长不来便罢，他若来了女儿我三言两语，两语三言，打发他也就是了。
白云龙：（白）儿呀，那道长行事生非，可是个骚道，你可要小心才是。
（白云龙忧郁地下。）
白牡丹：（唱）有只见老爹爹后店来进，　　倒让我白牡丹纳闷在心。
　　　　　　　丫鬟带路后店进，　　　　　等只等那道长二次来临。
（丫鬟、白牡丹思索下。）
（吕成阳、童儿洋洋得意地上。）
吕成阳：（白）徒儿，走哇！
　　　　（唱）茶馆出来酒馆进，　　　　不觉来到药店门。
　　　　　　　童儿带路药店进！
（白牡丹沉稳上。）
吕成阳：（白）见过了小姑娘礼上相迎。
白牡丹：（白）哼！
吕成阳：（白）小姑娘，贫道这厢稽首！

白牡丹：（白）天长地久！
吕成阳：（白）小姑娘，你也知道天长地久？
白牡丹：（白）我若不知道天长地久，又怎么能在这铁板桥头开药店呢？
吕成阳：（白）小姑娘我来问你。
白牡丹：（白）道长你问我何来？
吕成阳：（白）我前三天来你药店，跟那位老先生点上了几味药材，不知那位老先生哪里去了，那位老先生是姑娘的什么人？
白牡丹：（白）回禀道长，那位老先生乃是小女家父，昨天已到外乡出诊去了。
吕成阳：（白）哎，这就是他的不对了！
白牡丹：（白）道长，怎见得是我爹爹的不是呢？
吕成阳：（白）我点的药材，他一味也未配好？
白牡丹：（白）那我与你配来可算得？
吕成阳：（白）那你就拿来！
白牡丹：（白）道长拿去！
吕成阳：（白）小姑娘药在哪里呀？
白牡丹：（白）在你手上呀！
吕成阳：（白）小姑娘，贫道我两手空空，哪里有什么药材呀？
白牡丹：（白）请问道长，你点的那几味药材不也是有名无药吗？岂不也是一句空话？
吕成阳：（白）啊！哎，那你，小姑娘你可对得上来？若是对得上来，贫道就不砸你的招牌！
白牡丹：（白）那我道来，你就听了。
　　　　（唱）前娘后母家父子；　　　　　五男二女七宝丹；
　　　　　　　亲戚朋友长来往；　　　　　到老来无儿女下了七仙丸。
　　　　（白）道长，可曾算得？
吕成阳：（白）算得，算得，小姑娘这四味药材我就不要了，我还要点上四味。
白牡丹：（白）你就点来！
吕成阳：（白）你就听了。
　　　　（唱）一点天上白如绒；　　　　　二点天上一点鲜红；
　　　　　　　三点天上颠倒挂；　　　　　四点天上巧玲珑。
白牡丹：（白）你就听了！
　　　　（唱）鹅毛大雪白如绒；　　　　　太阳一出一点鲜红；
　　　　　　　北斗七星颠倒挂；　　　　　突起乌云层层巧玲珑。
　　　　（白）道长，可算得？
吕成阳：（白）算得，算得，小姑娘这四味药材我就不要了，我还要点上四味。
　　　　（唱）一点水里白如绒；　　　　　二点水里一点鲜红；
　　　　　　　三点水里颠倒挂；　　　　　四点水里巧玲珑。
白牡丹：（白）你就听了！
　　　　（唱）污泥白藕白如绒；　　　　　荷花出水一点鲜红；

| | | 风吹残荷颠倒挂； | 荷花结莲籽粒粒巧玲珑。 |

白牡丹：（白）道长，你说可不可以算得？
吕成阳：（白）算得，算得，小姑娘我还要……
童　儿：（白）师傅，师傅哎！你说天，她对天，你说地，她对地，你对又对不过她，难又难不倒她，你就顺风转舵，我们回去罢！
吕成阳：（白）哎，我乃堂堂的八洞神仙，为师我还斗不过小小黄毛丫头，我还要在树上点上几味，你就听了。
吕成阳：（唱）一点树上白如绒；　　　　二点树上一点鲜红；
　　　　　　三点树上颠倒挂；　　　　四点树上巧玲珑。
白牡丹：（白）你就听了！
白牡丹：（唱）白果树上白如绒；　　　　桃树开花一点鲜红；
　　　　　　皂壳树上颠倒挂；　　　　橙子树上个个巧玲珑。
　　　　（白）道长，你说可不可以算得？
吕成阳：（白）算得，算得，小姑娘这四味药材我就不要了，我还要将古人点上四味，你就听了。
　　　　（唱）一点古人白如绒；　　　　二点古人一片鲜红；
　　　　　　三点古人颠倒挂；　　　　四点古人巧玲珑。
白牡丹：（白）你就听了！
白牡丹：（唱）刘备脸上白如绒；　　　　关公脸上一片鲜红；
　　　　　　张飞脸型颠倒挂；　　　　赵子龙可算巧玲珑。
吕成阳：（白）算不得，算不得！
白牡丹：（白）算得，算得！赵子龙？嗯，赵子龙浑身是胆，手执长枪，长坂坡前救幼主，曹军大营中七进七出，盖世英雄！
　　　　（唱）怀抱幼主七进七出可算得巧玲珑。
吕成阳：（白）对得好，对得妙，不错，不错，真正不错，小姑娘聪明伶俐，才慧过人，童儿带路回去罢。
白牡丹：（白）列位，你们看，这位道长师徒二人，被我白牡丹三言两语，两语三言，就这样打发出去了，岂不令人好笑！哈哈……
　　　　（道长、童儿走出药店，闻听白牡丹耻笑，重返药店。）
吕成阳：（白）耳听得小姑娘耻笑仙家，　　倒让贫道两脸羞煞。
　　　　　　童儿带路重回店下，　　　　小姑娘贫道我有话答。
白牡丹：（白）请问道长，你们去而复返，却是为何？
吕成阳：（白）小姑娘，我还要将贫道自己点上几点！
　　　　（唱）一点贫道三分白；　　　　二点贫道一点片鲜红；
　　　　　　三点贫道颠倒挂；　　　　四点贫道巧玲珑。
白牡丹：（白）得罪了！
　　　　　　有眼无珠三分白；　　　　面红耳赤一片鲜红；
　　　　　　哭丧棒儿颠倒挂；　　　　跳来跳去巧玲珑。

吕成阳：（白）小姑娘你！好！我不免在她身上点上几味，看她怎么好意思说得出口，小姑娘贫道我还要点上几味，你就听了。

（白）一要点姑娘的三分白；　　　二要点姑娘的一点鲜红；
　　　三要点姑娘的颠倒挂；　　　四要点姑娘的巧呀巧玲珑。

白牡丹：（白）呸！

（唱）骂声道长你好差，点不出药名点奴家。药名不对二店踏……

吕成阳：（白）你对呀！你对呀！徒儿，她对不上了，将她的招牌砸碎！

白牡丹：（白）且慢！

（唱）他笑我牡丹不如他。

白牡丹：（白）道长你就听了。

（唱）脸不扑粉三分白；　　　口不涂胭脂一点鲜红；
　　　八宝耳环颠倒挂；　　　一双手十指尖尖能织能绣、
　　　会写会算可算得巧玲珑？

吕成阳：（唱）你本是未出阁闺中女，　　怎么能算得上巧玲珑？
白牡丹：（唱）有朝一日婆家去，　　　　十月怀胎生儿育女可算得巧玲珑？
吕成阳：（唱）这才是公鸡不叫母鸡啼！
白牡丹：（唱）公鸡它本是母鸡生的！
吕成阳：（唱）公鸡雄冠重四两！
白牡丹：（唱）母鸡两乳重半斤！
吕成阳：（唱）要你两块羞肉有何用？
白牡丹：（唱）生儿育女它有功！
吕成阳：（唱）看你命中无儿女！
白牡丹：（唱）我一肚子就生了三个娇生！
吕成阳：（白）那你大儿子呢？
白牡丹：（唱）大儿子出家当和尚，
吕成阳：（白）那你二儿子呢？
白牡丹：（唱）二儿子帮人背药箱。
吕成阳：（白）那你三儿子呢？
白牡丹：（白）三儿子呗？那就不敢讲了喂！
吕成阳：（白）怎么又不敢讲了呢？
白牡丹：（白）我若是讲了，就怕道长你，生气呀。
吕成阳：（白）哎，我不生气，那你就讲来。
白牡丹：（白）得罪了！

（唱）只有三儿子不行孝，　　　来在药店三番两次、两次三番调戏他的亲娘。

童　儿：（白）师傅，师傅喂！骂来着，快走！快走！
吕成阳：（白）小姑娘你！你！太不像话了！
白牡丹：（白）道长，你点哪？你点哪？我看你呀，也点不出什么好药材来！不过我呀，倒有一言相赠：自古道："山外有山，天外有天。"不要自以为是，狗眼看

　　　　　人。道长,那厢有一位道长招呼与你,恕本姑娘不奉赔了。
　　　　　(白牡丹洋洋得意地下。)
吕成阳:(白)是哪位道长?哎,小姑娘,呸!
　　　　(唱)我好悔来我好差,　　　　　　仙人反被凡人骂。
　　　　　　悔不该来药店把药点下,　　　牡丹女可算得半个仙家。
　　　　　　叫童儿前带路出店去罢……　等三年或五载再来渡(逗)她。
　　　　　(吕成阳、童儿垂头丧气地下。)
　　　　　(灯暗,幕落。)

全剧终

十一、赶　　子

【剧情简介】

　　书生张宝童，家境豪富，不幸的是生母早逝，父亲张从续娶晚母杨氏。杨氏随带一子，名曰长生。长生倚仗母势，缺少家教，游手好闲。杨氏母子常怀吞并张家财产之心，趁员外下乡收账之机，杨氏将张宝童赶出府外。忠仆张发不忍，送信宝童之妹桂枝，桂枝偷银助兄长逃生。偷银事发，桂枝遭受拷打，并被杨母逐出府外。张发无奈，只得将其带至外婆家。为掩盖真相，晚母杨氏命张发在花园造起新坟两座，谎称公子小姐酒醉吐血而亡。员外收租回家睹见新坟，不禁泪如泉涌，悲痛欲绝，哭倒坟前。张发见员外痛哭流涕，一旁暗中发笑。员外苏醒后察觉，追问发笑情由，张发据实以告。得知情由后，员外怒发冲冠，毒打杨氏。杨氏追悔莫及，决定痛改前非，相夫教子，并着人四处寻找宝童、桂枝下落。

　　宝童逃出府外，慌不择路，急速奔走，误入一松林。松林里闪出黑衣蒙面人，抢走了公子随身物品。公子身无分文，生计无望，突发轻生之念。鬼使神差，宝童来至一桑园，解下腰带，自挂其枝，人渐昏迷。

　　话说有一妇人陈氏，因夫婿早逝，带领女儿月英养蚕机织度日。正逢母女采桑来至桑园，救下了奄奄一息的张公子。妇人问明根源，见公子眉清目秀，一表人才，念及膝下无子，遂带回家中结拜一番，以传后嗣，并请先生教读。宝童年长，为义兄，恩母溺爱，命月英送茶圣堂，为公子攻读解渴。月英年方二八，情窦初开，兼生沉鱼落雁之容，闭月羞花之貌。月英时想与兄长单独相处，正苦无机遇，难得送茶圣堂，欲试宝童之意。公子心无旁骛，坐怀不乱。月英表露心迹，公子规劝无果，二人不欢而散。月英遂归，状告宝童于陈氏。宝童含屈，经母调解，二人复归于好。后及大比之年，宝童进京赴考，高中状元。陈氏将月英配与宝童为妻，并告知宝童之父张员外。员外至，宝童月英洞房花烛。两家合欢，尽享天伦。

【剧中人物】

张宝童	张　从	陈　氏
陈月英	张　发	杨　氏
张长生	张桂枝	曹张飞
丫　鬟	考　官	衙　役
陪考生	宾　相	

*　　　　　*　　　　　*

十一、赶　子

（幕启，张府豪华客厅，张宝童上。）

张宝童：（念）幼伴寒窗，数十年苦心孤诣，读不尽圣贤文章。
　　　　　　　天子重英豪，文章教尔曹。万般皆下品，唯有读书高。
　　　　（白）小生，张宝童，太平府当涂县人氏，可叹母亲早逝，爹爹续娶晚母杨氏，随带一子，名曰长生，同学攻读。今乃爹娘生寿，为子者应该与爹娘上寿，家人、丫鬟！
　　　　（张发、丫鬟上。）
张发、丫鬟：（白）有！
张宝童：（白）拜请二相公、小姐出堂。
张发、丫鬟：（白）是！
张　发：（白）拜请二相公！
丫　鬟：（白）拜请小姐！
　　　　（长生手拿白扇一扇一摆地与桂枝同上。）
长生、桂枝：（白）见过兄长，这厢有礼。
张宝童：（白）贤弟，妹妹休要见礼，旁坐。
长生、桂枝：（白）有坐，兄长叫出弟妹为了何事？
张宝童：（白）今乃是二爹娘寿诞之期，为子者应该与爹娘上寿。
桂　枝：（白）兄长言之有礼。
张长生：（白）应该拜寿。
张宝童：（白）家人！
桂　枝：（白）丫鬟！
张发、丫鬟：（白）有！
张宝童：（白）你们与我打扫寿堂！
张发、丫鬟：（白）是！
张宝童：（白）兄妹三人，
桂　枝：（白）拜请爹娘！
　　　　（张从、杨氏上。）
张　从：（白）前堂灯烛明亮。
杨　氏：（白）后堂喜笑洋洋。
张宝童：（白）爹娘在上，
长生、桂枝：（白）兄妹三人拜揖。
张　从：（白）罢了，我儿铺毡结彩。
杨　氏：（白）该莫是为了二老生寿？
张宝童：（白）正是为了爹娘添福添寿。
张　从：（白）年年生寿，要儿挂怀。
张宝童：（白）生儿何用？
桂　枝：（白）理所当然。
张　从：（白）好一个理所当然，家人！

张　　发：（白）有！
杨　　氏：（白）丫鬟！
丫　　鬟：（白）有！
张　　从：（白）酒宴可曾齐备？
张　　发：（白）早已齐备。
张　　从：（白）先拜寿，后摆盏，毡条摆开，
　　　　　　　（家人、丫鬟下，抬毡上铺毡。音乐起，宝童正装叩拜，长生、桂枝、家人、丫鬟依次拜毕。家人、丫鬟收毡下，复上。）
张　　从：（白）家有黄金聚宝盆。
杨　　氏：（白）有钱难买孝儿孙。
张 宝 童：（白）今日寿堂双敬酒。
张 长 生：（白）但愿爹娘一百斤。
桂　　枝：（白）寿百春。
张　　从：（白）好一个寿百春，安人带领女儿、家人、丫鬟内堂饮宴。
杨　　氏：（白）是。
　　　　　　　（张桂枝、杨氏、张发、丫鬟下。）
张 宝 童：（白）爹爹打坐寿堂听了。
　　　　　　（唱）香飘渺烛辉煌豪光万丈，
张 长 生：（唱）庆生寿年半白瑞气华堂。
张 宝 童：（唱）左笙箫右鼓乐吹打响亮，
张 长 生：（唱）愿爹娘彭祖寿盖世无双。
张　　从：（唱）二娇儿打坐在寿堂地境，　　你为父有言来细听分明。
　　　　　　　　凡训蒙须详究用心发奋，　　口而颂心而唯读书用心。
　　　　　　　　朝于斯夕于斯莫离书本，　　男儿汉谁不想人上之人。
　　　　　　　　天气晴二娇儿圣堂来进，　　好男儿求上进必点头名。
张 宝 童：（唱）老爹爹训教儿焉敢违抗。
张 长 生：（唱）世哪有为子者不听爹娘。
张 宝 童：（唱）施一礼老爹爹下学听讲。
张 长 生：（唱）男儿汉谁不想四海名扬。
　　　　　　　（张宝童、长生下。）
张　　从：（唱）二娇儿虽年幼听父教训，　　不由为父喜之在心。
　　　　　　　　望不见二娇儿后堂进……　　忽然间想起了一桩事情。
　　　　　　　　曾记得在下江放有成本，　　我心想到下江取账回程。
　　　　　　　　转面来我就把安人相请，　　安人妻来来来我有话云。
　　　　　　　（杨氏上。）
杨　　氏：（唱）耳听得员外夫一声相请，　　但不知叫妻子所为何情。
　　　　　　　　到前堂见员外一礼相敬，　　员外夫唤妻子所为何情。
张　　从：（唱）安人妻有所不知情，　　　　为夫有事与妻说明。

	曾记得在下江放账有本，
	因此上与安人一同商论，
杨　氏：（唱）	员外夫这一言真当要紧，
	开言来我就把员外动问，
张　从：（唱）	我家奴仆多得很，
	作伴不要别一个，
杨　氏：（唱）	我家奴仆多得很，
	员外权为衣巾换……
张　从：（唱）	你与我叫张发陪伴前行。

（张从下。）

杨　氏：（唱）　有只见员外夫衣巾换改，

（张发急上。）

张　发：（唱）　我好比一轮月云遮不见，
　　　　　　　　走上前见安人来把礼见，

杨　氏：（唱）　老张发不知情休将我问，
　　　　　　　　叫出了老张发非为别论，

张　发：（唱）　老安人吩咐我老奴遵命，

（张发下。）

杨　氏：（唱）　张发答应去陪伴，

（张从换衣上，张发随上。）

张　从：（唱）　我适才在后堂衣帽换上，

杨　氏：（唱）　员外夫且等堂前地，

（杨氏下，取包袱雨伞上，张发接包袱雨伞背在肩上。）

　　　　　　　　天涯海角凌云志，
　　　　　　　　有酒有肉皆兄弟，
　　　　　　　　花街柳巷夫莫去，
　　　　　　　　夏秋八月早回转，

张　从：（唱）　有劳了安人妻行囊来捆，
　　　　　　　　家中之事由你担承，
　　　　　　　　夫妻俩家常话一言难尽……
　　　　　　　　宝童儿桂枝女托妻照应，
　　　　　　　　倘若儿女无伤损，
　　　　　　　　倘若儿女有伤损，

（张从、张发下。）

杨　氏：（唱）　员外夫取账下江往，
　　　　　　　　自己生来自己养，
　　　　　　　　旁人生的不一样，
　　　　　　　　闷闷不乐上房往……

我心想到下江取账回程。
行不行去不去回答一声。
下江账目应该收清。
但不知要何人伴随前行。
只有张发做事能。
你与我叫张发陪伴前行。
单单提起对头人。

叫一声老张发快速前来。

听安人一声叫哪敢偷闲。
问安人唤老奴有何话言。
员外想到下江把账收清。
你与我陪员外一路前行。
我情愿陪员外一路前行。

叫声员外妻有话云。

安人妻你可曾备办行囊。
妻办行囊夫取账回。

到头朋友世间稀。
一旦无来两分离。
家中还有一枝梅。
财源茂盛发财回归。

妻办行囊夫起程。
里里外外要你操心。
回头嘱咐又叮咛。
两样儿女一样看承。
为夫回家重重填情。
怕的是夫妻俩老来失情。

临行怕我有两样心肠。
时时刻刻挂心膀。
好像就是隔堵墙。
心中打算有主张。

(杨氏惆怅下。)
(幕落。)
(前幕启，二幕前。张从忧虑地上，张发肩背包裹随后。)

张　从：（唱）叫张发……
张　发：（白）有。
张　从：（白）哎！
张　发：（白）哎！
张　从：（白）啊！
张　发：（白）啊！
张从、张发：（同笑）哈哈哈……
张　从：（唱）……前把路引，　　　　主仆俩到下江收账回程。
　　　　　　　　张发带路长亭进……　　歇足一时再往前行。
　　　　（白）张发，天色尚早，不如长亭歇足一时。
张　发：（白）也好。
张　从：（白）那厢有石块，稍坐一时。
张　发：（白）是。
张　从：（白）张发，老管家，闲暇无事，主仆二人谈谈心可好？
张　发：（白）员外，谈些什么呢？
张　从：（白）哎，家中主母，待你和少东人和少姑娘可好？
张　发：（白）老奴不敢讲！
张　从：（白）有什么不敢讲，员外在此，大胆讲来！
张　发：（白）哎呀，员外呀，慢道是待老奴，就是我们家中茶饭都有上、中、下三等。
张　从：（白）哪个？茶饭都有上中下三等？这上等茶饭，是何人听用呢？
张　发：（白）这上等茶饭？是员外、安人、长生所用。
张　从：（白）啊！这中等茶饭呢？
张　发：（白）是来往宾客所用。
张　从：（白）这下等茶饭呢？
张　发：（白）这下等茶饭么……
张　从：（白）嗯！
张　发：（白）乃是少东人，少姑娘，老奴三人所用。
张　从：（白）哪个？是你三人所用，看来你家主母怀有两样心肠？
张　发：（白）嗯，是有两样心肠。
张　从：（白）唉，如此，可叹呐！
张　发：（白）员外，你可叹什么呢？
张　从：（白）可叹我下江账目无人去取，若有人去取，我回家照顾我一双儿女，岂不是好。
张　发：（白）唉，老奴也可叹。
张　从：（白）你可叹什么呢？

十一、赶　子

张　发：（白）可叹员外包裹无人背起，若有人背起，我回家照看我的少东人和少姑娘，岂不是好？

张　从：（白）如此说来，张发，员外我身体倒还康健，包裹、雨伞我自己背起，你回家帮我照看一双儿女可好？

张　发：（白）老奴遵命！

张　从：（白）好。你观看长亭有人无人。

张　发：（白）员外，长亭无人来往。

张　从：（白）好，你将包裹、雨伞给我，长亭无人，待员外今天来行个反礼。

（张从行礼，张发不敢受礼，急忙还礼。）

（唱）张发请上礼恭敬，　　　　礼上还有所托情。
　　　宝童桂枝要你照应，　　　　里里外外要你担承。
　　　本当在此多把话论，　　　　日短夜长要赶路程。
　　　拜托张发把路赶……　　　　儿女之事要你担承。

（张从接过包裹、雨伞，背在肩上下，张发遥望员外去远。）

张　发：（白）唉呀！

（唱）只见员外下江奔，　　　　不由老奴挂在心。
　　　我急急忙忙回家奔，　　　　回家照看少东人。

（张发急下。）

（幕落。）

（幕启，一圣堂桌椅齐全，中间悬挂孔夫子像。张宝童、长生上。）

张宝童：（唱）小小鱼儿水面游，

张长生：（唱）水清鱼儿不吞钩。

张宝童：（唱）快刀砍尽南山竹，

张长生：（唱）不钓海鳌誓不休。

张宝童：（唱）怀抱诗书圣堂走……

张宝童、长生：（合唱）拜一拜孔圣人攻读《春秋》。

张长生：（白）先生喂……学友喂……哎，都不见了。兄长，先生、学友都没有来，我们玩点么事？

张宝童：（白）玩什么？

张长生：（白）屙尿搭泥巴菩萨玩。

张宝童：（白）咦，肮脏得很！

张长生：（白）那就捉蛤蟆通屁眼好不？

张宝童：（白）要不得，那不是我们玩的，我们读书人要讲吟诗对对。

张长生：（白）要是对得着呢？

张宝童：（白）重重有赏！

张长生：（白）要是对不着怎么样？

张宝童：（白）钳眉毛打鸡公顶。

张长生：（白）好，哪个出题？哪个对？

张宝童：（白）我年长一些，我出题你对。
张长生：（白）好，你来出，我来对！
张宝童：（白）到圣堂外去。
张长生：（白）你把什么为题？
张宝童：（白）那边有座桥，就把桥为题。
张长生：（白）好，就把桥为题，你出我对。
张宝童：（念）远望前面一座桥，
张长生：（白）桥！
张宝童：（念）这头踩得那头摇。
张长生：（白）摇哇，摇呀！
张宝童：（念）有朝一日桥梁断，
张长生：（白）啊噗！啊噗！
张宝童：（白）你在做什么呢？
张长生：（白）我在对对子呀！
张宝童：（白）怎么对？
张长生：（白）桥梁断了，人掉下水里去了，不就啊噗，啊噗么？
张宝童：（白）你未对着。
张长生：（白）该怎么对？
张宝童：（念）去掉旧桥换新桥。
张长生：（白）啊！我未对到？
张宝童：（白）来来来，钳眉毛打鸡公顶。
张长生：（白）兄长，轻点，轻点！
　　　　　　（宝童先钳长生眉毛，后双手抚在长生两肩，用膝盖拱长生屁股。）
张长生：（白）兄长再来，玩就玩远点。
张宝童：（白）好，这边有棵桃树，就把这棵桃树为题，好吗？
张长生：（白）好！
张宝童：（念）远望前面一棵桃，
张长生：（白）一棵桃。
张宝童：（念）近看猴子来偷桃。
张长生：（白）桃哇。
张宝童：（念）有朝一日桃枝断，
张长生：（白）吱吱吱……
张宝童：（白）你做什么？
张长生：（白）我对着了。猴子把桃枝踩断了，跌下来不就吱吱吱叫唤么？
张宝童：（白）你未对着，应该是……
　　　　　　（念）去了老猴有小猴。
张长生：（白）啊！又未对到？
张宝童：（白）来来来，打鸡公顶。

（动作如前相同，但比前惩罚重一些。长生已有些冒火之意。）

张长生：（白）兄长，我们不玩就不玩，玩就玩上天。就把那浮云为题！
张宝童：（白）好！
　　　　（念）天上浮云飘飘荡，
张长生：（白）哼！我不免耻笑他一下。
　　　　（念）你有父无母浪里生。
张宝童：（白）哪个有父无母？
张长生：（白）你有父无母！
张宝童：（白）奴才！
　　　　（唱）听罢言来心恼恨，　　　　笑我有父无母浪里生。
　　　　　　　恼怒我举家法拷打一顿……　你二回说话要小心。
张长生：（唱）骂声宝童不认亲，　　　　你打我长生为何情？
　　　　　　　诗书懒读回家转……　　　见我母亲说分明。
　　　　（长生自觉委屈，愤怒地下。）
张宝童：（唱）只见长生回家转，　　　　晚母面前搬祸根。
　　　　　　　急急忙忙回家奔……　　　去见晚母把礼评。
　　　　（张宝童急下。）
　　　　（灯暗。）
　　　　（幕启，张府客厅。长生一边擦泪，急步上。）
张长生：（唱）心中只把宝童恨，　　　　拷打长生为何情。
　　　　　　　来在自家屋提足进……　　拜请母亲儿有话云。
　　　　（杨氏急忙上。）
杨　氏：（唱）娇儿攻书在圣堂，　　　　为何回家请为娘。
　　　　　　　来在客堂举目望，　　　　我儿啼哭为哪桩？
张长生：（唱）母亲有所不知情，　　　　宝童做事太欺人。
　　　　　　　拷打孩儿还不算，　　　　笑我有母无父浪里生。
杨　氏：（唱）听罢言来心恼恨，　　　　大胆奴才太欺人。
　　　　　　　我儿后面去用饭，
张长生：（唱）你不打宝童儿不肯。
　　　　（长生得意地下。）
杨　氏：（唱）只见长生内堂进，　　　　不由为娘怒气生。
　　　　　　　端把椅子前堂等，　　　　等候奴才转回程。
　　　　（张宝童急上。）
张宝童：（唱）可恨长生太无情，　　　　笑我无母浪里生。
　　　　　　　来在家门提足进，　　　　只见母亲怒气生。
张宝童：（白）孩儿参见母亲！
杨　氏：（白）你回来了！
张宝童：（白）孩儿我回来了。

杨　　氏：（白）你来！我有话讲！
张宝童：（白）有何话讲？
杨　　氏：（白）奴才呀！
　　　　　　　（杨氏狠狠一巴掌打在宝童脸上，宝童手摸脸颊，立刻跪下。）
杨　　氏：（唱）一见奴才咬牙恨，　　　　　为何胆大欺侮人。
　　　　　　　为何圣堂把长生打，　　　　　耻笑他无父浪里生。
　　　　　　　好好直言对我禀，　　　　　　若不然要奴才有死无生。
张宝童：（唱）母亲休发雷霆恨，　　　　　莫听长生嚼舌根。
　　　　　　　他在圣堂耻笑我，　　　　　　有父无母浪里生。
杨　　氏：（唱）奴才还要强口争，　　　　　为娘心下明如灯。
　　　　　　　怒恼我举家法拷打一顿……
　　　　　　　（杨氏举起家法欲打，张发跑步上。）
张　　发：（唱）老奴上前用手拦，　　　　　少东人身犯何条罪？
　　　　　　　主母打他为哪般？
杨　　氏：（唱）张发有所不知情，　　　　　主母有言听分明。
　　　　　　　他与长生把书读，　　　　　　耻笑长生有母无父浪里生。
张　　发：（唱）千看万看他年少，　　　　　主母饶恕这一遭。
杨　　氏：（唱）奴才人小心不小，　　　　　说出话来比山高。
　　　　　　　怒恼娘举家法将奴才赶了，　　咒你路倒阴沟死抛尸荒郊。
　　　　　　　（张发护着张宝童狼狈地下。）
　　　　　　　（杨氏余怒未消地下。）
　　　　　　　（二幕落。）
　　　　　　　（郊外，张发、张宝童惊慌地奔上。）
张宝童：（白）管家！
张　　发：（白）少东人！
张宝童：（哭）老管家呀！
张　　发：（哭）少东人呀！
张宝童：（唱）心中只把晚母恨，　　　　　人不该将宝童撵赶出门。
　　　　　　　开言就把管家叫应，　　　　　我到何所去安身？
张　　发：（唱）少东人你不要哭声不尽，　　老奴有言听分明。
　　　　　　　观你在家中难以活命，　　　　倒不如到外乡远逃生。
张宝童：（唱）管家叫我去逃命，　　　　　两手无银怎能行。
张　　发：（唱）我转绣房去送信，　　　　　送信姑娘得知情。
　　　　　　　姑娘若念兄妹情分，　　　　　她偷银子你逃生。
　　　　　　　辞别东人将我等……　　　　　你好好躲藏莫高声。
张宝童：（唱）只见管家去送信，　　　　　宝童暗暗放悲声。
　　　　　　　权且只得一旁等，　　　　　　等候管家到来临。
　　　　　　　（张宝童含泪下。）

十一、赶　子

　　　　　　　　（二幕启，小姐闺房。）
张　　发：（唱）轻轻悄悄悄悄轻，　　　　　不觉来到绣房门。
　　　　　　　　大胆我把绣房进，　　　　　　叫声姑娘有话云。
　　　　　　　（张桂枝惊慌地上。）
张桂枝：（唱）肉颤眼跳心又惊，　　　　　不知为了何事情。
　　　　　　　　走上前来开口问，　　　　　　管家慌忙为何情？
　　　　　（白）管家为何这等慌忙？
张　　发：（白）唉呀！少姑娘呀，兹有你的晚母起下毒意，将你兄长撵赶在外。
张桂枝：（白）你在怎讲？
张　　发：（白）撵赶在外。
张桂枝：（白）啊！
　　　　　　　（桂枝闻言一跌，差点晕倒。）
张　　发：（白）姑娘醒来！
张桂枝：（白）嗯！
　　　　　（唱）忽听管家报一信，　　　　　冷水浇头怀抱冰。
　　　　　　　　睁开了……管家呀！　　　　还要管家定计行。
张　　发：（唱）少姑娘你不要哭声不尽，　　不如叫他远乡逃生。
　　　　　　　　你若念你兄妹情分，　　　　快偷银子他逃生。
张桂枝：（唱）管家这一言将我提醒，　　　提醒桂枝梦中人。
　　　　　　　　管家在此将我等……
　　　　　　　（桂枝下，取银两急上。）
　　　　　（唱）我拿银子兄逃生。
张　　发：（唱）辞别少姑娘忙出门，　　　莫让你晚母得知情。
　　　　　　　（张发急下。）
张桂枝：（唱）只见管家出了门，　　　　　好似乱箭穿我心。
　　　　　　　　含悲忍泪绣房进……　　　　难舍兄长远逃生。
　　　　　　　（桂枝边哭边下。）
　　　　　　　（二幕落。）
　　　　　　　（郊外，张发急上。）
张　　发：（唱）好个少姑娘甚聪明，　　　她偷银子兄逃生。
　　　　　　　　讲话时来到厢房地，　　　　叫声东人有话云。
　　　　　　　（张宝童满心期待地上。）
张宝童：（唱）适才管家去送信，　　　　　两眼望穿不见人。
　　　　　　　　见了管家开言问，　　　　　妹妹她愿我怎样行。
张　　发：（唱）姑娘听说泪难忍，　　　　她偷银子你逃生。
　　　　　　　（张发付银，张宝童接银介。）
张宝童：（唱）用手接过盘费银，　　　　　不由宝童胆颤惊。
　　　　　　　　倘若后来逃活命，　　　　　不忘管家大恩人。

　　　　　　　倘若外乡逃不活命，　　　　　　费了管家一片心。
　　　　　　　本当在此多把话论，　　　　　　怕的是晚母得知情。
　　　　　　　悲切切辞管家去逃命，　　　　　不知何日逃难回程。
　　　　（白）管家！
张　发：（白）少东人！
张宝童：（哭）管家呀……
张　发：（哭）少东人呀……
　　　　（张宝童悲切切地下。）
张　发：（白）少东人，你要慢慢地行走哇！
　　　（唱）只见少东人去逃命，　　　　　　老奴心中闷沉沉。
　　　　　　望不见少东人把门进……　　　　谨防主母起坏心。
　　　　（二幕启，张府客厅，张发边望边下。）
　　　　（杨氏气急败坏地上。）
杨　氏：（念）赶走一个又一个，后面还有个赔钱货。
　　　（白）想我上房未见银子二十五两，想是桂枝这个丫头偷与宝童逃生去了。嗯！今天我来问问她，桂枝女快来！
　　　　（桂枝若无其事地上。）
张桂枝：（念）绣阁绣鸳鸯，停针出绣房。见过母亲这厢有礼！不知母亲唤出女儿有何训教？
杨　氏：（白）哼！
张桂枝：（白）母亲厅堂发怒，吓得女儿胆颤心慌，母亲万福。
杨　氏：（白）既不是过年，又不是过节，平常要你万什么福？
张桂枝：（白）母亲，有道是礼多人不怪。
杨　氏：（白）好一个礼多人不怪！桂枝，我来问你？
张桂枝：（白）母亲，问儿何来？
杨　氏：（白）上房不见银子二十五两，敢是你偷与宝童逃生去了？
张桂枝：（白）母亲，女儿终日习绣为本，银子之事一概不晓！
杨　氏：（白）咦！你还强口舌辩，喂！你连说三个不晓，就算不晓。
张桂枝：（白）母亲，女儿不晓，不晓，真的不晓！
杨　氏：（白）咦！她当真的讲得出来了，你来来来，我有话讲！
张桂枝：（白）母亲，有何话讲？
杨　氏：（白）丫头！
　　　　（杨氏狠狠一巴掌，打在桂枝脸颊上。桂枝跪地抚摸着脸，眼泪夺眶而出。）
杨　氏：（唱）一见丫头心恼恨，　　　　　　大骂丫头了不成。
　　　　　　未见银子二十五两，　　　　　　你偷与宝童远逃生。
张桂枝：（唱）母亲休把怒气生，　　　　　　女儿有言听分明。
　　　　　　每日绣房习绣为本，　　　　　　未见银子概不知情。

杨　氏：（唱）丫头不要强来争，　　　　　　　为娘心下明如灯。
　　　　　　　怒恼娘举家法拷打一顿……
　　　　　　（张发急跑上，抓住家法。）
张　发：（唱）老奴上前忙阻拦，　　　　　　　少姑娘身犯何条罪？
　　　　　　　安人打她为哪般？
杨　氏：（唱）未见银子二十五两，　　　　　　他偷与宝童远逃生。
张　发：（唱）未见银子二十五两，　　　　　　只怪东娘收捡不清。
杨　氏：（白）你这老狗！
　　　　（唱）先前讲情也是你，　　　　　　　如今老狗又讲情。
　　　　　　　手举家法将她打！
张　发：（唱）老奴上前忙遮拦，　　　　　　　打死不如活来放，
　　　　　　　你放我少姑娘逃奔外乡。
杨　氏：（唱）老狗这一言将我提醒，　　　　　提醒老娘急中人。
　　　　　　　打死反要下毒手，　　　　　　　不如放她远逃生。
　　　　　　　怒恼娘将丫头赶出门……　　　去了老娘眼中钉！
　　　　　　（张桂枝、张发慌张逃下。）
　　　　　　（杨氏双手叉腰，得意地下。）
　　　　　　（二幕落。）
　　　　　　（郊外，张桂枝、张发急步上。）
张　发：（白）少姑娘！
张桂枝：（白）老管家！
张发、张桂枝：（同哭）喂呀……
张桂枝：（唱）心中只把晚母恨，　　　　　　　大不该将桂枝撵赶出门。
　　　　　　　管家与我把计定，　　　　　　　我到何处去安身。
张　发：（唱）少姑娘不要哭声不尽，　　　　　带你外婆家去安身。
　　　　　　　带住了……　　　　　　　　　　来至在外婆家且消停。
张　发：（白）少姑娘，来此已是你外婆家。你在此等候一时，待老奴前去通报。
张桂枝：（白）老管家你速去速来。
张　发：（白）是！有请外婆！
　内　：（白）何人到此？
张　发：（白）张发到此。
　内　：（白）到此何事？
张　发：（白）我家员外不在家，我将少姑娘带到你家暂住些时日。
　内　：（白）唉哟，我说张发，她家那么豪富，要什么有什么，你把她带到我家做什么呢？常言道，只许锅边添一斗，不许堂前添一口，加一个丫头，一年不要，也要三担六斗，把我家吃光了，我们就要饿肚子。
张　发：（白）外婆，只为我家员外取账在外，杨氏主母磨灭少姑娘，拷打不休，撵赶在外，无处安身，才带来你家居住，老奴送柴送米前来就是。

内：（白）啊！杨氏那个贱人，她磨灭我的外孙女，张发老管家，大不接小，传她
自进。
张　发：（白）是。少姑娘，你外婆传话出来，大不接小，叫你自进。
张桂枝：（白）管家带路。管家请上，受我一礼。
　　　　（唱）管家请上礼恭敬，　　　　　礼上还有所托情。
　　　　　　　倘若我爹爹回家转，　　　　你来外婆家接我回程。
张　发：（唱）少姑娘你不要叮嘱言谨，　　老奴牢牢记在心。
　　　　　　　本当在此多把话论，　　　　天色不早要赶路程。
　　　　　　　辞别少姑娘回家转，　　　　等你爹回家转接你回程。
　　　　（管家无可奈何下。桂枝目视张发去远。）
张桂枝：（哭）管家喂……
　　　　（唱）只见管家回家转，　　　　　好似狼牙箭把心穿。
　　　　　　　望不见管家眼流泪，　　　　盼只盼老爹爹早日回还。
　　　　（灯暗。）
　　　　（幕启，张府客厅。杨氏若有所思地上。）
杨　氏：（白）宝童被我撵赶在外，桂枝赶出府门，出了这场恶气，去掉眼中钉，使我心
中满意。哎，要是员外回来了，问他一双儿女，我怎样回答呢？这……有
了，我不如叫家人在后花园中，造起新坟两座，只说儿女酒醉，口吐鲜血
而亡。此计甚好，家人哪里？
张　发：（白）做事要检点，免得主母嫌。参见主母，唤出老奴有何吩咐？
杨　氏：（白）张发老管家，我来问你，倘若员外回到家来，问起一双儿女，你怎样回
答呢？
张　发：（白）我只说被安人撵赶在外呀。
杨　氏：（白）你这老狗！如此回答，老娘的这条性命岂不断送他人之手？
张　发：（白）老奴我无计可施了。
杨　氏：（白）我有一计。
张　发：（白）东娘有何妙计？
杨　氏：（白）你与我到后花园中，造起新坟两座，员外回来，问起一双儿女，你只说他
们酒醉，口吐鲜血而亡。
张　发：（白）哼！
杨　氏：（白）你听到没有？
张　发：（白）是！
杨　氏：（白）你在此等候。
　　　　（杨氏下，取锄锹复上。）
　　　　这有锄锹在此，你到后花园造起新坟两座！
张　发：（白）是！
杨　氏：（白）将言吩咐你。
张　发：（白）怎敢误主事。我把你这个老……

杨　氏：（白）老什么？
张　发：（白）老婆婆。
杨　氏：（白）我不要你奉承。
张　发：（白）老安人。
杨　氏：（白）是我的本分。哼！
　　　　　　（杨氏气愤地下。张发气极，以脚蹬地，以泄心中之愤。）
张　发：（白）我把你这个老乞婆呀！
　　　　（唱）心中只把主母恨，　　　　　要老奴到花园造起假坟。
　　　　　　　肩背锄锹花园进……　　　有老奴在花园造起假坟。
　　　　　　　这一锄挖死你杨氏主母，　保佑我少东人福寿康宁。
　　　　　　　有老奴在花园假坟造……　造起假坟。
　　　　　　　这一锄挖死你长生小子，　但愿我少姑娘不老长生。
　　　　　　　有老奴在花园假坟造……　造起假坟。
　　　　　　　这假坟好一似空城计，　　外无棺木内面无尸。
　　　　　　　肩背锄锹回家内……　　　雪里埋坟日出自知。
　　　　　　（灯暗，幕落。）
　　　　　　（前幕启，二幕前。郊外，金秋时分，阳光大道过往客旅熙熙攘攘，张从肩背包裹上。）
张　从：（唱）下江取账时日多，　　　　心中牵挂二娇儿。
　　　　　　　昨夜晚在店房睡不着，　　醒转来却原是梦里南柯。
　　　　　　　随风飘来随风过，　　　　一对绣球抛往长河。
　　　　　　　莫不是宝童儿得中黉学，　该莫是杨氏妻磨灭娇儿。
　　　　　　　身背包裹回家转……
　　　　　　（二幕启，张府庄园，客厅。）
　　　　（唱）叫声张发接包裹。
　　　　　　（张发上。）
张　发：（白）员外回来了！
张　从：（白）回来了，你拜请安人出堂。
张　发：（白）是！拜请安人！
　　　　　　（杨氏上。）
杨　氏：（白）家人一声请，上前问分明。哟，员外回来了。
张　从：（白）回来了，安人请坐。
杨　氏：（白）有坐，员外，下江账目可曾取齐？
张　从：（白）俱已取齐。
杨　氏：（白）一路之上，我夫受尽了风霜之苦。
张　从：（白）有劳安人挂怀。喔，我回来半天，未见我的一双儿女，哪里去了？
杨　氏：（白）儿女么？
张　从：（白）嗯！

杨　氏：（白）他俩要吃酒。
张　从：（白）你就该把酒与他们吃？
杨　氏：（白）唉呀！员外呀，我不得不说，不得不讲，一双儿女酒醉，口吐鲜血而亡。
张　从：（白）你在怎讲？
杨　氏：（白）酒醉吐血而亡！
张　从：（白）啊！……
张　发：（白）哼！
　　　　（张从闻言，不觉老泪纵横。）
张　从：（唱）听说儿女丧了命，　　　　　　唉！宝童，桂枝我的儿哇……
　　　　　　　好似万箭穿我的心！
　　　　　　　开言就把安人问，　　　　　　儿女的坟墓哪厢存？
张　从：（白）安人，我的一双儿女死了，坟墓今在何所？
杨　氏：（白）现在后花园。
张　从：（白）住口！我的一双儿女既然死了，为何不上祖坟山，埋在花园是何道理？
杨　氏：（白）员外哪曾知道，家门户族讲道，儿女未满十八岁，死了不能上祖坟山。
　　　　（杨氏溜下。）
张　从：（白）竟有这等事？张发带路花园！
　　　　（二幕落。）
　　　　（二幕启，主仆来至花园。员外睹见新坟，失声痛哭。）
　　　（哭）宝童、桂枝，儿哇……
　　　（唱）见新坟不由人珠泪滚，　　　　　怎不叫为父好不心疼。
　　　　　　实指望养娇儿成龙成凤，　　　　实指望养娇儿接代传宗。
　　　　　　这才是黄叶不落落青叶，　　　　白头人送黑头人。
　　　　　　在花园哭得我咽喉哽咽。
张　发：（笑）啊！哈哈哈……
张　从：（白）啊！……
　　　（唱）张发发笑有原情。　　　　　　　张发带路回家转……
　　　　　　叫声安人有话云。
　　　　（换景，张府客厅。主仆回家，员外客厅落座。）
　　　　（杨氏胆怯地上。）
张　从：（白）安人，为夫在花园哭我一双儿女，哭得口中焦渴，你去拿杯茶来为夫解渴。
杨　氏：（白）是！
　　　　（杨氏手足无措下。）
张　从：（白）张发，员外在花园哭我一双儿女，你在一旁发笑，敢是知道少东人和少姑娘的下落？
张　发：（白）少东人，少姑娘么……
　　　　（杨氏向张发暗示手势。）

张　从：（白）站过来，你这老狗！常言道主有事，仆担忧，员外我哭一双儿女，你在一旁发笑，是何道理？
张　发：（白）这发笑么……
　　　　（杨氏双手奉茶上。）
杨　氏：（白）员外吃茶。
张　从：（白）为夫此番不用茶！
杨　氏：（白）吃一杯啥。
张　从：（白）一杯也不用，大胆，还不下去！
　　　　（杨氏胆战心惊地退下。）
　　　　啊！张发站过来，你这老狗，在凉亭员外百般所托。叫你回家照顾我的一双儿女，今日倒好，你要言不言，要语不语，如若不然，难免员外一顿暴打！
　　　　（张发立刻双膝跪地。）
张　发：（白）唉呀！员外呀，这少东人，少姑娘被东娘撵在外。
张　从：（白）竟敢如此，看家法侍候！
张　发：（白）叫我拿家法，也不知是要打老奴否？
　　　　（张发胆怯下。）
张　从：（白）你看这老狗，叫他拿家法，他上山就不下山，真乃气死我也。
　　　　（张发扛家法上。）
张　发：（白）东爷，家法在此。
张　从：（白）把你那无廉耻的东娘叫出来！
张　发：（白）喔，是打东娘的，拜请东娘前来领赏，老奴不管你的闲事了。
　　　　（张发轻舒了一口气下。）
　　　　（杨氏胆怯地注视员外上。）
杨　氏：（白）眼跳心惊，坐卧不宁，见过员外为了何事？
张　从：（白）贱人呐！
　　　　（张从怒从心起，狠狠一巴掌，打得杨氏眼冒金星，杨氏晃头摸脸。）
杨　氏：（白）哎哟！老爷你怎么打人？
张　从：（白）呸！
　　　（唱）一见贱人心恼恨，　　　　临行之时细叮咛。
　　　　　　儿女与你何仇恨？　　　　磨灭我儿女为何情。
　　　　　　好好直言对我禀，　　　　若不然要贱人有死无生。
杨　氏：（唱）员外休发雷霆恨，　　　　妻子有言听分明。
　　　　　　一双儿女酒醉死，　　　　莫听张发嚼舌根。
张　从：（唱）贱人还要强来争，　　　　你将儿女赶出门。
　　　　　　贱人好比窗前纸，　　　　揭了一层又一层。
　　　　　　贱人好比洗脚水，　　　　泼了一盆又一盆。
　　　　　　用手拿起无情棍，　　　　要你贱人命残生。

　　　　　（白）打！
　　　　　（杨氏顽抗，抓住家法。）
杨　氏：（唱）员外不要乱打人，　　　　妻子与你说分明。
　　　　　　　一双儿女是小事，　　　　切莫失却夫妻情。
张　从：（唱）磨灭我的儿和女，　　　　谁个与你有夫妻情。
　　　　　　　用手举起无情棍，　　　　要你死来不要你生。
　　　　（张从见杨氏抵抗，无名火起，下手更重，欲打至死，方才解恨。）
　　　　　（白）打！
　　　　　（念）贱人做事心太偏，心太偏，平白无事起狼烟。磨灭我的一双儿和女，
　　　　　（白）你这贱人呀！
　　　　　（念）欺夫如同欺了天。
　　　　　（白）我要打……
　　　　（杨氏酷刑之下，晕死过去。）
　　　　（张发急上。）
张　发：（白）启禀东爷，东娘气绝。望东爷舍……
张　从：（白）舍什么？
张　发：（白）舍棺木一口。
张　从：（白）大市街上去买。
张　发：（白）是！
张　从：（白）转来，员外我不舍就不舍，舍就舍两口。
张　发：（白）员外，舍两口何用？
张　从：（白）一口装这无廉耻的贱人！
张　发：（白）另一口呢？
张　从：（白）员外在凉亭百般所托，把这一口赏你这老狗！
张　发：（白）员外，老奴不用。
张　从：（白）不用，下去！
　　　　（张发慌张下。）
张　从：（叫头）杨氏，杨氏呀！你这贱人呐！你在我家哪点不好，哪点不美，为何磨灭我一双儿女？今日被我乱棍打死，看来你是罪有应得。贱人！你死得好，死得妙，可惜死少了……呔！呸！哼！
　　　　（张从余怒未消地下。）
　　　　（张发高兴地上。）
张　发：（白）哈哈……东娘，东娘，老奴在你家为奴做仆，你今天将老奴拷拷打打，明天将老奴打打拷拷。今日你被员外乱棍打死，老奴我来打个死老虎！
杨　氏：（白）哎……
张　发：（白）不好！老奴生来命运薄，东爷打死我打活。你醒转来了，老奴再不敢管了。
　　　　（张发垂头丧气下。）

杨　氏：	（唱）	适才拷打我在客堂上，
	（白）	哎哟！
	（唱）	抬头看我浑身俱是棍伤。
	（白）	哎哟！我还是躲藏才好。唉哟……
		（杨氏慢慢爬起来，一跛一拐地下。）
		（灯暗，幕落。）
		（幕启，旷野荒郊。崇山峻岭，人烟稀少，羊肠小道，盗贼出没之处，曹张飞上。）
曹张飞：	（念）	家住深山陡壁崖，只见杀人不见埋。有人打从山下过，杀他人头滚下来。
	（白）	俺曹张飞，领了大哥严命，下山抢掳。下山一走，远远望见一肥羊来也。
		（张宝童身背包袱，手拿雨伞，仓惶地上。）
张宝童：	（唱）	多蒙管家情义深，　　　　　妹妹偷银我逃生。
		来在山林提足进……
曹张飞：	（白）	呸！
张宝童：	（唱）	小哥发怒为何情？
	（白）	小哥为何发怒？
曹张飞：	（白）	我来问你？
张宝童：	（白）	问我何来。
曹张飞：	（白）	你可知道路是何人开，树是何人栽？
张宝童：	（白）	倒也不知？
曹张飞：	（白）	老子不说谅你也不知，路是古人开，树是老子栽。若有银钱买路，就放你过去。若无银钱买路，要想过去万万不能！
张宝童：	（白）	小哥此言差矣，路乃朝廷血脉。世间上只有将钱买渡，哪有将钱买路之理？那我没有。
曹张飞：	（白）	你连讲三个没有，老子就不要你的。
张宝童：	（白）	啊，原来小哥好讲话，没有，没有，真的没有。
曹张飞：	（白）	照刀！
		（张宝童丢弃包袱、雨伞，慌不择路跑下。）
曹张飞：	（白）	且住！小小肥羊丢下包袱，落荒而逃。我不免上山报与大哥知道，上山一走。
		（曹张飞肩背包袱，手持长刀下。）（幕落。）
		（幕启，大户庄园。远远望去，炊烟袅袅。陈母携爱女手提桑篮、桑钩上。）
陈　母：	（唱）	叫女儿前带路娘把门掩，　你为娘有言来儿听心间。
		实可叹儿的爹阎罗早见，　丢下我母女俩好不可怜。
		三月清明三月三，　　　　家家户户养春蚕。
		别人蚕儿做了茧，　　　　我的蚕儿未睡头眠。
		叫女儿前带路桑园趱，　　见桑叶长得好绿叶遮天。

　　　　　　　　叫女儿紧罗裙把桑树上……
陈　　母：（白）女儿喂，你摘我接呀。
陈月英：（白）母亲，我忘了一个东西。
陈　　母：（白）什么东西？
陈月英：（白）摘桑的钩儿哇。
陈　　母：（白）好，我递给你。
陈月英：（白）好。妈我摘你接，这边来。
陈　　母：（白）好，这一边。
陈月英：（白）好。妈那一边。
陈　　母：（白）怎么又是那一边呢？你小心不要把我眼睛砸瞎了喂。
陈月英：（白）妈喂，这边，那边，那边，这边。
陈　　母：（白）唉哟，丫头喂，把我累坏着。篮子装满了，你下来吧。
陈月英：（白）好。妈，我好热。
陈　　母：（唱）累得我母女俩汗湿衣衫。
　　　　　　　　那厢有石块女儿打坐，　　　　　歇歇荫凉再转回还。
　　　　　　　　（张宝童愤怒、失落地上。）
张宝童：（唱）心中只把强贼恨，　　　　　　　不该打劫我包裹银。
　　　　　　　　这种苦命要它作甚，　　　　　　不如一死命归阴。
　　　　　　　　来在桑园提足进，　　　　　　　桑园就是催命阎君。
　　　　　　　　望着家乡躬身拜，　　　　　　　拜拜爹娘养育恩。
　　　　　　　　不能灵前把孝挂，　　　　　　　不能坟前把香插。
　　　　　　　　燕子衔泥费力大，　　　　　　　长大毛干飞往天涯。
　　　　　　　　腰中解下无情带……
　　　　（哭）唉！我的爹娘呀……也罢！
　　　　　　　　（张宝童将腰带抛向树杈，打个死结，投身腰带。）
　　　　　　　　（陈氏母女闻声赶到救下了奄奄一息张宝童，掐人中，助呼吸。）
陈　　母：（白）书生醒来，书生醒来！
张宝童：（唱）适才桑园来系颈，　　　　　　　昏昏沉沉闻人声。
　　　　　　　　慢慢睁开昏花眼，　　　　　　　只见晚母在我跟。
陈　　母：（唱）书生不要胆颤惊，　　　　　　　老身不是你晚母娘亲。
张宝童：（唱）听说不是晚母娘亲，　　　　　　上前叩谢救命恩人。
陈　　母：（唱）桑园有石块书生请坐，　　　　问书生家住何所高姓大名。
张宝童：（唱）施一礼老婆婆容我禀诉，　　　　落难人表家乡细听从头。
　　　　　　　　家住太平府当涂县，　　　　　　父张从母亡故兄妹孤凄。
　　　　　　　　母亡故数年后父亲续娶，　　　　娶晚母良心狠无事生非。
　　　　　　　　晚母娘来我家随带一子，　　　　名长生与宝童共读史诗。
　　　　　　　　都只为在圣堂吟诗答对，　　　　长生弟回家转搬弄是非。
　　　　　　　　老爹爹去下江把账收取，　　　　杨氏母将宝童撵赶外头。

　　　　　　多蒙了老管家情高义厚，　　　　　送一信到绣楼妹把银偷。
陈月英：（白）你还有个妹妹呀，那你有婆母①没有呢？
陈　母：（白）哎，多不害羞哇。
张宝童：（唱）逃难时黑松林偶遇贼寇，　　　抢包裹劫银两险把命丢。
　　　　　　左思右想无有活路，　　　　　　一心想在桑园一命罢休。
　　　　　　多蒙了老婆婆将我搭救，　　　　永世不忘在我心头。
　　　　　　这就是落难人真情话诉，　　　　晚母娘她是我冤家对头。
　　　　　（张宝童越说越难受，禁不住泪流满面。）
陈月英：（白）唉哟，多大了，还哭，好羞，好羞。
陈　母：（白）哎，傻丫头。
　　　　（唱）听书生出此言杨氏来恨，　　　为什么待儿女这样狠心。
　　　　　　此处不是叙话所，　　　　　　去到我家暂安身。
　　　　　　女儿带路回家转……
　　　　　（二幕落。）
　　　　　（郊外，三人边走谈。）
陈月英：（白）妈，把他带到我家去呀？
陈　母：（白）是呀！好不？
陈月英：（白）好，好！妈，我很喜欢他。
陈　母：（白）走哩，小丫头！
陈月英：（白）伢呀，到我家里去，我搀你走。
张宝童：（白）不！
陈月英：（白）那你牵我走。
张宝童：（白）不！
陈月英：（白）那我俩一起走。
陈　母：（白）哪这么饶舌，快走！
陈月英：（白）我是爱他呀。
陈　母：（白）走路也爱？
陈月英：（白）走也爱，坐也爱。
陈　母：（白）莫不怕丑喔。
　　　　　（二幕启，陈月英上前开门，陈府客厅，桌椅茶几一尘不染。）
张宝童：（唱）张宝童进府来礼上相迎。
　　　　（白）参见婆婆！
陈月英：（白）喂，去你的！
陈　母：（白）丫头，做么事啥？
陈月英：（白）妈喂，他叫萝卜，哪有多大的萝卜，几十上百斤的萝卜？
张宝童：（白）我是叫婆婆。

---

① 婆母：指妻子。

陈月英：（白）我是要你和我讲话。
陈　母：（白）好了，好了。书生，我有一言出唇不便。
张宝童：（白）婆婆，有何金言，当面吩咐。
陈　母：（白）老身膝下无子，心想你结拜我作螟蛉之子。不知你意下如何？
张宝童：（白）我乃落难到此，手长袖短，不敢高攀。
陈　母：（白）敢是弃嫌？
张宝童：（白）并无弃嫌，当面拜过。
　　　　　　　　（张宝童整顿衣衫，大礼参拜。）
陈月英：（白）妈，我也来拜。
　　　　　　　　（陈月英立马与张宝并排跪下。）
陈　母：（白）你拜什么呢？
陈月英：（白）我，我拜堂。
陈　母：（白）拜娘，
　　　　　　　　（陈母离坐，扶起张宝童。）
陈　母：（白）儿呀，言过就是，何必如此大礼。女儿你去把你爹爹衣帽拿来，让他穿戴起来。
陈月英：（白）他穿？
陈　母：（白）是的！
陈月英：（白）好。我去拿。
　　　　　　　　（陈月英欣喜地下，取衣帽上。）
陈月英：（白）我帮他穿。
陈　母：（白）我帮。
陈月英：（白）我帮！
陈　母：（白）拿过来，我帮他穿！
陈月英：（白）好，那就等您帮他穿衣裳吧，帽子该我帮他戴！
陈　母：（白）帽子呢？
陈月英：（白）帽子我要帮他戴！
陈　母：（白）好，就出你。
陈月英：（白）我帮你戴。
张宝童：（白）我自己戴。
陈月英：（白）我帮你戴好些。好看，好看，真好看！
陈　母：（白）你真不怕羞。
陈月英：（白）不羞。妈，我叫他叫什么呢？
陈　母：（白）你叫他哥哥。
陈月英：（白）叫哥哥，我去叫叫，哥哥！哥哥！
张宝童：（白）大姐。
陈月英：（白）我要我爹爹的衣裳，我要我爹爹的衣裳。
陈　母：（白）又做什么呢？

陈月英：（白）妈，他说我脚大，叫我大脚。
陈　母：（白）儿呀，你为何叫她大脚呢？
张宝童：（白）母亲，我叫她大姐。
陈　母：（白）啊，傻丫头，他叫你大姐。
陈月英：（白）啊，我再去叫，哥哥！
张宝童：（白）贤妹。
陈月英：（白）我要我爹的帽子！
陈　母：（白）唉哟，又是为了什么呢？
陈月英：（白）他嫌我，他说嫌你。
陈　母：（白）儿呀，你不要嫌她啥。
张宝童：（白）我是称呼她，叫她贤妹。
陈　母：（白）啊，傻丫头，他是称呼你，叫你贤妹。
陈月英：（白）我再去叫，哥哥。
张宝童：（白）妹妹。
陈月英：（白）哥哥，哥哥，哥哥。
陈　母：（白）好啦，好啦！儿呀，权为圣堂攻读。
　　　　（念）东壁图书府，
张宝童：（念）西园翰墨林。请！
　　　　（张宝童高兴下。）
陈月英：（白）妈，哥哥到哪里去了？
陈　母：（白）他到圣堂攻读去了。
陈月英：（白）我也去。
陈　母：（白）你到哪里去？
陈月英：（白）妈，我也要去读书呀。
陈　母：（白）你要绣花。
陈月英：（白）那我不能陪哥哥读书呀？
陈　母：（白）你可以送茶到圣堂哥哥喝。
陈月英：（白）啊！好好好，我送茶到我哥哥圣堂去啦！
　　　　（陈月英欢天喜地下。）
陈　母：（念）收留别家子，只当我亲生。
　　　　（灯暗，幕落。）
　　　　（幕启，一圣堂桌椅齐全，中间悬挂孔夫子像。张宝童手端书本上。）
张宝童：（唱）我本是张家子陈门接后，　　　恩母娘好恩情誓不抛丢。
　　　　　　　我若是到后来五经魁首，　　　修一块路恩牌万古千秋，
　　　　　　　手奉诗书圣堂走，　　　　　　拜过了孔圣人攻读《春秋》。
　　　　（张宝童下。）
　　　　（陈月英打扮得光艳照人，胸前扣上绣花丝巾，手拿彩扇，脚步轻盈地上。）

陈月英：（唱）春水起波秋水落河，　　　　　三阳天春光好百鸟喧多。
　　　　　　　自那日采桑时母女两个，　　　　桑园内收留了宝童大哥。
　　　　　　　眉清目秀哥有才学，　　　　　　但不知宝童哥得中哪科。
　　　　　　　我心想与大哥鸾房配合，　　　　美中间缺了说合媒婆。
　　　　　　　清早起老母亲对我讲过，　　　　她叫我送香茶哥解口渴。
　　　　　　　闺阁女转厨房茶盏办过，
　　　　　　　（陈月英下，托茶盘、壶盖上。）
　　　　　　　这茶盏好一似说合媒婆，　　　　慢金莲出门外用目观过，
　　　　　　　（二幕落。）
　　　　　　　（郊外。油菜花香，风和日暖，青山绿水，春色宜人。蜜蜂嗡嗡采蜜，蝴蝶翻飞，燕子双双搭窝，鹦哥学唱。江面船只川流不息。）
　　　　　　　青是山绿是水好看得多。
　　　　　　　眼观着江中船只只有舵，　　　　又观着那蝴蝶对对下落，
　　　　　　　鹦哥鸟站梧桐一公一母，　　　　难道说闺阁女不如鸟雀？
　　　　　　　用白扇遮太阳免晒与我，　　　　小金莲移几步如凤飘梭，
　　　　　　　左青山右绿水无心观过，　　　　一心心到圣堂调戏大哥。
　　　　　　　来自不觉哥的黉学，　　　　　　请一声我大哥圣贤放落。
　　　　　　　（二幕启，圣堂。陈月英轻轻敲门，张宝童上。）

张宝童：（唱）孔圣门前有三千，　　　　　　内有七十单二贤。
　　　　　　　留下仁义礼智信，　　　　　　　一重父母一重青天。
　　　　　　　耳旁有听得人声叫喧，　　　　　但不知何学友来到学前。
　　　　　　　该莫是众学友吟诗答卷，　　　　该莫是来往人要茶要烟。
　　　　　　　我这里开学门来人会面，　　　　却原是贤小妹来到学前。
　　　　　　　（陈月英借进门之机，抬脚绊一下张宝童的小腿，张宝童后退。）
　　　　　　　圣堂内有椅位妹莫立站，　　　　兄妹俩坐圣堂家务事谈。
　　　　　　　恩母娘在家中可曾康健，　　　　贤小妹到圣堂事为哪般。

陈月英：（唱）好一个宝童哥大有孝心，　　　老母亲在家中要哥担心。
　　　　　　　在家中领却了母亲严命，　　　　她命我送香茶哥解渴心。

张宝童：（唱）多蒙了恩母娘情高义盛，　　　贤小妹当做了送茶之人。
　　　　　　　（陈月英斟茶一只手付张宝童，张宝童双手接盏。陈月英另一只手捂住宝童手，四目对视，二人低头无语，面红过耳。）

张宝童：（唱）贤小妹送来茶愚兄便饮，　　　兄吃茶妹接盏急早回程。

陈月英：（唱）我大哥喝了茶叫我回程，　　　倒让我闺阁女话未说明。
　　　　　　　低下头来心中裁论，　　　　　　我不免讲假话虚哄他人。
　　　　　　　在家中领却了母亲严命，　　　　她命我陪大哥攻读书文。

张宝童：（唱）贤小妹出此言差错得很，　　　讲什么陪愚兄攻读书文。
　　　　　　　男子汉读诗书是我本分，　　　　贤小妹你应该习绣花纹。
　　　　　　　贤小妹你若想诗书精进，　　　　回家转商量母另请先生。

陈月英：（唱）宝童哥你不要托词来讲，　　　　　你的妹不过是歇息荫凉。
　　　　　　　眼观着圣堂外无人来往，　　　　　真情话对哥讲料也无妨。
　　　　　　　转面来见大哥妹不好言讲。
张宝童：（唱）贤小妹有好话直讲无妨。
陈月英：（唱）我心想与大哥同……
张宝童：（唱）同些什么？
陈月英：（唱）同，同，同床共枕，　　　　　　　但不知宝童哥可曾应承。
　　　　　（陈月英急转身，用扇遮面，偷窥张宝童表情。）
张宝童：（唱）贤小妹往日里道慧有品，　　　　为什么今日里出口轻身？
　　　　　　　来来来坐圣堂听兄言论，　　　　　你愚兄有言来妹听分明。
　　　　　　　承蒙当年桑园救命，　　　　　　　恩未报老母亲又请先生，
　　　　　　　朝如想昔如思攻读为本，　　　　　实指望到日后能报深恩。
　　　　　　　你愚兄在此是为逃命，　　　　　　多蒙了恩母娘将我看承，
　　　　　　　倘若是你愚兄为人不正，　　　　　回家转母打我何人讲情。
陈月英：（唱）宝童哥你不要假作正经，　　　　你的妹有古人细听分明。
　　　　　　　昔日里有一个隋炀帝君，　　　　　后花园中戏妹兰英。
　　　　　　　兰英女她本是亲生兄妹，　　　　　亲兄亲妹也配为婚。
　　　　　　　更何况哥姓张奴家姓陈，　　　　　张陈二姓正好指婚。
　　　　　　　前朝帝王开开路引，　　　　　　　后朝之人照路好行。
　　　　　（陈月英起身打着彩扇，欲坐张宝童大腿上。张宝童起身坐在陈月英座位，陈月英用扇遮住面颊，各归原座。）
张宝童：（唱）贤小妹休提昏君杨广，　　　　　他本是酒色中一大昏王。
　　　　　　　药酒毒死了亲兄长，　　　　　　　养老院碰坏了白发老娘。
　　　　　　　到后来观琼花扬州一往，　　　　　惊动了四名山十八寨反王。
　　　　　　　一个个在绿林等候结党，　　　　　李元霸带人马反乱朝纲。
　　　　　　　那昏王早应该把命丧，　　　　　　大不该留骂名永世传扬。
　　　　　　　兄妹俩配夫妻骡马一样，　　　　　怎对得天和地日月双光。
陈月英：（唱）宝童哥你不要古人来比，　　　　你的妹有古人哥也该知。
　　　　　　　莺莺小姐先前有意，　　　　　　　张生跳过粉墙围。
　　　　　　　红娘传简成双对，　　　　　　　　莺莺还是他人妻。
　　　　　　　你的妹未送茶先前有意，　　　　　望大哥在圣堂早发慈悲。
张宝童：（唱）小丫头出此言少理来论，　　　　你愚兄有言来妹听分明。
　　　　　　　商纣王宠妲己鹿台丧命，　　　　　周幽王戏褒姒河放烟灯。
　　　　　　　楚平王纳儿媳朝纲不正，　　　　　三国中吕奉先好色轻身。
　　　　　　　兄妹俩坐圣堂抬头观定，　　　　　那上面坐的是孔圣贤人。
陈月英：（唱）管他圣人不圣人，　　　　　　　圣人哪管你我事情，
　　　　　　　圣人不做玩耍事，　　　　　　　　世哪有孔伯儒接代后根。
　　　　　（此段动作与前段相仿。）

张宝童：（唱）有只见小丫头欺压圣人，　　　　倒让宝童怒气多生，
　　　　　　　怒恼兄举家法丫头训。
　　　　　　　（陈月英手拿丝巾，彩扇，双手叉腰，直逼张宝童，张宝童后退。）
陈月英：（白）你打！你打！
张宝童：（白）啊，不可！
张宝童：（唱）打了丫头欺压娘亲。　　　　　　来来来坐圣堂愚兄教训……
陈月英：（白）……
　　　　　　　（陈月英端起椅子紧靠张宝童坐下，张宝童兀然站起。）
张宝童：（白）你与我坐远一点！
陈月英：（白）要坐近一点，坐远了听不到嘛。
　　　　　　　（张宝童挪开座位落座。）
张宝童：（唱）你愚兄有古人妹听分明。
　　　　　　　昔日有个三大贤，　　　　　　　刘备关张结桃园。
　　　　　　　兄弟三人战吕布，　　　　　　　关公月夜赚貂蝉。
　　　　　　　慢说小丫头生得美，　　　　　　你就是天仙女愚兄不沾。
陈月英：（唱）有只见张宝童百般叫骂，　　　　骂得我闺阁女满脸羞煞。
　　　　　　　茶盘不要回家罢，　　　　　　　实实难舍美貌冤家。
　　　　　　　转面来望宝童难描难画，　　　　一霎时惹得我四肢酸麻。
　　　　　　　二次我只得圣堂踏，　　　　　　你的妹有言来哥听根牙。
　　　　　　　你的妹十七八容颜不假，　　　　莫把妹当做了败柳残花。
张宝童：（唱）贤小妹娇滴滴容颜不假，　　　　谁敢道你容颜差。
　　　　　　　走上前施一礼饶兄命罢！
陈月英：（唱）还一礼望大哥甘露施发。
张宝童：（唱）有只见小丫头色性难忍，　　　　倒让宝童怒气多生。
　　　　　　　好言好语她不听，　　　　　　　若不打她她不回程。
　　　　　　　怒恼兄举家法丫头训，　　　　　呸！看你回程不回程。
　　　　　　　（张宝童手举家法欲打，陈月英气极，瞪眼跳脚，手指张宝童。）
陈月英：（唱）骂一声张宝童瞎了眼睛，　　　　轻脚轻手打谁人。
　　　　　　　曾记三月三桑园寻自尽，　　　　本是我母女俩救你回程。
　　　　　　　有恩不报非君子，　　　　　　　恩将仇报枉为人。
　　　　　　　手端茶盆回家奔，　　　　　　　回家转母面前搬你祸根。
　　　　　　　（陈月英气愤、惜爱、羞愧地下。）
张宝童：（唱）只见丫头出了黉学，　　　　　　倒让宝童怒气多。
　　　　　　　先前只说拜恩母，　　　　　　　她口口声声叫大哥。
　　　　　　　只说真心来待我，　　　　　　　有谁知做一个里应外合。
　　　　　　　此书不读连环扣锁，　　　　　　回家转母面前是非辩脱。
　　　　　　　（张宝童气愤至极下。）
　　　　　　　（二幕落。）

十一、赶　子

　　（郊外，景色依然。陈月英十分失落，又留恋不舍。她一步一回头地观望上。）

陈月英：（唱）宝童生来有志气，　　　　　百般调戏他不依，
　　　　　　　行来在中途路暗生巧计，　　月英假装哭啼啼。
　　　　　　　观四下无有人罗裙扯碎，
　　　　　（陈月英左顾右盼，四下无人，将罗裙扯碎。）
　　　　　　　扯碎罗裙好辨是非。
　　　　　　　不流泪来假流泪，　　　　　不伤悲来假伤悲，
　　　　　　　来之不觉自家屋内，　　　　请一声老母亲儿送茶回。
　　　　　（二幕启，陈府客厅，陈母上。）

陈　母：（唱）我女儿送茶未曾回转，　　　倒让为娘两眼望穿。
　　　　　　　到客堂见女儿泪流满面，　　我女儿眼流泪快对娘言。

陈月英：（唱）千差万差母亲差，　　　　　不该叫女儿去送茶，
　　　　　　　女儿送茶黉学踏，　　　　　张宝童要死鬼调戏奴家。

陈　母：（白）我却不信！

陈月英：（唱）母亲不信女儿话，　　　　　罗裙扯碎……一包渣。

陈　母：（唱）只见罗裙碎纷纷，　　　　　此事不假果是真。
　　　　　　　女儿权为上房进，

陈月英：（唱）张宝童回家转娘呀赶他出门。
　　　　　（陈月英高兴地下。）

陈　母：（唱）只见女儿上房进，　　　　　思思想想火一盆。
　　　　　　　端把椅子客堂等，　　　　　等只等张宝童蠢子回程。
　　　　　（张宝童气急败坏地上。）

张宝童：（唱）宝童生来命运差，　　　　　条条路上遇冤家。
　　　　　　　在家曾被晚母打，　　　　　黉学又被妹欺压，
　　　　　　　来在自家屋提足踏，　　　　只见恩母怒气发。

张宝童：（白）母亲在上，不孝孩儿宝童在下……

陈　母：（白）下面说话是谁？

张宝童：（白）孩儿宝童！

陈　母：（白）来来来为娘有话讲。

张宝童：（白）有何话讲？

陈　母：（白）奴才！你就坏了！
　　　　　（陈母气极，一巴掌打在张宝童脸上。张宝童急忙跪下，手摸脸颊。）
　　　　（唱）张宝童跪尘埃娘心不爱，　　骂一声张宝童蠢子奴才。
　　　　　　　曾记得三月三桑园地界，　　母女俩舍下力救儿回来。
　　　　　　　我只说年半百无有后代，　　带庭堂拜盟论只当婴孩。
　　　　　　　请先生教诗书娘的恩爱，　　实指望到后来马踏金阶。
　　　　　（陈月英调皮地上。）

陈月英：（白）喂哈，喂哈！
陈　母：（白）你做么事啥？
陈月英：（白）妈，你看，老鸦吃粟米，哽得白眼珠直翻。
陈　母：（白）你站退些。
　　　　（唱）命小女送香茶也是恩爱，　　　　小奴才在圣堂做出无非事来。
陈月英：（白）喂哈，喂哈！妈喂，你看麻雀吃蚕豆，一口吃好几粒哎。
陈　母：（白）你给我滚开些！
　　　　（陈月英顽皮地下。）
陈　母：（唱）寡妇门前岂容你为非作歹，　　　难道说为娘管不下来。
　　　　　　　怒恼娘举家法宝童打坏，　　　　你本是外来子教训活该。
张宝童：（唱）老母亲且息怒容儿禀诉，　　　　你孩儿有言来娘听从头。
　　　　　　　曾记得三月三蒙母搭救，　　　　带庭堂拜盟论只当骨肉。
　　　　　　　请先生教诗书娘的恩厚，　　　　实指望到后来报马回头。
　　　　　　　命小妹送香茶更是恩厚，　　　　贤小妹在圣堂卖弄风流。
　　　　　　　小妹说的话儿说不出口，　　　　就是那举世人脸也含羞。
　　　　　　　举家法打小妹来曾动手，　　　　贤小妹回家转搬弄祸由。
　　　　　　　这就是你孩儿直言禀诉，　　　　娘好比做清官替儿分忧。
陈　母：（唱）清官难断家务事，　　　　　　　就是那包老爷也断不开。
　　　　　　　转面来叫女儿各跪一块。
　　　　（陈月英面带笑容上。）
陈月英：（白）妈，妈！
陈　母：（白）跪下！
陈月英：（白）跪就跪！
陈　母：（唱）男一边女一边各诉上来。
　　　　（陈月英抢原告，手指张宝童，逼真诉说。）
陈月英：（唱）张宝童在一边诉个干净，　　　　用好言和蜜语虚哄我的娘亲。
　　　　　　　张宝童说的话我娘莫信，　　　　你女儿说的话句句是真。
　　　　　　　你女儿送香茶红黉来进，　　　　张宝童要死鬼调戏奴身。
　　　　　　　你女儿在圣堂决一不肯，　　　　张宝童那时候扯碎罗裙。
　　　　　　　昔日里有一个隋炀帝君，　　　　后花园中戏妹兰英。
　　　　　　　兰英女她本是同胞妹妹，　　　　同胞兄妹也配为婚。
　　　　　　　他讲道他姓张女儿姓陈，　　　　张陈二姓正好为婚。
陈　母：（白）等等，这话到底是谁说的？
陈月英：（白）是他！是他！
张宝童：（白）是她！是她！我们俩宰鸡头！
陈月英：（白）宰蛤蟆头哟！
张宝童：（白）她……
陈　母：（白）讲！

陈月英：（唱）前朝帝王开开路径，　　　　　　后朝人之照路好行。
　　　　　　您女儿在绣楼习绣为本，　　　　哪知道前朝的下贱古人。
陈　母：（唱）我女儿说的话不得不信，　　　　小奴才做的事点点是真。
　　　　　　怒恼娘举家法拷打一顿，　　　　呔！打死你外来子无妨事情。
　　　　　（陈母二次举家法欲打，又慢慢放下。）
张宝童：（唱）庭堂上也只有母女恩爱，　　　　你看我张宝童独跪尘埃。
　　　　　　老母亲您看儿冤难辩解，　　　　打死我外来子远方投胎。
陈　母：（唱）一个哭来一个笑坏，　　　　　　难道说为娘调协不开。
　　　　　　是是是来明白一块，　　　　　　想必是花正开蝴蝶未来。
　　　　　　小小年纪就在作怪，　　　　　　无的说出有的来。
　　　　　　叫女儿拿家法宝童打坏……
　　　　　（陈月英笑眯眯取家法上。）
陈月英：（白）我来打！我来打！
陈　母：（唱）拿我来打！
　　　　　（陈母接过家法怒打陈月英，陈月英不防，双脚一跳跑下。）
陈　母：（唱）近前来搀起我宝童乖乖。
　　　　　（陈母近前搀起张宝童，并帮张宝童弹灰。）
陈　母：（唱）错打儿错骂儿儿莫见气，　　　　细听为娘诉表儿的来历。
　　　　　　曾记得三月三桑园之地，　　　　母女俩舍下力带儿回归。
　　　　　　带回家高堂上螟蛉拜继，　　　　娘只当亲生子心口如一。
　　　　　　请先生攻诗书是娘厚意，　　　　实指望到后来金榜名题。
　　　　　　命小妹送香茶更是好意，　　　　小丫头在圣堂无非事来。
　　　　　　幸喜得我的儿回家面理，　　　　险一险在客堂错把儿命逼。
　　　　　　妹妹她生来年纪幼稚，　　　　　再等几年婆家去做媳。
　　　　　　我本当叫妹妹出来赔礼，　　　　她本是娃娃气怎肯屈膝。
　　　　　　这里说到来这里为止，　　　　　窗友面前一概莫提。
　　　　　　千错万错是小妹不是，　　　　　妹得罪娘道歉儿量放宽。
　　　　　　儿要学那松柏长青四季，　　　　儿莫学无情鸟展翅高飞。
　　　　　　天气晴我的儿圣堂之地，　　　　男儿汉谁不想金榜名题？
张宝童：（唱）老母亲训儿岂敢记仇恨，　　　　哪有为子者不听娘亲。
　　　　　　但愿宝童有发奋，　　　　　　　不忘母亲教子成人。
陈　母：（唱）好一个宝童听娘教训，　　　　　将来必定人上人。
　　　　　　今乃大考年皇榜期近，　　　　　我的儿你是否想进京求名？
张宝童：（唱）老母亲这一言真当要紧，　　　　儿正想上京城去求功名。
陈　母：（唱）宝童儿在客堂将娘等，
　　　　　（陈母下，取行囊、盘费上。）
　　　　　　娘办盘费儿去求名。
　　　　　　但愿得我的儿高官有份，　　　　儿莫忘修家书报马回程。

张宝童：（唱）有劳了老母亲办儿盘费，　　娘办盘费儿赴春闱。
　　　　　　娘望儿手攀月中桂，　　　　怕的是孩儿八字微。
　　　　　　未曾起程先施礼，　　　　　儿若是高科得中报马回归。
　　　　　（张宝童自信地下。）
陈　母：（唱）宝童儿进京城威风凛凛，　今科必定点头名。
　　　　　　望不见宝童儿内堂进，　　　但愿得儿得中来报喜音。
　　　　　（灯暗，幕落。）
　　　　　（幕启，京城繁华，热闹非凡，一街两巷，做买做卖，吆喝一片，举子纷纷上京赶考。京城贡院，考官、衙役上。）
考　官：（白）八月桂花香，九月菊花黄。人群纷纷乱，举子入科场。人来！
衙　役：（白）有！
考　官：（白）将官门打开，龙门展放！
衙　役：（白）是！
考　官：（白）有传天字号上前交卷。
　　　　　（张宝童持考卷上。）
衙　役：（白）有传天字号上前交卷！
张宝童：（白）参见大人，考卷呈上。
考　官：（白）好一个天字号，文才好，才学高，一撇如枪，一捺似刀，一点似樱桃。往年专考三篇文章，七篇锦绣。今年圣上用人太急，单考吟诗对对，对得着，高官任做，骏马任骑。对不着，赶出宫院门，三年不许入科场。天字号上前受对！
张宝童：（白）谢过大人，请大出题。
考　官：（白）雏凤学飞，万里风云从此始，
张宝童：（白）学生对曰。
考　官：（白）对曰何来？
张宝童：（白）潜龙奋起，九天雷雨及时来。
考　官：（白）好一个天字号，早年该发该中。一名一甲，拜拜下去，龙虎观榜。
张宝童：（白）谢过大人。
　　　　　（陪考生左手执扇，边走边扇，右手拿着牙签，边上边签牙。）
陪考生：（白）老哥你中了。恭喜，恭喜！
张宝童：（白）同喜，同喜！
陪考生：（白）你回家乌纱两顶，蟒袍两件，蟒靴两双，在下不送。
张宝童：（白）老哥，少陪了。
　　　　　（张宝童高兴下。）
考　官：（白）有传地字号上前交卷。
衙　役：（白）有传地字号上前交卷！
陪考生：（白）传地的上前交卷。
衙　役：（白）传你的。

十一、赶　子

陪考生：（白）啊，卖米的。卖米的上前交卷！
衙　役：（白）传你这个馊舅子！
陪考生：（白）哎呀，今年人不多，一传就到姐夫我头上来了。见过蓑衣大人。
衙　役：（白）宗师大人！
陪考生：（白）怕不晓得，蓑衣还不是宗做的。
衙　役：（白）总还宗师大人！
陪考生：（白）好，好，争你不赢，就宗师大人。宗师大人，你老哥在上，学生见礼，丢礼乎也。
　　　　　　（地字号考生双手合拢，面对主考大人意思一下。）
　　　　　　（一衙役看不过意，大声呵斥考生。）
衙　役：（白）见了大人不下全跪，讲什么丢礼乎也？
陪考生：（白）哎，我在乡下见人一礼，人家还我一礼，我见你一礼，你老哥坐在上面昂昂而不动，我岂不丢礼乎也。
考　官：（白）怎奈我有圣命在身。不能还礼！
陪考生：（白）那就不怪你老哥。
考　官：（白）地字号上前交卷。哎，观你的试卷一塌糊涂，不知你口才如何？
陪考生：（白）啊，口才呀，口才好得很，清早起，洗了脸，漱了口，斤把肉，壶把酒，拉起屎来一点都没有。
考　官：（白）哪个问你吃喝拉撒，我乃问你腹内文才？
陪考生：（白）请大人弹蹄！
考　官：（白）我乃题目之题！
陪考生：（白）我乃是足脚之足。
考　官：（白）总还是题目之题，白粉墙写白字，墙白，字白，白白对白白。
陪考生：（白）学生对曰，黑瓦窑烧黑炭，窑黑，炭黑，黑黑对黑黑。
考　官：（白）你哪许多黑？
陪考生：（白）你哪许多白？
考　官：（白）人来！
衙　役：（白）有！
考　官：（白）此人无才，赶了，赶出宫院门，三年不许入科场。
衙　役：（白）赶了，赶了！
陪考生：（白）呸呸呸！我三年考两考，两年考三考，牙齿考掉了，胡子考翘了，我知道进来还不知道出去，哎呀，好闭人，把我一肚子文才都闭过去了。我不赛点文还说我是个黑先生，上大人，狗咬人，打一棍钻竹林，两边是我的舅，中间是我的曾外孙。
　　　　　　（陪考生调皮地下。）
考　官：（白）人来，有事，无事？
衙　役：（白）无事。
考　官：（白）将考卷密封，打入四轮车上，上殿缴旨，掩上宫门。

衙　役：（白）遵命！
　　　　（考官、众衙役下。）
　　　　（幕落。）
　　　　（幕启，张宝童衣着状元服，众衙役随上。）
张宝童：（引）中状元名扬天下，琼林宴帽插宫花。
　　　　（白）天子重英豪，文章教尔曹，万般皆下品，唯有读书高。
　　　　下官，张宝童，蒙圣上点我头名状元，赐我半副銮架，游街三日，回家荣宗耀祖。人来！
导　首：（白）有！启道陈府！
　　　　（张宝童、众衙役下。）
　　　　（幕落。）
　　　　（幕启，陈府客厅，陈母满面春风地上。）
陈　母：（念）报子报我家，我儿插宫花。
　　　　（张宝童、众衙役上）
导　首：（白）状元参拜！
　　　　（张宝童正装，大礼参拜，陈恩母急忙挽起。）
陈　母：（白）我儿一步高升，可喜可贺。
张宝童：（白）一来是圣上天子洪福，二来是母亲栽培。
陈　母：（白）乃是我儿苦读寒窗。
张宝童：（白）好说了。
陈　母：（白）儿呀，娘有一言，出唇不便。
张宝童：（白）母亲有何金言，当面吩咐。
陈　母：（白）儿的妹妹，年方二八，未配佳偶，心想许配我儿牵床叠被，不知我儿意下如何？
张宝童：（白）母亲，前恩未报，后恩就不敢了。
陈　母：（白）该莫是有嫌弃之意？
张宝童：（白）儿当面拜过。
陈　母：（白）儿呀，你是在此洞房花烛，还是回家荣宗耀祖呢？
张宝童：（白）孩儿先要回家荣宗耀祖。
陈　母：（白）好，三天之后，送亲上门。
张宝童：（白）两厢开道！
　　　　（张宝童、众衙役下。）
陈　母：（白）这正是！有心栽花花不发，无意插柳柳成荫。
　　　　（灯暗，幕落。）
　　　　（幕启，张家庄。张府客厅，陈设依旧，张从上。）
张　从：（白）报子报门前，我儿中状元。
　　　　（张宝童、众衙役上。）
导　首：（白）新科状元回府！

张宝童：（白）孩儿参见爹爹！
（张宝童正装大礼参拜，父亲急忙搀起。张宝童示意，众衙役下。）
张　从：（白）我儿罢了。儿呀，你许久未回，身落何处？
张宝童：（白）爹爹，只为长生起祸，晚母将我撵赶在外。桑园偶遇陈恩母收留孩儿，当作亲生之子，大考之年孩儿进京赴考，得中头名状元。
张　从：（白）我儿一步高发，真乃可喜可贺。
张宝童：（白）爹爹，孩儿落难时多亏管家送信，妹妹她才知道。我的妹妹现在何处？
（张桂枝上。）
张桂枝：（白）你是哥哥？
张宝童：（白）妹妹。
张桂枝、张宝童：（同哭）喂呀……
张　从：（白）如今你们兄妹相会了，就不要心酸了。
张宝童：（白）爹爹，晚母她哪里去了？
张　从：（白）她呀，当初被为父打得死去活来，如今她没有脸见你哟。
张宝童：（白）迟早还是要见的。
张　从：（白）待我叫她出来，我那可耻的安人走来。
（杨氏此时恨地无缝，低头上。）
杨　母：（白）手捧九江水，难洗满面羞。见过员外，他是何人？
张　从：（白）他呀，他就是你害不死的张宝童。
杨　母：（白）哎呀，员外，妻子原本有错，此事只怪长生圣堂起祸。
张　从：（白）家人。
（张发高兴地上。）
张　发：（白）有。
张　从：（白）把长生这个奴才叫出来。
张　发：（白）是。二相公，快些来。
（长生若无其事地上。）
张长生：（白）管家老哥什么事？
张　发：（白）你兄长得中了。
张长生：（白）我兄长得中了，他是大老爷，我就是二老爷。
张　发：（白）叫你见过与他。
张长生：（白）好。我看他带么事接礼给我？参见爹爹！
张　从：（白）见过你的兄长。
张长生：（白）好。哎，兄长，你高发了，带么事给我？
张宝童：（白）带得有哇。
张长生：（白）有哇，还是兄长够哥们。带什么呢？
张宝童：（白）带有八十斤干笋子！
张长生：（白）好好好。张发大哥，赶快去烧大锅。
张　发：（白）烧大锅做什么呢？

张长生：（白）我兄长带了八十斤干笋子，你去烧锅煮笋子吃。
张　发：（白）哎，煮笋子，是要打你八十大板子。
张长生：（哭）唉哟喂，这可怎么办呢？
张　发：（白）叫你母亲讲个人情啥。
张长生：（白）好。我就叫她讲个情，母亲兄长做官回来，要打我八十板子，你帮我讲个情可好啥。
杨　母：（白）为娘我是泥菩萨过江，唉，自身都难保哟。
张长生：（白）我晓得你自身都难保，我不免叫爹爹帮我讲个情。爹爹，兄长要打我八十板子，你老人家帮我讲个情呗？
张　从：（白）我讲情呐，另加四十！
张长生：（白）管家大哥，你叫我请母亲讲情，她自身难保。我叫爹爹讲情，他还要另加四十……管家哥你帮我讲个情啥。
张　发：（白）叫我讲情，不知你的造化如何？
张长生：（白）我的造化好得很，就不知你的面子如何？
张　发：（白）参见状元公，长生年幼无知，还是饶恕他罢。
张宝童：（白）老管家你敢是为他求情？
张　发：（白）正是！
张宝童：（白）好。看在你是我得力的管家，免去四十。
张　发：（白）小东人……
张宝童：（白）……
张长生：（白）管家，准没准？
张　发：（白）免去四十。
张长生：（白）这怎么办呢？
张　发：（白）修书不如见面，你自己去讲。
张长生：（白）好。我就自己去讲！
　　　　　（长生朝兄长面前跪下赔礼。）
张长生：（唱）兄长不要怒气发，　　　　　小弟有言听根芽。
　　　　　　　不是圣堂一句话，　　　　　如今焉能插宫花。
　　　　（白）小弟真正该死，兄长请打！
张　从：（白）你讲是讲得好，可惜讲迟了。
张宝童：（白）只要他知错，认错，也还不迟，起来，起来！
张　从：（白）真乃宽宏大量。
张宝童：（白）爹爹，世间没有不是的父母。母亲请上，受儿一拜！
　　　　　（张宝童大礼参拜，杨氏很不过意。）
张　从：（白）儿哇，得中回来，可曾到陈府参拜？
张宝童：（白）孩儿已到陈府参拜。陈恩母将女儿许配孩儿为妻，三日之内送亲上门，但听来人一报！
　　　　　（宾相、随从、陈母、伴娘搀扶陈月英上。）

宾　相：（白）头插一枝花，喜事报人家。见过状元公，陈府送亲上门。
张　从：（白）大开中门，动乐相请！
　　　　　　　（音乐起，宾相、随从、陈母、伴娘搀扶陈月英，众人圆场。）
张　从：（白）陈老太太迎接来迟，还望恕罪。承蒙搭救宝童，请师教读，一举成名，又将令爱配其佳偶。真是恩同再造，陈老太太请上，深深受我一拜！
　　　　　　　（张从欲跪，陈恩母急忙搀起。）
陈　母：（白）张老太爷，言重了，这也是宝童儿十年寒窗。
张　从：（白）陈老太太请上坐！
陈　母：（白）一同有坐。
张　从：（白）宾相上堂掌彩。
宾　相：（白）见过太老爷、太夫人、状元公、夫人、少官人！
陈　母：（白）宾相多讲吉言！
宾　相：（白）新郎、新娘入堂。一拜天地，二拜高堂，夫妻交拜，送入洞房。宾相讨赏。
张　从：（白）后面领银十两。
宾　相：（白）喜哈哈，笑哈哈，生个儿子卖发粑。
陈　母：（白）中探花！
宾　相：（白）喜洋洋，笑洋洋，生个儿子卖板糖。
　　　　　　　（宾相下。）
张　从：（白）状元郎！大登科状元及第，小登科洞房花烛，办炷清香，叩谢上苍，一同拈香。
　　　　　　　（幕落。）

全剧终

十二、白　扇　记

【剧情简介】

胡知府在任清正廉明，喜得一女一男。见胡家有了后承，胡知府便告老还乡。途经洞庭湖，一伙盗贼杀上官船，胡知府不幸遇难。盗贼杀至后舱，瞧见胡夫人及其儿女三人。胡夫人跪求强人留儿全尸，将儿用红毡包裹全身，内藏金钗犀牛角，一并抛往长江。盗贼抢人又劫财，得胜而归。

渔翁刘玉启年过半百，膝下二子不务正业，飘泊在外。刘玉启打鱼为生，一日打起一包裹。拆开一看，原是一小儿。带回抚养，收为义子，取名渔网，并请师教读。若干年后，二子归家，见家中添一小儿，追根溯源，知情后将渔网赶出家门。

渔网被赶出门后，来至凉亭，偶遇王友仁。交谈间二人情投意合，结拜异姓兄弟。王友仁教授渔网道情曲，建议其寻找父母。渔网白天四处寻找，夜晚借宿庵堂。某日深夜，神圣显灵，指点渔网寻找父母路线。于是，渔网按神圣指点，来至潜江洞庭湖边，见一当铺。因当铺老板饮酒过量算账不清，引起纷争。渔网将其客人账目算得清清楚楚，双方罢休。老板惜才，与渔网结拜，将渔网留在店铺。

时年五月初五，端阳佳节，龙舟比赛，一河两岸围观百姓成群结队，渔网也随众兄弟前来观看。胡知府鬼魂附体，渔网顿觉身体不爽。一人回转当房，倍感忧愁，不免哀叹思乡之苦。渔网胞姐疑其弟流落当房，遂与母亲商量，定计邀请渔网后堂饮酒散心。三人互相问明身份，母子姐弟相认，抱头痛哭。母亲取出白扇宝付儿，命其前往北京外公处搬来救兵，剿灭盗匪，为死者报仇，为百姓除害。恶人得到应有的报应，好人终得善终，万民称快。

【剧中人物】

渔　网	胡黄氏	胡金莲
胡开智	赵宏升	刘玉启
刘　大	刘　二	王友仁
黄　凯	胡先智	胡宝林
中　军	老　二	老　三
船　家	众随从	伙　计
胡夫人	极　子	哑　巴
喽　啰		

*　　　　　*　　　　　*

（幕启，长沙府正堂。案桌后悬挂"清正廉明"大匾，胡开智上。）

胡开智：（引）为官清正，长沙府带管万民。长沙为官有数春，食君爵禄报皇恩。一心上朝辞王驾，告老归林享太平。

（白）本府胡开智，今乃黄道吉日，告职归林。上朝启奏。

（二幕落。）

（胡开智圆场。二幕启，皇帝宫殿。）

胡开智：（白）来在金阶地，把本奏君知。启奏万岁，臣有本奏！

内：（白）爱卿有何本奏？

胡开智：（白）启奏万岁，可叹我身患暗疾，不能理政。心想告老还乡，望我主定夺。

内：（白）爱卿为官，忠心职守，实难割舍，领旨下殿。

胡开智：（白）吾主万岁，万万岁！回家一走。

（二幕落。）

（胡开智圆场，长沙府正堂。）

胡开智：（白）人来！

（随从急上。）

胡开智：（白）请夫人、小姐出堂。

随　从：（白）请夫人、小姐出堂。

（胡黄氏怀抱娇儿、胡金莲同上。）

胡黄氏：（白）夫受皇王爵，妻沾雨露恩。老爷唤出妻子有何家事商议？

胡开智：（白）夫人哪曾知道，为夫告老还乡，后街收拾行囊，一齐登舟。中军哪里？

（胡黄氏怀抱娇儿、胡金莲同下。）

（中军威风凛凛地上。）

中　军：（白）小小刁翎羽箭，弹弓满上弦。弹打飞禽鸟，英雄出少年。俺，中军，不知大人呼唤是哪方差遣？参见大人！

胡开智：（白）这有令箭一枝，河下封船。

中　军：（白）得令！

（中军持令箭下。）

胡开智：（白）夫人、女儿走上。

（胡黄氏怀抱娇儿、胡金莲同上。）

胡黄氏：（白）见过老爷。

胡开智：（白）行囊可曾备齐？

胡黄氏：（白）齐备已久。

胡开智：（白）中军河下封船，你我河下去吧。

（胡开智、胡黄氏怀抱娇儿、胡金莲同下。）

（二幕落。）

（幕启，二幕前，江边中军上）

中　军：（白）领了大人令，河下把船封。船家哪里？

（二幕启，船家身穿蓑衣，肩挎斗笠上。）

船　　家：（白）客官，该莫是雇船的？
中　　军：（白）船家，这有令箭一枝，命你将船一只连十，十只连百，上用芦苇盖顶，下用红毡铺舱，不能听到江水响亮。
船　　家：（白）遵从吩咐。
　　　　　（胡开智全家上。）
中　　军：（白）请大人登舟。
船　　家：（白）慢点，慢点！
　　　　　（船家搭篙，众人手扶船篙上船介。）
胡开智：（白）本府来在官船吟诗一首。狂风吹散九重天，现出红日照江边。清明佳节祭扫墓，忠孝二字两周全。好一派江景也！中军，吩咐船家小心开船。
中　　军：（白）船家，大人命你立刻开船！
船　　家：（白）是！开船咯……
　　　　　（胡开智全家、中军、船家下。）
　　　　　（幕落。）
　　　　　（幕启，洞庭湖边。盗贼巢穴，赵宏升上。）
赵宏升：（白）霸占洞庭，远远闻名。洞庭湖口有数秋，杀人放火任悠游。结拜兄弟人十九，杀官劫库神鬼愁。
　　　　　俺，赵宏升，兄弟结拜，封我老大。今日令兄弟河边打探，未曾回报，想必来也。
　　　　　（老二匆匆地上。）
老　　二：（白）打听河下事，报与大哥知。参见大哥！
赵宏升：（白）二弟回来了。
老　　二：（白）是！
赵宏升：（白）二弟，命你河下打探，情况如何？
老　　二：（白）这由洞庭开来数只官船，桅杆上挂有一个斗大的胡字。
赵宏升：（白）想必是胡知府那赃官回家，定有金银无数，俺们兄弟多带虎钩去至洞庭湖口，将他斩尽杀绝。
　　　　　（赵宏升、老二下。）
　　内：（喊）回船啊！
　　　　　（胡开智全家、中军、船家上。）
胡开智：（白）中军，前道为何不行？
中　　军：（白）贼船挡道。
胡开智：（白）往上开！
中　　军：（白）逆水！
胡开智：（白）朝下开？
中　　军：（白）逆风！
胡开智：（白）前面是何所在？
中　　军：（白）前面是洞庭湖。

胡开智：（白）官船撤到洞庭湖去！
　　　　（胡开智全家、中军、船家下。）
　　　　（赵宏升带领众强贼手执搭钩、刀枪乘船上。）
赵宏升：（白）二弟，官船哪里去了？
老　二：（白）洞庭湖去了。
赵宏升：（白）俺兄弟赶往洞庭湖！
　　　　（赵宏升带领众强贼手执搭钩、刀枪下。）
　　　　（胡开智全家、中军、船家上。）
胡开智：（白）中军为何二次不行？
中　军：（白）又是贼船挡道！
胡开智：（白）胆大的贼船又来挡道！中军，这有令箭一支，船头抵挡一阵。
　　　　（赵宏升带领众强贼手执搭钩、刀枪乘船上，中军与赵宏升等隔船对杀，
　　　　中军败。赵宏升追中军，中军自刎。赵宏升跳上官船。）
赵宏升：（白）二弟，搜舱去！
　　　　（赵宏升、老二急下。）
　　　　（胡开智慌张跑上，赵宏升追上胡开智，一刀将胡开智杀死。）
赵宏升：（白）二弟，后舱搜去！
　　　　（赵宏升、老二急下。）
　　　　（胡黄氏怀抱幼子，手携胡金莲惊慌失措地上。）
　　　　（赵宏升、老二手执钢刀急上。）
赵宏升：（唱）开言就把娘子问，　　　　你怀中抱的是谁人？
胡黄氏：（唱）大王休要将我问，　　　　他是胡家后代根。
赵宏升：（唱）听说是胡家后代根，　　　老子斩草要除根。
　　　　　　　人不除根终有祸，　　　　草不除根逢春生。
胡黄氏：（唱）后舱财宝多得很，　　　　你在后舱搜金银。
　　　　（赵宏升、老二持刀急下。）
胡黄氏：（唱）一见强贼后舱进，　　　　忽然一计涌上心。
　　　　　　　人言红毡不过水，　　　　娘把红毡裹儿身。
　　　　　　　犀牛角分开水浪，　　　　金钗象牙筷贴儿身藏。
　　　　　　　左膀为娘咬一口，　　　　留标记豪猪毛有三根。
　　　　　　　将儿抛往江中心。
　　　　（胡黄氏将儿裹包妥当，抛往江中。）
　　　　（赵宏升、老二持刀急上。）
赵宏升：（白）你怀中小小婴儿哪里去了？
胡黄氏：（白）我将他抛往江里去了。
赵宏升：（白）既已抛下水里去了，人死不能复生，贤弟将二位娘子带下船去。
　　　　（二幕落。）
　　　　（赵宏升、老二各背一人下船回家，圆场。二幕启，盗贼巢穴。）

赵宏升：（白）娘子，我要你与我配百年之好！
（赵宏升拉胡黄氏拜堂介。）
（胡开智鬼魂上，打赵宏升头。胡开智鬼魂下。）
赵宏升：（白）你与我到后面去罢！
（胡黄氏不愿，赵宏升持刀威逼胡黄氏下。）
赵宏升：（白）贤弟过来，这位小娘子给你做老婆。
老　二：（白）多谢大哥！小娘子快与老子拜堂成亲！
（胡开智鬼魂上，打老二头。胡开智鬼魂下。）
老　二：（白）大哥，小弟霎时头脑昏晕，不知是何道理？想必是小弟艳福浅了，受她不起。与大哥做个二房吧？
赵宏升：（白）好好好。下次抢到再给你，来来来与老子拜堂，做个二房。你与老子退下。
（胡金莲含泪委屈地下。）
赵宏升：（白）贤弟，你我兄弟们在这洞庭湖打劫金银无数，我们从此改邪归正，就到潜江开座当房，贸易为生，岂不甚好？
老　二：（白）大哥言之有理，就依大哥。
赵宏升：（白）贤弟，你我后面准备酒宴，开怀畅饮可好？
老　二：（白）恭喜大哥！
（灯暗，幕落。）
（幕启，洞庭湖边。竹篱茅舍，门前晒有渔网、鱼篓等，刘玉启上。）
刘玉启：（白）老汉年迈，白发苍苍似银条。老汉，刘玉启，年满七旬，所生二子，飘泊在外。我每日打鱼糊口，今日风平浪静，叫出伙计，河坡走走。伙计哪里？
（伙计上。）
伙　计：（白）见过老板，呼唤小的不知为了何事？
刘玉启：（白）伙计，今日风平浪静，你我带上渔网，下河打鱼去吧。
伙　计：（白）是。遵从老板吩咐！
（伙计置办家什。）
（二人圆场。）
（二幕落。）
（二幕启，江边刘玉启上船，伙计趟船。）
刘玉启：（唱）大湖市上春潮发，　　　　　贫穷哪怕人笑咱。
伙计趟桨我把网撒，　　　　这一网未打到一个鱼虾。
伙计趟桨洞庭湖下，　　　　每日洞庭湖打鱼不差。
伙计趟桨我把网撒，　　　　这也是年纪迈气力不佳。
刘玉启：（白）我当什么，原来是小小包裹。红毡裹起，伙计你我拆开看看，啊！原来是个婴儿。里面有金钗，象牙筷，犀牛角，伙计你我二人鱼不打了，将船靠岸。
（刘玉启、伙计下船。）

伙　计：（白）老板，我们今天财气很好。我二人要平分！
刘玉启：（白）好，你我各分一半，哎，这个孩子怎么分？
伙　计：（白）我去拿刀，一人一截。
刘玉启：（白）东西给你，老汉身边无子，这孩子就给我吧。
伙　计：（白）好好好。小孩就给你。
刘玉启：（白）如此甚好，我将他抚养长大，将来也有个依靠。
伙　计：（白）那我就给你贺喜了。
刘玉启：（白）小伙计，你给他起个名字吧，可好？
伙　计：（白）好。正要起个名字，老板我想起来了，这孩子是我们用网打起来的，就借网起名。起名渔网可好？
刘玉启：（白）哎，看不出你还很有才，甚好，甚好！我讲个四言八句可好？
伙　计：（白）那你的诗头呢？
刘玉启：（白）洞庭湖口把网撒，
伙　计：（白）打个娇儿抱回家。
刘玉启：（白）欢天喜地来养大，
伙　计：（白）长大成人坐长沙。
　　　　　　（二人同笑。）
　　　　　　（灯暗，幕落。）
　　　　　　（幕启，潜江边。市井热闹，赵宏升一伙开座当铺，赵宏升高兴地上。）
赵宏升：（白）自那日洞庭湖做来一案，打劫财宝，开所当房。
　　　　（唱）迈步只把柜房往，　　　　　　等候了当当人前来开张。
　　　　　　（赵宏升得意地下。）
　　　　　　（极子手拿皮袄，嘴叼烟斗上。）
极　子：（唱）我家住在上八角，　　　　浑号名子要不得。
　　　　　　家中带着破皮袄，　　　　当着回家过荒日。
　　　　　　来在当房老板叫过，　　　叫声老板有话说。
极　子：（白）老板哎，当当啊！
　　　　　　（赵宏升急上。）
赵宏升：（白）请问客人当什么？
极　子：（白）羊皮袄！
赵宏升：（白）拿来我看，哟，你这是一件光板皮袄，我不当。
极　子：（白）老板，你今天初开张，什么光板子不光板子，纵然是光板子，你当也是光，不当也是光。
赵宏升：（白）罢了，今日张开，你要当多少钱？
极　子：（白）我要当五串钱！
赵宏升：（白）当不到。
极　子：（白）能当多少？
赵宏升：（白）一串钱！

(哑巴拿着碓头上。)

极　　子：（白）好！就一串钱。哑巴把你的碓头拿出来去当。

（哑巴把碓头放在柜台上。）

赵宏升：（白）这是什么呢？

极　　子：（白）当碓头。

赵宏升：（白）碓头，老子不当！

极　　子：（白）你今天开张，当也是碓头，不当也是碓头。

赵宏升：（白）好好好，今日张开，你要当多少钱？

极　　子：（白）也要一串钱。

赵宏升：（白）五十个钱？

极　　子：（白）好好好，就五十个钱。

（赵宏升将当票给极子、哑巴，极子、哑巴下。）

赵宏升：（白）今天开张，一极一哑，倒让老子怒火难压！

　　　　（唱）不管闲事后店踏，　　　　　　一心心到后面饮酒贪花。

（赵宏升懊丧地下。）

（幕落。）

（幕启，洞庭湖边。竹篱茅舍，门前晒有渔网、鱼篓等，各处依旧，刘玉启慢步上。）

刘玉启：（唱）那年洞庭湖网打一娇生，　　掐指算不觉年有七春。
　　　　　　　每日里在家中游玩散闷，　　我不免叫他攻读书文。
　　　　　　　转面来我就把渔网儿叫应，　渔网儿来来来父有话明。

（渔网上。）

渔　网：（唱）耳旁边有听得爹爹呼喊，　　但不知唤孩儿事为哪般。
　　　　　　　来前堂见爹爹把礼来见，　　老爹爹唤孩儿有何话谈。

刘玉启：（唱）三更灯火五更鸡，　　　　　正是男儿发奋时。
　　　　　　　黑发不愿勤学习，　　　　　白发反悔黑发时。
　　　　　　　叫出娇儿无别意，　　　　　儿到圣堂读书诗。

渔　网：（唱）爹爹吩咐孩儿遵命，　　　　哪有为子者不听爹尊。
　　　　　　　对爹爹施一礼出家门，　　　到下午放学回问爹安宁。

（渔网下。）

刘玉启：（唱）好一个渔网儿不蠢不傲，　　倒让我年迈人喜在心梢。
　　　　　　　欢欢喜喜后堂到，　　　　　等下午放学回细说根苗。

（刘玉启满意地下。）

（二幕落。）

（二幕前，一长亭。刘大，刘二肩背叫花袋，手拿打狗棍上，长亭落座。）

刘　大：（唱）天上星星朗朗稀，

刘　二：（唱）莫笑穷人穿破衣。

刘　大：（唱）山中树木有粗细，

刘　二：（唱）荷花出水有高低。
刘　大：（唱）老小带路凉亭里，
刘　二：（唱）休息一时讨饭吃。
刘　大：（白）老两呀！
刘　二：（白）老粗呀！
刘　大：（白）你唤我么话？
刘　二：（白）你唤我么话？
刘　大：（白）你老二不就是老两么？
刘　二：（白）你老大不就是老粗么？
刘　大：（白）闲话少讲，言归正传，我俩在外要饭，不是个事，顶好找一个没有人管的事做做哇。
刘　二：（白）没人管的事情呀，我不晓得，你对我讲，什么事情没有人管呢？
刘　大：（白）没有人管的事还多着呢，当丐帮头，专门管叫花子。
刘　二：（白）好。我们就当丐帮头吧？
刘　大：（白）走！
刘　二：（白）慢点，想想可有人管着？
刘　大：（白）就这没有人管哪。
刘　二：（白）没有人管，哎，地保专门管丐帮头喂。
刘　大：（白）我们就做地保吧？
刘　二：（白）好。就做地保。
刘　大：（白）好，事不宜迟就走！
刘　二：（白）别那么慌，想想可有人管呐？
刘　大：（白）当地保没有人管。
刘　二：（白）当地保没有人管？地保还有人管，地保还有知县管呢？
刘　大：（白）好哇，是呀，我们就做知县。
刘　二：（白）好。我们就走！
刘　大：（白）走，就走！
刘　二：（白）知县还有人管。
刘　大：（白）做知县还有人管呐？
刘　二：（白）知县还有知府管呢，一府管六县。
刘　大：（白）那就做知府？
刘　二：（白）莫忙，莫忙。想想看，哎呀，有人管呐！
刘　大：（白）啊！知府还有人管呐？
刘　二：（白）知府还有府台管哪。
刘　大：（白）那么我们就做府台呀？
刘　二：（白）好。那我们就上任去吧。
刘　大：（白）告示还没有贴出来，做省抚还有人管哪？
刘　二：（白）没人管，还有皇帝管。

刘　大：（白）那我做皇帝，老二做丞相。
刘　二：（白）好。赶快走！
刘　大：（白）做皇帝就没有人管了。
刘　二：（白）别忙，做皇帝死不死呢？
刘　大：（白）那死还不是一样的。
刘　二：（白）既然死是一样的，还有人管！
刘　大：（白）还有哪个管呢？
刘　二：（白）还有玉帝管着。
刘　大：（白）怎么被他管着？
刘　二：（白）你不晓得哟，皇帝是个母星，下凡不归他管，归哪个管？
刘　大：（白）哦，是的呀，我就做玉帝，老二，你就做南极仙翁，凡是什么星下凡都归你管。
刘　二：（白）那就好得很，走吧？
刘　大：（白）好好好。走吧？
刘　二：（白）不要慌，再想想，可有人管？
刘　大：（白）做这个大家伙，哪有人管呢？
刘　二：（白）没有人管，还要管得狠些。
刘　大：（白）还有哪个管？
刘　二：（白）玉皇大帝，你可看得到啥？
刘　大：（白）哪能看得到，他在天上。
刘　二：（白）对呀，就是被天管着，天把地盖着！
刘　大：（白）那容易得很，就做天。
刘　二：（白）天呀，还有管天的呢。
刘　大：（白）天算最大，还有哪个管呢？
刘　二：（白）天被云管着，云可以把天遮住。
刘　大：（白）那我做云？
刘　二：（白）做云？云还有管着的。
刘　大：（白）还有管云的？
刘　二：（白）风管呐，风一吹，云就散了嘛。
刘　大：（白）那就做风。
刘　二：（白）风，风还有管着的！
刘　大：（白）咦，风还有管着的？
刘　二：（白）山管着，山把风挡住！
刘　大：（白）做山！
刘　二：（白）做山，做不得，还有管着的！
刘　大：（白）山还有哪个管呢？
刘　二：（白）那个管？蛇可以从这边钻到那边去！
刘　大：（白）那就做蛇。

刘　二：（白）做蛇，做不得。
刘　大：（白）做蛇，又么事做不得呢？
刘　二：（白）做蛇？蛇被叫花子管着，叫花子见蛇就捉！
刘　大：（白）那就做叫花子。
刘　二：（白）哈哈哈……做来做去还是做我们老本行，喔呵，老大呀，我俩在外面没有什么事可做，有道是树长天高叶落归根。顶好的一个法子，我们回去吧？
刘　大：（白）这个样子回去，爹爹肯收留我们吗？
刘　二：（白）你会扯谎不？
刘　大：（白）我扯不来谎。
刘　二：（白）你会圆谎不？
刘　大：（白）圆谎我会呀。
刘　二：（白）好。我一会扯谎，你来圆谎。
刘　大：（白）那就走哇！
　　　　（唱）二人凉亭谈巧计，　　　　设下巧计哄饭吃。
刘　二：（唱）一步来在自家里，　　　　打个主意骗爹一回。
　　　　（兄弟圆场。二幕启，洞庭湖刘玉启茅舍，物什依旧。）
刘　大：（白）老二呀，门口长着青草，不知爹爹在不在？
刘　二：（白）管他在不在，走进去！
刘　大：（白）慢着，我们把打狗棍放在外面，要是爹爹收留我们就千好万好。
刘　二：（白）要是不收留呢？
刘　大：（白）要是不收留？我们还是重操旧业。
刘　二：（白）那我们就进去吧？
刘　大：（白）快把爹爹捧出来。
刘　二：（白）是请出来。
刘大、刘二：（同白）有请爹爹老子！
　　　　（草堂，刘玉启上。）
刘玉启：（白）忽听人言语，近前问分明。
刘大、刘二：（同白）参见爹爹老子！
刘玉启：（白）哎呀，你们是哪位？不要认错人了。
刘　大：（白）哎哟，爹爹反穿皮毛褂子，还装羊呀？
刘　二：（白）我是你的骡子，你都不认得？
刘玉启：（白）想必是儿子？
刘大、刘二：（同白）不错。是儿子！
刘　大：（白）我是刘一！
刘　二：（白）我是刘二！
刘大、刘二：（同白）爹爹是刘三！
刘玉启：（白）敢是刘太爷。
刘大、刘二：（同白）不错，不错！

刘玉启：（白）你两个奴才！在家不听为父教训，在外混了十几载，只落得这般光景。有何面目回来见为父？

刘　大：（白）爹爹老子，你瞧不起我了，我现在发狂了。

刘玉启：（白）奴才！只有发财的道理，哪有发狂的道理？

刘　大：（白）人有了钱就狂起来了，我是沿乞老板，他是当老板。

刘玉启：（白）你怎样发财的？

刘　二：（白）自那日爹爹老子将我们兄弟赶出在外，我二人在坑沟边坐，来了一个娘们儿，不得过去，弟叫我背她过去，我就驮她过去，她就给我一个钱。一个钱就买一个蛋，搭个鸡窝孵鸡，就出了个母鸡，母鸡生了蛋，鸡孵鸡，鸡养鸡，把鸡卖了，买了一头沙牛，牛生牛，三年满山头。后来我把牛全卖了，卖了钱，就开沿乞，典当，名字叫"一字起高楼"，我就这样发财的。我二人前思后想，想起爹爹老子。我兄弟二人雇了一只大船，船行江中，起了狂风，不幸把船吹翻了。我兄弟二人爬到船底上，遇上一只打鱼的小船，将我兄弟二人救起，只落得空手而归。

刘玉启：（白）一派胡言！滚到后面用饭去吧。

（刘大、刘二下。）

（渔网读书回家。）

渔　网：（白）离了圣堂，来到家乡。参见爹爹！

刘玉启：（白）儿哇，为何放学这样早？

渔　网：（白）因为先生不在学中，因此孩儿放学甚早。

刘玉启：（白）这也难怪，儿哇，你那两位兄长也回来了。

渔　网：（白）爹爹，可准我兄弟一会？

刘玉启：（白）哪有不会之理。

渔　网：（白）拜请二位兄长！

（刘大、刘二上。）

刘　大：（白）人是铁，饭是钢，吃了饭，硬邦邦，不吃饭，软叮当。见过爹爹老子！

刘玉启：（白）你那位贤弟前去认过。

渔　网：（白）参见二位兄长！

刘大、刘二：（同白）我哪有贤弟呀？问过爹爹，您今年多大年纪呀？

刘玉启：（白）七十三岁。

刘　大：（白）母亲去世多少年？

刘玉启：（白）十多余年。

刘　大：（白）小弟多大年纪？

刘玉启：（白）一十三岁。

刘　大：（白）难道说，你六十多岁还能生个儿子不成？

刘　二：（白）兄长过来，我二人逃出在外，还有一把镜子，在我身边。我三人要是相像就是兄弟，若有差错，我二人好有一比，两个王八打乌龟。

渔　网：（唱）走上前来双膝跪定，　　　　您孩儿有言来请问爹尊。

	爹爹若把真心话论，	您孩儿转圣堂攻读书文。
	爹爹不把真心话论，	您孩儿跪尘埃，爹爹呀……不起身。
刘玉启：（唱）	有只见渔网儿又哭又讲，	倒让我年迈人进退迷茫。
	罢罢罢将真情话讲，	听为父把从前事细说端详。
	我也曾自幼小学会打网，	每日里打鱼虾苦度日光。
	自那日洞庭湖撒下一网，	打起来小包裹放在船舱。
	先只说小包裹黄金万两，	有谁知打开看小小儿郎。
	儿浑身俱都是红毡捆绑，	有金钗象牙筷内面收藏。
	但不知是何人咬了左膀，	豪猪毛有三根作记为帮。
	因此上你为父带回抚养，	到如今掐指算一十三载。
	这就是你为父真情话讲，	但不知冤枉事出在何方。
渔　网：（唱）	听爹爹说真情泪珠涌上，	但不知亲生母竟在何方。
	不辞爹爹外乡往……	
刘玉启：（白）	孩儿哪里去？	
渔　网：（唱）	儿到外乡寻找亲娘。	
刘玉启：（唱）	小娇儿出此言我心难忍，	说什么到外乡寻找娘亲。
	我的儿他生来年轻幼嫩，	不知道亲生母落在何村。
	低下头来心裁论，	我不免办银两儿找娘亲。
	娇儿权且草堂等……	

（刘玉启下，取包裹、雨伞上。）

刘玉启：（唱）	送银两与包裹儿找娘亲。	

（渔网接银介。）

	我儿今日外乡奔，	但愿得到外乡找到亲人。
	找到母亲早回转，	为父在家时刻不宁。
渔　网：（唱）	多蒙爹爹情高义盛，	办包裹和银两儿找娘亲。
	辞别爹爹出家门，	转面来见爹爹儿有话云。
	找到母亲儿回转，	找不到母亲……
刘玉启：（唱）	儿哇，也要回程。	

（渔网向刘玉启面前跪下，叩三个响头，肩背包裹，手拿雨伞含泪下。）

刘玉启：（唱）	渔网儿出家门越走越远，	不由我年迈人两泪涟涟。
	望不见娇儿寒堂内面……	苍天爷保佑儿找母回还。

（刘玉启、刘大、刘二下。）
（幕落。）
（前幕启、二幕前。旷野荒郊，王友仁上。）

王友仁：（唱）	走不尽江湖游不尽码头，	五湖四海任我游。
	表家乡我住在湖广县口，	我姓王名友仁江湖飘泊。
	渔鼓减板拿在手，	每日里唱道情混度春秋。
	来在长亭一旁坐就，	休息一时再往前游。

（渔网肩背包裹，手拿雨伞上。）

渔　网：（唱）在家中与爹爹两把手并，　　　　一心心到外乡寻找娘亲。
　　　　　　　来在长亭提足进，　　　　　　　　见大哥坐长亭礼上相迎。
王友仁：（白）朋友请了，坐下。
渔　网：（白）请问大哥，尊姓、贵表字，外面作何贵干，么事为路？
王友仁：（白）姓王，名友仁，唱道情为路。但不知你姓什名谁，外面作何贵干？
渔　网：（白）姓刘，名渔网，外出找母。
王友仁：（白）看你年幼，心想与你结拜仁义兄弟，不知你意下如何？
渔　网：（白）我倒有此意。手长袖短，只怕是攀扯不起。
王友仁：（白）不要推辞，撮土为香，望空一拜。
　　　　　（唱）二人长亭来结拜，
渔　网：（唱）犹如同胞共母生。
王友仁：（唱）手带贤弟下凉亭，
渔　网：（唱）兄弟二人找娘亲。
　　　　　（王友仁、渔网下。）
　　　　　（幕落。）
　　　　　（幕启，墩洲城。王友仁家寒堂，渔网忧虑地上。）
渔　网：（引）浪荡天涯，不知何日归家。身落江湖有数秋，思想爹娘泪双流。渔网不知谁家后，找寻爹娘岂罢休。
　　　　　（白）小生，渔网，家住洞庭湖，河坡浪里人氏。自那日辞爹爹外乡找母，来到墩洲，一月有余。我心想到外乡寻找母亲，此事要与王仁兄商量。正是，拜请仁兄！
　　　　　（王友仁上。）
王友仁：（白）贤弟一声请，近前问分明。贤弟为了何事？
渔　网：（白）仁兄打坐寒堂，一言容禀。
渔　网：（唱）仁兄坐寒堂容我告禀，　　　　你愚弟有言来细听分明。
　　　　　　　来到墩洲一月有满，　　　　　　我心想到外乡寻找娘亲。
　　　　　　　是这等与仁兄同商论，　　　　行不行去不去回答一声。
王友仁：（唱）渔网弟这一言真当要紧，　　　世间上天地大父母为尊。
　　　　　　　尊声贤弟将兄等……
　　　　　（王友仁下，取银上。）
　　　　　　　我办盘费你找娘亲。　　　　　　贤弟二次将兄等……
　　　　　（王友仁下，取渔鼓减板上。）
　　　　　（渔网接银，接渔鼓减板介。）
王友仁：（唱）我拿渔鼓你带随身，　　　　　倘若是一路上盘费用尽，
　　　　　　　你一人唱渔鼓好找娘亲。　　　倘若是江湖上有人盘问，
　　　　　　　你只说王友仁谁个不闻。　　　借弟口传兄言多多带信，
　　　　　　　拜上了婶母娘稍问安宁。

渔　网：（唱）多蒙仁兄情高义盛。　　　　　　　你拿渔鼓我带随身。
　　　　　　辞别仁兄出府门，　　　　　　　　找到了亲生娘再来填情。
　　　　（渔网忧愁苦闷地下。）
王友仁：（唱）有只见渔网弟外乡奔，　　　　　　倒让我王友仁长挂在心。
　　　　　　望不见渔网弟寒堂进，　　　　　　但愿得渔网弟找到娘亲。
　　　　（王友仁担心地下。）
　　　　（二幕落。）
　　　　（二幕前，渔网肩背包裹、渔鼓，手拿雨伞上。）
渔　网：（唱）在墩洲与仁兄两把手并，　　　　　一心心到外乡寻找娘亲。
　　　　　　行来在中途路用目观定，
　　　　（二幕启，一座破旧庙堂，蜘蛛网挂满整个庙堂和菩萨塑像。佛堂无人打
　　　　　扫，杂乱不堪。）
　　　　　　有只见一庙宇在此今。
　　　　　　为找爹娘庵堂进，　　　　　　　　我一人在庵堂许愿求神。
　　　　　　走上前来屈膝跪定，　　　　　　　满庙神灵听分明。
　　　　　　保佑我一路上母子会信，　　　　　重修庙宇佛装金身。
　　　　　　拜拜之时出庙门，　　　　　　　　只见红日落西沉。
　　　　（渔网出庙。）
　　　　（二幕落。）
　　　　（郊外一片寂静，只见日落黄昏。）
　　　　　　只听庵堂钟鼓声，　　　　　　　　闺阁房中点明灯。
　　　　　　河边渔翁收钓竿，　　　　　　　　放牛牧童转回程。
　　　　　　权为我只得庵堂睡醒，
　　　　（渔网无奈，只得暂借庙宇睡觉，樵楼更鼓响。）
　　　　　　等只等樵楼上鼓起初更。
　　　　　　听樵楼打罢了初更时分，　　　　　小渔网睡庵堂哪得安宁。
　　　　　　走上前来屈膝跪定，　　　　　　　满庙神圣听分明。
　　　　　　此一番保佑我母子会信，　　　　　重修庙宇佛装金身。
　　　　　　拜拜之时庵堂睡醒，　　　　　　　等只等樵楼上五鼓天明。
　　　　（樵楼更鼓三响，渔网已沉睡不醒。）
内　　：（白）渔网睡庵堂，吾神有言听端详。要想母子会，潜江当房会亲娘。醒转来牢
　　　　牢谨记，吾神上天堂。
渔　网：（唱）听樵楼打五鼓天已明亮，　　　　东方现出太阳光。
　　　　　　三更天神圣爷曾对我讲，　　　　　他叫我找爹娘要往潜江。
　　　　　　辞别神圣潜江往，　　　　　　　　一心心到潜江寻找爹娘。
　　　　（灯暗，幕落。）
　　　　（幕启，潜江边。宏升典当，赵宏升上。）
赵宏升：（念）英雄高万丈，豪杰贯斗牛。洞庭湖内我为尊，兄弟结拜十九人。打劫官船

　　　　　　　　胡知府，搂抱母女两个人。
　　　　（白）咱老子赵老大，今日天气晴和，将招牌悬挂。
　　　　（唱）今天天气晴又晴，　　　　　一街两巷色色新。
　　　　　　　别人招牌廊檐挂，　　　　　我的招牌未出店门。
　　　　　　　手端招牌廊檐挂，　　　　　一字字二行行写得分明。
　　　　　　　上写着赵宏升开座当店，　　公平交易不亏客人。
　　　　　　　挂了招牌内当进，　　　　　叫声小弟我有话明。
　　　　（白）小弟哪里？
　　　　　　（老二上。）
老　二：（白）见过大哥，为了何事？
赵宏升：（白）小弟，今日天气晴和，有人当当，取当，请出愚兄前来。
老　二：（白）大哥请进内面。
　　　　　　（赵宏升下。）
　　　　　　（极子、哑巴拿衣服上。）
极　子：（白）家住口外隔大街，问我姓名不晓得。当了一件羊皮袄，取回家来过六月。
　　　　　　　行行去去，去去行行。
哑　巴：（白）哦！
　　　　　　（哑巴和极子打哑语手势。）
极　子：（白）你做么事？啊，你是枫树梢上人。你不会讲话，我会说，一天能说好几
　　　　　　　句，你做么事呀？
哑　巴：（白）哦！
极　子：（白）啊，你是当当的，我是取当的，跟我一路进去。老鸟！
老　二：（白）老板，你做么事呀？
极　子：（白）哑子当当，我来取当。
老　二：（白）站过一旁，拜请大哥！
　　　　　　（赵宏升上。）
赵宏升：（白）贤弟为了何事？
老　二：（白）有人当当，有人取当。
赵宏升：（白）请转内面。
　　　　　　（老二情绪低落下。）
极　子：（白）老鸟！
赵宏升：（白）老板做么事？
极　子：（白）哑子当当，我来取当。
赵宏升：（白）将衣服传上，原来是件破烂，当钱八百。
极　子：（白）哑子当八百钱。
哑　巴：（白）哦。
极　子：（白）哑子嫌少了，要当一吊钱。
赵宏升：（白）只当八百。

极　　子：（白）哑子，少当，少取，就当八百？哑子说就当八百。
赵宏升：（白）破烂一件，当钱八百，当票拿过去。
极　　子：（白）老板我来取当。
赵宏升：（白）当票呈上。
极　　子：（白）有当票在此。
赵宏升：（白）原来是一吊钱的头，三个月，三分息，一三余三，二三余六，三三余九，九百钱的息。
极　　子：（白）九十九个钱的息，你要我九百钱的息，你开黑店，哑子，打打打！打他妈的！
　　　　　　（渔网肩背包裹、渔鼓，手拿雨伞上。）
渔　　网：（白）上写宏升当典，二位小哥，你们吵什么？
极　　子：（白）鸡公。
渔　　网：（白）相公。
极　　子：（白）相公，我请你说过理，我当了一件衣服，一吊钱的头，三个月三分息，他要我九百钱的息，你说开黑店不。
渔　　网：（白）小哥不必如此，我与你算清此账，老板前来见礼。
赵宏升：（白）赐礼为何？
渔　　网：（白）原来是老板算错一账。
赵宏升：（白）呀呀呸！老子当房内一十九名兄弟，难道不如你一个赶唱的儿郎，好好与老子算清此账便罢。如若不然，儿就是笼中之鸟，难逃出爷的当房！
渔　　网：（白）老板借算盘一用。一三余三，二三余六，三三余九。老板请看！
赵宏升：（白）呵哈，原来是老子多喝了几杯烧酒，衣服拿将过去。
极　　子：（白）我还要来数毛，掉了一根毛，我要一百钱。
渔　　网：（白）小哥，毛是数不清楚的。
极　　子：（白）啊，毛数不清楚，相公，我请你到茶馆去吃茶，粪馆去吃粪。
渔　　网：（白）粉馆吃粉，小哥你先上前一步。
极　　子：（白）你随后就到。
　　　　　　（极子，哑巴下。）
赵宏升：（白）小哥，前来见礼！
渔　　网：（白）赐礼为何？
赵宏升：（白）当房内一十九名兄弟，难比你的写算明亮，心想你凑上二十名的兄弟，不知你意下如何？
渔　　网：（白）手长袖短，不敢高攀！
赵宏升：（白）该有弃嫌？
渔　　网：（白）并无弃嫌！
赵宏升：（白）当面拜过。
　　　　　　（渔网与赵宏升相互拜介。）
赵宏升：（唱）兄弟双双回当房，　　　　　犹如同母又共娘。

　　　　　　　　要学桃园三结义，　　　　　　　莫学庞涓害孙膑。
　　　　　　　　小弟带路后店进，　　　　　　　转后店摆酒宴兄弟洗尘。
　　　　　　　（赵宏升、渔网下。）
　　　　　　　（幕落。）
　　　　　　　（幕启，时年五月初五端阳佳节，普天同庆，龙舟比赛，老二、老三上。）
老二、老三：（唱）今来是五月五荷花开放，　　　普天下划龙舟庆贺端阳。
　　　　　　　　来在当房提足往，　　　　　　　拜请大哥我有量商。
　　　　　　（白）拜请大哥！
　　　　　　　（赵宏升上。）
赵宏升：（白）小弟一声请，近前问分明。小弟为了何事？
老二、老三：（同白）大哥！今天乃是五月初五，我们邀请你前去看会。
赵宏升：（白）小弟，我在当房收留了一位小弟，可不能做强盗，他是文墨之人。
老二、老三：（同白）叫他前来见过我们！
赵宏升：（白）小弟哪里？
　　　　　　（渔网上。）
渔　网：（白）见过大哥，为了何事？
赵宏升：（白）小弟哪曾知道，众位兄长邀请你前去看会。你去见过众位兄长，必须要提防他们。
渔　网：（白）见过众位兄长！
老二、老三：（同白）招打！好汉能做强盗！
赵宏升：（白）刚才我讲了，他是文墨之人，小弟，众位兄长邀请我去看会。
渔　网：（白）小弟跟班。
赵宏升：（白）带路。
　　　　（唱）兄弟双双出当房，
　　　　　　（换景，郊外。一眼望去，男女老少，人山人海。河面上龙舟无数，划船健儿摩拳擦掌，勇气十足，誓为夺取冠军作贡献。）
老　二：（唱）好似猛虎下山岗。
老　三：（唱）兄弟结拜人丨九，
渔　网：（唱）凑上我一人成对成双。
赵宏升：（唱）兄弟带路河坡往，　　　　　　　吃杯香茶再转当房。
　　　　　　（胡开智鬼魂上。）
胡开智：（白）人死荒郊鬼，犹如阴风吹。家乡难得见，好不泪伤悲。
　　　　　　　我乃胡开智的鬼魂是也，只为金元儿，父仇不报，反与强贼八拜之交，站在河坡上，远远望见金元儿来也。
　　　　　　（胡开智鬼魂下。）
渔　网：（唱）多蒙了众兄长情高义尚，　　　　我陪众兄长到会场。
　　　　　　　来在河坡提足往，　　　　　　　头痛一阵为哪桩？
　　　　　　　开言就把大哥请上，　　　　　　你愚弟身得病要转当房。

赵宏升：（唱）听说是渔网弟身体有病，
　　　　　　　叫老细①将渔网背回家往，
　　　　　（老细背渔网下。）
　　　　　　　兄弟双双赶会场。
　　　　　　　观见龙舟闹洋洋。
　　　　　　　小弟带路下河往，
　　　　　　　下河龙舟多热闹，
　　　　　　　小弟带路茶馆往，
　　　　　　　倒让我赵老大纳闷在心。
　　　　　　　叫二弟带路上河往，
　　　　　　　下河龙舟更比上河强，
　　　　　　　观看龙舟闹洋洋。
　　　　　　　倒让老大喜眉梢。
　　　　　　　吃杯香茶再转当房。
　　　　　（赵宏升、老二、老三下。）
　　　　　（幕落。）
　　　　　（幕启，潜江边赵宏升当房，渔网病态上。）

渔　网：（唱）今来是五月五荷花开放，
　　　　　　　我也曾与众兄两河岸上，
　　　　　　　有娘儿身得病查询调养，
　　　　　　　要水不到空思狂想，
　　　　　　　我一人在当房苦愁来讲，
　　　　　　　走上前我只得当门紧杠，
　　　　　　　先唱着文工曲一来一往，
　　　　　　　韩湘子家住大名府上，
　　　　　　　三岁之年把父葬，
　　　　　　　多蒙了叔婶母娘将他抚养，
　　　　　　　十三岁入黉学未登金榜，
　　　　　　　十六岁学道法东南山上，
　　　　　（胡金莲若有所思、疑虑地上。）
　　　　　　　董永卖身曾把父葬；
　　　　　　　孟宗哭竹嫩笋发放；
　　　　　　　这一派前朝古都有娘养，
　　　　　　　生的父和母不知不讲，
　　　　　　　我的家住在洞庭湖上，
　　　　　　　我恩父刘玉启生来打网，
　　　　　　　自那日船开头撒下一网，
　　　　　　　我恩父他只说包裹银两，
　　　　　　　我浑身俱都是红毡捆绑，
　　　　　　　犀牛角无价宝分开水浪，
　　　　　　　是谁人舍不得我咬我左膀，
　　　　　　　多蒙了我恩父带回抚养，
　　　　　　　普天下划龙舟庆贺端阳。
　　　　　　　一霎时得风寒回转当房。
　　　　　　　你看我无娘儿好不惨伤。
　　　　　　　要茶不到贵似琼浆。
　　　　　　　怕的是众兄长看会回乡。
　　　　　　　拿渔鼓和减板解闷愁肠。
　　　　　　　廿四孝古人名扬。
　　　　　　　新泥县韩家庄有他的家乡。
　　　　　　　七岁里家不幸又逝萱堂。
　　　　　　　养到了八九岁送往圣堂。
　　　　　　　林国学生一女许配洞房。
　　　　　　　撇却了林小姐独守空房。

　　　　　　　郭巨埋儿天赐金刚；
　　　　　　　王祥卧冰为的老娘。
　　　　　　　难道说俺渔网莫有爹娘。
　　　　　　　养我的父和母略表一场。
　　　　　　　西南角水打浪有我家乡。
　　　　　　　洞庭湖打鲜鱼混度日光。
　　　　　　　打起来小包裹放在船舱。
　　　　　　　拆开看原来是小小儿郎，
　　　　　　　有金钗象牙筷内面收藏。
　　　　　　　豪猪毛有三根作记为帮。
　　　　　　　三颗牙迹存我身旁。
　　　　　　　养到了六七岁送往圣堂。

---

① 老细：黄梅方言，指老幺。

	我这里叹苦愁对何人讲，	等只等众兄长看会回乡。
	（渔网伤感地下。）	
胡金莲：	（唱）胡金莲尊母命把花习绣，	耳听得前当房口叹苦愁。
	他句句叹的是洞庭湖口，	好一似金元弟同胞手足。
	我本当到前当将弟认就，	认错了强盗贼性命难留。
	停针不绣下楼口，	请一声老母亲儿下绣楼。
	（胡黄氏双眉紧锁，满怀忧愤地上。）	
胡黄氏：	（唱）黄氏女身落在宏升典当，	娘做大儿做小乱了阴阳。
	恨强贼劫官船私开典当，	难道说无天理乱草无章。
	到前当见女儿泪如水放，	我的儿不绣花事为哪桩？
胡金莲：	（唱）施一礼老母亲容儿诉讲，	你女儿有言来禀告我娘。
	遵母命在绣楼把花绣上，	耳听得前当房渔鼓乒乓。
	口声声叹的是洞庭湖广，	好一似金元弟身落当房。
	请出了老母亲非为别样，	母女们到前当细看端详。
胡黄氏：	（唱）我女儿出此言胡说乱讲，	讲什么金元儿落在当房，
	金元儿抛长江明明朗朗，	世哪有人死了又转还阳。
	这句话喜的是娘面来讲，	强盗贼知道了牵连为娘。
胡金莲：	（唱）老母亲休道儿胡说乱讲，	你女儿有古人娘听端详。
	昔日里有一个张贼奸党，	苦害薛家世代忠良。
	薛元帅马夫人杀场捆绑，	三岁孩儿也上杀场。
	大朝中有一名徐泽老将，	亲生子上法场调换忠良。
	强盗贼也难比杨洪奸党，	我胡家也难比世代忠良。
	老爹爹在朝中并非奸党，	恐怕是天开眼搭救忠良。
胡黄氏：	（唱）我女儿比古人娘心暗想，	忽然间想起了古人一桩。
	昔日里陈光瑞名题金榜，	初上任偶遇着刘洪贼强。
	刘洪贼将陈爷麻绳捆绑，	将尸首分四块抛往长江。
	殷小姐生一子不能抚养，	黑夜里修血书抛往长江。
	水涌到金山寺救起罗网，	海成师搭救了世代忠良。
	起名叫做唐三奘，	到后来报父仇四海名扬。
	强盗贼难比刘洪贼党，	我胡家也难比世代忠良。
	你为娘在二当把酒来烫，	儿前当接幺叔庆贺端阳。
胡金莲：	（唱）老母亲吩咐我女儿遵命，	
胡黄氏：	（唱）带住了女儿手娘有话明。	强贼面前姊妹相认，
	背前背后母女相称。	
胡金莲：	（唱）有只见老母亲二当来进，	金莲女接幺叔需要小心。
	来之在当门外一声相请，	叫不应小幺叔双手拳门。
	（渔网抱病上。）	
渔　网：	（唱）有渔网身得病手靠书柜，	耳听得当门外手把门拳。

		我这里开当门来人一会,	却原是贤尊嫂我道是谁。
		开言来我就尊嫂问待,	贤尊嫂到当房事为何来？
胡金莲：	（唱）	今来是五月五荷花开放,	小幺叔不看会事为哪桩？
渔　网：	（唱）	我适才陪众兄两河岸上,	一霎时得风寒回转当房。
胡金莲：	（唱）	听说是小幺叔身体贵恙,	未到前当房问叔安康。
		我姐姐在二当把酒来烫,	她命我请幺叔庆贺端阳。
渔　网：	（唱）	贤尊嫂出言错把话论,	讲什么到二当饮酒散心。
		饮酒之事大不要紧,	众兄长回家转怎好对人。
胡金莲：	（唱）	小幺叔你只管宽心放稳,	饮酒之事有嫂担承。
渔　网：	（唱）	听说是饮酒事有嫂担承,	倒让渔网我才放宽心。
		走上前我只得当门杠紧,	众兄长回家转必定叫门。
		我这里开窄门嫂把路引。	
胡金莲：	（唱）	请一声我姐姐叔到此今。	

（胡黄氏端酒、盏、菜上。）

胡黄氏：	（唱）	我在二店把酒来烫,	耳听得当门外口请为娘。
		来至纱窗偷眼观望,	金元儿在人世也有多长。
		是与不是我以礼奉上。	

（胡黄氏放下托盘，见渔网急忙施礼。渔网承受不起，顿感头晕。）

渔　网：	（唱）	头昏一阵事为哪桩？	想必是长幼悬殊我不敢承当。
		是是是来明白渔网,	大贤嫂二贤嫂福寿安康。
		走上前我只得一礼奉上,	
胡黄氏：	（唱）	当房内有椅位幺叔请坐,	叫妹妹奉香茶掩上当门。
		喝了茶我就把幺叔动问,	问幺叔家住何所高姓大名。
渔　网：	（唱）	先只说请我来同把酒饮,	有谁知请我来问我姓名。
		人人有姓我无姓,	人人有名我无名,
		贤尊嫂你问我真名实姓,	我好比湖畔草浪里所生。
胡黄氏：	（唱）	小幺叔出此言差错得很,	讲什么人在世没有姓名。
		水有源流木有根本,	树长天高叶落归根。
		神圣爷他也有三父八母,	难道说小幺叔天生不成？
渔　网：	（唱）	贤尊嫂问得我无有话讲,	问得我小渔网两脸无光。
		低下头来心中暗想,	我不免将恩父诉表一场。
		施一礼贤尊嫂容我诉讲,	细听我小渔网诉表家乡。
		我家住洞庭湖河坡草场,	西南角水打浪有我的家乡。
		我恩父刘玉启生来打网,	每日里打鲜鱼混度日光。
		自那日船开头撒下一网,	打起来小包裹放在船舱。
		我恩父他只当包裹银两,	拆开看原来是小小儿郎。
		我浑身俱都是红毡捆绑,	象牙块犀牛角内面收藏。
		犀牛角无价宝分开水浪,	豪猪毛有三根作记为帮。

　　　　　　是何人舍不得咬我左膀，
　　　　　　现有牙印在我身旁。
　　　　　　多蒙了我义父情高义尚，
　　　　　　为报恩我恩父赐名渔网，
　　　　　　我只当我恩父无有生长，
　　　　　　那时节二兄长回家一往，
　　　　　　问得我刘恩父无有话讲，
　　　　　　二兄长怕我分他的家当，
　　　　　　小渔网生来性情偏犟，
　　　　　　多蒙了我义父情高义广，
　　　　　　多蒙了王仁兄情高义尚，
　　　　　　王仁兄他教我道情曲唱，
　　　　　　自那日辞仁兄外乡一往，
　　　　　　三更天里神爷对我来讲，
　　　　　　找爹娘找之在潜江线上，
　　　　　　赵大哥吃醉酒算不清账，
　　　　　　俺渔网在一旁把嘴多上，
　　　　　　赵大哥彼时把我骂上，
　　　　　　好好与爷算盘清账，
　　　　　　俺若不能算清此账，
　　　　　　俺渔网将算盘接在手上，
　　　　　　赵大哥他见我算盘响亮，
　　　　　　当房一十九虎豹豺狼，
　　　　　　今乃是五月五荷花开放，
　　　　　　我也曾陪众兄两河岸上，
　　　　　　我这里在一旁苦愁来讲，
　　　　　　是是是来明白渔网，
　　　　　　这就是俺渔网直言诉讲，
胡黄氏：（唱）查得清楚问得明，
　　　　　　此处不把娇儿认，
　　　　　　上前我只得将儿认，
胡金莲：（唱）老母亲你不要急中来认，
　　　　　　眼观着叔蓝衫灰尘得紧，
　　　　　　左膀上有牙印才能验证，
胡黄氏：（唱）我女儿虽年幼聪明不蠢，
　　　　　　转面来我就把幺叔相请，
　　　　　　眼观看叔蓝衫灰尘得紧，
　　　　　　出门人身在外相互照应，

　　　　　　唉，我的爹娘啊！

　　　　　　带庭堂拜盟论父子一场。
　　　　　　养到了六七岁送往圣堂。
　　　　　　有刘大和刘二漂流外乡。
　　　　　　他问我刘恩父哪儿来的儿郎？
　　　　　　他讲道洞庭湖捡来儿郎。
　　　　　　用拳打和脚踢赶出外乡。
　　　　　　跪拜在恩父前要找爹娘。
　　　　　　赐行囊和包裹我找爹娘。
　　　　　　搭救俺渔网并结拜一场。
　　　　　　唱熟了道情曲好找爹娘。
　　　　　　日落黄昏夜宿庵堂。
　　　　　　他叫我找爹娘要往潜江。
　　　　　　偶遇着赵大哥开座当行。
　　　　　　滞住了乡下人不得回乡。
　　　　　　算账不清开什么当房？
　　　　　　老子不如你打流儿郎！
　　　　　　算账不清难出爷的当房。
　　　　　　俺就是笼中鸟难出爷的当房。
　　　　　　用九归和九除算个清场。
　　　　　　他与我在账房八拜焚香。
　　　　　　凑上我二十名钝铁加钢。
　　　　　　普天下划龙舟庆贺端阳。
　　　　　　一霎时得风寒回转当房。
　　　　　　大贤嫂二贤嫂泪落两行。
　　　　　　想必是二贤嫂慈悲心肠。
　　　　　　大贤嫂二贤嫂好不惨伤。
　　　　　　当房会着了小娇生。
　　　　　　我到何处找娇生。
　　　　　　我女儿扯为娘所为何情。
　　　　　　儿有言来娘听分明。
　　　　　　叫幺叔脱下来儿用水清。
　　　　　　那时候才不会以假乱真。
　　　　　　思考问题胜娘十分。
　　　　　　你为嫂有言来叔听分明。
　　　　　　叫小幺叔脱下来妹用水清。
　　　　　　我还念小幺叔外乡之人。

渔　网：（唱）多蒙贤尊嫂情高义盛，　　　　　你把我小渔网看得不轻。
　　　　　　二位尊嫂眼色迈。
　　　　（胡黄氏母女背过身，渔网刚脱衣，胡黄氏急转身验证，左膀确有牙印，
　　　　不禁失声大喊。）
胡黄氏：（白）儿啊！
　　　　（渔网无名火起，一脚将胡黄氏踢翻在地。）
渔　网：（白）呸！
　　　　（唱）一足踢你地埃尘，　　　　　　　刚才还是叔嫂相认。
　　　　　　为何如今出口叫娇生，　　　　　说得清楚饶你的命。
　　　　　　一字有假难以脱身！
胡黄氏：（唱）要叫要叫偏要叫！
渔　网：（唱）不能不能万不能！
胡黄氏：（唱）叫我不叫我非要叫，　　　　　金元我儿叫几声。
　　　　　　此处不把为娘认，　　　　　　　你到何处找娘亲。
　　　　　　此处不把为娘认，　　　　　　　天雷打死不孝畜生！
渔　网：（唱）你既是我亲生母！　　　　　　为何将儿抛长河？
　　　　　　何不将儿来抚养！　　　　　　　为何将儿抛长江？
　　　　　　家住哪州哪府哪县上！　　　　　一字字二行行大贤嫂二贤嫂，
　　　　　　嫂嫂我的娘哎……　　　　　　　诉表我的家乡。
　　　　（此时胡黄氏痛哭流涕，慢慢爬起来倾诉家世和遭难经过。）
胡黄氏：（唱）左带男右带女，唉，　　　　　我的一双儿和女喂……
　　　　　　当房坐定。　　　　　　　　　　细听为娘诉表儿的家门。
　　　　　　儿家住陕西吉安府，　　　　　　荣州城胡家庄前有儿家门。
　　　　　　儿祖父名叫胡龙显，　　　　　　生下了儿的爹兄弟二人。
　　　　　　儿伯父名叫胡先智，　　　　　　钦命云南知府光耀门庭。
　　　　　　儿的爹名叫胡开智，　　　　　　蒙圣恩在神州带管万民。
　　　　　　儿的爹在任上为官清正，　　　　在任上生下儿姐弟二人。
　　　　　　儿的爹见胡家有了后承，　　　　辞官不做告驾回程。
　　　　　　众百姓舍不得胡知府，　　　　　同僚们舍不得胡家大人。
　　　　　　百姓赠万民伞河坡下，　　　　　炮响三声官船动身。
　　　　　　船行到洞庭湖不得过境！　　　　哎，金元我的儿喂……
　　　　　　洞庭湖中遇强人。
　　　　　　偶遇强贼十九个，　　　　　　　喝骂官船哪里行。
　　　　　　你在神州为官不正！　　　　　　回家银子老子要分。
　　　　　　儿爹此时吓糊了，　　　　　　　叫声镖手放镖铃。
　　　　　　镖手此时回答应，　　　　　　　叫声老爷放宽心。
　　　　　　哪怕强贼武艺好，　　　　　　　我有狼牙箭在身。
　　　　　　镖手连放数支箭，　　　　　　　强贼接箭手中存。

　　　　　　你说你能他更能，　　　　　　杀上官船不容情。
　　　　　　先杀保镖人四个，　　　　　　丫鬟水手一扫平。
　　　　　　前舱杀到中舱进，　　　　　　中舱牵出儿的爹尊。
　　　　　　可怜儿爹死得苦，　　　　　　乱刀砍得细纷纷。
　　　　　　中舱杀到后舱进，　　　　　　后舱杀出母子三人。
　　　　　　强贼问儿是哪个，　　　　　　为娘吓得胆颤心又惊。
　　　　　　是娘难中错答应，　　　　　　只说是胡家后代根。
　　　　　　强贼做事心太狠，　　　　　　他讲斩草要除根。
　　　　　　人要留来终有祸，　　　　　　草要留来逢春生。
　　　　　　为娘当时定一计，　　　　　　跪在船头求强人。
　　　　　　不想我儿来活命，　　　　　　只想留儿全尸身。
　　　　　　人讲红毡不过水，　　　　　　我把红毡裹包几层。
　　　　　　金钗一支内面放，　　　　　　象牙筷一双内面收藏。
　　　　　　犀牛角无价宝分开水浪，　　　豪猪毛三根作记为帮。
　　　　　　舍不得娇儿咬左膀，　　　　　现有牙印在儿身上。
　　　　　　我儿三岁丢下水，　　　　　　为娘当房一十三春。
　　　　　　我儿若还不肯信，　　　　　　连头到尾一十六春。
　　　　　　此处不把为娘认，　　　　　　你到何处找娘亲。
　　　　　　此处不把为娘认，　　　　　　天雷打死不孝畜生！
渔　　网：（唱）查得清楚问得明，　　　　当房会着了老娘亲。
　　　　　　（渔网确认当房找到生母，立跪拜在母亲面前，胡金莲上前陪跪一旁。）
　　　　　　母亲请上礼恭敬，　　　　　　那厢陪跪她是何人？
胡黄氏：（唱）那厢陪跪非是个别，　　　　同胞姐姐一母所生！
渔　　网：（唱）母亲做事灭天伦，　　　　母女不叫姊妹相称！
胡黄氏：（唱）金元儿问得我无言答应，　　问得为娘哑口无声。
　　　　　　强贼掳我潜江县，　　　　　　娘做大儿做小天也寒心！
　　　　　　（渔网闻言兀地站起扶起姐姐，大骂强贼！）
渔　　网：（唱）听说强贼心恼恨，　　　　大骂强贼了不成。
　　　　　　劫我官船不该丧命，　　　　　伤人命大不该搂我娘亲。
　　　　　　儿问凶手哪一个？
胡黄氏：（唱）就是当房赵……
　　　　　　（三人同时出内当观看，是否有人来往。）
渔　　网：（唱）赵下是谁？
胡黄氏：（唱）赵大强人！
渔　　网：（唱）听说强贼赵老大，　　　　倒让我胡少爷咬紧牙！
　　　　　　先前结拜儿是爷的老大，　　　如今儿是爷的杀父冤家！
　　　　　　手执钢刀河坡下……
　　　　　　（渔网气愤已极，手持钢刀欲走，胡金莲急忙阻止。）

胡金莲：（唱）	问声贤弟哪里杀？	
渔　网：（唱）	姐姐不要将我问，	我到河坡杀强人！
胡金莲：（唱）	贤弟不要急中太紧，	一人怎敌十九强人？
渔　网：（唱）	杀父冤仇不就罢了？	
胡黄氏：（唱）	儿想报仇到北京。	
渔　网：（唱）	北京又无亲和眷。	
胡黄氏：（唱）	儿的外公在北京。	
渔　网：（唱）	年数月久他不将儿认。	
胡黄氏：（唱）	为娘定有巧计生，	叫儿拿出白扇宝。

（胡金莲下，取白扇宝急上。）

胡金莲：（唱）	双手付与老娘亲。	
胡黄氏：（唱）	可叹宝在人不在，	拿与我儿搬兵来。
渔　网：（唱）	小小白扇谁家没有！	纸糊篾扎哄谁人？
胡黄氏：（唱）	我儿不要宝看轻，	娘不说来儿不知情。
	白扇本是外国宝，	外国进贡到北京。
	放在水里浸不坏，	放在火里不怕焚。
	白扇上面有诗句，	下面落款外公有名。
	为娘当初来出嫁，	百般嫁妆嫁胡门。
	百般嫁妆娘不要，	只要白扇宝随带在身。
	外公见了白扇宝，	犹如见了儿娘亲。
	外公发动人和马，	我儿的冤仇报得成。
	外公不发人和马，	要想报仇万万不能。
渔　网：（唱）	听说白扇作得为凭，	倒让渔网放宽心。
	母子要做私藏暗应，	莫等强贼得知情。
胡黄氏：（唱）	母子定下牢笼计，	就是神鬼也不知。
渔　网：（唱）	母亲急忙修书信。	
胡黄氏：（唱）	儿转二当换衣襟。	
渔　网：（唱）	辞别母亲衣襟换，	老母亲急忙忙修起书文。

（渔网急下。）

胡黄氏：（唱）	只见我儿换衣襟，	赛过当年小罗成。
	含悲忍泪书位进……	磨动了香花墨写起书文。
	上写着黄氏女顿首百拜，	拜上了老爹爹贵手拆开。
	您门婿在神州为官儿载，	辞官不做告老回来。
	有官船行至洞庭湖外，	一伙强贼杀上船来。
	家兵家将一概不在，	您门婿死得苦尸无葬埋。
	到如今只剩下金元后代，	外公台前搬兵来。
	老爹爹您若念父女恩爱，	快发救兵潜江县来。
	老爹爹您不念父女恩爱，	稳坐北京莫把兵派。

	一封书信修得快， 叫声金元儿速往前来。

（渔网急上。）

渔　网：（唱）我在二当衣襟换改，　　老母亲您可曾修起书来？
胡黄氏：（唱）一封书信交儿手顿，　　拿与我儿搬救兵。
渔　网：（唱）母亲请上受儿一拜，

（渔网双膝跪地，向母亲三叩首，急切倾诉。）

千拜万拜也是应该。
离别母亲十三载，　　今日当房会母来。
只说会母在一块儿，　　谁知相逢又离开。
母亲当房要忍耐，　　忍忍耐耐等儿来。
孩儿今日北京踩，　　外公台前搬兵来。
但愿外公发人马，　　但愿外公坐将台。
要把潜江扫一块，　　要把强贼一个一个个用刀开。
母亲避开姐姐拜，

（渔网转向姐姐，并嘱咐姐姐照顾好母亲。）

千拜万拜也是应该。
离别姐姐十三载，　　今日当房会姐来。
只说相逢在一块，　　谁知相逢又离开。
姐姐当房要忍耐，　　忍忍耐耐等弟来。
母亲当房要姐照待，　　早晚茶饭千万莫离开。
恐怕母亲寻自在，　　千万莫离娘的怀。
弟弟今日北京踩，　　外公台前搬兵来。
但愿外公发人马，　　但愿外公坐将台。
要把潜江扫一块，　　要把强贼一个一个个用刀开。
心想在此叙话一派，　　怕是强贼转面来。
倘若强贼将我问，　　只说渔网找娘亲。
辞母亲别姐姐北京踩，　　外公台前搬兵来。

（渔网含泪急下。）

胡黄氏：（唱）只见我儿北京踏，　　压赛当年小哪吒。
望不见娇儿内当踏，　　但愿得老爹爹救兵早发。

（胡黄氏，胡金莲下。）
（幕落。）
（赵宏升上。）

赵宏升：（唱）在茶馆辞过了宾朋好友，　　我吃香茶他把情酬。
来在当房提足走，　　叫一声渔网弟大哥回头。

（幕启，赵宏升当店，渔网上。）

渔　网：（唱）心带忧愁面带喜，　　渔网心思有谁知。
渔　网：（白）大哥。哈哈哈，大哥回来了，哈……

赵宏升：（唱）开言就把渔网弟问，　　　　　　你的疾病可曾离身？
渔　网：（唱）多蒙大哥病情询问，　　　　　　小弟疾病暂已离身。
　　　　　　听人言老母亲身体有病，　　　　　　我心想回家转看望娘亲。
　　　　　　因此上与大哥一同商论，　　　　　　行不行去不去回答一声。
赵宏升：（唱）渔网弟出此言少有理论，　　　　讲什么回家转看望娘亲。
　　　　　　渔网弟看双亲大不要紧，　　　　　　我当房大小事何人担承。
渔　网：（唱）当房内大小事大哥照应，　　　　里里外外大哥担承。
　　　　　　你的弟看双亲诚心有准，　　　　　　赵大哥你休挡弟的路程。
赵宏升：（唱）渔网弟看双亲诚心有准，　　　　赵老大也难挡弟的路程。
　　　　　　叫声渔网弟将兄等，
　　　　　　（赵宏升下，取银付渔网，渔网接银介。）
　　　　　　我拿银子你看双亲。　　　　　　　　借弟口传兄言多多带信，
　　　　　　拜上了二双亲稍问安宁。
渔　网：（唱）赵大哥你待我情高义盛，　　　　你拿银子我看双亲。
　　　　　　辞别大哥出当门，　　　　　　　　　思思想想咬牙根！
　　　　　　转面来叫大哥将弟等，　　　　　　　等十天或半月……
　　　　　　（仇人见面分外眼红，渔网恨不得将赵宏升一刀杀死，但时机不成熟，强
　　　　　　忍悲痛。）
渔　网：（白）还要？
赵宏升：（白）小弟。
渔　网：（白）大哥！哈哈哈……
赵宏升：（白）要些什么？
渔　网：（唱）要来填情！
　　　　　　（渔网急下。）
赵宏升：（唱）渔网弟出当门脸色不正，　　　　倒让我赵老大纳闷在心。
　　　　　　望不见渔网弟内当进，　　　　　　　但愿得渔网弟早回当门。
　　　　　　（灯暗，幕落。）
　　　　　　（幕启，北京城。黄凯官衙公堂，黄凯上。）
黄　凯：（引）一片忠心，保吾主锦绣乾坤。
　　（赋）天子常念众老臣，哪有为官不敬君。寸土都归皇王管，半由天子半由臣。
　　（白）老夫，黄凯。尚未生男，只生一女，许配胡开智为妻。这有数载，杳无音
　　　　信，喜鹊临门，必有贵客到此，人来门前侍候。
　　　　（随从上。）
　　　　（渔网急上。）
渔　网：（白）行来三步远，来此不觉外公台前。门上哪位？
随　从：（白）你是哪里来的？
渔　网：（白）你与我相传我的外公，你只说胡家有后代前来求见。
随　从：（白）候站一时，启禀我爷，胡家有后代持书信求见。

黄　凯：（白）你与我传话出去，叫他书信先进，人后进。人转宾馆侍茶，马台打坐。
随　从：（白）遵命！胡家来人听到，我爷传话出来，叫你书信先进，人后进。人转宾馆侍茶，马台打坐。
　　　　（渔网递信，随从接信介。渔网下。）
随　从：（白）启禀我爷，书信在此。
黄　凯：（白）胡家有书信前来，不知为了何事，待我拆书观看便知明白可。且住，书信上面写道胡家满门杀绝，哪有后代前来？此事我倒明白了，京城路上拐骗甚多，来在吾府冒充官亲。左右！与爷板子夹棍准备齐全。打鼓升堂！
　　　　（念）风吹画竹浪悠悠，多少怀恨在心头。铁帚难扫心头怄，不斩拐骗誓不休。
　　　　（白）左右！将拐骗带上！
　　　　（渔网心急上。）
渔　网：（白）报！胡家后代进，参见外公！
黄　凯：（白）胆大的拐骗，书信上面写道，胡家满门杀绝，哪有后代求见？人来！与爷叉下单池，责打四十，连人带书赶出营外。
　　　　（衙役将渔网押下，杖责四十，渔网一拐一跛地上。）
渔　网：（白）哎哟，母亲，母亲哪！您叫孩儿外公台前搬兵求救，外公救兵不发也罢，反将孩儿责打四十，撵赶在外，说是我这……有了，母亲讲道，外公如若不认，将白扇呈上。二次再闯进去，再挨八十又待如何。参见外公！
黄　凯：（白）你这个骗子，蛇虫蚂蚁尚且偷生，难道说你不怕死么？
渔　网：（白）外公，蝼蚁尚且贪生，外孙报仇心切，忘记白扇宝为证，外公这有白扇宝在此，外公详查！
黄　凯：（白）将白扇呈上观看。
随　从：（白）遵命！白扇呈上观看！
　　　　（渔网递扇介。）
黄　凯：（白）黄凯的笔迹，两厢退下。
　　　　（随从、打手下。）
黄　凯：（白）儿哇，你为何不早将白扇呈上呢？
渔　网：（白）外公哪曾知道，外公在此为官，两旁儿郎似虎，慢说是人入公堂，就是那雀鸟也不能腾空而飞。孩儿年幼，一时忘怀了。
黄　凯：（白）这也难怪，儿哇，可曾会过外婆？
渔　网：（白）未曾。
黄　凯：（白）转到后面会过外婆。
渔　网：（白）公堂辞外公，后堂会外婆。
　　　　（渔网趔趄下。）
黄　凯：（白）且慢，我女儿修来书信，叫老夫发动人马，征剿洞庭湖。老夫年迈，不能提兵调将。只有他伯父在云南为官，我不免修封书信，他伯父台前投落。人来！
　　　　（随从上。）

随　从：（白）有！
黄　凯：（白）磨墨侍候。黄凯提笔拜上胡先智金安可……人来，有请胡少爷出堂。
随　从：（白）有请胡少爷出堂。
　　　　（渔网急上。）
渔　网：（白）后堂辞外婆，公堂见外公，参见外公！
黄　凯：（白）儿哇，这有书信一封，儿的伯父台前投落，人来！带马送过胡少爷。
　　　　（随从下，带马上，渔网乘马下。）
黄　凯：（白）我儿下书信，等候信回程。
　　　　（黄凯忧伤地下，随从跟随。）
　　　　（幕落。）
　　　　（幕启，云南府衙。胡先智、随从上。）
胡先智：（念）做清官如民父母，积阴功后代儿孙。
　　　　（白）喜鹊临门叫，必有贵客到。人来！与爷门前侍候。
随　从：（白）是！
　　　　（渔网急上。）
渔　网：（白）行来三步远，来在伯父衙前。门上哪位？
随　从：（白）你是哪里来的？
渔　网：（白）你与我启禀我的伯父，你只说胡金元求见。
随　从：（白）启禀我爷，胡家有书信前来。
胡先智：（白）有请！
渔　网：（白）伯父在上，受侄儿一拜。
胡先智：（白）我儿到此，不拜也罢。
渔　网：（白）哪有不拜之理。
胡先智：（白）儿哇，不在衙前侍奉爹娘，来到鄙衙，必有所为？
渔　网：（白）伯父，外公有书信前来。
胡先智：（白）儿哇，可曾会过伯母？
渔　网：（白）未曾。
胡先智：（白）儿哇，转到后堂会过伯母才是。
渔　网：（白）堂前辞伯父，内堂会伯母。
　　　　（渔网下。）
胡先智：（白）老黄凯修来书信，不知为了何事，待我拆开观看便知明白可……
　　　　（唱）老黄凯修来书内情难解，　　倒让我胡先智纳闷胸怀。
　　　　　　 用手儿端木椅打坐屏风外，　老黄凯修来书封皮拆开。
　　　　　　 上写着老黄凯顿首百拜，　　拜上了胡先智贵手拆开。
　　　　　　 你的弟在神州为官几载，　　辞官不做告老回来。
　　　　　　 有官船行至在洞庭湖外，　　一伙强贼杀上船来。
　　　　　　 官兵家将一概不在，　　　　你的弟死得苦尸无葬埋。
　　　　　　 到如今只剩下金元后代，　　伯父台前搬兵来。

		胡知府你若念兄弟恩爱，	快发救兵潜江县来。
		胡知府你不念兄弟恩爱，	稳坐云南莫把兵派。
		看书信看得我怒冲往外，	
		（胡宝林上。）	
胡宝林：	（唱）	后面走出胡宝林来。	大摇大摆大堂踩。
		爹爹发怒为何来？	
胡先智：	（唱）	我儿有所不知情，	胡家冤仇海洋深。
胡宝林：	（唱）	有什么冤仇从天降？	何不向儿说端详。
胡先智：	（唱）	儿叔父在神州为官正印，	辞官不做告老回程。
		有官船行至在洞庭湖境，	遇强贼劫官船老少无存。
胡宝林：	（唱）	爹爹何不发人马？	
胡先智：	（唱）	眼前无人做先行。	
胡宝林：	（唱）	只要爹爹发人马，	孩儿愿做马先行。
胡先智：	（唱）	当堂赐儿一支令！	
胡宝林：	（唱）	前往潜江捉强人。	
		（胡宝林急下。）	
胡先智：	（唱）	我儿出兵威风凛，	赛过当年小罗成。
		站在大堂传将令！	两厢衙役听分明。
	（白）	两厢衙役听到，少爷出兵，恐怕不是强贼对手，凑他四十名壮兵。	
随　从：	（白）	两厢衙役听到，少爷出兵，恐怕不是强贼对手，凑他四十名壮兵。	
胡先智：	（唱）	我儿去出兵，等候信回程。	
		（胡先智、随从下。）	
		（幕落。）	
		（幕启，云南府练兵场。胡宝林、众将披挂整齐，威风凛凛地上。）	
胡宝林：	（白）	箭是刁铃箭，弯弓满上弦。单打飞禽鸟，英雄出少年。众哥弟！	
众　将：	（白）	有！	
胡宝林：	（白）	人马可曾集齐？	
众　将：	（白）	齐备已久。	
胡宝林：	（白）	兵发潜江！马来。	
		（胡宝林、众将向潜江进发下。）	
		（幕启，潜江宏升当店，赵宏升上。）	
赵宏升：	（白）	乌鸦不住当头叫，叫得老子心烦躁！	
		（喽啰慌忙上。）	
喽　啰：	（白）	报！大哥，大事不好！	
赵宏升：	（白）	怎见得大事不好？	
喽　啰：	（白）	不知何方官兵将当房团团围住！	
		（胡宝林、众将各执兵器上。）	
赵宏升：	（白）	带路高楼一望，啊呀，原来是小小顽童，带几个残兵败将，将我当房团团	

		围住。老子腾下大衣,与他们对杀一阵。你这小小顽童带兵何往?
胡宝林:	(白)	领了我爹爹的将令,前来捉拿于你!
赵宏升:	(白)	住口!眼观你胎毛未剃,乳臭未干,劝你赶快收兵。若不收兵,难免成老子的枪下之鬼!
胡宝林:	(白)	你这强贼,我劝你早早下马受绑。若不下马受绑,难免成本少爷枪头之鬼!
赵宏升:	(白)	一派胡言!
胡宝林:	(白)	一派胡言?众哥弟各打头阵!

(胡宝林与赵宏升对杀,二人下,胡宝林急上。)

| 胡宝林: | (白) | 众将官!这强贼杀法厉害,他不追赶前来便罢。他若追赶前来,回马三枪,用绊马绳,将他打下马来! |

(赵宏升和众强贼上,两军对杀。胡宝林诈败,胡宝林前面跑,赵宏升后面追。绊马绳将赵宏升绊倒,众将上前生擒活捉贼首,捆绑结实。)

| 赵宏升: | (笑) | 哈哈哈…… |

(二将押赵宏升下。)

| 胡宝林: | (白) | 众哥弟,起道当房! |

(胡宝林、众将得胜下。)
(胡黄氏抱一婴儿上。)

胡黄氏:	(唱)	我儿那日去搬兵,	一去许久未来临。
		耳边又听马铃响,	该莫是爹爹发来兵。
		此番娇儿北京转,	有何面目见爹尊。
		怀中抱的强贼子,	强盗长大是强人。
		手执钢刀丧儿命,	可怜娇儿命残生。
		手执钢刀自丧命,	

(胡黄氏受辱多年,无处发泄。先将强贼后代杀死,自觉无脸苟且偷生,自刎而死。)
(胡金莲失声痛哭上。)

| 胡金莲: | (唱) | 可怜母亲命残生。 |

(胡宝林、众将上。)

胡宝林:	(白)	何人一命身亡?
胡金莲:	(白)	是我母亲一命身亡。
胡宝林:	(白)	婶母好苦啊!人来!将尸首抬下。

(众将抬尸首下,复上。)

| 胡宝林: | (白) | 姐姐不必悲伤,权且转到公馆受过官戴,改日打小轿接你回府。人来!查清典当,清查完毕,起道回府。 |

(众将清查当店毕,金银财宝打包。胡宝林、胡金莲、众将下。)
(幕落。)
(幕启,云南府公堂,胡先智、众衙役上。)

胡先智：（白）心中恼恨贼强盗，不该拆散我同胞。
（胡宝林、众将威风凛凛地上。）
胡宝林：（白）参见爹爹！
胡先智：（白）强贼可曾擒获？
胡宝林：（白）生擒活捉！
胡先智：（白）儿呀，吩咐下面，三班六房，五营四哨，一个个板子夹棍办得整齐，与爷打鼓升堂！心中恼恨贼强盗，不该拆散我同胞。今日犯了我的手，不斩强贼恨不消。人来！传少爷升堂。
胡宝林：（白）见过爹爹！
胡先智：（白）儿呀，将强贼捆捆绑绑，绑上堂来！
（胡宝林下，赵宏升戴脚镣手铐上，胡宝林复上。）
赵宏升：（白）生山凹，住山坡，兄弟来结拜，老子是大哥。劫官船，把人杀，大大的元宝，老子要变挂。何方秋娘养的告犯了咱老子，刀枪剑戟排满衙。进头门也要斩，进二门也要杀，上面坐的黑罗汉，两厢我的儿似鬼判。且慢，是何方秋娘养的告犯了老子，将老子拉拉扯扯，来到什么所在？老子抬头看，喔，原来是胡知府狗官衙前。老子进去，将众家兄弟一攀。且住，结拜之时讲道，犯了法，兄不攀弟，弟不攀兄，好汉做事好汉当，岂肯连累众豪强，是好汉就不怕坐穿牢底。报！老子进！
随　从：（白）强盗进！
赵宏升：（白）哪个是强盗？
随　从：（白）你是强盗！
赵宏升：（白）我怎么是强盗！
随　从：（白）你犯了法，你就是强盗！
赵宏升：（白）啊，老子犯了法，好。犯法强盗老子进，爷爷请了。
胡先智：（白）嘟！你这强盗，不下全跪，讲什么请了二字？
赵宏升：（白）我的哥哥，你喜欢跪，爱跪，老子就跪下来了。
胡先智：（白）你这强贼，在民间做了不少不明白之案，在本府堂前，讲讲讲！
赵宏升：（白）爷爷容禀……
（唱）初一案打劫押粮道。
胡先智：（白）嘟！押粮道你也敢打劫？
赵宏升：（白）还是老子头名。
胡先智：（白）往下讲！
赵宏升：（唱）二一案打劫了皇上库银。
胡先智：（白）嘟！住口，皇上库银儿也敢打劫！
赵宏升：（白）那是老子一个人。
胡先智：（白）哪个问你乌七八糟的，只问你胡知府告老还乡抢劫官船一案！在本府堂前讲讲讲！
赵宏升：（白）唉哟哟，我道问的是什么案，还是问胡知府告老还乡，打劫官船一案。老

胡先智：	（白）	好，就赐你一个堂跪。

赵宏升：（白）唉哟哟，老子好过多了。你问胡知府告老还乡，打劫官船一案。老子身藏短刀，杀上官船，家兵家将都丢到河里喂鱼去了。只有那胡知府狗官将他一刀两断，尸分四块，也丢到河里喂鱼吃了。将她母女二人搂抱潜江，开一十三年典当，热呵已热呵。馋了吧，相偏①你老哥。老子做了半世的强盗，未曾犯过。今日不过是初犯，望你老哥打我二十板子，灭灭我的性情，二回不做强盗。你老哥请打，请打！

胡先智：（白）强贼！你好狠心！

赵宏升：（白）心不狠，怎么做强盗。

胡先智：（白）你好毒的意！

赵宏升：（白）意不毒，怎么杀人。

胡先智：（白）是。心不狠，怎么做强盗。意不毒，怎么杀人！哪有许多牢狱枷锁，就地正法！将强贼捆绑结实，推出斩首！

赵宏升：你这两个带班的，将老子拉拉扯扯，往那里扯？

随　从：（白）我要杀你！

赵宏升：（白）哪个掌刀？

随　从：（白）我掌刀！

赵宏升：（白）你刀磨得快么？

随　从：（白）你颈伸得长么？

赵宏升：（白）你刀磨得快，我颈就伸得长。老子死了，二十年后，又是一条好汉。哈哈哈……请！

（刀斧手押赵宏升下，复上。）

随　从：（白）启禀大人，强贼受首！

胡先智：（白）斩得清？

随　从：（白）斩得清！

胡先智：（白）斩得明？

随　从：（白）斩得明！

胡先智：（白）人头不可腐坏，挂在城头悬挂百日。人来！与我磨墨侍候，胡先智有书拜上老黄凯大人金安可……人来，传二位少爷出堂。

（胡宝林，胡金元上。）

胡宝林：（白）参见爹爹！

胡金元：（白）参见伯父！

胡先智：（白）儿呀，这有书信一封，外公堂前投落。人来带马，送过二位少爷。

（胡宝林、胡金元跨马下。）

---

① 相偏：黄梅方言，表示先用或已用过。

胡先智：（白）我儿下书文，等候信回程。
（胡先智、众人下。）
（幕落。）
（幕启，北京城。黄凯官衙公堂，黄凯上。）

黄　凯：（白）我儿搬救兵，等候信回程。
（胡宝林、胡金元上。）

胡宝林、胡金元：（同白）参见外公！

黄　凯：（白）儿呀，强贼可曾擒获？

胡宝林、胡金元：（同白）生擒活捉！伯父有书信前来。

黄　凯：（白）转到二堂会过外婆。

胡宝林、胡金元：（同白）前堂辞外公，后堂会外婆。
（胡宝林、胡金元下。）

黄　凯：（白）且慢，胡知府修书前来，不知为了何事，待我拆开观看便知明白可……原来是叫我奏往圣上。人来，撤过我的象杆，掩道上朝。
（二幕落。）
（黄凯、随从圆场。来至皇帝宫殿，黄凯撩袍跪拜。）

黄　凯：（白）来在金阶地，把本奏君知。启奏万岁，臣有本奏。

**　　内：**（白）老黄凯，上殿有何本奏。当殿奏来，照本荣封。

黄　凯：（白）容臣奏可……

**　　内：**（白）胡金元年幼，失误科场，官封皇堂四品，长沙府走马上任。胡先智教子有功，连升三级，重保孤王江山。胡宝林捉拿强贼有功，封他正殿将军，赐他五万人马镇守洞庭湖。胡开智死得凄惨，终居庙宇，一家满门受封，领旨下殿，叩拜三呼。

黄　凯：（白）吾主万岁，万岁，万万岁！金殿领圣旨，前去把官封。人来起道封官亭……
（黄凯起身，二幕落。）

随　从：（白）是！
（黄凯、随从下。）
（二幕启，封官亭。胡宝林、胡金元上。）

胡宝林、胡金元：（同白）来在封官亭，等候圣旨文。
（黄凯、随从上。）

黄　凯：（白）老夫奏往圣上，将你一家满门受封。

胡宝林、胡金元：（同白）吾主万岁，万岁，万万岁！有劳外公奉旨前来。

黄　凯：（白）领了万岁旨意，哪有不来之理。

胡宝林、胡金元：（同白）外公，就留公馆饮宴。

黄　凯：（白）上殿缴旨，不能奉陪。人来，起道上朝。

随　从：（白）是！
（黄凯、随从下。）

（随从上。）

胡宝林、胡金元：（同白）人来！起道回府。

随　从：（白）是！

（胡宝林、胡金元、随从下。）
（幕落。）
（幕启，胡府客厅。胡先智、胡夫人上。）

胡先智：（白）我儿下书信，未见转回程。

（胡宝林、胡金元上。）

胡宝林：（白）见过爹爹，母亲。

胡金元：（白）见过伯父，伯母。

胡先智：（白）儿呀，外公把本奏往圣上，圣上怎样发落？

胡宝林：（白）爹爹，多蒙圣上将我一家满门受封。

胡先智、胡夫人：（白）万岁，万岁，万万岁！

内：（白）小姐回府！

（胡金莲上。）

胡金莲：（白）见过伯父，伯母。

胡先智：（白）贤侄，改日走马上任，就在我家团圆大会，不知你姐弟意下如何？

胡金莲、胡金元：（白）就依伯父。

胡先智：（白）好。后堂设宴，办炷清香，叩谢上苍，一同拈香。

（幕落。）

全剧终

十三、借　　妻

【剧情简介】

　　书生胡锦初，有一姐姐，早年嫁与孙员外。父母逝世后，胡锦初将万贯家财与胞姐平分，各自持家度日。本地无赖王小二，见书生家财万贯，每日怂恿胡锦初赌场赌博，赢了归自己，输了全赖公子。不到一年，公子全部家产被挥霍得一干二净，倒欠王小二三百两文银。年终，王小二紧逼公子还债。胡锦初无奈，只好上姐家中借银还债。

　　胞姐借银之许有三：其一，修房屋；其二，修祖坟、做佛事；其三，娶妻。除此之外，不予借钱。公子无奈，回家将借银之事告诉王小二。王小二心生一计，决定将自己义女罗翠娥借与公子，作为假妻，让公子再前往姐家借银。罗翠娥随公子前往姐家途中，暗生情愫，一路打探。来至姐姐家中，罗翠娥向姐姐表露心迹，说明实情，姐姐作主为他们张罗喜事。在姐姐主持下，胡锦初与罗翠娥当晚拜堂成亲。

　　骗银不成反折女，王小二偕同女婿李万金将胡锦初姐弟告到县衙，诬告他们拐骗良家妇女。县太爷提姐弟、弟媳过堂。姐姐能言善辩，应答自如。县太爷佩服之至，秉公断案。查明事情原委，县太爷严惩了王小二、李万金之恶行，成全了胡锦初与罗翠娥百年之好。

【剧中人物】

胡锦初	孙胡氏	罗翠娥
王小二	县太爷	李万金
众衙役		

＊　　　　＊　　　　＊

　　（幕启，郊外。寒冬季节，草木枯凋，北风呼啸，胡锦初衣衫褴褛地急上。）

胡锦初：（白）走哇！债台高筑，年关，难关，欠银三百，不能得脱。

　　　　　小生，胡锦初，只因爹娘早逝，留下万贯家财，与我姐姐平分。唉！谁知我交友不慎，结识了王小二、张阿三这些不良之辈。他们见我孤独一人攻读诗书，将我骗进赌场。今天被王小二一敲，明天被张阿三一诈，爹娘留下的万贯家财，不到一年，被敲诈得精精光光。事到如今，倒欠了王小二三百两银债。这年关已到，王小二逼债甚紧。本想去姐姐家中躲躲，又怕姐姐责怪，思想起来真是后悔莫及也。

胡锦初：（唱）有道是一步走差万事误，　　　只落得赤膊单身百事无。
　　　　　　　悔不该当初不听姐姐话，　　　　同树两枝一枝活来一枝枯。

内：（白）胡相公哎，还银子来哟！
胡锦初：（白）啊！王小二逼债前来，待我躲藏一时。
（胡锦初慌慌张张地急下。）
（王小二大摇大摆地上。）
王小二：（白）胡锦初你来还我银子哟，我，王小二，人称良心人，无职又无业，靠赌博为生。相公胡锦初，家有万金。爹娘去世后，家产姐弟平平分，他有银子不会用，我会用又无银子。银子没有跟好主子，我实在痛心。坐卧不宁，暗把主意定，明赌暗敲地勒索，我捞了一把肥本。我大把大把地赢，胡相公一份家产被我……倒欠我三百两纹银，半年未还清，外加利息三十三两三钱另三分。我祖宗缺了德，害得我行倒运。到手的银子还没有捂热，就改名换了姓。现在身上无银，就像害了病。胡相公你的心太狠，害得我鸡笼、鸭笼、猪窝、狗窝到处找你，麻烦。你往里走，里又无门，老子抓到你，翻脸不认人。剥你的皮，抽你的筋，挖你的肝，掏你的心！看你混账不混账，看你还银不还银。你往哪里走！站到！哎……
（王小二追胡锦初下。）
（胡锦初慌慌张张地与王小二分别上。）
胡锦初：（白）喔！原来是二叔哇。
王小二：（白）哎，你把二叔当人了么？为了找你，害得我好苦哇。你闻我身上鸡味、鸭味、猪味、狗味，么味都冒出来了。
胡锦初：（白）二叔，我是分文未有哇！
王小二：（白）么话，还是没有，那我有办法。
胡锦初：（白）啊！二叔有办法，二叔请讲。
王小二：（白）慌么事啥，这个搞钱的办法，千变万化多得很，你去你姐姐家去借啥。
胡锦初：（白）找我姐姐么？
王小二：（白）哎，你爹娘去世后，留下万贯家财，你与你姐姐各分一半。你的一半花光了，可你姐姐那一半，还未动头。
胡锦初：（白）唉，王小二啊，王小二，你害苦了我还不够，还要害我姐姐，真乃岂有此理也！
王小二：（白）嗯！你欠我的银子还蛮狠的也，走！
胡锦初：（白）哎，二叔，到哪里去？
王小二：（白）你这混账，借银子不还，见官去！
胡锦初：（白）二叔，二叔息怒，有话好说，慢慢商量啥。
王小二：（白）哎也，书呆子哎，我叫你找你姐姐是借银子，又不是要银子。
胡锦初：（白）是借？
王小二：（白）这个借跟要是两码事。
胡锦初：（白）适才是小生把话听岔了，这厢与二叔赔礼呀！
王小二：（白）哎，算了，算了，你那个礼呀一文钱都不值。你还是找你姐姐把银子借得来，还给我。快去，快去。哎哟喂！是怎么样抓了一下又还原了呢？快去，咳咳，这回怕是真去了。哎哟，你贴在我身上。
胡锦初：（白）二叔，要是我姐姐不肯呢？
王小二：（白）哎哟，是么样，把这个不借的理在前头说，嫡嫡亲亲的姐姐会借给你的，快去快去，我在这厢等着你。哎！
（王小二下。）
胡锦初：（白）呸！唉，只恨无有志，落得被犬欺哟。
（胡锦初无奈地下。）
（幕落。）
（幕启，孙胡氏客厅。装饰豪华，孙胡氏打扮阔气地上。）
孙胡氏：（白）打坐在厅堂，恩念贤弟挂心上。我乃孙胡氏，配夫孙员外，他经商未归。我爹娘双亡，生下我姐弟二人。兄弟胡锦初，只因他交友不慎，将王小二、张阿三这些不务正业的东西当成知己，把爹娘留下的万贯家财，搞得精光。今天是腊月二十三，送灶神，明天就是过小年。思想我家兄弟，年纪已大，尚未娶亲，孤单怜苦，好不忧烦人也。
孙胡氏：（唱）孙胡氏坐厅堂自思自想，　　想起了锦初弟好不忧伤。
　　　　　　可怜他无志与坏人交往，　　进赌场败家业把诗书丢光。
（胡锦初羞愧无奈地上。）
胡锦初：（白）王小二逼债，我实在无奈，含着羞愧姐姐家中来借纹银。此乃已是姐姐家中，待我叩门，姐姐开门哪。
孙胡氏：（白）叫门的可是兄弟？
胡锦初：（白）正是！
孙胡氏：（白）嗳，来了，你稍站一时。兄弟请进！
胡锦初：（白）好。唉呀，姐姐为何难过？
孙胡氏：（白）兄弟呀，非是姐姐难过，姐姐看你这个样子，面黄肌瘦，衣衫单薄，叫为姐的看了好不难过。
胡锦初：（白）唉，姐姐呀。嗯嗯嗯……
孙胡氏：（白）哭是哭啊，兄弟呀，想爹娘在世生下我姐弟二人，爹娘叫你习正道，走正路，攻读诗书。不想你交友不正，把爹娘留下的家财，搞得精光。如今一日三餐，有吃的你吃不饱，没有吃的你是一饿饿几顿嗒。看你这衣服，顾得了上头就顾不了下头，六月天到还混得过去，这寒冬腊月，北风一扫，你又冷又饿，为姐看在眼回，痛在心里，恨在嘴里，我不说呀，对不起二老爹娘，叫我怎么不恨，怎么不气。我……呜呜呜……
胡锦初：（白）唉呀，姐姐呀！
孙胡氏：（白）唉，我只顾哭，兄弟你今天可曾用饭？
胡锦初：（白）我？
孙胡氏：（白）嗳。
胡锦初：（白）我用过了，用过了。
孙胡氏：（白）嗳，用过了，你看你，站在家里都发抖，待为姐到后面，找你的姐夫衣服给你御寒。

（孙胡氏叹气下。）

胡锦初：（白）叫我怎样开口呀？

（孙胡氏取衣服上，帮胡锦初穿好。）

孙胡氏：（白）兄弟呀！

（唱）穿上衣服暖暖身。

（白）兄弟呀，这该暖和些吧？

胡锦初：（白）暖和多了，暖和多了。

孙胡氏：（白）兄弟，快坐，快坐！兄弟你今天到姐姐家中来，想必有什么事？

胡锦初：（白）啊！

孙胡氏：（白）到底有什么事？

胡锦初：（白）我是来看望姐姐的。

孙胡氏：（白）哦，你是来看我的，兄弟呀，你来看望姐姐，为姐不敢当，兄弟年关已到，你的年货可准备好了吗？

胡锦初：（白）这年货么？

孙胡氏：（白）嗯，准备好了吗？

胡锦初：（白）哦！

孙胡氏：（白）嗳，你快说呀！

胡锦初：（白）哎呀，姐姐呀，今乃腊月二十三，眼看就要过年了，年货未齐备。小弟特来借钱，办年货的呀。

孙胡氏：（白）急么事啥，我猜他是来借钱的，这钱能不能借给他？如借他，又被那些遭雷打的搞跑了。兄弟，姐姐家中的年货早已备齐，我接你到姐姐家中过年。你看可好？

胡锦初：（白）哎呀，姐姐呀，使不得的，使不得的！要是旁人知道，会笑话我的呀。

孙胡氏：（白）那我派人把年货送去可好？

胡锦初：（白）啊！姐姐呀，姐姐，使不得，你把钱借给我就是呀！

孙胡氏：（白）唉呀，不对劲，我兄弟慌慌张张，吱吱唔唔，莫非……兄弟你找为姐借钱也不难，除非是下面三件事？

胡锦初：（白）哪三件事？姐姐你讲！

孙胡氏：（白）一修补房屋，二与爹娘担坟做佛事，三要娶妻婚配。要不是这三件事，你休想借到为姐的一分钱。

胡锦初：（白）哎呀，姐姐呀，小弟的房屋正是上漏下湿的，你就成全我修房屋一事吧。

孙胡氏：（白）哟，那好，那好。为姐明天请几个泥瓦匠，与你修补房屋怎么样？

胡锦初：（白）啊，姐姐呀，小弟借钱，就是为给二老爹娘担土修坟做佛事呀。

孙胡氏：（白）哎，难得兄弟如此孝心，那也不用兄弟你操心，为姐明天请人担土修坟。请一班道士给爹娘做佛事，表一表我们做子女的一片孝心。怎么样？

胡锦初：（白）啊，唉呀，我的姐姐呀，这也不行，那也不行。这……有了，我不免用这三件事，哄哄姐姐，姐姐呀，小弟这桩事说出来，那你是借与不借呢？

孙胡氏：（白）唉，我的书呆子兄弟，你只管说。
胡锦初：（白）姐姐呀！
（唱）小弟已过二十春，　　　　　　至今尚未来娶亲。
　　　不孝有三常思忖，　　　　　　借钱为的娶婚姻。
孙胡氏：（白）啊！娶亲，哎呀，那是大事。要多少呀？
胡锦初：（白）三百两！
孙胡氏：（白）三百两，不多，不多。
胡锦初：（白）嗳，这一回三百两银钱，就稳稳当当地到手咯。哈哈哈……
孙胡氏：（白）唉呀，不对呀，我兄弟借钱？只怕是……兄弟呀，我那未过门的弟媳妇，家住哪里？人品如何？
胡锦初：（白）……
孙胡氏：（白）说呀，你说呀？
胡锦初：（白）唉呀，姐姐呀，小弟娶亲，难……难道是假的不成吗？
孙胡氏：（白）我也只是说一说，没有怀疑是假的。只要你把未过门的弟媳妇，带了前来，姐姐我打一个照面，这，这又有何妨啥？
胡锦初：（白）姐姐呀，想你是舍不得借银钱与我呐。
孙胡氏：（白）我的好弟弟呀，爹娘在世留下遗言，你做大事由姐作主。今天慢说是借三百，就是四百、五百、一千、一万，为姐我都是舍得的。哎呀，你把弟媳妇带了前来。
（孙胡氏怀疑忧郁地下。）
胡锦初：（白）唉呀，姐姐呀，你叫我到哪里去找老婆啊。
（幕落。）
（幕启，二幕前。郊外，王小二焦虑地上。）
王小二：（唱）胡锦初借银未见回往，　　　急得我王小二心里发慌。
（白）么样？胡锦初到他姐姐家去借银，怎么一去不回来呀，未必说又溜了唷。来了，把衣服都换了新的，只怕是银子到手了。哦，走，哎呀，还没有见面，人都喜跌倒了。嘿嘿嘿……
（胡锦初垂头丧气上。）
胡锦初：（唱）人到危急磨难多，　　　　三百两银债难逃脱。
　　　走投无路难坏我，　　　　如今只好去投河。
（白）爹娘呀，爹娘呀！你的不孝之子，如今落魄到如此地步，我只有一死！呜呜呜……
王小二：（白）喂，站到哦，站到哦！你这是何意呀？
胡锦初：（白）唉，二叔呀，银子没有借到，年关已到，我无有银子还你，我只有一死。呜呜呜……
王小二：（白）哎，你死了到是撇脱，借我的银子不还就想死，哎，你死了我找鬼呀？唉，你没有骗我吧，刚才我还听见你细声细气地说，银两呀，银两呀！
胡锦初：（白）唉，二叔呀，我哪里是在说什么银两呀。我在哭，爹娘呀，爹娘呀。

王小二：（白）么事？你是说爹娘呀。哎哟，天哪，我总是惦记银子。嘿嘿嘿，连话也听错了。唉，哎，未必说你嫡嫡亲亲的姐姐，也不借银子给你？

胡锦初：（白）我姐姐说道，要借银子也不难，除非三件事。

王小二：（白）哪三件事？

胡锦初：（白）其一，修补房屋。

王小二：（白）第二件事？

胡锦初：（白）要给爹娘担土修坟，做佛事。

王小二：（白）第三件事？

胡锦初：（白）这三件么？

王小二：（白）嗳，第三件？

胡锦初：（白）要娶老婆成亲，娶了老婆还要到她家亲自过门。慢说是三百，四百，五百，就是一千，一万，我姐姐都愿意给。唉，二叔，你看我这……

王小二：（白）哈哈哈。说的爱死个人也，哈哈哈……

胡锦初：（白）二叔呀，你还笑得起来。你看我浑身上下，分文无有，我到哪里去娶老婆呀？看来我只有一死！呜呜……

王小二：（白）胡相公，你不能死哦。

王小二：（唱）胡相公你休说断肠话，　　　　财神爷对你把眼睛眨。
　　　　　　第三件大事来承下，　　　　　娶亲借银再想办法。

胡锦初：（唱）二叔说话少盘算，　　　　　无有妻子也枉然。
　　　　　　姐姐她要亲眼见，　　　　　　无有人证怎过关。

王小二：（唱）你读诗书已万卷，　　　　　若办此事有何难。
　　　　　　带一个人证去相见，　　　　　借一个老婆去混关。

胡锦初：（白）二叔，说话差矣，世间上只有借柴，借米，借银子，哪有借老婆之理。看来我还是无有命咯。

王小二：（白）胡相公，你真的想死？还是假的想死？

胡锦初：（白）唉，二叔，蝼蚁尚且贪生，为人岂能不惜命哪。我是走投无路，实在是没有办法呀。

王小二：（白）哎呀，他要是真的投了河，他欠我的那些银两，不就一起跟着滚到河里去了。嗯！他无银，老寻死，我死了也要银。胡相公，你实在无有办法，那我有办法喂。

胡锦初：（白）二叔，你有什么办法呢？

王小二：（白）你不死！

胡锦初：（白）我不死又怎么样啊？

王小二：（白）你不死，该让我去死咧！

胡锦初：（白）二叔你为什么事要死啥？

王小二：（白）唉，胡相公啊，你看赌场之上，一宝押得了我的命，瞬间荣华富贵，转眼穷困潦倒凄凉。眼看年关已近，我无依无靠，无钱无粮，无处安身，心切切，眼睁睁，实在是望你还我的银子，救我的命。你还没有死，就用死来

　　　　　　　吓人。罢罢罢，你不还我的银子，我只有一死。你死得，我更死得。让开，让开，你让开哟！
胡锦初：（白）二叔，二叔！
王小二：（白）你让开哟，我要吊颈。
　　　　　　　（胡锦初见状晕倒。）
王小二：（白）喔呵，我还没有开始，他就吓倒了。怕不过你，闭上眼睛，我的娘哎，我再投胎也不做人了喂。呜呜呜……么样，我一个人搞了大半天，他还没有一点动静。唉呀，这个书呆子，他在旁边吓得像个木头人。唉，你也过来，我假装好心拉他一下，这是个礼信。哎呀，这……不行，不行！我得把绳子吊在后面，要是吊在前头，就该送命。
　　　　　　　（王小二解下腰带，抛往树杈，打个死结，套在后脑壳上。）
王小二：（白）胡相公！
胡锦初：（白）啊！二叔，二叔！
　　　　　　　（胡锦初救人心切，一个劲乱扯乱拉。王小二头一偏，腰带正好套在脖子上，王小二急忙扯下腰带。）
王小二：（白）唉！咳咳咳……
胡锦初：（白）二叔啊，你不要死，我也不要死，我还你的银子就是。
王小二：（白）么事呀？你还我的银子，你怎么不早说呢？害得我吃了好几个大亏哟，哎哟喂，我没有吊死，差点被你扯死了。
胡锦初：（白）二叔啊，你就帮我想个办法啥？
王小二：（白）哎，你把你姐姐的话，重新再讲一遍我听。
胡锦初：（白）二叔，
　　　　　　　（王小二如此唠叨，胡锦初很不耐烦。）
胡锦初：（白）我姐姐讲得明白，先要见妻子，后再借银子。慢说是三百，就是三千，一万，我姐姐她也承担。
王小二：（白）好。就这样，我这里主意拿定，你也不要三心二意。嗳，我们还是去借哟！
胡锦初：（白）借？
王小二：（白）借！借银必须先借妻？
胡锦初：（白）哦，借妻为了好还银！
王小二：（白）对！
胡锦初：（白）对！
王小二：（白）对？哎，不对，不对！
胡锦初：（白）二叔，么事又不对了呢？
王小二：（白）唉，闹了大半天，还是白费劲，哪个把自己的老婆借给别人呢？就是不坏不损，也不放心啥。
胡锦初：（白）二叔，看来我还是没有命咯。
王小二：（白）嗳，你莫急，莫急！你就坐一下子啥，这借老婆的事情嘛？让我来动动脑筋。唉哟，我的老婆要是去年没有死该多好啊，暂时让她去做个假妻，我也好积点阴德留给儿孙。哎，莫瞎来哟，我哪里来的儿孙呢？连养个姑娘都不是我嫡亲的。哎，么事啊，这不是来了吗？哎，人家说未出嫁的姑娘是财神，是真的还是假的，我家几代人都做好事，就留下了我这条独棍，我要是把我的翠娥女借给他，让他以假妻前去借银子？正是！

胡锦初：（白）二叔，翠娥么？
王小二：（白）嗯！
胡锦初：（白）啊！哎，哎，不行，不行！
王小二：（白）真是书呆子，一时反，一时正，一时风，一时云，一时对，一时喏，不行！
胡锦初：（念）二叔呀！翠娥已许李万金，聘金已订三百银。你愿意就怕他不肯，告到衙门罪不轻。
王小二：（白）唉哟，我晓得我那个女婿的个性。财神是认银子不认人，只要你舍得百把两银子，在他面前打个照。慢说是借他的老婆，就是借他的亲娘他都肯。
胡锦初：（白）二叔，我答应。
王小二：（白）胡相公，这世间上借钱要利息，借东西要租金。借老婆这个价钱？哈哈哈……
胡锦初：（白）二叔，这借人的价钱是多少呢？
王小二：（白）哎……呀，这是个先例。就这样，我们两人，我从来没有让你吃亏，借老婆的价钱吗？最少得要个？五百两银子吧。
胡锦初：（白）五百两银子？
王小二：（白）哎，怎么样，你吓到了，你怎么把你姐姐的话忘记得一干二净？你姐姐说，只要看见你的老婆，慢说是三百，就是四百，五百，一千，一万她也不在乎，也不心痛。哟，你不要一万，五百两你总是要得啥。四百两还给我，一百两上了身，这样，你好，我好，大家都好，不能呐？这个生意我们还做不成？
胡锦初：（白）二叔，我应允。
王小二：（白）应允？
胡锦初：（白）应！
王小二：（白）嘿！
胡锦初：（白）哏！
王小二：（白）哏！
胡锦初：（白）哏！
（王小二觉得主意不错，不禁大笑，胡锦初哭笑不得。）
王小二：（白）他还在那里笑得流眼泪，莫喜早了哟，还不晓得我的女儿答不答应。
胡锦初：（白）二叔，麻烦你回家问一问啥。
王小二：（白）好。你快回去打扮一下，立刻到我家听信。
胡锦初：（白）好，那就有劳二叔了。

（胡锦初喜忧参半下。）

王小二：（白）去，去，好。嘿！这个书呆子呀，我把他卖了，他还帮我数钱喏。
（王小二得意忘形地下。）
（幕落。）
（幕启，王小二家寒堂。罗翠娥穿着朴素，脚步轻盈，忧愁地上。）

罗翠娥：（唱）翠娥女落异乡一年已过，　　含悲忍泪受尽折磨。
都只为爹早逝田荒家破，　　丢下了母女俩无可奈何。
母女俩逃难时村外路过，　　王小二假搭救伪装温和。
把母女俩骗到他家来坐，　　逼我母强成亲手段太恶。
我娘亲守贞节自尽投河，　　又把我许万金去做小婆。
可怜我孤单单受尽横祸，　　这忧虑何日里才能得脱。

王小二：（内白）走！
（王小二喜滋滋地上。）

王小二：（白）借银我得过，但，但愿翠娥能够撮合。哦，有了，儿呀，开门！

罗翠娥：（白）爹……回来了，待我开门，爹爹你怎么才回来呀？酒呀我都给你温好了。

王小二：（白）儿呀，嘿嘿嘿……

罗翠娥：（白）爹爹为何发笑？

王小二：（白）女儿你不知道，今天遇见一桩奇事！

罗翠娥：（白）么事奇事？

王小二：（白）胡相公投河啦！

罗翠娥：（白）哎呀，爹，是不是常来我家的那位胡相公呀？

王小二：（白）是他，正是他。

罗翠娥：（白）哎呀，爹，你应该搭救与他呀？

王小二：（白）哎，平常他和你有什么关系，怎么把你慌成这个样子呀？

罗翠娥：（白）爹，常言道救人一命胜造七级浮屠。

王小二：（白）嗯，说得有理。

罗翠娥：（白）那后来呢？

王小二：（白）后来，我救了他。

罗翠娥：（白）那就好了。

王小二：（白）儿呀，你就不问他为什么投河呀？

罗翠娥：（白）不知道。

王小二：（白）他为向他姐姐借银子。

罗翠娥：（白）胡相公借银子做什么呢？

王小二：（白）借银子娶妻啥。

罗翠娥：（白）胡相公借银子娶妻，那他姐姐哪有不借之理呢？

王小二：（白）哪里是真的娶妻，为了向他姐姐借银子，借一个女子做假老婆，银子到手，就把老婆还别人。

罗翠娥：（白）爹爹此话差矣，想这世间之上，只有借柴、借米，哪有借妻的道理呀？

王小二：（白）唉，是呀，所以呀，我回来与你商量啥。
罗翠娥：（白）不知道他借的是哪一个呢？
王小二：（白）我想把……哎哟！
罗翠娥：（白）爹，你说呀！
王小二：（白）哎……
罗翠娥：（白）你说呀！
王小二：（白）我……
罗翠娥：（白）你讲呀！
王小二：（白）哎哟，这是怎么说得出口呀！
罗翠娥：（白）呀！
（唱）见爹爹吞吞吐吐我心疑意，　　莫非他假借我去做娇妻。
　　　胡相公他本是书香门第，　　　我有心救公子假冒娇妻。
　　　与公子以假当真合莲并蒂，　　许万金我这里决定不依。
　　　将计就计与人做妻，　　　　　但愿得与伊人祸福相依。
（白）爹爹呀！
罗翠娥：（唱）胡相公饱读诗书识礼义，　他怎能为借银去借别人妻。
王小二：（白）女儿哇！
（唱）这个主意是我想的，　　　　暂借我儿假去做妻。
罗翠娥：（白）好呀！
（唱）王小二果然良心丧，　　　　不由翠娥喜心膀。
　　　胡相公呀胡相公，　　　　　　翠娥本是女娇娘。
　　　此番与相公他姐姐家往，　　　假妻我要真做新娘。
　　　我这里假发怒装模作样，　　　叫声爹爹听端详。
　　　女儿本是红颜闺阁女，　　　　借与他人太荒唐。
王小二：（唱）他为借银还我账，　　　　去去就回又何妨。
罗翠娥：（唱）儿不去！
王小二：（唱）你要往！
罗翠娥：（唱）惹下祸？
王小二：（唱）我承担。
罗翠娥：（唱）你承担，儿也不愿往！
王小二：（唱）你不去，打死你这小婆娘！
罗翠娥：（白）唉呀，爹爹，儿去就是了。
王小二：（白）那个，你去？这才是我的好姑娘。你快到后面收拾，打扮，打扮。
罗翠娥：（白）是！哎，爹爹呀，又不是真的成亲，还打扮什么呢？
王小二：（白）俗话说，假戏还要真做啥。
罗翠娥：（白）怎么，假戏还要真做，女儿遵命。
　　　　　　（罗翠娥窃喜下。）
王小二：（白）去，去，唉呀，总算说妥了。嘿嘿……胡相公怎么还不来呢？

（胡锦初稍作打扮上。）

胡锦初：（白）二叔。

王小二：（白）哟，来了哇。

胡锦初：（白）可曾应允了？

王小二：（白）应允了，应允了。走，进去瞄一下子啥。

胡锦初：（白）二叔，快把翠娥妹妹叫出来，我们立刻登程。

王小二：（白）你稍等一会儿。喂，胡相公我把丑话说在前头，这是借的哟，切莫当了真的也。喂，胡相公，黄昏以前，你银子到手，连人带银都要一起还回来哟！

胡锦初：（白）我知道！

王小二：（白）喂，伙计，我们钉个钉子，回个脚，你莫将她留在外面过夜啊。

胡锦初：（白）我晓得。

王小二：（白）女儿喂！

罗翠娥：（内白）哎……

王小二：（白）打扮好了没有！

罗翠娥：（内白）打扮好了。

王小二：（白）快来，胡相公来了喂。

（罗翠娥身着艳装，插花戴朵，打扮一新地上。）

罗翠娥：（白）来了，来了。

（唱）梳妆打扮一身轻，　　　好似仙女下凡尘。
　　　莫笑我真像个新娘样，　此去定与相公伴终身。
　　　巧打扮细梳妆随他假妻做，我是真正地要成亲。
　　　抬衫袖掩秋波斜观一阵，羞答答擦肩过把礼来行。

（白）胡相公，这厢有礼！

胡锦初：（白）翠娥妹，小生还礼。

王小二：（白）不对，不对！哎哟，这两对眼睛瞄上去了啊，就像芝麻粘上糖，扯都扯不开哟，这非出毛病不可！嗯，我还要想点好办法。喂，女儿哇。

罗翠娥：（白）爹爹……

王小二：（白）你看看胡相公怎么样？

罗翠娥：（白）为人忠厚。

王小二：（白）人品呢？

罗翠娥：（白）人品出众哇。

王小二：（白）出众哇？出呆种！女儿呀，你真的别看他脸上光满满地，他是个绣花枕头哇，外头好看，里面都是草呀。哎，他还有个毛病。

罗翠娥：（白）什么毛病？

王小二：（白）一身牛皮疮，这个毛病蛮过人①的。走路离他远一点啊。

---

① 过人：黄梅方言，传染。

十三、借妻

罗翠娥：（白）我知道。
王小二：（白）胡相公，你看我家姑娘长得怎样？
胡锦初：（白）俊俏，身材苗条。
王小二：（白）不好！他一见还钟了情。哎，胡相公我姑娘有个老毛病。
胡锦初：（白）什么毛病？
王小二：（白）常年烂脚，味道难闻，走路你可要隔开一些才好。
胡锦初：（白）哎呀，翠娥妹妹此去我姐家中，路途遥远。你常年烂脚，是如何走得动呀？
罗翠娥：（白）嘿！我哪长年烂脚，是哪个说的？
胡锦初：（白）是二叔讲的！
罗翠娥：（白）既是长年烂脚，她姐姐家路途遥远，女儿我哪里走得动，那女儿我就不……
王小二：（白）哎，哪能不去，刚才是爹开玩笑。啊！天色不早，赶路，赶路。
胡锦初：（白）贤妹请！
罗翠娥：（白）相公请！
王小二：（白）转来哟！
罗翠娥：（白）爹爹，转来何事？
王小二：（白）哎哟，你看，你们走在路上，男和女挨得那么拢①呀！
罗翠娥：（白）爹爹，你不是说，假戏要真做吗？
王小二：（白）唉，真做嘛，你真狠了点，伢喂！
罗翠娥：（白）不走在一起，哪像什么夫妻。爹你既然不放心，那女儿就不去。你去……
王小二：（白）哎哎哎，我怎么能去，我要是去了，不就成了借爹吗？我放心，放心，你随他去哟。
（罗翠娥欣喜下。）
王小二：（白）胡相公转来！
胡锦初：（白）二叔，何事？
王小二：（白）哎，嘱咐你那些话，千万，千万，不能忘记。黄昏以前，我要你连人带银一起还回来，一定不能过夜。一定，一定！
胡锦初：（白）我知道，我知道！
王小二：（白）哎，胡相公，伙计，天地良心，你千万不能斗闪②喏。
（王小二、胡锦初下。）
（幕落。）
（幕启，二幕前。郊外，寒风刺骨，大雪飘舞，铺天盖地，腊梅怒放。胡锦初、罗翠娥迎风冒雪上。）
胡锦初：（唱）寒风凛冽大雪天，　　　　　迎风冒雪去借钱。

---

① 拢：近。
② 斗闪：失言。

罗翠娥：（唱）寒风凛冽大雪天，
假夫假妻来相伴，
天寒路滑行路难。
我与相公去借钱。
若能与他真婚配，
一生有望喜心尖。

（白）相公你看哪！

（唱）雪山丛中红梅开，
红梅笑迎你我来。
红梅笑来笑红梅，
红梅犯狂笑颜开。
错迎一对假和偕，
假和偕，真奇哉，
他也不是夫我也不是妻。
患难兄妹心相依。
他是被害一书生，
我是落难女裙钗。
红梅呀为何还迎假个夫，
假个妻为何来。

胡锦初：（唱）借她还银无可奈，
她借红梅耻笑我不应该。
红梅笑来笑红梅，
红梅笑我一痴呆。
一痴呆来走路歪，
后悔莫及愁满怀。

罗翠娥：（唱）后悔莫及愁满怀，
二人忧愁一起来。
同命之人心相印，
新树新花从头开。

（白）哎，少待，看来这是我小女子一人所想，但不知胡相公他可曾愿意，待我来慢慢地试探与他，唉哟！……

胡锦初：（白）唉哟，贤妹，你怎么样了？

罗翠娥：（白）胡相公小姑娘我平时未曾走这么远的路，这一路急促走来，我的双脚疼痛，难以行走。

胡锦初：（白）这如何是好？

罗翠娥：（白）相公，你我何不挽手同行？

胡锦初：（白）挽手同行，唉，想你是我借来的，让旁人看见了，哪能使得呀，哪能使得呀？

罗翠娥：（白）说是胡相公，你来看，这荒郊野外，远的是红梅怒放，近的是白雪铺路。这雪梅之中，只有你我同行，并无他人，无防事啊。

胡锦初：（白）啊！这远的是红梅怒放，这近处白雪铺地。这雪梅之中，就你我二人同行，无防之事，如此说来，贤妹请！

罗翠娥：（白）怎么叫起贤妹来了呢？

胡锦初：（白）哎，不叫贤妹，叫什么呢？

罗翠娥：（白）要叫……

胡锦初：（白）叫……

罗翠娥：（白）叫娘子。

（罗翠娥一言出唇，面红过耳。）

胡锦初：（白）叫娘子么？

罗翠娥：（白）你此时不叫娘子，老叫贤妹，若是叫顺了口，稍时到了你姐姐家中，露出破绽，那你的银子就借不成了喂？

（胡锦初滑稽地。）

胡锦初：（白）如此说来，叫娘子，叫娘子呀！
　　　　（唱）挽手走来挽手行，贤妹不叫娘子称。
　　　　（白）娘子呀！
罗翠娥：（白）哎……
胡锦初：（唱）羞得她两颊红盈盈。
罗翠娥：（唱）红盈盈来红盈盈，　　　　我这里有心他无心。
　　　　他无心来怎能配成婚，　　　　风雪中急坏我行路人。
　　　　说你痴来说你蠢，　　　　　　怎不知我翠娥对你有感情。
　　　　假夫妻前往姐家去，　　　　　但愿假妻真做天凑成。
胡锦初：（唱）我哪知她心怀，　　　　落魄之人怎能将她害。
　　　　只要还清小二债，　　　　　　她说我呆来我就呆，我就呆。
　　　　（白）贤……娘子，进城以后，便是我姐姐家中，你要快些行走。贤……娘子请，娘子请！挽手同行，挽手同行喏。
　　　　（胡锦初尴尬地，罗翠娥喜不自胜地下。）
　　　　（幕落。）
　　　　（前幕启，孙胡氏庄园。胡锦初、罗翠娥相互挽手上，各弹身上雪，搓手取暖。）
胡锦初：（白）贤……娘子，来此已是姐姐家门。稍时见了我姐姐的面，请你少讲话。
罗翠娥：（白）胡相公我知道了，要少讲话。哎，稍时见了你姐姐面，一定要以相公和娘子相称。如若不然，你的银子就借不成了啊。
胡锦初：（白）知道了就好。姐姐开门！
　　　　（二幕启，孙胡氏豪华客厅，孙胡氏上。）
孙胡氏：（白）叫门的是谁呀？
胡锦初：（白）姐姐，是你的兄弟来了。
孙胡氏：（白）啊，是兄弟来了哇。
胡锦初：（白）正是！
孙胡氏：（白）稍站一时，待为姐给你开门。哟，兄弟来了。
胡锦初：（白）来了，来了。姐姐你看！
罗翠娥：（白）拜见姐姐！
孙胡氏：（白）啊！起来，起来。不拜，不拜。外面风雪太大，快进屋。请坐！
胡锦初：（白）哎，姐姐，娘子已经看到了？
孙胡氏：（白）看到了，看到了。
胡锦初：（白）快把银子给我，我要回去了。
孙胡氏：（白）哎呀，兄弟呀，未过门的弟媳妇，头一次到姐姐家中来。饭没吃一口，茶没喝一杯，这怎么像样？坐一坐。
罗翠娥：（白）啊，是呀，初见姐姐面，哪有不坐之理？
孙胡氏：（白）是，是呀。
胡锦初：（白）呀，姐姐呀，这天都快要变了，雪越下越大，路遥泥滑，难以行走。你还

		是把银子给我，我要赶路。
孙胡氏：	（白）	呃，兄弟，常言说得好，船在江上，人在家中。外面再大的风雪，也不能打湿你的衣衫呐？
罗翠娥：	（白）	相公，姐姐说得对呀。
孙胡氏：	（白）	兄弟，是，是呀！
胡锦初：	（白）	贤……娘子，你是我借来的呀！
孙胡氏：	（白）	哎，不对呀，我兄弟神色慌张，支支吾吾，莫非这弟……啊？兄弟你到后面帮姐烧点开水。
胡锦初：	（白）	啊！
孙胡氏：	（白）	姐与弟媳叙叙家常。
罗翠娥：	（白）	相公你放心去吧，不要紧的。
		（胡锦初无可奈何地下。）
孙胡氏：	（白）	待我问来，弟媳呀。
	（唱）	看你青春又年少，　　　　生得俊俏又苗条。 怕只怕不幸入圈套，　　　受人唆使祸难逃。
罗翠娥：	（唱）	姐姐说话真聪明，　　　　为人强干又精明。 何不说出我的名和姓，　　身境遭遇细言明。
	（白）	姐姐呀！
	（唱）	罗翠娥本是小女名，　　　身为养女受尽欺凌。 都只为相公欠银三百两，　无银还债投河寻自尽。 王小二从中把计定，　　　逼小女巧扮假妻顶风冒雪来借银。
孙胡氏：	（唱）	果然不出我所料，　　　　王小二诡计实在高。 我看翠娥蛮俊俏，　　　　做我弟媳开心梢。 转身我把翠娥叫，　　　　放宽心来莫心焦。 你要若是不嫌弃，　　　　为姐今日架鹊桥。
	（白）	怎么样啊？啊，
		（罗翠娥两颊绯红，手抬衫袖掩遮害羞，频频点头。）
胡锦初：	（白）	答应了，答应了。
罗翠娥：	（白）	姐姐，只要相公他……
		（胡锦初心急火燎地上。）
胡锦初：	（白）	哎呀，姐姐，你看天色已晚。你还不把银子给我，我要赶路。
孙胡氏：	（白）	兄弟呀，这未过门的弟媳，第一次到姐家中来，刚过门，你就要走，我观你慌慌张张，支支吾吾，莫非这弟媳她不是真的吧？
胡锦初：	（白）	嗯，是真的，是真的。
孙胡氏：	（白）	是真的就好，想爹娘在世留下遗言，兄弟的婚姻大事由姐姐我作主。今天是腊月二十四，良辰吉日。为姐把这屋前屋后，屋左屋右，打扫干净，也好拜堂成亲喏。
		（胡锦初闻言跌倒。）

孙胡氏：（白）唉哟，看把你喜跌倒了。
胡锦初：（白）贤……娘子呀，这喜事？王小二知道了，岂肯与我干休！
孙胡氏：（白）兄弟，兄弟呀！看你惊慌失措的样子，这弟媳该不是借来的吧？
胡锦初：（白）哎？不是，不是借来的！
孙胡氏：（白）不是借来的那就好，哎，弟媳呀，快与为姐到后面梳妆，也好拜堂哟。
（孙胡氏拉罗翠娥下。）
胡锦初：（白）哎呀，姐姐呀，这……叫我怎么下台哟。
（胡锦初无奈地下。）
（灯暗，幕落。）
（幕启，二幕前。郊外，白雪铺地，朔风刺骨，王小二灰头土脸地上。）
王小二：（内白）走哇！
王小二：（白）天色已经黄昏，不见翠娥转回程。少男少女一起走，你恩我爱，卿卿我我，这假戏只怕要唱成真的了咯。悔不该将女儿借给别人，我顶风冒雪往前赶，啊，不觉乃是县城门。怎么？我来怎关了城门呢？喂！我要进城嘚！
　　内：（白）你要进城，喂，你要进城拿银子来哟。
王小二：（白）唉哟！我走急了。忘了带呀。
　　内：（白）啊，今天忘了带，明天吧！
王小二：（白）明天，明天我那女儿，她……唉，女儿不回来，我今天晚上在哪里过夜呀？哎呀，……这才是呀，城门关闭无奈何。今晚只得，哎哟，睡猪窝。
（王小二狼狈地下。）
（二幕启，孙胡氏府。洞房，胡锦初、罗翠娥身着喜服，头上盖着大红盖巾。）
胡锦初：（唱）寒风细雨一更天，　　　　困守洞房苦难言。
　　　　　　小二叫我黄昏转，　　　　鼓敲一更难入眠。
　　　　　　事成僵局难挽转，　　　　怕只怕明日要见官。
　　　　　　越思越想越胆颤，　　　　战战兢兢把书观。
罗翠娥：（唱）寒风细雨二更天，　　　　侍奉相公在房间。
　　　　　　寂静无声灯一盏，　　　　呆坐一对巧凤鸾。
　　　　　　我不言来他不言，　　　　战战兢兢把书观。
（罗翠娥自己揎开盖巾，静观胡锦初。）
罗翠娥：（白）相公，你在做什么？
胡锦初：（白）我在看书呀。
罗翠娥：（白）相公，你书拿倒了！
胡锦初：（白）啊，拿倒了！
罗翠娥：（白）相公，那书上写的什么呀？
胡锦初：（白）这书上写的是，关关雎鸠，在河之洲，窈窕淑女，君子好逑哇。
罗翠娥：（白）这是什么意思呀？

胡锦初：（白）这呀，是说一对相亲相爱的飞鸟，像人间的夫妻一样，相亲相爱呀。
罗翠娥：（白）飞鸟么？相公，你何不学这飞鸟一样，相亲相爱呀？
胡锦初：（白）哎呀，这相亲相爱莫？你害得我怎样下台哟？
罗翠娥：（白）相公呀！
罗翠娥：（唱）你欠债还债受催逼，　　　　　　王小二逼你借银我假做妻。
　　　　　　　今夜你把洞房进，　　　　　　　我不是你妻也是你妻。
胡锦初：（唱）你是我妻又怎样，　　　　　　　小二得知他不依。
　　　　　　　你已许配李万金，　　　　　　　这场官司归谁吃。
　　　　（白）翠娥，贤妹呀，非是小生我无情无义，这事要是王小二知道，他岂肯与我罢休。再说，你又许配了李万金，那李万金乃是有财有势之人，我又岂奈他何？我呀，趁天色尚早，我送你回家去吧？我是……哎，走！
罗翠娥：（白）胡相公啊，胡锦初！想你乃是书香门第之后，被王小二那般坏蛋害得如此落魄，小女子深感同情。想我翠娥也是落难之人，我母亲被王小二所害。他虽然把我卖给李万金，为救相公，我原以为以我之难，救你之身，实指望配为夫妻。谁知事到如今，你不知悔改，枉费我一片真情。你真有骨气！真有志气！你好无情义呀？我的命好苦呀……
胡锦初：（白）是呀，想我胡锦初乃书香门第之后，被王小二这般狂徒所害，害得我前途渺茫，人财两空，难道我无悔改之意么？想她乃一女流之辈，为救我这个不争气的胡锦初，是舍命相助。她真好气魄，她乃真侠女！我好悔呀，想我乃堂堂的男子汉、大丈夫，又有何可怕之理？如今思想起来，我真无有志气，我真乃好无骨气呀！我真无情义呀。
罗翠娥：（哭）喂呀……
胡锦初：（白）我不免与她赔得一礼，这满天的浮云，岂不都散了么。娘子，适才是小生的不是，这厢给娘子赔礼呀，小生与你跪下了。
　　　　（胡锦初上前赔跪，罗翠娥慌忙扶起。）
罗翠娥：（白）相公，相公。
胡锦初：（白）娘子。
罗翠娥：（白）哎……
　　　　（罗翠娥扶起胡锦初后，四目相视，二人心甜如蜜。）
　　　　（孙胡氏暗上。）
胡锦初：（唱）难为娘子规劝我，　　　　　　　我定改过重做人。
罗翠娥：（唱）只要相公肯上进，　　　　　　　我愿陪伴你终身。
胡锦初：（唱）娘子为人我尊敬，　　　　　　　满腔热情挂在心。
　　　　　　　只愁家中无柴米，
罗翠娥：（唱）忍饥挨饿不变心。
　　　　　　　贫贱夫妻守本分，　　　　　　　有情有志胜金银。
胡锦初：（唱）只怕小二他不依，　　　　　　　惹出麻烦怎担承。
罗翠娥：（唱）常言道邪难压正，　　　　　　　岂怕他无赖欺压人。

十三、借妻

| | 只要你我心相连， | 白头偕老永相亲。 |

（孙胡氏欣喜地推门而入。）

孙胡氏：（白）啧啧啧，好呀，好哇！
　　　　（唱）一个改邪又归正，　　　一个到老永相亲。
　　　　　　　你夫妻二人共勉进，　　重整家业换门庭。
　　　　（白）好。你夫妻二人只管安歇，姐姐明天派人送喜帖。把这个于前于后，于左于右，男男女女，老老少少，都请到姐姐家中，热热闹闹，喝上几杯喜酒。让他们都知道，我的兄弟胡锦初与翠娥已洞房花烛了。那王小二又岂奈我何！

胡锦初：（白）多谢姐姐！天色已晚，姐姐早些休息，送过姐姐……

罗翠娥：（白）送过姐姐……

孙胡氏：（白）不消①，不消，不消啊。

（孙胡氏、胡锦初、罗翠娥高兴地下。）
（灯暗，幕落。）
（前幕启，二幕前。郊外，王小二狼狈不堪地跑上。）

王小二：（白）哎嘿！昨夜本想把城进，想不到到处关城门。害得我猪窝睡一夜，搞得我浑身臭，臭气熏啊！到了呀，开门喽！

（二幕启，孙胡氏庄园。孙胡氏客厅，孙胡氏喜庆地上。）

孙胡氏：（白）来了。喜讯盈门宾客满，岂怕泼皮无赖人。啊！原来是王小二呀，大清早到我家来，怕是有什么事？

王小二：（白）我是找你弟弟胡锦初的！

孙胡氏：（白）你稍站一时，兄弟快来，兄弟快来呀。

（胡锦初上。）

王小二：（白）好哇，胡锦初呀。你把我的女儿带出来一日一夜，不跟我见面，快把我女儿还来！

孙胡氏：（白）你放开！还你女儿？罗翠娥与我弟弟昨晚已经洞房花烛了。

王小二：（白）么事？已花烛洞房了！

孙胡氏：（白）喜酒都吃了哇！都……

王小二：（白）哎哟，胡锦初……

孙胡氏：（白）哎！做么事？站开点！

王小二：（白）哎，罢！我说孙胡氏，我跟你说，你兄弟借我的女儿做假老婆，向你借银子，银子借到手，就把女儿还给我。

孙胡氏：（白）啊！哈哈哈……我想世间上只有借米，借钱，哪有借老婆的道理，你真是胡说八道！

王小二：（白）好哇！孙胡氏，你和你的兄弟拐骗我的女儿。今天，你把我女儿还给我千好万好，你要是不还，我就死到你面前！

---

① 不消：黄梅方言，不用。

孙胡氏：（白）好哇！哎，王小二，今天是我兄弟大喜之日。你跑到我家来，欺骗耍赖，你跟我出去！我今天若不给你一点厉害，你还不知天有多高，地有多厚，你给我出去！出去！出去！
（孙胡氏手执家法，威逼王小二，王小二步步后退。）

王小二：（白）哎哟！孙胡氏我要告你！
（王小二气急败坏地下。）

孙胡氏：（白）兄弟呀。

孙胡氏：（唱）王小二做事良心丧，　　　兄弟不要心发慌。
　　　　　　为姐与你公堂往，　　　　这场官司我承担。
（白）弟弟不要怕，为姐与他拼了！哎哟。
（胡锦初搀扶姐姐下。）
（二幕落。）
（王小二狼狈地上。）

王小二：（白）我吃了手哟。
（唱）悔恨悔恨真悔恨，　　　　打雁的人被雁啄瞎了眼睛。
　　　　要女不归又不见分文，　　我背时又拖欠了李万金。
　　　　去到李家报一信，　　　　免得女婿空等银。
　　　　来到门前高声叫，　　　　叫声女婿快开门。
（白）万金，我儿，女婿呀。开门喽，岳父到了，快开门！

李万金：（内白）叫门的是谁呀？

王小二：（白）难道岳父的声音你都听不出来吗？

李万金：（内白）哦，是岳父大人到了，小婿来也。

王小二：（白）唉哟，他酸溜溜的，把我的牙齿都酸掉着。我差点急断了气，你拽个什么戏文，快点开门！
（二幕启，李府。豪华客厅，李万金拄着拐杖慢慢上。）

李万金：（白）哎，来了，来了，来了哟。
（唱）正在卧室睡午觉，　　　　耳听岳父把门敲。
　　　　不是小二对我好，　　　　为的是翠娥生得娇。
　　　　只等明春佳期到，　　　　万金打扮把亲招。
　　　　打开大门脸赔笑，　　　　迎接来迟望恕饶。
（王小二在门边睡着了。）

李万金：（白）岳父大人在哪里，岳父大人在哪里？莫不是放牛娃冒充我岳父，戏耍与我，欺负我老，眼力不佳。嗯！我若找着他，决不罢休！哎，在那里，你想占我的便宜。嘿，嘿！
（李万金举杖就打！）

王小二：（白）唉哟，你这个杂种！这真是儿子打娘，打横了。你瞎了眼睛，连岳父大人都没有看见呐？

李万金：（白）唉呀，是岳父大人呐。那我跪下与你老人家赔礼！

（李万金双膝跪地，双手扒在地上给王小二叩头。）

李万金：（白）不孝女婿真该遭天雷打！
王小二：（白）你放心，雷公晓得你有钱，不会打你的。起来，起来！
李万金：（白）唉哟，小婿实在是起不来了，还望岳父大人搀扶一把。
王小二：（白）这是怎么回事？他给我下跪，还要我扶他起来？是的，手掌是肉，手背也是肉，未必我只疼姑娘，就不疼女婿。我来扶，啊哈呀，你天天吃的是铁还是钢呀？你怎么有这样重呀？
李万金：（白）还是请你劳神，把小婿扶起来。
王小二：（白）好。我先活动一下，提个桶练练手劲再来，啊哈呀！

（王小二把吃奶的力气都拿出来，使出浑身解数，好不容易扶起李万金）

李万金：（白）哎呀呀，难得岳父大人有疼女婿一片真心，再受小婿一拜。
王小二：（白）哎，算了，算了，不拜，不拜！我难扶你。
李万金：（白）岳父请进！
王小二：（白）我晓得进！

（李万金扶王小二跌跌撞撞进门。）

李万金：（白）唉呀！
王小二：（白）哟，女婿你桩步不稳呐？
李万金：（白）岳父，请往上坐。岳父，想必是为了小婿的喜……送三百两银子来的？
王小二：（白）你钻到钱眼里去了啊，我都上当啦！
李万金：（白）岳父，此言何意？
王小二：（白）唉哟，女婿呀，胡锦初将翠娥带到他姐姐家中后，那孙胡氏作主连夜已洞房花烛啦！
李万金：（白）你在怎讲？
王小二：（白）他们已经拜堂成亲了啊！
李万金：（白）哎哟……

（李万金晕倒在地。）

王小二：（白）女婿，女婿！这个伢，这样的脾气啊，女婿快起来。
李万金：（唱）一阵昏来一阵醒，　　　　　翠娥与他人把婚成。
王小二：（白）糊涂的姑娘！
李万金：（白）岳父！

（王小二慢慢扶起李万金。）

王小二：（白）嗯，哎！

（李万金指着王小二破口大骂。）

李万金：（白）狗才呀！
王小二：（白）你犯了天哪，你怎么骂起岳父来了？
李万金：（白）我是骂胡相公，胡锦初狗才。

（李万金手指王小二。）

王小二：（白）你朝哪个方向指！

李万金：（白）狗才呀！

（唱）为了银子误了卿，　　　　　　反将爱妾送他人。
夺走翠娥我岂能忍，　　　　　　此仇不报枉为人。

（白）唉呀，岳父大人呐，千错万错，还是小的之错。我是万贯家财之人，不该想要那微薄的三百两银子。我不念翠娥与我终身相伴，不念岳父百年去世无人披麻戴孝，我真不想活在人间。

王小二：（白）他自己都不健康，还想送我终。管他呢，还算得是个名副其实的孝女婿。你听岳父之劝，就不要胡思乱想了。俗话说，留得青山在，不怕没柴烧。我今天特来与你报信，我们到县衙告胡锦初和孙胡氏去！

李万金：（白）对！事不宜迟，说走就走，家院小心看守门户。

（李万金跌倒。）

王小二：（白）你连走都走不稳当，你跑个么事啥。

（王小二扶起李万金。）

李万金：（白）岳父大人，请把小婿拐杖找将来……

王小二：（白）在这里，你将拿着！

李万金：（白）告胡锦初，告孙胡氏！

王小二：（白）这哪是我的女婿呀，乃是我的爹呀！

（王小二背着李万金下。）

（幕落。）

（幕启，某县。县衙正堂，县太爷、衙役上。）

衙　役：（白）嗨！

县太爷：（白）嗨！

衙　役：（白）嗨！

县太爷：（笑）哈哈哈……

衙　役：（笑）哈哈哈……

县太爷：（白）嗯！糊里糊涂，糊里糊涂。八字衙门朝南开，有理无钱莫进来。对面修的财神庙，保佑兄弟发大财。下官，审不清。来到此地为官，此地儿女百姓倒是好教好训，凡是儿女百姓在我这里打官司，我是审得清清楚楚，明明白白。

衙　役：（白）嗨！明明白白。

县太爷：（白）啊！明明白白？你蛮聪明，每逢三六八日嘛？

衙　役：（白）哎！三六九日哟？

县太爷：（白）啊，到九日？

衙　役：（白）到了九日！

县太爷：（白）到了九日，把那吃饭的买卖挂出来！

衙　役：（白）放告牌挂出来咯！

内：（白）冤枉呀！

衙　役：（白）启禀大人，有人喊冤呐！

县太爷：（白）咦，这个买卖一挂出来，生意就来了，将喊冤的带上堂来！
衙　役：（白）喊冤的上堂！
（王小二背李万金上。）
李万金：（白）是这个屋，走，进去，进去！
王小二：（白）伢呀，这不是闹出鬼来了吧？
李万金：（白）这是不是老爷呀？
衙　役：（白）这正是老爷！
王小二：（白）哎呀，老爷呀，我们俩冤枉呀！
（王小二放下李万金，二人屁股朝老爷跪下。）
李万金：（白）哎呀，老爷呀，我们俩冤枉呀！
班　头：（白）跪反了，跪反了！屁股怎么能对老爷呢？
李万金：（白）哎呀，小的冤枉呀！
县太爷：（白）你们都是冤枉的？
王小二：（白）都是冤枉的！
李万金：（白）都是冤枉的！
县太爷：（白）你们哪个是原告，哪个是被告？
王小二：（白）我是原告，我是原告！
李万金：（白）我是原告，我是原告！
县太爷：（白）听我说，你们俩都是原告，难道说老爷我是被告不成？那个长白胡子的，你年纪大些，你，你，你先说。
王小二：（白）莫慌，启禀老爷，这个伢小些，我大些。要先说，应该是我先说。
县太爷：（白）你，你放屁！他是白胡子，你是黑胡子，他比你大些！
李万金：（白）老爷呀，是他比我大一些，他是我的岳父呀。
县太爷：（白）哪个是你的岳父呀？
李万金：（白）他是我的岳父。
县太爷：（白）我要下位看一下子。
（县太爷下位，拿着放大镜仔细端详。）
县太爷：（白）哎哟喂，你老的像秋丝瓜一样。再来看一下子，哎，黑胡子，他说的是不是真话？
王小二：（白）句句是真话。
县太爷：（白）是真话？再来看一眼，唉哟喂，还是个真话，稀奇，稀奇，真稀奇，小些的是岳父，大的是女婿。看他老成这个样子，你做他的儿子还有多的。这个事还有点味，老爷我定要问问到底。这个？白胡子还是你先说。
李万金：（白）老爷容禀，老爷呀！胡锦初抢妻成亲，误了青春。老爷呀！你来看，老汉我这么大的年纪，好不容易讨了第六房妻子呀，老爷你给我作主呀！
县太爷：（白）你说的是真话？
李万金：（白）句句是真的！
县太爷：（白）啊，啊，你起来！

李万金：（白）啊，岳父大人，麻烦你再扶我一把吧。

王小二：（白）哎，伢喂，这不比在家里也，扶你还要禀告老爷耶。

李万金：（白）那你就禀告老爷啥。

王小二：（白）启禀老爷，我扶不扶这个伢起来呀？

县太爷：（白）你就扶，扶他一把。

王小二：（白）是！你要用点劲呐，我这浑身都是软的，来呀，

（王小二慢慢扶起李万金。）

王小二：（白）唉哟，你比一个奶奶还难照顾呀！

县太爷：（白）黑胡子！

王小二：（白）哎。

县太爷：（白）你有什么冤枉，你就快快讲来！

王小二：（白）老爷容禀，孙胡氏怂恿他兄弟胡锦初乱胡乱行，借妻不还妻，借银不还银，望老爷作主，为民申冤！

县太爷：（白）你说的是真话？

王小二：（白）句句是真话！

县太爷：（白）好。你也起来！

王小二：（白）谢谢老爷！

县太爷：（白）哎哎，我说衙役们、班头！

衙　役：（白）有！

县太爷：（白）把那孙胡氏、胡锦初、罗翠娥都带上堂来！

班　头：（白）孙胡氏、胡锦初、罗翠娥上堂啊！

（孙胡氏、胡锦初、罗翠娥上。）

孙胡氏：（白）兄弟不要怕！

王小二：（白）胡锦初！你快还我的女儿来呀！

李万金：（白）胡锦初！你还我的翠娥来呀！

孙胡氏：（白）停！你，这一个还你女儿，那一个还你的翠娥。好大的胆子呀，唉呀，我的大人呀，我的老爷耶……

县太爷：（白）哎……

孙胡氏：（白）老爷。

县太爷：（白）哎。

孙胡氏：（白）你看他们真是和尚打伞无法无天呐！这是什么地方？你们晓不晓呀？喂！你们知不知道哇？这乃是了不起的县衙公堂啊！你们再来看看呐，这乃是我们知县大老爷，堂堂的七品知县大人。赫赫有名的父母官，我们见了连跪都跪不赢……

县太爷：（白）你……你莫跪。

孙胡氏：（白）你们那把老爷当人呐！老爷今天不以正压邪，让你们无法无天，往后岂不要骑在老爷头上拉屎吗？

县太爷：（白）你说得对呀，大胆的黑……黑胡子！白胡……胡子！

(县太爷离位下堂。)
竟敢在老爷面前无法无天,到后来岂不要在老爷我头上拉屎吗!你真大胆!来!给我打,打,打他的嘴巴!你,真可恶!踢,踢你一脚!

孙胡氏:(白)唉呀,老爷你站稳呐。
县太爷:(白)我,我站得稳嗬,你这两个坏东西!你不要动,老爷我定要把这场官司审得清清楚楚,明明白白。衙,衙役们呐!跟你家老爷呐喊助威!喝彩啊!
(县太爷气喘喘上位。)

众衙役:(白)啊……
县太爷:(白)哎,胡锦初。
胡锦初:(白)老爷!
县太爷:(白)你为了借银子,拐骗黑胡子的女儿为妻。可,可有此事?
胡锦初:(白)老爷容禀。小生知书达理,焉能做出此事来。只因爹娘早逝,留下万贯家财,被王小二拐骗一空,反说欠他三百两银子债。是他定计,将他女儿罗翠娥配与小生为妻,向我姐姐借银子。罗翠娥乃是受苦之人,不愿嫁与李万金,愿与小生百年相好。因此我姐姐作主,拜堂成亲。怎说是拐骗二字,请老爷作主。
县太爷:(白)啊,啊,你说的是实话?
(李万金欲言。)
县太爷:(白)不要你说,罗翠娥你说说。
罗翠娥:(白)启禀大人,适才相公所说的句句真言。王小二将小女卖给李万金做妾,我是死也不愿的,我愿与相公百年相爱,望老爷作主。
王小二:(白)哎呀,老爷呀!是借的,刚才胡锦初言道是错的呀,罗翠娥是我的女儿,我是她的爹,我不开口,他们结哪门子亲呐,哎呀,老爷是借的!
李万金:(白)是借的!
王小二:(白)是借的!
县太爷:(白)是借的?
王小二:(白)老爷答应了,万金,这场官司他们打输了!
李万金:(白)打输了,打输了!
孙胡氏:(白)啊!哈哈哈……
县太爷:(白)孙胡氏,你为么事打哈哈?
孙胡氏:(白)启禀老爷,非是我发笑哇。这世间上,只有借米、借油、借柴、借盐之说。老爷你是堂堂的七品知县,精通诗书万卷,广知天下奇文。你在哪一部书上见过有借妻之说?
县太爷:(白)没有,没有!
孙胡氏:(白)那你又在哪里听说有借老婆的奇事呢?
县太爷:(白)没有,也没有!
孙胡氏:(白)是呀,既是书上没有看过,世上没有听过,又哪有借妻之说。哎,老爷呀!

县太爷：（白）哎！
孙胡氏：（白）要是你有个女儿，会不会借给别人做妻呢？
县太爷：（白）嗯，我……不借，不借！
（县太爷下位。）
孙胡氏：（白）是呀，想我弟弟，把罗翠娥带了回来，我满心高兴，连夜洞房花烛。一来，可告慰我父母在天之灵；二来，也了却了我做姐姐的一番心愿。老爷我这做姐姐的该不该这样做哇？
（孙胡氏坐在县太爷的座位上。）
衙　役：（白）啊！
孙胡氏：（白）啊，老爷。
县太爷：（白）你坐，你坐！
王小二：（白）不是耍的呀，若说半句谎话，让五雷轰顶，不得好死！
李万金：（白）不得好死！
（王小二拉罗翠娥，罗翠娥把手一甩。）
王小二：（白）走走走，跟我回去！
孙胡氏：（白）放倒啊！
县太爷：（白）王小二啊，你刚才挨了一嘴巴，不长记性，还敢胡搅蛮缠。这世间上，只有借柴、借米、借油、借盐啊，哪有借老婆的。老爷我是七品知县，天上事我知道一半，地上的事老爷我全知道。从来都没，没有借老婆的道理。老爷我再糊涂，也不会糊涂到这个地步啊！啊，你说呢？
孙胡氏：（白）老爷呀！
县太爷：（白）你混蛋！王，王八蛋，臭皮蛋！你说，是借的，借的，还……
王小二：（白）是借的！
县太爷：（白）说清楚！
王小二：（白）啊……是……娶的！
李万金：（白）嘿！是娶的！你还我的银子来哟！
（李万金前来抓县太爷。）
县太爷：（白）你把我抓到做么事哈！瞎了眼的！
李万金：（白）瞎，是老爷。
（李万金转身抓住王小二。）
李万金：（白）你还我的银子来呀！
王小二：（白）你你你你找翠娥要哇！
李万金：（白）啊，找翠娥要，哎，翠娥你晓得我有钱，跟我回去。
（李万金抓住孙胡氏。）
李万金：（白）走！
孙胡氏：（白）放倒啊！你看我是哪个？
李万金：（白）喔，啊！
王小二：（白）要银子，要啊！

李万金：（白）哎，要银子，要银子！
罗翠娥：（白）苦啊！
李万金：（白）要银子啊！
罗翠娥：（白）老爷呀！
县太爷：（白）拖了这，不得了啊！闹得鸟雀打蛋子，鸡飞狗跳屋。眼看这场官司我一个人是闹不下来，那孙胡氏啊，你的嘴巴能言善辩，我看你是不是当个签评官？
孙胡氏：（白）我乃女流之辈呀！
县太爷：（白）不要紧，是老爷我任命的。衙役们喽，跟跟孙胡氏看看坐。
众衙役：（白）是！
　　　　　（李万金、王小二欲走。）
孙胡氏：（白）哎，你们都不能走！你们不是都要告孙胡氏的吗？
李万金：（白）好！
王小二：（白）好！
县太爷：（白）啊！
孙胡氏：（白）只要大老爷看得起，我保证这场官司审得清清楚楚，明明白白的。我说，来呀！
众衙役：（白）有！
孙胡氏：（白）将李万金带上来！
班　头：（白）是！带李万金！
李万金：（白）喂……见过老爷呀。
　　　　　（李万金立刻跪在大堂上。）
孙胡氏：（白）李万金！
李万金：（白）有。
孙胡氏：（白）我来问你，你今年多大年纪！
李万金：（白）我那村子，算我只有七十九岁。
县太爷：（白）嘿嘿，像你这样的人，唉呀，七十九岁，早早该死！
孙胡氏：（白）嘿！一个七十九岁白胡子老头子，要娶一个十九岁的黄毛少女，做第六房小妾，你真是个老畜生！
李万金：（白）我丢了三百银子呀？
孙胡氏：（白）这三百两银子么？
李万金：（白）三百两哇！
孙胡氏：（白）我想翠娥只有做你的干孙女儿，这三百两作为出嫁的贺礼？
李万金：（白）嗯嗯。
孙胡氏：（白）老爷你说怎么样啊？
县太爷：（白）嗯，可得，可得！
王小二：（白）要银子？
李万金：（白）要银子哟？

孙胡氏：（白）要银子？
李万金：（白）要银子！
（孙胡氏兀地站起，双手叉腰。）
孙胡氏：（白）哼，打板子！
李万金：（白）哎，不要了，不要了，不要银子了。
孙胡氏：（白）不要了？
李万金：（白）不要了。
孙胡氏：（白）滚下去！
李万金：（白）是！
王小二：（白）我的女儿丢了，银子也没有落到，你再让我走。
孙胡氏：（白）站到！
县太爷：（白）站到！
孙胡氏：（白）王小二，你告我，我还不曾告你呢！
王小二：（白）告我哇，我有什么值得你可告的？我行得正，坐得稳，何罪之有哇？
孙胡氏：（白）你行得正，坐得稳，翠娥在这大堂之上，当着老爷的面一五一十讲来。
罗翠娥：（白）老爷容禀。
（唱）罗翠娥十九岁无靠无依，　　　吃尽了苦头受尽了欺。
爹亡故母女俩逃难到此地，　　　王小二假恻隐将我母女带回。
见我母生得好顿生恶意，　　　　要与我母亲配娇妻。
我母亲守贞节投河溺死，　　　　又将我卖万金牟取万利。
王小二他生性流氓赖痞，　　　　望老爷惩顽凶加官晋爵换紫衣。
孙胡氏：（白）王小二！你的罪恶还小吗？你行得正，坐得稳，王小二啊，王小二，你不务正业，交结三教九流，白天赌场骗取钱财，夜晚拦路抢劫，教唆好人做坏事。想我兄弟乃书香门第，为人忠厚老实。爹娘留下万贯家财，你王小二见了分外眼红，骗他进赌场。借他的钱，赌赢了归你，赌输了我兄弟付账。今天三百，明天五百，不到一年工夫，我兄弟这万贯家财被你敲诈得精光，还倒欠你三百两，逼得我兄弟投河自尽。我想翠娥母女乃是落难之人，被你骗到家中。逼她母亲成婚，她母不从，投河溺死。又将翠娥卖与李万金，从中牟利。你，你认罪吗？
县太爷：（白）大胆的王小二！你逼死人命！拐骗民女，你无恶不作，来！
班　头：（白）有！
县太爷：（白）拉下去，重打四十大板！
（班头押王小二下，用刑声。一五，十，十五，二十，二十五，三十，三十五，四十。刑毕，班头押王小二复上。）
班　头：（白）启禀老爷，用刑已毕。
王小二：（白）唉哟……
李万金：（白）唉呀，老爷呀，我花了三百两银子，何罪之有。慢说十板，就是一板子我也要痛半年，只要老爷不打，我愿送老爷三百两纹银。

王小二：（白）再不打，我送五百。
县太爷：（白）三百，五百，斗拢起来八百，这都归我得。嘻嘻……
孙胡氏：（白）哼！你们这一个个好大的狗胆，青天白日，用银子贿赂我们的老爷。想我们的老爷是个大大的清官，在这城里城外，男男女女，老老少少，是哪个不知，哪个不晓得啊。就连我们的知府老爷都知道，我们的老爷为官清正。
县太爷：（白）都晓得我的？
孙胡氏：（白）我想，在这大堂之上，衙役甚多，耳目甚多，要是传到知府大人的耳朵里，说我们老爷审案受贿，哎呀！岂不要打老爷的板子吗？
县太爷：（白）唉也！
　　　　（老爷听说要打自己的板子，筛糠似地颤抖。）
孙胡氏：（白）唉呀，老爷你又没有收银子，为什么吓得成这个样子啥？
县太爷：（白）是是是的呀，衙衙役们，你们都看到的，我没有收银子吧？
衙　役：（白）是！没有收。
县太爷：（白）大胆的王小二，竟敢贿赂本官，连知府大人都知道老爷我是个大大的清官，今天我不打你的板子，知府大大人就要打我的板子。来！
衙　役：（白）有！
县太爷：（白）拉下去，给我打！
李万金：（白）哎呀，老爷呀，我们认罪！
王小二：（白）哎呀，老爷呀，我们认罪！
孙胡氏：（白）认罪？李万金！
李万金：（白）有！
孙胡氏：（白）你站了过来！
李万金：（白）喔。
孙胡氏：（白）这场官司你认不认啊？
李万金：（白）我认，我认！
孙胡氏：（白）那你对翠娥的心死了没有？
李万金：（白）死了，我早就死过心了啊。
孙胡氏：（白）滚下去！
李万金：（白）是是是。
王小二：（白）伢呀，你慢点走啊，你回去以后，莫忘了给我送牢饭。
李万金：（白）你还想吃牢饭呐？
王小二：（白）哎。
李万金：（白）来来来，老子还慢一点，一棍打死你这个小杂种。你害得我人财两空，等你回来，我还要跟你算算总账。
王小二：（白）好说，好说，回去还难得算。今天，就当着老爷的面算清楚，算是几多钱，你拿回去呀。
李万金：（白）哼！老子才不上你的当，你想要老子挨板子呀。

（李万金拄着拐杖，垂头丧气下。）

县太爷：（白）来呀！

衙　役：（白）有！

县太爷：（白）将王小二收监，退堂！

（众衙役押王小二下。）

孙胡氏：（白）唉哟，老爷呀，你看这场官司审得如何？清不清？

县太爷：（白）不不见得。

孙胡氏：（白）明不明呐？

县太爷：（白）不不见得，孙胡氏啊，这场官司要不是老爷我，你看呢？嗯！是不是，把你……啊！

孙胡氏：（白）老爷，老爷。这一百两银子送与老爷作酬谢。望老爷收下！

县太爷：（白）嗯。我不……

胡锦初、罗翠娥：（白）老爷收下。

县太爷：（白）不不要。

胡锦初、罗翠娥：（白）老爷收下。

县太爷：（白）要要不得。

众　人：（白）收下，收下，收……下。

（孙胡氏姐弟三人真诚地感谢县太爷，但不知如何表达心意，只好恭恭敬敬地向县太爷深深一揖。）

县太爷：（白）嘿，我是真不要啊！哎，你们，都回去啊！

（众衙役、县太爷摇头叹息下。）

孙胡氏姐弟三人：（同白）恭送老爷！

（孙胡氏、胡锦初、罗翠娥相互亮相。）

（幕落。）

全剧终

十四、秦雪梅吊孝

【剧情简介】

商定国昔日在朝为官,清正廉明。所生一子,取名商林。秦太师所生一女,取名秦雪梅。秦商两家门当户对,由孙相作伐,结为秦晋之好。大朝奸臣弄权,陷害商定国。商定国无奈,只好告老还乡。"屋漏又遇连夜雨,船破偏遭当头风"。不幸的是,商定国回家后,家中又遭天火之灾,原有万贯家财,一时化为乌有。夫妻商量前往秦府借银,供子商林读书。不料,秦太师目光势利,嫌贫爱富,将商定国父子撵出府外。家人将事情报之秦夫人,秦夫人命家人将商家父子追回,并留女婿在家读书。秦夫人好心送古画女婿观赏,阴差阳错,竟将女儿画像送往书房,导致女婿心猿意马。

小姐秦雪梅思念公子,趁母亲敬佛行香不在家,与丫鬟前往书房探望公子。小姐公子相互倾诉衷肠,雪梅勉励公子用心读书,望其一举成名。不会则可,一会则乱。小姐别后,商林无心攻读,日夜思念小姐芳容,患病沉疴。家人送茶公子,得知公子病情,遂报与相爷。相爷不但不请医问药,反将商林逼回家中。小姐得知,命家人送银护送商林回家。问清儿子病原后,商定国前往孙相府说明原委,望孙相重新说合,再续姻缘。孙相修书着人前往秦府,太师不允,并逼女改嫁门生陶荣。

商林病情加重,父母定计将丫鬟爱玉装扮成秦雪梅,以冲喜闹洞房。次日公子病好,圣堂攻读。爱玉送茶商林解渴,仍穿扮成秦小姐的模样。商林问明原因,顿时痰迷心窍,昏绝于地,一命归西。商府命家人送信秦雪梅,秦小姐前往商林灵前吊孝,哭得死去活来。返家后,秦小姐心灰意冷,并在绣房暗设商郎灵位,以表结发之情。太师逼女改嫁,雪梅不依,父女争执起来。丫鬟献计,让小姐暂时应允婚嫁,趁花烛之夜逃出陶府。大婚之日,小姐依计行事,逃至商家。

爱玉怀抱幼儿商辂,开门迎接秦小姐进府。秦小姐见儿思郎,痛哭一番,决意为商林守节,并同爱玉一起抚养辂儿。几年后,辂儿长大,被送往圣堂攻书。在圣堂,辂儿与学友发生口角。学友来家告状,二位母亲教训商辂。辂儿年幼无知,出言不逊,挖苦大娘。秦雪梅气极,割断机绫,昏倒在地。辂儿自知失言,悔恨交加,头顶家法乞娘责罚,两母一子痛哭流涕。经过此事,辂儿决意用心读书。大考之年,辂儿京城赴考,得中头名状元。商辂启奏圣上,陈述二位母亲抚育之苦。万岁准奏,封两母贞节府,改换门庭。自此,断机教子,万古传颂。

【剧中人物】

商定国	商　林	商夫人
爱　玉	商　辂	秦太师
秦雪梅	秦夫人	孙相爷

陶　荣	张毕正	秦官保
张　生	家　人（秦福、商望、门公等）	
翠　红（丫鬟）	宾　相	黄门官
门　官		

＊　　　　＊　　　　＊

　　　（幕启，商家客厅。商定国衣着朴素，忧伤地上。）

商定国：（引）观看杨柳，又是一春。光阴似箭，日月如梭。家中贫困，无可奈何。
　　　　（白）商定国，在朝为官，被奸贼所害，告老回家。可叹，家运不幸，遭下天火之灾。商林儿无钱读书，这……如何是好？有了，秦太师是我的故交，又是商林儿的岳父，我不免与安人商量，到秦府借银我儿攻书才是。
　　　　（唱）商定国在家中心里烦闷，　　想起了家中事长挂在心。
　　　　　　昔日里在大朝为官掌印，　　恨奸贼陷害我告老回程。
　　　　　　叹只叹遭天火家运不幸，　　商林儿又无钱攻读书文。
　　　　　　转面来我就把安人相请，　　安人妻来客堂我有话云。
　　　　（商夫人衣着补丁，不失大家风范沉稳地上。）

商夫人：（白）来了。
　　　　（唱）我适才在后面缝补衣襟，　　耳听得前堂呼喊安人。
　　　　　　将身我只得前堂走进，　　　见过了我夫君以礼相迎。

商定国：（白）安人请坐。

商夫人：（白）夫君叫出妻子有何吩咐？

商定国：（唱）安人妻不知情一旁且听，　你为夫有言来细听分明。
　　　　　　都只为商林儿圣堂来进，　　实可叹家贫穷钱无分文。
　　　　　　儿岳父秦相国家财广盛，　　我心想带娇儿他家借银。
　　　　　　因此上与安人一同商论，　　行不行去不去回答一声。

商夫人：（唱）我的夫这一言真当要紧，　我办盘费父子前去借银。
　　　　　　转面来我就把商林儿叫应，　商林儿来前堂娘有话云。
　　　　（白）商林儿哪里走来。
　　　　（商林上。）

商　林：（白）母亲一声叫，慢步到前堂。见过爹娘，孩儿这厢有礼！

商定国：（白）休要见礼，一旁打坐。

商　林：（白）谢过父母大人。孩儿告坐，不知父母大人叫出孩儿有何吩咐？

商定国：（白）我儿哪曾知道，想我家中贫困，无钱供你读书。我想带你到你岳父家前去借银，也好送儿读书才是呀。

商　林：（白）爹爹言之有理。但不知何时起程？

商定国：（白）即刻就走！
　　　　（唱）辞过了安人妻走出家门。

商　林：（唱）一心心到岳父家前去借银。
　　　　（商定国父子下。）
商夫人：（唱）有只见他父子前去借银，　　　倒让老身喜之在心。
　　　　　　　望不见父子俩内堂进，　　　　但愿得老亲家周济寒贫。
　　　　（商夫人下。）
　　　　（二幕落。）
　　　　（二幕前，郊外。商定国父子俩上。）
商定国：（唱）手带娇儿朝前奔，　　　　　　不觉到了相府门。
　　　　（白）来至相府，孩儿稍等一时。门官请了！
　　　　（秦府家人上。）
秦　福：（白）侯门深似海，不许乱人来。开开门来看，
　　　　（二幕启，秦府豪华客厅。）
秦　福：（白）啊！原来是穷秀才。你是何人到此？
商定国：（白）相烦通禀一声，只说我商定国父子过府求见。
秦　福：（白）商家父子怎么这样狼狈？稍等一时，有请相爷。
　　　　（秦太师狂傲地上。）
秦太师：（白）前堂挂古香，人称富豪强。家人，为了何事？
秦　福：（白）门外商定国父子求见！
秦太师：（白）他们是马来，还是轿来。怎样打扮？
秦　福：（白）一非马来，二非轿来。衣衫褴褛得很！
秦太师：（白）念他父子远道而来，请他们自进。
秦　福：（白）相爷传话，请你们自进。
商定国：（白）孩儿随我进来，秦兄在上，小弟参拜！
商　林：（白）岳父大人在上，小婿拜见。
秦太师：（白）念你们父子远道而来，一旁打坐。
商　林：（白）谢过岳父大人座位。
商定国：（白）谢过秦兄座位。
秦太师：（白）商亲家，你父子远道而来。有何贵干？
商定国：（白）秦兄哪曾知道，想小弟在朝为官回家。遭下天火之灾，家中贫困，孩儿无钱读书，只望年兄念在儿婿之分，借些银子孩儿攻书才是。
　　　　（唱）老相爷坐高堂用心细听，　　　你愚弟有言来细听分明。
　　　　　　　自那年在大朝两把手并，　　　时不至运不通家遭火焚。
　　　　　　　商林儿想读书家中贫困，　　　因此上带孩儿前来借银。
　　　　　　　望年兄念故交多加照应，　　　誓不忘老年兄一片恩情。
秦太师：（唱）听贤弟出此言真正笑人，　　　讲什么借银子儿读书文。
　　　　　　　这样打扮狼狈得很，　　　　　相府不比你家庭。
　　　　　　　文武百官长来往，　　　　　　身穿破衫难见人。
　　　　　　　你把公子带回转，　　　　　　多做几件好衣襟。

		就在我家来住下，	朝朝暮暮读书文。

商定国：（唱）先只说来相府把银来借，　　有谁知老相爷不肯周全。
　　　　　　他哪是叫孩儿把衣襟换，　　　分明是嫌贫穷不好明言。
秦太师：（唱）借银之事办不到，　　　　　只怪当初把友交。
　　　　　　你把孩儿带回转，　　　　　　从今不允你上我富豪。
　　　　（白）家人，将他父子赶出门去！
　　　　（秦太师气愤，傲慢地下。）
商定国：（白）相爷呀！
　　　　（唱）心中只把太师恨，　　　　　他把穷人哪里当人。
　　　　　　贫居闹市无人问，　　　　　　富在深山有远亲。
　　　　　　怒气不息回家奔……
秦　福：（唱）带住商爷且慢行。
　　　　（白）商爷不必心急，待我报知夫人知晓。有请夫人！
　　　　（秦夫人衣着华丽，慢步上。）
秦夫人：（白）门前喜鹊叫，必有贵客到。家人何事？
秦　福：（白）夫人哪曾知道，商爷父子过府求见。家爷不但不理他们，反把他们父子赶出府门。
秦夫人：（白）请他们二人入府。
秦　福：（白）商爷，我家夫人请你父子入府。
商定国：（白）参见夫人。
商　林：（白）岳母大人在上，小婿参拜。
秦夫人：（白）休要见礼，一旁打坐。
商定国：（白）谢座！
秦夫人：（白）你父子千里迢迢过府求见。为何不辞而去呢？
商定国：（白）唉，夫人哪！
　　　　（唱）想起此事心烦闷，　　　　　都只为家贫穷前来借银。
　　　　　　实指望秦相爷将弟照应，　　　有谁知富豪家不认贫亲。
　　　　　　因此上带娇儿归回家奔，　　　望夫人发慈悲周济寒贫。
秦夫人：（唱）听亲家出此言把老爷恨，　　骂声老爷太不是人。
　　　　　　门婿儿家寒贫应该照应，　　　大不该做一个爱富嫌贫。
　　　　　　转面来我就把门婿儿叫应，　　就在我家攻读书文。
商定国：（白）谢过夫人。
商　林：（白）谢过岳母大人。
商定国：（唱）多蒙夫人情高义盛，　　　　收留我儿读书文。
　　　　　　倘若到后来功名有份，　　　　不忘夫人大恩情。
　　　　　　转面来我就把孩儿叫应，　　　你为父有言来细听分明。
　　　　　　你在此读书要勤奋，　　　　　不比在家跟父亲。
　　　　　　等到金榜题名日，　　　　　　再与小姐结成婚。

		辞别夫人出府门，	凡百事还需要夫人操心。
	（白）	夫人我就告辞了。	
		（商定国不舍地下。）	
秦夫人：	（白）	亲家好走呀。家人，你将公子带至书房，改换衣帽才是。	
秦　福：	（白）	遵命！姑爷，随跟我来。	
		（家人、商林下。）	
秦夫人：	（白）	此事我不免告诉女儿才是。女儿哪里？	
		（秦雪梅、丫鬟上。）	
秦雪梅：	（白）	来了……	
	（唱）	秦雪梅在上房习绣花纹，	老母亲一声叫走出房门。
		叫丫鬟前带路客堂进，	见了老母亲礼上相迎。
	（白）	母亲在上，女儿这厢有礼。	
秦夫人：	（白）	我儿休要见礼，一旁打坐。	
秦雪梅：	（白）	谢过母亲座位，母亲唤出女儿有何训教？	
秦夫人：	（白）	我儿不曾知道，适才商家父子过府求见。你父亲不理他们，并将他们赶出府门。还要女儿另从改嫁！	
秦雪梅：	（白）	此话怎讲？	
秦夫人：	（白）	另从改嫁！	
秦雪梅：	（白）	商郎呀！	
	（唱）	听母亲出此言泪珠下滚，	恨只恨老爹爹好毒的良心。
		门婿儿家寒贫理当照应，	大不该做一个爱富嫌贫。
		转面来见母亲双膝跪定，	望母亲收商郎攻读书文。
秦夫人：	（唱）	我儿不要泪汪汪，	为娘与你作主张。
		商林现已去书房，	每日朝朝读文章。
		我儿本是千金体，	无事不能到书房。
		倘若你爹知道了，	那时候岂不是牵连为娘。
秦雪梅：	（白）	多谢母亲。	
	（唱）	多谢母亲好良心，	收留商郎读书文。
		丫鬟带路内堂进，	但愿得商郎夫一举成名。
		（秦雪梅、丫鬟下。）	
秦夫人：	（白）	女儿转到绣房。我不免叫家人出来，将这古画和香茶送至书房。让我儿好好读书才是，家人哪里走来。	
		（家人急忙上。）	
秦　福：	（白）	夫人一声叫，急忙就走到。见过夫人，为了何事？	
秦夫人：	（白）	家人，你家姑爷在我家读书你要小心侍候。	
		（秦夫人未细查看究竟，顺手就画筒内抽出一幅画卷付与家人。）	
		这有古画一张，香茶一盏，送到书房供姑爷观赏。	
秦　福：	（白）	那我遵命！	

秦夫人：（白）家人到书房，等候信回程。
（秦夫人满意地下。）
（灯暗，幕落。）
（幕启，相府书房，商林手拿书文上。）

商　林：（念）磨穿石砚，坐破寒毡。可叹家中遭寒贫，岳母收留读书文。但愿得中龙虎榜，不枉岳母一片心。
（白）小生，商林。只因家中贫困，岳父嫌贫爱富，多亏岳母收留我在她家中读书。今日天气晴和，我不免圣堂攻读一走。
（唱）时不至来运不通，　　　　　可叹家中遭困穷。
　　　岳丈贫穷他不认，　　　　　多谢岳母情义深。
　　　怀抱诗书圣堂进，　　　　　一心心到圣堂攻读书文。
（家人手拿画卷，端茶盘碗盖上。）

秦　福：（白）领了夫人命，送茶到书房。有请姑爷！
商　林：（白）门外有人请，近前问分明。家人到此何事？
秦　福：（白）姑爷，不曾知道，我家夫人怕你一人在圣堂攻读烦闷，命我送来古画一张，香茶一盏，你好好读书才是。
商　林：（白）多谢岳母大人！
秦　福：（白）姑爷，我告辞了。
（家人轻声放下古画、茶盏下。）

商　林：（白）岳母大人送来古画一张，待我观看才是。
（唱）多蒙了岳母娘情义大，　　　命家人送古画外带香茶。
　　　用手儿展古画用目观下，　　却原是一美女容貌如花。
　　　柳叶眉瓜子脸个子不大，　　樱桃口糯米牙赛过仙家。
　　　该莫是秦小姐将我牵挂，　　她怕读书人寂寞无涯。
　　　我若是与此人鸾房配下，　　胜似我进京城头戴乌纱。
　　　观古画观得心猿意马，　　　我不免到花园去观百花。
　　　提足只得花园踏，　　　　　思小姐想娇莲何日归家。
（商林心猿意马地下。）
（二幕落。）
（二幕启，秦小姐闺房。秦雪梅满怀心思，轻盈地上。）

秦雪梅：（白）罗裙扫地，绣带飘香。鸾闺声寂寞，无计度青春。想起终身事，思念有情人。奴乃秦雪梅，爹爹在朝为官，可叹，膝下无子接后。生下奴家，幼小许配商郎。先前开亲之时，两家豪富，可叹商郎家中连遭天火之灾。爹爹起了嫌贫爱富之意，母亲收留商郎在我家读书。我有心到书房一会，恐怕母亲知晓，思想起来好不烦闷人也。
（唱）秦雪梅坐绣楼心中烦闷，　　想起了终身长挂在心。
　　　自幼小与商郎青梅竹马，　　哥爱奴奴爱哥许下婚姻。
　　　有谁知商郎夫家运不幸，　　万贯的好家财被火来焚。

|||||实可恨老爹爹心肠变狠，　　　爱富贵嫌贫穷不认贫亲。
多蒙了老母亲情高义盛，　　　收商郎在圣堂攻读书文。
但愿得我的夫功名有份，　　　我的夫做高官我做夫人。
叹不尽终身事内堂来进，　　　叫丫鬟到书房去看分明。

|　　（白）丫鬟哪里？
（丫鬟快步上。）

翠　红：（白）小姐一声叫，迈步到内堂。见过小姐，唤出丫鬟所为何事？
秦雪梅：（白）丫鬟，你看太夫人在不在家，速报我知。
翠　红：（白）是！家人哪里？
（家人急上。）
秦　福：（白）翠红姐姐何事？
翠　红：（白）太夫人可在上房？
秦　福：（白）太夫人到关王庙行香去了。
翠　红：（白）家人请转内面。
（家人下。）
翠　红：（白）启禀姑娘，太夫人到关王庙行香去了。
秦雪梅：（白）有了，丫鬟你与我带路书房一走。
秦雪梅：（唱）听说是老母亲前去行香，　　　倒让我秦雪梅喜在心膀。
丫鬟带路书房往，
（二幕落。）
（秦府画廊，主仆由画廊经花园至书房。）
（二幕启，秦府书房。）
秦雪梅：（唱）慢慢走进哥的书房。
来在书房用目观望，　　　琴棋书画挂两旁。
甘罗十二为宰相，　　　　太公八十遇文王。
一一从头观到尾，　　　　不见商郎在书房。

翠　红：（白）小姐，商姑爷不在书房，不知到哪里去了？
秦雪梅：（白）只望商郎日夜攻书，谁知他不在书房，尽去玩耍，岂不是误了你的前途，我的终身么？
翠　红：（白）小姐，这有古画一张，拿去观看。
秦雪梅：（白）待我看来。哪里是什么古画？却原来是奴家容像。夫呀！
　　　　（唱）先只说商郎夫把书念上，　　　有谁知在圣堂描奴容像。
想必是商郎夫将奴思想，　　　早晚不离奴的身旁。
怕的是我的哥功名难想，　　　枉费了母女俩一片心肠。
说罢时我只得文章观望，　　　一字字二行行细看端详。
一一从头看到尾，　　　　　　一篇更比一篇强。
这文章做得好我心欢畅，　　　郎才女貌正相当。
我本当在此多来观望，　　　　怕的是老母亲行香回乡。

		转面来我就把丫鬟叫上，	回家转看夫人可曾回乡。
翠　红：	（白）	是！小姐，你要小心才是。	
		（丫鬟下，商林上。）	
商　林：	（白）	走！	
	（唱）	辞过了众学友回家奔，	来此不觉书房门。
		站在圣堂外用目观定，	只见一美人观我书文。
		好似嫦娥从天降，	该莫是秦小姐来看书文。
		提足只得书房进，	见了秦小姐礼上相迎。
秦雪梅：	（唱）	这文章看得我不想回转，	有只见一相公站在面前。
		该莫是商郎夫游玩回转，	怕的是认错人好不为难。
		你是哪家书呆子，	为何来到奴的跟前。
		父姓什来母姓什？	自己排行第几名。
		说得清楚饶你命，	一字有假难以出门。
商　林：	（白）	小姐呀！	
	（唱）	贤小姐你不要假装不认，	小生名字叫商林。
		初到此你爹不将我认，	岳母娘收留我攻读书文。
		自从家人送古画，	每日里把小姐长挂在心。
		今日里贤小姐书房来进，	好似仙女不差毫分。
		（秦雪梅确认是商林回转书房，含羞不前，欲前又止。）	
秦雪梅：	（唱）	听相公出此言欢喜一阵，	果然是商郎夫不差毫分。
		自那日我的哥书房来进，	见我夫文章好才放宽心。
		劝我的哥在书房攻书发奋，	到那时做高官我做夫人。
商　林：	（唱）	贤小姐你待我情高义盛，	怎奈是你家豪富我寒贫。
		但愿得到后来功名有份，	贤小姐你是我大恩之人。
		我若是到后来功名无份，	小姐的终身靠何人？
秦雪梅：	（唱）	商郎夫你只把宽心放稳，	你的妻有言来细听分明。
		你好比杨柳遭霜打，	待等春来又发青。
		任凭老爹爹雷天大恨，	海枯石烂不变心。
		在生不能同罗帐，	死后与哥配成婚。
商　林：	（唱）	听小姐出此言满心欢喜，	尊一声贤小姐细听端的。
		今日好比七月七，	牛郎织女会佳期。
		（秦雪梅闻言面红过耳，闺阁小姐要坐怀不乱，无奈闺训不能越轨半步。）	
秦雪梅：	（唱）	商郎你不要春心动起，	讲什么牛郎织女会佳期。
		奴本是金枝玉叶体，	官家不许绣房失。
		你我未婚先调戏，	爹娘知道定不依。
		（翠红急匆匆地上。）	
翠　红：	（白）	启禀小姐，太夫人回府。	
秦雪梅：	（唱）	我本当与商郎多把话云，	怕母亲知道了连累你身。

	丫鬟带路绣房进，	从今后莫把妹长挂在心。
	（秦雪梅、丫鬟快步地下。）	

商　林：（唱）秦小姐生得难描难画，　　　好一似仙女落在她家。
　　　　　　望不见秦小姐书房踏，　　　　但不知何日里得会与她。
　　　　　（商林魂不守舍地下。）
　　　　　（灯暗，幕落。）
　　　　　（幕启，秦小姐闺房，秦雪梅上。）

秦雪梅：（唱）秦雪梅坐绣房双眉紧锁，　　想起了商郎夫心如刀割。
　　　　　　奴好比花正开被霜打过，　　　哥比牛郎星隔断银河。
　　　　　　这几天想商郎茶饭不要，　　　这几天思商郎懒上绣阁。
　　　　　　叹不尽心腹事绣房走过，　　　但不知何日里得配丝罗。
　　　　　（秦雪梅忧郁地下，换景。秦府书房，商林心不在焉地上。）

商　林：（唱）有商林坐书房愁眉不展，　　想起了秦小姐好不安然。
　　　　　　自那日在书房相会一面，　　　每日里把小姐长挂心间。
　　　　　　想小姐想得我天旋地转，　　　想小姐想得我懒读圣贤。
　　　　　　提足只得书房撵，　　　　　　要想相会梦里团圆。
　　　　　（家人送茶上。）

秦　福：（白）领了夫人命，送茶到圣堂。来至书房，相公请用茶，相公请用茶！唉呀，我叫了大半天，他还在打瞌睡。待我再叫一声，相公醒来呀！

商　林：（白）哎呀！小姐啊……

秦　福：（白）我不是小姐，我是家人呐。

商　林：（白）家人？你到此何事？

秦　福：（白）夫人叫我送茶与你呀。

商　林：（白）我这几天身体有病，粒米未沾，你与我回去告之太夫人知道。

秦　福：（白）唉，你这个人，消福不起。多蒙太夫人收留你在此读书，你又病了。你真是穷人无福呀，哎，你莫等风吹了，待我扶你进去。

商　林：（白）多谢家人。
　　　　　（商林弱不禁风地由家人扶下，家人复上。）

秦　福：（白）商姑爷病了，这……待我报知相爷知道。回家一走，有请相爷！
　　　　　（秦太师上。）

秦太师：（白）家人一声请，近前问分明。家人报者何事？

秦　福：（白）启禀相爷，商姑爷在书房身得重病。

秦太师：（白）哈哈……就有这等？哈哈……

秦　福：（白）相爷你笑什么呢？

秦太师：（白）家人哪里知道，想这穷鬼在此读书。老夫我也是无可奈何呀，今天他身得重病。正好趁此机会将他赶出府门！家人带路书房一走。
　　　　（唱）听说是小奴才身得重病，　　趁此机会好赶出门。
　　　　　　家人带路书房进，　　　　　你与我请姑爷我有话云。

　　　　　　（白）到了书房，你与我请出商姑爷。
秦　　福：（白）有请商姑爷！
　　　　　　（商林病态上。）
商　　林：（白）门外一声叫，想必是小姐到。待我开门来？
秦　　福：（白）你要小心才是，你的岳父大人前来看你。
商　　林：（白）原来是岳父大人到此。小婿参拜！
秦太师：（白）罢了，你与我一旁打坐。观你这等模样，该莫是病了？
商　　林：（白）正是病了。
秦太师：（白）唉！我儿得病，在此多有不便。你父母在家又不知道，必定思念娇儿。依我之见，我儿还是回家养病。等病好了之后，再来我家读书不迟。不知贤婿意下如何？
商　　林：（白）岳父大人呐！
　　　　　　（唱）听岳父出此言我心暗想，　　　分明是用好言哄我商林。
　　　　　　　　　他哪是叫回家怕我父母盼望，　分明是嫌贫爱富另选才郎。
　　　　　　　　　莫奈何辞岳父回家往，　　　　一心心回家转看望爹娘。
　　　　　　（白）岳父大人，小婿告辞了。
　　　　　　（商林心灰意冷，扬长而去。）
秦太师：（白）贤婿好走。
　　　　　　（唱）只见小奴才归回家往，　　　　正中了老夫我腹内机关。
　　　　　　　　　奴才今日回家转，　　　　　　改日将女儿另选才郎。
　　　　　　（白）家人，商姑爷得病回家，此事千万不能让小姐知道。
　　　　　　（秦太师得意下。）
秦　　福：（白）那我遵命！哎呀，我家相爷今日将商姑爷赶出相府。他命我不能告诉小姐知道，我家小姐与姑爷一个有心，一个有意，一个情投，一个意合。我家姑爷今日回家，身无分文，怎么回去呢？我不免速报小姐知道。
　　　　　　（二幕落。）
秦　　福：（白）绣楼一走，有请小姐。
　　　　　　（二幕启，秦小姐闺房。）
　　　　　　（秦雪梅惊慌地上。）
秦雪梅：（白）肉跳心惊，坐卧不宁。家人为了何事？
秦　　福：（白）哎呀，小姐。大事不好了，我家相爷将姑爷赶出相府！
秦雪梅：（白）你在怎讲？
秦　　福：（白）我家相爷将姑爷赶出相府！
秦雪梅：（白）哎呀！商郎呀……
　　　　　　（唱）心中只把爹爹恨，　　　　　　大不该将商郎撵出门。
　　　　　　　　　这到他家路远不近，　　　　　好汉无钱路远难行。
　　　　　　　　　家人转为将我等，
　　　　　　（秦雪梅下，取银子上。）

我拿银子哥回家门。
秦雪梅：（白）家人，这有银子一锭，拿与姑爷作路费。
（秦雪梅付银，家人接银介。）
商姑爷必走大路，你走小路赶上姑爷，送他回家。叫他多多保重身体才是。
秦　福：（白）是！那我知道。
（家人急下。）
秦雪梅：（哭）商郎呀！
（唱）有只见商郎返回家门，　　　倒让我秦雪梅好不伤心。
先只说我的哥功名有份，　　　有谁知狠心爹赶哥出门。
将身我只得绣房进，　　　　　见过了老母亲细说分明。
（秦雪梅边擦泪边下。）
（幕落。）
（前幕启，郊外。天空乌云翻滚，北风呼啸，商林踉跄上。）
商　林：（唱）心中只把岳丈恨，　　　　大不该将商林赶出府门。
我一人出门来大不要紧，　　　秦小姐在绣房她怎知情。
撞撞跌跌朝前奔……
（家人急忙上。）
秦　福：（白）商姑爷慢走啊！
商　林：（唱）后面呼喊好像是家人。
（白）后面何人呼喊，待我慢走。啊！原来是家人，家人到此何事？
秦　福：（白）姑爷哪曾知道，我家小姐怕你身体有病，行路不便，命我送来银子一锭。叫我送你回家！
商　林：（白）哎！小姐呀。
（唱）多蒙小姐情高义盛，　　　着家人送银子外带送人。
家人搀扶我朝前奔，
（商林、家人圆场。）
来此不觉至家门。
站之在家门外一声相请，　　　请一声二爹娘孩儿回程。
商　林：（白）家人请回，路上小心。
秦　福：（白）姑爷保重，告辞！
（家人回转秦府。）
商　林：（白）孩儿拜请爹娘。
（二幕启，商府客厅，商定国、商夫人上。）
商定国：（白）我儿读书文，
商夫人：（白）未见转回程。
商定国：（白）我儿回来了？
商　林：（白）孩儿拜请爹娘！

商夫人：（白）儿呀！
　　　　（唱）我的儿去读书喜从天降，　　　　到如今好人去病人回乡。
　　　　　　　我的儿转为客堂坐上，　　　　　你就把得病事细说端详。
商　林：（白）爹娘呀！
　　　　（俗话说，娇儿见爹娘，无事哭一场。商林满腹委屈，见了父母不禁眼泪盈眶，倾诉得病经过。）
　　　　（唱）二爹娘坐客堂容儿诉讲，　　　　你孩儿有言来禀告爹娘。
　　　　　　　自那日到秦家圣堂来上，　　　　你孩在圣堂苦读文章。
　　　　　　　儿到相府半年以上，　　　　　　并没有见过雪梅姑娘。
　　　　　　　那一日你孩儿大街来上，　　　　秦小姐来书房看儿文章。
　　　　　　　一来一往衷肠话讲，　　　　　　果然是结发妻来到书房。
　　　　　　　见小姐人品好生得漂亮，　　　　樱桃口糯米牙赛过雪霜。
　　　　　　　自从见了小姐面，　　　　　　　每日里把小姐挂在心上。
　　　　　　　想小姐想得茶饭不想，　　　　　因此上得相思病倒木床。
　　　　　　　老岳丈见孩儿身体不爽，　　　　嫌贫爱富逼儿回乡。
商夫人：（唱）听我儿诉衷肠病情来讲，　　　　却原是想小姐得病回乡。
　　　　　　　先只说读诗书功名往上，　　　　有谁知小奴才贪恋娘行。
　　　　　　　我家贫穷他豪强，　　　　　　　我的儿似乌鸦怎配凤凰。
商定国：（唱）安人妻你不要这等话讲，　　　　你为夫有言来细听端详。
　　　　　　　月老红媒孙宰相，　　　　　　　他能与儿作主张。
　　　　　　　此一番你为夫他家一往，　　　　去找媒人细说商量。
　　　　（白）夫人，你要好好地调养孩儿，我到孙府一走。
商夫人：（白）老爷呀！
　　　　（唱）听老爷出此言差错得很，　　　　讲什么到他家去找媒人。
　　　　　　　他们豪富我贫困，　　　　　　　怕的是老红媒不认贫亲。
商定国：（唱）老安人讲什么不找媒人，　　　　我有言来你是听。
　　　　　　　典卖田园请中人，　　　　　　　婚姻不正问媒人。
　　　　　　　孙人人在朝为官掌印，　　　　　他本是秦小姐月老媒人。
　　　　　　　辞别安人出府门，　　　　　　　到孙府找月老说人情。
　　　　（商定国气冲冲地下。）
商夫人：（唱）有只见我老爷孙府家奔，　　　　倒让老身纳闷在心。
　　　　　　　望不见老爷内堂进，　　　　　　但愿得孙相爷说个人情。
　　　　（商夫人扶商林下。）
　　　　（二幕落。）
　　　　（二幕启，商定国匆匆地上。）
商定国：（白）行来三步远，不觉来到孙相门前。有请门公！
　　　　（门公上。）
门　公：（白）门外有人叫，想是贵客到。你是何人到此？

商定国：（白）相烦门公，与我通报一声，只说商定国求见。
门　公：（白）候站一时，启禀相爷！
（二幕启，孙相爷豪华客厅。文房四宝应有尽有，孙相爷上。）
孙相爷：（白）昨夜灯花双结彩，今日必有贵客到。门公为了何事？
门　公：（白）启禀相爷，商老爷过府求见。
孙相爷：（白）啊，原来是商老爷过府，门公请他进府。
门　公：（白）商老爷，我家相爷请你进府。
商定国：（白）参见相爷。
孙相爷：（白）休要见礼，一旁打坐。商兄到此何事？
商定国：（白）相爷你就听到。
　　　　（唱）孙相爷坐客堂容我诉禀，　　　　商定国有言来细听分明。
　　　　　　　昔日里在朝中为官掌印，　　　　被奸贼陷害我告老回程。
　　　　　　　有谁知回家转家运不幸，　　　　万贯家财被火来焚。
　　　　　　　商林儿他心想读书发奋，　　　　实可叹家贫穷钱无分文。
　　　　　　　在家中与安人家事商论，　　　　因此上带娇儿秦府借银。
　　　　　　　有谁知儿岳丈不将儿认，　　　　他将我父子俩赶出府门。
　　　　　　　多蒙了儿岳母情高义盛，　　　　收留儿在他家攻读书文。
　　　　　　　我的儿在他家攻书发奋，　　　　秦小姐到书房看儿书文。
　　　　　　　见小姐生得好儿心振奋，　　　　每日里将小姐记挂在心。
　　　　　　　自从见了小姐面，　　　　　　　我儿得病上了身。
　　　　　　　秦亲家见此事良心不正，　　　　贪富贵嫌贫穷另选高门。
　　　　　　　秦小姐与我儿相爷媒证，　　　　愿老爷过相府再说婚姻。
孙相爷：（白）原来如此，商兄暂且回去，待我修书一封秦太师。看他意下如何？
商定国：（白）多谢相爷！
（商定国忐忑下。）
孙相爷：（白）秦仲玉起下了嫌贫爱富之心，这也难怪。我不免修书一封，劝他一番。
（孙相爷上书案磨墨修书。）
　　　　（唱）上写着拜上拜上多拜上，　　　　拜上了秦仲玉细看端详。
　　　　　　　在朝中我三人同把国事掌，　　　　秦商两家八拜焚香。
　　　　　　　那时候你也曾把话来讲，　　　　你女儿许商林到老洞房。
　　　　　　　商定国在朝中为官清正，　　　　被奸贼来陷害告老回程。
　　　　　　　回家转遭天火家运不幸，　　　　商林无钱攻读书文。
　　　　　　　他也曾去你家把银来借，　　　　秦仁兄你不该赶他出门。
　　　　　　　多蒙了老夫人情高义盛，　　　　收留商林攻读书文。
　　　　　　　多蒙了秦小姐情意深，　　　　她也曾带丫鬟看望书生。
　　　　　　　商林在你家攻书发奋，　　　　有谁知身得病你赶他出门。
　　　　　　　商定国来我家婚姻议论，　　　　昔日的媒人再说婚姻。
　　　　　　　昔日里薛平贵家单贫困，　　　　王宝钏到后来正宫娘身分。

　　　　　　　　还望年兄多思忖，　　　　　但愿相爷准人情。
　　　　（白）家人哪里？
　　　　（家人上。）
家　人：（白）见过相爷。有何吩咐？
孙相爷：（白）这有书信一封，秦相府投落。
家　人：（白）相爷吩咐我，怎敢不用心。
　　　　（家人持信下。）
孙相爷：（白）这才是，贫居闹市无人问，富在深山有远亲。
　　　　（孙相爷摇头叹息下。）
　　　　（二幕落。）
　　　　（二幕前，家人上。）
家　人：（白）领了相爷命，前来下书文。行行去去，去去行行。到了相府，门上哪位？
　　　　（秦福上。）
秦　福：（白）府门深似海，不许乱人来，开开门来看？
　　　　（二幕启，秦相府豪华客厅。）
秦　福：（白）啊，原来是舅子来。
家　人：（白）你家姐夫来！
秦　福：（白）放你的狗屁！
家　人：（白）咦，好臭！你家的相爷竟在何所？
秦　福：（白）现在内堂。
家　人：（白）我家孙老爷有书信一封，拿与你家相爷观看。与我通禀一声！
秦　福：（白）原来如此，稍等一时，有请相爷！
　　　　（秦太师上。）
秦太师：（白）家人一声请，近前问分明。家人何事？
秦　福：（白）孙府有书信前来。
秦太师：（白）啊，叫他书先进，人后进，人转后堂受过官待，吃茶，马台打坐。
秦　福：（白）书信递过。
　　　　（家人递过书信下。）
秦太师：（白）孙府修书前来，不知为了何事？待我拆开观看便知明白可……啊！原来是为了秦商两家婚事。老夫主意已定，决定退掉这门婚事。秦福你对来人说明，秦商两家婚姻之事，以后休来见我。
　　　　（秦仲玉气愤地下。）
秦　福：（白）孙府来人。
　　　　（孙相府家人上。）
家　人：（白）你家老爷怎样发落？
秦　福：（白）我家相爷讲道，秦商两家婚姻之事，以后少提就是。
家　人：（白）唉呀，商姑爷现在身得重病，命在旦夕，相爷决定退婚。你看如何是好？
秦　福：（白）你我二人想一想，有了，我家小姐还不知道。你经过花园，到绣楼，报与小姐知道。看她意下如何？
(秦福摇头下。)

家　　人：（白）此计甚好。绣楼一走！
(家人经花园，上绣楼敲门介，翠红上。)

翠　　红：（白）何人敲门？
(翠红，开门介。)

翠　　红：（白）你是何人到此？

家　　人：（白）我乃是孙府家人，有要事禀报小姐！

翠　　红：（白）稍等一时，有请小姐！
(秦雪梅忧心忡忡，愁眉不展上。)

秦雪梅：（白）翠红一声请，近前问分明。翠红为了何事？

翠　　红：（白）孙府家人到此。

秦雪梅：（白）竟在何所？

翠　　红：（白）就在外面。

秦雪梅：（白）叫他见过与我。

翠　　红：（白）孙府家人，小姐叫你进来。

家　　人：（白）见过小姐，这厢有礼。

秦雪梅：（白）家人到此何事？

家　　人：（白）小姐不曾知道，商公子回家病情加重。我家相爷修书一封，前来你家求婚。你爹决不应允，还要将你另选高门大户，特此报知小姐知道。

秦雪梅：（白）家人你暂且退下。
(孙府家人回府，翠红下。)

秦雪梅：（白）唉呀，商郎呀！有谁知商郎回家病情一日沉重一日，如何是好？有了，我不免修书一封，相劝我郎一番才是。

（唱）听说是商郎夫病倒木床，　　　倒让我雪梅女泪洒胸膛。
　　　将身只得书位上，　　　　　磨动了香花墨修书一张。
　　　上写着小奴家顿首拜上，　　　拜上了商郎夫细看端详。
　　　自幼小与郎君情深交往，　　　哥爱奴奴爱哥巧配鸳鸯。
　　　恨爹爹嫌贫穷良心尽丧，　　　恨爹爹将商郎逼赶回乡。
　　　劝商郎回家转莫将妹想，　　　劝商郎回家转苦读文章。
　　　劝商郎烦闷时东游西荡，　　　切不可将小妹挂在心旁。
　　　哪怕是老爹爹百般阻挡，　　　你的妻决不让另选才郎。
　　　好马不吃回头草，　　　　　烈女不嫁二夫郎。
　　　在生不能同罗帐，　　　　　来世与哥配成双。
　　　劝商郎把病安心调养，　　　等商郎病体好再读文章。
　　　但愿得我的夫功名往上，　　　功成年你恩我爱结成双。
　　　一封书写完成封皮封上，　　　叫声秦福速来绣房。

（白）秦福哪里走来！

　　　　　　（秦福急上。）
秦　福：（白）见过小姐，有何吩咐？
秦雪梅：（白）这有书信一封，前往商家付与姑爷。
秦　福：（白）那我遵命！
　　　　　　（秦福持信下。）
秦雪梅：（白）商郎呀！
　　　　（唱）有只见秦福走出门外，　　　　倒让我雪梅女泪洒胸怀。
　　　　　　　将身只得绣楼踩，　　　　　　但愿得商郎夫早离病灾。
　　　　　　（秦雪梅极度伤感地下。）
　　　　　　（幕落。）
　　　　　　（前幕启，二幕前。郊外，秦福上。）
秦　福：（唱）在家中领却了小姐言命，　　他叫我到商家去下书文。
　　　　　　　大步行程来得快，　　　　　　不觉来到商家门。
秦　福：（白）有请商爷！
　　　　　　（二幕启，商府客厅，商定国上。）
商定国：（白）门外一声请，近前看分明。你是哪位，到此何事？
秦　福：（白）我乃秦府秦福，我家小姐有书信一封，拿与姑爷观看。
商定国：（白）多谢小姐。
秦　福：（白）告辞了。
　　　　　　（秦福下。）
商定国：（白）有劳安人，将娇儿扶上堂来。
　　　　　　（商夫人扶商林上。）
商夫人：（白）娇儿得了病，叫娘常挂心。老爷何事？
商定国：（白）商林我儿，秦小姐有书信在此，我儿拿去观看。
商　林：（白）啊！秦小姐修书前来，待我拆开观看。
　　　　（唱）用手拆开信用目观望，　　　　信中出现女娇娘。
　　　　　　　上写着秦雪梅多多拜上，　　　拜上商郎细看端详。
　　　　　　　不看之时还有可，　　　　　　看后犹如雪上又加霜。
　　　　　　　开言就把爹娘请上，　　　　　孩儿有言听端详。
　　　　　　　要想孩儿病体爽，　　　　　　除非小姐配成双。
商定国：（唱）我儿莫把雪梅想，　　　　　　想成病害成痨无有药方。
　　　　　　　倘若有了长和短，　　　　　　商家断了世代香。
　　　　（白）夫人，将娇儿扶到后房养病才是。
商夫人：（白）是，我儿转到后房休息。
　　　　　　（商林病快快下。）
商定国：（白）夫人转来。
商夫人：（白）转来何事？
商定国：（白）你我年已半百，只有这一脉后代。眼看孩儿危在旦夕，你看如何是好？

商夫人：（白）老爷。我有一计，我家丫鬟爱玉，生得也不错。命她前来，打扮成小姐模样。只说秦小姐到此，与儿冲喜，洞房花烛，也许病情好转。你看如何？
商定国：（白）夫人言之有理。此事还要同爱玉商量，爱玉哪里走来。
（爱玉手弹灰尘上。）
爱　玉：（唱）爱玉女在商家一十八载，　　　每日里烧茶水擦桌点台。
　　　　　　　到客堂见老爷躬身下拜，　　　　我老爷唤丫鬟事为何来？
　　　　（白）见过老爷、安人，唤出丫鬟，有何吩咐？
商夫人：（白）爱玉哪曾知道，只因你家公子为了秦小姐，身患重病。心想叫你打扮成秦小姐模样，与公子冲喜洞房。那时再不用主仆相称，今后，你就是我家的儿媳了。不知你意下如何？
爱　玉：（白）安人说哪里话，想我来在你家，你待我爱玉恩重如山。那有何不可。
商定国：（白）夫人，将爱玉带到后房梳妆打扮，与孩儿冲喜洞房就是了。
商夫人：（白）爱玉带路。
爱　玉：（白）随跟我来。
（爱玉忧喜交加，同商夫人下。）
商定国：（白）移花接木医治病，但愿大事能功成。
（商定国下，商林昏昏沉沉地上。）
商　林：（唱）有商林睡木床头昏脑涨，　　　秦小姐好一似催命阎王。
　　　　　　　蜜蜂采花花心丧，　　　　　　蚕吐丝丝搏茧自作自殃。
　　　　　　　叹不尽心腹事木床靠上，　　　怕的是今夜晚命不久长。
（爱玉打扮秦小姐模样上。）
爱　玉：（唱）为公子打扮成小姐模样，　　　无奈何将自身配合商郎。
　　　　　　　但愿得商公子病体快爽，　　　爱玉女到后来终身有光。
　　　　　　　到病房见公子木床靠上，　　　胜似我小奴家拜佛拈香。
　　　　（白）公子醒来。
商　林：（唱）我适才想小姐梦中睡醒，　　　耳旁边有听得口叫连声。
　　　　　　　用手儿睁昏花用目观定，　　　却原是秦小姐来到此今。
　　　　　　　好似嫦娥从天降，　　　　　　好似仙女下凡尘。
　　　　　　　小姐今夜来到此，　　　　　　一重情报九重恩。
爱　玉：（唱）相公不要这等话讲，　　　　　奴家有言细听端详。
　　　　　　　自那日书房来相会，　　　　　我的夫身得病转回家乡。
　　　　　　　今日与哥来相会，　　　　　　但愿得我的夫早日安康。
商　林：（唱）多蒙小姐病房探望，　　　　　我为小姐病倒木床。
　　　　　　　今日得见小姐面，　　　　　　好似织女会牛郎。
　　　　　　　手挽小姐后房往，　　　　　　夫妻二人配鸳鸯。
　　　　（白）小姐请！
（商林同爱玉挽手下。）
（次日商林病消，精神气爽，十分高兴地上。）

商　　林：（唱）昨夜晚与小姐鸾房交枕，　　　　　　十分病儿已好了九分。
　　　　　　　　抖擞精神书房进，　　　　　　　　　　一心心到书房苦读书文。
　　　　　　（爱玉仍着秦小姐装扮，羞愧地上。）

爱　　玉：（唱）为公子爱玉我张冠李戴，　　　　　　羞得我爱玉女难把头抬。
　　　　　　　　用手儿端香茶书房来踩，　　　　　　见公子坐书房愁眉展开。

爱　　玉：（白）公子吃茶，公子请喝茶……

商　　林：（白）多谢小姐。
　　　　　　（唱）用手儿接香茶用目观望，　　　　　　此女子绝不是雪梅姑娘。
　　　　　　　　倘若是秦小姐亲来圣堂，　　　　　　为什么今日里她不回乡。
　　　　　　　　该莫是二爹娘将我诓，　　　　　　　好一似爱玉妹冲喜洞房。
　　　　　　　　快快真言对我来讲，　　　　　　　　到如今事临头讲也无妨。

爱　　玉：（白）相公呀……
　　　　　　（唱）相公夫你不要将我埋怨，　　　　　　到如今埋怨我也是枉然。
　　　　　　　　都只为相公夫病体好转，　　　　　　爱玉女扮小姐配合姻缘。
　　　　　　　　昨夜晚配佳偶心甘情愿，　　　　　　望相公收浮云现出晴天。
　　　　　　（商林确认爱玉冲喜，旧病复发，更加严重。）

商　　林：（白）唉呀！果然是爱玉妹前来冲喜，爹娘呀，你害苦了我哇！
　　　　　　（唱）一霎时不由人头昏脑晕，　　　　　　尊一声爱玉妹细听分明。
　　　　　　　　二老年高要你照应，　　　　　　　　家中的大小事要你担承。
　　　　　　　　纵然是天仙女难治我病，　　　　　　会不到秦小姐活命不成。
　　　　　　　　与我请出双父母，　　　　　　　　　离别话儿说几声。
　　　　　　（白）唉！小姐呀……

爱　　玉：（喊）老爷，夫人快来呀！
　　　　　　（商定国、商夫人、商望急忙上。）

商定国：（白）爱玉，为了何事？

爱　　玉：（白）大事不好！

商定国、商夫人：（白）怎见得？

爱　　玉：（白）相公病情加重了。

商定国、商夫人：（白）儿呀！商林儿醒来……

商　　林：（唱）一霎时不由人死而未丧，　　　　　　睁昏花有只见一双爹娘。
　　　　　　　　空养孩儿十八载，　　　　　　　　　不能负担二老爹娘。
　　　　　　　　儿为雪梅把命丧，　　　　　　　　　风前纸烛瓦上霜。
　　　　　　　　开言就把雪梅叫，　　　　　　　　　切莫埋怨无义郎。
　　　　　　　　有志在家也更好，　　　　　　　　　另行改嫁也无妨。
　　　　　　　　阎王注定三更死，　　　　　　　　　并不留人到五更。
　　　　　　　　一口鲜血往上涌，　　　　　　　　　无常一到万事休罢。
　　　　　　（商林鲜血上涌，一命呜呼。众人见状，捶胸顿足，号啕大哭。）

商定国、商夫人：（哭）儿喂……

爱　玉：（哭）唉！夫喂……
商定国：（唱）只见我儿丧了命，　　　　　　好似狼牙箭穿心。
　　　　　　　黄叶不落落青叶，　　　　　　白头人送黑头人。
　　　　　　　我儿一死不要紧，　　　　　　丢下二老靠何人？
　　　　（白）商林！我儿。罢了！
　　　　（唱）开言就把爱玉叫，　　　　　　快到后面安设血灵。
爱　玉：（哭）唉，夫喂……
商夫人：（哭）唉，儿喂……
　　　　（商夫人、爱玉痛哭下。）
商定国：（白）商望，你与我送信秦家，你只说我儿一命身亡。
商　望：（白）那我遵命！
　　　　（商望伤心摇头下。）
商定国：（白）商林！唉，儿啊……
　　　　（商定国老泪纵横，极度伤心地下。）
　　　　（二幕落。）
　　　　（郊外，秋风扫落叶，孤雁哀鸣，一片凄凉景象。商望急上。）
商　望：（白）领了家爷命，送信到秦门。行行去去，去去行行，不觉到了秦府。我不免从花园经过，送信小姐知道，看小姐怎样发落。分析有理，绣楼一走。拜请小姐！
　　　　（二幕启，秦府小姐闺房。秦雪梅忧心忡忡地上。）
秦雪梅：（白）肉颤心惊，坐卧不宁。商望你慌慌忙忙来到我家，为了何事？
商　望：（白）小姐大事不好，商公子今早一命身亡！
秦雪梅：（白）你在怎讲？
商　望：（白）一命身亡！
秦雪梅：（白）唉呀，不好了！
　　　　（秦雪梅闻听噩耗，泪如泉涌。）
　　　　（唱）忽听商望报一信，　　　　　　不觉浑身冷汗淋。
　　　　　　　花开花谢年年有，　　　　　　花谢人亡两不知。
　　　　　　　哭一声商郎夫黄泉路等，　　　等只等你的妻一路同行。
商　望：（白）小姐不要啼哭，相公一死，不能复生。你若念结发之情去我家吊香才是？
秦雪梅：（白）商望你先回去，待我禀告爹娘前去吊香。
商　望：（白）是！
　　　　（商望含泪下。）
　　　　（换景，秦府客厅。）
秦雪梅：（哭）唉，夫啊……
　　　　（唱）听说是商郎夫黄泉命丧，　　　倒让我雪梅女泪落两行。
　　　　　　　先只望我的哥功名往上，　　　哪知道我的哥为奴身亡。
　　　　　　　转面来我就爹娘请上，　　　　商量好爹和娘前去吊香。

　　　　　　（白）女儿拜请一双爹娘。
　　　　　　（换景，秦府客厅。）
　　　　　　（秦仲玉、秦夫人上。）
秦仲玉、秦夫人：（白）我儿一声请，近前问分明。
秦雪梅：（白）爹娘在上，女儿拜揖。
秦仲玉、秦夫人：（白）休要见礼，一旁打坐。
秦雪梅：（白）谢座。
秦太师：（白）我儿不在绣楼习绣，请出爹娘所为何事？
秦雪梅：（白）爹娘呀！
　　　　（唱）二爹娘坐客堂容儿诉讲，　　　孩儿有言禀告爹娘。
　　　　　　　适才间有商望送信来讲，　　　他讲道商郎夫一命身亡。
　　　　　　　商郎夫为孩儿把命丧，　　　　我心想到他家前去吊香。
　　　　　　　请出了二爹娘一同商量，　　　行不行去不去请作主张。
秦太师：（笑）哈……蠢材呀！
　　　　（唱）听女儿出此言一派胡讲，　　　讲什么到他家前去吊香。
　　　　　　　商林奴才把命丧，　　　　　　与我秦家有何妨。
　　　　　　　你为父在朝为宰相，　　　　　无亲无故怎吊香。
　　　　　　　蠢材今日他家往，　　　　　　堂堂相府也无光。
秦夫人：（白）相爷呀！
　　　　（唱）开言来我就把相爷骂上，　　　骂声老爷好毒的心肠。
　　　　　　　开亲时在朝中两家为相，　　　你将女儿许配商郎。
　　　　　　　女婿今日把命丧，　　　　　　你我怎能不心伤。
　　　　　　　枉费在朝为宰相，　　　　　　天理良心全丢光。
秦太师：（唱）夫人不要这般话讲，　　　　　我有言来听端详。
　　　　　　　这是奴才寿命短，　　　　　　怎怪老夫丧天良。
　　　　　　　女儿吊香他家往，　　　　　　堂堂相府无有光。
　　　　　　　哪个敢到他家往，　　　　　　老夫要他一命亡。
秦雪梅：（白）爹爹呀！
　　　　（唱）老爹爹且息怒容儿诉讲，　　　你女儿有言来细听端详。
　　　　　　　自幼小配商郎爹爹所讲，　　　老爹爹嫌贫穷改变心肠。
　　　　　　　商郎夫在我家借读书房，　　　我也曾带丫鬟去看文章。
　　　　　　　见商郎文章好儿心欢畅，　　　商郎病爹爹你赶他回乡。
　　　　　　　商郎无奈回家往，　　　　　　想女儿得相思病倒木床。
　　　　　　　他也曾命家人绣楼来往，　　　你女儿修书信相劝商郎。
　　　　　　　先只说修书信劝他病爽，　　　有谁知看书信雪上加霜。
　　　　　　　商郎他今把命丧，　　　　　　前世烧了断头香。
　　　　　　　老爹爹依儿他家往，　　　　　若不依，爹爹呀，女儿碰死在高堂！
秦太师：（白）罢了，你要前去吊香，要依为父三件！

秦雪梅：（白）爹爹，头一件你就讲来。
秦太师：（白）头一件，不准你身着孝服！
秦雪梅：（白）第二件？
秦太师：（白）不许你在路上啼哭！
秦雪梅：（白）第三件？
秦太师：（白）三么，早去，早回。
秦雪梅：（白）女儿件件依从。
秦太师：（白）女儿，你一人前去多有不便，我命秦福与你一同前往。夫人带领女儿到后面备办香烛纸炮便是。
秦夫人：（白）女儿带路。
秦雪梅：（白）母亲……
　　　　　（秦夫人、秦雪梅下。）
秦太师：（白）秦福哪里？
　　　　　（秦福上。）
秦　福：（白）家爷一声叫，急忙就走到。老爷唤出老奴有何吩咐？
秦太师：（白）秦福你带小姐前往商家吊香，要早去早回。
秦　福：（白）那我遵命。
　　　　　（秦福下。）
秦太师：（笑）哈……
　　　　　（唱）蠢材生来多倔犟，　　　　要到商家去吊香。
　　　　　　　　好歹依从她一趟，　　　　改日将她另许才郎。
　　　　　（秦仲玉满意地下。）
　　　　　（幕落。）
　　　　　（幕启，二幕前。郊外，天空乌云密布，朔风透骨，树叶凋零，大雁南归。秦雪梅、秦福提香篮上。）
秦雪梅：（唱）叫秦福你与我前把路引，　　你小姐有言来细听分明。
　　　　　　　心中只把爹爹来恨，　　　　大不该做一个爱富嫌贫。
　　　　　　　商姑爷为奴家丧了性命，　　我岂能在人间苟且偷生。
　　　　　　　开言来我就把秦福叫应，　　你小姐有言来细听分明。
　　　　　　　回家转我爹将你来问，　　　你就说三件事不差毫分。
秦　福：（唱）我小姐叮嘱我小人遵命，　　世哪有为奴仆不听主人。
　　　　　　　倘若回家老爷动问，　　　　我只说三件事件件照行。
　　　　　　　行来在商家门一旁站定，　　请一声商伯母小姐来临。
　　　　　（白）有请伯母！
　　　　　（二幕启，商府客堂，商夫人痛哭上。）
商夫人：（哭）儿哇……门外有人请，近前问分明。秦福到此何事？
秦　福：（白）商夫人，我家小姐前来吊香。
商夫人：（白）你家小姐现在何所？

秦　福：	（白）	现在门外。	
商夫人：	（白）	待我观看。	
秦雪梅：	（白）	那厢该是伯母？	
商夫人：	（白）	那厢该是秦小姐？唉，儿哇……	
	（唱）	一见小姐泪水淌，	尊声小姐听端详。
		我儿为你把命丧，	我商家就此断烟香。
秦雪梅：	（唱）	有只见伯母娘极度伤心，	倒让秦雪梅愧疚无声。
		开言就把伯母问，	商郎夫他一死可设血灵？
	（白）	伯母，商郎一死，可设血灵？	
商夫人：	（白）	设在内堂。	
秦雪梅：	（白）	秦福，带路灵堂。	

（二幕启、商林灵堂。白幡素帏，商林遗像栩栩如生。秦福跪地上摆供果，焚香、化纸、放炮、三叩拜。）

秦雪梅：	（哭）	商郎！我夫，唉，哥喂……
商夫人：	（哭）	商林！我儿，唉，儿喂……
秦雪梅：	（白）	秦福，你将伯母扶到后房歇息。待我痛哭一番才是。

（秦福扶商夫人下。）

秦雪梅：	（叫头）	商郎！我夫，唉，夫喂……	
	（唱）	见血灵不由人泪珠滚滚，	哭一声商郎夫我的夫君。
		曾记得到我家前来借银，	老爹爹不认夫爱富嫌贫。
		多蒙了老母亲情高义盛，	谎爹爹请先生哥习五经。
		自那日带丫鬟书房来进，	见我夫文章好喜煞妹心。
		哥爱奴奴爱哥婚姻扣准，	我二人在书房诉表衷情。
		悔不该到书房游玩散闷，	一霎时惹得哥得病回程。
		恨爹爹做的事太过心狠，	见商郎身得病撵赶出门。
		我的哥回家转病上加病，	并没有好良药治疗病根。
		先只说修书信劝哥散闷，	有谁知哥见信一命归阴。
		在家中与爹爹两下争论，	许你妹三件事来悼哥灵。
		这灵前摆满了各类果饼，	商郎夫你不吃所为何情。
		哭一声商郎夫黄泉路等，	等只等你的妻同见阎君。
秦雪梅：	（哭）	夫呀……	

（秦雪梅伤心过度，晕倒灵前。爱玉急上。）

爱　玉：	（白）	小姐醒来……	
秦雪梅：	（哭）	夫呀……	
	（唱）	一霎时哭得我死而未丧，	三魂渺渺又转还阳。
		用手儿揉昏花用目观望，	却原是一女子立站灵堂。
		开言来我就把女子问上，	你到灵堂事为哪桩？
爱　玉：	（白）	小姐呀……	

爱　玉：	（唱）	秦小姐问得我无有话讲，	问得我爱玉面放红光。
		爱玉丫鬟就是我，	侍奉夫人在高堂。
		公子见了小姐信，	病情加剧难起床。
		老爷夫人把计想，	移花接木救商郎。
		冒充小姐身有罪，	一夜夫妻付汪洋。
秦雪梅：	（唱）	用手带住爱玉妹，	难得贤妹好心肠。
		这是奴家害了你，	青春年少守空房。
		但愿苦人天照养，	好好侍奉二老爹娘。
		自有巧计出罗网，	姊妹二人守灵堂

爱　玉：（白）好一个有志气的小姐呀！
　　　　（秦福急上。）
秦　福：（白）小姐，天色不早，我们回去吧？
秦雪梅：（哭）商郎！我夫。唉夫喂……

	（唱）	哭商郎别血灵归回家往，	不由我雪梅女凄惨彷徨。
		商郎夫有阴灵同妻前往，	回秦府设巧计再来灵堂。

　　　　（秦雪梅含泪，秦福提香篮下。）

爱　玉：	（唱）	秦小姐泪汪汪走出灵堂，	可算得官家后女中贤良。
		将身只得灵堂往，	闺阁女吊亡夫万古流芳。

　　　　（灯暗，幕落。）
　　　　（幕启，秦相府客厅，秦仲玉大摇大摆地上。）

秦太师：（引）堂堂太师谁不敬，位列三台伴圣君。
　　　　（白）老夫，秦仲玉官拜太师之职。可叹膝下无子，只生一女，名叫雪梅，曾许商定国之子商林为妻。从前开亲时两家豪富，如今他家贫穷，老夫早就有意退掉这门亲事。正好，这穷鬼一命身亡，这岂不是大快人心。想老夫风烛残年，无依无靠，我不免将女儿许配他人为妻。一来女儿终身有靠，二来老夫门风也有光彩。怎奈这个丫头脾气倔犟，待我叫她出来。看她意下如何？女儿哪里走来。
　　　　（秦雪梅双眉紧锁，忧愁地上。）

秦雪梅：（白）来了。

秦雪梅：	（唱）	秦雪梅在上房泪珠下滚，	老爹爹一声叫痛煞儿心。
		与商郎恩爱情已成画饼，	棒打鸳鸯两离分。
		到客堂见爹爹一礼奉敬，	老爹爹唤女儿事为何情？

　　　　（白）爹爹在上，女儿这厢有礼。
秦太师：（白）我儿休要见礼，一旁打坐。
秦雪梅：（白）谢过爹爹座位，爹爹唤出女儿哪方训教？
秦太师：（白）恭喜我儿，贺喜我儿！
秦雪梅：（白）爹爹喜从何来？
秦太师：（白）商林奴才一命身亡，我儿现在可以另从改嫁高门大户。这岂不是喜么？

秦雪梅：（白）爹爹此言差矣，女婿已死，是爹爹不幸，想你女儿残断身亡。还有什么可喜的呢？爹爹呀！
（唱）老爹爹出此言差矣得很，　　　讲什么将女儿另选高门。
　　　自幼小许商郎凭媒选定，　　　老爹爹嫌穷不认贫亲。
　　　回家转得相思害他性命，　　　我岂能失贞节再配他人。
　　　好马不吃回头草，　　　　　　烈女不嫁二夫君！
秦太师：（唱）我的儿许商林未曾出嫁，　　讲什么守贞节不享荣华。
　　　我的儿你怀念幼年结发，　　　你去吊香也算对得起他。
　　　有荣华和富贵劝儿出嫁，　　　我的儿切不可有负爹妈。
秦雪梅：（白）爹爹呀！
（唱）老爹爹你不要将儿逼坏，　　　你女儿有言来禀告尊台。
　　　昔日有个梁山伯，　　　　　　到杭州去读书路遇英台。
　　　同床睡共灯光三年六月，　　　在凉河许姻缘到老同偕。
　　　约山伯来访友情出意外，　　　有谁知二爹娘许配马文才。
　　　梁山伯得相思升了天界，　　　英台女舍身尽节入坟台。
秦太师：（白）蠢材！不听为父之言，就是教女不孝！
秦雪梅：（白）女儿不孝？爹爹不仁！
秦太师：（白）哪点不仁？
秦雪梅：（白）不仁有三。
秦太师：（白）哪三宗不仁？
秦雪梅：（白）你就听了。
（唱）一不仁嫌贫爱富贵，　　　　二不仁害商郎一命归阴。
　　　三不仁逼女儿戴孝改嫁，　　　列三台为太师虚慕荣华。
秦太师：（白）蠢材呀！
秦太师：（唱）蠢材出言太莽撞，　　　　句句言语把父伤。
　　　三从四德儿知晓，　　　　　　忠孝二字在何方？
秦雪梅：（唱）年年有个十月一，　　　　　孟姜女子送寒衣。
　　　哭断长城数十里，　　　　　　万古千秋把名提。
秦太师：（唱）听蠢材出此言怒冲牛斗，　　骂声无耻小丫头！
　　　天堂有路你不走，　　　　　　败坏相府门风礼不周。
　　　改嫁改嫁要改嫁！
秦雪梅：（唱）不行，不行。万万不行！
秦太师：（白）奴才！不听为父之言，为父不与你多讲，量你也逃不了多远，飞也飞不过多高。任你去死，任你去亡，蠢材呀！
（秦仲玉暴跳如雷，余怒未息地下。）
秦雪梅：（白）商郎呀！
（唱）老爹爹发了雷霆大恨，　　　雪梅女想逃脱万万不能。
　　　哭一声商郎夫黄泉路等，　　　等一等你的妻同见阎君。

|||这条性命要它作甚，|不如早死早脱生。|
|手举钢刀自丧命！|
|（翠红急匆匆地上，上前把刀夺取。）|

翠　红：（唱）丫鬟走上前扭住刀刃！
　　　　　　小姐不要太倔性，　　　　　丫鬟有言须听分明。
　　　　　　劝小姐这时候耐耐忍忍，　　等来日设良计逃出火坑。
　　　（白）小姐我有一计，你只等迎亲之时假装应允，身上内穿孝服，外着吉装。到了他家，现出孝服，你就在那把心头之恨大骂一番，兼把商姑爷之死痛哭一场。边哭，边骂，再逃出府门。岂不甚好？

秦雪梅：（白）丫鬟哪！
　　　（唱）丫鬟虽年幼聪明剔透，　　　倒让我又是欢喜又是忧。
　　　　　　喜的是用巧计脱出虎口，　　忧的是老母亲风前之烛。
　　　　　　将身我只得上房走，　　　　将计就计顺水推舟。
　　　（秦雪梅气愤地下。）
　　　（秦仲玉满怀心思上。）

秦太师：（白）只为女儿事，时刻挂在心。想我那雪梅奴才，不听为父劝告，不愿改嫁。想老夫门生陶荣，家中豪富，我不免将女儿许配与他，此事要与他面议。家人！
　　　　（家人急上。）

秦　福：（白）有！见过老爷。有何吩咐？
秦太师：（白）家人，请陶相公过府。
秦　福：（白）是！传陶相公过府。
　　　　（陶荣快步上。）
陶　荣：（白）家豪富，家富豪，我家金银用担挑。东边有个聚宝盆，西边有个聚宝壕。见过师爷，这厢有礼。
秦太师：（白）休要见礼，一旁打坐。
陶　荣：（白）谢过师爷座位，太师招我进府不知为了何事？
秦太师：（白）门生哪曾知道，我观你家豪富，人才非凡，有意将女儿雪梅许你为婚。但不知你意下如何？
陶　荣：（白）小生乃是无用之才，岂能高攀小姐？
秦太师：（白）贤婿呀！
秦太师：（唱）恭喜你少年时名扬天下，　　家豪富财万贯谁人不夸。
　　　　　　一门生二贤婿何等是好，　　这才锦绣上又添彩花。
陶　荣：（唱）师爷此言太客气，　　　　这才是平地一声雷。
　　　　　　小姐与我成婚配，　　　　　这才是凤凰配山鸡。
秦太师：（白）贤婿不要如此谦虚，改日挑选良辰吉日，与小姐洞房花烛就是了。
陶　荣：（白）谢过岳丈大人！
　　　　（陶荣喜不自胜地下。）

秦太师：（白）这才是！
　　　　（唱）男大当婚女大嫁，　　　　　凤凰早配早成家。
　　　　（秦仲玉高兴地下。）
　　　　（幕落。）
　　　　（幕启，陶府庄园。到处张灯结彩，喜庆非凡，陶荣满面春风地上。）
陶　荣：（白）我乃太师门生，陶荣，多蒙太师宠爱，将小姐配合百年之好。今日便是良辰吉日，我不免叫宾相准备花轿彩礼，过府迎亲才是。宾相哪里？
　　　　（宾相上。）
宾　相：（白）听说叫宾相，双脚往前跳，即刻办喜事，就是拜花堂。见过相公有何吩咐？
陶　荣：（白）明日就是八月十五，你与我准备花红彩礼，过府迎亲就是。
宾　相：（白）那我遵命！
　　　　（宾相下。）
陶　荣：（白）家人办喜事，我去迎亲回。
　　　　（陶荣高兴下。）
　　　　（换景，秦府。小姐闺房，秦雪梅哭上。）
秦雪梅：（哭）夫呀……
　　　　（唱）雪梅女在上房泪珠滚滚，　　想起了商郎夫好不伤心。
　　　　　　　我与哥好夫妻已成画饼，　　雨打梨花痛伤心。
　　　　　　　爱玉女移花接木把哥害，　　一家坑坏两家人。
　　　　　　　商郎夫病逝后尸身未冷，　　老爹爹逼奴家改嫁门生。
　　　　　　　为商郎哪怕是刀山火海，　　为商郎哪怕是焚玉碎身。
　　　　　　　任凭爹爹雷霆大恨，　　　　想奴家另改嫁万万不能！
　　　　（哭）夫呀……
　　　　（翠红急上。）
翠　红：（白）陶府来迎亲，即刻报信音。小姐不要啼哭，陶府已办花红彩礼前来迎亲，请小姐速作准备。
秦雪梅：（白）翠红，快拿孝衣前来，翠红快把姑爷灵牌烧掉。
翠　红：（白）是！
　　　　（翠红急忙将商林灵位，放在火盆里焚烧。）
秦雪梅：（哭）夫呀……
　　　　（唱）双膝跌跪夫灵前，　　　　　哭一声商郎夫听你妻言。
　　　　　　　我的夫是奴家害你命丧，　　我岂能失贞节另嫁才郎。
　　　　　　　你的妻今日里奔回家往，　　我的夫有阴灵随我回乡。
　　　　　　　哭一声老母亲何时相见，　　你女儿实难学忠孝两全。
翠　红：（白）小姐，花轿已到，请小姐起程。
秦雪梅：（哭）夫呀……
　　　　（秦雪梅内穿孝服，外着吉装，翠红边哭边下。）

（幕落。）
（幕启，陶府客厅。鼓乐喧天，热闹非凡。宾相上。）

宾　　相：（白）新郎、新娘登台。
（宾相下。）
（秦雪梅、陶荣着吉装上。）

陶　　荣：（唱）人逢喜事精神爽，　　　　　　月到十五分外光。
　　　　　　　　红灯高照闪闪亮，　　　　　　拜请小姐入洞房。
　　　　（白）有请小姐。
（秦雪梅此时不计后果，将吉服脱掉，往地下一甩，显出孝装。）

秦雪梅：（唱）这洞房好一似阎罗宝殿，　　　　雪梅女好一似掌薄判官。
　　　　　　　有牛头和马面要人性命，　　　　掌薄判官勾人生魂。
　　　　　　　商郎夫身死后肌肉未冷，　　　　奴本是孤寡妇未亡之人。
　　　　　　　睁开狗眼看一看，　　　　　　　我本是铁扫帚一扫无情。
　　　　　　　进门先扫死你的父和母，　　　　一家大小去充军。
　　　　　　　好马不吃回头草，　　　　　　　烈女不嫁二夫君。
　　　　　　　要想与我成婚配，　　　　　　　阎王殿上走一行。
　　　（哭）夫呀……

陶　　荣：（唱）先说你是千金小姐，　　　　　有谁知你是个败柳残花。
　　　　　　　　船到江心难补漏，　　　　　　马到崖前后悔迟。
　　　　（白）我只说你是个千金小姐，原来是个寡妇。你打坏我的彩头和名声！人来。
（家人上。）

家　　人：（白）有！

陶　　荣：（白）将这个贱人赶出府门！

家　　人：（白）是！

秦雪梅：（白）不用你赶，我自己出去！夫哇……
（秦雪梅含泪跌撞地下。）

陶　　荣：（白）太师呀，你害苦了我哇，只说是洞房花烛夜，谁知遇到丧门星喏。
（陶荣哭丧着脸下。）
（幕落。）
（前幕启、二幕前。郊外，黄昏时分，远近无人，只听秋风扫落叶，沙沙作响，月暗星稀。）

秦雪梅：（内唱）在陶家用巧计逃出虎口，
（秦雪梅身着孝服，慌不择路，急奔上。）

秦雪梅：（唱）雪梅女好一似无舵之舟。
　　　　　　　奴好比放风筝风筝失手，　　　　奴好比那孤雁夜宿沙洲。
　　　　　　　为商郎我不能母亲侍候，　　　　老母亲年高迈风前之烛。
　　　　　　　哭一声老母亲不能得够，　　　　望家乡白云飞哭断咽喉。
　　　　　　　含悲忍泪往前走，　　　　　　　见商家不由人珠泪双流。

　　　　　　　　来在商家一旁站就，　　　　　　叫一声爱玉开开门楼。
　　　　（白）爱玉开门。
　　　　（爱玉怀抱幼子商辂，掌灯上。）
爱　玉：（唱）爱玉女在商家平生一有，　　　抱娇儿思商郎珠泪双流。
　　　　　　　　用手儿开开门用目观就，
　　　　（二幕启，商府客厅。）
爱　玉：（唱）却原是秦小姐来到门楼。
　　　　（白）小姐，你真的来了。
秦雪梅：（白）我怎么不来呢？爹爹逼我改嫁，我不依从，是我用巧计逃出虎口。
爱　玉：（白）好一个有志气的小姐。小姐你看，这是商郎后代。
秦雪梅：（白）待我看来。
　　　　（唱）用手接过小儿郎，　　　　　　不由雪梅泪汪汪。
　　　　　　　灯光之下将儿望，　　　　　　半像商郎半像娘。
　　　　　　　喜爱他和商郎生得一样，　　　可叹儿出生后无爹有娘。
　　　　　　　守贞节我二人将儿抚养，　　　小娇儿必定是朝中栋梁。
　　　　（白）只要商郎有后，你我定有出头之日。
爱　玉：（白）这孩儿交给小姐抚养，也不枉你我二人，为人一番。
秦雪梅：（白）爱玉妹妹，从今往后，你我二人就不要用主仆相称了。
爱　玉：（白）什么相称？
秦雪梅：（白）姐妹相称。
爱　玉：（白）姐姐言重了。
秦雪梅、爱玉：（唱）姐妹双双来结拜，　　　勤耕勤织度时光。
　　　　　　　　　　但愿娇儿易成长，　　　寡居教子把名扬。
爱　玉：（白）姐姐请！
秦雪梅：（白）妹妹请！
　　　　（秦雪梅怀抱商辂，爱玉掌灯下）
　　　　（灯暗，幕落。）
　　　　（时光飞逝，几年后。幕启，圣堂，商辂上。）
商　辂：（引）磨穿石砚，坐破寒毡。辂儿生来命运差，不见爹爹只见妈。母亲将儿来养大，不知何日享荣华。
　　　　（白）小生，商辂。爹爹早年丧生，多蒙二位母亲大人将我抚养成人。今日天气晴和，我不免圣堂一走。
　　　　（唱）实可叹我的爹早年命丧，　　　二母亲抚养我送往圣堂。
　　　　　　　但愿得到后来功名往上，　　　也不枉二母亲孤守冰霜。
　　　　　　　怀抱诗书圣堂往，　　　　　　我一心到圣堂攻读文章。
　　　　（商辂下。）
　　　　（幕落。）
　　　　（幕启，张毕正私塾蒙馆，张先生斯文慢步上。）

张毕正：（念）人人都说读书好，我说读书不值钱。
　　　　（白）老夫，张毕正。在城南训了一馆蒙童，眼看季节已到，我不免来考试一番。
　　　　（商辂、张生肩背书包上。）
商　辂：（念）日出东方精神爽。
张　生：（念）怀抱诗书到圣堂。
商辂、张生：（白）参见先生！
张毕正：（白）罢了，各人上位读书，稍时要吟诗作对。
商辂、张生：（白）是！
　　　　（秦官保上。）
秦官保：（白）日出三竿才来到，咦！先生气得胡子翘。见过先生！
张毕正：（白）怎么这个时候才来呢？
秦官保：（白）我爹爹讲道读书不要太用心，用心过度伤脑筋。
张毕正：（白）这是你爹爹溺爱不明，你可知少小不努力，老大柱伤悲。
秦官保：（白）如此说来，先生少年努了力，现在就应该做大官了哟，为什么这样贫穷？我说呀，少时努了力，老来更伤悲。
张毕正：（白）胡说！今天先生要命题作对。
商　辂：（白）先生请讲！
张毕正：（白）四面三溪三面水，
张　生：（白）千家灯火万家烟。
张毕正：（白）好好好！对得好。哈哈……辂儿受对。
商　辂：（白）请先生出题。
张毕正：（白）驮背梨树，倒开花，蜜蜂仰采。
商　辂：（白）歪嘴莲蓬，斜结籽，鹭鸶旁观。
张毕正：（白）对得好！对得好。官保前来受对。
秦官保：（白）先生我今天来慪了，请先生少出两个字吧？
张毕正：（白）金蛋丸打鸟，百发百中。
秦官保：（白）这个……有了，肉包子打狗，有去无回。
张毕正：（白）真是气死我也，你为什么不往好处想呢？
秦官保：（白）因为好的说不出来，只有坏的讲喔。
商　辂：（白）先生我有一对，玉石桥观舟，半浮半沉。
张毕正：（白）不错！不错。对得好，官保比你大，你比他小，还对工整。正是，白屋出公卿呐。现在时间不早，你们回去吧。放学！
　　　　（张毕正、张生下。）
　　　　（商辂欲下。）
秦官保：（白）辂儿过来！
商　辂：（白）过来怎样？
秦官保：（白）你为何当着先生面，出你家少爷洋相呀？

商　辂：（白）这叫互相学习，讲什么出你的洋相呢？
秦官保：（白）你知道你是什么人？
商　辂：（白）我乃父母所养，读书之人！
秦官保：（白）你是父母所养？你听到！
　　　　（唱）辂儿你本是无父杂种，　　　　　　敢与你少爷作对头。
　　　　　　　你父亲得相思早年命丧，　　　　你母亲本是个黄毛丫头。
　　　　　　　你大娘她是闺阁幼女，　　　　　一子两娘好不害羞。
商　辂：（唱）听官保出此言怒火冲顶，　　　　气得我商辂儿哑口无声。
　　　　　　　谁人无有双父母，　　　　　　　树长天高叶归根。
　　　　　　　今日不许你胡乱讲，　　　　　　我要打死你小畜生。
　　　　（白）这话是谁讲的？
秦官保：（白）是我自己讲的，谁叫你在圣堂出我的风潮？
商　辂：（白）我要打死你！
　　　　（商辂把秦官保按倒，官保捡石块追商辂，商辂跑下。）
秦官保：（白）你敢打我，你这无爷的杂种！我回去告诉你母亲去。
　　　　（秦官保哭下。）
　　　　（幕落。）
　　　　（幕启，商家客厅，秦雪梅上。）
秦雪梅：（白）守冰霜，贞节为本，孤寡娇，教子成名。
　　　　　　　奴家，秦雪梅，只因逼婚不从，来到商家。爱玉为商郎夫生下后代，我姊妹二人纺织度日，抚养娇儿。孩儿上学未回，我不免机房一走。
　　　　（唱）雪梅女坐机房长吁短叹，　　　　思商郎想母亲两泪汪汪。
　　　　　　　奴好比南来雁失群飞散，　　　　奴好比弹琵琶琴断丝弦。
　　　　　　　恨爹爹太不该势利偏见，　　　　拆散我好夫妻不得团圆。
　　　　　　　叹不尽终身苦机房内面，　　　　等只等我的儿放学回还。
　　　　（秦官保边哭边上。）
秦官保：（唱）在圣堂与辂儿两下争论，　　　　气得我秦官保怒气多生。
　　　　　　　小奴才你生来无人教训，　　　　我要到机房告诉他的母亲。
　　　　（白）你家中有人么？
秦雪梅：（白）官保你为何啼哭？
秦官保：（白）你家辂儿在圣堂打我，难道你不管吗？
秦雪梅：（白）这个奴才，我还说他在圣堂攻书，谁知他搬弄是非。官保不要哭，这有糖果在此，你拿去吃。等他回来，我好好教训他一番就是，你不要哭啊。
秦官保：（白）这个办法真有效，还有糖果吃，好。
　　　　（秦官保傻笑下。）
秦雪梅：（唱）小奴才在圣堂闯下大祸，　　　　气得我雪梅女心如刀割。
　　　　　　　将身我只得机房打坐，　　　　　等奴才回家转再问发落。
　　　　（商辂极度气愤上。）

商　辂：（唱）在圣堂与官保两下争论，　　　他骂我无爷种好不伤心。
　　　　　　　来在机房外用目观定，　　　　　有只见老母亲大发雷霆。
　　　　　　　实实想来心下明，　　　　　　　该莫是秦官保搬弄祸根。
　　　　　　　权且只得机房进，　　　　　　　施一礼老母亲儿放学回程。
　　　　（白）母亲在上，孩儿这厢有礼。
秦雪梅：（白）下面答话是谁？
商　辂：（白）孩儿商辂。
秦雪梅：（白）来来来，为娘有话要讲！
商　辂：（白）有何话讲？
秦雪梅：（白）奴才呀！
　　　　（唱）见奴才不由人怒冲头顶，　　　骂一声小奴才无志畜生。
　　　　　　　只望你读诗书功名有份，　　　有谁知在圣堂胡搞乱行。
　　　　　　　为娘今日不把你来训，　　　　怕的是不成名枉费为人。
　　　　　　　用手儿拿家法将你来训，
　　　　（秦雪梅高举家法，怒打商辂。）
　　　　　　　看下回读书用不用心。
商　辂：（唱）在圣堂骂得我怒冲头顶，　　　回家转老母亲又打儿身。
　　　　　　　我家中无爷杂种是哪个，　　　我商家也只有一个母亲。
　　　　　　　在我家吃闲饭将日来混，　　　将家法打辂儿作个正经！
　　　　　　　我的娘叫爱玉谁不奉敬，　　　你本是闺阁幼女冒充我的娘亲！
秦雪梅：（白）这是谁讲的？
商　辂：（白）是我自己讲的！
秦雪梅：（白）奴才呀！
　　　　（秦雪梅闻言心灰意冷，悔恨当初，一念之差，铸成大错。）
　　　　（唱）晴天霹雳一声响！　　　　　　奴才今日变心肠。
　　　　　　　朝朝暮暮将你抚养，　　　　　有谁知儿长大不认老娘。
　　　　　　　哭商郎大不该黄泉命丧，　　　悔当初就应该一命身亡。
　　　　　　　无奈何我只得机绫割断！　　　在人间争闲气空费一场。
　　　　（秦雪梅昏倒，爱玉急上。）
爱　玉：（白）姐姐醒来，姐姐醒来！哎，奴才呀！
　　　　（唱）小奴才闯下了滔天大祸，　　　只气得我姐姐将绫断割。
　　　　　　　儿的爹死得早多亏哪个，　　　也本是老母亲抚养娇儿。
　　　　　　　老母亲教训儿没有过错，　　　不报恩反为仇天理不合。
　　　　（白）奴才呀！别人有父亲训教，可叹你爹早亡，多亏大娘将你抚养成人。母亲不来教训与你，谁来教训？姐姐呀！
　　　　（唱）走上前我只得双膝跪定，　　　尊一声我姐姐细听分明。
　　　　　　　小奴才得罪姐劝姐莫听，　　　还要念无父儿孤苦伶仃。
　　　　　　　千不念万不念念他年轻，　　　要念他年纪小不懂人情。

		你要念商郎夫情高义深，	你要念我二人苦守青春。

　　　　　　（白）奴才过来，奴才放学归来，出言不逊，得罪大娘，前来与大娘赔礼才是。

商　铬：（白）母亲。孩儿一时莽撞，得罪大娘，孩儿自知不孝，但不敢上前赔礼哟。

爱　玉：（白）孩儿，来，为娘叫儿言讲就是了。你将家法顶在头上，叫声大娘，孩儿年幼无知，得罪大娘，这有家法在此。望母亲看在孩儿年幼无知的份上，将家法高高举起，轻轻落下。打在儿身，痛在娘心。孩儿认错，改过就是了。

商　铬：（白）大娘在上，孩儿年幼无知，得罪大娘，这有家法在此。望母亲看在孩儿年幼无知的份上，将家法高高举起，轻轻落下。打在儿身，痛在娘心。孩儿认错，改过就是。

秦雪梅：（哭）儿呀！

　　　　（唱）一霎时气得我昏迷不醒，　　　　气得我雪梅女割断机绫。
　　　　　　　我本当将儿打自心何忍，　　　　为商郎抚养儿苦守青春。
　　　　　　　非是为娘将儿打，　　　　　　　打在儿身痛在娘心。
　　　　　　　实可叹儿的父早年丧命，　　　　丢下了母子们孤苦伶仃。
　　　　　　　娘为儿与陶家两下争论，　　　　娘为儿抛别了二老双亲。
　　　　　　　娘为儿勤纺织光阴来混，　　　　娘为儿在商家独守青春。
　　　　　　　娘望儿在圣堂莫离书本，　　　　娘望儿到后来一举成名。
　　　　　　　我的儿若不听为娘教训，　　　　岂不是枉费为娘一片心。

商　铬：（白）母亲，大娘，母亲哪！
　　　　（唱）先前是您孩儿一时懵懂，　　　　用恶言得罪了我的娘亲。
　　　　　　　儿不知老母亲遭下不幸，　　　　儿不知老母亲死里逃生。
　　　　　　　儿不知老爹爹早年丧命，　　　　儿不知老母亲独守青春。
　　　　　　　母好比黄连树上挂猪胆，　　　　根也苦叶也苦苦尽终身。
　　　　　　　我本是在圣堂学友争论，　　　　他骂我无父儿好不伤心。
　　　　　　　望母亲念孩儿不知礼信，　　　　望母亲念孩儿无有爹尊。
　　　　　　　望母亲且息怒云散雾尽，　　　　望母亲休发怒息雷霆，
　　　　　　　莫把儿几句话记之在心。

爱　玉：（白）儿呀，今天大娘教训你，你要牢牢记住，不要辜负母亲一片好心哪。
　　　　（唱）儿大娘教训儿要学礼派，　　　　你为娘有古人细听开怀。
　　　　　　　秦甘罗十二岁封为太宰，　　　　石进堂十四岁拜相登台。
　　　　　　　三国中周公瑾名扬四海，　　　　十三岁掌东吴人称将才。
　　　　　　　在赤壁用火攻神鬼难解，　　　　烧曹兵八十万尸无葬埋。
　　　　　　　难道说这些人神仙下界，　　　　儿要学前朝古拜相登台。

商　铬：（唱）老母亲疼娇儿世间少有，　　　　母教子望成龙不记前仇。
　　　　　　　从今后你孩儿文章选就，　　　　从今后你孩儿苦读春秋。
　　　　　　　但愿得到后来功成名就，　　　　修一座贞节府万古名流。
　　　　　　　施一礼老母亲圣堂来走，　　　　到下午日落西望儿回头。

(商辂懊悔下。)

秦雪梅：（唱）好一个商辂儿听娘教训，　　倒让雪梅女喜之在心。
　　　　　　　望不见我的儿机房走进，　　到下午日落西望儿回程。
爱　玉：（白）姐姐请！
秦雪梅：（白）妹妹请！
　　　　（秦雪梅、爱玉下。）
　　　　（数年后，商辂满怀心思上。）
商　辂：（白）小生，商辂。蒙母亲教训圣堂攻书，今乃大考之年，我心想进京求名。此事要与母亲商量，孩儿拜请二位母亲。
　　　　（秦雪梅、爱玉上。）
秦雪梅、爱玉：（白）孩儿一声请，近前问分明。
商　辂：（白）孩儿参见母亲。
秦雪梅、爱玉：（白）孩儿请出为娘，为了何事？
商　辂：（白）母亲容禀。
　　　　（唱）老母亲不知情容儿诉禀，　　你孩儿有言来细听分明。
　　　　　　　今乃是大考年皇榜招聘，　　儿心想进京城去求功名。
　　　　　　　请出了二母亲一同商论，　　行不行去不去回答一声。
秦雪梅：（白）我儿之言有理，玉妹你到后面去办行李，好让孩儿起程才是。
　　　　（爱玉下，取包袱上。）
爱　玉：（白）孩儿，这有行李在此。
商　辂：（白）多谢母亲。
秦雪梅：（白）孩儿呀。
　　　　（唱）手带娇儿把话讲，　　为娘有话细听端详。
　　　　　　　进京举子不要慌，　　只要文章比人强。
　　　　　　　高官不用银钱买，　　笔尖之下细思量。
　　　　　　　但愿得中龙虎榜，　　状元游街把名扬。
　　　　　　　正宫娘娘金花戴，　　笙箫歌乐喜满堂。
　　　　　　　我的儿此一番京城往，　　你为娘望孩儿报马回乡。
商　辂：（唱）多蒙老母亲情高义盛，　　你办行李儿求功名。
　　　　　　　儿去后望母亲安安稳稳，　　儿去后望母亲福寿康宁。
　　　　　　　辞别母亲京城奔，　　但愿得高科中报马回程。
　　　　（商辂肩背包袱，手拿雨伞下。）
秦雪梅：（唱）富豪人进京城骡马车装，　　我的儿进京城自背行囊。
　　　　　　　望不见我的儿机房往，　　但愿得我的儿报马回乡。
　　　　（秦雪梅、爱玉遥望商辂去远下。）
　　　　（商辂身着状元冠戴上。）
商　辂：（引）中状元名扬天下，蒙圣恩帽插宫花。幼年初登基，皇榜得意回。儒门三尺浪，平地一声雷。

　　　　　（白）下官，商辂，蒙圣恩点我头名状元。只因圣上用人太急，留京三载。想我功成名就，多亏二位母亲教养成人。我不免将母亲苦处奏往圣上，回家祭祖才是。下官商辂，有本启奏当今万岁金安可……
　　　　　（黄门官上。）
黄门官：（白）商状元接旨！
商　辂：（白）吾皇万岁！万岁！万万岁！
黄门官：（白）圣上有旨，万岁念你母亲教子有功，封你母亲为贞节府。回家祭祖，改换门庭。
商　辂：（白）谢主隆恩，万岁！万万岁！人来开道回府！
　　　　（唱）商辂儿中状元名扬天下，　　　蒙圣恩戴乌纱帽插金花。
　　　　　　 不是当年母亲一句话，　　　　今日岂能戴乌纱。
　　　　　（众衙役、商辂下。）
　　　　　（秦雪梅、爱玉欣喜地上。）
秦雪梅：（白）报子报我家，
爱　玉：（白）我儿插宫花。
　　　　　（门官上。）
门　官：（白）状元回府！
　　　　　（商辂身穿状元服饰，威风凛凛地上。）
商　辂：（白）孩儿参见二位母亲。
　　　　　（商辂大礼参拜，秦雪梅上前扶起）
秦雪梅：（白）我儿哪有这等荣耀？
商　辂：（白）一来蒙圣上天子洪福，二来母亲教子有功。
秦雪梅：（白）也是我儿幼读寒窗之苦。
商　辂：（白）母亲大人，圣上闻听母亲教子有功，封二位母亲为贞节府，改换门庭！
秦雪梅、爱玉：（白）吾皇万岁，万岁，万万岁！
商　辂：（白）二位母亲受儿一拜。
秦雪梅：（白）先拜儿的母亲。
爱　玉：（白）姐姐说哪里话，有道是，生的父母在一边，养的父母大如天。
秦雪梅、爱玉：（白）一同有拜。
　　　　　（商辂整装，双膝跪地，庄严地三叩首，二位母扶起。）
秦雪梅：（白）这才是，可恨爹爹心太奸。
爱　玉：（白）平地无故起狼烟。
秦雪梅、爱玉：（白）孩儿今日官得中，
商　辂：（白）断机教子万古传。
　　　　　（幕落。）

全剧终

十五、叶春发辞院

【剧情简介】

叶春发，湖北浠水县人。时年前往汉口贩卖谷米，不幸船沉江底。走投无路之际，叶春发巧遇院姐范巧妹。二人一见钟情，恩爱有加，居住院行七载有余。一日，叶春发在院行无事，忽然想起家中父母娇妻。而自己将近而立之年，尚无一男半女，心中怅然若失。所谓不孝有三，无后为大，叶春发自觉愧对祖宗，决意辞别院姐归家。院姐闻听消息，痛哭流涕，肝胆欲裂，只好相送十里长亭。

相送归途中，范巧妹送一里，劝一里，情真意切，令人动容。叶春发一路沉默少言，含泪盈眶，聊借古人言诉知遇之恩，表送别之情。最终二人依依惜别，叶春发归家，范巧妹回院行。

【剧中人物】

叶春发　　　　　　　范巧妹

*　　　　　*　　　　　*

（幕启，某院行，叶春发双眉紧锁地上。）

叶春发：（唱）叶春发坐院行双目流泪，　　　忽然间想起了王氏贤妻。
　　　　　　　　自那年贩谷米汉口河内，　　　时不知打坏船船落潮泥。
　　　　　　　　因此上只落在姐的院内，　　　范小妹她待我世间少稀。
　　　　　　　　在院行年七载未回故里，　　　并没有儿和女接代宗枝。
　　　　　　　　我心想今日里归回故内，　　　又恐怕有情人将我阻拦。
　　　　　　　　转面来我就把范巧妹叫起，　　范巧妹来来来我有话提。
　　　　　　　（范巧妹款款地上。）

范巧妹：（唱）范巧妹在后院把客料理，　　　挨几步动秋波缓往前移。
　　　　　　　　悔当初大不该身落院内，　　　我一人坐后院好不孤凄。
　　　　　　　　上不能与爹娘争下口气，　　　下不能生儿女接代宗枝。
　　　　　　　　慢金莲到前院斜观仔细，　　　却原是叶相公打坐院内。
　　　　　　　　往日里进院来欢容笑脸，　　　为什么今日里面带愁颜。
　　　　　　　　卖风流挨哥坐凉风长扇，　　　叶相公心烦闷诉对我言。

叶春发：（唱）范巧妹休长扇一旁坐起，　　　叶春发有言来细听端的。
　　　　　　　　自那年贩谷米汉口河内，　　　时不知打坏船船落潮泥。
　　　　　　　　因此上只落在姐的院内，　　　范巧妹你待我世间少稀。

　　　　　　　叶春发到如今二十好几，并没有儿和女接代宗枝。
　　　　　　　请出了范巧妹一同商议，叶春发无义男辞姐回归。
范巧妹：（唱）叶相公出此言肝裂胆离，一霎时惹得我哭哭啼啼。
　　　　　　　石板栽花总无根底，笼中鸟怎能不展翅高飞。
　　　　　　　叶相公权相等前行院内，我办行囊叶郎你转回归。
　　　　　　　今日里叶相公归回故内，我送叶相公长亭十里。
叶春发：（唱）范巧妹你生来鞋尖足细，怕的是出院门路有高低。
范巧妹：（唱）送相公哪怕是鞋尖足细，哪怕是出院门路有高低。
　　　　　　　带住了哥的手走出院内，
　　　　　　　（郊外，青山绿水，莺歌燕舞，景色迷人。范姐一路深情相诉。）
　　　　　　　但愿得哥归家看母会妻。
　　　　　　　抬头看有只见长亭一里，劝我哥夫妻事谨记心机。
　　　　　　　我的哥年七载未回故里，爹娘骂妻子怨哥把头低。
　　　　　　　爹娘骂我的哥应该争气，爹娘骂妻子怨总是有的。
　　　　　　　倘若是叶氏婆将哥埋怨，堂前训子枕边劝妻。
　　　　　　　这就是妻子事相劝与你，劝我哥回家转夫妻一起。
叶春发：（唱）范巧妹你送长亭一里，你劝我夫妻事谨记心机，
　　　　　　　昔日里杨四郎沙滩赴会，失番邦十五载未转回归。
　　　　　　　杨四郎坐宫院双目流泪，铁公主猜着了四郎心机。
　　　　　　　公主她盗令牌回宋营母子一会，五更鼓犯王法萧后不依。
　　　　　　　杨四郎捆法场问成死罪，铁公主抱亲生誓死不离。
　　　　　　　萧太后见外孙准了旨意，赦免了杨四郎接位登基。
　　　　　　　妹好比铁公主有情有义，我难赶杨四郎足踏污泥。
范巧妹：（唱）送相公送至在长亭二里，有一些行孝事向哥表提。
　　　　　　　羊跪乳鸦反哺留传万纪，养儿防老积谷防饥。
　　　　　　　哥不敬二双亲子不敬你，屋檐水滴原眼不差毫厘。
叶春发：（唱）范巧妹你送我长亭二里，叶春发有古人细听端的。
　　　　　　　昔日里有兄弟俩张孝张礼，青龙山打凤凰将母病医。
范巧妹：（唱）送我哥送到了长亭三里，劝我哥兄弟事谨记心机。
　　　　　　　昔日里田三嫂家门吵起，只吵得紫荆树鸟雀乱飞。
　　　　　　　只吵得黄河水遮天盖地，八代不分家转眼失根底。
　　　　　　　我的哥听妹言把家分细，分了家五七载各显高低。
　　　　　　　一只手难拍掌里外靠你，男不勤女不快只管好吃。
　　　　　　　打虎还要靠亲兄和难弟，上战场父子兵不用怀疑。
　　　　　　　这就是兄弟事相劝与你，劝我哥回家转兄弟和气。
叶春发：（唱）范巧妹你送我长亭三里，你劝我兄弟事谨记心机。
　　　　　　　昔日里孤竹君改朝换帝，众口公选的是二太子登基。
　　　　　　　在金殿兄不坐兄又让弟，兄弟们主不做各奔东西。

范巧妹：（唱）	逃难逃至在守阳山内， 送相公送至在长亭四里， 穿红着绿美人贵， 戏耍时与我哥欢天喜地， 我的哥玩上瘾归回故里， 打金银和首饰外带典契， 相交难比我和你， 看起来露水情没有意义， 也不能与我哥烧钱化纸， 这就是烟花事相劝与你，
叶春发：（唱）	范巧妹你送我四里亭走， 昔日里王金龙家财富有， 三万六千两俱一花费， 王金龙出院行无有出路， 多蒙金哥情高义厚， 多蒙了玉堂春情高义有， 王金龙到后来得中魁首， 姐好比玉堂春情高义厚，
范巧妹：（唱）	送相公来到了长亭五里， 赌博场俱都是光棍赖痞， 赢的是糠输的是米， 我的哥想人钱买盐买米， 我的哥想人钱买田置地， 这就是赌博事相劝与你，
叶春发：（唱）	范巧妹你送我长亭五里， 昔日里赵匡胤英雄盖世， 出口卖掉江山地，
范巧妹：（唱）	送相公来到了长亭六里， 旁边人骂我哥装聋哑背， 非人强非人弱要哥谨记， 倘若是失了手将人打坏， 这就是行凶事相劝与你，
叶春发：（唱）	范巧妹你送我长亭五里， 昔日里楚霸王英雄盖世， 有韩信半空中风筝放起，
范巧妹：（唱）	送相公送至在长亭七里， 行水路我的哥肝胆吓细， 这就是贸易事相劝与你，

天降下鹅毛雪冻死一堆。
有一些烟花事向哥表提。
哥用银钱犹如山堆。
她讲道不要哥半分三厘。
典卖田园调戏人妻。
买油盐和柴米外带锦衣。
年七载未用哥半分三厘。
生下了儿和女谁能认你？
也不能与我哥祭坟挑泥。
我的哥回家转烟花莫提。
叶春发有古人妹听从头。
进院行花费了三万另六。
恨王八将公子撵赶外头。
只落在关王庙点灯上油。
送一信玉堂春才知情由。
夜送银王金龙去把名求。
都察院审案情夫妻到头。
我难赶王金龙独占鳌头。
有一些赌博事向哥表提。
输要挨打赢要拦路剥衣。
我的哥哪输得起半分厘。
赌博人想我哥热裬小衣。
赌博人想我哥美貌娇妻。
劝我哥归家转赌博莫提。
叶春发有古人细听端的。
赌博场上胡作非为。
酒后醒来后悔迟。
劝我哥行凶事谨记心机。
旁边人打我哥让他几拳。
凡百事哥要学三思而为。
叶氏婆在家中奴又不知。
也免得进官衙训革破皮。
你劝我行凶事谨记心机。
十华山遇韩信比过高低。
逼霸王在乌江自刎首级。
劝我哥贸易事谨记心机。
行旱路肩不能挑手不能提。
劝我哥回家转贸易莫提。

叶春发：（唱）范巧妹你送我长亭七里，　　　叶春发有言来细听端的。
　　　　　　昔日里姜子牙猪羊贩起，　　　　王亥服牛训马广开交易。
范巧妹：（唱）送相公来至在长亭八里，　　　有一些洋烟事向哥表提。
　　　　　　那洋烟它本是外国制起，　　　　运到了中华国将人命逼。
　　　　　　有钱人吃洋烟走进店内，　　　　叫一声店老板调灯就吃。
　　　　　　有钱人吃洋烟走进店内，　　　　买糕饼和水果腹内充饥。
　　　　　　细茶叶泡之在盖碗内，　　　　　翻左边睡右边把烟来吃。
　　　　　　未曾吃烟来睡起，　　　　　　　点一盏照头把烟来吃。
　　　　　　无钱人吃洋烟走进店内，　　　　叫一声店老板调灯来吃。
　　　　　　店老板一见面心头有气，　　　　反骂他无钱人不要脸皮。
　　　　　　无钱人瘾发作心不过意，　　　　摸几个沙皮角二下折一。
　　　　　　无钱人一袋烟心不足意，　　　　瞒住了店老板偷他烟泥。
　　　　　　无钱人一出馆就打主意，　　　　不是收晒就是偷鸡。
　　　　　　有的人吃洋烟头发不剃，　　　　有的人吃洋烟足下典妻。
　　　　　　有的人吃洋烟卖田卖地，　　　　有的人吃洋烟卖耙卖犁。
　　　　　　列位君子莫见气，　　　　　　　吃洋烟也有好也有歹的。
　　　　　　做高官吃洋烟蟒袍穿起，　　　　人命案他不端洋烟来吃。
　　　　　　读书人吃洋烟五经懒习，　　　　他哪想到后来金榜名题。
　　　　　　贸易人吃洋烟懒把账记，　　　　到下年亏了本扯东拉西。
　　　　　　种田人吃洋烟荒了田地，　　　　到下年无收成寸土不肥。
　　　　　　姑娘们吃洋烟罗裙带解，　　　　嫂嫂们吃洋烟舍一块贱皮。
　　　　　　这就是洋烟事相劝与你，　　　　我的哥回家转洋烟莫吃。
叶春发：（唱）范巧妹你送我长亭八里，　　　你劝我洋烟事谨记心机。
　　　　　　一盏孤灯照眼前，　　　　　　　两眼睁睁向着烟。
　　　　　　三餐茶饭都缺欠，　　　　　　　四季衣服没有穿。
　　　　　　五个兄弟都埋怨，　　　　　　　六亲一见骂祖先。
　　　　　　七旬老母难得见，　　　　　　　八字所非命不周全。
　　　　　　久后无钱寻短见，　　　　　　　实实难舍野牌烟。
范巧妹：（唱）送相公来至在长亭九里，　　　劝我哥庄稼事谨记心机。
　　　　　　立春节我的哥迟睡早起，　　　　雨水节下连雨行路人稀。
　　　　　　惊蛰节我的哥绳索办起，　　　　春分节接桃芽不可迟移。
　　　　　　春社日我的哥谷籽落水，　　　　清明节下早秧不可远推。
　　　　　　谷雨节上茶山催工挖地，　　　　立夏节插早秧分蔸夺泥。
　　　　　　小满节扶禾苗蔗茶锄地，　　　　芒种节百种籽都要落泥。
　　　　　　夏至节出早谷人人欢喜，　　　　小暑节出中稻日夜奔齐。
　　　　　　大暑节割早谷人人欢喜，　　　　男打情女笑闹互得相宜。
　　　　　　立秋节割晚谷牢牢谨记，　　　　有晚谷七矮粘不可宜迟。
　　　　　　处暑节种荞麦牢牢谨记，　　　　那荞麦种迟了空把霜吃。

十五、叶春发辞院

     白露节我的哥种菜浇水，秋分节不栽菜一家人吃亏。
     寒露节我的哥板田翻起，霜降节迟早谷都要收回。
     立冬节贸易人把账收起，小雪节远路人都要回归。
     大雪节有钱人办年碾米，冬至节才知得全收回归。
     钱归库粮归仓但愿如意，或买东或置西任哥所为。
     小寒节我的哥把年办起，大寒节正是哥过年之时。
     过年节杀年猪分班压岁，三层大四层小哥呀要分高低。
     这就是庄稼事相劝与你，百事都能干庄稼莫离。

叶春发：（唱）范巧妹你送我长亭九里，你劝我庄稼事谨记心机。
     昔日里有赵炎南山挖地，偶遇着南北星正在下棋。
     有赵炎走上前双膝跪地，天赐他万寿匾带转回归。
     二爹娘庆生寿高堂挂起，千世流芳万古传。

范巧妹：（唱）送相公来至在长亭十里，哥好比深山虎哪怕犬欺。
     我的哥今日里归回故内，到下年秋八月来走二回。
     （范姐见四下无人，手挽叶郎，情深意切，泪水成线地流。）
     我的哥看奴家好打主意，你只说在汉口买东买西。
     我的哥不相信走回试试？奴本是至诚人就日就时。
     三岔路不送哥怠慢与你，清水也有分别之时。

叶春发：（唱）范巧妹你送我长亭十里，叶春发有言来细听端的。
     陈杏元落周府思想姊妹，梅良玉落相府思想娇妻。
     未曾行程深施一礼，我回浠水妹转院内。
     （叶春发泪涌满眶，一退一拜地后退下。）

范巧妹：（唱）先只说送我的哥洋洋得意，一霎时惹得我哭哭啼啼。
     十里亭不叹哥归回九里，两足疼痛寸步难移。
     八里亭不叹哥归回七里，好一似梁山伯不差分厘。
     梁山伯到祝家把友访起，可怜人回家转一命归西。
     六里亭不叹哥归回五里，好一似燕子鸟不差分厘。
     双燕子绕高梁成双作对，到后来一个东来一个西。
     四里亭不叹哥归回三里，好一似魏魁元不差分厘。
     蓝玉莲在井边把水汲起，魏相公回家转一命归西。
     二里亭不叹哥归回一里，我一人在院行古人名提。
     潘金莲自调叔贱肉分细，武大灵前血肉化为污泥。
     宋高祖吃醉酒错杀兄弟，汉刘秀宠郭妃误宰姚期。
     在前院不叹哥后院内进，但愿得秋八月来走二回。
     （幕落。）

全剧终

十六、上　河　洲

【剧情简介】
　　贾金莲家住军州城河南地界，自幼父母作主配书生王敬川为妻。结婚七载，夫妻相敬如宾，并生一男一女。时年不济，河南年荒数载，为了养活儿女，书生无奈，将妻子典卖他人，以便度日。
　　贾金莲被卖到李府，嫁与李天龙为妻。李天龙长年贸易在外，三载有余未归。贾金莲在李府独守空房，想起前夫和娇儿，忧心忡忡。决意留书李天龙，告之她将从水路回河南探亲。金莲来至江边，遇一老艄公摆渡。二人互表身世后，金莲结拜艄公为干爹。二人由安庆启航，一路谈笑风生，相处默契。到襄阳荆州地界，金莲下船，父女依依惜别。

【剧中人物】
　　贾金莲　　　　　　杨德高

＊　　　　＊　　　　＊

　　（幕启，李府庄园。贾金莲上。）
贾金莲：（唱）贾金莲坐上房自思自解，　　想起了一家人好不悲哀。
　　　　　　　　家住在军州城河南地界，　　老爹爹贾员外生下奴来。
　　　　　　　　自幼小老爹爹凭媒许配，　　许配了王敬川到老同偕。
　　　　　　　　与王郎配夫妻年有七载，　　生一男并一女两个婴孩。
　　　　　　　　都只为军城县年荒数载，　　一家人好一似浪打雪埋。
　　　　　　　　我的夫读书人无计可奈，　　因此上将奴家卖到此来。
　　　　　　　　提起来卖奴家人人笑坏，　　八百钱两斗麦卖到此来。
　　　　　　　　后嫁与李天龙年有三载，　　未生男未生女无有一胎。
　　　　　　　　李郎夫去贸易长年在外，　　我心想盼前夫看望婴孩。
　　　　　　　　转为是进上房衣襟换改，　　学一个杨八姐混出边街。
　　　　　　　　（贾金莲下。）
　　　　　　　　（艄公杨德高上。）
杨德高：（唱）八十岁公公进花园，　　　手攀花枝泪涟涟。
　　　　　　　　花开花谢年年有，　　　　人老何曾转少年。
　　　　　　　　老汉家住大码头，　　　　取名叫做杨德高。
　　　　　　　　别的道路我不走，　　　　每日河下架小舟。
　　　　　　　　忧者忧来愁者愁，　　　　三日杭州一日苏州。

　　　　　　　今日今朝鬼神愁，　　　　　　　人到白头浪有白头。
　　　　　　　有钱之人把河过，　　　　　　　无钱之人也渡他过州。
　　　　　　　讲话时来至在秋江河口，　　　　一足跳上自己的小舟。
　　　　　　（杨德高摇着小舟下。）
　　　　　　（贾金莲女扮男装上。）

贾金莲：（唱）我适才在上房衣襟换改，　　　一心心到军州看望婴孩。
　　　　　　　含悲忍泪书房踩，　　　　　　　磨动了香花墨修起书来。
　　　　　　　上写着贾金莲顿首百拜，　　　　拜上了李郎夫贵手拆开。
　　　　　　　你的妻一非是被人带外，　　　　都只为盼前夫看望婴孩。
　　　　　　　李郎夫去贸易归回家踩，　　　　切不可着人去把妻赶回来。
　　　　　　　一封书信写得快，　　　　　　　粉壁墙上题起诗来。
　　　　　　　一只孤雁困笼饥，　　　　　　　偶遇秋河到江西。
　　　　　　　五色祥云归海底，　　　　　　　暗里修书乔夫知。
　　　　　　　五十两银子当路费，　　　　　　马房备过马一匹。
　　　　　　（贾金莲上马，圆场。）
　　　　　　　我适才在马房把马备起，　　　　马上加鞭快如飞。
　　　　　　　一马来至秋江河内，　　　　　　叫声船家有话提。
　　　　（白）有请艄公！
　　　　　　（贾金莲下马。）
　　　　　　（杨德高摇橹上。）

杨德高：（白）听说叫渡子，急忙拿篙子。赚几个小钱，买几个肉包子。你这位相公该莫是搭船的？

贾金莲：（白）正是！

杨德高：（白）到什么地方？

贾金莲：（白）到上河洲。

杨德高：（白）相公你到上河洲是斗风逆水，船钱要四串八百！

贾金莲：（白）及时开船就是四串八百。

杨德高：（白）搞鬼，我开细了口。我不免调他一个皮，相公，这到上河洲我要背吹，还要加两百酒钱！

贾金莲：（白）好。就加两百钱的酒钱，将跳搭上。
　　　　　　（艄公搭跳，贾金莲牵马上船。）

杨德高：（白）将跳搭上船，小心一点，慢点，慢点。
　　　　　　（杨德高扯篷索，贾金莲脱掉外衣。）

杨德高：（白）你这位相公，先前上船时乃是堂堂一位相公，如今怎么是二八佳人？好好对老夫一讲，若不然一篙子打你下水。

贾金莲：（白）船太公呀！
　　　　（唱）船太公坐船舱恭耳细听，　　　　细听我来路人诉表家门。
　　　　　　　家住军州城河南地界，　　　　　我的爹贾员外生下奴来。

　　　　　　自幼小二爹娘将我许配，　　　许配了王敬川到老同偕。
　　　　　　与我夫配夫妻年有七载，　　　生一男并一女两个婴孩。
　　　　　　都只为军州城年荒数载，　　　一家人好一似霜打雪埋。
　　　　　　我的夫读书人无计可奈，　　　因此上将奴家卖到此来。
　　　　　　提起来卖奴家人人笑坏，　　　八百钱两斗麦卖到此来。
　　　　　　后嫁与李天龙年有三载，　　　未生男未生女并无一胎。
　　　　　　我的夫去贸易长年在外，　　　我心想盼前夫看望婴孩。
　　　　　　船太公不嫌弃受我一拜，　　　拜结你为干父只当少怀。
　　　　　（白）船太公，我心想结拜您为干父，不知您意下如何？
杨德高：（白）喔。原来你找一双儿女，想我手长袖短，不敢高攀。
贾金莲：（白）该莫有弃嫌？
杨德高：（白）并无弃嫌。
贾金莲：（白）当面拜过。
　　　　　（贾金莲拜介。）
杨德高：（白）好，好！言过就是，何必行此大礼。
　　　　　（杨德高此时高兴得手舞足蹈。）
杨德高：（白）开船喏！
杨德高、贾金莲：（唱）秋江河下开船走，　　扯起篷来走顺风。
　　　　　　　　　　连篷带桨来得快，　　　咦哈呀，我问前面，
　　　　　　　　　　哈合咦，咦哈呀，　　　什么地名？
杨德高：（白）干女儿你该莫是问前面到了什么地名？
贾金莲：（白）正是。
杨德高：（白）大水淹到祖先堂。
贾金莲：（白）此话怎讲？
杨德高：（白）安庆呗，开船喏。
杨德高、贾金莲：（唱）秋江河下开船走，　　扯起篷来走顺风。
　　　　　　　　　　连篷带桨来得快，　　　咦哈呀，我问前面，
　　　　　　　　　　哈合咦，咦哈呀，　　　什么地名？
杨德高：（白）干女儿你该莫是问前面到了什么地方？
贾金莲：（白）正是。
杨德高：（白）高山头上挂红灯。
贾金莲：（白）此话怎讲？
杨德高：（白）望江呗，开船喏。
杨德高、贾金莲：（唱）秋江河下开船走，　　扯起篷来走顺风。
　　　　　　　　　　连篷带桨来得快，　　　咦哈呀，我问前面，
　　　　　　　　　　哈合咦，咦哈呀，　　　什么地名？
杨德高：（白）干女儿你该莫是问前面到了什么地方？
贾金莲：（白）正是。

杨德高：（白）老鼠舔酱钵。

贾金莲：（白）此话怎讲？

杨德高：（白）湖口呗，开船喏。

杨德高、贾金莲：（唱）秋江河下开船走，　　扯起篷来走顺风。
　　　　　　　　　　　连篷带桨来得快，　　咦哈呀，我问前面，
　　　　　　　　　　　哈合咦，咦哈呀，　　什么地名？

杨德高：（白）干女儿你该莫是问前面到了什么地方？

贾金莲：（白）正是。

杨德高：（白）尖刀池鱼！

贾金莲：（白）此话怎讲？

杨德高：（白）小池口呗，开船喏。

杨德高、贾金莲：（唱）秋江河下开船走，　　扯起篷来走顺风。
　　　　　　　　　　　连篷带桨来得快，　　咦哈呀，我问前面，
　　　　　　　　　　　哈合咦，咦哈呀，　　什么地名？

杨德高：（白）干女儿你该莫是问前面到了什么地方？

贾金莲：（白）正是。

杨德高：（白）十两生姜少一两。

贾金莲：（白）此话怎讲？

杨德高：（白）九江呗，开船喏。

杨德高、贾金莲：（唱）秋江河下开船走，　　扯起篷来走顺风。
　　　　　　　　　　　连篷带桨来得快，　　咦哈呀，我问前面，
　　　　　　　　　　　哈合咦，咦哈呀，　　什么地名？

杨德高：（白）干女儿你该莫是问前面到了什么地方？

贾金莲：（白）正是。

杨德高：（白）拉猪上凳！

贾金莲：（白）此话怎讲？

杨德高：（白）二套口呗，开船喏。

杨德高、贾金莲：（唱）秋江河下开船走，　　扯起篷来走顺风。
　　　　　　　　　　　连篷带桨来得快，　　咦哈呀，我问前面，
　　　　　　　　　　　哈合咦，咦哈呀，　　什么地名？

杨德高：（白）干女儿你该莫是问前面到了什么地方？

贾金莲：（白）正是。

杨德高：（白）三个大姐同一床！

贾金莲：（白）此话怎讲？

杨德高：（白）六家嘴呗，开船喏

杨德高、贾金莲：（唱）秋江河下开船走，　　扯起篷来走顺风。
　　　　　　　　　　　连篷带桨来得快，　　咦哈呀，我问前面，
　　　　　　　　　　　哈合咦，咦哈呀，　　什么地名？

杨德高：（白）干女儿你该莫是问前面到了什么地方？

贾金莲：（白）正是。

杨德高：（白）高山头上铲草皮！

贾金莲：（白）此话怎讲？

杨德高：（白）龙坪呗，开船喏。

杨德高、贾金莲：（唱）秋江河下开船走，　　扯起篷来走顺风。
　　　　　　　　　　　　连篷带桨来得快，　　咦哈呀，我问前面，
　　　　　　　　　　　　哈合咦，咦哈呀，　　什么地名？

杨德高：（白）干女儿你该莫是问前面到了什么地方？

贾金莲：（白）正是。

杨德高：（白）夫妻二人上牙床！

贾金莲：（白）此话怎讲？

杨德高：（白）武穴呗，开船喏。

杨德高、贾金莲：（唱）秋江河下开船走，　　扯起篷来走顺风。
　　　　　　　　　　　　连篷带桨来得快，　　咦哈呀，我问前面，
　　　　　　　　　　　　哈合咦，咦哈呀，　　什么地名？

杨德高：（白）干女儿你该莫是问前面到了什么地方？

贾金莲：（白）正是。

杨德高：（白）烈马无缰！

贾金莲：（白）此话怎讲？

杨德高：（白）兰溪呗，开船喏。

杨德高、贾金莲：（唱）秋江河下开船走，　　扯起篷来走顺风。
　　　　　　　　　　　　连篷带桨来得快，　　咦哈呀，我问前面，
　　　　　　　　　　　　哈合咦，咦哈呀，　　什么地名？

杨德高：（白）干女儿你该莫是问前面到了什么地方？

贾金莲：（白）正是。

杨德高：（白）八十岁公公去调情！

贾金莲：（白）此话怎讲？

杨德高：（白）石灰窑呗，开船喏。

杨德高、贾金莲：（唱）秋江河下开船走，　　扯起篷来走顺风。
　　　　　　　　　　　　连篷带桨来得快，　　咦哈呀，我问前面，
　　　　　　　　　　　　哈合咦，咦哈呀，　　什么地名？

杨德高：（白）干女儿你该莫是问前面到了什么地方？

贾金莲：（白）正是。

杨德高：（白）屋脊头上晒西瓜！

贾金莲：（白）此话怎讲？

杨德高：（白）黄陂呗，开船喏。

杨德高、贾金莲：（唱）秋江河下开船走，　　扯起篷来走顺风。

连篷带桨来得快，	咦哈呀，我问前面，
哈合咦，咦哈呀，	什么地名？

杨德高：（白）干女儿你该莫是问前面到了什么地方？

贾金莲：（白）正是。

杨德高：（白）姑嫂二人比大胯！

贾金莲：（白）此话怎讲？

杨德高：（白）一边是襄阳，一边是荆州。到了，到了。①

贾金莲：（白）干爹，这有银子一锭，拿与干爹打酒吃。

（杨德高搭跳，贾金莲牵马下船，摸出银子一锭付与干爹，父女相互推让，扬德高坚辞不收。）

杨德高：（白）干女儿说哪里话，这银子为父不用，把与我的干孙子买糖、买果饼吃。

贾金莲：（白）干爹，不敢愧领！

杨德高：（白）拿过去啥！好。列位我到秋江打鱼去哟。

贾金莲：（唱）多蒙干爹情义盛，　　　　不要银子带转回程。

（贾金莲上马。）

骑马只得往前奔，　　　　明日里到河南寻找娇生。

（贾金莲骑马下。）

（灯暗，幕落。）

全剧终

---

① 地名宿松、巴河略叙。

十七、青 天 记

【剧情简介】

书生张兆蓝自幼与吴仁寿结拜昆仲,二人犹如同胞,同在茅山寺攻书。张兆蓝父亲早年在湖北省任七品知县,在任病逝,丢下妻子及儿子、儿媳。不久,张兆蓝娇妻也去世了,且未留下一男半女,唯有张兆蓝和母亲冯氏相依度日。几经波折,张兆蓝患病在家调养。病情稍有好转,兆蓝便辞母去茅山读书。

蔡平望屠夫出身,湖北黄冈人。因早年杀猪,与人口角,将人杀死,为避案逃往江西宜新县,开座屠宰店为生。此人好贪女色,观见吴仁寿妻子秦桂英貌若天仙,起下了不良之意。蔡平望怀疑张兆蓝与秦桂英有染,想借此由杀死张兆蓝,去掉眼中钉,以方便行事。一日,吴仁寿从茅山寺回家探母。夫妻睡至三更,蔡平望从狗洞潜入,杀死吴仁寿。天明,秦桂英将夫君死讯报知婆母吴金氏。吴金氏得知噩耗,大骂秦桂英,拉扯儿媳到县衙告状。江知县听取吴金氏一面之词,定秦桂英串通奸夫杀亲夫之罪。大刑之下,秦桂英无奈攀出丈夫义兄张兆蓝。江知县当堂发签,捉拿张兆蓝到案。大堂之下,江知县不问青红皂白,革除张兆蓝功名,并将兆蓝屈打成招,合同秦桂英打进死牢,秋后问斩。

后任知县刘部元为官清正,为民办案一丝不苟。刘知县揣测此案有异,但人命案已招供,铁板钉钉,若无真凭实据,想翻冤案,万万不能。为了清正本案,刘知县只好外出私访。几经波折,案情终于水落石出。刘知县当即呈案卷上司裁夺,上司批文回复。蔡平望无故杀人,斩立决;吴金氏晚年丧子,封节烈夫人;吴仁寿无辜丧命,追封大夫;前任江知县诬陷良民,削职为民;刘知县为官清正,才德过人,升封知州;张兆蓝封为举人,任宜新县正堂,走马上任;秦桂英改嫁张兆蓝,配合百年之好。

【剧中人物】

张兆蓝	张冯氏	吴仁寿
吴金氏	秦桂英	蔡平望
小和尚	江知县	刘部元
师 爷	李炳恒	禁 子
跑文人	众衙役	老板娘
丫 鬟		

* * *

(幕启,张府客厅,张兆蓝上。)

张兆蓝:(引)苦读寒窗,不知何日把名扬。

十七、青天记

(赋) 少小须勤学，文章可立身。满朝朱紫贵，尽是读书人。

(白) 小生张兆蓝，多蒙大人提拔廪生。爹爹张祖义，母亲冯氏，家住江西省，宜新县人。自幼结拜吴仁寿，二人犹如同胞，攻读茅山寺。只因那日得病，回家调养，今已病愈。心想进校读书，必要与母亲商议才是道理。想起爹爹早逝，好不悲伤人也。

(唱) 张兆蓝坐客堂心中思想，想起来读书事挂在心上。
老爹爹七品职湖北印掌，在任时未半载即把身亡。
可怜我的爹一命身丧，丢下了母子俩好不凄凉。
遭不幸我的妻又把命丧，可怜我年轻人孤守卧房。
今日里病已愈心中思想，一心想到茅山攻读文章。
转面来我就把母亲请上，老母亲来客堂儿有量商。
（张冯氏慢步上。）

张冯氏：(唱) 耳旁边有听得娇儿请拜，但不知请为娘事为何来？

张兆蓝：(唱) 老母亲不知情儿把礼敬，你孩儿有言来细听分明。
自那日身得病回家一奔，今日里儿病愈去读书文。
请出了老母亲非为别论，行不行去不去娘说分明。

张冯氏：(唱) 我的儿出此言大有礼信，年轻人你应该攻读书文。
我的儿到圣堂必须发奋，到后来必定是朝中能臣。
此一番我的儿圣堂来进，等只等一月满望儿回程。

张兆蓝：(唱) 老母亲训教儿谨遵娘命，世哪有为子者不听娘亲。
施罢一礼茅山寺奔，等只等一月满望儿回程。
（张兆蓝信步下。）

张冯氏：(唱) 只见我儿茅山寺奔，倒让为娘挂之在心。
望不见娇儿后堂进，天保佑小娇儿早得头名。
（张冯氏望儿去远处下。）
（灯暗，幕落。）
（幕启，茅山寺圣堂，吴仁寿上。）

吴仁寿：(唱) 吴仁寿坐书房心中思忖，想起来张仁兄常挂在心。
自那日身患病回家一奔，到如今有半月未见回程。
张仁兄不在校冷漠得很，我一人在圣堂懒把书温。
低下头来主意想定，我不免回家转看望母亲。
施拜一礼辞别孔圣人，又辞学友照管学门。
（吴仁寿下。）
（灯暗，幕落。）
（幕启，蔡平望屠宰店。蔡平望上。）

蔡平望：(白) 咱老子今年三十春，一生宰杀混光阴，见了人家好美女，恨不得把她一口吞。老子乃湖北黄冈人氏，姓蔡，名平望。在家开一杀猪店，那日买了一头毛猪，八十斤重。拉上凳就杀，遇了一个阉猪的小子，与老子讲理，说什么猪未曾阉就杀了。老子气不过，一拳一足将他打死。此事只怕不好，我夫妻二人，连夜逃走，逃至江西省宜新县风镇驿，在此开座宰杀店。这几年也是浪荡，三年不杀两头猪，常以偷花为生。我想吴家村花园花草甚多，不免前去偷他的花草，长街发卖。话言未尽，吴家村一走。

（蔡平望贼头贼脑地下。）

（灯暗，幕落。）

（幕启，吴府庄园。秦桂英衣冠楚楚地上。）

秦桂英：（唱）昨夜晚得一梦将我惊醒，　梦见了牙床上血水成冰。
　　　　　　奴本是官家后千金之体，　我的夫吴仁寿秀才之身。
　　　　　　张仁兄与我夫兄弟拜定，　他二人在茅山攻读书文。
　　　　　　这几天在绣楼心中烦闷，　我不免到花园前去散心。
　　　　　　转面来我就把丫鬟叫应，　丫鬟女来来来我有话明。

（丫鬟上。）

丫　鬟：（唱）一枝腊梅靠粉墙，　打扫前堂并后堂。
　　　　　　耳旁边有听得姑娘叫上，　但不知叫丫鬟事为哪桩。
　　　　　　上前来见姑娘一礼奉上，　我姑娘唤丫鬟差向何方？

秦桂英：（唱）小丫鬟休见礼一旁站定，　你姑娘有言来细听分明。
　　　　　　这几日在绣楼心中忧闷，　我心想到花园散散精神。

（二幕落，郊外。绿水青山，景色宜人，主仆圆场。二幕启，吴府花园。）

　　　　　　你与我前带路花园来进，　观看花草再转回程。
　　　　　　行来在花园门将身来进，　我花园好百花开得爱人。
　　　　　　牡丹花芍药花争艳比胜，　兰草花月月红一代时新。
　　　　　　花园中好百花观之不尽，　玩耍一时再转回程。

（主仆沿路观花。）

（蔡平望偷偷地上。）

蔡平望：（唱）蔡平望在店房主意打定，　一心心到吴家偷花变银。
　　　　　　一路上好美景无心观定，　抬头看不却是百花园门。
　　　　　　来在花园用目看，　墙高人矮怎么前行。
　　　　　　低下头来暗思忖，　忽然一计涌上心。

（白）唉，这墙高人矮，叫老子从哪里而进？喔，有了，从这狗洞爬进去，岂不甚好。似乎有理，待老子爬进去。

（蔡平望由狗洞爬进花园，灰头土脸。秦桂英、丫鬟见蔡平望如此狼狈，发笑暗下。）

蔡平望：（白）你看秦小姐在花园观花，见我蔡平望，又含笑面，必是想我。哼！我想吴仁寿与张兆蓝结拜兄弟倒还罢了，只是秦桂英与张兆蓝不清不楚。有了，等张兆蓝前往他家，与秦小姐这个，那个。老子就身带短刀，黑夜摸进绣房。待张兆蓝睡着，将他一刀刺杀！那时小姐到手，倒也不难。分析在理，慢慢设计，回家一走。

（蔡平望鬼头怪脑下。）
（二幕落。）
（张兆蓝上。）

张兆蓝：（唱）张兆蓝领受了母亲严命，　　她叫我到茅山寺攻读书文。
（张兆蓝一路走来，二幕启，茅山寺。）
行来在茅山寺一旁观定，　　请一声老师傅前来开门。
（小和尚上。）

小和尚：（唱）小和尚在后殿佛经来念，　　但不知是何人来到寺前。
用手儿开殿门用目观见，　　却原是张相公来到寺前。

小和尚：（白）喔，张先生请进，张先生请上，小和尚有礼。

张兆蓝：（白）师傅休要见礼，请坐。

小和尚：（白）谢座。

张兆蓝：（白）师傅我来问你，吴贤弟可在圣堂？

小和尚：（白）不在，回家去了。

张兆蓝：（唱）听说是吴贤弟回家探亲，　　倒让我张兆蓝挂之在心。
辞别师傅圣堂进，　　转到圣堂攻读书文
（张兆蓝下。）

小和尚：（唱）有只见张先生圣堂来进，　　不由我小和尚喜之在心，
急急忙忙后殿进，　　转到后殿念佛经。
（小和尚高兴地下。）
（幕落。）
（幕启，蔡平望屠宰店，蔡平望上。）

蔡平望：（唱）蔡平望这几日相思害病，　　想起了秦小姐神志不清。
自那日进花园初会小姐桂英，　　她有心我有意未配为婚。
吴仁寿在茅山攻书发奋，　　怕的是张兆蓝找上她门。
低下头来心中裁论，　　忽然一计想在心。
手执钢刀吴府奔，　　刺杀了张兆蓝再配为婚。
（蔡平望手持钢刀下。）
（二幕落。）
（二幕前，由茅山寺通往吴家村一条羊肠小道，弯弯曲曲，各种野花香气扑鼻，翠竹生生。吴仁寿上。）

吴仁寿：（唱）茅山寺辞圣人归家探亲，　　不由我吴仁寿喜之在心。
一路美景无心看，　　一心心回家转问母安宁。
来在自家门提足进，
（二幕启，吴府客厅。）

吴仁寿：（唱）拜请了老母亲儿转回程。
（吴金氏上。）

吴金氏：（唱）耳旁边有听得人声叫请，　　想必是我儿攻书回程。

	行来在客堂上用目观定，	我的儿不攻读请什么娘亲。
吴仁寿：	（唱）老母亲请上座儿把礼敬，	您孩儿有言来禀告娘亲。
	领母命茅山寺攻书勤奋，	老母亲年高迈儿不放心。
吴金氏：	（唱）我的儿出此言倒也孝顺，	倒让为娘喜之在心。
	我的儿暂把后堂进，	转到绣楼会妻桂英。
吴仁寿：	（唱）老母亲吩咐话孩儿遵命，	世哪有为子者不顺娘亲。
	辞别母亲绣楼进，	我到绣楼会妻桂英。
	（吴仁寿下。）	
吴金氏：	（唱）有只见我的儿绣楼来进，	倒让为娘喜之在心。
	将身我把上房进，	天保佑仁寿儿早中头名。
	（吴金氏下。）	
	（二幕落。）	
	（二幕启，吴府绣楼卧室，秦桂英上。）	
秦桂英：	（唱）秦桂英在绣楼心中暗想，	想起了我的夫两眼汪汪。
	你在那茅山寺把书念上，	全不念秦桂英独守空房。
	叹不尽心腹事牙床靠上，	但不知相公夫何日回乡。
吴仁寿：	（唱）吴仁寿遵母命绣楼来进，	观见了我的妻靠在床楞。
	观卧室无有人将妻推醒，	我的妻醒转来夫转回程。
秦桂英：	（唱）在梦乡与相公同床交枕，	但不知是何人叫我一声。
	我这里睁昏花用目观定，	有只见相公夫打坐床楞。
	忍不住拉相公牙床睡醒，	红罗帐内久别胜新婚。
	（蔡平望手持钢刀，蹑手蹑脚地上。）	
蔡平望：	（唱）昨夜晚在牙床未曾睡醒，	想起了秦小姐好不迷人。
	执钢刀至吴府将身进，	刺杀张兆蓝好配婚姻。
	（白）且住，府门重重紧闭，怎样进去？有了，我不免从狗洞爬进去。	
	（蔡平望爬狗洞下。）	
吴仁寿：	（唱）听樵楼打罢了初更时分，	想起来读书事睡不安稳。
	清晨起来就把五经念，	到夜晚三更天才能熄灯。
	初更天叹不尽牙床靠枕，	等只等樵楼上鼓打二更。
秦桂英：	（唱）听樵楼打罢了二更时分，	倒让我秦桂英纳闷在心。
	往日里与相公颠鸾倒凤，	今夜晚为什么睡不安宁。
	二更天叹不尽挨夫靠枕，	等只等樵楼上鼓催三更。
	（蔡平望持刀上。）	
蔡平望：	（白）呸！你这个贼子，老子正好动手！	
	（蔡平望手执短刀，高高举起，将吴仁寿一刀杀死下，樵楼更鼓响。）	
秦桂英：	（唱）闰年闰月不闰更，	不觉樵楼又催打四更。
	相公牙床来睡醒，	不由我年轻人又动春心。
	开言来我就把相公相请，	相公夫醒转来妻有话明。

|（白）相公醒来，相公醒来！
（秦桂英起身推醒吴仁寿，顿觉情况不对，点灯查看。）

秦桂英：（白）啊，不好了！
（唱）往日里叫声相公他声应，　　今日里叫相公何不作声。
相公与奴牙床睡醒，　　何来贼子杀我夫君。
越思越想珠泪难忍，　　无头的冤案怎么伸。
转面来我只得婆母相请，　　老婆婆醒转来我有话明。
（吴金氏慌忙上绣楼卧室。）

吴金氏：（唱）眼跳心惊不安宁，　　忽听儿媳叫一声。
来在绣楼将儿问，　　深更半夜为何情？

秦桂英：（唱）老婆婆不知情听我告禀，　　儿媳有言细听分明。
夜晚与相公同床睡醒，　　不知何方贼子杀夫君。

吴金氏：（白）你在怎讲？

秦桂英：（白）不知何人将夫君刺杀！

吴金氏：（白）不好了！
（唱）听说我儿丧了命，　　好似狼牙箭穿透我心。
何方贼子心肠狠，　　刺杀我儿为何情。
开言就把贱人骂，　　胆大的贱人了不成。
你在家中为人不正，　　约会奸夫杀儿身。

秦桂英：（唱）婆婆出言少理论，　　媳妇有言听分明。
奴与相公牙床睡醒，　　何方贼子杀夫君。
这是孩儿真言禀，　　这无头的冤案怎样伸。

吴金氏：（唱）贱人休要强来争，　　老身心下明如灯。
哪有闲话与你讲，　　去到县衙把冤伸。
（二幕落。）
（郊外，婆媳扭结，拉拉扯扯，奔往县衙。）
手扯贱人县衙奔，　　去到县衙把理评。
三步当做两步走，　　两步当做一步行。
来在县衙将身进，　　就把堂鼓敲几声。
（白）冤枉啊！
（二幕启，宜新县正堂。江知县、众衙役如狼似虎地上。）

江知县：（白）堂鼓一声响，本县着了慌。何方吉凶事，本县坐大堂。左右将击鼓人带上堂来！

衙　役：（白）是！传击鼓人上堂。

吴金氏：（白）见过大人！

江知县：（白）你这老妇，今天又不是三六八日，为何击动本县堂鼓？

吴金氏：（白）启禀大人，小妇人所生一子，名叫吴仁寿，配妻秦桂英。桂英在家为人不正，昨夜三更，与人通奸，将我儿一刀刺杀。望大人替我作主。

江知县：（白）你这话句句属实？
吴金氏：（白）句句属实！
江知县：（白）你且退下，本县与你作主。
吴金氏：（白）谢谢大人。
（吴金氏下。）
江知县：（白）左右将秦桂英带上堂来！
衙　役：（白）是！秦桂英上堂。
秦桂英：（白）见过大人！
江知县：（白）胆大的秦桂英，你婆婆告你串通奸夫杀亲夫一案，从实招来，免受大刑！
秦桂英：（白）回禀大人，小女子无有杀鸡之胆，哪来杀人之心？
江知县：（白）住口！空手审贼贼不招，拿棍呼犬犬必跑。人命之事非同小可，不动大刑你不招。左右，拿大刑伺候！
（衙役对秦桂英用大刑介。）
江知县：（白）有招无招？
衙　役：（白）无招！
江知县：（白）松刑，秦桂英我来问你，你家平日与何人来往？
秦桂英：（白）没有。
江知县：（白）可有结拜亲朋戚友？
秦桂英：（白）只有张家村张兆蓝，与我夫结拜兄弟，在茅山寺同学攻书。
江知县：（白）我想必是此人所为，左右，将秦桂英押下。
（二衙役押秦桂英下，衙役复上。）
江知县：（白）人来！这有火签一支，速提张兆蓝到案！
衙　役：（白）是！
（衙役下，提张兆蓝上。）
张兆蓝：（白）人在圣堂坐，祸从天上落。来在县衙，待我报门而进，报张兆蓝进，见过大人。
江知县：（白）下跪何人？
张兆蓝：（白）小生张兆蓝。
江知县：（白）胆大的张兆蓝，吴金氏告你刺杀吴仁寿一案，从实招来，免受刑法。
张兆蓝：（白）回禀大人，小生乃是读书之人，明知礼义，焉敢杀人。望大人详查。
江知县：（白）大胆的张兆蓝，左右，责打四十板。
衙　役：（白）是！一十，二十，三十，四十，启禀大人用刑已毕。
江知县：（白）有招无招？
衙　役：（白）无招！
江知县：（白）大刑伺候！
张兆蓝：（白）人心似铁非是铁，官法如炉却是炉。不招口供刑难受，罢罢罢！吴仁寿是我切头。
衙　役：（白）启禀大人有招。

江知县：（白）口招不能为凭，当堂画招，张兆蓝你画下招供！
张兆蓝：（白）苍天呐！
　　　　（唱）左边一撇不成字，　　　　　　右边一捺凑成人，
　　　　　　　人字旁边加两点，　　　　　　凑成火字烧自身。
衙　役：（白）画供已毕，呈与大人。
江知县：（白）传禁子上堂！
　　　　（禁子上。）
禁　子：（白）参见大人。
江知县：（白）将犯人收监！
禁　子：（白）是！
　　　　（禁子带张兆蓝下。）
江知县：（白）左右，有事无事？
衙　役：（白）无事。
江知县：（白）退堂。
　　　　（江知县、衙役下。）
　　　　（幕落。）
　　　　（前幕启，二幕前。小和尚慌慌张张急上。）
小和尚：（唱）我在大街得一信，　　　　　　张先生监牢受酷刑。
　　　　　　　急急忙忙送一信，　　　　　　送与夫人得知情。
　　　　（二幕启，张府客厅。）
　　　　　　　来在府门将身进，　　　　　　拜请夫人我有话云。
　　　　（张冯氏急上。）
张冯氏：（唱）我在后面听得清，　　　　　　又听何人请一声。
　　　　　　　将身我把厅堂进，　　　　　　只见师傅到来临。
　　　　　　　开言便把师傅问，　　　　　　师傅慌张为何情？
小和尚：（白）夫人哪里知道，有大事不好！
张冯氏：（白）怎么大事不好？
小和尚：（白）只因吴金氏告到张先生刺杀吴仁寿，县太爷发火签将张先生带到法堂，酷打成招。问成死罪，钉枷下狱。
张冯氏：（白）不好了！
　　　　（唱）听一言来昏迷不醒，　　　　　日旋月移转乾坤。
　　　　　　　睁开昏花用目看，　　　　　　只见师傅在我跟。
　　　　　　　开言就把师傅请，　　　　　　快设良计救娇生。
小和尚：（唱）安人要我把计定，　　　　　　一时有计也难生。
　　　　　　　快去监牢相公看，　　　　　　除非上司把冤伸。
张冯氏：（唱）如此师傅把路引，　　　　　　我到监牢看娇生。
　　　　（二幕落。）
　　　　（郊外，小和尚、张冯氏急奔县衙监狱。）

　　　　　　　急急忙忙来得快，　　　　　　监牢不远面前存。
　　　　　　　来在监牢一旁站，　　　　　　叫声师傅我有话明。
　　　　　　（二幕启，宜新县监狱，不断传来叫骂声和痛苦呻吟。）
张冯氏：（白）有劳师傅，你与我叫声禁哥。
小和尚：（白）安人，我乃出家之人，多有不便，你自家前去叫，我到茶馆等候。
张冯氏：（白）如此师傅休要走远了。
小和尚：（白）是！
　　　　　　（小和尚下。）
张冯氏：（白）拜请禁哥。
　　　　　　（禁子上。）
禁　子：（白）何事？
张冯氏：（白）找我儿张兆蓝一会。
禁　子：（白）等候了，张兆蓝哪里走来哟。
　　　　　　（张兆蓝披枷戴锁上。）
张兆蓝：（唱）禁大哥一声叫心中害怕，　　叫得我张兆蓝胆颤肉麻。
　　　　　　　不是打来便是骂，　　　　　　就是那阎罗王也怕见他。
　　　　　　　走上前见禁哥口讲好话，　　禁大哥叫兆蓝有何开发。
　　　　　（白）禁大哥，这就打不得了哇。
禁　子：（白）哪个打你，你家母亲前来会你。
张兆蓝：（白）可允我一会？
禁　子：（白）允你一会，不许乱跑。
张兆蓝：（白）如此，禁大哥闪开了。
　　　　　　（禁子下。）
张兆蓝：（白）母亲在哪里？
张冯氏：（白）我儿在哪里？
张兆蓝：（白）母亲……！
　　　　　　（母子相见，抱头痛哭。）
张冯氏：（唱）一见我儿披枷戴锁，　　　　哭得为娘泪婆娑。
　　　　　　　只望我儿乌纱戴，　　　　　谁知今日受折磨。
　　　　　　　这样日子怎能过，　　　　　丢下为娘靠哪个。
　　　　　　　我儿冤枉从何起，　　　　　何不把冤枉事一桩桩，一件件，
　　　　　　　桩桩件件细说风波。
张兆蓝：（唱）监牢外有石块请娘坐稳，　　您孩儿有言来禀告娘亲。
　　　　　　　自那日辞母亲茅山寺进，　　您孩儿在茅山苦读书文。
　　　　　　　前几日吴贤弟回家一奔，　　他说道回家转看望娘亲。
　　　　　　　有谁知秦桂英闺门不正，　　约会奸夫刺杀夫君。
　　　　　　　天明亮他婆婆得下音信，　　扯住了秦桂英去把冤伸。
　　　　　　　女儿家受不过三拷六问，　　因此上在法堂攀出儿身。

		:
	到大堂案情事一概不问，	拿大帖请老师罚儿功名。
	去掉了儿功名复拷问，	三拷六问逼供要儿招承。
	您孩儿受不过三拷六问，	也只得人命事一口招认。
	这就是您孩儿直言诉禀。	要想儿活命万万不能。
张冯氏：	（唱）听我儿出此言泪珠难忍，	骂一声秦桂英胆大妖精。
	为什么在家中闺门不紧，	刺杀亲夫诬赖我儿身。
	我的儿在监牢耐耐忍忍，	你为娘到江西去把冤伸。
张兆蓝：	（唱）老母亲这一言错把话论，	江西省离我家千里路程。
	画下招供如铁箍桶，	要想翻案万万不能。
	低下头来心裁论，	想起新任知县刘大人。
	听说大人多清正，	只爱良民不爱银。
	母亲暂且回家转，	等到放告期去把冤伸。
	（禁子上。）	
禁　子：	（白）收监，收监！	
张兆蓝：	（唱）我本当与母亲多把话论，	忽听禁子收监门。
	悲切切辞母亲监牢进，	等候母亲去把冤伸。
	（禁子押张兆蓝下。）	
张冯氏：	（唱）只见我儿监牢进，	哭得为娘泪双淋。
	望不见我儿回家奔，	刘大人放告期再把冤伸。
	（张冯氏含泪下。）	
	（幕落。）	
	（幕启，宜新县正堂。正堂上悬挂一匾"清正廉明"，新任知县刘部元、众衙役上。）	
刘部元：	（引）做清官如民父母，保百姓如保儿孙。	
	（赋）国泰天星顺，官清民自安。妻贤夫祸少，子孝父心宽。	
	（白）本县，刘部元，安徽潜山人氏，蒙圣恩点我头名进士。分发江西省十五载，只因断案不冤，百姓口称青天。前任江寿春，为官无才，上司将他撤委。任我为宜新县正堂，昨日接印上任。人来！	
衙　役：	（白）有！	
刘部元：	（白）开道！城隍庙拈香。	
	（二幕落。）	
	（宜新县城。街市上热闹非凡，过往行人穿梭不息。）	
	（刘部元、众衙役下。）	
	（张冯氏急上。）	
张冯氏：	（唱）听说是刘大人接印上任，	不由我张冯氏喜之在心。
	将身我把城门进，	鸣锣开道为何因。
	（白）朋友请了！	
内：	（白）请了何事？	

张冯氏：（白）方才何人鸣锣？
　　内：（白）刘大人拈香。
张冯氏：（白）多谢了。
　　　（唱）我的儿在监牢死罪有准，　　拦路告状把冤伸。
　　　　　（张冯氏持状，拦街跪地。）
张冯氏：（喊）冤枉！冤枉啊！
　　　　　（刘部元、众衙役上。）
刘部元：（白）前道为何不行？
衙　役：（白）有一老妇挡道，口称冤枉。
刘部元：（白）人马列开，将老妇带上。
张冯氏：（白）民妇见过大人！
刘部元：（白）你口称冤枉，状告何人？状词呈上。
　　　　　（一衙役上前接状，转递县太爷。）
张冯氏：（白）老身冯氏，家住张家村，所生一子名叫张兆蓝。我儿在茅山寺读书，与吴仁寿结拜兄弟。因为那日吴仁寿回家看母，谁知秦桂英闺门不紧，约会奸夫杀亲夫，诬陷我儿。望乞青天大老爷与老妇人作主。
刘部元：（白）你可层层是实？
张冯氏：（白）句句属实！
刘部元：（白）你且退下，本县与你作主。
张冯氏：（白）谢过大人。
　　　　　（张冯氏叩拜下。）
刘部元：（白）人来，开道回衙。
　　　　　（二幕启，宜新县正堂。）
刘部元：（白）方才本县城隍庙拈香回来，有一冯氏，口称冤枉，待我拆状观看。且住，我想张兆蓝与吴仁寿结拜兄弟，必不杀他。张兆蓝原是禀生，岂不知王法？左右，将案卷呈上，待我观看。
　　　（唱）这案卷看我心中恼恨，　　骂一声江知县无有才能。
　　　　　盗案当作奸案审，　　　　伸手就拿贵门禀生。
　　　　　此案若是本县办，　　　　一桩桩一件件审断分明。
　　　（白）我想张兆蓝亲手画招，已成铁案。这便怎处？啊！有了，不免将此案拖延后，再作定夺。人来，掩门。
　　　　　（刘部元、众衙役下。）
　　　　　（二幕落。）
　　　　　（二幕前，吴金氏上。）
吴金氏：（唱）有老身在后面心中想定，　想起了娇儿好不伤心。
　　　　　心中只把兆蓝来恨，　　　　刺杀我儿为何情。
　　　　　多蒙江知县情高义盛，　　　后来的刘知县做官不清。
　　　　　人命事不详案丢下不问，　　我的儿被杀害何日能伸。

| | 无奈何我只得京城进， | 但不知何日里得转回程。 |

（吴金氏下。）

（二幕启，宜新县正堂。刘部元、师爷、众衙役上。）

刘部元：（白）镇守宜新，掌管万民。
本县，刘部元。初来上任，吴金氏告张兆蓝一案，我想张兆蓝原是禀生，岂有杀人之理。不免命师爷审过明白，左右，传师爷上堂。

衙　役：（白）师爷上堂。

（师爷戴眼镜，身着长衫，文质彬彬地上。）

师　爷：（白）人道官衙贵，我道官衙贱。眼前不识字，头上有青天。见过大人！

刘部元：（白）师爷一旁请坐。

师　爷：（白）谢大人！大人叫出卑职，有何商议？

刘部元：（白）师爷有所不知，吴金氏告张兆蓝刺杀吴仁寿一案，我想张兆蓝乃是禀生，焉有杀人之理。心想师爷将张兆蓝、秦桂英提出监来审问明白。可曾愿意？

师　爷：（白）卑职情愿。

刘部元：（白）师爷，何为官位上？

师　爷：（白）有天！

刘部元：（白）下？

师　爷：（白）有地！

刘部元：（白）中间？

师　爷：（白）各凭良心！

刘部元：（白）只要有良心二字。如此，大事全托付你了。

师　爷：（白）请老爷退堂。

（刘部元下。）

师　爷：（白）领了大人命，怎敢不细心。禁子哪里？

（禁子上。）

禁　子：（白）请问师爷，呼唤小人何事？

师　爷：（白）你将张兆蓝、秦桂英二人提出，我要审问。

禁　子：（白）小人领命！张兆蓝哪里走来。

（公堂上放下珠帘，张兆蓝披枷戴锁上。）

张兆蓝：（唱）禁大哥一声叫心中害怕，　　吓得我张兆蓝胆颤肉麻。
带刑具见禁哥屈膝跪下，　　禁大爷叫犯人有何开发。
（白）禁大哥打不得了。

禁　子：（白）哪个打你，张兆蓝我看你乃读书之人，焉有杀人之理。你将你那犯法之事对我讲来，早晚与你松松刑。

张兆蓝：（白）如此禁哥听了。
（唱）禁大哥问得我珠泪难忍，　　细听我张兆蓝诉表冤情。
实可叹老爹爹早年丧命，　　丢下我母子俩好不伤心。

		都只为遵母命茅山寺进，	我也曾茅山寺攻读书文。
		吴仁寿他与我情高义盛，	我二人在圣堂拜结仲昆。
		自那日吴贤弟回家探亲，	他讲道回家转看望母亲。
		他的妻秦桂英闺门不紧，	约奸夫杀亲夫俱是真情。
		天明亮她婆婆得知一信，	见娇儿死得苦昏倒埃尘。
		此时间将桂英县衙来捆，	带之在宜新县把冤来伸。
		女儿家受不了三拷六问，	因此上将兆蓝攀上监门。
		这就是受冤人真言诉禀，	说与了禁大哥得知其情。

禁　子：（白）师爷口供可曾记下？
师　爷：（白）已经记下了，将秦桂英提出监牢。
禁　子：（白）秦桂英哪里走来。
　　　　（秦桂英身穿罪衣，披枷戴锁上。）
秦桂英：（唱）禁大哥一声叫心中害怕，　　吓得我秦桂英胆颤肉麻。
　　　　　　　他叫我不是打来就是骂，　　就是阎王爷也怕见他。
　　　　　　　战战兢兢对师爷屈膝跪下，　禁大哥叫犯人有何开发。
禁　子：（白）你把你的冤情从实讲来，也好早晚与你松刑。
秦桂英：（白）如此，禁大哥容禀。
　　　　（唱）禁大哥不知情容我诉禀，　　细听我犯法人诉表冤情。
　　　　　　　二爹娘生下我凭过媒证，　　许配了吴仁寿到老为婚。
　　　　　　　我的夫茅山寺把书来念，　　那日里回家转看望娘亲。
　　　　　　　但不知何方贼绣房混进，　　三更天杀我夫往外逃生。
　　　　　　　天明亮老婆婆得下一信，　　她说我约奸夫来杀夫君。
　　　　　　　此时间老婆婆心肠太狠，　　因此上将奴家扭扯上法庭。
　　　　　　　大堂上受不过三拷六问，　　也只得将仁兄攀扯监门。
　　　　　　　这就是秦桂英直言诉禀，　　说与了禁大哥得知其情。

禁　子：（白）师爷口供记下了？
师　爷：（白）已经记下了，你将珠帘卷起。将二人对审。
　　　　（禁子卷珠帘介。）
禁　子：（白）张兆蓝你上前走走。
张兆蓝：（唱）一见桂英心头恼恨，　　咬牙切齿骂几声。
　　　　　　　你夫与我拜仲昆，　　同在茅山把书温。
　　　　　　　那日你夫回家奔，　　到底何人杀你夫君。
　　　　　　　丫头与我何仇恨，　　苦苦害我为何情。
　　　　　　　说得清楚饶你命，　　一字有假难脱身。
秦桂英：（唱）一见仁兄将我恨，　　哪知桂英腹内冤情。
　　　　　　　那日我夫回家奔，　　倒让奴家喜在心。
　　　　　　　樵楼初更人未睡醒，　鼓打二更才得安宁。
　　　　　　　夫妻双双同床寝，　　不知何人混进房门。

		不知何人将他杀，	奴家实实不知情。
		鼓打五更将夫叫，	叫夫不应血淋淋。
		奴家此时高声叫，	惊动婆婆到来临。
		婆婆到此不细问，	硬说奴家有奸情。
		可恨婆婆心太狠，	她将桂英扯到公庭。
		太爷此时来拷问，	问我家中有哪些朋亲。
		奴家此时便讲定，	并无三朋四友人。
		只有仁兄拜仲昆，	犹如同胞共母生。
		太爷此时来裁论，	就把仁兄打入监门。
		这是桂英真言告禀，	这样冤枉怎样伸。

张兆蓝：（唱）听贤妹出此言泪珠难忍， 好似狼牙箭穿心。
前生欠下了冤枉债， 今生难免这灾星。

禁　子：（白）收监，收监！

张兆蓝：（唱）又听禁哥收监门。
在前监别贤妹后监进， 冤枉事人不知头上有天。
（张兆蓝、秦桂英下。）

禁　子：（白）师爷二人口供可曾记下？

师　爷：（白）已经记下了，退堂！
（师爷、禁子下。）
（跑文人骑马上。）

跑文人：（白）人行千里路，马过万重山。来此宜新县，勒马下雕鞍。
（跑文人下马，）

跑文人：（白）报，跑文人到！
（一衙役上。）

衙　役：（白）拜请老爷，跑文人到。
（刘部元上。）

刘部元：（白）动乐！
（跑文人上堂递交公文。）

衙　役：（白）跑文人原马而回！
（跑文人骑马下。）

刘部元：（白）待我拆文观看，喔，今乃冬至之节。上司批文到此，令宜新县将张兆蓝、秦桂英解省定斩。哎，不好了，江寿春呐，江寿春！为官不清，诬陷良民，这便怎样？有了，我想此案乃前任所为，本当不办，上司批文已到，只得清官暂把贼官做，只怕人容天不容。转到刑房修起解文！
（刘部元、衙役下。）
（吴仁寿鬼魂上。）

吴仁寿：（白）人死如灯灭，犹如汤浇雪。若想回阳转，水里捞明月。我乃吴仁寿鬼魂是也，只因江寿春为官不清，将仁兄攀来监中问成死罪。刘大人虽然官清如水，怎奈前官供单已成铁案，上司批文已到，刘大人今日要将他起解。我不免设法搭救，而去走走。
（吴仁寿鬼魂下。）
（刘部元、衙役上。）

刘部元：（唱）一足踢开心头想，　　　　　想起了张兆蓝真是冤枉。
　　　　　　　管他有无冤枉刑房坐上，　　　诬陷良民罪难当。
　　　（白）左右，掌上灯光，修起解文。
　　　（吴仁寿鬼魂上，撒沙，将灯吹灭下。）

刘部元：（白）这也奇怪，为何飞沙走石，灯光黑暗？想必此案乃是冤枉，这便怎处？有了，本县初到宜新，百姓并不相识。不免改换衣襟，下乡私访。左右，便衣侍候。

衙　役：（白）是！
　　　（一衙役帮刘部元换衣介。）

刘部元：（白）改换便衣小帽，又是一派风光也。
　　　（唱）有本县到宜新初上任，　　　　偶遇到一件案审断不清。
　　　　　　叫左右前引路茅山寺奔，　　　我到茅山寺查访案情。
　　　（刘部元、一衙役下,）
　　　（二幕落。）
　　　（二幕启，茅山寺，小和尚气愤地上。）

小和尚：（唱）我做和尚真命薄，　　　　　一生一世没有老婆。
　　　（白）列位，哪里知道，我这庵堂名叫茅山寺。此处张家村有一张兆蓝，吴家村有个吴仁寿，他二人结拜兄弟，都在我庵堂读书。那日吴先生回家看母，不知何方强贼混进绣房，三更之时将吴仁寿一刀杀死。天明吴金氏听说大怒，骂秦桂英为人不正，约会奸夫刺杀亲夫，婆婆扭结儿媳来到县衙，击鼓鸣冤。她儿女之家，受不得五刑吊拷，只说张兆蓝与她夫有八拜之交。哪晓得无才狗官江寿春拿出火签一支，将张兆蓝带到堂口，不问情由，押下监牢，问成死罪。吴先生回家之时，张先生在此。吴先生被杀的那天晚上，你这木头，呆坐这里，不保佑二位先生往上，我要你作甚？我来一起打掉！
　　　（刘部元、一衙役上。）

刘部元：（白）师父息怒，你乃出家之人，理为恭敬菩萨，为何灭除神像呢？
小和尚：（白）老先生，你不知道，只因这庵堂出了不白之冤！
刘部元：（白）请问小师父，有什么不白之冤呢？
小和尚：（白）老先生请坐，我说你听，只因张兆蓝、吴仁寿在我庵堂读书，那日吴先生回家，不知被何人所杀。其母诬陷张先生所害，其实张先生这一天并未出门，那夜我与张先生在庵堂抵足而眠。我怨神像不灵，我要打掉它！
刘部元：（白）师父，休要如此，我来问你，你这庵堂菩萨显应不显应？
小和尚：（白）怎么不灵？

刘部元：	（白）	既然如此，我敲钟擂鼓许下大愿，求签观看。
		（刘部元请佛求签介。）
刘部元：	（白）	此签名叫第一签，若问强人在眼前。安寓客店来相访，娼妓口内听真言。谢谢神明！师父，前面什么所在？
小和尚：	（白）	乃是风正驿。
刘部元：	（白）	可有客寓？
小和尚：	（白）	有一客寓，老板久已亡故。有一老板嫂冯氏。
刘部元：	（白）	冯氏为人如何？
小和尚：	（白）	先生切莫问她，她有个外号叫"逢人倒"。
刘部元：	（白）	可有好人来往？
小和尚：	（白）	先生此言差矣，饭店女子，客家妻子。也没有一个是好的！
刘部元：	（白）	相交何人？
小和尚：	（白）	相交蔡平望，是个杀猪的，相传说不定是阉猪的。
刘部元：	（白）	还有哪个？
小和尚：	（白）	唉，三日三夜也讲不完，说不尽……
刘部元：	（白）	师父，你把菩萨扶起来，我是单打抱不平的，听你口中之言，张兆蓝真是冤枉的？
小和尚：	（白）	那还假的不成！
刘部元：	（白）	师父，我在此少陪了。
小和尚：	（白）	少送了。
		（刘部元、一衙役下。）
小和尚：	（白）	待我将菩萨扶起，今天一打，弄出个老先生来了。不多思量，后殿走走。
		（小和尚下。）
		（二幕落。）
		（刘部元、一衙役上。）
刘部元：	（唱）	有本县茅山寺求签出殿，　　签之上捉强贼就在眼前。 提足只得风正驿撵，　　　　冯家饭店就在眼前。 撒开大步客店内面，　　　　请一声老板客到店前。
		（二幕启，风正驿。门前高挂风正驿栈招牌，冯老板娘上。）
老板娘：	（唱）	天上星多月不明，　　　　　地面山多路不平。 塘里鱼多浑了水，　　　　　掳人财多昏了心。 耳旁边有听得人声叫应，　　想必是过路客来到店门。 将身我把前店进，　　　　　有只见二位客来到店门。 开言就把二位问，　　　　　二位客到小店可是安身？
刘部元：	（白）	正是！
老板娘：	（白）	如此请进。
刘部元：	（白）	店姐带路。
老板娘：	（白）	转到后房。

刘部元：（白）打扰了。
（刘部元、一衙役、老板娘下。）
（蔡平望心神不宁地上。）

蔡平望：（唱）蔡平望坐店房心中烦闷，　　这几日为什么眼跳心惊。
　　　　　　低下头来心裁论，　　　　　　我不免到店房与姐开心。
　　　　　　撒开大步店房奔，　　　　　　抬头看不觉到了店门。
　　　　　　开言就把店姐请，　　　　　　请一声冯店姐前来开门。
（冯老板娘上。）

老板娘：（唱）冯氏姐前带路后店来转，　　倒让我冯氏女喜在心间。
　　　　　　将身打坐牙床上面，　　　　　吃袋黄烟再脱衣衫。

蔡平望：（白）店姐开门！店姐开门！

老板娘：（唱）我在牙床听得真，　　　　　又听何人叫开门。
　　　　　　开开店门来人请进，　　　　　却原是蔡客人来到此今。

蔡平望：（唱）心中只把贱人恨，　　　　　骂声贱人了不成。
　　　　　　自那天我与你牙床睡醒，　　　你说只有我再无别人。

老板娘：（唱）蔡郎休要这样讲定，　　　　我有言来你听在心。
　　　　　　天下买卖天下人做，　　　　　难道说只有你一人独行。

蔡平望：（唱）听罢言来心恼恨，　　　　　大骂贱人了不成。
　　　　　　快把银子交还我，　　　　　　我有三牲何愁找庙门。
（刘部元暗上。）

老板娘：（唱）听罢言来心头恼恨，　　　　骂一声蔡平望你不是人。
　　　　　　自那日你打吴家村进，　　　　你在吴家调戏桂英。
　　　　　　桂英贞节不从你，　　　　　　杀他丈夫外逃生。
　　　　　　你杀了吴仁寿大不要紧，　　　诬赖了张兆蓝打入监门。
　　　　　　这是你蔡平望做事太狠，　　　小杂种快出去娘好关门！

蔡平望：（唱）有只见冯店姐把气来赌，　　倒让我蔡平望难在心头。
　　　　　　适才是蔡平望错出了口，　　　骂错了店主姐我来磕头。

老板娘：（唱）有只见蔡平望磕头赔礼，　　倒让我冯氏女喜在心机。
　　　　　　手带着我的哥红罗帐内，　　　鸳鸯枕上一团和气。
（老板娘眯眯地，挽蔡平望下。）
（幕落。）
（幕启，深夜。宜新县正堂，烛光明亮，师爷就寝公堂。刘部元夜未安寝，风尘仆仆地上。）

刘部元：（白）访查了，查清了！师爷，师爷醒来！
师　爷：（白）老爷为了何事？
刘部元：（白）吴仁寿乃是蔡平望所杀。贱子与凤正驿店姐私通，方才吐露真言。不免连夜回城，令人前去捉拿！
师　爷：（白）如此县城走走。

(二幕落。)
(师爷、刘部元下。)
(二幕前，城外。月暗风高，风正驿馆，众衙役手执刀枪箭戟上。)

众衙役：（白）领了老爷令，半夜捉贼人！来在风正驿馆，将四门团团围住！
(二幕前，衙役四处搜捕，捉住蔡平望过场下。)
(二幕启，宜新县正堂。刘部元上。)

刘部元：（白）衙役拿贼人，未见转回程。
(众衙役押蔡平望上，一衙役押蔡平望立站堂口。)

众衙役：（白）报！我等缴令。
刘部元：（白）可曾擒拿强贼？
众衙役：（白）已经捉拿。
刘部元：（白）将贼带上！
衙　役：（白）是！
(一衙役带进蔡平望，往堂前一甩，蔡平望跪拜在地。)

刘部元：（白）下跪何人！
蔡平望：（白）小人蔡平望。
刘部元：（白）胆大的蔡平望，刺杀吴仁寿一案还不从实招来！
蔡平望：（白）启禀大人，小人只会杀猪，焉有杀人之理？
刘部元：（白）你这贼子，一派胡言。左右，大刑伺候！
(衙役用刑介。)

刘部元：（白）有招无招？
衙　役：（白）无招！
刘部元：（白）铁链伺候！
蔡平望：（白）唉哟，不好了！
　　　　（唱）人心似铁非是铁，　　　　官法如炉却是炉。
　　　　　　　不招供来刑难受，　　　　罢罢罢吴仁寿是我切头。
衙　役：（白）有招。
刘部元：（白）胆大强贼，藐视王法！杀人偿命，天经地义。将他推出午门斩首，将狗头悬挂城头示众。
衙　役：（白）是！
(二衙役押解蔡平望下，复上。)

衙　役：（白）回禀大人，已经斩首！
刘部元：（白）左右，磨墨伺候。待我修起详文……跑文人走上！
(跑文人上。)

跑文人：（白）见过大人！
刘部元：（白）这有文书一封，前往江西省巡抚衙门投递。
跑文人：（白）领命。
(跑文人下。)

刘部元：（白）左右，退堂！
（刘部元、师爷、众衙役下。）
（幕落。）
（幕启，江西巡抚正堂，李炳恒、众衙役上。）
李炳恒：（念）身受皇恩，爵禄非轻。头戴乌纱色色新，身穿大红伴圣君。寸土俱是皇王管，半由君子半由臣。
（白）本督，李炳恒。多蒙圣上赐我江西巡抚之职。今日放告日期，左右，排班侍候。
（跑文人上。）
跑文人：（白）人行千里路，马过万重山。来至省抚衙门，勒马下雕鞍。
（跑文人下马，拴马。）
跑文人：（白）报！跑文人叩见。
李炳恒：（白）将文呈上，门房歇息。
（跑文人呈递公文，一衙役接过，呈与巡抚大人。）
跑文人：（白）谢过大人。
（跑文人下。）
李炳恒：（白）待我拆开观看，本院见文大喜。刘知县果然有才，清正廉明。待我回复批文！
（李炳恒提笔一挥而就）
李炳恒：（白）左右，跑文人走上。
（跑文人上。）
跑文人：（白）见过大人。
李炳恒：（白）跑文人，这有回文一封，一路小心就是。
跑文人：（白）是！
（跑文人解缰上马下。）
李炳恒：（白）左右，退堂！
（李炳恒、众衙役下。）
（二幕落。）
（二幕前，跑文人乘马上。）
跑文人：（白）一路多辛苦，来此是宜新。
（跑文人下马，拴缰。）
跑文人：（白）报！小人回衙。
（二幕启，宜新县正堂。刘部元、师爷、众衙役上。）
刘部元：（白）可有回文？
跑文人：（白）回文呈上。
刘部元：（白）一路辛苦了，后面休息。
（跑文人下。）
刘部元：（白）待我拆文观看。蔡平望无故杀人，立刻斩首；张兆蓝无故受牢狱之灾，赐他一名举人，并官任宜新知县；吴金氏早年丧子，保封节烈夫人；吴仁寿追封大夫之职；秦桂英早年丧夫，匹配张兆蓝为妻；前任江知县江寿春诬陷良民，削职为民，永不录用；刘知县爱民如子，才德兼优，升为知州。好个青天大人！左右！

衙　役：（白）有！
刘部元：（白）传！张兆蓝、秦桂英、吴金氏、张冯氏上堂。
衙　役：（白）是！张兆蓝、秦桂英、吴金氏、张冯氏上堂。
　　　　　　（张兆蓝、秦桂英、吴金氏、张冯氏上。）
众　人：（白）叩见青天大人！
刘部元：（白）上司批文，张兆蓝封为举人，上任宜新县正堂；秦桂英改嫁张兆蓝，配合百年之好；吴仁寿追封大夫之职；吴金氏早年丧子，封节烈夫人。
众　人：（白）谢大人！
刘部元：（白）退堂！
　　　　　　（刘部元、师爷、众衙役下。）
众　人：（白）大人为官多清正，两家合成一家人。
吴金氏：（白）今日乃吉日良辰，我们回家各办香烛，叩谢上苍。
　　　　　　（幕落。）

全剧终

十八、清 风 岭

【剧情简介】

薛定安家住湖广,麻城县人氏。父亲薛光明早年去世,母亲薛杜氏将其兄妹抚养成人,家境倒还殷实。时年母亲生寿,兄妹与母亲庆寿。伯父薛光亮游手好闲,吃喝嫖赌,无所不为。家中积攒的万贯家财,被其挥霍精光。时值弟媳生寿,薛光亮借庆寿之由,前往贺寿借银。因弟媳不借反打出门,薛光亮怀恨在心。回家后,薛光亮与老伴商量。命子薛官宝前往圣堂杀死薛定安,夺取弟媳家财产。薛官宝领命前往圣堂,告知堂弟父母之意,并偕同堂弟知晓叔母。薛杜氏感谢之余,嘱咐官宝倘若他父母再起不良之意,速来禀告。

薛光亮夫妇见事败露,决意一不做,二不休,备办桐油干柴,计划三更半夜将薛杜氏一家活活烧死,并将儿官宝赶出家门。官宝急忙送信,一家四口,连夜逃离。逃至清风岭,偶遇猛虎,四人被冲散。薛定安兄妹承蒙陈员外收留,结拜陈员外为义父,薛定安圣堂攻读,薛金莲绣楼习绣。薛杜氏流落在外,被好心人王老琴收留,并拜王老琴为干爹。数年后,陈员外命家人外出买名佣人,侍奉小姐。恰逢王老琴年高,命义女薛杜氏外出寻找骨肉。薛杜氏身插草标,被陈员外家人买回,一家三口相认,抱头痛哭。大考之年,薛定安赴京赶考,得中状元。归家途中,偶遇堂兄薛官宝沿街乞讨。兄弟二人相认,一同回家,阖家团圆。

【剧中人物】

薛定安	薛金莲	薛杜氏
薛官宝	薛光亮	薛伯母
陈员外	陈安人	王老琴
行　儿	家　人	丫　鬟
衙　役	考　官	陪考生
导　首	宾　相	

* * *

(幕启,薛府庄园。豪华客厅,薛定安上。)

薛定安:(引)幼小寒窗,苦读文章。

　　　　(赋)幼小寒窗苦读文,磨穿石砚费心情。男儿得中龙虎榜,不忘圣贤留下文。

　　　　(白)小生,薛定安。家住湖广,麻城县人氏,爹爹薛光明,母亲薛杜氏。可叹,爹爹早逝,母亲将我兄妹抚养成人。今乃母亲生寿之期,心想与母亲

　　　　　　　　上寿，话说一言，妹妹哪里走来。
　　　　　　　（薛金莲上。）
薛金莲：（白）兄长一声请，近前问分明。兄长为者何事？
薛定安：（白）妹妹哪曾知道，今乃是母亲生寿。心想与母亲上寿！
薛金莲：（白）兄长言之有理。家人！
　　　　　　　（家人上。）
家　人：（白）有！
薛定安：（白）丫鬟！
　　　　　　　（丫鬟上。）
丫　鬟：（白）在！
薛定安：（白）酒宴可曾齐备？
家人、丫鬟：（白）齐备已久！
薛金莲：（白）打扫寿堂。
薛定安、薛金莲：（白）兄妹双双拜请母亲。
　　　　　　　（家人、丫鬟打扫寿堂介。）
　　　　　　　（薛杜氏上。）
薛杜氏：（白）孩儿一声请，近前问分明。
薛定安：（白）母亲在上，孩儿这厢有礼。
薛杜氏：（白）我儿铺毡结彩，该莫是为了为娘生寿？
薛定安：（白）正是为了母亲生寿。
薛杜氏：（白）年年生寿，要儿挂怀。
薛定安、薛金莲：（白）养儿何用，理所当然。
薛杜氏：（白）好一个理所当然。家人！
家　人：（白）有！
薛杜氏：（白）丫鬟！
丫　鬟：（白）在！
薛杜氏：（白）你们与我毡条铺开！
家人、丫鬟：（白）那我们遵命！
　　　　　　　（家人、丫鬟下，抬毡上，相互铺毡介。）
　　　　　　　（音乐起，薛定安整装，向母亲大礼参拜。薛金莲、家人、丫鬟依次拜介。
　　　　　　　家人、丫鬟收毡下，复上。）
薛杜氏：（白）家有黄金聚宝盆，有钱难买孝儿孙。
薛定安、薛金莲：（白）母亲请上双敬酒，但愿母亲寿百春。
薛杜氏：（白）好一个寿百春。家人、丫鬟。
家人、丫鬟：（白）有！
薛杜氏：（白）你们将到后堂饮宴。
薛金莲：（白）家人带路。

家　人：（白）丫鬟带路。
丫　鬟：（白）随跟我来。
　　　　　（薛金莲、家人、丫鬟高兴下。）
薛杜氏：（白）我儿打坐寿堂，为娘一言，你就听到。
薛杜氏：（唱）定安儿打坐寿堂地就，　　　你为娘训教儿攻读春秋。
　　　　　　　读书之人如驾小舟，　　　　篇篇努力莫停留。
　　　　　　　倘若一篙失了手，　　　　　流落多少人的后头。
　　　　　　　多读诗书胜耕百亩，　　　　不需耕种都有收。
　　　　　　　天气晴定安儿圣堂攻读，　　男儿汉谁不想独占鳌头。
薛定安：（唱）老母亲训教儿怎敢违抗，　　男儿汉谁不想至大至刚。
　　　　　　　施一礼老母亲下学听讲，　　勤恳恳儿要学百世流芳。
　　　　　　（薛定安下。）
薛杜氏：（唱）好一个定安儿听娘教训，　　倒让为娘喜之在心。
　　　　　　　望不见定安儿内堂来进，　　金莲女来来来娘有话云。
　　　　　　（薛金莲上。）
薛金莲：（唱）井底蛤蟆未见天，　　　　　每日里在绣楼把花来缠。
　　　　　　　到内堂见母亲把礼来见，　　老母亲唤女儿有何话言。
薛杜氏：（唱）乖巧儿不知情一旁坐靠，　　你为娘有言来细听根苗。
　　　　　　　我的儿你生来玲珑乖巧，　　可算得窈窕淑女桃枝娇娆。
　　　　　　　上街下市儿莫乱到，　　　　行不得三五步莫离娘腰。
　　　　　　　花衣裳儿莫穿箱枢捡好，　　出嫁时你为娘要请人挑。
薛金莲：（唱）老母亲训教儿女儿从命，　　世哪有做女儿不听娘亲。
　　　　　　　男儿汉读诗书是他本分，　　女儿家我应该习绣花纹。
　　　　　　　施一礼老母亲绣楼来进，　　你女儿去绣花娘莫担心。
　　　　　　（薛金莲下。）
薛杜氏：（唱）好一个乖巧儿听娘教训，　　倒让为娘喜之在心。
　　　　　　　望不见女儿后堂进，　　　　我还要训女儿紧守闺门。
　　　　　　（薛杜氏下。）
　　　　　　（灯暗，幕落。）
　　　　　　（前幕启，郊外，薛光亮上。）
薛光亮：（引）去年六十岁，今年五十九。曾记当年骑竹马，如今家无米半把。老鼠饿得
　　　　　　　喷喷叫，汤罐吊起当钟打。
　　　　（白）我薛光亮，弟弟薛光明，可叹我弟弟英年早逝。今乃弟媳生寿，我不免去
　　　　　　　她家，一来拜寿，二来借银，话说一言，弟媳家走走。
　　　　（唱）天地阴阳分厚薄，　　　　　世上儿女不抱着。
　　　　　　　有儿有女坟前化纸，　　　　无儿无女受尽折磨。
　　　　　　　来在弟媳家一旁站过，　　　叫声弟媳有话所托。
　　　　　　（二幕启，薛府客堂，薛杜氏欣喜地上。）

薛杜氏：（唱）人逢喜事精神爽，月到十五分外光。
　　　　　　 到前堂见伯父开言问上，伯父爷到我家事为哪桩。
薛光亮：（唱）弟媳不要将我来问，我有言来你听分明。
　　　　　　 今乃是弟媳生寿庆，一来拜寿二来借银。
薛杜氏：（唱）伯父爷出此言差错得很，讲什么到我家前来借银。
　　　　　　 你家贫来我家贫，我家没有聚宝盆。
　　　　　　 伯父只说这里停，再要多言赶出门。
薛光亮：（唱）弟媳不要怒气生，我有言来你听分明。
　　　　　　 你若把银子借给我，万事干休不理论。
　　　　　　 你若不把银子借与我，万贯家财平半分。
薛杜氏：（唱）伯父不服人抬敬，越讲好话越拢身。
　　　　　　 低下头来心裁论，我不拷打他不回程。
　　　　　　 怒恼我举家法拷打一顿，从今以后莫上我门。
　　　　（白）你走吧！
薛光亮：（白）我不走怎样？
薛杜氏：（白）你不走？
薛光亮：（白）我不走！
薛杜氏：（白）我把鞋脱落笼在你的头上，打你几棒槌！
　　　　（薛杜氏脱鞋，手拿棒槌，连敲几下。）
薛光亮：（白）我入你的娘！
薛杜氏：（白）你入我的娘？我的娘你没有份呐？
薛光亮：（白）啊！我有份，我不免将我那一边蒙到，入你那一半边的娘！
薛杜氏：（白）你入我哪一边的娘，你哪分开了？
薛光亮：（白）那我走了。
薛杜氏：（白）送送与你！
　　　　（薛杜氏气愤地下。）
　　　　（二幕落。）
　　　　（郊外，薛光亮又气又恨，无可奈何。）
薛光亮：（白）我不要你送，我哪没有脚……罢了，列位，我家弟媳妇真是个三斤半团鱼……大恶鳖！我到她家一来拜寿，二来借银子。我银子倒没有借到银子，她把我打了好几棒槌。回家一走，行行去去，去去行行，不觉到了。老婆哪里？
　　　　（二幕启，薛光亮家，薛伯母上。）
薛伯母：（白）老老叫一声，上前问分明。见过老老，为者何事？
薛光亮：（白）为者何事？老婆哪曾知道，今乃弟媳妇生寿，我到她家一来拜寿，二来借银子。银子没有借到银子，她将我还打了好几棒槌！
薛伯母：（白）打得好！
薛光亮：（白）怎见得打得好呢？

薛伯母：（白）万贯家财平平分，你掉的一个嘴角，又好吃，又懒做，又好嫖，又好赌，万贯家财被你败得精精光光。不是打得好么？

薛光亮：（白）不是怪你这个反水葫芦瓢，往外把坏了。

薛伯母：（白）你还怪我反水瓢，把坏了。你将莫怪我，我也不怪你，我二人来定个计？

薛光亮：（白）我二人来仰一仰！

薛伯母：（白）想一想。

薛光亮：（白）啊，想一想，老婆你有计？

薛伯母：（白）老老你有计？

薛光亮：（白）老婆我有一计。

薛伯母：（白）老老你有何高计？

薛光亮：（白）我有一计，叫官宝手持利刃到圣堂，将定安一刀刺杀。所有好家财，我们娘儿父子，不就唾手可得了吗？

薛伯母：（白）此计甚好，官宝儿哪里？

（薛官宝上。）

薛官宝：（白）听说是母叫子，该莫是母要死！

薛伯母：（白）哼！母有事。

薛官宝：（白）啊，母有事。见过母猪何事？

薛伯母：（白）你这个遭天雷打的！见过母亲。

薛官宝：（白）啊，见过母亲，何事？

薛伯母：（白）官宝哪曾知道，今乃是你叔母生寿之期。你爹到她家一来拜寿，二来借银子。银子没有借到，她把你爹还打了好几棒槌！

薛官宝：（白）打不就打了呗。

薛伯母：（白）孽子！你就不想为爹讨回公道？

薛官宝：（白）讨什么公道？

薛伯母：（白）我跟你爹定下一计！

薛官宝：（白）定下什么计？

薛伯母：（白）叫你到圣堂将定安一刀刺杀，他家的所有好家财不就是我们娘儿父子的么？

薛官宝：（白）此计甚好。

薛伯母：（白）你给我办事，起程时赐儿一把刀！

薛官宝：（白）好似猛虎下山岗！

薛伯母：（白）但愿杀得定安死！

薛官宝：（白）爹爹老子这一刀！

薛伯母：（白）万旦愁眉一旦消。

薛官宝：（白）圣堂一走。

（薛官宝、薛伯母下。）

薛光亮：（白）官宝杀定安，等候信回还。

（薛光亮下。）

十八、清风岭

(幕落。)
(幕启，圣堂，薛定安上。)

薛定安：（唱）小小鱼儿水面游，　　　　　　水清鱼白不吞钩。
　　　　　　钓竿砍尽南山竹，　　　　　　不钓海鳌誓不休。
　　　　　　怀抱诗书圣堂走，　　　　　　拜过了孔圣人攻读《春秋》。
(薛官宝身藏短刀上。)

薛官宝：（唱）天也平来地也平，　　　　　　只有爹娘心不平。
　　　　　　来在圣堂一旁站定，　　　　　　有只见圣堂门紧闭沉沉。
　　　（白）唉，我那烂肚子皮的爹娘，叫我到圣堂将定安一刀刺杀。只见圣堂门紧闭沉沉，八条水牛也触不进。且慢，这有个狗洞，我不免钻进去。
(薛官宝从狗洞爬进去，起身抽刀在手，薛定安趴在桌上瞌睡沉沉。)

薛官宝：（白）哇！定安还在这里打瞌睡。我将贤弟好有一比，六月晒干鱼，不知死活。贤弟比我乖巧得多，我爹叫我把他一刀刺杀，我舍不得。我不免说杀人，杀人，杀人……

薛定安：（白）哪个杀人？
薛官宝：（白）调转面来。
薛定安：（白）官宝，你为什么要杀我哇？
薛官宝：（白）贤弟哪曾知道，今乃是叔母生寿之期，我爹到你家，一来拜寿，二来借银子。银子没有借到银子，叔母还打了我爹好几棒槌。我那烂肚皮的爹娘，起下不良之意，叫我到圣堂将你一刀刺杀。你家的所有好家财，我父子不就唾手可得了吗？
薛定安：（白）官宝，来来来我有话讲！
薛官宝：（白）有何话讲？
薛定安：（白）官宝，你就坏了！
(薛定安打官宝一耳光，薛官宝手捂着脸，原地转一圈。)

薛官宝：（白）定安你不问请楚，怎么打人呢？
薛定安：（唱）见兄官宝心恼恨，　　　　　　我有言来你听分明。
　　　　　　弟弟与你何仇恨？　　　　　　刺杀弟弟为何情。
薛官宝：（唱）大路旁边一清泉，　　　　　　流来流去几千年。
　　　　　　世人吃了清泉水，　　　　　　愚者愚来贤者贤。
薛定安：（白）官宝哥，听你口中之言，你是个好人呐？
薛官宝：（白）我不是好人？我一餐吃好几碗。我不是好人，慢说是一个定安，十个八个，我也刺死了。
薛定安：（白）十个八个你都刺死了？
薛官宝：（白）贤弟，我来问你，我进圣堂门，你为何打我一巴掌？
薛定安：（白）打你一巴掌？是我错了。官宝哥，你送我回家好吗？
薛官宝：（白）好倒也好，我好怕叔母。
薛定安：（白）官宝哥不怕，有我保。

薛官宝：（白）你保得住？
薛定安：（白）保得住！
薛官宝：（白）好，你保得住我就去。贤弟我二人打一个主意。
薛定安：（白）打个什么主意？
（二幕落。）
（郊外，薛官宝用手比画，边走边说。）
薛官宝：（白）叔母要是答应好，你就把手往里一勾，我就好进去。要是没有说好，你就把手往外一丢，我就好跑。行行去去，去去行行，不觉到了。
薛定安：（白）官宝在此等候。圣堂攻书文，转回自家门。孩儿拜请母亲。
（二幕启，薛府客厅，薛杜氏上。）
薛杜氏：（白）定安读书文，未见转回。定安儿回来了。
薛定安：（白）是的，孩儿我回来了。
薛杜氏：（白）儿哇，你为何这等慌忙？
薛定安：（白）母亲不曾知道，只因伯父起下了不良之意，叫官宝哥到圣堂将我一刀刺杀！
薛杜氏：（白）那个奴才今在何所？
薛定安：（白）现在府门之外。
薛杜氏：（白）叫他见过与我！
薛定安：（白）官宝哥，官宝哥！
薛官宝：（白）定安你搞什么鬼？又是这样一勾，又是这么一丢，搞得我两头都是燥。
薛定安：（白）官宝哥，我手先不丢出去，怎么能把你勾回来呀。
薛官宝：（白）啊，你是先丢出去，再往回勾我，是这么一个搞法，搞得我两头燥。
薛定安：（白）我母亲叫你见过与她。
薛官宝：（白）见过叔母，这厢有礼！
薛杜氏：（白）下面乃是官宝？
薛官宝：（白）正是。
薛杜氏：（白）来来来我有话对你讲！
薛官宝：（白）有何话讲？
薛杜氏：（白）奴才！
（叔母狠狠地一巴掌，打在官宝脸上。官宝受屈，气鼓鼓地。）
（唱）一见奴才心恼恨，　　　大骂奴才了不成。
　　　我儿与你何仇恨，　　　刺杀定安为何情？
薛官宝：（白）叔母你错打好人了。
薛官宝：（唱）大路旁边一清泉，　　　流来流去几千年。
　　　世人吃了清泉水，　　　愚者愚来贤者贤。
薛杜氏：（白）官宝，听你之言，你倒还是个好人。
薛官宝：（白）我要不是好人，我要是杀，十个八个我多时就杀了。叔母我刚一进门，你就巴掌打一嘴？

薛杜氏：（白）是打嘴一巴掌，官宝，为何要杀定安？
薛官宝：（白）叔母哪曾知道，我那烂肚皮子的爹娘，起下了不良之意，叫我到圣堂将定安一刀刺死。你家所有好家财，我爹娘就唾手可得。
薛杜氏：（白）官宝，听你之言，你是个好人？
薛官宝：（白）说也不该，我一餐吃好几碗，我不是好人？
薛杜氏：（白）官宝，下次你爹娘再起下不良之意，你就送信给我，我母子也好逃走。
薛官宝：（白）那我知道。
薛杜氏：（唱）官宝请上一礼奉敬，　　　　礼上还有所托情。
　　　　　　　你爹若起不良意，　　　　　送信叔母外乡逃生。
薛官宝：（唱）叔母不要叮嘱得紧，　　　　我有言来你听分明。
　　　　　　　我爹若再起不良意，　　　　送信叫你外乡逃生。
　　　　　　　本当在此多把话论，　　　　恐怕爹爹得知情。
　　　　　　　施一礼辞叔母回家奔，　　　叔母在家等信音。
　　　　　　（薛官宝急下。）
薛杜氏：（唱）只见官宝回家奔，　　　　　好似狼牙箭穿心。
　　　　　　　定安带路内堂进，　　　　　我在家中等信音。
　　　　　　（薛杜氏、薛定安下。）
　　　　　　（二幕落。）
　　　　　　（薛官宝上。）
薛官宝：（白）回家一走，行行去去，去去行行，不觉到了。拜请爹爹！
　　　　　　（二幕启，薛光亮家，薛光亮上。）
薛光亮：（白）官宝杀定安，未见转回还。官宝可曾将定安杀了？
薛官宝：（白）白杀了。
薛光亮：（白）你刀拿我看看！
薛官宝：（白）唉，杀了，杀了。
薛光亮：（白）你刀拿我看，刀上没有血？
薛官宝：（白）且慢，我不免打个主意。爹爹，他是富人家的儿子，吃果饼长大的，没有血。
薛光亮：（白）来来来我有话对你讲！
薛官宝：（白）有何话讲？
薛光亮：（白）奴才呀！
　　　　　　（父亲狠狠一巴掌，薛官宝处处碰壁，到处挨打，气愤至极。）
　　　　（唱）一见奴才心恼恨，　　　　　大骂奴才不是人。
　　　　　　　好好直言对我禀，　　　　　我不免要奴才有死无生。
　　　　　　　手举家法拷打一顿，　　　　从今往后休上我门。
薛官宝：（白）爹爹呀！
薛光亮：（白）老婆喂……
　　　　　　（薛伯母上。）

薛光亮：（白）奴才被我赶走了！

薛伯母：（白）被你赶了？我二人不免再定一计。

薛光亮：（白）自古道一计不成，二计休，害人不死反为仇。老婆！

薛伯母：（白）么事？

薛光亮：（白）我叫官宝到圣堂刺杀定安，奴才没有杀，我把他赶了。我二人再定下一计，老婆，你有没有计？

薛伯母：（白）我没有计，老老你有什么？

薛光亮：（白）我有一计。

薛伯母：（白）有何高计？

薛光亮：（白）我有何高计呀？用桐油几篓，干柴几担，三更之时，将她的房屋火化扬灰。

（薛官宝当时被赶出门并没及时离开，无意间听他父母如何设计陷害定安一家。得计后，宝官立马扬长而去。）

薛伯母：（白）老老此计甚好，待我办来。你我做事，你知我知，莫等旁人走消息。棋中一脚错，满盘都是输。

薛光亮：（白）只要赢就好，输就输不得，待我办来。

（薛光亮、薛伯母得意地下。）

（二幕落。）

（二幕前，薛官宝慌慌张张地，三步并做两步急上。）

薛官宝：（白）我那烂肚子皮的爹娘，二次起下不良之意。三更之时，将定安家四门封闭，火化扬灰。我立刻送信叔母知道，叫他们外乡逃走。行行去去，去去行行，不觉到了。拜请叔母！速来客堂。

（二幕启，薛府客厅，薛杜氏急上。）

薛杜氏：（白）眼跳心惊，坐卧不宁。

薛官宝：（白）见过叔母，这厢有礼。

薛杜氏：（白）休要见礼，官宝你为何这等慌忙？

薛官宝：（白）叔母不曾知道，我那烂肚皮的爹娘，二次起下了不良之意。三更之时，用桐油几篓，干柴几担，将你家化骨扬灰。

薛杜氏：（白）你在怎讲？

薛官宝：（白）化骨扬灰！

薛杜氏：（白）唉，不好了！

（唱）忽听官宝报一信， 冷水浇头怀抱冰。
睁开了…… 还要官宝定计行。

薛官宝：（唱）叔母不要哭声不尽， 我有言来听分明。
三十六计走为妙， 你带领儿女远乡逃生。

薛杜氏：（唱）官宝这一言将我提醒， 提醒南柯梦中人。

（薛定安、薛金莲急上。）

薛杜氏：（唱）儿女带路往外奔， 但不知何日里逃难回程。

（薛杜氏、薛定安、薛金莲急下。）

薛官宝：（唱）只见叔母外乡奔，　　　　　好似狼射箭穿心。
　　　　　　　望不见叔母内堂进，　　　　　我在家中等信音。
（薛官宝下。）
（幕落。）
（前幕启，二幕前。薛光亮、薛伯母鬼鬼祟祟地上。点火，顷刻间大火熊熊，烟雾弥漫。）

薛光亮：（白）樵楼打三更，正好起歹心。放起一把火，烧死内面人。
（薛光亮、薛伯母下，复上。）

薛光亮：（白）樵楼打五更，现出太阳星。唉呀！是哪家不小心，将我弟弟的屋也烧了。我不免进来看看，唉呀！这里还有骨头？且慢，人讲道，人烧死了，骨头烧不化。这，这哪有骨头？嗯！该不是官宝这个奴才通风报信，让他们跑掉了？这才是，一计不成，二计不就，害人不死反为仇。管它的，老婆喂，土巴上面烧掉了，下面的总烧不到。将烧不到的发点财，我两人将来眼睛一闭，掩掩活人眼，热热死人心。自古道，得了人家钱，要给人家弄点灰，我来掩点。喂！送粘谷的送我东边仓里，送糯谷的送我西边仓里，莫搞合了。搞合了，卖不起价。老婆喂，你看见财主公么？

薛伯母：（白）哎！哈哈……
（薛光亮、薛伯母下。）
（幕落。）
（幕启，旷野荒郊。薛杜氏、薛定安、薛金莲上。）

薛杜氏：（唱）心中只把伯爷恨，　　　　　苦害我一家为何情？
　　　　　　　儿女带路长亭进……
（薛官宝追上。）

薛官宝：（唱）赶上了叔母娘我有话云。
　　　　　（白）见过叔母，这厢有礼！
薛杜氏：（白）官宝儿为何这等慌张？
薛官宝：（白）叔母不曾知道，你家大事不好了！
薛杜氏：（白）怎见得大事不好呢？
薛官宝：（白）我那烂肚皮的爹娘，二次定下一计，用桐油几篓，干柴几担，三更之时，真的将你家化骨扬灰了！
薛金莲：（白）官宝哥，我的鞋烤烧了没？
薛定安：（白）官宝哥，我的书箱烧没？
薛官宝：（白）都烧光了。
薛杜氏：（白）官宝你是怎么来的呢？
薛官宝：（白）叔母哪曾知道，我爹叫我到圣堂将定安一刀刺杀，我没有杀，回家后我爹就把我拷打一顿，把我也赶了。现在我也是在外逃命！
薛杜氏：（白）将你也赶了，那我们母子四人一路逃生。

薛官宝：（白）好。我们四人一路逃生。
薛杜氏：（白）官宝，你将金莲妹子驮一程好不好？
薛官宝：（白）叔母，我先前没有来，你金莲也不要人驮？
薛杜氏：（白）官宝，你先前没有来，就不作你靠啥。
薛官宝：（白）叔母，当真要我驮哇，好。我就驮一程。
薛杜氏：（唱）叫官宝你与我前把路引，　　　母子四人外乡逃生。
　　　　　　　儿女带路清风岭……
　　　　　　（猛虎突出，四人见虎出现，各自逃命下。）
　　　　　　（薛杜氏东张西望地上。）
薛杜氏：（哭）我的儿和女喂……
　　　　（唱）心中只把猛虎恨，　　　　　　为何冲散我一家人。
　　　　　　　含悲忍泪朝前奔，　　　　　　但不知何日里得会娇生。
　　　　　　（薛杜氏含泪下。）
　　　　　　（薛定安，薛金莲急分上。）
薛定安：（白）妹妹竟在何所？
薛金莲：（白）兄长竟在何所？
薛定安：（白）那厢该是妹妹？
薛金莲：（白）那厢该是兄长？
薛定安、薛金莲：（同哭）兄长……妹妹呀……
薛定安：（唱）心中只把猛虎恨，　　　　　　不该冲散我一家人。
　　　　　　　手带妹妹朝前奔，　　　　　　但不知何日里得会娘亲。
　　　　　　（薛定安、薛金莲忧愁地下。）
　　　　　　（薛官宝糊涂地上。）
薛官宝：（白）唉呀！好大一只猫！
　　内：（白）是老虎！
薛官宝：（白）啊！是老虎，我好怕呀！
　　　　（唱）骂声老虎我的爷，　　　　　　不该冲散我一家。
　　　　　　　忍悲含泪往前跑，　　　　　　但不知何日里得会一家。
　　　　　　（薛官宝孤单地下。）
　　　　　　（幕落。）
　　　　　　（幕启，王老琴饭店，王老琴上。）
王老琴：（引）老汉年高，白发苍苍似银条。开店犹如苏东坡，请座韩信问萧何。放账桃园三结义，取账南阳请诸葛。
　　　　（白）老汉，王琴。十字路口，开座饭店。今日天气晴和，我不免将招牌挂起。
　　　　（唱）今日天气晴又晴，　　　　　　一街两巷色新新。
　　　　　　　别人招牌廊檐挂，　　　　　　我的招牌挂店门。
　　　　　　　手端招牌廊檐挂，　　　　　　一字字二行行写得分明。
　　　　　　　上写着王老琴新开饭店，　　　公平交易不亏客人。

挂好招牌二店进，	烧茶弄饭迎接客人。

（王老琴下。）
（二幕前，郊外。薛杜氏上。）

薛杜氏：（唱）杜氏女站长亭回头观望，　　唉……我的儿和女喂……两块骨肉。
　　　　　　杜氏女在路途一言禀诉，　　　细听我逃难女诉表从头。
　　　　　　我的夫薛光明阎罗早走，　　　儿伯父薛光亮日赌夜偷。
　　　　　　曾记得杜氏女四旬上寿，　　　伯父爷到我家把银来求。
　　　　　　那时节杜氏女一时差就，　　　将伯父打一顿撑赶外头。
　　　　　　伯父爷回家转良心变就，　　　叫官宝到圣堂将儿毒谋。
　　　　　　多蒙了官宝儿情高义有，　　　不杀定安带转回头。
　　　　　　伯父他一计不成二计定就，　　三更天用桐油火焚门楼。
　　　　　　官宝儿送一信我家来走，　　　他叫我带儿女逃奔外头。
　　　　　　男儿定安未出年幼，　　　　　女儿金莲未蓄满头。
　　　　　　逃难时逃至在清风岭口，　　　被猛虎冲散了各奔荒丘。
　　　　　　娘想见儿难得相见，　　　　　儿想见娘眼泪双流。
　　　　　　要想母子重相见，　　　　　　扫开浮云满天游。
　　　　　　问一声众列台有与没有，　　　说与我杜氏女好把情酬。
　　　　　　含悲忍泪往前走，　　　　　　有只见一店房挡在路途。
　　　　　　来在店房将身走，　　　　　　拜请了店老板下店投宿。

薛杜氏：（白）店老板请了！
（王老琴上。）
王老琴：（白）耳听人言语，近前看分明。这一位大嫂，该莫是下店投宿？
薛杜氏：（白）正是。
王老琴：（白）请进。
薛杜氏：（白）有进。
王老琴：（白）大嫂请坐。
薛杜氏：（白）有座。
王老琴：（白）大嫂未曾坐下，我就来问你？
薛杜氏：（白）问我何来？
王老琴：（白）不知大嫂家住何所，姓甚名谁？——从头讲来。
薛杜氏：（白）老板，提起我的家乡，你就听到。
　　　　（唱）店老板不知情一旁且听，　　细听我逃难人诉表家门。
　　　　　　我家住湖广麻城县，　　　　　薛家庄前有我的家园。
　　　　　　我的夫薛光明早年丧命，　　　伯父爷薛光亮日赌夜偷。
　　　　　　曾记得杜氏女四旬寿庆，　　　伯父爷到我家拜寿借银。
　　　　　　那时节杜氏女心里不肯，　　　将伯父打一顿撑赶出门。
　　　　　　伯父爷回家转良心变狠，　　　叫侄儿到圣堂杀我娇生。
　　　　　　多蒙侄儿情高义盛，　　　　　不杀我儿带转回程。

　　　　　　伯父爷一计不成二计定，　　　三更天用桐油将我家焚。
　　　　　　侄儿送信我家来进，　　　　　他叫我一家人远乡逃生。
　　　　　　逃难逃至在清风岭，　　　　　遇猛虎冲散了我一家人。
　　　　　　男孩儿叫定安年纪轻，　　　　女孩儿叫金莲还在闺门。
　　　　　　娘想见儿难得相见，　　　　　儿想见娘万万不能。
　　　　　　要想一家人重相见，　　　　　扫开浮云见青天。
　　　　　　这就是杜氏女直言诉禀，　　　你说我逃难女好不伤心。

王老琴：（白）啊，原来是薛员外夫人，名叫杜氏。被伯父所害，逃难到此。大嫂，我有一言出唇不便？

薛杜氏：（白）老伯，有何金言？当面吩咐。

王老琴：（白）想老汉我，膝下无儿无女，心想你拜结老夫为盟论之女。不知你意下如何？

薛杜氏：（白）老伯，说在哪里，想我乃逃难之人，不敢高攀！

王老琴：（白）该莫是有嫌弃之意呀？

薛杜氏：（白）并无嫌弃。

王老琴：（白）当面拜过。

薛杜氏：（白）既如此，干爹在上，请受女儿一拜。
　　　　　　（薛杜氏大礼参拜，王老琴急忙扶起。）

王老琴：（白）哎，言过就是。何必行此大礼？我儿在此之前可曾用过饱餐？

薛杜氏：（白）未曾用过。

王老琴：（白）你权且转到后店用过饱餐，改换衣襟。

薛杜氏：（白）谢谢爹爹。
　　　　　　（薛杜氏下。）

王老琴：（白）收留别人女，只当是亲生。
　　　　　　（王老琴下。）
　　　　　　（二幕落。）
　　　　　　（二幕前，郊外。薛定安，薛金莲上。）

薛定安：（白）妹妹……

薛金莲：（白）哥哥……
　　　　　　（薛定安、薛金莲兄妹抱头痛哭。）

薛定安：（唱）心中只把猛虎恨，　　　　不该冲散我一家人。
　　　　　　手带妹妹朝前奔，　　　　　来此不觉大户庄村。
　　　　　　站在大户村口叫讨饭，　　　那黄犬莫咬我苦命之人。

薛金莲：（唱）走上前我只得一言诉禀，　细听我逃难女诉表家门。
　　　　　　家住湖广麻城县，　　　　　薛家庄前有我的家门。
　　　　　　实可叹老爹爹早年丧命，　　伯父爷薛光亮赌博为生。
　　　　　　都只为老母亲四旬寿庆，　　伯父爷到我家拜寿借银。
　　　　　　老母亲彼时间有些不肯，　　将伯父打一顿撵赶出门。

薛定安：（唱）伯父爷回家转良心变狠，叫官宝到圣堂杀我哥身。
多蒙了官宝哥情高义盛，不杀兄长带转回程。
我伯父一计不成二计定，三更天把我家大火来焚。
官宝哥送信我家来进，他叫我母子们外乡逃生。
逃难时逃至在清风岭，遇猛虎冲散了我一家人。
娘想见儿难得相见，儿想见娘难上加难。
要想一家人重相见，除非那青天扫尽浮云。
含悲忍泪朝前奔，来此不觉大户庄村。
站之在庄门口叫讨饭，那黄犬莫咬我苦命之人。
一非是在家中好吃偷懒，二非是在家中打骂爹娘。
老者们打发我添福添寿，少者们打发我儿孙满堂。
我本当吃一口怕人观看，读书人狼狈相多不雅观。
手带妹妹朝前闯，但不知何日里一家团圆。
（陈员外，行儿肩背包裹，手拿雨伞上。）

陈员外：（唱）叫行儿。
行　儿：（白）有。
陈员外：（白）哎
行　儿：（白）有哇！
陈员外：（白）啊，哈哈哈……
　　　　（唱）前把路引……　　主仆俩在乡间收租回程。
我老汉住之在麻城县镇，无有儿和女接代后根。
我也曾为儿女把香来敬，修桥梁补破庙一概不灵。
该莫是我前生坏了德性，到今生儿和女贵似黄金。
行儿带路长亭进，长亭上打坐着男女二人。
行儿与我上前寻问，

陈员外：（白）行儿，长亭一男一女你可认得？
行　儿：（白）不认得。
陈员外：（唉，不认得。哈哈哈……
　　　　（唱）行儿不问老汉动问，我不免上前去盘问一盘。
眼观他二人身上寒冷，我不免叫行儿赏他衣襟。
开言来我就把男女叫应，我有言来细听分明。
此处不是叙话所，带到我家且安宁。
行儿带路回家奔，来此不觉自家门。
男女等候禀告安人，
　　　　（白）书生在此等候。行儿，叫出安人迎接他们。
行　儿：（白）拜请安人！
（二幕启，陈员外豪华客厅，陈安人上。）
陈安人：（白）老来无子孙，恨天不均匀。员外你回来了。

陈员外：（白）哈哈……我回来了。

陈安人：（白）员外，你为何暗地里发笑哇？

陈员外：（白）安人哪曾知道，想我在乡下收租回来，打从长亭经过，偶遇长亭一男一女。我将他们带回来了？

陈安人：（白）带在哪里呢？

陈员外：（白）带至府门之外，你与我叫他们进来呀。

陈安人：（白）那我从命。一男一女外面风浪大得很，权且到我家避过风浪。

薛定安：（白）既如此，有劳安人带路。

陈安人：（白）随跟我来。

薛定安：（白）见过员外、安人。

陈员外：（白）休要见礼，赐你们一个矮座。

薛定安、薛金莲：（白）谢过员外、安人，告座。

陈员外：（白）一男一女，坐下我就问你？

薛定安、薛金莲：（白）员外问我何来？

陈员外：（白）不知你们家住何所，姓甚名谁？从头讲来。

薛定安：（白）员外有饭我吃，我就从头讲来。

陈员外：（白）你二人同吃同讲。

薛定安：（白）员外安人不厌其烦，你就听了。

（唱）员外安人打坐在客堂上面，　　　细听我逃难人诉表从前。
　　　家住湖广麻城县，　　　　　　薛家庄前有我的家园。

薛定安：（唱）　　　　　　　　　　**薛金莲**：（唱）

实可叹老爹爹阎罗早见，　　　　　伯父爷薛光亮嫖赌抽烟。
曾记得老母亲上寿一片，　　　　　伯父爷到我家来借银钱。
老母亲那时节一时愚见，　　　　　将伯父打一顿撵赶外边。
伯父爷回家转良心改变，　　　　　叫官宝到圣堂杀兄定安。
多蒙了官宝哥情高义显，　　　　　不杀兄长带兄回还。
我伯父一计不成二计现，　　　　　三更时用桐油焚我家园。
多蒙了官宝哥情高云天，　　　　　送信我母子们逃奔外边。
逃难至清风岭被虎冲散，　　　　　彼此逃散地北天南。
儿想见娘难得见，　　　　　　　　娘想见儿眼泪哭干。
要想母子重相见，　　　　　　　　扫开浮云见青天。
这就是逃难人真情一遍，

薛定安、薛金莲：（唱）自古道家丑事不可外传。

陈员外：（白）唉呀，原来是薛员外公子逃难到此，一男一女，我有一言出唇不便？

薛定安：（白）员外、安人，有何金言？当面盼咐。

陈员外：（白）老汉我膝下无子，心想你二人拜结我老汉为盟论之子，不知你们意下如何？

薛定安：（白）员外、安人，想我兄妹二人，逃难至此。怎敢高攀？

陈员外：（白）该莫有弃嫌？
薛定安：（白）并无弃嫌。
陈员外：（白）当面拜过。
薛定安、薛金莲：（白）既如此，干爹、干娘，请上受我兄妹一拜。
（薛定安、薛金莲大礼参拜，员外急忙扶起。）
陈员外：（白）好好。言过就是。儿呀，你在家中什么为本？
薛定安：（白）恩爹。孩儿在家攻书为本。
陈员外：（白）儿哇，你转圣堂攻书才是。
薛定安：（白）那我遵命。
（薛定安下。）
陈员外：（白）女儿，你在家什么为本呢？
薛金莲：（白）恩爹，女儿在家习绣为本。
陈员外：（白）女儿，那你转绣楼习绣花纹。
薛金莲：（白）女儿遵命。
（薛金莲下。）
陈员外：（白）我不免叫家人，到大街去买一名佣人侍奉女儿。话说一言，家人哪里？
（家人上。）
家　人：（白）员外一声叫，快步就来到。见过家爷！为者何事？
陈员外：（白）家人，我拿银子你到大街上买名佣人侍奉小姐。
家　人：（白）那我遵命！
陈员外：（白）将言咐你。
家　人：（白）怎敢误主言，大街一走。
（家人下。）
陈员外：（白）家人买佣人，等候信回程。
（陈员外欣喜地下。）
（幕落。）
（幕启，王老琴饭店，王老琴老态龙钟地上。）
王老琴：（白）观山河依然旧景，看杨柳又是新春。
（唱）老汉今年七十多，　　　　好似路旁草一棵。
　　　见了几多残冬月，　　　　不知明年又如何。
（白）老汉，王琴。在十字路口，开所饭店。自那年黄昏，杜氏女逃难到此，拜结老汉为盟论之女，已有三年了。今日天气晴和，我不免叫杜氏外出找子团圆。话说一言，女儿哪里走来。
（薛杜氏上。）
薛杜氏：（白）爹爹叫一声，近前问分明。见过爹爹，这厢有礼。
王老琴：（白）休要见礼，一旁打坐。
薛杜氏：（白）谢过爹爹，女儿告座。爹爹叫出女儿，不知有何训教？
王老琴：（白）女儿不知，打坐店房你就听到。

|　　　　　（唱）杜氏女打坐在店房上面，　　　　你为父有言来细听心间。
　　　　　　　自那年黄昏后逃难进店，　　　　拜老汉为干父已有三年。
　　　　　　　先前是我二老倒还康健，　　　　到如今只落得无吃少穿。
　　　　　　　杜氏女你与我儿女找转，　　　　寻到了儿女一家得团圆。
薛杜氏：（唱）老爹爹出此言差错得很，　　　　讲什么到外乡找子回程。
　　　　　　　爹叫儿做别事女儿从命，　　　　爹叫儿找儿女儿不前行。
王老琴：（唱）杜氏女出此言霎时变脸，　　　　难道说王老琴不解其言。
　　　　　　　杜氏儿你不将儿女找转，　　　　跟随老父也是枉然。
薛杜氏：（唱）老爹爹出此言霎时变脸，　　　　难道说杜氏女不解其言。
　　　　　　　爹哪是叫我儿女找转，　　　　　分明是要银子不好开言。
　　　　　　　哭啼啼施一礼走出饭店，　　　　回头来见爹爹儿有话言。
　　　　　　　我若是找着了回爹饭店，　　　　找不着儿和女也要回还。
　　　　　（薛杜氏无可奈何地下。）
王老琴：（唱）有只见杜氏女越走越远，　　　　倒让我王老琴两眼望穿。
　　　　　　　望不见杜氏儿店房内面，　　　　但愿得杜氏儿找子团圆。
　　　　　（王老琴担心地下。）
　　　　　（二幕落。）

　　　　　（二幕前，郊外。薛杜氏辛酸地上。）

薛杜氏：（唱）杜氏女走出了干爹饭店，　　　　想起来儿和女好不可怜。
　　　　　　　在长亭我只得真心话现，　　　　细听我杜氏女诉表家园。
　　　　　　　表家乡住湖广麻城小县，　　　　薛家庄前有我的家园。
　　　　　　　实可叹我的夫阎罗早见，　　　　伯父爷吃喝嫖赌样样俱全。
　　　　　　　都只为杜氏女上寿一片，　　　　伯父爷到我家来借银钱。
　　　　　　　那时节杜氏女一时愚见，　　　　将伯父打一顿撵赶外边。
　　　　　　　伯父爷回家转良心改变，　　　　命官宝到圣堂去杀定安。
　　　　　　　好一个官宝儿情高义显，　　　　不杀娇儿带转回还。
　　　　　　　伯父爷一计不成二计现，　　　　三更天用桐油焚我家园。
　　　　　　　多蒙了官宝儿不顾风险，　　　　送一信到我家逃出外边。
　　　　　　　逃至在清风岭被虎冲散，　　　　娘逃东儿逃西天北地南。
　　　　　　　男儿定安未出年幼，　　　　　　女儿金莲未蓄满头。
　　　　　　　问一声众列台有与没有，　　　　说与我杜氏女好把情酬。
　　　　　　　含悲忍泪往前走，　　　　　　　有只见那地上一枚铜钱。
　　　　　　　观四下无有人铜钱捡，　　　　　有只见这铜钱只有半边。
　　　　　　　是是是来明白一片，　　　　　　该莫是儿和女不得团圆。
　　　　　　　找不着儿和女回爹饭店。
薛杜氏：（白）不可！
　　　　　（唱）老爹爹要饭钱不好开言。
　　　　　　　低下头来心想一遍，　　　　　　这草标当做了媒妁一般。

（薛杜氏拾取稻草插在头上。）
含悲忍泪长亭上面，但不知有何人来买婆娘。
（陈府家人上。）

家　人：（唱）在家中领却了员外言命，他叫我到大街去买佣人。
　　　　　　　来在长亭提足攒，见一大嫂头插标礼上相迎。
家　人：（白）大嫂我来问你？
薛杜氏：（白）大叔问我何来？
家　人：（白）你头插标，是人来卖草，还是草来卖人呐？
薛杜氏：（白）大叔呀，人来卖草，草能值几文钱？我乃是草来卖人。
家　人：（白）大嫂你既是草来卖人，有人买做佣人你可愿意？
薛杜氏：（白）但不知大叔你是哪府哪县？
家　人：（白）哎，讲什么哪府哪县，我乃对面陈府。大嫂，你卖人家做佣人有何为凭？
薛杜氏：（白）大叔说在哪里，自古道，上等人家口说为凭，中等人家字据为凭，下等之人……我乃逃难之人，头插草标，以草为凭。
家　人：（白）大嫂，草标岂能为凭？
薛杜氏：（白）大叔说在哪里，慢说是草标为得凭证，就是那牛皮膏药也为得凭证。
家　人：（白）是的，就是那牛皮膏药也为得凭证。你卖人家做佣人价钱几何？
薛杜氏：（白）三十两不少，四十两也不多。
家　人：（白）好价钱，还公道，将钱递过。
薛杜氏：（白）大叔，我有一言，商量与你？
家　人：（白）大嫂，有何金言，商量与我呢？
薛杜氏：（白）把钱交我爹爹，再来上工可好？
家　人：（白）大嫂，你该莫有逃走之意？
薛杜氏：（白）大叔说在哪里，我乃女流之辈，走也只多远，飞也只多高。岂敢做逃走之人？
家　人：（白）大嫂，你做事要言而有信！
薛杜氏：（白）岂敢失信大叔。大叔，你就在此等我回来。
（家人下。薛杜氏取下头上稻草，回转干爹店房。）
薛杜氏：（唱）这银子好一似杀人宝剑，斩断了父女俩好不可怜。
　　　　　　　含悲忍泪店房转，拜请爹爹儿有话言。
（王老琴慢步上。）
王老琴：（唱）望杜氏望得我一天到晚，倒让为父两眼望穿。
　　　　　　　到前店见女儿开言问喧，女儿你可曾找子团圆？
薛杜氏：（唱）老爹爹打坐在店房上面，你女儿有言来禀告慈严。
　　　　　　　女儿找子长亭上面，偶遇着一大叔赐我银钱。
　　　　　　　这银子拿与了爹爹收捡，有吃有穿有本钱。
王老琴：（唱）好乡好邻接回饭店，带到店房好把情添。
薛杜氏：（唱）好乡邻他讲道路途遥远，未到店房问爹安然。

王老琴：（唱）杜氏儿出此言脸色改变，　　难道说为父不解此言。
　　　　　　　女儿来来来店房上面，　　　　就把女儿问一番。
　　　　（白）儿呀，我来问你？
薛杜氏：（白）爹爹问儿何来？
王老琴：（白）这银子来得不明不白，好好对为父讲来。如若不然，难免为父一顿暴打！
薛杜氏：（白）唉呀，爹爹呀！
　　　　（唱）老爹爹出此言脸色改变，　　你打儿儿有言禀告慈严。
　　　　　　　你哪是叫儿找子回转，　　　　分明是要饭钱不好开言。
　　　　　　　你女儿找子心中思念，　　　　你女儿自卖自身还爹饭钱。
　　　　（薛杜氏将卖身纹银付与爹爹，王老琴接在手，伤痛至极。）
王老琴：（唱）听女儿出此言怒冲满面，　　好一似狼牙箭穿我心间。
　　　　　　　我叫你到外乡儿女找转，　　谁叫你自卖自身还爹饭钱。
　　　　　　　儿来店结拜情从无悔念，　　若贪财不留儿在父身边。
　　　　　　　儿度父抛骨肉势利现眼，　　王老琴有此念禽兽一般。
　　　　　　　开言来我就把女儿问喧，　　你为父有言来细听心间。
　　　　　　　卖佣人卖之在哪府哪县？　　为父到他家退还银钱。
薛杜氏：（唱）老爹爹讲什么哪府哪县，　　本市陈员外买人出钱。
王老琴：（唱）骂一声陈府好大胆，　　　　买我女儿雇人出钱。
　　　　　　　女儿权为店房内面，　　　　我到陈府论理退钱。
薛杜氏：（唱）在长亭与大叔细讲一遍，　　员外只要人来不要钱。
王老琴：（唱）听说是只要人来不要钱，　　这才是平地黑了天。
　　　　　　　杜氏儿随父店房内面，　　　你为父有言来细听心间。
　　　　　　　自那年天黄昏儿来爹店，　　结拜老汉已有三年。
　　　　　　　先前我二老倒还康健，　　　到如今只落得缺吃少穿。
　　　　　　　天气晴我叫你找子回转，　　谁叫你自卖自身还爹饭钱。
　　　　　　　这银子父不要女儿收捡，　　到后来凡百事靠它周全。
　　　　（王老琴将银子付与薛杜氏，薛杜氏接银介。）
　　　　　　　此一番我的儿陈府内面，　　二五七天来看慈严。
　　　　　　　来与不来单凭于你，　　　　总要念结拜老汉许多年。
薛杜氏：（唱）老爹爹你不要叮嘱话喧，　　嘱咐言语儿记心间。
　　　　　　　我若是做佣人不来爹店，　　忘恩负义头上有天。
　　　　（薛杜氏趁父不注意，将银子放在桌上，用擦布遮起。）
　　　　　　　施一礼辞爹爹走出饭店，　　回头来拜一拜，唉，爹爹哎……
　　　　　　　白发慈严。
　　　　　　　走上前我只得屈膝跪，　　　拜一拜老爹爹年迈白发。
　　　　　　　爹爹如今年高大，　　　　　好一似山中枯木桠。
　　　　　　　今日脱下鞋和袜，　　　　　不知明日穿不穿它。
　　　　　　　不能灵前把孝挂，　　　　　不能坟台把香插。

		燕子衔泥费力大，	长大毛干飞天涯。
		本当在此多叙话，	长亭大叔等我回家。
		拜别了老爹爹把路踏，	三五七天来看白发。

（薛杜氏边哭泣边下，王老琴倚门眺望女儿远去。）

王老琴：（唱）杜氏儿好似一把弓，　　　　　终朝暮日在手中。
　　　　　　　有朝一日弓弦断，　　　　　　人争闲气一场空。
　　　　　　　望不见女儿两足移动，　　　　但愿得杜氏女儿女相逢。

（王老琴转身发现银子，拿着银子追出店外。薛杜氏早已去远，王老琴摇头叹息地下。）

（二幕落。）

（二幕前，郊外。长亭，陈府家人上，踮起脚尖，焦急地眺望薛杜氏离去的方向。）

家　人：（白）杜氏去辞行，未见转来临。

（薛杜氏匆匆地上。）

薛杜氏：（白）见过大叔，与我带路。

（家人轻松地舒了一口气。）

家　人：（白）大嫂，算不失信，随跟我来。行行去去，去去行行，不觉到了。大嫂在此等候，待我拜请员外。

薛杜氏：（白）那我知道。

家　人：（白）拜请员外。

（二幕启，陈府客厅，陈员外担心地上。）

陈员外：（白）家人买佣人，未见转回程。

家　人：（白）叩见员外！

陈员外：（白）家人，你可曾买回佣人？

家　人：（白）回员外，佣人已买回。

陈员外：（白）竟在何所？

家　人：（白）现在府门之外。

陈员外：（白）家人，你叫她见过与我。

家　人：（白）那我遵命，大嫂，员外叫你见过与他。

薛杜氏：（白）那我知道，见过员外。

陈员外：（白）家人，你买这位大嫂，她要多少身价？

家　人：（白）她讲道，三十两不少，四十两不多。

陈员外：（白）价钱到还公道。娘子什么为凭？

薛杜氏：（白）员外，自古道，上等之人口说为凭，中等之人字据为凭，下等之人……想我乃逃难之人，女流之辈，草标为凭。

陈员外：（白）家人，草标为得凭？

家　人：（白）员外，慢说是草标？就是那牛皮膏药也为得凭。

陈员外：（白）家人，你与我问她可否识字。

家　　人：（白）待我问来。大嫂，我家员外问你，可曾识字？
薛杜氏：（白）大叔，我自幼小在娘家读过女儿经，多字不识，少字还认得几个。
家　　人：（白）员外，她讲道多字不识，少字还认得几个。
陈员外：（白）家人，你与我叫她写个卖契字约。
家　　人：（白）那我知道，大嫂，员外叫你写个卖契字约。
薛杜氏：（白）大叔，缺少文房四宝。
家　　人：（白）桌案现有。
薛杜氏：（白）员外、大叔，你且退下。
　　　　　（陈员外、家人下。）
薛杜氏：（白）书房一走，唉，我的儿和女喂……
　　　　（唱）在书房哭一声我夫光明，　　　你的妻今日里卖做佣人。
　　　　　　　上写着杜氏女……
　　　　（白）唉呀！杜氏，杜氏呀！难道说将姓也写上，难道说不想母子团圆吗？待我改来。
薛杜氏：（唱）上写着奴本是王琴饭店，　　　卖与陈府来做佣人。
　　　　　　　上写着儿和女……
　　　　（白）杜氏，杜氏，杜氏呀！你自己卖到人家做佣人，儿女也跟着卖到人家不成？待我改来。
　　　　（唱）无儿无女卖做佣人。
　　　　　　　三十两纹银纸上载，　　　　　高山下石永不回来。
　　　　　　　写卖契我不把字押来盖，　　我量陈员外解者不开。
　　　　　　　一张字约修得快，　　　　　请一声大叔速忙前来。
　　　　（白）大叔哪里？
　　　　　（家人上。）
家　　人：（白）大嫂，字约可曾写好？
薛杜氏：（白）大叔，这有卖契字约在此。
家　　人：（白）拜请员外。
　　　　　（陈员外上。）
陈员外：（白）家人，卖契字约可曾写好？
家　　人：（白）这有大嫂卖契字约在此，请员外观看。
陈员外：（白）看这娘子虽然贫穷，一笔好字。家人，你去问她在家做什么当先？
家　　人：（白）那我前去问来。大嫂，你在家中何事当先？
薛杜氏：（白）大叔，想我在家中能做八味君汤。
家　　人：（白）启禀员外，大嫂讲道，她在家中能做八味君汤。
陈员外：（白）啊！就有这等，家人听我吩咐。
家　　人：（白）员外有何吩咐？
陈员外：（白）你将她带至厨房。
　　　　　（家人、薛杜氏下，薛杜氏端汤复上。）

家　人：（白）员外，这有八味君汤在此。
　　　　（员外尝汤，觉得味道不佳，一口喷出。）
陈员外：（白）呸！胆大的贱婢，你往日在家可曾会做？
薛杜氏：（白）哎，别人不知，难道员外你也不知？
陈员外：（白）呀呸！来来来，我有话对你讲！
薛杜氏：（白）有何话讲？
陈员外：（白）贱婢！
　　　　（陈员外狠狠一巴掌打在薛杜氏的脸上，薛杜氏手捂面颊，双膝跪地。）
　　　（唱）骂声贱婢你真胆大，　　　　　初进府来海口夸。
　　　　　　怒恼我举家法一顿暴打！
　　　　（员外手举家法欲打，家人上前讲情。）
家　人：（唱）还请员外饶恕她。
陈员外：（白）家人你该是讲情？
家　人：（白）正是讲情。
陈员外：（白）家人，听我吩咐。
家　人：（白）员外，有何吩咐？
陈员外：（白）这个贱婢侍候我不下，打入绣楼侍奉小姐。
　　　　（陈员外气愤地下。）
家　人：（白）那我遵命。大嫂，员外讲道，你侍奉他不下，打入绣楼侍奉姑娘。
薛杜氏：（白）大叔，我来问你。
家　人：（白）大嫂，问我何事？
薛杜氏：（白）你家姑娘脾气如何？
家　人：（白）姑娘脾气比员外还高三分。
薛杜氏：（白）大叔，你且退下。
　　　　（家人同情地下。）
薛杜氏：（白）杜氏女，杜氏女呀！这才是燕子搭在廊檐下，不低头来也低头。
　　　　（薛杜氏含泪，十分委屈地下。）
　　　　（薛金莲上。）
薛金莲：（唱）薛金莲打坐在高楼上面，　　　想起了一家人好可怜。
　　　　　　逃难逃至清风岭上面，　　　　被猛虎冲散了地北天南。
　　　　　　儿想见娘难得相见，　　　　　娘想见儿难上加难。
　　　　　　要想母子重相见，　　　　　　扫开浮云见青天。
　　　　　　叹不尽衷肠苦绣楼上面，　　　等只等老爹爹买回丫鬟。
　　　　（薛杜氏边擦眼泪边上。）
薛杜氏：（哭）我的儿和女喂……
　　　（唱）杜氏女初进府皮肉打烂，　　　打得我杜氏女好不心寒。
　　　　　　劝世人休道我儿女跨代，　　　我本是员外妻大家风范。
　　　　　　脚踏楼梯手端茶盏，　　　　　有只见陈姑娘驾坐楼前。

　　　　　　　将茶盏放桌案一礼奉见，　　　请姑娘吃茶汤我是佣人。
　　　　（白）请姑娘吃茶。
薛金莲：（白）且慢，这个佣人好像我的母亲一般？此事真的可怪。
薛杜氏：（白）且慢，这个姑娘好像我的女儿一般？此事真的可怪。
薛金莲：（白）婆姨接盏，老佣人接盏！
薛杜氏：（白）唉呀！大叔讲道，陈姑娘的脾气比员外还要高三分，果然不差。想我接盏来迟，连碗抛在地上，这将怎处？有了，待我上前赔礼才是。陈姑娘，想老佣人接盏来迟，这厢作揖赔礼。
　　　　（薛杜氏递茶，接盏稍慢，茶盏掉在地上，甩成碎片。杜氏作揖赔礼，薛金莲承受不起，顿感头晕。）
薛金莲：（白）唉呀，想我初进府来受过多少人一拜。今日这老佣人一拜，我头昏几阵。这必有原情，待我上前盘问几句。那我作揖赔礼，婆姨楼台打坐。
薛杜氏：（白）陈姑娘告座。
薛金莲：（白）坐到，我就来问你？
薛杜氏：（白）陈姑娘问我何来？
薛金莲：（白）但不知你家住何所，姓甚名谁？一一从头讲来！
薛杜氏：（白）陈姑娘不厌其烦，打坐楼台你就听了。
　　　　（唱）陈姑娘打坐在楼台上面，　　细听我老佣人诉表家园。
　　　　　　　我家住湖广麻城小县，　　　薛家庄前有我的家园。
　　　　　　　实可叹我的夫阁罗早见，　　伯父爷薛光亮嫖赌抽烟。
　　　　　　　都只为杜氏女生寿庆典，　　伯父爷到家来借银钱。
　　　　　　　都怪我杜氏女愚蠢之见，　　将伯父打一顿赶出外边。
　　　　　　　伯父爷回家转良心改变，　　叫官宝到圣堂杀儿定安。
　　　　　　　好一个官宝儿情高义显，　　不杀定安带回家园。
　　　　　　　伯父爷一计不成二计又现，　三更天用桐油焚我家园。
　　　　　　　官宝二次送信我家传，　　　他叫我带儿女逃奔外边。
　　　　　　　逃难至清风岭被虎冲散，　　娘逃东儿逃西天北地南。
　　　　　　　这就是老佣人真言一遍，　　自古道家有丑姑娘呀，不可外传。
薛金莲：（唱）查得清楚问得明，　　　　原来是母亲到此今。
　　　　　　　此处不把母亲认，　　　　我到何处找娘亲，
　　　　　　　上前我就把母亲认……
　　　　（薛金莲确认母亲到来，一跪一擦，擦到母亲面前，杜氏急忙挽起。）
薛杜氏：（唱）吓得老身胆颤惊。
　　　　　　　开言就把姑娘问，　　　　姑娘你认我你是何人？
薛金莲：（唱）母亲你不要将我问，　　　我是金莲你的娇生。
薛杜氏：（唱）听说是女儿薛金莲，　　　好似狼牙箭心穿。
　　　　　　　开言就把女儿问，　　　　可知你兄长在哪边？
薛金莲：（唱）母亲不要将我问，　　　　兄长圣堂读书文。

　　　　　　　手带母亲客堂进，　　　　　拜请爹爹儿有话明。
　　　　（白）拜请爹爹！
　　　　（陈员外上。）
陈员外：（白）我儿一声请，近前问分明。
薛金莲：（白）见过爹爹，这厢有礼。
陈员外：（白）我儿休要见礼，一旁打坐。儿呀，堂上无外客，请出为父有何家事商议？
薛金莲：（白）爹爹哪曾知道，想这老佣人乃是儿的母亲到此。
陈员外：（白）啊！就有这等？仁嫂，你初进府来受过多少凌辱，一顿暴打，得罪仁嫂。这厢请罪！
薛杜氏：（白）哎，仁兄，说在哪里，有道是不知者不为罪。请问仁兄？
陈员外：（白）仁嫂，你问我何来？
薛杜氏：（白）我问定安儿竟在何所？
陈员外：（白）仁嫂，定安儿今在圣堂攻书，稍时归来。
　　　　（薛定安上。）
薛定安：（白）圣堂攻书文，转回自家门。
薛金莲：（白）哥哥回来了。哥哥，母亲来了。
薛定安：（白）妹妹，母亲竟在何所？
薛金莲：（白）哥哥，母亲现在客堂之上。
薛定安：（白）那厢该是母亲？
薛杜氏：（白）那厢该是孩儿？唉，儿喂……儿呀，母亲还有卖契字约在此！
薛定安：（白）母亲不必如此，待我上前问来。爹爹，母亲还有卖契字约在此？
陈员外：（白）有卖契字约在此，家人，
　　　　（家人上。）
陈员外：（白）你与我到后面把卖契字约拿来。
家　人：（白）那我从命！
　　　　（家人下，取字约复上。）
家　人：（白）启禀老爷，卖契字约在此。
陈员外：（白）仁嫂，卖契字约在此。
薛杜氏：（白）仁兄，那我告辞了。
陈员外：（白）仁嫂，讲什么告辞了。你母子见面不要啼哭，你权为后面改换衣襟才是。
薛杜氏：（白）谢过仁兄，女儿带路。
薛金莲：（白）母亲随跟我来。
　　　　（薛杜氏、薛金莲下。）
陈员外：（白）儿呀，今乃大考之年，何不进京求名？
薛定安：（白）爹爹，缺少盘费！
陈员外：（白）银子有为父担待。儿呀，未曾起程，为父许你一个彩头。
薛定安：（白）爹爹，许儿一个什么彩头？
陈员外：（白）打扮行宫礼，即刻便登程，去是春三月。

薛定安：（白）回头呢？
陈员外：（白）面圣君。
薛定安：（白）未必？
陈员外：（白）有准！哈哈哈……
薛定安：（白）好。借父亲吉言，孩儿告辞了。
　　　　　　（薛定安下）
陈员外：（白）我儿进京城，等候信回程。
　　　　　　（陈员外高兴地下。）
　　　　　　（幕落。）
　　　　　　（幕启，京城繁华，热闹非凡。一街两巷，做买做卖吆喝一片，举子纷纷上京赶考。考官、衙役上。）
考　官：（白）八月桂花香，九月菊花黄。人群纷纷乱，举子入科场。人来！
衙　役：（白）有！
考　官：（白）将宫门打开，龙门展放！
衙　役：（白）是！
考　官：（白）有传天字号上前交卷。
　　　　　　（薛定安持考卷上。）
衙　役：（白）有传天字号上前交卷！
薛定安：（白）参见大人，考卷呈上。
考　官：（白）好一个天字号，文才好，才学高，一撇如枪，一捺似刀，一点似樱桃。往年专考三篇文章，七篇锦绣。今年圣上用人太急，单考吟诗对对，对得着高官任做，骏马任骑。对不着走出宫院门，三年不许入科场。天字号上前受对！
薛定安：（白）谢过大人，请大人出题。
考　官：（白）驮背梨树，倒开花，蜜蜂仰采。
薛定安：（白）学生对曰。
考　官：（白）对曰何来？
薛定安：（白）歪嘴莲蓬，斜结籽，鹭鸶旁观。
考　官：（白）好一个天字号，早年该发该中。一名一甲，拜拜下去，龙虎观榜。
薛定安：（白）谢过大人。
　　　　　　（陪考生上。）
陪考生：（白）老哥你中了。恭喜，恭喜！
薛定安：（白）同喜，同喜！
陪考生：（白）你回家乌纱两顶，蟒袍两件，蟒靴两双，在下不送。
薛定安：（白）老哥，少陪了。
　　　　　　（薛定安喜悦地下。）
　　　　　　（陪考生左手执扇，边走边扇。右手拿着牙签，边上边签牙。）
考　官：（白）有传地字号上前交卷。

衙　役：（白）有传地字号上前交卷！
陪考生：（白）传地的上前交卷。
衙　役：（白）传你的。
陪考生：（白）啊，卖米的。卖米的上前交卷！
衙　役：（白）传你这个傻舅子！
陪考生：（白）哎呀，今年人不多，一传就到姐夫我头上来了。见过襄衣大人。
衙　役：（白）宗师大人！
陪考生：（白）怕不晓得，襄衣还不是宗做的。
衙　役：（白）总还宗师大人！
陪考生：（白）好好，争你不赢，就宗师大人，宗师大人，你老哥在上，学生见礼，丢礼乎也。
　　　　（地字号考生双手合拢，面对主考大人意思一下。）
　　　　（一衙役看不过意，大声呵斥考生！）
衙　役：（白）见了大人不下全跪，讲什么丢礼乎也？
陪考生：（白）哎，我在乡下见人一礼，人家还我一礼，我见你一礼，你老哥坐在上面昂昂而不动，我岂不丢礼乎也。
考　官：（白）怎奈我有圣命在身。不能还礼！
陪考生：（白）那就不怪你老哥。
考　官：（白）地字号上前交卷。哎，观你的试卷一塌糊涂，不知你口才如何？
陪考生：（白）啊，口才呀，口才好得很，清早起，洗了脸，漱了口，斤把肉，壶把酒，拉起屎来，一点都没有。
考　官：（白）哪个问你吃喝拉撒，我乃问你腹内文才？
陪考生：（白）请大人弹蹄！
考　官：（白）我乃题目之题！
陪考生：（白）我乃是足脚之足。
考　官：（白）总还是题目之题，白粉墙写白字，墙白，字白，白白对白白。
陪考生：（白）学生对曰，黑瓦窑烧黑炭，窑黑，炭黑，黑黑对黑黑。
考　官：（白）你哪许多黑？
陪考生：（白）你哪许多白？
考　官：（白）人来！
衙　役：（白）有！
考　官：（白）此人无才，赶了，赶出宫院门，三年不许入科场。
衙　役：（白）赶了，赶了！
陪考生：（白）呸呸呸！我三年考两考，两年考三考，牙齿考掉了，胡子考翘了，我知道进来还不知道出去。哎呀，好闭人，把我一肚子文才都闭过去了。我不晒点文，还说我是个黑先生。上大人，狗咬人，打一棍钻竹林。两边是我的舅，中间是我的曾外孙。
　　　　（陪考生吊儿郎当地下。）

考　官：（白）人来，有事，无事？
衙　役：（白）无事。
考　官：（白）将考卷密封，打入四轮车上，上殿缴旨，掩上宫门。
衙　役：（白）遵命！
　　　　　　（考官、衙役下。）
　　　　　　（幕落。）
　　　　　　（幕启，京城大街。薛定安身穿状元服，众衙役随上。）
薛定安：（念）中状元名扬天下，琼林宴帽插宫花。
　　　　（赋）白马紫金鞍，出朝万人观。若问谁家子，读书人做官。
　　　　（白）下官，薛定安，多蒙圣上点我头名状元。赐我半幅銮驾，打马游街，参司拜相。好不快乐人也。人来！
导　首：（白）有！
薛定安：（白）人马可曾齐备？
导　首：（白）早已齐备！
薛定安：（白）启道玉街！
　　　　　　（薛定安、导首下。）
　　　　　　（薛官宝破衣烂衫，手拿讨饭家什上。）
薛官宝：（唱）可怜，可怜，真可怜，　　　　　大船改做小渔船。
　　　　　　先前我在人前走，　　　　　　　如今落在浅水滩边。
　　　　　　来至在大户村口叫讨饭，　　　那犬儿莫咬我伤心可怜。
　　　　　　多谢情来多谢情，　　　　　　　多谢列台费了心。
　　　　（白）多谢讨一点。
内　　：（白）你家住何所，姓甚名谁？
薛官宝：（白）我家住湖广麻城县，薛家庄人氏。只有我那恨心爹娘将我撵赶在外，多谢讨一点。
内　　：（白）你是做什么的？
薛官宝：（白）我是讨饭的。
内　　：（白）这是公共祠堂，你要饭，我拿个灵牌给你！
薛官宝：（白）这个大屋还是个祠堂，这里有个细屋，我到细屋来讨一点。
内　　：（白）你是做什么的？
薛官宝：（白）我是讨饭的。
内　　：（白）这里是茅厕，你要就把点屎与你！
薛官宝：（白）唉呀，这真是起早了，碰到一个露水鬼。先前大屋是祠堂，讨块灵牌啃不烂。我说到细屋来讨，又是茅厕，讨一堆破屎吃。将走，搞什么鬼，打大喇叭，吹大锣！
内　　：（白）是打大锣，吹大喇叭。
薛官宝：（白）打大锣，吹大喇叭搞什么鬼？
内　　：（白）状元游街！

薛官宝：（白）么事？状元游街。
内：（白）薛老爷游街！
薛官宝：（白）薛老爷游街！我也姓薛，不免和他攀一个华宗。且慢，我这个鬼形，与他攀华宗，他两边衙役不要打得我乌七八号，我不免做个死人挡路。
（薛定安、导首上。）
导　首：（白）呵，呵，呵！
薛定安：（白）人来。前面为何停步不走？
导　首：（白）有一汉子挡路！
薛定安：（白）与我拖开！人来。
导　首：（白）有。
薛定安：（白）你看此人有气无气？
导　首：（白）有气怎样，无气怎处？
薛定安：（白）有气将他唤醒，无气赏他八百钱，棺木一口。
薛官宝：（白）八百钱打卦，八百钱打卦。
薛定安：（白）你这汉子，我来问你？
薛官宝：（白）问我何来？
薛定安：（白）你这汉子，为何装死挡道？
薛官宝：（白）大人哪曾知道，只有我那烂肚皮的爹娘将我赶出家门，我只好在外讨饭。先到大屋讨，是个祠堂，讨个灵牌啃不烂。再到细屋去讨，是个茅厕，讨堆屎。故此做个死尸挡道。
薛定安：（白）你这汉子，家住何所，姓甚名谁，从头讲来。
薛官宝：（白）大人，我家住湖广麻城县，薛家庄人氏，爹爹薛光亮，我乃薛官宝。
导　首：（白）呵，呵，呵！
薛官宝：（白）大人，你认我，你是何人？
薛定安：（白）兄长，不必如此，我就是你贤弟薛定安。
薛官宝：（白）唉呀，贤弟薛定安，我不免上前盘问他几句，你是薛定安？
薛定安：（白）是的！
薛官宝：（白）你家住哪里，姓甚名谁？
薛定安：（白）我家住湖广麻城县，薛家庄。
薛官宝：（白）你爹叫什么，你伯父叫什么？
薛定安：（白）我爹名叫薛光明，伯父名叫薛光亮，母亲杜氏，我叫薛定安。
薛官宝：（白）唉呀，你真是我的贤弟薛定安。我看看，不像。
薛定安：（白）怎么不像呢？
薛官宝：（白）我贤弟头上没有长角哇？
薛定安：（白）这是纱帽翅。
薛官宝：（白）我再来看看，不是！我贤弟身上没有长蛇。我看你呀，不是好人！
薛定安：（白）怎见得不是好人？
薛官宝：（白）你是好人，怎么把菩萨靴偷来了。你痛脚莫带坏我的好脚。快走，快走！

薛定安：（白）我足下穿的是朝靴！
薛官宝：（白）朝靴，你真是我的贤弟，你为何这等荣耀哇？
薛定安：（白）兄长哪曾知道，多蒙圣上点我头名状元。赐我半幅銮驾，参司拜相，打马游街。
薛官宝：（白）状元，状元。哎，状元有几大的官？
薛定安：（白）状元就是大老爷！
薛官宝：（白）我不就是二老爷？
薛定安：（白）你是二老爷。
薛官宝：（白）兄弟，你是大老爷，我是二老爷，爹爹不就是三老爷？
薛定安：（白）兄长，爹爹是太老爷。
薛官宝：（白）啊！爹爹是太老爷。列位，我从来未做个二老爷，今天我来做个二老爷过过瘾。贤弟，我来问你？
薛定安：（白）兄长，问我何来？
薛官宝：（白）这两个是你什么人？
薛定安：（白）这两个叫做耳目。
薛官宝：（白）耳目是什么人？
薛定安：（白）耳目是佣人。
薛官宝：（白）我可以用么？
薛定安：（白）有贤弟在此，可以用得。
薛官宝：（白）用得，这两个小王八蛋，二老爷方才在城脚下煮乌龟肉吃，是你这两个王八蛋把我的乌龟肉打泼了。是的吧？
导　首：（白）二老爷，不知者不为罪。
薛官宝：（白）好一个不知者不为罪，我要罚你。
导　首：（白）二老爷，罚我们什么？
薛官宝：（白）跪倒，起来，跪倒，起来。好灵，好灵。我说，我将当叫花子，叫你当孙？
导　首：（白）二老爷，不知者不为过。
薛官宝：（白）贤弟，如今你这般荣耀，兄长还是花郎一般。
薛定安：（白）兄长，不必如此，你权为到官家之处改换衣襟。
　　　　　　　（薛官宝下，换官戴上。）
薛定安：（白）人来！
导　首：（白）有！
薛定安：（白）起道回府。
导　首：（白）报报报！
　　　　　　　（陈员外满面春风地上。）
陈员外：（白）报子报我家，我儿插宫花。
导　首：（白）状元回府。
陈员外：（白）儿哇，为何这等荣耀？

薛定安：（白）爹爹，多蒙圣上点我头名状元，也是恩爹教儿有功。
陈员外：（白）我儿说在哪里，这是我儿十载寒窗之苦。儿哇，他是何人？
薛定安：（白）爹爹，他就是孩儿兄长到此。
（薛杜氏、薛金莲喜悦地上。）
薛官宝：（白）那厢该是叔母？
薛杜氏：（白）官宝，我的儿哇。
陈员外：（白）仁嫂，你们母子见面就不要啼哭了。仁嫂，我将好有一比？
薛杜氏：（白）好比何来？
陈员外：（白）水现沙滩，鱼现白。
薛杜氏：（白）此话怎讲？
陈员外：（白）眼观官宝腹中饥饿？
薛杜氏：（白）仁兄，你不说我也知道，我将带定安回家荣宗耀祖。官宝拜仁兄为盟论之子，不知仁兄意下如何？
陈员外：（白）仁嫂，件件依从。不敢执留！
薛杜氏：（白）待我问来。官宝过来，我将带定安回家荣宗耀祖。将你续在员外脚下拜为盟论之子，你意下如何？
薛官宝：（白）好倒是好。他要不要我去杀人呐？
薛杜氏：（白）他是好人，他不会叫你去杀人。
薛官宝：（白）是好人。既如此，恩爹请上，受我一拜！
陈员外：（白）儿呀，你一步登高，可喜可贺！
（宾相，二轿夫抬着新娘，伴娘随轿上。）
宾　相：（白）宾相送亲上门。见过太老爷、太夫人、状元公、小姐。
薛杜氏：（白）仁兄，我们就告辞了。
陈员外：（白）仁嫂，讲什么告辞了，回家修状元府不及，就在我家团圆大会。
薛杜氏：（白）就依仁兄。
陈员外：（白）宾相掌彩。
薛杜氏：（白）宾相多讲吉言。
宾　相：（白）是！一拜天地，二拜高堂，夫妻交拜，送入洞房。宾相讨赏！
陈员外：（白）后面领银十两。
宾　相：（白）喜哈哈，笑哈哈，生个儿子卖发粑。
陈员外：（白）中探花。
宾　相：（白）喜洋洋，笑洋洋，生个儿子卖板糖。
薛杜氏：（白）状元郎。
陈员外：（白）大登科，金榜题名，小登科洞房花烛，办炷清香，叩谢上苍，一同拈香。
（幕落。）

全剧终

十九、罗裙记

【剧情简介】

张元凯，吉安县人氏，高官子弟出身，家中排行老五。秦秀英官家后代，父亲秦伯侯，镇守边关。秦伯侯只生一女，许配张元凯为妻。秦秀英出嫁一月有余，心中挂念父母。经公婆允准，夫妻双双回家探亲。在岳父母家居住一月有余，张元凯归心似箭。岳父赐上等陶瓷两百余担，岳母赐罗裙宝一件。

归家途中，因货沉船慢，张元凯决定取货走旱路，由押行押运回府。押行老板元正上船验货论价时，见秦秀英天姿国色，顿起邪念。是夜，元正带伙计杀上官船，张府家将战贼不过，自刎而死。秦秀英无奈，只得将罗裙宝衣裹好丈夫，推往湖中，而自己则被元正抢回典押行。

元正抢回秦秀英后，将之囚禁黑屋内。次日，便强逼秦秀英与之成婚。秦秀英誓死不从，且百般辱骂。元正心头火起，欲杀秀英，幸亏元正母亲前来营救。

陈康氏夫婿早逝，生有陈忠、陈义兄弟二人，以打鱼为生。那日兄弟二人下河前往风波湖打鱼，却打起张元凯，并将他带回家中。回家后，张元凯拜陈康氏为义母。

张元凯在李家攻读，心想父母娇妻，便与恩母商量，前往绵阳州，从兄长张九师处搬救兵，剿灭强贼，以报夺妻之恨。几经周折，强贼落网，张元凯与秦秀英夫妻团圆。

【剧中人物】

张元凯	秦秀英	张九师
张九师夫人	张王爷	张夫人
张王爷家将	秦伯侯	秦夫人
陈康氏	陈　忠	陈　义
元　正	元正娘	元正伙计
王将军	家　人	丫　鬟
宦　官	众孩儿	随　从
店老板	门　官	船　家
张九师家将	门　将	刀斧手

*　　　　*　　　　*

（幕启，圣堂，张元凯上。）

张元凯：（引）牡丹花开映月墙，风过窗前兰墨香。幼小寒窗一盏灯，磨穿石砚费心情。
　　　　　我若得中龙虎榜，不忘圣贤留下文。

　　　　　　（白）张元凯，家住吉安府，吉安县人氏。今乃是二爹娘生寿之期，为子者应该
　　　　　　　　与爹娘上寿。家将哪里？
　　　　　　（家将上。）
家　将：（白）见过五少爷。为了何事？
张元凯：（白）家将哪曾知道，今乃是我二爹娘生寿，我心想回家庆寿。你与我驯马侍
　　　　　　候，马来！
　　　　　　（家将下，带马上。张元凯上马。）
　　　　　　（二幕落。）
　　　　　　（二幕前，郊外。青山绿水，景色宜人。张元凯乘马，家将随后。）
张元凯：（唱）胜日寻芳泗水滨，　　　　　无边光景一时新。
　　　　　　　　等闲识得东风面，　　　　　万紫千红总是春。
　　　　　　　　催动能行回家奔，　　　　　一心心回家转庆贺双亲。
　　　　　　（张元凯、家将下。）
　　　　　　（二幕启，王爷府。豪华客厅，张王爷上。）
张王爷：（白）位列三台，保定君王喜笑颜开。老夫，朝阁太宰，官封位列三台。子孝媳
　　　　　　贤自在，保定君王应该。今乃是老夫生寿之期，未见众孩儿回家拜寿。话
　　　　　　说一言，夫人哪里？
　　　　　　（张夫人上。）
张夫人：（白）老爷一声请，近前问分明。见过老爷，妻子这厢有礼。
张王爷：（白）休要见礼，一旁打坐。
张夫人：（白）谢座，王爷堂前无客，唤出妻子有何家事商议？
张王爷：（白）夫人哪曾知道，今乃是老夫生寿之期。未见众孩儿回家上寿？
张夫人：（白）众孩儿未回家尽孝，老爷请上，受我一拜。
张王爷：（白）不敢，同拜。夫人请上，受我一拜。
张夫人：（白）不敢！……
　　内：（白）众孩儿回府！
张王爷：（白）礼当大锣响亮，众孩儿回府。
　　　　　　（音乐起，张元凯、秦秀英、众儿子、儿媳上。）
张元凯、秦秀英：（白）参见爹娘。
张王爷：（白）众孩儿回来，该莫是为了二老生寿？
张元凯：（白）正是为了一双爹娘添福添寿。
张王爷：（白）年年生寿，
张夫人：（白）要儿挂怀。
张元凯：（白）养儿何用？
秦秀英：（白）理所当然。
张王爷：（白）好一个理所当然。家人！
张夫人：（白）丫鬟哪里？
　　　　　　（家人、丫鬟上。）

张王爷：（白）酒宴可曾齐备？
家人、丫鬟：（白）齐备已久。
张王爷：（白）先拜寿，后摆盏，毡条铺开。
家人、丫鬟：（白）遵命！
（家人、丫鬟下，抬毡上，相互铺毡毕。音乐起，众儿媳以长幼为序，小夫妻成双成对叩拜。）
张王爷：（白）家有黄金聚宝盆，
张夫人：（白）有钱难买孝儿孙。
张元凯：（白）今日寿堂双敬酒，
秦秀英：（白）但愿爹娘寿百春。
张王爷：（白）好一个寿百春，夫人带领儿媳二堂饮宴。
张夫人：（白）儿媳带路。
秦秀英：（白）丫鬟带路。
丫　鬟：（白）随跟我来。
（张夫人、秦秀英、丫鬟下。）
家　人：（白）启禀王爷。
张王爷：（白）家人，禀者何来？
家　人：（白）满朝文武百官，一个个礼单前来。
张王爷：（白）候回衙理事，改日五少爷登门回拜。上宴酒！
（宦官上。）
宦　官：（白）圣旨下，王爷、众少爷免跪，张九师接旨。
张九师：（白）吾主万岁，万岁，万万岁！
宦　官：（白）圣旨落龙蓬。
张九师：（白）有道明君，有劳公公奉旨前来。
宦　官：（白）领了万岁旨意，哪有不来之理。
张九师：（白）公馆留宴。
宦　官：（白）上殿缴旨，不能奉陪。两厢开道！
（太监下。）
张九师：（白）送下公文。
众孩儿：（白）爹爹在上，孩儿添寿。
　　　　（唱）香飘渺烛辉煌豪光千丈，　　　庆生寿年半百瑞气满堂。
　　　　　　　左笙箫右鼓乐吹打响亮，　　　愿爹娘彭祖寿盖世无双。
张王爷：（唱）众孩儿坐寿堂恭耳细听，　　　你为父有言来细听分明。
　　　　　　　开言来我就把九师儿叫应，　　　你为父有言来细听分明。
　　　　　　　此一番我的儿绵阳州上任，　　　上莫欺君下莫弱民。
　　　　　　　上欺君来君不正，　　　　　　　下欺民来罪恶不轻。
　　　　　　　训过了九师儿众孩儿训，　　　你为父有言来细听分明。
　　　　　　　天气晴众孩儿圣堂来进，　　　但愿得到后来立志成名。

众孩儿：（唱）老爹爹训教儿谁敢违抗，　　男儿汉谁不想至大至刚。
　　　　　　施一礼老爹爹下学听讲，　　　心诚恳儿要学百世流芳。
　　　　（众孩儿下。）
张王爷：（唱）有只见众孩儿圣堂来进，　　倒让为父喜之在心。
　　　　　　望不见众孩儿内堂进，　　　　到下午日落西望儿回程。
　　　　（张王爷高兴地下。）
　　　　（幕落。）
　　　　（幕启，王爷府。客厅，张九师、随从、众衙役上。）
张九师：（引）奉旨出朝，地动山摇。遇龙拔角，遇虎拨毛。要把狼烟扫！
　　　　（赋）幼小寒窗心胆寒，为官容易读书难。安邦治国平天下，大学中庸仔细观。
　　　　（白）张九师，圣上有旨，命我绵阳州上任。话说一言，夫人哪里？
随　从：（白）拜请夫人出堂。
　　　　（张九师夫人上。）
夫　人：（白）夫受皇王爵，妻沾雨露恩。见过老爷，为了何事？
张九师：（白）夫人哪曾知道，圣上有旨，命我绵阳州走马上任。马来！起道绵阳州。
　　　　（二幕落，众人圆场。二幕启，绵阳州府，正堂。）
张九师：（白）头戴乌纱双翅飘，身穿国家蟒龙袍。凤凰不落乌鸦地，何愁百鸟不来朝。
　　　　　　前后营，左右营，三班六房，五营四哨齐到。有事，无事？
随　从：（白）无事！
张九师：（白）无事，掩门退堂。
　　　　（张九师、夫人、随从、众衙役下。）
　　　　（幕落。）
　　　　（幕启，王爷府。客厅，秦秀英上。）
秦秀英：（白）罗裙扫地，绣带飘香。头戴凤冠金翠，身穿八宝锦绣衣。奴乃金枝玉叶体，要配王子为妻。秦秀英，爹爹秦伯侯，未生三男四女，只生小女，许配张元凯足下为妻。来到夫家一月有满，我心想回家看望双亲。此事要与相公一同商量，拜请相公。
　　　　（张元凯手拿诗书，慢步上。）
张元凯：（白）贤妻一声请，近前问分明。
秦秀英：（白）见过相公，这厢有礼。
张元凯：（白）休要见礼，一旁打坐。
秦秀英：（白）谢座。
张元凯：（白）贤妻请出为夫，有何家事商议？
秦秀英：（白）相公打坐客堂，妻子一言，你就听了。
　　　　（唱）相公夫坐客堂用心细听，　　你的妻有言来细听分明。
　　　　　　我来到相公家一月有满，　　我心想回娘家看望双亲。
　　　　　　请出了相公夫一同商论，　　行不行去不去回答一声。
张元凯：（唱）娘子妻出此言差错得很，　　讲什么回家转看望双亲。

| | | 你到我家一月有满， | 宽住几日再看双亲。 |

秦秀英：（唱）你的妻看双亲成心有准，　　相公夫你休挡妻的路程。
张元凯：（唱）娘子妻看双亲成心有准，　　为夫也难挡妻的路程。
　　　　　　　辞别娘子内堂进，　　　　　这桩事你还要商量双亲。
　　　　　　（张元凯下。）
秦秀英：（唱）有只见相公夫内堂来进，　　他叫我回边亭商量二老大人。
　　　　　　　转面来我就把公公婆婆相请，　请一声二爹娘儿有话明。
　　　　　　（张王爷、张夫人欣喜地上。）
张王爷：（唱）寿寿寿有三千八，　　　　　世间百家无常有。
张夫人：（唱）享不尽荣华富贵，　　　　　受不尽君王爵禄。
张王爷：（唱）到客堂见儿媳开言问就，　　我儿媳请二老事所为何情。
秦秀英：（唱）有王母庆生寿奉敬寿果，　　但愿二爹娘寿高福多。
　　　　　　　我来爹娘家一月已过，　　　我心想回娘家看望父母。
　　　　　　　请出了二爹娘允准与我，　　住一月就回家孝敬公婆。
张王爷：（唱）媳妇儿出此言差错得紧，　　讲什么回边亭看望双亲。
　　　　　　　你来我家一月有满，　　　　宽住几日再看双亲。
　　　　　　（张元凯快步地上。）
张元凯：（唱）娘子妻看双亲成心有准，　　望爹娘休要挡她的路程。
张王爷：（唱）我儿媳看双亲成心有准，　　为父母也难挡她的路程。
　　　　　　　儿媳转为衣襟改换，
　　　　　　（秦秀英欣喜下。）
张元凯：（唱）老爹爹叫家将陪伴前行。
　　　　　　（张元凯下。）
张王爷：（唱）有只见儿媳内堂来进，　　　叫声家将我有话明。
　　　　（白）家将哪里。
　　　　　　（家将上。）
家　将：（白）见过老爷，有何差遣？
张王爷：（白）家将哪曾知道，只因五少爷五夫人边亭探亲，你与我驯马侍候。
家　将：（白）老爷夫人请转后堂。
　　　　　　（张王爷、张夫人下，家将备马、套鞍毕。）
家　将：（白）拜请五少爷、五夫人。
　　　　　　（张元凯、秦秀英各戴披风上，各人上马。）
张元凯：（白）家将带路。
　　　　　　（二幕落。）
　　　　　　（郊外，春色迷人，莺歌燕舞，百花盛开，垂柳倒挂。）
　　　（唱）清明时节雨纷纷，　　　　　　路上行人欲断魂。
　　　　　　借问酒家何处有，　　　　　　牧童遥指杏花村。
　　　　　　来在店房下能行，　　　　　　拜请了店老板投宿之人。

|（白）家将，你与我拜请店老板。
家　　将：（白）拜请店老板。
　　　　　　（二幕启，某饭店，店老板上。）
店老板：（白）饭店，饭店赊苟苟，来往客人总是溜。见过客官，乃是投宿的？
家　　将：（白）正是。
店老板：（白）几人，几马？
家　　将：（白）三人，两马。还有少爷夫人在外。
店老板：（白）开店不便，叫他们自进。
家　　将：（白）少爷，少夫人请进。
张元凯：（白）见过店老板。
店老板：（白）大姐请转内面。
　　　　　　（秦秀英下。）
张元凯：（白）老板，我来问你一个路程。这到边亭有多少路程？
店老板：（白）一四站。
张元凯：（白）该莫是六十里？
店老板：（白）正是六十里。
张元凯：（白）店老板，可有文房四宝？
店老板：（白）桌案现有。
张元凯：（白）店老板请转内面。
　　　　　　（店老板下。）
　　　　　　张元凯有书拜上岳父大人金安可……家将，这有家书一封，边亭投落。
家　　将：（白）那我遵命！
张元凯：（白）书去人也去，
家　　将：（白）人归书也归。
　　　　　　（家将出店，跨马急下。）
张元凯：（白）家将下书信，等候信回程。
　　　　　　（张元凯下。）
　　　　　　（幕落。）
　　　　　　（幕启，边亭。军营大帐，戒备森严，令人不寒而栗。秦伯侯、门官上。）
秦伯侯：（引）镇守边关有数秋，提兵调将鬼神愁。杀敌犹如秋落叶，才得官封秦伯侯。
　　　　　（白）老夫，秦伯侯。未生三男四女，只生一女，起名秀英，许配张元凯为妻。嫁往他家一月有余，杳无音信。喜鹊临门，必有贵客到此。家人，与我门前侍候。
门　　官：（白）那我遵命！
　　　　　　（家将骑马上，来至军营下马。）
家　　将：（白）行来三步远，不觉到了侯爷营前。门上哪位？
门　　官：（白）请问，你是哪里来的？
家　　将：（白）相烦传禀大人，五少爷有书信前来。

门　官：（白）有劳候站一时，启禀侯爷。
秦伯侯：（白）禀者何来？
门　官：（白）五少爷有书信求见。
秦伯侯：（白）门官你与我传话出去，叫他书先进，人后进，人转军营侍茶。
门　官：（白）遵命！来人听了，侯爷传话出来，叫你书先进，人后进，人转军营侍茶。
家　将：（白）是。
　　　　　　　（家将下。）
秦伯侯：（白）贤婿修书前来，不知为了何事，待我拆开观看便知明白可……啊！原来是贤婿前来探亲。家人，你与我传来人走上。
门　官：（白）来人哪里？
　　　　　　　（家将上。）
家　将：（白）参见侯爷。
秦伯侯：（白）修书不及，照书行事，十里长亭排队迎接五少爷进关！
家　将：（白）是！回店报知少爷、少夫人知道。
　　　　　　　（家将骑马下。）
秦伯侯：（白）夫人哪里？
　　　　　　　（秦夫人上。）
秦夫人：（白）夫受皇王爵，妻沾雨露恩。见过老爷，为了何事？
秦伯侯：（白）夫人哪里知道，贤婿前来我府探亲。门官，与我传话出去，前后营，左右营，三班文房，五营四哨，一个个披红挂彩，前往十里长亭迎接姑爷、小姐进关。
　　　　　　　（秦伯侯、秦夫人、门官下。）
　　　　　　　（二幕落。）
　　　　　　　（二幕启，某饭店。张元凯、秦秀英上。）
张元凯：（白）家将下书信，
秦秀英：（白）未见转回程。
　　　　　　　（家将骑马上，下马拴缰。）
家　将：（白）见过少爷，少夫人。
张元凯：（白）我岳父大人怎样发落？
家　将：（白）侯爷讲道修书不及，原书打转，照书行事，十里长亭迎接少爷、少夫人进关。
张元凯、秦秀英：（白）马来！
　　　　　　　（家将带马。）
　　　　　　　（二幕落。）
　　　　　　　（郊外。景色依然，来至十里长亭。）
　　　　　　　（秦伯侯上。）
张元凯：（白）参见岳父大人！
秦秀英：（白）参见爹爹！

秦伯侯：（白）我儿请起，一路鞍马劳顿，辛苦了。
张元凯：（白）有劳岳父大人长亭迎接。
秦伯侯：（白）女儿转到绣楼习绣，贤婿前往圣堂攻书。
（秦伯侯、张元凯、秦秀英、家将下。）
（幕落。）
（幕启，仙桃镇。一街两巷，热闹非凡，人流穿梭不息。某押行，元正上。）

元　正：（白）英雄高万丈，豪杰贯斗牛。见人笑哈呵，背后诡计多。逢人说好话，人和意不和。元正，家住本城，仙桃镇开所押行。正是！
　　　　（唱）今日天气晴又晴，　　　　　　　一街两巷色色新。
　　　　　　　别人招牌廊檐挂，　　　　　　　我的招牌未出店门。
　　　　　　　手端招牌廊檐挂，　　　　　　　一字字二行行写得分明。
　　　　　　　上写着押行老板元正，　　　　　公平交易不亏客人。
　　　　　　　挂了招牌后店进，　　　　　　　等只等过往客来店光临。
　　　　（元正下。）
　　　　（二幕落。）
　　　　（二幕启，秦伯侯府，张元凯上。）

张元凯：（唱）张元凯在圣堂把书来念，　　　　想起了二爹娘想回家园。
　　　　　　　来在客堂提足攥，　　　　　　　娘子妻来来来我有话言。
　　　　（秦秀英上。）
秦秀英：（唱）井底蛤蟆未见天，　　　　　　　每日在绣楼把花来缠。
　　　　　　　到客堂见相公开言问喧，　　　　相公夫唤妻子有何话言。
张元凯：（唱）娘子妻不知情恭耳细听，　　　　你为夫有言来细听分明。
　　　　　　　夫妻们来边亭一月有满，　　　　我心想回家转看望双亲。
　　　　　　　因此上与贤妻一同商论，　　　　行不行去不去回答一声。
秦秀英：（唱）相公夫出此言差错得很，　　　　讲什么回家转看望双亲。
　　　　　　　夫妻们来边亭路远不近，　　　　安心宽住几日再看双亲。
张元凯：（唱）你为夫回家转诚心有准，　　　　娘子妻你休挡为夫路程。
秦秀英：（唱）相公夫回家转诚心有准，　　　　为妻难挡夫的路程。
　　　　　　　转面来我就把相公相请，　　　　回家事须商量二老大人。
张元凯：（唱）娘子妻这一言将我提醒，　　　　我应该商量二老大人。
　　　　　　　转面来我就把岳父母相请，　　　拜请了二双亲儿有话明。
　　　　（秦伯侯、秦夫人上。）
秦伯侯：（唱）耳旁边有听得女婿相请，　　　　但不知请二老有何事情。
　　　　　　　到客堂见贤婿开言相问，　　　　贤婿儿请二老有何话云。
张元凯：（唱）施一礼岳父母容儿诉禀，　　　　你孩儿有言来禀告大人。
　　　　　　　我夫妻来边亭一月有满，　　　　我心想回家转看望严尊。
　　　　　　　请出了岳父母一同商论，　　　　行不行去不去回答一声。

秦伯侯：（唱）贤婿出此言差错得很，　　　　讲什么回家转看望双亲。
　　　　　　你们回家一月有满，　　　　　　再住时日看望双亲。
秦秀英：（唱）相公夫回家转诚心有准，　　　望爹娘休要挡他的路程。
秦伯侯：（唱）贤婿回家诚心有准，　　　　　倒让为父难挡路程。
　　　　　　贤婿转为将父等……
　　　　　　（客厅一角，秦伯侯揭开遮布，现出许多礼品。）
秦伯侯：（唱）我办礼物儿带回程。
　　　　　　赐儿精瓷器两百担，　　　　　　外赐金盘和银盘。
　　　　　　借儿口传父言多多带信，　　　　拜上了二亲家稍问康宁。
　　　　　　转面来我就把夫人相请，　　　　有什么好礼物儿带回程？
秦夫人：（唱）我老爷要贤婿高兴满意，　　　难道说我没有母女之情。
　　　　　　女儿权为将娘等……
　　　　　　（秦夫人下，取罗裙宝衣上。）
秦夫人：（唱）我办罗裙宝衣儿带回程。　　　我儿权为衣襟换……
张元凯：（唱）老岳父叫家将封只官船。
　　　　　　（秦秀英、张元凯下。）
秦夫人：（唱）有只见小夫妻内堂来进，　　　叫声家将我有话明。
　　　　　　（白）家将哪里？
　　　　　　（家将上。）
家　将：（白）见过侯爷、夫人！
秦伯侯：（白）家将，这有封条一张，你与我河下封船一只，五少爷回家。
家　将：（白）侯爷、夫人请进内面。
　　　　　　（秦伯侯、秦夫人下。）
　　　　　　（二幕落。）
家　将：（白）河下一走，行行去去，去去行行，到了，船家哪里？
　　　　　　（郊外，江边。大小帆船无数。）
　　　　　　（船家撑篙上。）
船　家：（白）听说叫渡子，急忙拿篙子。赚几纹银了，买几斤白面包了。请问客官，你该莫是搭船的？
家　将：（白）船老板，你这只船封了。
船　家：（白）客官，我这只船封不得，我一家人靠这只船吃饭。
家　将：（白）船老板，哪曾知道，有五少爷、五娘子边亭探亲，是要把钱你的。
船　家：（白）既然如此，将船靠岸。
家　将：（白）好说，回家一走，拜请五少爷、五娘子。
　　　　　　（二幕启，秦侯爷府。张元凯、秦秀英上。）
张元凯：（唱）我适才在二堂改换衣襟，　　　耳听得家将口请一声。
　　　　　　开言来我就把双亲尊请，　　　　辞岳父别岳母愚婿登程。
　　　　　　（二幕落。）

（郊外。三人来至江边。）

张元凯：（白）家将，你与我叫船家搭跳上船。

家　将：（白）是！

张元凯：（唱）一位迁客去长沙，

秦秀英：（唱）西望长安不见家。

张元凯：（唱）黄鹤楼中吹玉笛，

秦秀英：（唱）江风五月落梅花。

张元凯、秦秀英：（唱）一步来在河坡下，　　叫声船家把跳搭。

家　将：（白）船家，搭跳上船。

（船家急上。）

船　家：（白）来了！来了，搭跳上船。哎，慢点，慢点。客官小心，坐稳了。开船喏……（船家收跳，扯篷挽索，掌舵。）

张元凯：（白）船家，你与我推开纱窗。眼观河水汪汪，顺风顺水，待我吟诗一首。

（念）二十年前运不通，今朝不比往时中。人行中途遇战马，船行江中遇顺风。一派江心可……

船　家：（白）客官，行船为顺风扯篷，货物过多，而且沉重，船行走不动。

张元凯：（白）船家，你与我将船靠岸。

（船老板落篷，将船靠岸下。）

张元凯：（白）家将，你与我到押行联系，押货回家。

家　将：（白）遵命！请少爷、少夫人后面休息。

（张元凯、秦秀英下。）

（二幕落。）

家　将：（白）少爷命我起早路押货回家，仙桃镇一走。行行去去，喔，元正押行，有请店老板。

（二幕启，仙桃镇。元正押行，元正上。）

元　正：（白）客官，请者何事？

家　将：（白）老板哪曾知道，只因五少爷、五夫人边亭探亲回家，船行走不动，前往老板押行押货回家。

元　正：（白）就有这等？我心想前往江边官船观货，也好议价。客官意下如何？

家　将：（白）好。就依老板！

元　正：（白）带路官船。

（二幕落。）

（二幕前，家将、元正来至江边。二幕启，张元凯夫妻上。元正、家将二人上船观货。）

元　正：（白）打开船舱观看，平海的平海。打开二仓观看，平海的平海。打开后仓看看，啊！哈哈哈……

（元正心花怒放地下。）

家　将：（白）坏了！押行老板在官船观货，观见里面五少爷的夫人发笑回家。此事必有

　　　　　　　缘故，我不免报与少爷知道。禀告少爷！
张元凯：（白）家将为了何事，为何这等惊慌？
家　将：（白）五少爷不能知道，行老板官船观货，观见少夫人发笑回家。此事恐有缘故？
张元凯：（白）家将你说这如何是好哇？
家　将：（白）五少爷不必着急，等我上坡打听。
张元凯：（白）家将你上坡要小心了。
家　将：（白）你在官船等信音。
　　　　　　　（张元凯、秦秀英、家将下。）
　　　　　　　（幕落。）
　　　　　　　（幕启，元正押行，元正上。）
元　正：（白）官船观货转回程，偶见红粉女佳人。虎在笼中我不打，岂能放儿转回程。辰巳时官船观货，观见五娘子天姿国色，心想与她配合百年之好。兄弟们，身藏短刀，杀上官船！
　　　　　　　（元正下。）
　　　　　　　（二幕落。）
　　　　　　　（二幕启，江边。官船，张元凯、秦秀英上。）
秦秀英：（唱）听樵楼打罢了初更时分，　　想起了元凯夫睡不安宁。
　　　　　　　自那日行老板官船来进，　　见奴家长得好发笑回程。
　　　　　　　我怕他回家转良心变狠，　　怕的是做一个谋夫夺婚。
　　　　　　　转面来我就把相公夫请，　　相公夫醒转来我有话明。
张元凯：（唱）我适才在官船懵懂睡醒，　　耳听得娘子妻叫我一声。
　　　　　　　开言来我就把娘子妻问，　　娘子妻请为夫有何话明。
秦秀英：（唱）相公夫不知情一旁且听，　　你的妻有言来细听分明。
　　　　　　　自那时行老板官船来进，　　见你妻生得好发笑回程。
　　　　　　　今夜晚我二人上坡逃命，　　怕的是妇女们惹起祸根。
张元凯：（唱）娘子妻你只管宽心放稳，　　你的夫有言来细听分明。
　　　　　　　我也曾命家将上坡打听，
　　　　　　　（家将、船家急上。）
家　将：（白）报报报！
张元凯：（唱）耳听家将报信音。
　　　　　　　（白）家将报者何来？
家　将：（白）少爷，大事不好！
张元凯：（白）怎见得大事不好？
家　将：（白）强贼身藏短刀，杀上官船！
张元凯：（白）家将，这这如何是好？
家　将：（白）少爷、少夫人不要着急。船家，开船！
船　家：（白）好好。开船，开船！客官船行走不动。

家　将：	（白）上河？
船　家：	（白）上河争水！
家　将：	（白）下河？
船　家：	（白）下河争风！
张元凯：	（白）家将，前面是何所在？
家　将：	（白）前面是风波湖所在。
张元凯：	（白）起道风波湖。可有庄村？
家　将：	（白）启禀少爷，强贼进起猛急！
张元凯：	（白）这这，如何是好？
家　将：	（白）少爷，不必着急，船家将船靠岸，待我上岸对杀一阵。船家，助我一臂之力！

（张元凯、秦秀英、家将、船家下。）
（元正、押行众伙计身藏短刀摇船上。）

伙　计：	（白）大哥，船行走不动！
元　正：	（白）上河？
伙　计：	（白）上河争水！
元　正：	（白）下河？
伙　计：	（白）下河争风！
元　正：	（白）前面是什么所在？
伙　计：	（白）前面风波湖。
元　正：	（白）想是逃往风波湖，伙计们，赶上风波湖！

（家将手持兵器，威风凛凛地上。）

家　将：	（白）强贼！你为何杀上官船？是何道理？劝你好好收兵回营，倘若不依，难免成为我的枪下之鬼！
元　正：	（白）一派胡言，放马过来！
家　将：	（白）一派胡言，放马过来！

（家将与元正一场拼杀，家将不敌。）

| 家　将： | （白）哎呀，强贼杀法厉害！一人不能抵挡，在此不能保护五少爷、五娘子，怎能对得起王爷栽培多年。不免自刎一死，拜拜家中七旬老母，儿子不能尽孝。儿子去也！ |

（家将悲恸自刎下。）
（张元凯、秦秀英慌张伤心上。）

张元凯：	（哭）唉，家将呀……
	（唱）只见家将丧了命，　　　　好似狼牙箭穿心。
	开言就把娘子叫应，　　娘子呀……娘子搭救命残生。
秦秀英：	（唱）相公不要着一惊，　　　　妻子有言听分明。
	相公转为后仓进……
元　正：	（唱）你夫妻即刻两离分。
秦秀英：	（唱）且动手来慢动手，　　　　尊声老板听从头。

元　正：	（唱）	官船银子大大有，	你放我夫妻往外游。
		银子财宝老子不要，	只要丫头配鸾交。
秦秀英：	（唱）	贼子一言出了声，	要想逃脱万不能。
		行老板权且芦林进，	
元　正：	（唱）	你夫妻即刻两离分。	

（元正、众伙计持刀下。）

秦秀英：	（唱）	只见强贼芦林进，	好似狼牙箭穿心。
		低下头来心裁论，	忽然一计涌上心。
		多蒙母亲情高义盛，	赠我罗裙宝衣随带在身。
		此宝不是凡间物，	七仙姑配董永留到此今。
		人讲罗裙宝衣不过水，	能遮风挡雨大雪飘飞。
		权为我只得相公裹捆，	夫呀……推往长江，我的夫喂……

（元正、众伙计持刀上。）

元　正：（唱）抢回家中做夫人。

（元正、众伙计推秦秀英，秦秀英挣扎下。）

（二幕启，仙桃镇。押行，元正、众伙计上。）

伙　计：（白）恭喜大哥，贺喜大哥。

元　正：（白）众位兄弟，辛苦了，后面摆好酒宴，慰劳兄弟们。

伙　计：（白）大哥请！

元　正：（白）众兄弟请！

（元正、众伙计下。）

（二幕落。）

（二幕启，风波湖。陈庄，陈康氏上。）

陈康氏：（白）秀水不流空占地，浮云无雨枉遮天。头上青丝揽住，两耳去掉排环。我夫早年命丧，奴乃半世孤单。

奴乃陈康氏，生下二子陈忠与陈义。今日天气晴和，我不免叫儿下河打鱼。陈忠、陈义儿，哪里走来？

（陈忠、陈义上。）

陈忠、陈义：（白）好像母叫子，该莫母要死。

陈康氏：（白）哼！孽子，母有事。

陈忠陈义：（白）见过母亲。

陈康氏：（白）儿呀，今天天气晴和，我命你兄弟二人下河打鱼。

陈忠陈义：（白）母亲，吃顿饭去吧？

陈康氏：（白）儿呀，家中没有米。你二人下河打鱼卖钱，粜点米，我就来煮饭你们吃。

陈　忠：（白）母亲，请转内面。

（陈康氏下。）

（二幕落。）

（郊外江边。）

陈　忠：（白）贤弟，刚才母亲讲的话，你听到没有？
陈　义：（白）我没有听到。
陈　忠：（白）母亲叫我们二人下河打鱼，贤弟，我办我的哟。
陈　义：（白）好。各办各的，下河一走，哥哥退水了。
　　　　　（兄弟二人推船架桨，检查捕鱼物什。）
陈　忠：（白）把船推到水里去，贤弟把桨架起来，趟起来。
陈　义：（白）把网收拾好，这一回呀，总会打担把多鱼。白高兴，两把都是空的。哥哥这里没有鱼打，我们到风波湖去打？
陈　忠：（白）好。贤弟把船趟好，这回总会打得个什么？
陈　义：（白）哥哥，我好像打了一条好大的鱼？
陈　忠：（白）贤弟，我来帮一把，不是鱼，像是一个人。前几天风波湖有官船经过，被强贼打劫。我怕有宝物，我们二人拉起来看看。
陈　义：（白）兄弟，我二人将怕要分家！
陈　忠：（白）贤弟，回去分家。
陈　义：（白）哥哥，不，就在此分了，回家你又收了。哎，兄长，由你分，由我得。
陈　忠：（白）贤弟，我说，船上做一股，家业做一股。
陈　义：（白）兄长，你说是船业多，还是家业多？
陈　忠：（白）当然是家业多。
陈　义：（白）我得家业。
陈　忠：（白）我得家业。
陈　义：（白）兄长，说清楚了，由你分，由我得。
陈　忠：（白）好。由我分，将屋做一股，家业做一股。
陈　义：（白）我哪有家住呢？
陈　忠：（白）将怕我得。
陈　义：（白）怕我得。
陈　忠：（白）好歹将母亲也分了。平常做一股，过时过节做一股。过时过节要买东西母亲吃。
陈　义：（白）我得平常。
陈　忠：（白）哎，贤弟，我俩先莫忙着分，我来剥开看看。啊！贤弟，真是个人。哎，衣服还没有湿，我怕是强贼将他丢下水里。问他一个原情？
陈　义：（白）哎，哎，相公醒来。
张元凯：（唱）千层浪里翻身转，　　　　百尺高竿活命还。
　　　　　　　醒来睁开了，强贼呀！　　为何落在打鱼船？
陈　忠：（白）贤弟，丢往水里去！
陈　义：（白）且慢，问过清楚明白不迟。
陈　忠：（白）相公，你为何落在水内？
张元凯：（白）二位大哥，想我乃是被强贼丢往水内。
陈　义：（白）怕是被强贼打劫，把他带回去？

陈　　忠：（白）好。带回去，母亲要问，就说是你带回来的，母亲喜欢的是你，将他带回去。拜请母亲。
　　　　　（换景，陈庄。陈康氏家草堂，陈康氏上。）
陈康氏：（白）我儿一声请，近前问分明。
陈忠、陈义：（白）见过母亲。
陈康氏：（白）儿呀，你们回来了。
陈　　义：（白）我们回来了。
陈康氏：（白）你们可曾打鱼回来？
陈　　忠：（白）没有打鱼回来，打了一位相公回来了。
陈康氏：（白）你这个奴才，带回来，吃你肉哇！嚼你背心骨哇！
陈　　义：（白）母亲，是我带回来的。
陈康氏：（白）儿哇，是你带回来的？你叫他见过与我。
陈　　义：（白）相公，我母亲叫你见过与她。
张元凯：（白）见过婆婆。
陈康氏：（白）这位相公，你家住何所，姓甚名谁？一一从头讲来。
张元凯：（白）哎，提起我的家乡，一言难尽可……
陈康氏：（白）哦，原来是官家后代，被强贼打劫。相公我有一言，出唇不便。
张元凯：（白）婆婆，有何金言？请当面吩咐。
陈康氏：（白）我心想你与我儿结拜仁义兄弟，不知你意下如何？
张元凯：（白）婆婆，想我乃落难之人，不敢高攀。
陈康氏：（白）该是有嫌弃之意？
张元凯：（白）并无弃嫌。
陈康氏：（白）若无弃嫌，当面拜过。
张元凯：（白）母亲在上，受儿大礼参拜！
　　　　　（张元凯、陈忠、陈义拜母亲，并相互拜介。）
陈康氏：（白）儿哇，言过就是，何必行此大礼。儿在家是读书为本，还是耕种为本？
张元凯：（白）攻书为本。
陈康氏：（白）既是攻书为本，前往圣堂攻书去吧。
张元凯：（白）是。
　　　　　（张元凯下。）
陈康氏：（白）收留别家子，只当是亲生。先前只有三个人吃饭，到如今收留一个。儿哇，你们兄弟先吃一碗饭，现将改成半碗饭。
陈　　忠：（白）母亲请进内面。
　　　　　（陈康氏下。）
陈　　忠：（白）兄弟，母亲刚才说的话你听到没有？
陈　　义：（白）我没有听到。
陈　　忠：（白）母亲说，将有三兄弟吃饭。先前吃一碗饭，将改成半碗饭，先前吃两碗，改成一碗。

陈　义：	（白）兄长，母亲说吃一碗，我撑死撑命都要吃三碗。
陈　忠：	（白）吃两碗，那贤弟吃一碗。先前我们打鱼，人家不要我们打。现在我们家有兄弟三个，人家不要我们打鱼，我们就去打人家。我们将要好好地打鱼，明天，河下打鱼去咯。

（陈忠、陈义下。）

（幕落。）

（幕启，圣堂，张元凯上。）

张元凯：（唱）张元凯在圣堂苦把书念，　　　想起了娘子妻哪得安然。
　　　　　　　诗书不读回家转，　　　　　　拜请了恩母娘儿有话言。

（换景，陈家客堂，陈康氏上。）

陈康氏：（唱）元凯儿去攻读未曾回转，　　　倒让为娘两眼望穿。
　　　　　　　到草堂见娇儿开言问喧，　　　元凯儿请为娘有何话言。

张元凯：（唱）施一礼老母亲容儿诉禀，　　　你孩儿有言来细听分明。
　　　　　　　每日里在圣堂心中烦闷，　　　想起了娘子妻不得安宁。
　　　　　　　今日里回家转与母商论，　　　我心想回家转搬起救兵。
　　　　　　　因此上与母亲一同商论，　　　行不行去不去回答一声。

陈康氏：（唱）我的儿这一言正当要紧，　　　你应该回家转搬起救兵。
　　　　　　　元凯儿转为将娘等……

（陈康氏下，取罗裙宝、银子上。付衣、银介。）

陈康氏：（唱）我办罗裙宝儿带回程。
　　　　　　　这有罗裙宝衣儿收紧，　　　但愿得回家转搬起救兵。

张元凯：（唱）多蒙母亲情高义盛，　　　　你办罗裙宝儿带回程。
　　　　　　　辞别母亲回家奔，　　　　　我若搬来救兵再来填情。

（张元凯深深一揖下。）

陈康氏：（唱）有只见元凯儿回家奔，　　　倒让为娘喜之在心。
　　　　　　　望不见元凯儿内堂进，　　　但愿得回家转搬起救兵。

（陈康氏下。）

（幕落。）

（幕启，仙桃镇。元正押行，黑屋，秦秀英上。）

秦秀英：（唱）心中只把强贼恨，　　　　　大不该风波湖抢我回程。
　　　　　　　来在黑屋将身进，　　　　　铺毡结彩为何情。
　　　　　　　转为是我只得黑屋坐定，　　我看强贼怎样行。
　　　　　　　听樵楼打罢了初更时分，　　想起了元凯夫唉，夫喂……睡不安宁！
　　　　　　　夫妻们到边亭一月有满，　　相公夫辞爹娘要转回程。
　　　　　　　老爹爹送瓷器两百余担，　　外带金盏和银盘。
　　　　　　　老母亲赐儿罗裙宝，　　　　命家将到河下封只官船。
　　　　　　　船行到风波湖河干水浅，　　命家将到押行押货回还。
　　　　　　　自那日行老板官船上面，　　见小女长得好发笑回还。

	行老板回押行良心改变，	身藏短刀杀上官船。
	实可叹好家将命丧水面，	丫鬟女死水面尸首不全。
	可怜怜元凯夫尸首不见，	掳抢小女子带回押行。
	叹不尽其中苦黑屋内面，	等只等樵楼上二更鼓天。
	（元正喜滋滋地上。）	

元　正：（白）耳听樵楼起二更，汉子来也。
　　　　（唱）听樵楼打罢了二更时分，　　　想起了女娘子睡不安宁。
　　　　　　　昨日里兄弟们气力用尽，　　　今夜里到黑房拜堂成婚。
　　　　　　　来在黑房一旁站定，　　　　　这一拳这一足踢开房门。
　　　　　　　站之在黑房用目观定，　　　　女娘子她等我未脱衣襟。
　　　　　　　忍不住色性掳她睡醒，　　　　又怕惊醒梦中人。
　　　　　　　用手拍掌娘子叫醒，　　　　　女娘子醒转来我有话明。
秦秀英：（唱）我适才在黑房懵懂睡醒，　　　但不知是何人来到此今。
　　　　　　　用手睁昏花用目观定，　　　　却原是行老板来到此今。
　　　　　　　明明知道假意来问，　　　　　行老板到黑房事为何情？
元　正：（唱）小娘子你不要将我来问，　　　我有言来细听分明。
　　　　　　　昨日里兄弟们气力用尽，　　　今夜晚到黑房拜堂成亲。
秦秀英：（唱）行老板出此言少理来论，　　　小女子有古人细听分明。
　　　　　　　商纣王宠妲己鹿台丧命，　　　周幽王戏褒姒河放烟灯。
　　　　　　　隋炀帝戏亲妹朝纲不正，　　　三国中吕奉先好色轻身。
　　　　　　　行老板今夜晚饶了我命，　　　到来世变犬马报答你恩。
元　正：（唱）小娘子你不要好言奉敬，　　　哪个与你比古人。
　　　　　　　好好姻缘来应允，　　　　　　仙桃镇上快乐一生。
秦秀英：（唱）行老板提荣华含羞自带，　　　我有言来细听开怀。
　　　　　　　我爹爹秦伯侯镇守边外，　　　我婆家四十八口居住十八楼台。
　　　　　　　倘若是有上司将你问坏，　　　怕的是行老板悔不转来。
元　正：（唱）哪怕是你娘家镇守边外，　　　哪怕你婆家十八座楼台。
　　　　　　　仙桃镇开押行名扬四海，　　　纵然是有官兵不敢前来。
秦秀英：（唱）强贼不服人抬敬，　　　　　　越讲好话越拢身。
　　　　　　　低下头来心裁论，　　　　　　舍命不要骂强人。
　　　　　　　开言就把贼子叫应，　　　　　老娘有言听分明。
　　　　　　　要想老娘同床交枕，　　　　　除非海干竭龙显身！
元　正：（唱）听罢言来心恼恨，　　　　　　胆大的女子骂谁人。
　　　　　　　好好与我来应允，　　　　　　要想逃脱万万不能。
秦秀英：（唱）开言就把贼子叫骂，　　　　　骂声贼子不尊王法。
　　　　　　　你家姐妹可曾出嫁，　　　　　留在家中做结发。
元　正：（唱）听罢言来火冒三千丈，　　　　太阳顶上冒红光。
　　　　　　　肯与不肯单凭你，　　　　　　何必将我姐妹伤？

|　　　　　　　|手举钢刀将你命丧，|实实难舍美貌娇娘。|
|　　　　　　　|权为我只得黑房睡上，|我等小丫头回转心肠。|

秦秀英：（白）贼子呀！
　　　　（唱）站在黑房用目观瞧，　　　贼子杀人不用刀。
　　　　　　头似笆笋身似豹，　　　　　牙齿十三似钢刀。
　　　　　　狠心肠我只得贼子杀了，　　杀了贼子哪里逃？
　　　　　　低下头来生计巧，　　　　　粉碎花容两开消。
　　　　　　转为是我只得花容粉了，　　叫声贼子把娘瞧。

元　正：（唱）一霎时睁开杀人眼，　　　不由豪杰心内焦。
　　　　　　粉碎花容老子不要，　　　　不要丫头配鸾交。
　　　　　　手举钢刀丫头杀了！
　　　　（元正娘慌忙上。）

元正娘：（唱）老身上前用手拦。
　　　　　　小姐到此是客边，　　　　　我儿杀她为哪般。

元　正：（唱）母亲有所不知晓，　　　　孩儿有言听根苗。
　　　　　　他丈夫张元凯不习正道，　　每日里在大街好赌好嫖。
　　　　　　三百两雪花银买回当宝，　　将丫头卖与我配合鸾交。
　　　　　　手举钢刀丫头杀了，　　　　小丫头不依从跟我吵闹。
　　　　　　百般骂儿怒气不消，　　　　因此上就是这一刀。

元正娘：（唱）我儿你不要急中求成，　　婚姻之事有娘担承。

元　正：（唱）听说是婚姻事有娘担承，　不由元正喜之在心。
　　　　　　权为只得店行进，　　　　　但愿得老母亲促成婚姻。
　　　　（元正失望气愤地下。）

元正娘：（唱）见我儿店行来进，　　　　轻轻搀起小姐身。
　　　　　　此事到底从何起，　　　　　一字字二行行向我说明。

秦秀英：（唱）施一礼老婆婆容我禀告，　细听我小女子诉表故郊。
　　　　　　家住吉安地名不小，　　　　老爹爹秦伯侯为官在朝。
　　　　　　自幼小将小女凭媒许好，　　许配了张元凯百年姻交。
　　　　　　嫁到他家一月满了，　　　　辞公婆往边亭看望年高。
　　　　　　夫妻们到边亭一月满了，　　相公夫想爹娘要回故郊。
　　　　　　我爹爹赐精品陶瓷两百担，　金盏银盘用担挑。
　　　　　　老母亲疼女儿当作珠宝，　　赐我罗裙宝衣随带在腰。
　　　　　　此宝不是凡间物，　　　　　七仙姑配董永留到今朝。
　　　　　　人讲此宝不过水，　　　　　能遮风雨大雪飘飘。
　　　　　　命家将到河下官船封好，　　辞双亲夫妻们回转故郊。
　　　　　　船行至风波湖水浅搁道，　　唉，我的婆婆喂……
　　　　　　因此上命家将押货回朝。
　　　　　　有家将带令郎官船来到，　　见小女生得好巧设笼牢。

|　　　　　|　　|回押行与伙计商量圈套，身藏短刀杀上官船一个不饶。
家将不敌自刎河道，丫鬟女无全尸水面浮飘。
令郎与伙计后仓杀到，将我夫推长江音信踪杳。
拆散我好夫妻不讲人道，又抢我回押行配合鸾交。
这就是落难女直言诉表，你令郎造此孽苍天不饶。
元正娘：（唱）听小姐出此言把奴才恨，磨灭小姐为何情？
　　　　低下头来心裁论，改日设良计救你出陷坑。
秦秀英：（唱）婆婆请上礼恭敬，礼上还有所托情。
　　　　我若后来能逃命，不忘婆婆大恩人。
　　　　婆婆带路后行进，但愿能脱虎口再来填情。
　　　　（秦秀英、元正娘下。）
　　　　（幕落。）
　　　　（幕启。州衙正堂，张九师上。）
张九师：（引）做清官如民父母，积阴功后代儿孙。
　　　　（白）喜鹊临门，必有贵客到此。人来！
　　　　（随从上。）
随　从：（白）有！
张九师：（白）你与我门前侍候。
　　　　（张元凯风尘仆仆地上。）
张元凯：（白）行来三步远，不觉来到兄长衙前。门上哪位？
随　从：（白）你是哪里来的？
张元凯：（白）你与我转告我的兄长，就说五少爷求见。
随　从：（白）稍站一时，启禀我爷。
张九师：（白）禀者何来？
随　从：（白）五少爷求见。
张九师：（白）动乐有请！
随　从：（白）是！动乐有请。
　　　　（音乐起，张九师出府相迎，兄弟相互礼毕。）
张九师：（白）不知贤弟驾到，未曾远迎，多有得罪。
张元凯：（白）好说，来得匆忙，还望兄长恕罪。
张九师：（白）好说，贤弟不在家中侍奉爹娘？到愚兄台前为了何事？
张元凯：（白）唉，兄长哪曾知道，我与娘子边亭探亲，回家经仙桃镇，被强贼打劫，掳抢我的娘子回家。愚弟来到兄长台前搬起救兵，解救我家娘子，讨回货物。不知兄长意下如何？
张九师：（白）就有这等？五弟你可会过嫂嫂。
张元凯：（白）未曾见到，前堂辞兄长，后堂会嫂嫂。
　　　　（张元凯下。）
张九师：（白）人来！与我传话出去，前后营，左右营，五营四哨，可有健兵强将？仙桃

　　　　　　　镇上捉拿强盗！
内：（白）有一王将军，武艺超群，他能仙桃镇捉拿强贼。
张九师：（白）既有如此能征善战将军，小子你与我磨墨侍候！
随　从：（白）遵命！
张九师：（白）手提羊毫，拜上王老将军金安可……人来！
　　　　　　（家将急上。）
家　将：（白）参见老爷，呼唤小人何事？
张九师：（白）这有书信一封，送往王老将军投落。人去书也去！
家　将：（白）人归书也归。
张九师：（白）家将送书信，等候信回程。
　　　　　　（张九师、随从下。）
　　　　　　（幕落。）
　　　　　　（幕启，王老将军营地。王将军、门将上。）
王将军：（白）食君爵禄，为君分忧。昨夜灯花双结彩，今天必有贵客来。人来，你与我门前侍候。
门　将：（白）是！
　　　　　　（家将上。）
家　将：（白）忙将州官事，报与将军知。门上哪位？
门　将：（白）你是哪里来的？
家　将：（白）州官有书求见。
门　将：（白）稍候片刻，启禀我爷。
王将军：（白）禀者何来？
门　将：（白）州官有书求见。
王将军：（白）将书递过。
门　将：（白）书信在此。
王将军：（白）州官书信前来，不知为了何事，待我拆开观看便知明白可……喔，原来是州官请我过府饮宴。来人听了，修书不及，原书打转，随后就到。
家　将：（白）是！回家报与我爷知道。
　　　　　　（家将下。）
王将军：（白）且慢，我与州官素无往来，请我过府，不知为了何事？不如前去，见机行事。
　　　　　　（王将军、门将下。）
　　　　　　（换景，州衙，家将上。）
家　将：（白）忙将将军事，报与州官知。启禀我爷！
　　　　　　（张九师、随从上。）
张九师：（白）家将回来了。王将军怎样发落？
家　将：（白）王将军讲道，修书不及，原书打转，随后就到。
张九师：（白）既如此，辛苦你了，下面休息。

（家将下。）

张九师：（白）随从，你与我门前侍候。
（王将军威风凛凛地上。）
王将军：（白）行来三步远，不觉来到州官衙前。门上哪位？
随　从：（白）喔，原来是王将军到此，请稍候。启禀老爷，王将军驾到。
张九师：（白）你与我动乐有请！不知王老将军驾到，未曾远迎，多有得罪。
王将军：（白）好说，来得匆忙，望求州官海涵。
张九师：（白）好说。
王将军：（白）州官修动象牙，不知为了何事？
张九师：（白）王老将军哪曾知道，只因我五弟边亭探亲，遇强贼打劫，想王老将军前往仙桃镇捉拿强贼。一来与我兄弟报仇，二来为民除害。不知王老将军意下如何？
王将军：（白）想我年老体衰，怕不是强贼对手哇？
张九师：（白）有道是，虎老形还在，王老将军此去必奏凯歌。
王将军：（白）既如此，没有州官将令？
张九师：（白）当堂发你一支令！
王将军：（白）领了一支令，仙桃镇上捉强人！
（王老将军下。）
张九师：（白）将军捉强人，等候信回程。
（张九师、随从下。）
（幕落。）
（幕启，演练场。士兵意气风发，斗志昂扬。王老将军、众牙将上。）
王将军：（白）虎老形还在，年迈力刚强。领了州官令，前去捉强人。三班六房，五营四哨，一个个弩箭备齐，仙桃镇上捉强人。带马侍候，骑道仙桃镇！
（王老将军、众将下。）
（幕落。）
（幕启，仙桃镇押行，元正上。）
元　正：（白）乌鸦当头叫，叫得老了暴暴跳。
（众伙计上。）
伙　计：（白）报报报！
元　正：（白）报者何来？
伙　计：（白）大哥，不知何方兵将，把我们押行团团围住！
元　正：（白）就有这等？待我站在高楼一望，啊！原来是个老头子带几个残兵败将，将我们团团围住。众家兄弟各办兵器，与他们对杀一阵，咄！你这老头，为何将我押行围住？劝你好好收兵回城，若不收兵回营，难免成为老子的枪头之鬼！
王将军：（白）住口！你这强贼，好好下马受绑。若不然，难免是老将军的枪头之鬼！众兄弟放马打头阵，众将听了，那强贼不追赶前来便罢。若追赶前来，用绊马绳打他下马。
元　正：（白）伙计们，用诡计招呼与他！
　　　　（王将军与众将奋勇追杀过场，王将军与元正相互拼杀。王将军诈败，元正乘胜追赶。众人用绊马绳将元正绊倒，生擒活捉。）
王将军：（白）众将官搜尽押行，将强贼母亲捉出斩首！
　　　　（秦秀英急上。）
秦秀英：（白）将军，且慢！
王将军：（白）你该莫是为她讲情？
秦秀英：（白）正是。
王将军：（白）准其人情。众将官！骑道回衙！
　　　　（秦秀英下。）
　　　　（幕落。）
　　　　（幕启。州衙正堂，张九师、王将军、随从、元正上。）
张九师：（白）王老将军，强贼可曾擒获？
王将军：（白）生擒活捉！
张九师：（白）将强贼捆捆绑绑带上堂来！
元　正：（白）我做强贼心毒狠，夜黑风高任我行。抢皇粮来劫库银，打劫银子腰边存。输了钱扭门撬锁，喝花酒来宿花院，老子到处结良缘。哎！是哪个秋娘养的告犯了老子，将我捉拿。
随　从：（白）强贼上堂！
元　正：（白）哪个是强盗？
随　从：（白）你是强盗！
元　正：（白）老子犯了法就是强盗，强盗老子进。爷爷请了！
张九师：（白）胆大的强贼，见了本大人还不跪下！将你所作所为从头讲来！
元　正：（白）我的哥哥喂，你就听到，嗨，头一回打劫押粮道。
张九师：（白）押粮道你也敢打劫？
元　正：（白）是老子打个头回。
张九师：（白）那第二呢？讲来！
元　正：（白）二次打劫皇上库银。
张九师：（白）皇上库银？
元　正：（白）是老子第二桩买卖。
张九师：（白）我来问你，你在风波湖打劫五少爷、五娘子一案？
元　正：（白）我的哥哥，风波湖我打劫八回。望你老哥赐我一个堂跪，老子就讲给你听。
张九师：（白）好。赐你一个堂跪！
元　正：（白）老哥听了，自那日张元凯边亭探亲回家，打从风波湖经过。船至风波湖水浅搁道，家将到老子押行押货回家。是老子下河官船观货，观见张元凯的妻子有几分姿色，心想与她成婚不能得够。回家定下一计，身藏短刀，杀上官船，将张元凯抛往河内，掳抢娘子回家。这是老子的真言直话。

张九师：（白）胆大的强贼你好狠心！

元　正：（白）心不狠怎么做强盗？

张九师：（白）你好恶毒呀！

元　正：（白）不恶毒怎能杀人？

张九师：（白）人来，叫他画供。强贼元正，抢皇粮，劫库银，扰乱地方，罪恶滔天。不斩，不足以正国法；不斩，不足以平民愤。拖下去，斩立决！割其首级，悬挂南街示众。

刀斧手：（白）是！拖下去。

元　正：（白）是哪一个掌刀？

随　从：（白）是老子掌刀！

元　正：（白）你的刀磨得快？

随　从：（白）你颈可伸得长？

元　正：（白）你刀磨得快，我颈就伸得长。老子今日归天，还要大叫三声，再过廿年，老子又是一条好汉！哈哈哈……

（随从、刀斧手押元正下，复上。）

随　从：（白）回禀大人，强贼伏法，以正典刑！

张九师：（白）好。王老将军此次擒拿强贼功不可没，待我奏往圣上，以予嘉奖。我想回家看望父母，想你王老将军随我绵羊州一任，不知老将军意下如何？

王将军：（白）才疏学浅，恐怕误了州官前程。

张九师：（白）王将军才学百斗，休要过谦，当面拜过！

王将军：（白）门官，你与我给州官带马！

张九师：（白）人来，你与我禀告夫人，起道回府。

（张九师、王将军、一众齐下。）

（幕落。）

（幕启，京城。王爷府客厅，张王爷、王爷夫人上。）

张王爷：（白）我儿到边亭，未见转回程。

（张九师、大人、张元凯上。）

众孩儿：（白）众孩儿回府，参见父母大人。

张元凯：（白）参见爹爹，孩儿归途经过风波湖被强贼劫持！

张王爷：（白）这也难怪，好在有惊无险。不知何人将强贼生擒活捉？

张元凯：（白）多蒙忠良搭救。

张王爷：（白）改日接进府来，当面酬谢。

（秦秀英上。）

内：（白）五娘子回府。

张王爷：（白）办炷清香，叩谢上苍，一同拈香。

（幕落。）

全剧终

二十、卖花记

【剧情简介】

秀才刘仕进，家住开封，登封县人氏。母亲健在，娶妻张氏秀英，刚得幼子，还在哺乳。父亲昔日在朝为官，解押钱粮，乌江丧命，赔钱粮十二万。家产一空，一家四口只落得破窑居住，身无御寒衣，家无隔夜粮，常年处于饥寒交迫之境。迫于无奈，张秀英顾不得官家后代和女流之辈颜面，凭自己的心灵手巧，折剪纸花，叫卖街头。

命运多舛，张秀英偶遇好色之徒曹太师。曹太师命衙役将她骗回府衙，强逼成婚。张秀英坚贞不从，被衙役活活打死。张秀英死后，阴魂不散，托梦刘仕进，要其状告太师。刘仕进不知就理，上告其妻命案竟告到太师手上，太师将其囚禁水牢。张秀英阴魂又前往水牢营救，无奈人鬼殊途，费尽周折，仍无济于事。人道是，天无绝人之路。太师府好心丫鬟碧桃设计救起刘仕进，并指点他前往南衙包大人台前叩告。

包相爷陈洲放粮回衙，路宿关帝庙。张秀英阴魂随上，夜告阴状。包相赐还魂丹与张秀英以保容体。包相回南衙，刘仕进再告一阳状。包相准状，带领张龙、赵虎、王朝、马汉前往曹府，以观花为由，与太师斗智斗勇，终在西花园挖出张秀英尸体。包相将张秀英尸体带回府衙，放置还魂床上，用还魂扇扇活。公堂上，面对杀人罪状，曹太师虽抵赖不过，却拒不伏法。包相判曹太师死罪，斩立决。案情真相大白，张秀英一家和乐团聚。

【剧中人物】

张秀英	刘仕进	刘　母
包　公	曹太师	碧　桃
张　龙	赵　虎	王　朝
马　汉	老　翁	众衙役
府　差	众凶奴	

* * *

（幕启，破窑，刘仕进上。）

刘仕进：（念）磨穿石砚，坐破寒毡。
　　　　（赋）春夏秋冬四季天，饥寒交迫两相连。太公时迟甘罗早，苍天莫灭我贫寒。
　　　　（白）小生，刘仕进。家住开封府，登封县人氏。娶妻张秀英，所生一子，正待哺乳。爹爹昔日在朝为官，解押钱粮，乌江丧命，赔钱粮十二万。家产一空，只落得破窑居住，无衣少食，思想起来好不烦闷人也。
　　　　（唱）小生生来命运薄，　　　　　　好似破船落江河。

		船行江中失了舵，	但不知有何人渡我上坡。
		怀抱诗书破窑过，	虽然是家寒贫苦把墨磨。
		（刘仕进下。）	
		（张秀英上。）	
张秀英：	（唱）	张秀英坐寒窑自思自解，	想起了家中事好不悲哀。
		老爹爹解钱粮乌江丧坏，	赔钱粮十二万败尽家财。
		一家人有四口破窑地界，	身无衣口无食糊口不来。
		我心想剪纸花东京发卖，	这桩事我还要商量秀才。
		转面来我就把相公请待，	请一声相公夫走出窑来。
		（刘仕进上。）	
刘仕进：	（唱）	春夏秋冬四季天，	饥寒交迫两相连。
		到前窑见贤妻开言问喧，	张氏妻请为夫有何话言。
张秀英：	（唱）	施一礼相公夫寒窑坐定，	你的妻有言来细听分明。
		老爹爹解钱粮乌江丧命，	赔钱粮十二万败尽家门。
		只落得人四口寒窑地境，	身无衣口无食难过光阴。
		我心想剪纸花东京城进，	用纸花换柴米虚度光阴。
		因此上与相公一同商论，	行不行去不去回答一声？
刘仕进：	（唱）	张氏妻出此言差错得紧，	讲什么剪纸花发卖东京。
		老爹爹曾做过皇堂四品，	老母亲曾受过皇王封赠。
		你为夫虽寒贫秀才补领，	贤德妻官家后名门千金。
		此一番剪纸花东京城进，	岂不是做一个丢丑庄村。
张秀英：	（唱）	相公夫出此言差错得很，	讲什么剪纸花丢丑庄村。
		家寒贫哪顾得皇堂四品，	家寒贫哪顾得皇王封赠。
		家寒贫哪顾得秀才补领，	家寒贫哪顾得名门千金。
		你的妻去卖花成心有准，	相公夫你休挡妻的路程。
刘仕进：	（唱）	张氏妻去卖花成心有准，	倒让为夫难挡妻的路程。
		辞别贤妻后窑进，	张氏妻去卖花商量母亲。
		（刘仕进下。）	
张秀英：	（唱）	有只见相公夫后窑来进，	倒让我张秀英纳闷在心。
		转面来我就把婆婆相请，	请一声老婆婆走出窑门。
		（刘母怀抱小孙子上。）	
刘 母：	（唱）	年纪迈血气衰怀抱血块，	怀抱着小娇儿走出窑来。
		到前窑见媳妇开言问待，	媳妇儿请为娘事为何来？
张秀英：	（唱）	施一礼老婆婆寒窑坐稳，	媳妇儿有言来细听分明。
		老爹爹解钱粮乌江丧命，	赔钱粮十二万败尽家门。
		只落得人四口寒窑地境，	身无衣口无食难过光阴。
		我心想剪纸花东京城进，	行不行去不去回答一声。
刘 母：	（唱）	媳妇儿出此言差错得紧，	讲什么剪纸花发卖东京。

	你的爹曾做个皇堂四品，	你为婆也曾受皇王封赠。
	仕进儿他也曾秀才补领，	媳妇儿官家后名门千金。
	此一番剪纸花东京城进，	岂不是做一个丢丑庄村。
张秀英：（唱）	老婆婆出此言差错得很，	讲什么剪纸花丢丑庄村。
	家寒贫顾不得皇堂四品，	家寒贫哪顾得皇王封赠。
	家寒贫顾不得秀才补领，	家寒贫哪顾得名门千金。
	你儿媳去卖花成心有准，	老婆婆你休挡儿媳路程。
刘　母：（唱）	媳妇儿去卖花成心有准，	倒让为娘我难挡路程。
	将娇儿付与了媳妇手顿，	吃一口娘的乳好离娘身。
张秀英：（唱）	用手儿接过了刘门后代，	小娇儿不知事喜笑颜开。
	用手儿我只得胸前扣解，	吃一口娘的乳好离娘怀。
	娘好比路边草被人踩坏，	儿好比剥壳虫错来投胎。
	但愿得我的儿成长易大，	到后来也有人祭扫坟台。
	用手儿将娇儿付与年迈，	等下午日落西望儿回来。
刘　母：（唱）	用手儿接过了刘门后代，	小娇儿不知事喜笑颜开。
	转为我只得后窑踩，	到下午日落西早些回来。
张秀英：（唱）	有只见老婆婆后窑来踩，	倒让我张秀英纳闷胸怀。
	用手儿端木椅打坐窑外，	

（张秀英端椅窑外就亮，和剪花材料。）

	十指尖拿钢剪剪起花来。	
	剪牡丹并芍药鸳鸯鸟彩，	剪白鹤二神仙八翅展开。
	剪观音坐莲台童子下拜，	剪麒麟送贵子状元游街。
	剪喜鹊弹梅花人人喜爱，	剪鹭鸶戏莲台蝴蝶飞来。
	剪烛燃芯放光亮无疆大爱，	剪蚕吐丝丝织锦贡献未来。
	剪松柏傲霜雪四季长在，	剪翠竹生生嫩笋出土来。
	大花剪了几十对，	小花剪得计数不来。
	收收捡捡花篮摆，	

（张秀英收捡妥当，将椅子搬回寒窑。）

	尊一声老婆婆细听开怀。	
	站之在窑门外一言交代，	上午卖花下午回来。
	手提花篮走出窑外，	

（换景，东京大街。人来人往，热闹非凡。）

内：（白）	列台，你看张氏秀英卖花岂不是好笑。	
张秀英：（白）	唉，列台呀！	
（唱）	有只见众列台讥笑颜开，	站之在大街上一言交代。
	尊一声众列台细听开怀，	并非是张秀英风流在外。
	都只为家贫寒糊口不来，	手提花篮大街踩。

（太白金星上，摇身一变，变成一老翁。）

老　　翁：（白）变是变得好，变个卖柴老。柴是有一担，不知何时能卖了。
张秀英：（唱）老公公挡我的路所为何来？
老　　翁：（唱）卖花女不知情休将我问，　　　　老汉有言细听分明。
　　　　　　　　东街西街任你发卖，　　　　　　曹府门前切莫取财。
张秀英：（唱）老公公说的话我心不爱，　　　　讲什么富豪门不能取财。
　　　　　　　自古道官宦家能知好歹，　　　　富豪门前正好取财。
　　　　　　　老公公你与我站过一块，　　　　休道我卖花腹内无才。
　　　　　　（张秀英下。）
老　　翁：（唱）好一个卖花女倔犟情性，　　　老汉好言语不听毫分。
　　　　　　　肩挑柴担东街走进，　　　　　　挽救无补任由她行。
　　　　　　（太白金星下。）
　　　　　　（幕落。）
　　　　　　（幕启，太师府。豪华客厅，曹太师、众衙役上。）
曹太师：（唱）有老夫坐家中心中烦闷，　　　　我心想到大街游玩散心。
　　　　　　　儿郎们带路大街进，
　　　　　　（换景，东京大街。张秀英上，过场下。）
曹太师：（唱）只见美貌女子俏佳人。
　　　　　　（笑）啊！好花，好花嘞！哈哈哈……
　　　　（白）儿郎们，刚才什么人经过？
衙　　役：（白）一卖花女子经过。
曹太师：（白）回府！
　　　　　　（主仆圆场，换景，太师府客厅。）
曹太师：（白）儿郎们，附耳上来。
衙　　役：（白）那我遵命！
　　　　　　（太师、众衙役下。）
　　　　　　（二幕落。）
　　　　　　（东京大街。）
　　　　　　（张秀英提花篮上。）
张秀英：（唱）我适才打从曹府门过，　　　　　观见了曹太师相貌真恶。
　　　　　　　幸亏是在娘家幼年见过，　　　　贫寒女一见面魂飞魄落。
　　　　　　　手提花篮大街走过，
内　　：（白）等候了。
张秀英：（唱）后面喊叫买花大哥。
　　　　　　（一衙役上。）
衙　　役：（唱）在府中领却了太师严命，　　　他命我到大街寻找卖花女人。
　　　　（白）卖花女子，我家太师要买你剪纸鸟鹊花纹。
张秀英：（唱）有劳了大哥前把路引，　　　　　此一番到曹府另眼看承。
　　　　　　（二幕启，太师府。府前一对啸天狮子威严无比）

张秀英：（唱）来在头门将身进，
衙　役：（白）紧闭头重门！
张秀英：（唱）一对狮子把守头门。　　　　来在二门将身进，
衙　役：（白）紧闭二重门！
张秀英：（唱）双凤朝阳真可爱人。　　　　来在三门将身进，
衙　役：（白）紧闭三重门！
张秀英：（唱）弓上弦剑出鞘好不惊人。
　　　　　　太师爷坐上面手拿书本，　　　但不知看得是哪朝古人？
衙　役：（白）启禀太师！卖花女子到。
　　　　　　（衙役二次大声喊。）
衙　役：（白）启禀太师！卖花女子到！
曹太师：（白）啊！哈哈哈……
　　　　（唱）有老夫站虎位用目观下，　　好一似天仙女降落我家。
　　　　　　有老夫说出风流话……
众衙役：（笑）呵呵呵！哈哈哈……
曹太师：（唱）两厢儿郎嘴喳喳，　　　　　两厢儿郎两旁退下。
　　　　　　（众衙役下。）
　　　　　　（丫鬟碧桃侍奉太师端茶上。睹见卖花女进府，觉得蹊跷，速藏身暗处。
　　　　　　太师逼婚，张秀英誓死不允，凶奴杖毙张秀英等全部过程丫鬟亲眼目睹，
　　　　　　吓得她手捂自己嘴巴暗下。）
　　　　　　有老夫下虎位相劝与她。
　　　　　　我家中金花银花无人插戴，　　哪个要你纸剪鹊花。
　　　　　　家有妻妾九人是真不假，　　　凑上你十夫人享不尽荣华。
张秀英：（唱）太师说出风流话，　　　　　好似石块压心下。
　　　　　　在路途我不听公公好话，　　　一进曹府果然不差。
　　　　　　低下头来心中想下，　　　　　我还要将好言相劝与他。
　　　　　　你女儿西宫娘随王伴驾，　　　你本是太师爷谁个不夸。
　　　　　　万人之上一人之下，　　　　　岂能够执法却又犯法。
曹太师：（唱）卖花女你不要好言相赠，　　老夫有言你细听分明。
　　　　　　家有妻妾九人不如意，　　　　唯有你才是我的心上人。
张秀英：（唱）有只见太师爷风流卖尽，　　倒让我卖花女难以脱身。
　　　　　　低下头来心中裁论，　　　　　我比古人打动他心。
　　　　　　商纣王宠妲己鹿台丧命，　　　周幽王戏褒姒河放烟灯。
　　　　　　楚平王纳儿媳朝纲不正，　　　三国中吕奉先好色轻身。
　　　　　　太师爷今日里饶了我命，　　　到来世变犬马报答你恩。
曹太师：（唱）卖花女你不要好话说尽，　　哪个听你比古人。
　　　　　　我不嫌卖花女身微低贱，　　　我愿与你到老终身。
　　　　　　你来我家大小事由你决定，　　凑足我十夫人快乐一生。

张秀英：	（唱）	有只见太师爷风流卖尽，	倒让我卖花女难以脱身。
		低下头来心中裁论，	舍命不要骂强人。
		你家姐妹可曾出嫁，	留在家中贼呀！做结发！
曹太师：	（唱）	听罢言来火冒三千丈，	太阳顶上冒红光！
		肯与不肯单凭你，	何必将我姐妹伤。
		怒气不息虎位上，	两厢衙役听端详。

（众衙役如狼似虎上。）

曹太师：（唱）这有铜锤交与你，　　　　　活活打死贱婆娘！
衙　役：（白）遵命！招打！

（卖花女此时已是披头散发。）

张秀英：（唱）且动手来慢动手，　　　　　二位大哥听从头。
　　　　　　　公院门前正好修，　　　　　积下阴功在后头。
衙　役：（唱）太师下令如山倒，　　　　　大胆女子骂当朝。
　　　　　　　将你好比笼中鸟，　　　　　量你插翅也难逃。
张秀英：（唱）且动手来慢动手，　　　　　二位大哥听从头。
　　　　　　　打死老娘不要紧，　　　　　三岁孩儿靠何人？
　　　　　　　面对寒窑深深拜，　　　　　拜拜婆母听开怀。
　　　　　　　孩儿在家要你照待，　　　　到后来也有人祭扫坟台。
衙　役：（唱）太师下令谁敢不遵！　　　　恻隐之心不敢隐私情。
　　　　　　　手里拿着无情棒棍，　　　　要你一命见阎君！

（张秀英已筋疲力尽，连续三次打跌①，气若游丝。酷刑之下，张秀英艰难地慢慢爬起来，拼尽最后一口气，摇叩父母。）

张秀英：（唱）无情棍打得我皮开肉绽，　　看起来今日里定难逃生。
　　　　　　　望着家中深深拜，　　　　　拜拜母亲养育恩。
　　　　　　　不能灵前把孝挂，　　　　　不能坟台把香插。
　　　　　　　燕子衔泥费力大，　　　　　长大毛干飞天涯。
　　　　　　　阎王注定三更死，　　　　　并不留人到五更。
　　　　（白）无常一到，万事休罢！

（张秀英经受不起残暴的酷刑，竟被活生生地打死在现场。衙役见状，慌忙跪告。）

衙　役：（白）启禀太师，卖花女子气绝身亡。

（衙役二次大声喊。）

衙　役：（白）启禀太师，卖花女子气绝身亡！
曹太师：（白）啊！

（曹太师顿时惊慌失措。）

曹太师：（白）你这两个蛮子！老夫叫你吓唬与她，谁叫你把她活活打死？现在这，这，

---

① 打跌：黄梅采茶戏中的一种动作，指人挨打后跌倒在地。

	如何是好？
衙　役：	（白）我有主意，将她埋在东边花园？
曹太师：	（白）不！我来问你？
衙　役：	（白）问我何来？
曹太师：	（白）卖花女子进府，有人瞧见，无人瞧见？
衙　役：	（白）无人瞧见。
曹太师：	（白）嗯！衙役们听我吩咐！将她埋在西边花园，一层石板一层砖。四角都用铜钉钉，钉得刘门少子孙！全身通用白绫卷，要想翻身五百年！挖坑挖开一丈二尺深，上栽芭蕉树、海棠红、水仙草。
衙　役：	（白）遵命！

（曹太师、众衙役抬张秀英下。）
（幕落。）
（幕启，登封县。破窑，刘仕进居所，刘仕进上。）

刘仕进：	（唱）张氏妻去卖花未曾回转，　　　　　　倒让我刘仕进两眼望穿。
	这一厢望不见那厢去望，　　　　　　望一望我的张氏妻还未回来。
	望不见张氏妻寒窑内面，　　　　　　明日里到大街找妻回还。

（刘仕进身感疲倦，就桌前观书，不觉沉睡。）
（张秀英鬼魂上。）

张秀英：	（白）人死如灯灭，好似汤浇雪。若想还阳转，水中捞明月。
	奴乃张秀英的鬼魂是也。
	（唱）观前山和后山山山有道，　　　　金山和银山。
	我也曾见过了阎罗天子，　　　　　　阎罗天子放我寻魂。
	阴风一阵三五里，　　　　　　　　　来此不觉寒窑门。
	走上前见门神屈膝跪定，　　　　　　尊一声门神爷细听分明。
	哎唉，门神爷你不允我挨门而进，　　有只见相公夫瞌睡沉沉。
	用手托开相公眼罩，　　　　　　　　你的妻有言来细听分明。
	来魂非是别一个，　　　　　　　　　我就是你的妻张氏秀英。
	在寒窑我不听相公教训，　　　　　　一心心剪纸花发卖东京。
	在路途我不听公公言论，　　　　　　进曹府果然不差毫分。
	有衙役带你妻曹府门进，　　　　　　曹太师逼你妻强配为婚。
	你的妻在曹府决不应允，　　　　　　铜锤三下一命归阴。
	尸首埋在西花园内，　　　　　　　　上面栽芭蕉树海棠红水仙草。
	夫谨记在心。
	说罢之时侧耳听，　　　　　　　　　耳听得婆母娘口叹悲声。
	本当上前把话论，　　　　　　　　　阴阳隔断不能行。
	说罢之时侧耳听，　　　　　　　　　耳听得小娇儿口哭娘亲。
	本当上前喂儿奶，　　　　　　　　　阴阳隔断不能行。
	转面来我就把相公叫应，　　　　　　你的妻有言来细听分明。

　　　　　　　告状不到别处告，　　　　　　包大人台前把冤伸。
　　　　　　　嘱咐你的言和语，　　　　　　叫你牢牢记在心。
　　　　　　　阴一状来阳一状，　　　　　　哪怕他皇戚和国亲。
　　　　　　　用手儿付还了相公眼罩，
　　　　　　　夫归阳来妻归阴。
　　　　　　（张秀英鬼魂下。樵楼更鼓响，刘仕进突然惊醒，兀立窑内，不知所措。）
刘仕进：（唱）听樵楼打五鼓天已明亮，　　　醒转来却原是大梦一场。
　　　　　　　三更天我的妻曾对我讲，　　　她讲道在曹府一命身亡。
　　　　　　　不辞老母南衙奔，　　　　　　前去南衙把冤伸。
　　　　　　（刘仕进下。）
　　　　　　（幕落。）
　　　　　　（幕启，东京。太师府，曹太师、衙役上。）
曹太师：（白）打死卖花女，时刻挂在心。
　　　　　　　衙役们大街游玩去者！
　　　　（唱）有老夫在家中心里烦闷，　　　我心想到大大街游玩散心。
　　　　　　　衙役们带路大街进。
　　　　　　（二幕落。）
　　　　　　（东京大街。人来人往，刘仕进双手拿状纸，顶在头上，穿梭如飞上。）
刘仕进：（白）冤枉呀！
衙　役：（白）启禀太师，有一汉子挡道！
刘仕进：（白）冤枉呀！
曹太师：（白）不见，打将下去！
衙　役：（白）是！滚将下去。
　　　　　　（刘仕进下，曹太师、众衙役圆场。刘仕进上。）
刘仕进：（白）冤枉呀！
衙　役：（白）启禀太师，汉子二次挡道！
曹太师：（白）打，打将下去！
刘仕进：（白）打死也要告！
曹太师：（白）咦！打道回府。
　　　　　　（曹太师示意带回刘仕进下。）
　　　　　　（二幕启，太师府客厅。）
曹太师：（白）你这汉子家住哪里，姓甚名谁，状告何人？
刘仕进：（白）家住开封府，登封县，姓刘名仕进。状告当朝太师，打死我妻张秀英……
曹太师：（白）住口！哼哼！刘仕进，刘仕进！这是你自己送上门来，可怪不得老夫。
曹太师：（唱）坐在虎位用目观就，　　　　　大街上碰上了冤家对头。
　　　　　　　天堂有路你不走，　　　　　　地狱无门你自投。
　　　　（白）衙役们给我打，打入水牢！
刘仕进：（白）冤枉呀！
衙　役：（白）你这该死的刘仕进，唉，你又落在他的手里。

（衙役惋惜地带刘仕进下。）
曹太师：（白）唉！真是晦气，衙役们掩门。
（曹太师、衙役下。）
（二幕落。）
（二幕启，夜深人静，太师府，水牢。刘仕进、张秀英鬼魂上。）
张秀英：（白）人死荒郊鬼，好似阴风吹。家乡难得见，好不泪伤悲。
我乃张秀英鬼魂是也。相公呀，相公！
（唱）叫你南衙把状告，谁知落在枉死城。
（白）那厢该是相公？
刘仕进：（白）那厢该是贤妻？
张秀英：（哭）唉！夫喂……
刘仕进：（哭）唉！妻呀……
（张秀英营救刘仕进，刚救出水，刘仕进又掉下水牢。连续数次，鬼魂救人终不能成功。）
张秀英：（哭）唉！相公夫喂……
刘仕进：（哭）唉！妻呀……
张秀英：（唱）水牢救不得我夫命……
（张秀英鬼魂下。）
（碧桃提灯笼上。）
碧　桃：（唱）后面来了碧桃衩裙。
鼓打二更人声静，　　　　　夜静更深好不惊人。
手提灯笼水牢进，　　　　　不见汉子何方存？
（白）哎，昨日看见汉子进水牢，未见出水牢？有人吗？
刘仕进：（白）好苦哇！
碧　桃：（唱）手提灯笼水牢照，　　　只见汉子哭嚎啕。
（白）汉子有救。汉子随我明灯而上。
（刘仕进刚出水牢，转身欲走。）
碧　桃：（白）汉子转来。
刘仕进：（白）大姐，转来何事？
碧　桃：（白）你这汉子，我好心好意救你，你不道谢，扭头就走，是何道理？
刘仕进：（白）唉呀，小生一时心急，实在是小生不是。小生这厢有礼！
碧　桃：（白）唉呀，罢了。我来问你，你家住何所，姓甚名谁，我不知道。你一一从头讲来！
刘仕进：（唱）大姐问我名和姓，　　　我姓刘名仕进身入黉门。
碧　桃：（唱）查得清楚问得明，　　　却原是官家后代根。
（刘仕进转身欲走。）
碧　桃：（白）刘相公转来。
刘仕进：（白）大姐，小生去得好好地，为何将我二次唤转？

碧　　桃：（唱）二次唤转刘仕进，　　　　你本是官家后代根。
　　　　　　　心想与你来结拜，
刘仕进：（唱）二人结拜兄妹亲。
碧　　桃：（唱）年数月久不相认，
刘仕进：（唱）我脱水鞋你为凭。　　　　　辞别小妹南衙奔，
　　　　　　　拜托贤妹寒窑看慈亲。
　　　　　　（刘仕进慌张下。）
碧　　桃：（唱）但愿兄长南衙状告准，　　不枉我救他一片心。
　　　　　　　我在曹府难活命，　　　　　我到寒窑侍慈亲。
　　　　　　（碧桃下。）
　　　　　　（幕落。）
　　　　　　（幕启，关帝庙。就庙桌案，包公秉烛理事。）
包　　公：（引）执法严正，节义廉明。
　　　　　（赋）执掌南衙威风凛，一片丹心保宋君。清风明月作见证，秉公理事为黎民。
　　　　　（白）包拯，官封龙图阁大学士，兼开封府尹之职。心系黎民百姓，放赈归来错过驿站，借宿关帝庙。
包　　公：（唱）宋君王坐江山国泰民安顺，　制国策定法纪谁敢不遵。
　　　　　　　官府不贤黎民恨，　　　　　哀声遍野哭呻吟。
　　　　　　　桩桩冤案要重审，　　　　　青红皂白要分明。
　　　　　　　查冤案屡带三更月，　　　　阅卷常伴五更灯。
　　　　　　　做官不与民作主，　　　　　枉受朝廷爵禄恩。
　　　　　　　连日奔波精神困，　　　　　不由老夫瞌睡沉沉。
　　　　　　（张秀英鬼魂上。）
张秀英：（白）人死荒郊鬼，好似阴风吹，家乡难得见，好不泪伤悲。
　　　　　　　我乃张秀英鬼魂，阴风一阵三五里，不觉来到关帝庙前。
　　　　　　　包相爷，冤枉呀！
　　　　　　（包相闻听鬼魂喊冤，立刻清醒，并查询冤情始末。）
包　　公：（白）你是哪方冤鬼，有何冤屈，从头讲来。
张秀英：（白）包相爷容禀！
　　　　　（唱）包相爷坐庵堂听我诉禀，　　细听我张秀英诉表冤情。
　　　　　　　我家住开封府登封县，　　　我的夫刘仕进头戴生员。
　　　　　　　老爹爹解钱粮乌江丧命，　　赔钱粮十二万败尽家庭。
　　　　　　　只落得人四口寒窑地境，　　身无衣口无食难过光阴。
　　　　　　　秀英女与相公一起商论，　　剪纸花换柴米糊度光阴。
　　　　　　　小女子提花篮东京城进，　　曹太师命衙役带回府门。
　　　　　　　我也曾随衙役曹府门进，　　曹太师关府门强逼配婚。
　　　　　　　小女子在曹府决不应允，　　铜锤三下一命归阴。
　　　　　　　尸首埋在西花园内，　　　　上栽芭蕉树海棠红水仙草不差毫分。

|这就是张秀英真言实禀，叩谢包相爷查明冤情。

包　公：（白）张秀英你讲的可是真凭实据。
张秀英：（白）回相爷句句属实！并无虚言。
包　公：（白）张秀英，老夫这有还魂丹一粒，放在尸首口内，包你容颜不改，七七四十九天尸身不坏，你便去吧。
张秀英：（白）叩谢包相爷！
　　　　（张秀英鬼魂下。）
包　公：（白）樵楼打五更，现出太阳星。人来！
　　　　（张龙、赵虎、王朝、马汉、众衙役上。）
众衙役：（白）参见大人！
包　公：（白）起道回府！
众衙役：（白）是！
　　　　（二幕落。）
　　　　（圆场。）
　　　　（二幕启，开封府正堂。）
包　公：（白）王朝将放告牌挂起。
王　朝：（白）是。
　　　　（刘仕进急上。）
刘仕进：（白）行来三步远，来至南衙包相爷衙前。待我击动堂鼓！冤枉呀……
包　公：（白）何人击鼓喊冤，将喊冤人带上堂来。
衙　役：（白）喊冤人走上。
刘仕进：（白）叩见包大人。
包　公：（白）下跪何人，状告何人？
刘仕进：（白）回禀大人，学生姓刘名仕进，登封县人氏。状告当朝太师，横行霸道，无恶不作，将我妻张秀英骗到府中，强逼我妻成亲。我妻宁死不允，太师将我妻活活打死！望大人与我作主申冤呐……
包　公：（白）有状无状？
刘仕进：（白）有状。
包　公：（白）状词呈上。嗯，刘仕进！
刘仕进：（白）学生在。
包　公：（白）以上呈述可曾事实？
刘仕进：（白）回禀大人，句句属实，绝无虚言。如若不实，甘愿大人发落！
包　公：（白）你且站过一旁，老夫与你作主，嗯，你且回家，不得走远，随时听传候审。
刘仕进：（白）叩谢大人。
　　　　（刘仕进叩拜下。）
包　公：（白）曹太师打死张秀英，阴一状，阳一状，决非子虚乌有，但无真凭实据，岂奈他何。这？有了。张龙、赵虎、王朝、马汉、众衙役前往太师府。开道！

众衙役：（白）是！
（二幕落。）
（众人圆场。）
（二幕启，东京大街，大师府。）
衙　役：（白）门上哪位？
府　差：（白）你是……喔喔！
衙　役：（白）通报你家太师，包大人过府。
府　差：（白）启禀家爷。
（曹太师、众衙役上。）
曹太师：（白）昨夜一梦梦得差，梦见龙头滚西瓜。禀者何来？
府　差：（白）南衙包大人过府来了。
曹太师：（白）啊！他来做什？莫非……有道是兵来将挡，水来土掩。我乃堂堂太师，岂奈我何！大开中门，动乐有请！
府　差：（白）是！大开中门，动乐有请！
（音乐起，太师爷与包相互客套见礼。）
曹太师：（白）不知包大人驾到，未曾远迎，多有得罪！
包　公：（白）好说，来得匆忙，还需太师恕罪！
曹太师：（白）请坐！
包　公：（白）有坐！
（曹太师示意，一衙役下，奉茶上。）
曹太师：（白）看茶。
（包相接盏品茶，张龙、赵虎、王朝、马汉侍立两旁。）
曹太师：（白）包大人不在衙前理事，来到鄙府必有所为？
包　公：（白）今日闲暇，闻言太师花园奇花异草甚多，心想欣赏一番。不知太师意下如何？
曹太师：（白）包大人来得真不是时候，昨夜狂风将花草吹打得遍地狼藉。恐怕有失大人雅兴，有损大人慧眼？
包　公：（白）哎，我想太师欲有拒人千里之意？
曹太师：（白）包大人言重了，哪有此意。
包　公：（白）既如此，带路花园，一饱眼福。
曹太师：（白）包大人请！
包　公：（白）太师请！
（换景，太师花园，恢宏壮观。）
包　公：（白）太师，耳听为虚，眼见为实，真乃世外桃源。比那御花园更为别致、壮观，令人眼花缭乱。
曹太师：（白）包大人言过了，老夫只是闲来消遣，岂敢与御花园相提并论。
包　公：（白）太师，东花园已经观赏，我们前往西花园。太师意下如何？
曹太师：（白）西花园，西花园早已封闭，好久不曾起用。

衙　役：（白）启禀包大人，西花园门已上锁！
包　公：（白）啊！太师，是否对我包拯贸然造访有所顾忌，还是有不可告人的秘密？
　　　　（包大人步步紧逼，穷追不舍。曹太师深感穷途末路，惶恐不安。）
曹太师：（白）包大人，只是久未起用，哪有什么不可告人的秘密呀。
包　公：（白）太师既无顾忌和秘密，王朝！
王　朝：（白）有！
包　公：（白）劈锁开门！
王　朝：（白）遵命！
　　　　（此时曹太师早就忍耐不住，欲有破釜沉舟之意，死命一搏。）
曹太师：（白）包拯！此地乃是太师府，不是你南衙府公堂。岂能任你枉为！此门不能开！
　　　　（包大人通过种种迹象，确信阴阳两状所告不虚，不再兜圈子。）
包　公：（白）哼哼！不开也得开。曹太师，实不相瞒，观花是假，查案是真。张龙、赵虎看管好太师，众衙役闯进西花园！
众衙役：（白）是！
包　公：（白）王朝、马汉，那芭蕉树海棠红上面冤气缭绕不散，拿来锄锹，挖掘开来！
　　　　（众衙役一齐动手，搬花，掘土。）
王　朝：（白）启禀大人，发现女尸一首！
包　公：（白）王朝，轻轻地抬上，运回府衙，放置还魂床上，着人看管。
王　朝：（白）遵命！
　　　　（王朝带二衙役，抬张秀英尸体下。）
　　　　（曹太师此时汗流浃背，身体筛糠似地颤抖。）
包　公：（白）曹太师，此女子是谁？
曹太师：（白）是……是我家丫鬟井边打水，失足落井而亡。
包　公：（白）还在狡辩！张龙、赵虎，将太师押回府衙候审。
张　龙：（白）是！
曹太师：（白）老包我们一道上殿面君！
包　公：（白）打好官司再上朝！众衙役打道回府。
　　　　（幕落。）
　　　　（幕启，南衙府正堂。包拯、众衙役上。）
包　公：（白）执掌南衙威风凛，一片丹心保宋君。清风明月作见证，秉公理事为黎民。本府包拯，适才与众衙役在太师府花园，掘出张秀英尸体。先救人，再审案。待老夫施法救醒卖花女子才是！王朝，将牙床上张秀英推出。
王　朝：（白）是。
包　公：（白）马汉！
马　汉：（白）在！
包　公：（白）取来还魂扇！
马　汉：（白）遵命！

　　　　　　　（马汉下，取扇上。）
马　汉：（白）启禀大人，还魂扇取到。
包　公：（唱）有老夫下桌案用目观，　　观见张秀英面色依然。
　　　　　　　老夫亲执阴阳扇，　　　　但愿张秀英能返人间。
　　　　　　　一扇女子把头抬，　　　　二扇女子眼睛开。
　　　　　　　三扇四扇脚手动，　　　　五扇六扇坐起来。
　　　　　　　七扇八扇站立起，　　　　九扇十扇把口开。
　　　　　　　卖花女还阳转桌案位踩，　此案还要巧安排。
张秀英：（白）啊……叩谢包相爷，再生之恩。愿……
　　　　　　　（包相爷示意张秀英免礼。）
包　公：（白）王朝，这令牌一面，立刻传唤刘仕进来衙听审。
王　朝：（白）遵命！
　　　　　　　（王朝下，王朝带刘仕进、碧桃上。）
王　朝：（白）参见大人！
包　公：（白）刘仕进可曾传到。
王　朝：（白）现在堂口。
包　公：（白）叫他上堂。
王　朝：（白）刘仕进上堂。
刘仕进、碧桃：（白）叩见包相爷！
包　公：（白）免，站过一旁。
张秀英：（哭）相公，夫哇……
刘仕进：（哭）贤妻，呜呜……
张秀英：（白）相公，多承相爷相救，恩同再造。
刘仕进：（白）叩谢包相爷！
包　公：（白）免，起过一旁。张龙、赵虎，将曹太师带上堂来！
张龙、赵虎：（白）是！
　　　　　　　（张龙、赵虎下，带曹太师上。）
曹太师：（白）老包，小小南衙，凭什么将我带来？
包　公：（白）阴阳两状，告你拐骗卖花女子进府，强逼婚配，卖花女子誓死不从。铜锤三下，卖花女子毙命。太师你还不从实招来！
曹太师：（白）包拯，你不要诬赖我当朝太师。分明是我家丫鬟井边打水，失足溺水而亡。你诬陷本太师！谁是见证？凭空设想，你讲呀？你问哪？
　　　　　　　（包拯一时语塞。）
包　公：（白）……
　　　　　　　（碧桃毅然双膝跪叩，出庭作证。）
碧　桃：（白）参见包相爷！
包　公：（白）下跪女子何人？
碧　桃：（白）小女子名叫碧桃，曹府丫鬟。

包　　公：（白）转为站立讲话。
碧　　桃：（白）谢大人！启禀相爷，我亲眼看见张秀英进府。太师逼婚，张秀英誓死不允，铜锤三下毙命，惨不忍睹，埋至西花园。碧桃句句属实，并无虚言。刘秀才告状，告错衙门，误入曹府。太师将他打入水牢，是我救起，指点他南衙叩告。
曹太师：（白）你这小贱人！我……
包　　公：（白）嗯！
曹太师：（白）嗯！人证、物证俱在，大事不妙。儿郎们打道上朝！
　　　　　（太师府四凶奴上。）
众凶奴：（白）有！
包　　公：（白）哪里走！张龙、赵虎将儿郎们打下。
张　　龙：（白）是！
　　　　　（张龙、赵虎将凶奴们拘押下，复上。）
曹太师：（白）包拯，堂堂国丈，打死一个小小的卖花女子，又算得了什么？有什么大惊小怪呀？
包　　公：（白）王子犯法，与庶民同罪。人证、物证俱在，叫他画供！
曹太师：（白）画供就画供，我还怕你不成。包拯，黑头！哼哼！我乃当今国丈，堂堂太师。你，你岂奈我何！
包　　公：（白）当今国丈，堂堂太师。哼哼！我呸！
　　　　　（唱）宋王爷坐江山国泰民安顺，　　制国策定法纪谁敢不遵。
　　　　　　　　御铡三道官民同等，　　　　　触犯纲纪哪管高官庶民。
　　　　　　　　哪怕你国丈爵位稳，　　　　　哪怕你太师霸道横行。
　　　　　　　　莫道你当今国丈太师到，　　　龙子凤孙犯王法照样施刑。
　　　　　　　　头上打下太师顶，　　　　　　身上剥下衮龙襟。
　　　　　　　　张龙赵虎龙铡请！
张龙赵虎：（白）喳！
　　　　　（张龙赵虎抬龙铡过场，复上。）
包　　公：（唱）铡了你狼心贼再面当今。
　　　　　（白）众衙役，将太师押下去！
　　　　　（王朝、马汉、众衙役抬太师下，复上。）
王　　朝：（白）回禀大人，曹太师受首！
刘仕进、张秀英、碧桃：（同白）叩谢包相爷！替我们申冤作主。
包　　公：（白）免跪，请起。待本府奏往圣上，必有好言到来。张秀英这有俸银百两，拿回家度日，你们回吧。
张秀英：（白）相爷，我们愧不敢领！
包　　公：（白）拿回去吧。
刘仕进、张秀英、碧桃：（同白）谢相爷。
　　　　　（刘仕进、张秀英、碧桃下。）

包　公：（白）衙役们，将案卷收捡妥当，骑道上朝！
　　　　（包公、众衙役下。）
　　　　（幕落。）
　　　　（幕启，登封县。寒窑，刘母怀抱孙儿，倚门眺望。）
　　　　（刘仕进、张秀英、碧桃上。）

刘仕进、张秀英、碧桃：（同白）母亲受苦了，母亲请上，受孩儿们一拜。

刘　母：（白）孩儿们受苦了。

张秀英：（白）母亲，孩儿这次死而复生，感谢包相爷清正廉明，不畏强权，为儿申冤。多亏碧桃妹妹出堂作证，扳倒曹贼受首。

刘　母：（白）多蒙包相爷刚正不阿，正义凛然，救我一家，恩同再造，待老身遥望一拜。
　　　　（刘母怀抱孙儿及全家五口，面向南衙跪叩。）
　　　　我儿大难还阳，办炷清香，叩谢上苍。一同拈香。
　　　　（幕落。）

全剧终

后　　记

校完书稿最后一字，我如释重负。

在国家非物质文化遗产传承与展演如火如荼的 21 世纪，作为爱好黄梅戏的湖北黄梅人，我原以为编纂一部黄梅戏前身的采茶戏剧本，轻车熟路，意义非凡。岂料，事与愿违。

首先，操作不易。虽然我本人对黄梅采茶戏怀有一种特殊的情感，但爱好和编纂不是一回事。尤其是在教学和科研任务都相对繁重的前提下，业务爱好往往成为一种奢侈的消遣。也正缘于此，这个剧本的编纂费时较长，且都是利用"挤"出来的零碎时间。

其次，资料欠缺。《湖北地方戏曲丛刊》选辑的作为内部资料的黄梅采茶戏 42 个剧本虽以粗糙拙朴著称，但我在遴选剧目时仍尽量避免重复。为此，我只得利用节假日，回乡重新挖掘资源。

再次，经费难寻。虽然当今全国各地都非常重视非物质文化遗产的传承和保护，但本课题却找不到相关经费支持。一方面，我本人从事的主要是中国文化与文论研究，从未在黄梅采茶戏方面做过专题探索，没有相应的前期研究基础，所以一直未申报过相关课题。另一方面，非物质文化遗产的传承和保护有鲜明的地方意识和本土色彩，剧本初具雏形时，我也和黄梅县相关部门相关人士就出版经费事宜协商沟通过，最后均无疾而终，只得自筹。

剧本编纂过程中，虽有种种困难波折，但也收获了款款温暖深情。

复旦大学的博士生徐钰茹和华东师范大学的博士生李根自湖北民族学院毕业后，与我一直保持着密切的师生情谊。他们二人以各自的聪明才智，为本书的校对、润饰做出了无偿的奉献。

回乡调研中，舅舅不辞劳苦地为我跑寻资料；姨娘不厌其烦地为我现场演说；还有其他一些伯伯、叔叔们不计报酬地为我陈述详情。

最令人感动的是我的父母。全书二十个剧本，二老几近在我面前一一展演。尤其是家父，剧本编纂的各个环节——选目、调研、编写，他都倾注了十二分的热情和心血。为了获取黄梅采茶戏的第一手资料和信息，每年清明节，家父都会在祭祖之余，回老家住上十天半月，帮我采访老辈艺人，并做好相关录音。

最后，武汉大学出版社的白绍华编辑也为本书的出版付出了艰辛的劳动。

衷心感谢你们，并祝你们一生平安！

耳濡目染十九岁，非遗苑囿斗芳菲。

寄意寒星荃不察，我以我心荐黄梅。

张金梅

2017 年 8 月于怡嘉苑